KB264210

韓國 古代文學과 性

韓國 古代文學과 性

우상렬 저

목 차

하고 싶은 말

　먼저 충심으로 되는 감사의 말을 하고 싶다. 잘 쓰지도 못한 글이나마 한국학술정보(주) 채종준 사장님께서 선뜻 햇빛을 보게 해주시겠다고 실로 고마운 마음 이루 다 말할 수 없다. 중국의 출판계 사정을 놓고 볼 때 워낙 내가 쓴 글들을 책으로 출판할 엄두를 내지도 못했다. 그래서 나는 출판을 포기한 상태에서 글을 써왔다. 그런데 채종준 사장님과 같은 좋은 분들을 만나 몇 권의 책을 내보기도 했다. 우리 글 쓰는 사람들에게 책 출판은 마치 자식을 보듯 기쁜 일이다. 그 ‘자식’이 잘 났던 못 났던 관계없이 말이다.

　나의 이 ‘자식’들은 잘 나지 못했다. 나의 이 ‘자식’들은 내가 2002년부터 현재까지 끙끙거리며 낳은 못 난 아이들이다. 이 ‘자식’들은 난삽하다. 우선 키가 들쑹날쑹. 키 큰 놈은 엄청나게 크고 작은 놈은 볼품없이 작다. 그리고 표정도 천차만별. 어떤 놈은 조선어 표정을 짓고 어떤 놈은 한국어 표정을 짓고 어떤 놈은 심각한 표정을 짓고 어떤 놈은 가벼운 표정을 짓고. 그리고 나의 ‘자식’들은 문예학을 닮은 놈으로, 관광을 좋아하는 놈으로, 미에 빠지는 놈으로 무질서하게 오구잡탕이 되어 있다.

　나는 워낙 조선어도 하고 한국어도 한다. 사실 양자는 그게 그거고 별로 다른 것이 아니지만. 그리고 나는 이것저것 흥취가 있는 곳에는 모두 머리를 기웃거려보는 약국에 감초 같은 ‘팔방미인’. 그래서 내가 조선어를 할 때 나의 '자식'들은 조선어 표정을 짓고 한국어를 할 때면 한국어 표정을 짓는다. 그리고 내가 국제학술회 같은 데서 심각한 표정을 지으면 나의 '자식'들도 심각한 표정을 짓고 별 볼일 없는 장소에서 가벼운 표정을 지으면 나의 '자식'들도 가벼운 표정을 짓는다. 그 애비에 그 자식은 분명하다. 그래서 이 '자식'들을 아울러 「우상렬 잡담잡론」으로 부르기로 했다.

　앞으로는 좀 멋진 애들을 만들어야 되겠다고 생각한다. 이 '자식'들은 좋은 밑거름이 될 줄로 안다.

2004. 6

우상렬

1. 이미지사유에 대하여

  얼마 전까지만 하여도 우리나라 문예이론 분야에서는 줄곧 '형상 사유'라는 이 하나의 막연한 개념으로 문학창작에서의 복잡다단한 사유문제를 개괄하여 왔다. 사실 이것은 창작실제를 떠난 사상누각의 논의에 불과하다. 왜냐하면 작가, 시인들은 형상사유 뿐만 아니라 또한 이미지사유, 영감사유, 모호사유 심지어는 추상사유까지도 활발히 사용하기 때문이다. 따라서 10여년 이래 이러한 사유들에 대한 이론적 탐구도 적지 않게 시도되어 왔다.

  이미지사유는 안휘대학 고조조 교수에 의해 보다 중시되어 왔다.

  그는 "예술사유라는 개념을 빌어 두 가지 사유류 형인 이미지형과 구체적형상형(具象形)을 통솔하게 하는 것이 보다 합리하다"(『예술지경론』, 백화문예출판사, 1999, 한문판, 제107페이지)고 주장하고 있다. 그러면서 그 논거로 다음과 같은 몇 가지를 들고 있다. 첫째, 칸트가 천재란 "그 어떤 개념을 심미적 이미지로 전변시킨다"고 주장한데 이어 주광잠이 이것을 긍정하면서 이미지사유란 "이성적 관념의 가장 원만한 감성형상적 현현"(『서방미학사』 하권, 주광잠, 인민출판사, 1979년 11월, 한문판 제401페이지)이라고 했다는 것, 둘째, 후기 상징주의 이론가 와라리가 "모든 진정한 시인들은 그 정확한 이해와 추상 사유능력에 있어서 보통 사람들이 상상하는 것보다 훨씬 더 강하다", "그러나 내가 말했지만, 시인은 그로서의 추상사유가 있다. 말하자면 그로서의 철학이 있다고 말할 수 있다. 내가 말했지만, 시인으로서의 그의 활동과정에 그의 추상사유가 작용하는 것이다. 내가 이렇게 말하는 것은 나도 일찍 나에게서와 기타 여러 사람들에게서 이 점을 보아냈기 때문이다.”(『현대서방문논선』 이이보, 상해역문출판사, 1983년 제37페이지)라고 말한 것, 셋째, 현대주의이론가인 엘리어트가 “지성이 강하면 강할수록 좋다”, “우리의 유일한 조건이라면 그것을 시로 전화시켜야 한다는 것이다”(『엘리어트문집』 국제문화출판공사 1989년 제32페이지)라고 말한 것, 넷째, 현대파가 이미지구성에서 뜻과 대응물의 조합을 주장하면서 “사상지각화”원칙을 제출하였는데 엘리어트는 이 원칙을 진일보 이론화하면서 사상의 “객관적 연계물”을 찾아야 한다는 구호를 제기함과 동시에 “당신이 장미꽃향기를 맡듯이 사상을 감지해야 한다”(『외국현대파작품선·서』, 제1책 상, 원가가, 상해문예출판사, 1980년, 제15페이지)고 말한 것, 다섯째, 괴테는 “일반적인 것을 위하여 특수한 것을 찾는다”고 하였고 쉴러는 “표현하고자 하는 대상을 먼저 추상개념의 영역에서 우회적인 길을 걷게 한 다음 상상력 앞에 보내어 직관할 수 있는 대상으로 전화시켜야 한다”고 하였는데, 주광잠이 이상 두 사람의 말을 평론하면서 “시는 반드시 추상사유를 거쳐야 한다. … 이것은 시론에서 주의를 돌려야 할 독창적 견해임을 족히 알 수 있다”(『서방미학사』, 하권, 주광잠, 인민출판사, 1979년 11월, 한문판 제416~443페이지)고 했다는 것이다.

보다시피 고 교수는 많은 유명한 철학가, 미학가, 예술가, 문학가들의 관점을 자기의 논거로 들고 있다. 그러나 그는 이러한 논거들을 단지 좀 더 부연하는데만 거치고만 아쉬움을 남기고 있다.

현재 이미지사유에 대해서는 보다 심도 있는 이론적이며 실천적인 해명이 필요하다.

이른바 이미지사유란 모종 추상적인 관념을 감성적 이미지로 보여주는 사유이다.

그럼 아래에 이미지사유가 예술형상을 창조하는 구체적인 원칙과 그 방도를 살펴보기로 하자.

첫째, 낭만주의 작가들은 자기의 창작사상을 원만히 보여주기 위하여 생활의 진실에는 구애됨이 없이 형상을 수의(隨意)적으로 허구하고 과장한다. 바꾸어 말하면 내재적 뜻을 표현하기 위해 세부적 진실까지도 포기할 수 있으며 환상적이고 기괴한 수법까지 동원한다는 말이 되겠다. 『서유기』에서 보편적 불심을 나타내기 위해 현실생활에 없는 원숭이상의 손오공, 돼지모양의 저팔계의 기괴한 생김새를 부각시킨 것은 그 좋은 보기로 되겠다. 그리고 현대파 작품에서 현대사회의 소외현상을 보다 진실하게 나타내기 위한 한 방편으로 예술형상을 극단적으로 변형시키는 것도 그 한 보기로 되겠다. 이를테면, 카프카의 『변형기』에 있어서 그리고리가 하루아침에 딱정벌레로 변하여 천덕꾸러기가 되는 경우가 이에 해당된다.

둘째, 이미지사유에 있어서 추상사유가 아주 중요한 역할을 하고 있음을 알 수 있다. 추상사유가 대응물을 찾고 가공하며 이미지를 구성함에 있어서 그 방향을 인도하고 지도하는가 하면 또한 이미지의 뜻도 구성하기도 한다. 긱해룡 교수의 시조집 『인생닐리리』(민족출판사, 2002. 1)에서의 「련꽃」을 그 일례로 들어보자. 그는 이 시조의 창작과정에 대해 다음과 같이 이야기하고 있다.

그는 어느 한 시의 모 국장이 주로는 다른 간부들보다 예물을 적게 받은 덕에 모범으로 선출되었다는 사실을 알게 되었다. 순간 그는 이성적 사색을 편다. "예물을 받지 않는 것은 응당한 일이다. 특히 당원이 그래야 하고 당의 간부는 더욱 그래야 한다. 그런데 응당한 일을 한 그 덕에 선진모범이 되다니? 사실 그는 다른 간부들이 그 보다 더 '썩었기' 때문어 모범이 될 수 있었다. 그러나 다 썩는 판에 그래도 그만큼이라도 덜 썩었으니 현실적으로는 가히 '칭찬'도 할만하다."

시인은 이것을 시화할 강한 충동을 느꼈다. 그러나 이것을 곧이곧대로 그대로 시화할 수는 없었다. 그래서 이미지구성에 소용되는 대응물을 찾기 시작하였다. 그런데 상관 대응물이 잘 떠오르지 않았다. 그러다가 어느 날 문득 언젠가 계림 안명호에서 본 연꽃구경을 하던 일이 떠올랐다. 그때 호수에 연꽃들이 아주 곱게 피어 있었다. 그런데 구경꾼 모두가 코를 싸쥐지 않으면 안되었다. 호수물이 너무 썩어 고약한 악취를 풍겼기 때문이다. 생각하니 안성맞춤 이였다. 이리하여 아름다운 연꽃 대 썩은 물, 썩은 감탕이라는 이 대조적인 아이러니 속에서 그 대응물이 포착되었다. 이로부터 「련꽃」이라는 제목 하에 그 대응물들로 시적 이미지들을 구축해 나갔다.

감탕에 뿌리박고 썩은 물에 섰건마는
잎은야 맑지고 꽃은야 고웁구나
저 물에 저 감탕 아니면야 저 꽃 어이 피리오

이렇게 시인은 남이 부정부패한 덕에 모범이 된 것을 감탕도 썩고 물도 썩었기 때문에 아름답게 필 수 있었던 연꽃으로 대응적 이미지를 창출해내고 있다. 그러면서 그 국장이 다른 사람에 비해 덜 부정부패했기 때문에 '칭찬'할만 하다는 '이성'적 판단을 "잎은야 맑지고 꽃은야 고웁구나"의 이미지로 각인시켜 주고 있다. 그리고 "저 물에 저 감탕 아니면야 저 꽃 어이 피리오"로 부정부패가 국가간부들에게 보편적으로 만연된 것을 꼬집는 이 시조의 이성적 주제를 드러내고 있다.

셋째, 이미지사유는 주로 상징이나 비유를 빌어 이미지를 구성한다. 시에서 아주 활약적으로 나타난다. 그것은 시인이 구체적인 대응물을 찾아 모종 관념을 나타내자고 보니 암시, 시사의 방법을 쓰지 않을 수 없다. 그런데 문학에서의 암시, 시사는 주로 수법상 상징과 비유를 빌어 달성된다. 이로부터 이미지사유에서의 상징과 비유의

응용은 일종 법칙성적인 색채를 띠게 된다. 이 점은 『인생닐리리』의 시조들에서도 충분히 나타난다.

상징의 례로 「세상에…」라는 시조를 보기로 하자.

쥐 꾀에 춤추노니 집이 삐딱 기우난데
웬 것들 모여들어 풍악질탕 잡히느냐
세상에, 쥐와 고양이들 건배 아니 하느냐

여기서 '쥐'로 불법분자들, '고양이'로 불법분자들에게 매수된 부패한 간부들을 상징하고 있다. 그리고 '집'으로 나라를 상징비유하면서 부정부패의 위험성을 강조하고 있다. 대응적이미지들을 잘 포착하여 이성적인 상징적의미를 잘 드러내고 있다.

비유의 례로 「묻혀 산들 어떠리」를 보기로 하자.

해살이 세단들 흑운조차 뚫을손가
바람이 아니면 땅인들 비출가만
고금에 바람본이 뉘더냐 묻혀산들 어떠리

이것은 시인이 자기의 한 동료가 크낙한 일은 하면서도 응당한 승인은 못 받고 외려 천덕꾸러기로 몰리는 현상에 의분을 참지 못하여 쓴 것이다. 여기에서의 '해살'은 이른바 '명인'을, '바람'은 이름 없는 영웅-그 '천덕꾸러기'를, '흑운'은 막식한 고난을 각각 비유한다.

이미지사유에서 비유와 상징은 동시적으로 쓰이기도 한다. 『인생닐리리』의 「민심이 세파라…」를 잠깐 보도록 하자.

광한루 풍류스레 록음 속에 우뚝타만
매화 한창 그네터에 자목련 외롭구나
저 구름 흘러흐르니 민심아니 세파냐

시인은 몇 년 전에 남원 광한루와 춘향의 그네 터를 돌아보면서 관광객들이 너무도 없어 가슴 아픈 적막감을 느끼지 않을 수 없었다. 그때 시인은 자기의 적막감인즉 실은 춘향의 적막감이라고 인정하였다. 그러면서도 또 그럴 수밖에 없다고 인정하였다. 그것은 일편단심, 일부종사(一夫從事)가 둘도 없는 여성본분으로 칭송 미화되던 시대는 어언 멀리 흘러가고 성해방을 부르짖는 '자유세계'가 왔기 때문이다. 시조에서 "흘러흐르는 구름"으로는 세상이 걷잡을 수 없이 흘러감을 비유하고, "매화 한창 그네 터에 자목련 외롭구나"로는 그네 터의 외로움을 강조하면서 춘향의 외로움(즉 그가 민심에서 멀리 떠나가고 있음을)을 상징하였다. 그러면서 "민심 아니 세파냐"로 세상의 풍파란 사실 민심, 인심의 '풍파'이며 따라서 그것이 민심을 빌어 나타난다는 것을 강조하여 보여주고 있다.

상술한바와 같이 시인들이 이미지사유를 통하여 시를 쓸 때는 추상사유에 의한 추상적인 관념을 주로는 비유와 상징을 빌어 이미지를 구성하거나 이미지체계를 엮는 것이다. 바꾸어 말하면 이미지사유는 추상사유를 떠날 수 없다. 구체적인 예술형상 창조과정을 놓고 볼 때 추상사유가 이미지사유를 촉발하거나 지도한다. 또는 이미지사유와 추상사유는 서로 침투하고 긴밀히 합작하는 형태를 나타낸다. 특히 복잡한 장르인 소설에서의 이미지 체계화 과정이 더욱 그러하다. 이런 견지로 보면 이른바 이미지사유란 추상사유로 확립한 관념을 형상화, 이미지화하는 사유인 것이다. 따라서 작가, 시인들이 주로는 형상사유에 의거하면서 추상사유는 아주 적게 밖에 쓰지 않는다고 규정한 재래 전통적인 관점이 창작실제에 부합되지 않는다고 말하게 된다.

이런 이미지사유는 문학창작뿐만 아니라 예술창작 전반에 관통되어 있다. 이를테면 일반적으로 좁은 공간에서 심도 있는 의미를 보여주는 묘미를 추구하는 미술작품에서 잘 나타난다. 중국현대 유명한 화백 제백석의 「게」가 옆으로 엉기적 엉기적 기어가는 게의 이미지로 일제의 멸망을 예고한 것은 그 한 보기로 되겠다. 그리고 아무도 이 이미지사유를 못 떠난다. 가상적인 모방동작 및 그 의미 추구가 바로 그렇다.

2. 우리에게는 『20세기의 신화』가 있다

1) 들어가는 말

영국 사람은 말한다. 우리에게는 셰익스피어가 있다고. 셰익스피어의 4대 비극이 있다고. 그럼 우리에게는 무엇이 있는가? 나는 서슴지 않고 말하련다. 우리에게는 김학철이 있다고. 김학철의 『20세기의 신화』가 있다고. 김학철은 그 자신의 휘황찬란한 문학의 금자탑으로 우리 중국조선족 당대문학사뿐만 아니라 전반 중국당대문학사에서도 당당히 한 폐지를 차지할 수 있다. 김학철은 젊음의 나날에 얼마간 문학창작을 하다가 24년간이나 창작의 자유를 잃고 주로는 인생의 황혼기인 65세 이후부터 본격적인 창작을 진행하였음에도 불구하고 노당익장(老當益壯)의 패기로 많은 주옥같은 문학작품을 이 세상에 남겼다. 조선족의 하고 싶은 마음속 말을 탁 해준 1920~30년대 조선족항일투쟁사의 금자탑-『해란강아 말하라』, 망각의 그늘에 가리어졌던 1930~40년대 조선의용군 항일투쟁의 예술적 기념비1)-『격정시대』 그리고 예리한 사회적 메스의 역할을 한 후기의 잡문, 이것만으로도 족하다. 아니, 여기에 빠뜨릴 수 없는 또 한 작품이 있으니 그것은 바로 『20세기의 신화』.

『해란강아 말하라』, 『격정시대』 그리고 그의 잡문에 대해 우리는

---

1) 『김학철론』에 실린 김호웅의 논문제목.

많이 말해왔다. 학위논문2)까지도 나오고 있다. 그런데 이들 작품에 절대 짝지지 않는 오히려 심각한 현실주제 등으로 중국당대문학사의 한 페지를 새로 쓰게 될 『20세기의 신화』에 대해서는 너무 등한시하는 감이 든다. 1996년에 출판되어서 이제는 6년이란 시간도 잘 흘렀는데 말이다. 정판룡 교수의 독후감 「원로작가 김학철 선생과 20세기의 신화」, 김동훈 교수의 「김학철 선생의 인격적 매력-그의 1주기를 기념하여」와 한국 김명인의 「어느 혁명적 락관주의자의 초상」3) 같은 데서 근근이 언급하는데 그치고만 글들이 몇 편 있을 뿐이다. 우리 지성인들이 지금도 그렇게 소심한가 아니면 둔감한가?

『20세기의 신화』는 워낙 사형을 받았던 작품이다. 연변조선족자치주 중급인민법원의 판결문의 한 단락을 잠깐 보도록 하자. 김학철은 반동소설 『20세기의 신화』를 써서 악독하게 우리나라 인민의 위대한 수령 毛 주석과 중국공산당을 모욕하고 욕하였고 우리 사회주의제도와 반우파투쟁을 발광적으로 반대하였으며 악독하게 우리 당의 반수정주의투쟁을 모욕하였는바' 이하 결론은 상상하고도 남음이 있음. 『20세기의 신화』는 확실히 이런 '대역부도'한 내용들로 점철되어 있음. 그러나 그것이 잘못한 모택동과 중국공산당 및 왜곡된 사회주의제도와 좌적(左的)인 반우파투쟁과 반수정주의투쟁4)을 폭로하고 비판하고 내지

---

2) 중국 박사학위논문으로 이광일이 『중국조선족 소설문학연구』에서 전반 조선족 소설문학을 다루면서 김학철의 상기 작품들을 취급했고, 석사학위논문으로 최미옥이 『김학철 산문연구』에서 김학철의 잡문을 포함한 김학철의 전반 산문을 다루었고, 김춘련이 『김학철의 격정시대 연구』에서 김학철의 『격정시대』를 사상예술 면에 걸쳐 전반적으로 다룬 줄로 안다. 이외에 한국 측은 필자의 과문한 탓에 아직 파악하지 못하고 있다.

3) 『조선의용군 최후의 분대장 김학철』, 김학철문학연구회, 연변인민출판사, 2002. 9.

4) 1950~60년대 중소분쟁 때 으리 중국에서의 반수정주의운동에 대해서는 그 잘잘못에 대해 현재 중국 관변 측과 학계에서는 논의를 회피하며 어중간하게 두고 있는 듯하다. 필자는 학자는 나름대로의 관점과 견해를 밝힐 수 있는 자유가 있고 또 밝혀야 한다는 전제조건 하에서 이 운동은 당시 우리 중국의 극좌적 노선, 방침, 정책 하에서 산생된 산물로 본다. 물론 『20세기의 신화』

는 모욕하고 욕했다 한들 그 무슨 큰 잘못이 있을쏘냐? 작가 자신 및
그 미적인 대상화로서의 주인공들은 어디까지나 진짜 마르크스주의를
신앙하고 올바른 사회주의를 믿어왔고 진정한 공산주의자를 추구해왔
다. 작가 김학철은 떳떳이 말한다. "나 이 김학철은 그 암담하던 세월
에 감히 '1표 반대'를 해냈던 정직한 마르크스주의자다. 민족적 긍지와
자부심을 가슴깊이 간직하고 있는, 양심적인 당원작가다."5) 그는 죽어
서도 중국공산당 당기를 몸에 둘렀다. 사람이 억울함을 당하고 격해지
면 모욕하고 욕할 수도 있는 법. 그리고 그 모욕이라든가 욕이 자기 일
개인의 이해득실을 초월하여 어떤 대중적인, 전사회적인 공감대를 형
성할 때 그것은 사회정의의 목소리로도 승화된다. 그럴진대 먹물 먹은
인텔리 신사로서 이런 모욕과 욕이 조금은 도에 지나치다 하더라도 그
것은 가당한 것임. 여기서 모욕이라든가 욕이라는 것은 어디까지나 예
술적으로 처리되어야 될 방편의 문제지 목적이나 본질적인 문제는 아
니기 때문이다. 하물며 현 단계 그 잘못하고 왜곡되고 좌적인 치부가
다 드러나고 공식적인 공정한 결론도 내려졌음 에랴! 그럴진대 그 폭
로나 비판은 더 말할 것도 없고 그 모욕과 욕이라 하더라도 얼마나 선
견지명이 있으랴! 그러니 오늘 우리는 『20세기의 신화』에 대해 마음
놓고 얼마든지 마음껏 여러 시각과 방법으로 그 진가를 따져보아야 될
줄로 안다.

2) 시대와 김학철 그리고 『20세기의 신화』

　신화는 만들어진다. 마르크스의 말을 빌리면 인간이 실제적으로 자

　에서 대내모순을 대외모순으로의 전이(轉移) 같은 운운에도 동감한다.
5) 『조선의용군 최후의 분대장 김학철』의 김학철 遺作 잡문 『1표 반대』의 「기
　발은 이렇게 넘어갔다」(102페이지)에서.

연을 정복할 수 없을 때 상상 속에서 자연을 정복하며 신화를 만들어
낸다. 원시시대 인간들은 분명 신화 속에서 살았다. 신화가 삶의 한
지탱점이 되었다. 신화 속의 신은 인간의 한 우상이었다. 그리고 이런
'신화' 및 '신'은 인간이 실제로 자연을 정복함으로써 즉 과학기술이
발달함으로써 소실되는 것으로 마르크스는 알았다. 그런데 역사는 반
복이런가? 찬란한 과학의 섬광이 빛나고 있는 20세기 중반에 들어서
중국에 새로운 신화가 만들어졌다. 현대 신화가 만들어졌다. 수령의
신격화 및 공산주의지상낙원이 바로 그것이다. 이 신화가 우리 중국
사람들의 삶의 한 지탱줄이 되었음은 더 말할 것도 없다. 사실 신은
진작 만들어졌다. "동방이 붉어지니 태양이 솟네(東方紅, 太陽升)"의
그 태양의 신은 연안의 혁명성지에서 솟기 시작하여 새 중국이 산생
될 때는 이미 중천에 떠 있었다. 너무도 찬란하여 사람들이 똑바로 눈
을 뜨고 볼 수 없었다. 공산주의지상낙원은 이 태양의 신이 우중(愚
衆)들에게 약속한 천당이었다. 약속을 이행하기 위해 이 태양의 신은
토지개혁, 3반5반 등 착실히 일을 해나갔다. 그래서 사람들은 이 신을
믿었다. 작가 김학철도 환호했다. 희망에 넘쳤다. 단편 『뿌리박은 터』
에서 고향땅에 뿌리박은 '나'의 고난에 찬 역사, 오늘의 행복, 내일에
찾아올 더 큰 행복을 펼쳐 보이고 있다. 그런데 이 신이 신으로서 한
눈에 알아보는 혜안이 없이, 신답지 않게 '대명대방(大鳴大放)'의 '인
사출동(引蛇出動)'이라는 비열한 방법으로 하루아침에 터무니없이 55
만여 명의 이른바 우파들을 잡아내고 머리가 뜨거워 간영초미(赶英超
美)의 무슨 '대약진'운동을 벌린다. 공산주의지상낙원을 만들기 위해
정치면에서 정지작업의 일환으로 일단은 극단적인 좌경으로 우경을
비롯한 '독초'를 제거하고 그 다음은 경제면에서 들뜬 혼영이나마 미
래의 비전을 제시한 셈이다. 이로부터 전국은 시끌벅적해지며 사람들
은 각양각색의 반응을 보인다. 꼭 마치 안데르센의 동화에서의 벌거
벗은 임금님을 대할 때의 중국판을 보는 듯 하다. 임금님이 옷을 입었

다고 믿는 어리석은 백성들 즉 그 신을 그대로 미신하고 그 신의 장단에 춤을 추는 절대 다수를 차지하는 우중(愚衆), 임금님이 벌거벗은 것을 뻔히 알면서도 가장 멋진 황금 옷을 입었다고 웃음을 게발라 올리는 신하들 즉 그 신, 그 약속이 허상임을 속으로 뻔히 알면서도 아닌보살하는 명철보신파(明哲保身派), 그리고 임금이 옷을 입지 않았다고 스스럼없이 말하는 아이들 즉 일신을 불사르며 그 신뿐만 아니라 그 약속까지도 불태우려는 투사들. 팽덕회 같은 분이 이런 투사들이다. 여기에 조선족 작가 김학철도 당당히 그 반열에 선다. 팽덕회와 김학철은 영웅소견약동(英雄所見略同) 경지의 사람.『20세기의 신화』의 부록에 보면 김학철은 1975년 5월에 열렸던 그 자신을 현행반혁명으로 10년 도형에 언도하는 심판대회에서 이미 무산계급독재에 의하여 타도되어 무주고혼이 된 팽덕회를 혁명도사인 마르크스, 엥겔스, 레닌과 동등한 지위에 놓고 만세를 부르고 있는 것은 그 좋은 주석으로 된다. 중국의 20세기 현대 신화는 이런 영웅(英雄)들의 냉철한 이지(理智)와 무비(武備)의 용감성에 의해 깨여지기 시작했고 깨여졌다. 김학철은 분명 그 아이들이다. 그는 임금님의 벌거벗음을 지적한 그 아이들처럼 순진하다. 그는 바로 아이들 같이 순진한 인간의 양심에 살았다. 추호의 거짓도 없는 정직함 그 자체다. 그렇다 하여 김학철은 어리석은 우중(愚衆)과는 다르다. 김학철은 철 같이 냉철한 이성을 가진 사람이다.『20세기의 신화』의「후기」에 보면 "1957년 '반우파투쟁'으로 55만여 명의 무고한 지성인들이 숙청을 당해 전국 각지의 강제노동수용소들이 공전의 호황을 누릴 때, 그리고 잇달아서 들이닥친 '대약진', '인민공사'로 말미암아 아사자들이 속출할 때" 그는 '개인숭배의 미몽'을 깨친다. 그리고 '가중되는 정치적 압박과 극단적인 궁핍(굶주림)은 나의 반발심을 더욱 불러일으켰다.' 그는 내 일신만 편하면 된다는 그런 명철보신파(明哲保身派)가 아니다. 그렇다 하여 그는 감노불감언(敢怒不敢言)하는 그런 속앓이파도도 아니다. 그는 어디까지나 쟁쟁 쇳소리 나는 김학철이다. 1957년 우파로 몰렸다 하여 기가 꺾일 그가 아니다. 여기 위에 인용한 판결문의 한 단락인 "1957년 반우파투쟁 당시 우파언론으로 비판을 받은 후로 우리 당에 대해 더욱 미워하였다"는 더 없이 좋은 주석으로 된다. "마침내 나는 1인 독재의 해악을 낱낱이 폭로해 만천하에 경종을 울리기로 마음을 먹었다." 그는 돈키호테처럼 떨쳐나섰다. 그런데 돈키호테는 현실적인 이지(理智)를 잃고 무모함에 놀아나 웃음거리를 많이 만드는 문학작품 속의 인물이나 김학철은 어디까지나 현실적인 이지적(理智的) 판단에서 자유로울 수 없는 현실적인 인간이다. "마음은 먹었어도 깜냥 없는 속이 자꾸 후들후들 떨리기만 하니 이를 어쩌랴", "내가 이거 미치잖았나? 죽으려고 환장을 한 게 아닌가?", "총살당하는 광경이 자꾸 눈에 밟혔다" 이것은 그간의 사정을 잘 말해준다. 그러나 김학철에게 있어서 정의의 이성적 판단이 결국 현실적 이지적(理智的) 판단을 딛고 일어난다. '양심이 공포심을 이겨냈던 것이다'. 그래서 그것이 '100만대 1의 절대적인 열세'에 처한 승산 없는 대결임을 번연히 알면서도 '끝내는 붓을 들고 말았다', '신들린 듯이 볼펜을 달렸던 것'이다. 이로부터 1964년 봄부터 1965년 3월 불과 1년 사이에 27만자에 달하는 『20세기의 신화』가 산생되었다. 비장함 그 자체다. 여기서 잠깐 역사적(이제 지나간 지 반세기가 될까 말까? 그런데 역사적?) 가정을 좀 해보자. 역사는 가정을 허용 안 한다고 하지만. 김학철은 '승산 없는 대결'이나마 대결하기로 작심했다. 장부일언중천금(丈夫一言重千金), 군자일언사마난추(君子一言駟馬難追), 김학철은 장부고 군자다. 그는 17세의 어린 나이에 홀연히 나라를 구하려는 일념에 상해로 건너갔으며 젊은 혈기에 왜놈을 족치는 테러활동에 참가했었고 이것의 한계를 느껴 중국 중앙육군군관학교에 들어갔고 졸업 후에는 조선의용군에 입대하여 일본군과 싸웠다. 그 다음 그는 일본의 감옥에서 싸웠고 왜곡된 공산당들과 싸웠다. 그는 자기의 심지를 한번도 굽힌 적 없다. "편안하게 살려거든 불의에 외면을 하라. 그러나 사람답게 살려거든 그에 도전을 하라." 그는 자기의 임종유언에서 삶의 자세 가운데 후자를 선택하여 사람답게 살기 위해 줄곧 불의에 도전해 왔다. 1957년부터 빗나가기 시작한 중국당대역사, 김학철 그 자신도 이 역사의 피비린내 나는 와중에서 선제공격 대상이 된다. 그는 불복했다. 반격을 가했다. 보다시피 그는 그 당시 이미 소설가로 자리를 굳힌 굴지의 소설가이기에 소설로 반격했다. 여기서 내가 말하고자 하는 것은 그가 소설가가 아닌 경우에 어떻게 반격했겠는가 하는 문제이다. 그의 말에 따르면 그는 '총을 들고 정치이상을 실현해보려다가 적탄에 다리 한 짝이 잘리는 통에 막부득이 문학으로 방향 바꿈을 한 사람이다.'6) 그는 다혈질의 열혈 사나이, 불의에 직접 맞부딪쳐 싸우는 것이 제격이고 더 속 시원한지 모르겠다. 그때 나이 아직 혈기왕성한 이제 막 중년에 접어들까 하는 49세. 그래서 우리는 그가 다리 한 짝 끊어진 육체적으로 불구가 아닌 온전한 사람으로 가정해 보자는 것이다. 그럼 그는 제2차의 테러선택, 아니 이것은 절대 아니다. 그는 이미 1930년대 테러를 깡그리 포기했었다. 그는 이때 이미 훌륭한 마르크스주의자가 되어 있었다. 그런 만큼 그는 적어도 마르크스가 동의하는 방법을 취했을 것이다. 상소(上疏), 시위(示威), 이런 점잖은 방식이 먹혀 들어가지 않을 때는 폭력혁명까지도 준비할 것이다. 적중아과(敵衆我寡), 그는 우선 지하혁명가가 되었을 것이다. 그러되 그는 나그네 외로운 길을 걷지 않고 뜻을 같이 하는 동지들과 연대했을 것이다. 그리고 민중을 계몽하고 묶어세우며 조직적인 힘을 키웠을 것이다. 『20세기의 신화』의 자화상 인물인 심조광처럼. 그리고는 나아가 폭동이라도 조직했을 것이다. 역사의 일관된 논리로 보아서 그가 실패할 경우에는 역적이 될 것이고 성공할 경우에는 수령이 될 것이다. 그럴 경우

---

6) 『조선의용군 최후의 분대장 김학철』의 김학철 遺作 잡문 『산문수업』의 「수술칼정신」(91페지)에서.

그는 현재의 '조선의용군 최후의 분대장'으로 남는 것이 아니라 진짜 우리 민족의 정치적 수령이 되었을 것이다. 물론 그 과정에는 파란곡절, 천신만고를 거쳐야 하겠지만. 그러면 중국 조선족의 당대 역사 내지는 전반 중국 당대 역사는 새롭게 쓰여졌을 것이다.

3) 쓸데없는 가정 끝 현실로 돌아오자

『20세기의 신화』는 일대 회오리바람을 몰고 왔다. 전반 중국당대문학사에 있어서도 희대의 걸화사건이 아닐 수 없는 필화사건이 벌어진다. 그것은 '20세기의 신화'를 깨뜨리기에 족했던 것이다. 그래서 프롤레타리아 용사들이 이 천지 간에 용납 못할 소설(원고)을 치를 떨어가며 읽어본 결과 결국은 작자 자신이 현행반혁명으로 10년 도형에 떨어짐은 더 말할 것도 없고 우리의 재화(才華)있는 시인 서헌이 고문치사를 당하고 만다. 그리고 이 소설은 창작되어서 장장 31년 9개월 만에, 작가가 만기출옥을 해서 19년 만에 그리고 81세가 되는 해에 타국에서 햇빛을 보게 된다. 실로 중국당대문학사에서 보기 드문 광경을 연출해내고 있다.

4) 『20세기의 신화』의 내용

필자가 여기서 내용이라고 한 것은 한 문학작품이 노린 것, 바꾸어 말하면 말하고자 한 것이 무엇인가 하는 내연을 염두에 둔 것이다.

『20세기의 신화』는 당시 현실의 가장 민감한 문제들을 직접 폭로, 비판한 예리한 희대의 정치소설이다.

소설은 이렇게 시작하고 있다.

철조망으로 둘리지 않은 강제노동수용소에 또 봄이 왔다. /부황이 들어서 본래의 얼굴 모습을 거의 알아볼 수 없게 된 전날의 「아리랑」 편집인 임일평(林一平)이가 지금 구유에서 부지런히 골라먹고 있는 것은 여물에 섞인 콩깻묵이다. 외양간 밖에서는 먼저 먹은 바이올린니스트 채(蔡)가 두엄을 치는체하며 대거리로 망을 보아주고 있었다.

로 시작하고 있다. 이어서 작가는 전반적인 시대적, 사회적 상황과 분위기를 다음과 같이 개술하고 있다. 1957년 중국 전역을 휩쓴 반우파투쟁을 '지식계층소탕전'이라고 예리하게 지적하고 있다. 그리고 1958년부터 시작된 대약진, 인민공사에 대해서는 다음과 같이 형상적으로 설파하고 있다.

모택동이가 단걸음에 공산주의 천국으로 뛰어올라서 전 세계를 깜짝 놀랠 작정으로 '대약진'을 고안해내고 또 '인민공사'를 만들어 낸 결과 중국대륙에서는 유사 이래의 대기근이 들었다.
밥을 거저먹이는 인민공사는 식충이 양성소가 되고 노력공수(勞力工數)를 헤아리지 않는 인민공사는 글자 그대로 게으름뱅이 집합소로 변하였다. 기세 좋던 대약진은 드디어 암초에 걸려버리고 행복이 소용돌이치던 인민공사는 마침내 밑이 빠져버렸다.

그리고 당시 혹심한 기근에 대해

기관에서는 집무를 중지하고 나무껍질들을 벗기러 눈길을 헤치며 산으로 올라가야 하였고 또 공장에서는 작업을 중지하고 눈 속에 묻힌 낙엽들을 주우러 들판으로 나가야 하였다.

고 설파하고 있다. 그리고 당시 毛 주석에 대한 개인숭배를 '모택동교주', '중화모교', '모교군주국' 및 '모교도'라는 독특한 말로 개괄

하고 있다. 그리고

> 이 '모교(毛敎)'의 신도들은 앞을 다투다시피 하며 모택동 태양을
> 뵈오러 북경으로 올라갔다. 뵈옵고 돌아와서는 다들 새로운 감격으
> 로 신장대 떨 듯 하는 붓을 놀리어 "모주석과 악수한 손"이라는 글
> 들을 써서 신문에 내고 잡지에 내고 또 어디에도 내었다'

고 했다. 마치 예수신도들이 예루살렘을 순례하고 돌아온 듯이 말이
다. 그리고 '헌법의 조문들이 거지반 다 휴지통 속에 들어가 버린
현대식 경찰국가, 중화모교(毛敎)전제국의 빈틈없는 서신검열망' 즉
언론의 부자유를 토로하고 있다.

그리고

> 정답게 지내던 이웃끼리는 겨 한 되 비지 반 바가지 때문에 척이
> 져서 서로 사이의 내왕들을 끊었다. 감옥은 강간범과 절도범, 사기
> 횡령꾼과 투기상들로 초만원을 이루어 복도에까지 수인들이 차고
> 넘쳤다. 물물교환시장에서는 담배가 귀해진 반면에 인육이 흔해졌던
> 것이다. 범람하도록 흔해졌던 것이다.

보다시피 작가는 소설 첫 부분에서 직설적이고도 시니컬한 언어로
당시 사회적 문제들을 일일이 짚고 넘어간다. 이는 뒤의 구체적 인
물 및 거기에 얽힌 에피소드들을 보여주기 위한 시대배경 구실을 충
분히 하고 있다.
　소설은 전편 「강제노동수용소」에서 이른바 '인민의 적'들의 수용소
에서의 실존상황 및 그들이 수용된 경위, 그리고 후편 「수용소 이후」
에서는 '해방'을 맞은 '인민의 적'들의 운명 및 그들의 눈에 비친 각
종 에피소드를 통해 그 당시 사회의 천태만상을 사실적으로 보여주고

있다. 우선, 임일평이 장마당에서 볶은 콩 한 알에 1전에 파는 것을 목격한 것은 세상의 야비한 인심도 보여주겠지만 콩이 얼마나 귀하면 한 알 한 알로 취급되겠는가 하는 생각을 가지게 한다. 강제노동수용소에서 재소자들은 풀떼죽 한 사발로 하루 세끼 끼니를 때우기에 항상 허기지고 영양부족에 시달렸다. 그러니 소여물에 섞인 영양가 있는 콩깻묵을 군입질할 수밖에. 사람이 소보다 못한 생존 실존. 그리니 팽씨가 땅에 엎질러진 풀떼죽을 빌빌 울면서 주어 담는 그 꼴도 지극히 자연스러움. 그러나 이것은 땅에 나떨어진 인간 존엄 그 자체에 다름 아니다. 그리고 작가는 인간존엄의 가치성을 누구보다도 잘 알고 있는 임일평 조차도 풀떼죽 한 사발을 비우는 순간

일평이는 쩝쩔한 혀끝으로 핥았다. 부족하였다. 정전사고로 영화 「춘향전」을 이별하는 장면까지밖에 못 본 것만큼이나 아쉬웠다. 서운하였다. 원망스러운 눈으로 빈 죽사발을 들여다보니 죽사발이 마치 빚을 지고도 갚을 염을 안 하는 놈의 낯바대기같이 밉살스러웠다. 눈이 절로 살펴졌다. 어디 혹시 감자껍질이라도 떨어진 게 없나? 어디 혹시 무슨 뼈다귀라도 떨어진 게 없나?…

로 서술함으로써 무의식화 된 원초적인 식욕이 의식적인 인간존엄성을 압도하고 있음을 보여주고 있다. 작가는 아예 직설적인

공산주의 농장에서는 다들 하루 이틀쯤 굶는 것은 굶는 폭도 못 된다고 말하였다. 그런 건 기아가 아니라고 말하였다. 일년 삼백예순날 허구한 날을 두고두고 늘 배가 차지 않는 것이 비로소 진짜 기아라고 말들 하였다./인간의 존엄성을 유지한 최저한의 물질적 조건마저 박탈당한 동물적인 인간들에게는 가장 박절한 욕구가 '어떻게 하면 배를 한번 농구볼처럼 불룩하게 만들어볼 수 있을까?'하는 것이었다. 자나 깨나 이러한 동물적인 사념(邪念)에 사로잡힌 인민

의 적들은 별의별 꾀를 다 써보았다. 온갖 계교들을 다 부려보았다.

로 절대적인 물질적 빈곤 및 거기서부터 오는 인간의 변태를 잘 말해주고 있다. 임일평이 목격한 새각시의 자살도 결국은 그 절대적인 빈곤 및 여기서부터 환기된 인간의 변태적 심리 등에서 기인된 것이다. 인간의 이런 실존상황은 후편 「수용소 이후」에서 임일평과 정숙이가 손님대접할 거리가 없어서 '성례를 갖추잖고 그날부터 그저 동거하기로 합의를 한'것, 임일평이 배급소에 쌀사러 갔다가 허탕 친 것 및 그 처가 백화점에 바짓감을 뜨러 갔다가 체험한 아비귀환의 장면, 그리고 '5·1절을 앞두고 햇수로 3년 만에 처음 1인당 100그램씩 배급을 준' 가련한 흑사탕, 심조광의 달개집, 임일평과 친구인 의사 홍의 대화에서 홍이 밝힌 주립병원의 2천명이나 되는 '굉장한 숫자'의 간염환자 수 등등 일련의 에피소드를 통해 의, 식, 주 등 기본생활적 수요도 만족 받지 못하고 사는 비극을 계속 보여주고 있다.
  작품은 또 교육출판사의 편집들이 최서해의 「박돌의 죽음」을 중학교 조선어 교과서에 넣으려고 북경 교육부에 올라갔다가 '결국 「박돌의 죽음」은 수치스러운 민족주의의 죄명에 수정주의의 죄명까지 덧쓰고 불쌍하게도 두 번 죽음을 당하고' 조선어 교과서라는 것이 번역교과서로 전락되고 만 에피소드를 통해 민족교육의 부재를 통탄하고 있다.
  다음, 많은 에피소드를 통해 당시 사회의 암흑상을 여실히 보여주고 있다. 강제노동수용소에서 "눈에 보이지 않는 법률의 철조망으로 포위된 재소자들은 일종의 자치제를 실시하고 서로 감독하고 서로 적발하고 또 서로 비평하는 방법으로 질서를 유지하였다. 그러나 실상 수용소의 기구는 공인된 밀고제도, 즉 장려 받는 밀고제도 위에 건립되어 계속 정상적으로 톱니바퀴를 맞물고 돌아갔다". 보다시피 여기에는 서로 고발하고 물고 뜯는 불신과 질시만 있을 뿐 인간의 신의나 순수함 같은 것은 있을 수 없다. 사실 강제노동수용소뿐만 아니라 전반 사회가 이렇다. 황너구리가 반우파투쟁 기간에 이른바 '대자보'라는 것을 석 달 동안에 무려 200장이나 써 붙여 사람 잡이를 마구 해 "피비린내 나는 회전의자에 올라앉아 회심의 미소를 지을 때 벌써 그 회전의자 밑에서는 눈에 보이지 않는 은밀한 손이 또 하나의 함정을 파고 있었다. 비서장의 자리를 노린 것은 황너구리 하나만이 아니었던 것이다." 결국 황너구리가 "황너구리의 함정 파는 수단을 유심히 보고 배운 한 가외(可畏)할 후생"한테 당하여 강제노동수용소로 쫓기고 만 것은 그간의 사정을 잘 말해준다. 그리고 바이올리니스트 채가 우파가 되어 강제노동수용소로 쫓겨 가자 아내 하씨로부터 이혼을 당했는데, "가무단에서는 채의 경우와 동일한 정치적인 원인으로 4주일 동안에 7쌍의 부부가 이혼을 하였다."고 한 것은 부부 간의 신의조차 무너진 시대상을 고발하고 있다.

그런데 이제 문제의 심각성은 이들 재소자들에게만 '인민의 적'이라는 낙인이 찍히는 것이 아니라 이들 가족 모두에게 그 영향을 미치고 있다는 점이다. 이른바 혈통론이 그대로 적용된다는 말이 되겠다. 당시 이런 '인민의 적'에 대한 공식적인 태도 그리고 전반 사회적인 분위기가 이런 데로 흘렀다. 가장이 '인민의 적'이 되면 온 집안이 정배지(定配地=流配地)로 가야하고 온 식구가 사회적인 질시와 멸시를 받는 것은 그간의 사정을 잘 말해준다. 소설에서 왕씨 일가의 산골짜기에로의 정배(定配=流配)를 간다. 그리고 주인공 심조광은 그 '아내도 아들도 심지어 여섯 살 먹은 딸아이까지도 그 호주의 언걸을 입고 사회주의사회에서 아무짝에도 쓰지 못할 사람 기왓개미들로 되어버렸다'. 이를테면 '바로 어제까지도 모범생이라고 3년 동안에 상장을 다섯 번씩이나 받은 아이가 본인은 아무 잘못도 저지른 게 없으면서 이른바 계급의 원수의 자식이라는 단 하나의 이유 때문에 영원히 아물리지 못할 상처를 어린 가슴에 받고 울며 돌아와야 하는 것'은 순진한 어린 심령에 못을 박는 혈통론에 다름 아니다. 이것은 임일평이 '남편이 요시찰인 까닭에 나가면 직장에서 감시받고 들어오면 또 이웃에서 감시를 받아야 하니 그 아내가 명절을 맞고 명절을 보낸들 무슨 즐거움이 있으랴'고 아내를 가엾게 생각하는 데서도 반증된다. 그리고 임일평의 사촌처제 약혼남이 '신부의 사촌형부(임일평. 필자주)가 모자 벗은 우파분자란 걸 알아내'고 '가정성분이 나쁘다고' 혼인직전 '혼인을 그만둔' 것은 그 혈통론이 어느 정도까지 심한가를 여실히 보여주고 있다. 그리고 강제노동수용소의 재소자였던 '인민의 적'들은 풀려나 인민의 품으로 돌아왔어도 사회라는 더 넓은 강제수용소에서 여전히 '인민의 적', '종신 전과자'라는 멍에를 쓰고 최하층의 시시껄렁한 일(직업)밖에 차례지지 않으며 항상 감시를 받고 스모와 울분 속에서 살아갈 수밖에 없다. 후편 「수용소 이후」에서 왕씨가 과수원으로 풀려나고 또 우연히 주은 당 조직의 조직위원 수첩에 자신을 '전(前)우파분자'라고 비고에 못 박아 놓은 것, 이로부터 '죽을 때까지 당 대열에 복귀할 가망은 인제 아주 없어진' 것은 그 전형적인 보기가 되겠다. 그리고 이 조직위원의 수첩에 '퇴혼(退婚) 한번 했다고 순결한 처녀에게 화류성이 있다는 딱지를 붙이는 건' 정말 그 당시 좌적 경향이 얼마나 과민반응을 보이는가를 여실히 말해준다. 그리고 사발에 찍힌 '견결진압반혁명(堅決鎭壓反革命)', 베갯잇에 수놓은 '진압반혁명 타도반동파', 화약냄새 물씬, 뛸 데 없는 좌익소아병! 그리고 펑씨의 땅파기일, 그리고 끝내는 '반동의 때를 씻지 못한' 멍에를 쓰고 죽은 채 그리고 시산한 그의 장례는 이것을 잘 말하여 준다. 소설은 이외에도 학생이 담임선생 고발, 시비가 전도된 전과자 우선취직원칙, 임일평의 친구인 의사 홍이 까밝힌 고급약 사용내역 등등 에피소드를 통해 당시 사회적 암흑을 폭로하고 있다. 『20세기의 신화』는 그야말로 당시 사회악의 전시장에 다름 아니다.

　　그렇다 하여 작가는 이러한 현실 속에서 비관 실망하거나 타락하는 그런 소극적인 정서를 고취한 것은 아니다. 소설은 암흑함 속에서 밝은 빛이 빛나고 미래지향적인 낙관에 차 있다. 8년 만에 우연히 만난 고중(高中) 때 옛 친구 수의가 챙겨주는 잎담배와 주정(酒精)에 임일평은 자기도 모르게 '山窮水盡疑無路, 柳暗花明又一村'을 읊었으며, 우파로 몰려 강제노동수용소로 쫓겨 가는 마당에 '파혼하는 데 쌍방이 다 동의하지 않을 수 없으리만큼 사태가 기울어'진 상황에 부딪쳤건만 사랑하는 연인 정숙이로부터 받은 '검붉은 피로 쓴 한문 글자 일곱 자-영불변심대군귀(永不変心待君歸)'이라는 인간의 정숙함에 '뜨거운 눈물이 왈칵 솟아서 줄줄이 흘렀다. 누를 길 없는 사나이의 오열에 어깨가 물결친' 임일평, 그리고 보물찾기에서 '가까운 친구의 아버지나 어머니의 이름이 적힌 쪽지를 얻어 본 아이들은 거의 다 그 쪽지를 몰래 찢어버렸다. 쪽지를 갖다 바치고 연필을 타려 하지 않는' 때 묻지 않은 아이들 등은 신선한 인생의 감로수가 된다. 그리고 전편 「강제노동수용소」에서 감독노릇을 하며 극좌적 노선의 실행자들인 마가 마미이라와 성가 잰내비가 후편 「수용소 이후」에 와서 선후로 패가망신한 것은 그들 자신의 도덕적 부패상 및 인생사의 무상을 보여주면서 악의 필연적 멸망을 암시하고도 있어 고무적이다. 그리고 임일평이 사촌처제의 파혼소식을 듣고 갸날픈 정숙이로 하여금 '광명한 미래에 대한 막연한 신심과 싸늘한 현실에서 오는 암회색의 위압 사이에서 오랜 세월 방황해야할 고된 운명을 스스로 짊어지게' 한 '모가·김가'에 관한 일장 연설은 실로 넓은 견식의 선견지명이 넘치고 용기와 희망을 북돋아주고 있다. 그리고 바이올린니스트 채의 안내 무용가 하씨가 생활의 세파 속에서 점점 성숙되어 가는 모습도 고무적이다. 그리고 똥거름지고 국제 3·8부녀절을 쉬는 광경을 보고 허우대 큰 사나이가 '명절들 참 잘 쉰다'고 반어적 풍자로 '혼자말로 비웃었다. 그리고 일평이를 돌아보며 무슨 의미인지 대구아가리같이 큰 입을 실룩하였다. 일평이가 상대를 안 하니까 그 사나이는 콧방귀를 뀌고 자전거를 바로 타더니 씽하고 가버렸다.'와 실업자 임일평의 사촌아우의 열변 "'실업자들끼린 아무 소릴 해두 다 상관없소. '우리가 잃어버릴 건 실업의 쇠사슬뿐이다. 단결하자!' 이런 소릴 막하는 판인데. 그뿐이면 또 괜찮게. '우린 프롤레타리아 중의 프롤레타리아다. 혁명성이 가장 강하다. 우린 변혁을 갈망한다!' 이런 소리까지 막 드러내 놓구 떠드는 판인데.", '초록은 동색이지. 내 맘이 그네들 맘하구 똑같은데 멀리하군 어떻게 사우? 다들 진흔 못하는 울분까지 겸쳐서 속이 쇳물도가니처럼 이글거리는 판인데 거기서 또 외톨루 비어져요?'에서는 죽지 않은 인민 즉 민중의 형상을 보여줄 뿐만 아니라 그들의 필연적 단합된 힘을 암시해주고 있다. 소설에서 사회악에 대해 직접적인 행동으로 나서는 장면은 그대로 긍정적인 미래와 직결된다. 후편「수용소 이후」에 "용감한 '김선술집'이-독수의 일념으로 오랫동안 뒤를 밟아오다가' '제 동생하고 둘이서 대거리로 감시를 하'여 주색잡기 마가를 잡아낸 것은 짓궂은 악에 대한 도전으로 볼 수 있다. 전편「강제로동수용소」 시작부분에 "대단한 분들이 사시는 사택의 담장에는 시성(詩聖) 두보(杜甫)의 '주문주육취(朱門酒肉臭)노유동사골(路有凍死骨)' 열자가 눈에 보이지 않는 용감한 비판자들에 의해 인적 끊긴 밤중에 씌어지곤 하였다"와 후 편「수용소 이후」의 마지막 부분에 '이러한 밤에 이 땅의 참된 공산주의자들이 자신의 공산주의자로서의 사명을 다하였다./이튿날 아침, 그러니까 11월 7일날 아침, 온 자치주가 발끈 뒤집히다시피 한 이른바 반혁명사건이 발생하였다'는 조응을 이루며 '용감한 비판자들'과 '참된 공산주의자들'의 행동선을 보여주고 있다. 그리고 전편 「강제노동수용소」의 마지막부분에서 심조광이 '수사자의 기백'을 떨치며 일장연설로 '새똥에 어지러워진 해변의 바위들이 밀려드는 들물 속에 잠기듯이 대가리를 쳐들었던 황너구리들 일곱 명의 조장이 유쾌한 난류의 들물 속에 형적도 없이 잠겨버리게’ 한 것은 꺾이지 않는 인텔리의 행동적 표현의 하나로 볼 수 있다. 여기에 ‘마르크스주의는 인식의 철학인 동시에 실천의 철학이다’고 뇌이며 ‘몸조심주의자?’에서 탈피하여 ‘실제행동으로 넘어갈 결심을 내’린 임일평과 ‘묘지명의 작자들을 찾읍시다. 손을 맞잡읍시다. 조직을 넓힙시다.로 조직적인 힘을 꿈꾸는 심조광의 형상에는 일종 비장미가 내비치고 있다. 소설에서 임일평과 심조광은 김학철의 내면적 인격의 직접적인 대변자다. 이들이 결국 ‘말의 거인’’7)에 머물지 않고 ‘행동의 거인으로 나아간 것은 바로 작가 김학철의 투사적 인격의 투사(投射)에 다름 아니다.

『20세기의 신화』는 중국당대문학사의 경우만 놓고 보더라도 단연 돋보인다. 역사회고적인 안온한 정치소설이 아니라 희귀한 정치소설임에 틀림없다. 중국당대역사에서 가장 수치스러운 한 페이지들인 1950년대 말 60년대 전반기 반우경, 대약진, 인민공사, 공산풍, 대기근, 개인숭배 등이 사회에 만연될 때 우리의 많은 작가들은 재국자미(在局者迷)의 흐리멍텅, 명철보신(明哲保身), 기껏해야 감로불감언(敢怒不敢言)에 그치고 말았다. 그런데 김학철은 『20세기의 신화』로 정면 부딪쳤다. 그 자신은 현행반혁명 10년 도형이라는 피 못에 쓰러지면서. 이에 중국현대문학의 개척자의 한사람인 대문호 곽말약과 잠깐 비겨볼 때도 김학철은 너무나 떳떳하고 돋보인다. 문화대혁명 시기 곽말약의 행각을 보면 당시 최고권력계층에 드러내놓고 아부 굴종한 것으로 인격에 많이 금이 갔다.8) 그래서 김학철은 곽말약을 좋아하지 않는다. 그래서 그는 『격정시대』에서도 곽씨를 그리 곱게 안 보던 차 자기의 유작 잡문 『1표반대』9)에서 「기발은 이렇게 넘어갔다」 부분에

---

7) 19세기 러시아문학에 있어서 달변적이나 행동이 없는 한 부류의 귀족인물 형상의 특징을 개괄한 용어.
8) 『知情者說』 제4권의 闞民의 글 참조. 중국청년출판사.

서 闕民의 글을 인용하고 난후 "-차마 이렇게까지 드러내놓고 아부굴종을 할 수야!", "입이 쓰다 못해 메스꺼울 지경이다"로 곽씨를 여지없이 내리깠다. 김학철은 워낙 노신의 학생이고 숭배자다. 그 자신도 그렇게 여기고 있다. 그는 느신을 숭배한 나머지 항일테러활동을 하는 그런 아짜아짜한 와중에도 노신이 살던 집 앞을 배회하지 않았던가? 그리고 1990년대 선후로 노신이 묻혀 있는 상해 홍구공원도 찾아뵈고 북경에 있는 노신 아들을 찾아보았다. 그의 글은 현실을 꼬집는 노신 같은 글이다. '나는 노신의 글 솜씨만을 따라 배우려고 하는 게 아니라 그 성격, 사상, 행동까지도 다 따라 배우려고 노력한다. 음주와 흡연만을 빼고는 몽땅 다 따라 배우려고 애를 쓰는 것이다.'10)
그래서 우리는 조선족의 노신이라 일컫는다. 그의 재국자미(在局者迷)에서 벗어나 방관자청(旁觀者淸)의 냉철한 정의의 이성, 그리고 '감히 처음으로 게의 맛을 보는' 용감성에 머리가 숙여진다. 漢族둔학사의 경우만 보더라도 그때 그 당시 문학작품으로 그런 민감한 정치적 문제에 대해 정면으로 부딪치며 피를 흘린 작품은 거의 없고 '4인 무리'가 타도되고 사필귀정되면서 상처문학, 반성문학으로 일종 안온한 역사회고적인 방식으로 예각을 들이대고 있다. 장현량(張賢亮)의 『녹화수(綠化樹)』11) 등은 그 보기로 되겠다. 문화대혁명시기 이른바 '지하문학'이라고 일컬어지는 그 당시 '금서'로 취급된 작품들이 있었다. 이를테면 장편소설 『두 번째 악수』12)(張揚), 중단편소설 『파동』(趙振開), 『공개된 연애편지』(근범), 『저녁노을이 사라질 때』(여

---

 9) 『조선의용군 최후의 분대장 김학철』 100~101페지.
10) 『조선의용군 최후의 분대장 김학철』에 실린 김학철의 遺作 잡문 「산문수업」의 「로신의 방향」에서. 85퍼이지.
11) 『十月』, 1984. 2
12) 이 소설은 문화대혁명 전에 초고를 완성하였으나 주로 문화대혁명 시기에 작가의 여러 차례의 수정을 거쳐 비밀리에 널리 유전되었다. 작가 장양은 1975년 1월에 '소설을 이용하여 반당활동을 했다'는 죄명을 쓰고 투옥되었다가 1979년 1월에 석방되었다.

평), 『9급파도』(畢汝協), 『도망』(작자미상) 등 소설들과 「지하싸롱」과 「지하시사」에서 현대파 맛이 나는 아리송한 시와 각지 하양지식청년들 속에서 광범히 유전된 '지식청년운명가'로 일컬어지는 시가가 그 보기로 되겠다. 그런데 이런 작품들은 근근이 사랑을 비롯한 인간성 표현 같은 당시 금지구역 제재(題材)들을 취급했거나 정치적인 문제를 부수적인 문제로 취급 혹은 근근이 암시하는 차원에 머물고 있어 본격적인 정치소설이라고 보기에는 힘들다. 중국당대문학사에서 현실 정치 문제를 직접 고발하거나 꼬집은 본격적인 정치문학은 1976년 청명절 천안문광장에서 읊어진 「천안문시초」로 대표되는 정치시들이다. 이런 정치시들은 주로 말로에 다다른 「4인 무리」에 대해 성토하고 있다. 이로부터 놓고 보아도 『20세기의 신화』는 중국조선족 당대문학사뿐만 아니라 전반 중국당대문학사에서도 독특한 자리를 차지하게 됨을 알 수 있다.

『20세기의 신화』는 인텔리소설이다. 주요 주인공들이 인텔리들이다. 인텔리들의 수난사요, 인텔리들의 찬가다. 이를테면 주인공 심이 "인민의 적으로 판정된 것은 주로 작가협회의 지도일꾼인 그가 '진실을 써야 한다'고 작가들을 추동한 게 용납 못할 죄를 구성했기 때문이"고 임일평이 시가창작에서 '모택동 시대니 가슴 벅찬 새 시대니' 같은 구호식을 반대하는 견해를 솔직하게 햇내기 '문학청년'한테 피력하다가 '5년 동안의 비인간적인 강제노동과 종신 전과자라는 숨 막히는 후더침으로 치러야 하였던 것이다.' 바이올리니스트 채는 '좌담회 석상에서 의견을 드리라고 옆에서들 자꾸 권하는 바람에 가무단의 지도성원들 가운데 '정치만 중시하구 예술은 홀시하는 경향'에 대해 "의견을 드린 것이 그만 천지간에 용납 못할 대죄로 되어 '당의 영도를 반대하고 예술지상주의를 선양한 계급의 원수'로 되어 버린 것이다." 영화관 지배인이었던 왕 지배인은 "'우리나라 영화들은 왜 이렇게 재미가 없을까? 우리나라 촬영소에선 왜 외국영화처럼 그런 인간미 있는 것들을 좀 찍어내지 못할까?' 이 말 한마디를 한 것이 중국의 사회주의 영화를 극악하게 공격한 죄로 도어 마침내는 출당-철직-우파분자-강제노동… 현재에 이르렀다." 그리고 몇 사람을 좀 더 짚어보면 그들의 별명에서 그 기가 막히는 웃다 꾸러미 터질 내력이 드러난다. 소설의 한 대목을 그대로 옮겨본다.

'과부의 설음' -이 사람은 자신의 소설에다 과부의 설음을 묘사한 죄로 혼이 난 사람이고 '활기존관'-이 양반은 '당좌예금'을 '활기존관(活期存款)'이라고 하는 것은 타당찮다고 잠꼬대 같은 토론을 하다가 벼락을 맞은 양반이그 '대포단'-이 군은 교정을 잘못 보아서 '대포단'을 '대표단'으로 고쳐놓지 않은 탓으로 신세를 조진 군이고 '선술집'-이 친구는 얼근한 김에 선술집이 없어서 재미가 적다고 지껄이다가 녹초를 부른 친그이고 '조상의 핏줄'-이분은 자작시를 낭송할 때 도취한 나머지 '으, 조상의 핏줄이여!'하고 외친 공로로 인민의 적의 칭호를 획득한 분이다.

이것은 그 누가 장난으로 꾸며낸 해프닝이 아니고 중국에서 좌경사조가 통판 칠 때 실제로 생겨난 비극적인 사실들이다. 이 강제노동수용소에는 팽씨나 왕씨 같은 비인텔리들도 있지만 즈로는 임평일과 심조광으로 대표되는 인텔리들이다. "'공산주의농장'에는 당을 공격하였다는 각종 인민의 죠들이 100명가량 수용되어 있는데 그 대부분이 다 지식인들이었다. 대학교 학장, 검찰소 소장 같은 거물급으로부터 의사·기사·판사·화가·배우·가수·기자·아나운서 그리고 대학생과 고중생(고교생)에 이르기까지의 지식계층이 널리 망라되어 수용소는 흡사 무슨 인물진열관의 별관 같은 느낌을 주었다." 사실 1950년대 말 60년대 초 좌경사조는 주로 인텔리들을 겨냥했었다. 보다시피 이 소설의 주요 주인공들은 모두 인텔리들이다. 이것은 당시 시대적 상황을 여실히 반영해주고 있다. 그리고 주인공 심은 작가 자신을 모델로 하여 창조되었다. 작가의 체험적 요소를 바탕으로 하고 있는 만큼 진실감을 준다. 전편 「강제노동수용소」의 첫 부분에서 '두 사람(임일평과 채. 필자주)이 다 깎지 못한 수염이 텁수룩하고 두 사람이 다 몸에 걸친 것은 넝마나 다름없는 입성들이로되 찬바람이 스며들지 말라고 새끼오라기로 허리를 동인 까닭에 채의 주제꼴이 더 보기가 사나웠다. 이들을 사회주의 나라의 고등교육을 받은 지식인들이라고 하면 아마 곧이들을 사람이 별로 없을 것이다' 로 당시 '인민의 적'으로 전락된 인텔리들의 초라한 모습을 보여주고 있다. 그리고 후편 「수용소 이후」에서 임일평의 접수실 한직, 심조광의 잡역부, 이선생의 온실 가꾸기, 배학장의 도서대장 뒤지기, 이런 악렬한 실존환경 하에서 '인민의 적'의 멍에를 쓴 인텔리들은 울분을 금할 수 없으나 그것을 마음대로 토로할 수 있는 것도 아니다. 답답한 그 자체다. 임일평이 '그 가엾은 신붓감의 사촌형부란 곧 자신을 가리키는 것임을 깨달은 순간' 내뿜은 간절한 소망은 그 시대적 울분을 잘 대변해주고 있다.

일평이는 제 가슴속에서 강력한 수소탄이 한방 터져서 제 몸을 가루를 내주기를 바랐다. 그리고 동시에 그 거세찬 폭발이 금고 속처럼 숨이 콱콱 막히는 毛 씨 중국을 짝 짜개서 하늘색의 맑은 공기가 시원히 흘러들어오게 해주기를 바랐다. 전신에 계율의 붕대를 칭칭 휘감고 운신을 못하고 드러누워 모택동 구성(救星)님의 초상만 똑바로 쳐다보고 있는 모교도(毛敎徒)의 중국에 번개가 치고 우레가 울어주기를 바랐다. 소나기가 쏟아지고 불비가 쏟아져주기를 바랐다.

이것은 19세기 상반기 청나라말기 공자진(龔自珍, 1792~1841)의 시구 "九州生氣恃風雷, 万馬齊瘖究可哀"의 195~60년대 현대판으로 보면 된다. 그래서 그들 인텔리들은 술로 달래보고 서로 부둥켜안고 울기도 하며 예술로 승화시켜 보고 서로 회포를 나누기도 한다. 차씨와 고씨 두 음악가 일부러 과음하고 문을 채운 어두운 방에서 부둥켜안고 목 놓아 통곡, 공동묘지에서 채의 바이올린 타기, 채의 무덤 앞에서 고씨의 수 없이 울리는 바이올린 소리, 임일평과 심조광의 대회교류 등등은 그 보기로 되겠다. 그리고 바이올리니스트 채의 간염, 이선생의 병어 찌들린 몸, '일평이는 공산주의농장에서 간염이 만연되던 시기에 얻은 간염이 도져 고생을 하'며 병원출입 등은 당시 인텔리들이 정신뿐만 아니라 육체적으로도 망가진 피폐한 모습을 상징적으로 보여주고 있다. '저주받은 인생을 학대 속에서 마치'고 겨우 서른여덟 살에 '저 세상으로 간' 바이올리니스트 채는 인텔리의 비극적 인생을 극명하게 보여주고 있다. 정직한 인텔리가 마음 편히 살수 없는 수난의 비극적시대임을 잘 보여주고 있다.

『20세기의 신화』에서는 인텔리들의 냉철한 이성 및 비판정신 그리고 우국우민(憂國憂民), 선천하지우이우(先天下之憂而憂), 후천하지악이악(後天下之樂而樂)의 고상한 인격이 도처에서 빛난다. 물론 황너구리 같이 간풍사타(看風使舵)하고 아첨과 고발을 일삼으며 일신의 향락만 추구하는 못난 인텔리들도 없지 않으나 전반적으로 볼 때 그것은 인텔리에 대한 일대 송가로 된다. 임일평, 심조광, 이선생, 최, 배학장, 채, 고씨… 그들은 신념의 강자들이다. 그들은 어디까지나 진정한 마르크스주의, 공산주의를 믿었다. '모가(毛家)의 개인숭배체제만 무너지면 이 중국에도 그날부터 레닌의 질서가 회복이 도우.' 그렇기 때문에 왕씨가 '어떻게 해서라도 3년 안으로 당적을 회복해 보인다고 뼈물었을' 때 '제발 그렇게 되어주기를 일평이가 바란 것은 더 말할 것도 없는 일이다.' 임일평이 거리로 나갔다가 동거름 지고 국제3·8부녀절을 쉬는 여성들의 행렬을 날이 저물도록 바라보며 '저 가운겐 부르주아로 몰릴까봐 겁이 나 마지못해 인 ᄃ

자들도 적잖을걸. 강제노동…… 강제노동이 뭐 별겐가.' 현실을 꿰뚫어 보는 냉철한 이성이 빛난다. 사실 임일평은 심조광의 개도(開導)하에 언녕(진작) '황연대각 도를 깨쳐' 있었다. '-공산주의 농장은 해체된 게 아니라 960만 평방킬로미터의 폭원(幅圓)으로 범위가 확장되었을 뿐이었다.' 우국우민(憂國憂民), 정의감에 넘치고 지조가 있고 멋있다. "심 선생 같은 진짜 볼셰비키들은 리어카로 쓰레기나 쳐내고 또 배 학장 같은 훌륭한 학자들은 돋보기를 쓰고 도서관 구석에 처박혀 도서대장이나 뒤지고…… 이 나라가 이게 무슨 꼴입니까? 그런데 외마디 명창으로 '모택동 만세' 하나밖에 부를 줄 모르는 인간쓰레기·인간망나니들은 이 나라의 주인 노릇을 하고 있단 말입니다.' 임일평의 우국우민(憂國憂民). 그리고 임일평은 '즐거운 마음으로 시적시적 걸으면서 셸리의 「종다리」의 한 절을 읊다'가 "웬일인지 일평이는 갑자기 눈시울이 뜨거워나며 걷잡을 수 없이 울음이 복받쳤다. 즐거우라고 읊은 시가 잘못해서 슬픔의 저수지의 물문을 열어놓은 것이다. 세상 사람들이 내 노래에 귀를 기울인 날은 언제나 오려나?" 하고 개탄한다. 여기서 보다시피 임일평은 자기 일 개인의 이해득실을 벗어난 다정다감한 센티멘털에 빠지며 '세상사람'을 생각하는 드넓은 흉금을 드러낸다. 그리고 순결한 처녀에게 터무니없이 씌운 누명에 '제 일 같이 분개를 하'는 왕은 정의감에 넘친다. 그들은 대기근이 천재(天災)보다는 오히려 인재(人災) 때문이다는 것을 한눈에 꿰뚫어보는 천리혜안이 있다. 그들은 바로 "자연재해설에 의문을 품고 '가물 탓이 아닌 것 같다'고 외람스레 지껄인" '강제노동수용소로 사상을 개조하러 갔던' 것이다. 그리고 그들은 개인숭배와 독재통치의 관계, 중국과 수정주의소련을 비롯한 국제정치관계의 역학적 원리에도 투철하다. 정치적 아편인 개인숭배의 체제가 인민을 우롱해 코뚜레를 잡고 마구 끌고 다니기에는 아주 십상이었다. 개인숭배와 독재통치의 관계를 설파한 한 대목이다. 심광조 그리고 이, 최의 상소편지는 인텔리의 정의감과 정직성이 돋보인다. 그들은 자기네들의 처지를 잘 안다. '복수주의자 박가'와 "송가 '고릴라'" 같은 진짜 인민의 적 그리고 사회쓰레기들과 같은 처지에 놓여 있는 그들의 처지. 심조광의 말대로 '다 애매하게 순장(殉葬)을 당한 거'다. 그러나 실의요, 타락이요, 인생막판이요 하는 것은 그들과 거리가 멀다. 아들애의 죽음 소식을 접한 왕씨가 이판사판으로 마가와 결판을 내려할 때 임일평이 "이봐요. 왕형, 진정해요. 좀 진정해. 그 따위 개죽음을 누가 한답디까"로 차분히 냉정을 되찾게 한 것은 그 한 보기로 된다. 실로 냉철한 이성의 출어니이불염(出淤泥而不染)하는 도고함이 있다. 그들은 강제노동수용소안에서 서로 돕고 돌보는 진짜 공산주의자들의 우애의 꽃도 피워보고 한때는 자기를 해쳤던 자까지도 용서하는 관용을 베풀 줄 아는 사람들이다. 임일평이 "머릿속으로 미리 맛을 보며 싱글벙글 좋아하던 '망우물(忘憂物)'의 전부"를 명선이의 병 치료를 위해 심조광의 호주머니에 밀어 넣어주는 우정, 작가협회소속 '인민의 적'들이 자기네들을 물어넣은 황너구리가 회한의 눈물을 흘리자 투정하석(投井下石)하지 않고 관대히 용서해주는 모습은 너무도 인간적이다. 그들은 미래에 대한 낙관에 넘쳐 있다. 왕이 '내가 이제 더 바랄게 뭐가 있어'하고 이판사판으로 나올 때, '어째 더 바랄게 없단 말이요? 우리는 이제부터가 시작이요'하며 희망의 시작을 알리는 임일평. 원족에서 실의에 빠져 돌아온 아들의 머리 위에 손을 얹고 심조광은 말한다. '괜찮다. 회오리바람도 온종일 부는 법은 없다.' 철부지 열 살 먹은 아이에게 했다기보다는 오히려 '자신의 결의를 다진' 미래지향적인 시적인 말이다. 그리고 심조광과 임일평 그리고 '팽까지 세 사람의 얼굴에 깡그리 웃음이 떠올랐다. 공산주의 농장에서 그처럼 극성을 부리던 성 감독원 나리의 영광에 찬 말로에 조의를 표하는 데는 웃는 외에 딴 도리가 없었던 것이다.' 이 대목에서는 역사의 마지막 한 장은 희극으로 끝난다는 마르크스의 말이 적중함을 보여주며 승리자의 회심에 어린 미소가 묻어난다. 임일평이 편지로 마가의 추문을 이 선생에게 전하면서 '웃어주세요. 존경하는 모교도(毛敎徒)들의 말로가 왜 이렇게 모두 너절하고 고상하고 추잡스럽고 영광스럽습니까. 아멘. 아니 상향(尙饗)…'라고 한 것은 악의 멸망에 대한 확신과 더불어 아이러니, 반어적 희화로써 악을 불사르고 있다.

중국당대문학사에서 『20세기의 신화』처럼 인텔리를 당당히 긍정적인 주인공으로 내세운 소설은 꽤나 후에야, 이를테면 '4인 무리'가 타도되고 난 후인 1970년대 말 1980년대 초부터 나오기 시작했다. 『천운산전기(天云山伝奇)』(魯彦周), 『인도중년(人到中年)』(諶容)13) 등이 그 보기가 되겠다. 물론 『20세기의 신화』가 창작되던 시기인 '17년문학'14)을 보면 인텔리를 주인공으로 내세운 작품이 없는 것은 아니나 그 인텔리들은 대개 개조의 대상이고 혁명의 대상으로서 꾀죄죄하고 초라한 부정적인 모습들이다. 그것도 대개 주요 주인공이 아니라 긍정적인 주인공에 부속된 부수적인 주인공에 지나지 않았다. '4인 무리'가 판을 친 '문화대혁명'시기는 이런 경향이 더 심해졌으니 논할 여지도 없고. 그러다가 『천운산전기(天云山伝奇)』, 『인도중년(人到中年)』에 이르면 인텔리들이 자체의 빛을 발하는 긍정적인 주인공으로 등장하기는 하나 그것은 선도적 역할을 하거나 그리 당당한 것이 아니라 동정을 받으려고 몸부림을 치거니 동정을 받는 약한 존재다. 『천운산전기(天云山伝奇)』의 인텔리는 여러모로 어려운 역경 속에서 여주인공의 변함없는 사랑 및 옆 사람들의 동정 속에서 생의 용기를 얻는 존재다. 『인도중년(人到中年)』의 중년 인텔리부부

---

13) 이 두 작품은 중편소설인데, 각기 『淸明』(1979. 1)과 『收穫』(1980. 1)에 실렸다.
14) 중국당대문학사에서 1949년 새 중국 성립이후시기부터 1966년 문화대혁명 발생이전 시기문학을 일반적으로 '17년문학'이라고 한다.

는 물질적으로 열악한 삶의 여건 속에서 열심히 학문을 탐구하고 자기의 본업에 충직 한다. 그러다가 결국 심신이 피폐해져 몸져눕게 된다. 이로부터 사회적으로 인텔리에 대한 물질적 대우개선 문제를 환기시킨다. 『20세기의 신화』의 긍정적인 인텔리들처럼 출어니이불염(出淤泥而不染)하는 도고함과 당당함 그리고 미래지향적인 희망에 넘쳐 있지는 않다. 그리고 선도적인 영향력도 없다. 중국당대문학사에서 『20세기의 신화』의 긍정적인 인텔리들은 좀 뒤에 오게 되는 반성문학에서 기대해야 한다. 『20세기의 신화』가 57년 반우파운동 때 타도된 우파 인텔리들을 취급하고 그것도 그렇게 멋지게 취급한 것은 漢族문단과 비길 때 적어도 20년쯤 앞서고 있다. 이런 차원에서 놓고 보아도 『20세기의 신화』는 중국조선족 당대문학사 내지는 전반 중국당대문학사에서 높게 평가되어야 할 줄로 안다.

5) 『20세기의 신화』의 형식

필자가 여기서 형식이라고 한 것은 위에서 말한 내용을 표현하기 위한 구조, 수법 및 문체, '소도구' 그리고 언어구사 등 여러 방면의 예술적 문제들을 염두에 둔 것이다.

『20세기의 신화』는 『격정시대』에서 보게 되는 김학철 소설의 한 구조적 특색을 이루는 여유 있는 산점식(散点式)으로 되어 있다. 주요인물 및 여기에 얽힌 주요 이야기들이 주선을 이루면서 소설을 이끌어 나가는 인위적인 맛이 나는 잘 짜여진 구조가 아니라 어느 특징적인 공간에서 여러 인물들 사이에 벌어진 이야기 및 엇갈려 등장하는 매개 인물들에 얽힌 사연 등을 자유자재로 자연스럽게 펼쳐나간다는 말이 되겠다. 그러니 많은 에피소드가 등장하기 마련이다. 현실모습 그대로 말이다. 그런데 여기에는 분명 주인공들이 있고 본질과 비본질의 전형화원칙이 적용된다. 이로부터 생활의 산점식(散点式)이 일정한 격식과 특색을 갖춘 예술적 散点식으로 승화된다. 이를테면『20세기의 신화』에서는 전편「강제로동수용소」에서 재소자들의 수용소에서의 생활상뿐만 아니라 그들이 수용되게 된 사연들 및 그들과 바깥 세계와의 이러저러한 연계를 통하여 에피소드식으로 당시 사회의 천태만상을 보여준다. 그러다가 후편「수용소 이후」에 와서는 재소자들을 직접 전반 사회와 접목시키고 많은 에피소드들을 동원하여 보다 전면적이고 집중적으로 당시 사회의 천태만상을 보여준다. 그러되 작품은 어디까지나 전편「강제로동수용소」와 후편「수용소 이후」라는 두 개의 서로 맞물리는 기본 큰 틀이 있고 이 두 큰 틀 속에서 그래도 주요 인물들 및 그들한테 얽힌 사연들을 시대의 본질을 보여줄 수 있는 전형화 방법으로 걸러내고 있다. 이것은 작가가 높게 사고 있는 조선현대문학의 거장 홍명희『림꺽정』의 ‘영웅호걸 집결 청석골’과 ‘청석골 이후’식 작품구조와도 닮은 데가 있다.『20세기의 신화』에서 주인공은 일군의 인텔리들이다. 비굴한 못난 인텔리들보다는 출어니이불염(出淤泥而不染)하는 도고한 잘난 인텔리들이다. 여기서도 임일평과 심조광이 주요인물이다. 그러니 자연히 임일평과 심조광에게 초점이 많이 맞추어지기 마련이다. 임일평과 심조광한테 초점이 많이 맞추어짐으로써 작품은 흐트러지고 느슨한 감을 주지 않는 짜임새를 나타내기도 한다. 이로부터『20세기의 신화』에서 산점식(散点式)은 내부에 초점을 내포하고 있음으로 원심력과 이심력의 긴장관계를 유지하여 작품의 감칠맛을 돋군다.『격정시대』의 짜임새 면에서의 특징은 이미 이『20세기의 신화』에서 그 기틀이 잡힌 셈이다.

　　김학철작품하면 풍자와 반어, 유머와 해학, 패러디 등 여러 가지 수법을 효과적으로 사용하여 문학적 감명을 주는 것은 자타가 공인하는 바다.『20세기의 신화』도 예외가 아니다.『20세기의 신화』에는 곳곳에 이런 문학적 금싸라기들이 널려 있다. 그런데 그것은 그 무슨 성공자, 승리자, 자족적인 자의 여유로움에서 생겨난 것이 아니다. 그것은 언제 칼이 목에 와 떨어질지 모르는 급박한 상황 하에서 이루어진 것이다. 족쇄를 차고 춤춰야 하는 부자연스러움, 어려움이 없지 않아 있다. 그래서 '눈물어린 웃음', 비극 속의 웃음의 안쓰러움도 있다. 이로부터 흑색 유머15)적인 맛도 없지 않아 있다. 그러나 그것은 또한 비관 실망과는 거리가 먼 마음이 여유로운 자, 앞날을 훤히 꿰뚫어 본 자의 배포 있음에서 생겨나기도 한다. 그래서 슬픔을, 비극을 즐거움으로, 희극으로 전화시킬 수 있는 삶의 지혜로움도 넉넉히 비친다. 이로부터 『흥부전』식의 멋도 있다.

그러면 아래에 여러 수법들의 대표적 용례들을 보면서 그 구체적 상황을 살펴보도록 하자.

『20세기의 신화』는 현실을 폭로, 비판하는 데 치중 점을 두고 있는 만큼 일단 풍자, 반어 가 가장 많은 비중을 차지한다. 그리고 이런 풍자와 반어는 유머와 해학, 패러디 같은 다른 수법에도 녹아들어 있다.

> 약진표란 오작품(誤作品)이 아닌 오작품이라는 말, 바꾸어 말하면
> 규격에 맞는다는 합격증이 붙은 오작품이라는 말이다.

여기서 약진표 제품에 대해 아이러니를 통한 전반적인 풍자를 전제로 한 다음 칫솔, 구두, 타월, 과자, 노트, 철필 촉, 배추, 두부, 비누, 풀, 대야, 바지 순으로 각각의 약진표 제품들에 대해 모두 반어적인 혹은 아이러니적인 풍자를 가하고 있다.

---

15) 원래 이것은 20세기 라틴아메리카의 현대파 문학의 한 유파를 가리키는 개념이나 김학철이 의식적으르 썼든 안 썼든 『20세기의 신화』에는 이런 유으 표현이 심심찮게 눈에 뜨이므로 일단은 이 개념을 빌려 써보도록 한다.

"이 철조망으로 둘리지 않은 문명한 강제노동수용소 '공산주의 농장'", 작가는 '강제노동수용소'를 이렇게 말하고 있다. 영락없는 아이러니식 풍자다. 여기에는 아이러니 속에 아이러니가 있는 2중 아이러니가 내포되어 있다. '이 철조망으로 둘리지 않은 문명한'과 "강제노동수용소 '공산주의 농장'"이 1차적인 아이러니를 이루고, '강제노동수용소'와 '공산주의 농장'이 2차적인 아이러니를 이루며 풍자의 효과를 거둔다. 이와 다른 경우의 한 아이러니를 통한 풍자를 보도록 하자. '그런 까닭에 작가협회 소속의 인민의 적들은 웃음엣소리로 자신들이 현재 얽매여 있는 수용소를 작가협회 본점이라고 부르고 그리고 소수가 남아 있는 원래의 작가협회는 시내 지점이라고 불렀다.' 이것은 작가협회 소속 전원 20여명 가운데 반수를 차지하는 10여명이 수용된 까닭에 이런 '웃음엣소리'가 나온 것이다. 명목과 현실의 부조화로부터 생기는 아이러니에 기초한 풍자다. '그리고 역대로 시래기란 추녀 끝 가운데 매달아 말리기 마련이던 것이 20세기 중엽 모택동의 대약진시기에 이르러 마침내 시래기란 자물쇠를 단단히 잠근 광 속에서 말려야 하는 것으로 되어버렸다.(밑줄은 필자가 침)16)' 여기서는 첫 번째 줄 친 부분에서 별 볼일 없는 시래기를 환기시키면서 두 번째 줄친 부분에서 대단하게 취급하는 아이러니를 통하여 풍자효과를 거두고 있다. '모택동이의 말대로 하면 자연재해로 말미암아-즉 심한 가물로 말미암아-탄갱 속의 석탄들이 거지반 다 말라죽었던 것이다.' 여기서는 마취불대우취(馬嘴不對牛嘴)식 아이러니를 통하여 풍자를 가하고 있다.

구체적 인간을 풍자한 한 대목을 보도록 하자. '인격이 고결한 황너구리는 이런 고상한 수법으로 숱한 사람을 해쳤다.' 별명 그대로 너절한 인간 황너구리를 풍자한 구절이다. 표면, 수단과 결과의 아이

---

16) 이하 인용문에서 밑줄은 필자가 친 것임.

러니를 통해 풍자적 효과를 거두고 있다. 또 다른 풍자 하나를 보도록 하자. '노동국 등록장에서 내 이름도 아마 곰팡이가 피는 모양이요.' 임일평의 사촌동생이 취직하려고 노동국에 등록해 놓고 기약 없이 기다려야 하는 상황을 과장적으로 풍자하고 있다. 실로 『20세기의 신화』의 풍자는 너무 다종다양하여 이루 다 헤아리기가 바쁘다.

반어의 경우를 보도록 하자.

미국과 그 주요한 맹방들의 수백만 실업자 대군을 압도적으로 능가한 모씨 중국의 수천만 실업자 대군 중에서 비록 막벌이일망정 1년에 다섯 달 이상 일을 얻어 할 수 있는 것도 막비(莫非) 모주석의 덕분이었다.

여기서는 앞부분어서 실업자대군의 실상을 까밝힌 전제하에서 '막비(莫非) 모주석의 덕분이었다.'로 반어적인 효과를 거두고 있다. '그런데 딱한 것은 이 두 편의 독초의 제작자들이 반동사상이 골수 깊이 뿌리박힌 까닭에 공정하기 짝이 없는 판정에 불복지심들을 품은 것이다.' 여기서는 '그런데 딱한 것은 이 두 편의 독초의 제작자들이 반동사상이 골수 깊이 뿌리박힌 까닭에 공정하기 짝이 없는 판정'으로 이중반어를 가하고 '불복지심들을 품은 것이다.'로 뒤의 반어와 아이러니를 이루며 풍자적 효과를 거두고 있다.

반어의 경우를 하나 더 보자.

그러니 이러한 시대의 감각을 구비 못한 일평이가 얼뜨게 수수쌀 배급을 타러 갔다가 헛다리품만 판 거라든가 또는 이러한 시대의 감각을 충분히 갖추지 못한 정숙이가 섣불리 탁탁한 천을 끊으러 갔다가 구사일생으로 목숨을 건진 거라든가 하는 것은 그 누구를 탓할 게 아니라 다땅히 본인들이 자신의 낙후함을 바로 인식하고 깊이 반성하는 바 있어야 할 것이다.

여기서는 아무런 잘못도 없는, 오히려 순박하고 정직하여 그런 감
각을 갖추지 못한 일평이와 정순이를 마치 잘못이라도 저지른 듯이
'시대의 감각' 운운으로 1차적으로 반어를 구사하고 마지막 밑줄 친
부분에서는 '인식'하고 '반성'해야 한다는 당위성을 제기함으로써 반
어를 구사하고 있다.

> 대약진시대가 다르긴 달랐다. 미국 따위 소련 따위는 어림이 없었
> 다. 그래 제따위들이 불과 1년 동안에 물가를 8배로 비약시킬 수
> 있단 말인가? 제국주의자와 현대수정주의자가 그런 재주를 가졌으
> 면 해가 서쪽에서 뜨게. 어림이 없지!

게발라 올리추는 듯하면서 대약진의 허상을 여지없이 까밝히는 반
어적 표현이다.

임일평이가 컬컬한 김에 마시는 냉수를 '모택동의 시대의 사이다'
라고 한 것도 절묘의 반어가 아닐 수 없다.

『20세기의 신화』는 비극적인 상황이 곳곳에서 묻어나는 엄숙한
정치소설이다. 그러나 따분하지 않다. 유머, 해학이 넘친다. 그것은
작가가 소설에서 밝히다시피 오락이라는 것이 전혀 없는 메마른 세
계이다 보니 인간의 상정으로 자연 웃음거리를 장만해서 웃어보고
싶은 게 이런 유머와 해학이 넘쳐나게 한 것일 게다. 사실 김학철은
유머와 해학에 대해 자기 나름대로의 독특한 견해가 있다. "우리의
소설에는 일반적으로 유머가 부족합니다. 너무 따분합니다", 해학적
필치는 엄숙한 주제와 상치되지 않는다. 아니 오히려 그 엄숙성을
더 북돋아준다.[17)

> 3·8절을 맞이하여 실제적 행동으로 농업을 지원하자! 2열종대로

---

17)『김학철작품집』, 연변인민출판사, 1987. 228페이지, 223페이지.

플래카드를 따라오며 구호들을 외치는 것은 거개가 등에다 애기를 업은 가두 여성들. 그녀들이 소래기·대야·버치·둥구미 따위 가지각색 그릇에 수북수북 담아서 머리에 인 것은-실제적 행동으로 농촌을 지원하는 구체적 표현-똥거름이었다. 그리고 그 똥거름 위에다 고명처럼(보기 좋으라고) 얹은 것은 울긋불긋한 조화였다. 등에 업혀 우는 애기를 울지 말라고 달래는 젊은 엄마에, 똥거름을 이고도 한손을 높이 쳐들고 구호를 따라 외치는 늙은 어머니에, 치맛자락에 매달려 칭얼거리며 따라오다가 귀퉁이를 쥐어 박히는 어린아이에, 등에 업혀 영문도 모르게 캐드득거리며 혼자 짝짜꿍을 하는 젖먹이에…… 행렬이 참으로 장관스러웠다.

임일평의 말을 빌어보면 "똥거름과 여성의 날. 여성의 날과 똥거름. 과연 모택동식의 기념이로군"인 흑색유머다. 사실 이것은 작가가 의식적으로 꾸며낸 것보다는 당시 우리가 흑색유머처럼 살은 삶의 진실한 현실적 반영에 다름 아니다. 가장 신성한 것을 현실에 마구잡이로 끌어들여 오구잡탕을 만들어 놓았으니 말이다. 신성한 국제 3·8부녀절을 우리는 너무도 많이 초라하게 쉬기도 했던 것이다.

아래에 것은 작자가 의식적인 유머표현을 추구하다 보니 자기도 모르게 흑색유머적인 표현으로 나아가게 된 경우라 해야 되겠다.

중국대륙에서 신성한 언론의 자유가 신성한 모가지 잘리는 자유와 더불어 확고히 보장되어 있다는 것은 온 천하의 정직한 사람들이 다 잘 아는 바이다.

실로 앞 뒤 문맥과의 연계 속에서 밑줄 친 부분은 흑색유머적인 맛이 다분히 풍긴다. 약진표 칫솔에 대해 '첫째 특점은 금으로 만든 것인 줄 알고 놀라서 하품을 칠정도로 값이 비싼 것이고', 여기서도 흑색유머적인 맛이 풍긴다.

> 아이고 어른이고 입은 바지가 자꾸 흘러내려서 혁대에 새 구멍들
> 을 뚫느라고 볼일을 못 보았다.

작가는 대약진시기 항상 허기진 배고픔을 이렇게 나타내고 있다. 『흥부전』의 과장을 통한 비극 속의 희극 즉 '눈물어린 유머' 수법을 여기서 다시 보게 된다. '이 모든 약진표들의 보편적인 특징은 그 값들이 모두 높이뛰기의 세계기록을 압도적으로 돌파한 것이었다.' 여기서도 『흥부전』식 풍자를 하고 있다.

> 그런 외올 광목으로 지은 옷을 장난 심한 아이들에게 입히면 그
> 옷은 한주일이 꼭 한명(限命)이었다. 열흘을 입히면 그 옷은 "억하
> 심정으루 남을 두 번 죽음을 시키느냐"고 매원을 할 것이고 또 보
> 름을 입힌다면 그 옷은 "살부지수(殺父之讐)가 아닌 바에야 능지처
> 참으루 각까지 떠죽일 건 뭐냐"고 입힌 사람을 원망할 것이다. 그리
> 고 그럴 수는 절대로 없지만 만약 한달을 입힌다면 그 옷은 "누굴
> 칼탕을 쳐 죽일 작정이냐"고 눈에 쌍심지를 켜고 사생결단을 하려
> 덤빌 것이다.

이것은 당시 판매된 질이 낮은 옷에 대한 희화적 묘사다. 그런데 묘한 것은 옷을 입은 사람의 시각이 아니라 옷을 의인화한 옷의 시각에서 과장적 수법으로 해학과 유머를 돋아내고 있다.

이외에 『20세기의 신화』에는 자조적인 유머도 심심찮게 눈에 띈다. 이를테면 '심상찮은 운명의 총아들'은 그 한 보기가 되겠다. 여기서 작가는 '공산주의농장'의 사람들을 가리키고 있다. 이것이 마가나 성가 같은 부정인물에 쓰일 때는 일종 반어적 유머가 되지만 임일평이나 심조광 같은 긍정인물에 쓰일 때는 일종 자조적인 유머가 된다.
『20세기의 신화』는 포스트모더니즘적인 패러디 방식도 효과적으

로 쓰이고 있다.

　　사유제도를 일거에 소멸하고 공산주의 천국으로 비약하려면 다른
　것들은 다 그대로 놓아두고 각 집의 담장과 울타리만 싹 소탕해치
　우라. 이것이 비결이니라. 명지(銘之)! 면지(勉之)!

　58년 대약진 때 사유제도의 유물을 없애치운다고 울타리를 제거
한 것을 당시 유행된 "사유제도를 일거에 소멸하고 공산주의 천국으
로 비약하려면"이라는 이른바 신성한 혁명적 어투를 일단 '모경(毛
経) 제5장 제1조에 명시된 천재적 논단'이라고 톤을 높이고 그 다음
줄친 부분으로 패러디적 풍자를 가하고 있다.
　그럼 아래에 '모경 제5장 제1조를 그릇되게 해석한 좀도적들의 슬
로건', 아니 당시 좀도적들의 패러디를 하나 더 보도록 하자.

　　이 좋은 세상에 네 것 니 것이 왜 있으랴, 네 것이자 내 것이고
　내 것이자 내 것이지.

　이것은 당시, 니 것 내 것 따지지 않는다는 이른바 공산주의 풍격
을 일단 신성한 '모경 제5장 제1조'라고 전제하고 좀도적들의 자기
합리화적인 패러디적 풍자를 가하고 있다.

　　우린 프롤레타리아 중의 프롤레타리아다. 혁명성이 가장 강하다.
　우린 변혁을 갈망한다!

　이것은 위에서 본 임일평의 사촌아우의 열변 가운데 한 토막의 구
호인데 가장 신성한 무산계급혁명의 이론을 패러디하여 자기주장을
고취하며 합리화하고 있다.

여름에는 동풍 아닌 빈대풍이 이풍을 압도하고 또 겨울에는 서풍 아닌 이풍이 빈대풍을 압도하였다.

이것은 소설에서도 제시하고 있는 바의 "모택동이는 사회주의를 동풍에 비기고 자본주의를 서풍에 비기면서 동풍이 서풍을 압도할 것을 주장하였다. 그리고 동풍이 서풍에 압도당할 위험에 대해서도 경고를 하였다"의 당시 가장 유행된 정치적 언술을 패러디하여 강제노동수용소의 악렬한 위생조건을 풍자하고 있다.

그리고 임일평과 심조광의 대화에서 언급된 해방 전에 부르던 "우리나라 좋은 나라 / 잠꾸러기 없는 나라……" 노래를 패러디한 요즘새로 유행하는 동요를 보도록 하자. "우리나라 좋은 나라/먹을 것이 없는 나라/우리나라 좋은 나라 / 입을 것이 없는 나라……". 말 그대로 신판, 패러디판이다. 이런 패러디로 당시 의식주의 절대적 빈곤을 풍자하고 있다.

위에서 언급했다시피 『20세기의 신화』는 인텔리가 주인공으로 된 인텔리소설이다. 그만큼 무협소설류의 빠른 이야기줄거리전개식 보다는 대화, 의론적인 색채가 진하고 줄거리는 있는 듯 마는 듯, 줄거리가 있을 경우라도 그 진전은 더디다. 그리고 성구, 속담, 편지, 일기, 노래, 시, 우화(동화), 인용문 등 인텔리에게 어울리는 다양한 예술적 '소도구'들을 이용하여 작품세계를 재치 있게 펼쳐 보이고 있는 것이 특색으로 안겨온다. 그리고 언어표현의 구사에서 최대의 형상성을 기한 비유법, 의인법, 상징법 등 여러 수사학적 수법들의 효과적인 이용 이 돋보인다. 그리고 언어구사에서 홍명희식 순고유어를 많이 살려 쓴 것도 높게 사야 할 것이다. 물론 한자어를 직역하거나 풀어 쓴 일부 폐단도 없는 것은 아니다. 이를테면 좀 무식한 왕씨의 입말에 '경이역지(輕而役之)'같은 말이 튀어나오는 것은 좀 웃기는 얘기다.

6) 결 론

중인개취아독성(衆人皆醉我獨醒), 그리고 감설감작(敢說敢作)-바로 김학철, 『20세기의 신화』. 모두들 '대약진', '인민공사', 모주석… '만세! 만세! 만만세!', 우파 타도를 고창할 때 감히 'No'한 김학철, 『20세기의 신화』. 김학철은 자기의 遺作 잡문 「1표 반대」에서 숭앙한 각기 독일, 미국, 일본의 양심과 자존들인 '칼 리브크네히트', '하버 윌슨', '일본의 비전향(非轉向) 정치범 300명'처럼 감히 『20세기의 신화』로 '1표 반대'를 던졌다. 그는 투사가 되기에 손색없다. 이로부터 우리 중국조선족의 양심과 자존을 지키고 살렸다. 그 자신과 작품은 피 못에 쓰러지면서. 우리는 오늘 새롭게 이 '1표 반대'를 음미해봐야 한다. 투사 김학철은 갔다. 마지막까지 투사의 빛을 뿌렸다. 그는 자기의 마지막 순간도 '1표 반대'처럼 독특하게 장식했다. 그는 갔지만 『20세기의 신화』는 남아 있다. 우리에게는 『20세기의 신화』가 있다. 두고두고 음미할…

텍스트

김학철 장편소설 『20세기의 신화』 창작과 비평사 1996. 12

참고문헌

1.『김학철론』, 연변문학예술연구소 편집, 흑룡강조선민족출판사, 1990. 12

2.『조선의용군 최후의 분대장 김학철』, 김학철문학연구회, 연변인민출판사, 2002. 9.

3. 인터넷 사이트: http://www.kimhakcheol.com

4.『中国当代文学史綱』, 주필 魯原·劉敏言, 중국문연출판회사, 1993. 7.

5.『中国当代文学史教程』, 주필 陳思和, 복단대학출판사, 1999. 9.

6.『중국당대문학사』, 김병활, 연변대학출판사, 2001. 3.

3. 이백과 정철 比較散論

주지하다시피 이백(701~762년) 중국 성당(盛唐)시기 사람이고 정철 (1537~1601년)은 조선조 중기 사람이다. 이들 둘은 민족이 다르고 시대적으로 약 800년의 사이를 두고 있다. 그런데 이들 사이에는 많은 비슷한 점이 눈에 뜨인다. 이로부터 이 양자 사이에 그 어떤 실질적인 영향관계를 설정해볼 수 있다. 시기적으로 보아 앞선 시기의 이백이 후세의 정철에게 영향을 주었을 것으로 사료된다. 고려시기 문단이 중국 송나라시기 문학의 영향을 많이 받았다면 조선조에 들어서서는 당나라시기 문학의 영향을 많이 받았음을 감안할 때 더욱 그렇다. 신흠(申欽)의 『송강전(松江傳)』에 의하면 정철은 임석천(林石川)에게서 시를 배웠음을 알 수 있다. 그런데 석천(石川)은 또한 이백을 배워 그의 문도(門徒)들로부터 적선(謫仙)이란 칭을 받았다. 그러니 정철이 이백의 영향을 받지 않을 수 없다. 정철의 시적 세계만을 놓고 보아도 정철이 이백을 흠모, 사숙(私淑)하였음을 알 수 있다. 『관동별곡(關東別曲)』의 마지막 부분에 정철 자신이 이백에 비유하여 일장의 환상을 읊어놓았음은 그 일단을 보여준다. 그런 만큼 이들 지간에 실제적으로 영향을 주고받은 영향연구가 우선 되어야 할 줄로 안다. 그런데 이런 연구는 「松江文學에 끼친 李白 文學의 영향」(高承柱, 『국어국문학』, 2집, 조선대 국문학회, 1975), 「松江歌辭와 中國文學」(朴魯春, 『慶熙文選> 1, 慶熙大 國文學科, 1962. 7), 「松江文學에 비친 李白의 意態」(孫八洲, 『東岳語文學會 研究發表要旨』, 동국대, 1974. 9. 19), 『松江文學

에 나타난 中國文學的 要素』(吳惠純, 영남대 석사논문, 1973. 8), 「松江歌辭의 道仙性考-李白의 受容面에서-」(李鳳麟, 『語文學』 51, 韓國語文學會, 1990. 5) 등 논문에서 충분히 진행된 줄로 사료되어 본 논문에서는 비교의 가능성을 전제로 하고 평행관계에 치우쳐 인격, 경력, 작품 등 여러 면에 걸쳐 동일한 점과 부동한 점을 짚어봄으로써 이 두 작가의 특성을 보다 분명히 인식하는 데 일조하도록 한다. 이백과 정철은 애초에 사람 됨됨이나 성품 면에서 많이 닮아 있는 것 같다. 이를테면 두 사람은 천성적으로 옥골선풍(玉骨仙風)에 호협하고 활달한 성품에 총기가 뛰어난 것 같다. 속물적 근성하고는 거리가 먼 것 같다. 이백은 태자빈객 하지장(太子賓客 賀知章)이 처음 보는 순간 '적선인(謫仙人)'이라고 할 정도로 옥골선풍(玉骨仙風)을 타고 났다. 이백은 유가의 경전뿐만 아니라 백가의 학설을 두루 섭렵했으며 신선도 찾아 다녔다고 한다. 『상안주배장사서(上安州裴長史書)』에 보면 그는 "오세 송육갑(五歲誦六甲), 십세관백가(十歲觀百家), 헌원이래(軒轅以來), 파득문애(頗得聞唉)"했던 것이다. 그는 촉(蜀)에 있을 때 검술도 배우고 장단종횡술(長短縱橫術)도 배웠다. 그는 도교적인데 많이 심취한 것 같다. 그는 자나 호를 도교적 냄새가 다분히 풍기는 태백(太白)과 청련거사(靑蓮居士)로 하고 있다. 그리고 그는 정의감에 놀아나는 호협한 남아의 기백을 떨쳐 불한당 네댓을 벤 적도 있다고 한다. 그는 또한 천성적으로 떠돌이 생활이 좋은 지라 20세 때 사천의 명승고적을 답사하고 726년 26세 되던 해에는 집을 떠나 동정호를 거쳐 여산에 올랐으며 금릉, 양주를 지나 다시 호북으로 들어가 안륙을 중심으로 하여 낙양, 태원을 지나 태산에 가보았고 안휘, 강소, 절강 등 절반 중국을 방랑했다고 한다. 그 는 절반 인생을 방랑으로 보낸 셈이다. 이백은 자부심이 대단한 것 같다. "천생아재필유용(天生我材必有用), 천금산진환복래(千金散盡還復來)"(「將進酒」), 자기는 언젠가 꼭 쓰일 날이 있으며 千金도 쉽게 굴린다는 배포유함이 있다. 그래서 그런지 그는 애초에 아득바득 과거시험에 신경을 쓰지 않는다. 그는 자기의 재간을 인정받아 하루아침에 출세하는 첩경을 취한다. 당현종의 부름을 받고 벼슬길에 나갈 때 그는 "앙천대소출문거(仰天大笑出門去), 아배기시봉호인(我輩豈是蓬蒿人)"(「南陵別兒童入京」)라고 그러면 그렇겠지 하는 코대 높은 앙천대소를 한다. 벼슬에서 쫓겨날 때 그는 '안능최미절요사권귀(安能摧眉折腰事權貴), 사아부득개심안(使我不得開心顔)!'(<夢遊天姥吟留別」)로 인격적 존엄과 자아자유의 경지를 고취하고 있다. 그는 실로 시인, 유생, 협객, 자객, 은사, 도사, 모사, 주정뱅이 등 다양한 면모로 살은 것 같다.

정철도 이에 못지않다.『을사전문록(乙巳傳聞錄)·정유침전(鄭惟沈傳)』에는 다음의 일화가 전해지고 있다. 정철이 어릴 때 순천(順天)으로 형을 만나러 가다가 지곡리(芝谷里)에 있는 창계천(滄溪川) 용소(龍沼)의 맑을 보자 몸을 씻고 싶은 충동에 미역을 감게 되었다. 마침 이때 용소(龍沼) 가까운 동산 위에 환벽당(環碧堂)이란 정각(亭閣)을 짓고 은거하던 중에 있던 사촌(沙村) 김윤제(金允悌)가 낮잠을 자게 되었는데 꿈에 용소(龍沼)에 용이 놀고 있는지라 괴이하게 여겨 꿈을 깨어 가 보았더니 미소년(美少年) 정철이 멱을 감고 있었다고 한다. 이에 사촌(沙村)은 한눈으로 그의 비범한 기골(氣骨)을 보고 여러 가지로 문답을 하는 사이에 그의 영특함에 놀라 순천(順天)으로 가는 길을 만류시키고 자기 슬하에 두어 학문을 닦게 하였다는 것이다. 보다시피 정철은 용, 크게 될 인물인 것이다. 정철도 성격기질 면에서 물욕을 떨쳐버린 도고함이나 강개함이 있다. 당시 세인들의 평을 좀 보도록 하자. 율곡(栗谷)은『석담일기(石潭日記)』에서 "지어정철(至於鄭澈) 충청강개(忠淸剛介) 일심우국(一心憂國)"라고 평하고 있다. 이귀(李貴)의 「상소문(上疏文)」을 보면 "철지위인(澈之爲人) 효우청개(孝友淸介) 입조이십여년(立朝二十餘年) 일조실록(一朝失祿) 유락남방(流落南方) 기빈지어탄역미반무장(其貧至於炭易米盤無醬) 칙청고일절(則淸高一節) 족이범서

려속(足以範世厲俗) 차이이지소이종신애중(此李珥之所以終身愛重)”라
고 효(孝), 우(友), 청(淸), 개(介)의 선비라 평하며 율곡(栗谷)이 매우
중하게 여겼다는 것이다[1]. 이것은 같은 서인파(西人派)의 평이라 과찬
이 없지 않아 있겠으니 남인(南人)으로서 정철과 좌·우상(左·右相)
으로서 조석으로 상대한 류성룡(柳成龍)의 『잡기(雜記)』의 “위인강편
(爲人剛偏) 희언인과(喜言人過) 은수분명”(恩讐分明)나 선조(宣祖)의 「
선조비답(宣祖批答)」의 “정철지위인(鄭澈之爲人) 기심야정(其心也正)
기행야방(其行也方) 기설야직(其舌也直) 고부용어시(故不容於時)”의
평은 그래도 공정한 줄로 안다. 상촌(象村)은 『송강집서(松江集序)』에
서 “기풍조려락(其風調儷落) 자성청명 (姿性淸明)… 부위진역(不爲畛
域) 염어물욕(廉於物欲)”라 하며 그의 조촐한 모습을 보여주고 있다.
그는 스스로 호를 송강(松江)이라 했듯이 소나무의 도고함이나 강의
도도함이 있다.

이백과 정철은 뭐니 뭐니 해도 일단은 입신양명(立身揚名)의 유교적
정치이념에 공감했다. 이백은 젊은 기분에 ‘분기지능(奮其智能), 원위
보필(願爲輔弼)’, ‘겸선천하(兼善天下)’, ‘제창생(濟蒼生)’, ‘안사직(安
社稷)’, ‘안여원(安黎元)’하려는 유교적인 정치적 포부를 품고 있었다.
이런 포부는 ‘구무제대심(苟無濟代心), 독선역하익(獨善亦何益)?’할 정
도로 순수하고 강한 것이었다. 이백의 많은 고시(古詩)들은 그의 이런
정치적 포부를 피력하고 있다. 이를테면 「서정증채사인웅(書情贈蔡舍
人雄)」에서 ‘담소안여원(談笑安黎元)’한 사안(謝安), 「양보음(梁甫吟)」
에서 ‘봉시장기사경륜(逢時壯氣思經綸)’한 강상(姜尙), 「독제갈무후서
회(讀諸葛武侯書懷)」에서 ‘장지탐함경(壯志耽咸京)’한 제갈무후(諸葛武

---

1) 물론 반대당인 東人派들의 ‘故領敦寧府使鄭澈 以蛇蝎之性 懷鬼蜮之謀 毒氣
   所種 惟以傷人害物爲事’(「己丑錄 甲年 11月 兩司合啓」)이라는 평을 보면 정
   철은 실로 귀축 같은 존재다. 그런데 이것은 따지고 보면 사실 당시 정쟁
   의 라이벌 관계에서 출발한 공정성을 잃은 왜곡된 견해와 욕으로 일관된
   혹평임에 다름 아니다.

侯)에 대한 찬미를 통해 자기의 뜻을 피력하고 있다. 그런데 이백은 당시 많은 사람들이 택하는 정규적인 과거시험을 우습게보고 일부 괴짜들이 하루아침에 출세하는 추천을 통한 첩경을 택했던 것이다. 그는 '위사자종유우합지시(爲士者終有遇合之時)'를 믿었으며 당세의 임금이 주문왕이 강상(姜尙)을 중용하듯이 자기를 중용해줄 것을 바랐다. 그런데 이 길은 결코 쉬운 길이 아니다. 괴짜의 이미지를 수립하자면 가만 앉아서 되는 것이 아니다. 다른 사람보다 다른 뛰어난 데가 있어야 하고 이것을 긍정받기 위해서는 윗사람이나 명인들과 사귀는 등 많은 신경을 써야 한다. 이백의 경우를 보면 그는 명산대찰을 선유(仙遊)함과 더불어 은인고사(隱人高士)적 이미지를 수립하기 위하여 공소부(孔巢父), 한준(韓準) 등과 더불어 '죽계육일(竹溪六逸)'이라 칭하며 한동안 은거생활을 했던 것이다. 이와 동시에 그는 또 윗사람과 명인들과 교유하면서 시국을 담론하거나 시적 재능을 보여주어 조정의 중시를 받아 '수라유현(收羅遺賢)'의 기회를 얻어 하루아침에 출세하는 방식을 취하기도 했다. 그래서 이백은 결국 도사 오균(吳筠)과 하지장(賀知章) 그리고 여도사 당현종의 여동생 옥진공주 등 도교계 사람들의 추천을 받아 당현종이 연거에서 내려 정중히 맞는 예를 받으며 궁정에 든다 정철은 정통적인 유교집안에서 자라며 입신양명(立身揚名)의 길을 강하게 지향한 것 같다. 그의 집안이 왕실과 인척 관계를 맺게 됨은 이런 지향을 더 자극했으리라. 그는 정규적인 과거시험의 길을 걷는다. 그는 진사시(進士試) 1등에, 문과(文科) 별과(別科)에 장원을 한다. 이백과 정철의 정치생활을 보면 이백은 742~744라는 2~3년의 짧은 기간에 한갓 "요상의상화상용(要想衣裳花想容), 춘풍불람노화농(春風拂濫露華濃)"와 같은 궁정시만 쓰는 어용시인 노릇을 한 한림이라는 미관말직에 별 볼일 없이 거치고 말았다. 그러나 정철은 30여 년[2]이라는 긴 시

---

2) 정철의 벼슬기간에 대해서 이귀(李貴)의 「상소문(上疏文)」 같은 데서는 "입조이십여년(立朝二十餘年)"이라고 하고 있다.

간에 걸쳐 벼슬을 하며 서인파(西人派)의 당수로 '일인지하(一人之下) 만인지상(萬人之上)'의 승상이 되어 정계를 쥐락펴락하기도 했다. 그리고 이백이 정계에서 쫓겨나자3) 미련 없이 벼슬길을 포기했다면 정철은 육기육락(六起六落)의 파란만장한 벼슬생활을 하며 정계생활에 대한 강한 집착을 보였다. 이백은 애초에 벼슬을 하되 "원일좌명주(願一佐明主), 공성환구림(功成還舊林)', '사요불의거(事了拂衣去), 심장신여명(深藏身與名)"하는 '공명신퇴(功名身退)'할 것을 지니고 있었다. 「행로난(行路難)」(三)을 보면 그는 '공성신부퇴(功成身不退), 자고다연우(自古多衍尤)'하는 도리를 잘 알았던 것 같다. 하기에 2~3년의 짧은 기간이나마 벼슬길에서 쫓겨났을망정 그리 미련은 느끼지 않은 것 같다. 그는 짧은 벼슬을 하는 기간에 당현종이 간신들을 중용하고 부패한 생활을 하는 것을 아니꼽게 보아온지라 당현종을 '은후난천기(殷后亂天紀), 초회역사혼(楚懷亦已昏)'(「고풍(古風)」 51)의 은주왕(殷紂王)과 초회왕(楚懷王) 같은 무도하고 암매한 군주라고 욕하며 궁중을 떠날 마음을 먹기도 했다. 그래서 그는 벼슬길에서 쫓겨나는 길(천보 4년 즉 744년)로 장안을 떠나 또다시 방랑생활을 시작했다. "천자호래불상선(天子呼來不上船), 자칭신시주중선(自称臣是酒中仙)"에서 보다시피 그는 '天子'의 부름도 무시하는 홀가분한 '주중선(酒中仙)'이 되어 선유(仙游)한다. 그런데 아이니 컬하게도 「의고(擬古)」(十二), 「김향송위팔지서경(金鄉送韋八之西京)」, 「노중송이종제부거지서경(魯中送二從弟赴擧之西京)」 등 시를 보면 그가 조정과 당현종에 대한 그리움을 나타내지 않은 것도 아니다. 조정과 당현종에 대한 미련, 이 점에 있어서는 정철의 「미인곡(美人曲)」과 비슷하다. 보다시피 이백은 정계와 당현종

---

3) 물론 이백은 당현종에게 벼슬을 그만두고 서울을 떠나가겠다는 뜻을 상주하여 윤허를 받아냈다. 이로부터 학계에서는 이백이 스스로 벼슬을 그만 둔 것으로 논의되고 있기도 한데 사실 당시 조정의 객관적 상황이 이백이 그런 상주를 하지 않으면 안 되게 되어있는 것을 감안하면 분명 쫓겨난 거나 다름없다.

에 대해 모순적인 양상을 드러내고 있다. 이것은 이백이 유(儒), 도호보(道互補)를 통해 심리적 평형을 이루었다고 볼 수 있다. 낙양에서 두보(杜甫)를 만나고 변주(汴州)에서 고적(高適)을 만나 그들과 더불어 개봉, 제남 등 지역을 즐겁게 유람하였다. 그는 두보(杜甫)와 이별한 후 강소, 절강, 하북, 산서, 산동, 하남 등지를 다니며 방랑생활을 계속했다. "아본초광인(我本楚狂人) 봉가소공구(鳳歌笑孔丘) 수지록옥장(手持綠玉杖) 조별황학루(朝別黃鶴樓) 오악부사원(五嶽不辭遠) 일생호입명산유(一生好入名山遊)" 그는 방랑생활 과정에 도술을 담론하고 산수에 정을 붙이기도 했다. 이로부터 자연과 완전히 융합되는 순수한 자연시도 읊어내고 있다. "중조고비진(衆鳥高飛盡), 고운독거한(孤雲獨去閑). 상간양부염(相看兩不厭), 지유경정산(只有敬亭山)."(「독좌경정산(獨座敬亭山)」 보다시피 여기서 시인은 산과 서로 바라보며 거기에 마음을 기탁하고 회포를 풀며 서로 하나가 되는 경지를 창출하고 있다 그리고 「몽유천모음류별(夢遊天姥吟留別)」에서는 현실의 벼슬세계와는 전혀 다른 신선적 세계를 펼쳐내어 일종 절대 자유의 경지를 추구하고 있다. 이에 반해 정철은 임금의 버림을 받아 정계에서 물러나 있으면서도 임금을 못 잊어 「사미인곡(思美人曲)」을 읊는다. 이것이 미진한 것 같아 다시 「속미인곡(續美人曲)」을 부른다. 이를테면 「사미인곡(思美人曲)」 같은 데서 임금의 버림을 받은 상황 하에서 "짓나니 한숨이오 / 디나니 눈물일다"로 임금의 부름을 받지 못하는 서러움을 직설적으로 토로하고 있다. 바꾸어 이야기하면 결국 임금의 부름을 받아 정계에 다시 복귀할 것을 간절히 바란 것이다. 그리고 그가 노래한 자연시도 보면 결국 자연물의 아름다움을 노래하기보다는 그것들을 주관화하여 현실적 정치와 연결된 자신의 인생을 토로하는 인생시를 읊어내고 있다. 아마도 귀양살이 중에 창작된 것으로 추측되는 「차수옹운(次壽翁韻)」을 보더라도 타향에서 자연과 친화하여 살려고 애쓰지만 오히려 자신의 현실적 정치지향의지만을 자각하게 되는 양상을 드러나고 있다. 여기서 흐르는 물결은 임에 대한 그리움을 실어보내는 매개체로 되면서 정치적 현실에 대한 집착을 더 고양시킨다. 한마디로 말하여 정철의 몸은 자연에 있으나 그의 정신세계는 현실의 정치세계를 지향하고 있었다. 그의 눈에 비친 자연물들은 현실적 정치지향의지를 자각시켜주는데 다름 아니다. 정철의 앞에 나타난 자연물들은 그의 현실적 정치지향의지에 의해 여과된 것이어서 그의 시 속에서 순수하게 자연 그 자체의 미를 추구한 것은 보기 힘들다. 이 점에 대하여 안병대(安秉臺) 교수는「松江文學에 나타난 自然觀」에서 "송강(松江)의 자연관은 곧 인생관과 연접되어 있음을 알겠고 자연관은 자신의 심중(心中)을 형상화한 것"이라고 잘 지적하고 있다.「영은사(靈隱寺)」에서 도허(逃虛), 즉 공(空)의 세계로 도피하는 발걸음이 가볍다함은 곧 현실정치를 도피하고 잊으려는 것으로 된다. 그런데 여기서 현실을 떠난 자연에서의 여유작작 노니는 모습은 한 순간의 모습일 뿐인데 그것도 술에 취한 취(醉)를 빌어 가능했던 것이다.

이백과 정철은 문호(文豪)이기에 앞서 주호(酒豪)이다. 이백의 주벽(酒癖)은 대단하다. 그가 술에 거나하게 취해 물 속에 잠긴 달을 건지러하다가 빠져 죽었다는 에피소드는 그간의 사정을 말해주고도 남음이 있다. 정철의 주벽(酒癖)[4]에 대해서는 "지우여병(只憂汝病) 모념아주(母念我酒) 차후장식(此後將息) 일의긍지(一意矜持)"[5]에서 보다시피 가족들이 심려할 정도로 심했던 것이다. 정철은 한시(漢詩) 등 많은 기주시(嗜酒詩)에서는 물론 우리말 시가에서만도「관동별곡(關東別曲)」,「성산별곡(星山別曲)」,「장진주사(將進酒辭)」 등에서 그는 자신의 주론(酒論)과 주흥(酒興)을 숨김없이 반영하였고 단가(短歌)에는 술을

---

4) 정철의 주벽(酒癖)에 대해서는 현재 정철의 증손들이 살고 있는 진천군(鎭川郡) 문백면(文白面)에 있는 종가에 소장된 정철의 손때 묻은 옥배(玉杯)와 은배(銀杯)가 잘 증명해주고 있다.
5) 家間書.

주제로 한 작품이 13수나 된다. 특히 한시(漢詩) 574수를 보면 시의
소재로 인용된 '주(酒)'의 시어(詩語)는 100여 회나 된다. 이백과 정철
은 무엇보다도 인생의 무상과 허무를 달래기 위해 술을 마신 것 같다.
그럼 아래에 이백의 「장진주(將進酒)」와 정철의 「장진주사(將進酒辭)」
를 좀 구체적으로 보도록 하자. "군부견황하지수천상래(君不見黃河之
水天上來), 분류도해부복회(奔流到海不復回)! 군부견고당명경비백빈
(君不見高堂明鏡悲白鬢), 조여청사모성설(朝如靑絲暮成雪)!" 이백의
유명한 「장진주(將進酒)」의 첫 부분이다. "이 몸 죽은 후면 지게 위에
거적 덮어 주리어 메여가나 / 류소보장의 만인이 울며 따르나 / 어욱
속새 덥깔나무 백양숲에 가기만 하면 / 누른 해 흰 달 가는 비 굵은
눈 / 소소리바람 불제 누가 한잔 먹자하겠는가? / 하물며 무덤 우에
잔나비 휘파람 불 때 / 뉘우친들 무슨 소용있으랴". 정철 「장진주사
(將進酒辭)」의 마지막부분이다. 여기서 「장진주(將進酒)」는 자연적 상
황에 비겨 그리고 '고당명경(高堂明鏡)'의 귀한 자들도 '하루 사이'에
희어진 백발을 한탄하게 된다는 사항을 빌어 인생무상을 읊어내고 있
다. 「장진주사(將進酒辭)」는 누구나 다 죽게 되는 사항을 전제로 하고
죽은 후면 가난한 사람이든 귀인이든 다 별 볼 일 없는 존재로 된다
는 인생무상을 들먹이고 있다.

　이런 인생무상과 허무를 이백과 정철은 일종 도락주의(道樂主義)로
갈무리하고 있다. 이런 도락은 음주가무를 떠날 수 없다. 그들이 읊은
'장진주(將進酒)'는 바로 악부「고취곡사·한뇨가(鼓吹曲辭·漢鐃歌)」
의 구제(舊題)로서 대개 술을 마시고 노래하며 노는 내용으로 되어 있
다. 이로부터 일단 주호(酒豪)로서의 그들의 모습이 나타난다. "인생득
의수진환(人生得意須盡歡), 막사금준공대월(莫使金樽空對月) …… 팽
양재우차위악(烹羊宰牛且爲樂), 회수일음삼백배(會須一飮三百杯). 즘
부자(岑夫子), 단구생(丹邱生), 장진주(將進酒), 배막정(杯莫停). 여군가
일곡(與君歌一曲)'(「將進酒」), 이백은 '인생득의(人生得意)' 즉 인생이

순탄하고 잘 나갈 때 기껏 마시고 즐기자는 향락적인 분위기를 내 풍기고 있다. "한잔 먹새 그려 또 한잔 먹새 그려 / 꽃 꺾어 산 놓고 무진무진 먹새 그려", 정철은 '꽃 꺾고 산 놓'는 전통적으로 술 마시며 즐기는 법을 들먹이며 술을 권하고 있다. 보다시피 「장진주(將進酒)」와 「장진주사(將進酒辭)」는 많이 닮아 있다. 『순오지(旬五志)』같은 데에 보면 정철의 「장진주사(將進酒辭)」가 이백의 「장진주(將進酒)」의 시상을 환골탈퇴 하였다고 지적하고 있다. 정철이 이백의 「장진주(將進酒)」에 공감을 느꼈음은 분명한 듯하다. 비슷한 성격기질이나 인생역정은 그들로 하여금 '장진주(將進酒)' 대 '장진주(將進酒)'로 종족, 민족을 뛰어넘고 시대를 뛰어넘은 대화를 하게 했으리라!

보다시피 이백과 정철은 인생무상과 허무를 갈무리할 도락에 빠지기 위해 술을 마셨겠지만 현실에서의 인생고민을 떨어버리기 위해서도 술잔을 기울였던 것이다. 이백은 「행로난(行路難)」(二)에서 고대 성현들의 불우한 처지를 들면서 당세 정치에 쓰이지 못한 자기의 불우한 처지 등에 걸친 인생역경을 피로하고 있다. 워낙 그는 "백발삼천장(白發三千丈), 연수사개장(緣愁似個長)"했던 것이다. 그는 「장진주(將進酒)」에서 만단의 회포를 풀고 있다.

종고찬옥부족귀(鐘鼓饌玉不足貴),
단원장취부원성(但願長醉不願醒);
고래성현개적막(古來聖賢皆寂寞)
유유음자유기명(惟有飮者留其名)
 …
주인하위언소전(主人何爲言少錢)
경수고취대군작(徑須沽取對君酌)
오화마(五花馬), 천금구(千金裘)
호아장출환미주(呼兒將出換美酒)
여이동소만고수(與爾同銷萬古愁)

여기서 이백은 "고래성현개적막(古來聖賢皆寂寞)"로 마음의 위안을 가져오며 "단원장취부원성(但願長醉不願醒)"하는 것으로 "여이동소만 고수(與爾同銷萬古愁)"하려고 한다. 그래서 그는 진귀한 가정 집물들 로 술을 바꿔 먹기도 한다. 정철의 「성산별곡(星山別曲)」이나 「사미인 곡(思美人曲)」·「속미인곡(續美人曲)」을 비롯한 가사작품들을 보면 현 실의 애상과 애수가 짙은 음영으로 깔려있다. 「사미인곡(思美人曲)」의

> ㅁ음의 매친 실음 疊疊이 빠혀 이셔
> 짓ㄴ니 한숨이오 디ㄴ니 눈물이라
> 人生은 有限혼데 시름도 그지업다. …
> 이 시름 닛쟈 ㅎ니
> ㅁ음의 매쳐이셔 骨髓의 께텨시니
> 扁鵲이 열히 오다 이 병을 엇디ㅎ리

를 보면 온갖 시름을 한 마디로 압축한 탄식의 '한숨'이나, 슬픔의 절정을 이루는 '눈물'로 표상된 스산함 그 자체다. 정철은 바로 술로 이런 스산함을 떨어버리려 하였다. 「성산별곡(星山別曲)」의

> 世事는 구름이라 머흐도 머흘시고
> 엇그제 비즌 술이 어도록 니건ㄴ니
> 잡거니 밀거니 슬ㅋ장 거후로니
> ㅁ음의 매친 시름 져그나 ㅎ리ㄴ다

와 「제만수동인가벽(題萬壽洞隣家壁)」(제1수)에서 "청수동노두(淸愁同 老杜)"하니 "처처희미배(處處喜微杯)"하는 데서는 바로 술이 시름을 드는 노릇을 하고 있다. 정철에게 있어서 술은 한낱 인생의 이상적인 경지 및 즐거움의 상징으로 되고 있다. 「관동별곡(關東別曲)」에 보면

> 北斗星 기우러 滄海水 부어내어
> 저 먹고 날 머커늘 …
> 이 술 가져다가 西海에 고로 닌화
> 億萬 蒼生을 다 醉케 밍근 後의
> 그제야 고텨 만나 또 한잔 하쟛고야

로 정철은 취중(醉中)의 경지를 일종 현실 삶의 이상적인 경지로 내세우기도 했다. 「석상구호(席上口號)」(제2수)에서는 "구국금회복(舊國今恢復)"하니 "紫霞觴(紫霞觴)"을 싫도록 마셔보겠다는 데서는 즐거움의 상징으로 되고 있다. 「미단주(未斷酒)」에서는 술 끊지 못하는 이유를 현실의 괴리에서 찾고 「기단주(己斷酒)」에서는 술을 아무리 마셔도 결국은 마음의 괴로운 " '심중성(心中城)'을 깰 수 없으니 술을 그만 두련다"고 말하고 있다. 정철은 자기 스스로 자신의 음주에 대해 많이 술회하고 있다.

> 動靜無常 言語失誼 千邪萬妄 皆從酒出 方其醉時 甘心行之 乃其醒也 迷而不悟 人或言之 則初不信 然旣得其實 則羞愧欲死 今日如是 明日又如是 尤悔山積 補過無時 親子哀之 疎者唾之 藝天命 慢人紀 見棄於名敎者 不淺焉6), 某之飮酒 豫告知之 渠亦自言之矣 盖其飮 亦緣無遺懷 可哀也 不可嫉也7)

같은 데서는 술로 인한 인생의 실수에 대해 너무 잘 알고 있으면서 음주할 수밖에 없는 심중에 대한 변호하고 있다. 「주중사객(舟中謝客)」에 보면 정철은 자기 스스로도 "반백인간취득명(半百人間醉得名)" 즉 반평생에 술에 취하여 이름을 얻었다 했고 『세조실록(宣祖實錄)』에 보면 정철은 "철우거강화병주졸(澈寓居江華病酒卒)" 즉 술 때문에

---

6) 『松江手紀』
7) 『宣祖批答』

병들어 죽게 될 것이라고 되 뇌이고 있다. 그러면서 그는 술을 뗄 수 없었던 것이다. 실로 정철의 삶은 술을 떠나 살 수 없었다.

그리고 그들은 희소노매(喜笑怒罵)나 사랑에 빠지고 성에 탐닉하는 흐트러진 모습도 보이기도 했다. 이것을 현실의 답답함이나 실의에서의 일종 탈출구로 삼았다고도 볼 수 있다. 이백의 경우 '불굴기(不屈己), 불간인(不干人)'의 인생 지조 하에 그는 당현종이 총애하는 양귀비도 놀리고 간신인 재상 이림보(李林甫)를 보고 바다거북을 잡는 미끼로 삼겠다고 풍자도 했으며 임금의 총애를 받는 환관 고력사(高力士)에게 신을 벗겨달라고 놀리기도 한다. 그는 실로

衣宮锦于舟中，顾瞻笑傲，傍若无人8)，沉溺尊之前，啸傲御座之侧，
目中不知有开元天子，何况太真妃高力士哉!9)

했다. 이로부터 조정의 높은 벼슬아치들로부터 참소와 비방을 받게 되고10) 임금의 미움을 사게 되자 미련 없이 벼슬을 버리고 떠나간다. 「李白 代言詩의 심리적 메카니즘(2)」(楊義,『中國古代, 近代文學研究』 중국인민대학신문잡지복사본자료센터 2001. 1)에 의하면 이백은 남자면서 여성으로 화한 시적 주인공 차원에서 여성을 대변한 대언시(代言詩)를 많이 읊었다 한다. 물론 이백은 이런 대언시(代言詩)에서 자기의 회포를 기탁하여 읊기도 했다. 정철의 「사미인곡(思美人曲)」, 「속미인곡(續美人曲)」과 같은 경우라 할 수 있다. 「감흥팔수(感興八首)」, 「장신궁(長信宮)」, 「한녀음(寒女吟)」, 「춘사(春思)」, 「추광(秋思)」, 「대추정(代秋情)」, 「첩박명(妾薄命)」 등 대언시(代言詩)에서는 신녀(神女), 혹 후궁녀, 서민여성, 남편을 수자리 혹은 장사에 보내고 독수공방하는 여

---

8) 劉昫,『舊唐書·文苑列傳』
9) 王穉登,『李翰林分體全集序』
10)『韻語陽秋』卷10에 이백을 탁핵한 자들의 언론을 보면 "不知義理之所在, 虧君臣之義不篤, 慮兄弟之義不篤, 慮朋友之義不篤, 慮夫婦之義不篤" 등 유교의 기본 윤리를 벗어나는 것으로 몰아붙이고 있다.

인뿐만 아니라「자아내증(自我內贈)」같은 '기내(寄內)', '증내(贈內)' 대언시(代言詩)에서는 자기 부인[11]의 입장에서 여인들의 희로애락을 읊었다는 것이다. 이로서 이백의 정충(情种) 모습이 여실히 드러난다. "이백의 시는 열에 아홉이 여자와 술을 떠나지 못한다"고 한 것은 그 것이 혹평일지라도 그간의 사정을 얼마간 말해주고 있음은 분명하다. 이런 대언시(代言詩)에서는 여인들의 뼈에 사무치는 정욕, 정념 및 이 것을 목숨 못지않게 여기는 여심을 잘 보여주고 있다. 이로써 근엄한 유교도덕에 일격을 가했다고 볼 수 있다. 정철은 시끄러운 정계를 잊 고 기녀들과의 육욕적인 사랑에 탐닉하기도 한다.『근화악부(槿花樂 府)』에「정송강여기진옥수답(鄭松江与妓眞玉酬答)」이라고 밝힌 두 편 의 시조를 좀 보도록 하자.

> 玉이 玉이라커늘 燔玉만 너겨떠니
> 이제야 보아ᄒ니 眞玉일시 적실ᄒ다.
> 내게 술송곳 잇던니 뚜러볼가 ᄒ노라.[12]

　점잖은 정철이 언제가 술기운이 동해 옥이라는 기생에게 넌지시 한 수 읊는다. 남성적인 성의 공격성을 유머스럽게 읊조리고 있다. 그런데 그 기생의 화답시(和答詩) 또한 만만치 않다.

> 鉄이 鉄이라커늘 섭鉄로만 여겼더니
> 이제야 보아ᄒ니 正鉄일시 분명ᄒ다.
> 내게 골불무 잇던니 뇌겨볼가 ᄒ노라.[13]

---

11) 이백은 선후로 장가를 네 번 갔다.
12)『瓶窩歌曲集』에 거의 같은 내용을 싣고 작자를 옥이(玉伊)라 밝혀 놓고 있 는데「酬答歌」로서 작품내용과 어울리지 않기에 정철(鄭鐵)의 작품으로 보 는 것이 타당하다.
13)『瓶窩歌曲集』에 거의 같은 내용을 싣고 작자를 철이(鐵伊)라 밝혀 놓고 있 는데「酬答歌」로서 작품내용과 어울리지 않기에 眞玉의 작품으로 보는 것

　　결국 정철이라 하건만 '골불무'에 녹아야 하는 정철임에라 두 손
들고 만다. 육욕적인 사랑을 유머스러움 속에 마음껏 뿜어내고 있다.
일국의 재상이요 「훈민가(訓民歌)」를 지어 백성을 교화할 정도의 도
덕군자(道德君子)라 할 수 있는 정철도 그 대상이 기녀이기 때문에
이처럼 위설(猥褻)스럽기까지 한 작품을 노래할 수 있었을 것이다.
그는 또 변방의 기녀를 작첩(作妾)하여 다음의 시조를 읊게도 했다
고 한다.

　　　　간밤의 우던 그새 예와 울고 게갓다쇠난이
　　　　님 못 보아 죽어지라 ᄒ엿떠니
　　　　ᄌ셔이 傳튼 못ᄒ여고 주걱주걱 ᄒ도다

　　이백과 정철은 각기 자기 시대나 민족에 있어 문명(文名)을 드날
린 대단한 문호(文豪)들이다 주지하다시피 이백은 두보(杜甫), 백거
이(白居易)와 더불어 성당(盛唐)시기 삼대시인의 하나이다. 이백은
어릴 때부터 시적 재주를 보여주어 뭇사람들의 칭찬을 받았다 한다.
일찍 두보(杜甫)는 이백의 시에 대해 "필락경풍우(筆落驚風雨), 시성
읍귀신(詩成泣鬼神)"이라고 높이 평가했다. 정철은 조선조 시기 이인
로와 더불어 가사문학의 쌍벽을 이룰 만큼 시적 재능이 뛰어났다.
사실 그는 가사뿐만 아니라 한시, 시조 등 다양한 장르에 걸쳐 훌륭
한 작품들을 창작해냈다. 이백과 정철은 시를 짓는 스타일도 비슷하
다. 한 글자 한 글자 피를 토해내는 듯한 두보(杜甫)식의 각고의 모
대김(북한어로 몹시 괴로워하거나 안타까워하는 일)보다는 일필휘지
식의 일사천리 그 자체다. '사접천재(思接千載)', '시통만리(視通萬
里)', 정말 '리백두주시백편(李白斗酒詩百篇)'의 경지다. 그리고 정철

―――――――――――――――――――――――――

이 타당하다.

이 배율(排律), 고시(古詩), 부(賦)보다는 대개 담론(談論), 주연(酒宴)
중에 즉흥적으로 많이 지었음직한 절구(絶句), 율시(律詩)의 양이 단
연 돋보이는 것14)은 그것을 잘 말해준다. 상촌(象村)은 『송강집서(松
江集序)』에서 정철의 멋스런 자아도취적인 무아경의 창작경지에 대
해 다음과 같이 피력하고 있다.

> 有時持杯半酣 口詠手書 長詩短歌 交就錯成 軟語團鍊 形跡俱忘 爽
> 然相對 不覺膝之前也

그러면서

> 餘見人多唉 未嘗見此格韻也

라고 격찬하고 있다.

이백과 정철의 작품세계는 활달하고 통쾌하고 시원한 맛이 있다.
먼저 이백의 대표작들을 좀 보도록 하자. 「몽유천모음류별(夢遊天姥
吟留別)」을 보면 이백은 벼슬에서 물러나자 실의에 빠져 눈물 콧물
을 짠 것이 아니라 자유롭고 아름다운 꿈의 신선세계에서 노니는 도
고한 모습으로 추악한 현실을 잊어버린다. 이로부터 현실세계를 떠
나 이상세계에서 노니는 굴원(屈原)식 낭만주의를 꽃피운다. 자연경
물을 노래한 「망여산폭포(望廬山瀑布)」를 좀 보도록 하자.

> 日照香爐生紫煙, 遙看瀑布挂前川.
> 飛流直下三千尺, 疑是銀河落九天.

---

14) 金思燁의 논문 「松江의 漢詩攷」에 보면 정철의 한시작품은 도합 579편인데
    絶句 419, 律詩 126, 古詩 27, 賦 4, 排律 3 순서로 가장 짧은 絶句, 律詩
    가 단연 돋보인다.

여산폭포에 대해 노래하되 의인, 과장 등 수사학적 수법으로 미묘하고도 더 넓은 예술적 경지를 펼쳐 보이고 있다.

사실 이백의 시는 이런 수법으로 낭만주의적인 표일(飄逸)한 예술경지를 펼쳐 보이고 있다.

> 抽刀斷水水更流, 擧杯銷愁愁更愁; 桃花潭水深千尺, 不及王倫送我情; 燕山雪花大如席; '蜀道之難難于上靑天

등은 그 전형적인 보기가 도 겠다. 이백은 스스로 자기의 글은 "양춘소아이연경(陽春召我以煙景), 대괴가아이문장(大壞假我以文章)"을 추구한다고 선언했다. 정철의 「관동별곡(關東別曲)」도 낭만적인 예술적 경지가 그대로 살아난다. 작품의 앞부분에서는 금강산을 위시한 관동지역의 승경을 뛰어난 심미의식과 활달한 시상 그리고 섬세한 감각과 관찰력, 거기에 흥청거리는 멋과 묘사의 탁월성 등으로 그려냈다면 뒤 부분에 와서는 자연경관과 신선의 경지와 술이 한데 어울려져 있다. 정철 자신이 짐짓 '진선(眞仙)'을 자처하고 권주(勸酒)를 말하되,

> 北斗星 기우려 滄海水 부어내여 / 저 먹고 날 머커늘… 이 술 가져다가 西海에 고로 노화 / 億萬 蒼生을 다 醉케 밍근 後의 / 그제야 고텨 맛나 또 흔 잔 ᄒ잣고야

에 이르면 그의 浩浩蕩蕩한 호기가 그대로 드러난다. 그리고 "

> 서너잔 거후로니 / 和風이 習習ᄒ야 雨腋을 추혀드니 / 九萬里 長空에 져가면 날리로다.

에서 보면 바로 그 자신이 신선이 되어 하늘 높이 비상하고자 하는

기상과 더불어 끝없는 낭만을 구가하는 정철의 독특한 시 정조가 넘친다. 실로 정철의 시는 동적(動的)이요, 시적 정조는 굽히고 막힌 데가 없고 밝은 낭만으로 가득하다.

이백과 정철은 시의 구체적 이미지 및 시적 분위기에 있어서도 많이 닮은 데가 있다. 이백의 「월하독작(月下獨酌)」 "거배요명월(擧杯邀明月) 대영성삼인(對影成三人)"을 보면 외로운 서정적 주인공이 달과 동무하여 즐기는 모습이 나타난다. 정철의 「대월독작(對月獨酌)」의 '석월배중도(夕月杯中倒), 춘풍이상부(春風而上浮)'와 「노자평신죽소정우환선정하요여공등(盧子平新竹小艇于喚仙亭下要余共登)」(其一)의 '죽흥시독출(竹興時獨出), 협주월중유(挾酒月中遊)' 등 시구들은 같은 이미지의 장난에 다름 아니다. 이런 점은 이백의 「규정(閨情)」

流水去絶國, 浮雲辭故關. 水或戀前油, 雲猶歸舊山, 恨君流沙去, 棄妾漁陽間. 玉筋夜垂流, 雙雙落朱顔. 黃鳥坐相悲, 綠楊誰更攀. 織錦心草草, 挑燈泪玖玖. 窺鏡不自識, 況及狂夫還.

를 정철의 두 '美人曲'과 비교해보면 좀 더 확인될 줄로 안다.

이상 보다시피 고대 중국과 한국의 이백과 정철은 다양한 모습으로 우리에게 안겨오며 여러 방면에 걸친 비교분석을 가능케 했다. 비교분석을 통해 알 수 있는 것은 '영웅소견약동(英雄所見略同)'하듯이 대문호로서 이백과 정철은 세부적인 다른 점이 없는 것은 아니지만 다른 점보다는 비슷한 데를 많이 드러냄을 알 수 있다. 본 논문에서의 비교연구는 구경 인상적인 산론(散論)에 불과한 만큼 앞으로 보다 심입된 비교연구는 얼마든지 가능할 것으로 기대된다.

참고문헌

1. 朱東潤 主編, 『中國歷代文學作品選』, 第一冊 中篇, 上海古籍出版社, 1980.
2. 허룡구 편저, 『중국문학사』 2, 연변대학출판사, 1997.
3. 編者 申庚林, 李殷鳳, 晝圭益, 『松江文學研究論叢』, 국학자료원, 1993.

4. 황구연 민담특징론(서설)

1) 들어가는 말

구비문학학계에서는 백여 편만 구술해도 대단한 민담가로 쳐주는데 우리에게는 530여 편이나 구술한 민담대가가 있으니 그 이름은 황구연이렸다. 그만큼 황구연은 우리에게 잘 알려진 조선족민담[1]구술대가이다. 그럼에도 불구하고 그에 대한 연구는 지지부진한 실정이다. 필자가 알기로는 아직 본격적인 연구는 운운할 여지도 못되고 황구연민담집의 머리말 부분에서 개설적으로 소개하고 있는 소개성 단계에 머물고 있다. 이를테면 『파경노』의 "보귀한 재부, 비옥한 토양-머리말을 대신하여"가 그 한 보기로 되겠다. 이러한 사정을 감안하여 필자는 이미 출판된 황구연의 두 민담집 『천생배필』과 『파경노』를 텍스트로 하여 1차적인 작업으로 황구연민담의 대체적인 특징을 잡아보도록 한다. 특징을 논하는 마당이라 다른 민담과의 비교가 불가피한 줄로 알고 일단은 우리 조선족의 다른 한 유명한 민담구술가인 김덕순민담을 비교분석의 참조계로 삼도록 했다. 굳이 김덕순을 선택한 이유는 생존시기[2] 및 출간된 민담수가 비슷[3]한 반면 성별 및 민담전승노선 등

---

1) 여기서는 신화, 전설을 포함한 설화라는 개념으로 사용한다. 본문의 민담은 이런 개념으로 사용했음을 밝혀둔다.
2) 황구연은 1909년에 태어나서 1987년 79세 일기로, 김덕순은 1900년에 태어나서 1983년 83세 일기로 세상을 떠났다. 보다시피 황구연과 김덕순을

여러 모로 보아 황구연과 좋은 대조가 되기 때문이다.

2) 본 론

(1)

『파경노』의 서언 부분에 해당하는「보귀한 재부, 비옥한 토양-머리말을 대신하여」와 백민성이 '국내외예술가'로서 황구연을 소개한 글을 보면 황구연은 書香門弟이다. 조선조초기 유명한 황희 정승의 23대손으로 태어났다. 다분히 법통이 있고 학문적 맥이 이어져 내려온 가문에서 태어났다는 말이 되겠다. 그는 5세 때부터 할아버지와 아버지의 슬하에서 천자문을 배우기 시작했다. 그런데다 그는 구지욕이 강하고 총명이 뛰어나 불과 몇달 사이에 천자문을 다 배워냈다니 문맹의 때도 빨리 벗은 셈이다. 그리고 아버지와 동네 어른들의 들심양면으로 되는 배려하에 7세 때부터는 서당에 들어가 본격적으로 漢學을 배우게 되었다. 『小學』, 『大學』, 『論語』, 『孟子』, 『周易』, 『春秋』를 떼게 된다. 그는 가히 '신동'으로 불릴 만 했다.4) 그 후 신식교육이 보편화되면서 그는 시험을 봐 광적면 가내보통학교 3학년에 입학했는데 120일 만에 4학년을 끝내고 월반하여 봉정고 6학년을

거의 동시대 사람으로 볼 수 있다.

3) 『천생배필』(45편)과 『파경노』(81편)에만 근거해 볼 때 황구연은 도합 126편, 『김덕순이야기집』에만 근거해 볼 때 김덕순은 전문이 실린 73편과 이야기경개만 실린 33편, 도합 106편으로 헤아리게 된다.

4) 황구연이 9세 되던 해 4월에 우연히 임진강 화석정(율곡정자)에서 있은 선비들의 詩會에 참가하여 '장원'을 했다는 에피소드와 12세 되던 해 우연히 백석면에서 열린 詩會에 참가하여 특별상을 받았다는 에피소드는 그간의 사정을 잘 말해준다. 이외에 백민성이 소개한 황구연이 5세 때 할아버지와 마을 앞 논뚝 길을 걸으며 개구리와 종다리에 관해 주고받은 에피소드도 그간의 사정을 말해준다.

졸업하고 또 시험을 봐 초급중학교 2학년에 들어감으로써 '신동'임을 다시 한번 과시한다. 그 후 그는 광주학생운동을 지지 성원하다가 퇴학을 맞았으나 1927년에 서울중등농업전문학교에 입학하여 1931년에 졸업하고 고향의 농업기술원으로 발탁되었다. 그 후 그는 중국에 건너와 시험을 봐 측량학교에 입학하여 졸업하였다. 그 후 그는 또 경찰학교에 입학하여 졸업했다. 한마디로 말하여 황구연은 '철학, 문학, 의학, 농학, 언어학에 대한 상당한 지식을 소유하고 있었으며 민속학, 종교학, 풍수설에도 능한 분이였다. 기억력이 좋아 당시와 주역을 외울 수 있고 한어, 일어로 대화하고 글을 쓸 수 있는' 실로 박학다식한 학문적 바탕을 가지고 있다. 일찍 중학교와 대학교에서 그를 역사교원이나 농업교원으로 초빙했으나 본인이 거절하고 줄곧 농사에 종사했다는 것이다.

황구연의 출신 및 학력은 김덕순과 아주 좋은 대조를 이룬다.

김덕순은 사회최하층 천민 출신이다. 게다가 그는 여자로서 태어난 숙명의 멍에도 져야 했다. 그는 13세에 맏며느리로 남의 집에 들어간다. 그리고 어려운 가정형편으로 말미암아 1930년 중국으로 이주하게 되며 중국에서도 길림성장 백현으로부터 서란현, 서란현으로부터 흑룡강성오상현 등으로 많이 전전하였다. 이런 삶의 역경은 김덕순이 일자무식으로 밖에 될 수 없었다.[5]

황구연과 김덕순 민담의 갈림길은 1차적으로 바로 이러한 사정에 기인하고 있다.

다음 황구연의 민담 전승루트를 놓고 볼 때, 그는 1차적으로 가족 전승루트에 의해 할아버지와 아버지로부터 많은 교훈적인 이야기,

---

5) 김덕순이 50세 좌우에 강인한 의력과 피타는 노력으로 조선어를 읽을 정도로 익혔다고 하나 이것이 그의 민담구술에 크게 영향을 주지 않은 것으로 사료되어 무시해도 좋을 줄로 안다. 물론 그가 조선어를 자습으로 아주 짧은 시간 내에 이 정도로 익혔다는 것은 그의 대단한 총명함을 드러내고 있다.

명인담, 지혜담 같은 것을 전수받은 것으로 안다. 2차적으로 그는 사회전승루트에 의해 서당의 李煉 훈장으로부터 조선의 신화전설, 역대 명인담, 역사이야기, 신화전설뿐만 아니라 중국이야기도 많이들은 것으로 안다. 이외에 여러 곳으로 전전 그리고 많은 사람을 접촉하면서 전수된 '무형의 루트'도 고려해 봄직하다. 3차적으로 그는 학구적인 면도 있는 지라 문자루트 즉 여러 가지 출판물을 통해 많은 이야기 거리를 민담화했을 것으로 사료된다. 황구연에 비길 때 김덕순은 주로 1차적인 루트 즉 가족전승루트에 많이 국한된 줄로 안다.6) 루트의 많고 적음, 좁고 넓음은 바로 민담전승의 양을 결정하는 기본 바탕이 된다. 그리고 위에서 보다시피 민담전승에 있어서 황구연이 남성적 루트였다면 김덕순은 할머니(외할머니 포함), 어머니, 고모 그리고 동네 할머니를 통한 여성루트였다. 전승루트의 이런 성적 구별은 남녀칠세부동석의 관념도 얼마간 작용한 것으로 짐작된다. 김덕순이 중노년시기 이야기를 할 때 역시 같은 뜨래의 중노년 여성들을 대상으로 많이 했다는 것은 그간의 사정을 잘 말해준다 이런 전승루트 상의 특징은 전반 민담의 특징을 결정하는 기본 한개 요인으로 된다.

황구연과 김덕순 민담의 갈림길은 2차적으로 바로 이러한 사정에 기인하고 있다.

(2)

황구연 민담은 어디까지나 깔끔한 서사체에 편중한 특징을 나타내

---

6) 물론 김덕순의 인생 자체가 많은 전전을 했고 또한 조선어를 익힌 후『춘향전』,『흥부전』,『심청전』,『장화홍련전』,『토끼전』,『삼국지』등 이야기 및 판소리대본을 읽었다고 하니 2차 루트에서 '무형의 루트' 그리고 3차 루트도 얼마간 고려되어야 될 줄로 안다. 그러나 이런 루트들이 김덕순의 민담전승에서 일으킨 역할이 그리 크지 않음을 감안하여 무시해도 좋을 줄로 안다.

고 있다. 일종 점잖은 선비언어문체를 나타내고 있다.『천생배필』이
나『파경노』를 보면 구어체보다는 서사체적인 맛을 많이 풍긴다는
말이 되겠다. 이 두 민담집의 수집정리자로서 김재권이 '기록에 충실
하고 신중하게 정리해야 한다는 원칙에 좇아 … 이야기를 반복적으
로 듣고 정리한 원고들을 가지고 다시 반복적으로 대조함으로써 구
술자의 예술풍격과 원민담의 예술적 특점을 보다 훌륭하게 살려 내
였다'[7])는 점을 감안할 때 이것은 수집정리자의 언어적 특색보다는
황구연 자신의 민담구술특징으로 보아 무방할 줄로 안다.『천생배필』
이나『파경노』를 보면 물론 간간히 '인차', '답새기다'와 같은 중국조
선족식 언어적 특색은 안겨오되 그래도 전반 조선어서사체에서 벗어
나지 않고 있다. 이 점을『김덕순이야기집』의 김덕순민담과 대비해
볼 때 분명히 알린다. 김덕순민담은 구수한 구어체적인 맛을 풍긴다.
일종 서민적인 생활언어문체를 나타내고 있다. 황구연민담이 민담의
상투적 화두법인 '옛날', '옛날 옛적', '×××가 어릴 때'로 직접 시작
하는 데 반해 김덕순 민담은 한번 뜸을 들이고 상투적 화두법으로
들어가는 경우가 많다. 이를테면 동명왕 전설을 놓고 보더라도 "우리
조선사람은 옛날 고구려 사람들의 자손들이네. 그래 자네(들)는 고구
려의 첫 왕이 누군지 아는가? 그 왕은 바로 동명왕이네. 동명왕을 볼
라치면 재미나는 전설이 하나 있지"라고 분위기를 잡으며 '옛날 옛
적'으로 들어간다.「옥단춘」을 놓고 보더라도 "친구지간에 진짜 친하
고 가짜 친하고는 어려움에 부딪쳤을 때에야 알만하지"라는 말로 이
야기 전반 내용을 교훈적으로 개괄해 주고 옛날로 들어간다. 결말 부
분에 있어서도 황구연민담이 "잘 살았다고 하더라", "×××더라" 등
점잖게 일반 민담의 구술격식을 따르고 있다면 김덕순민담의 경우에
는 파격적이며 청자와의 대화적인 구어체 맛을 풍기는 경우가 많다.

---

 7)『천생배필』의 머리말에서.

이를테면 "그래 어떤 사람이 나보고 세상에 이런 일이 어디 있는가 하며 거짓말 한다고 하는데 그렇기도 하지. 그래 깨어나서 보니 한바탕의 꿈이 아니였겠나"(「老虎觀景(범이 세상구경을 하다)」, "듣건대 그 멧돌이 지금도 바다 밑에서 돌아가고 있다네. 믿기지 않으면 바닷물을 한번 맛보게. 꼭 짭지. 그것은 그 개미가 돌리는 멧돌이 아직도 소금을 갈아내고 있으니 그럴 수밖에 없지."(「바다물은 왜서 짠가?」), "그런데 말이네. 끝에 가서 수컷 한 마리와 암컷 한마리가 철사 줄을 끊고 달아나 버렸네. 그래서 범이 멸종되지 않고 지금드 가끔 가다가 볼 수 있지"(「지금 범은 왜 적어졌는가?」)는 그 한 보기로 되겠다. 위의 예문들은 그 화법이 청자들을 많이 의식하면서 현실적인 교감을 전제로 한 대화적인 구어체로 많이 흘러가고 있음을 알 수 있다. 그리고 황구연민담이 간간히 '필유곡절(必有曲折)', '가기(佳氣)', '자책내송(自責內訟)', '무족지언비천리(無足之言飛千里)' 등 한문투를 풍기기도 하는데 이에 반해 김덕순민담은 어디까지나 알기 쉬운 생활언어로 표현되고 있다. 이를테면 "천길 물 속은 알아도 한길 사람 속은 모른다"든가 "낮말은 새가 듣고 밤말은 쥐가 듣는다"든가 "부뚜막의 소금은 넣어야 짜고 사람은 말을 해야 속마음을 알지" 같은 일상 생활속담의 빈번한 사용은 그 한 보기로 되겠다. 그리고 황구연민담은 구술과정에 간간히 유식한 한문시(漢文詩)가 등장하고 있다. 「지은보은(知恩報恩)」에서 중국 고대의 유명한 시 「한산사(寒山寺)」, 「태원의 세 가지 보배」의 「한석봉의 도화병풍서」에서 '도화병풍시' 등은 그 한 보기로 되겠다. 이에 반해 김덕순은 구술과정에 간간히 통속적인 노래를 곁들이고 있다. 「흥부와 놀부」에서 '박타령'은 그 한 보기로 되겠다. 김덕순민담에 있어서 이런 특징은 오병안 교수의 지적처럼 수집정리자 배영진이 충실하게 기록하고 신중하게 정리하며 원문에 충실한 번역을 진행하는 과학적 원칙을 엄격히 지켰기 때문에 이 이야기집으로 하여금 원래의 예술특징을 잘 지니도록 했다8)

는 것을 믿을 때 이 또한 수집정리자의 언어적 특징보다는 김덕순 자신의 민담구술의 언어특징으로 볼 수 있다.

한마디로 말하여 황구연과 김덕순의 민담구술문체를 놓고 보면 황구연이 선비적 깔끔한 양춘백설(陽春白雪) 스타일이라면 김덕순은 서민적 텁텁한 하리파인(下里巴人: 여기서 부정적인 의미가 아닌)스타일로 개괄해볼 수 있다.

황구연과 김덕순의 이런 민담구술상의 언어문체적 특징은 일단 이들의 출생지 특징으로 설명되어야 할 줄로 안다. 황구연은 경기도 양주군에서 태어났다. 서울과 가까운 지역으로서 그만큼 방언적 특색이 많이 거세되고 세련된 서울말(서사체)과 비슷한 언어가 많이 구사되는 곳이다. 이와 반대로 김덕순은 방언적 특색이 진한 경상북도안동군에서 태어났던 만큼 언어구사에서 구어체를 많이 사용했을 것으로 짐작된다. 그리고 황구연은 어디까지나 정통적인 선비적 서사체 언어구사를 많이 하고 김덕순은 어디까지나 서민적 구어체 언어구사를 많이 한 것에 기인된 줄로 안다.

전반 민담유형에 있어서 황구연과 김덕순은 우리 민족의 손색없는 이야기 대가로서 그들 민담에 건국신화전설을 비롯한 흥부와 놀부에 관한 이야기, '혹뗀'이야기, 콩쥐와 팥쥐에 관한 이야기, 나무군과 선녀에 관한 이야기, 우렁이각시에 관한 이야기, 뱀신랑에 관한 이야기, 해와 달이 된 오누이에 관한 이야기, 은혜 갚은 두꺼비에 관한 이야기 등 민족고전담9)을 많이 공유하고 있음은 더 말할 것도 없다. 그러나 상대적으로 놓고 볼 때 황구연민담에 그 양이 더 많다. 이를테면 민족의 고전적 신화전설만 놓고 보더라도 황구연민담에 「단군」, 「고주몽」, 「박혁거세」 등 3편이나 되는데 김덕순민담에는 「동명왕전설」 1편 뿐이다. 그리고 황구연민담에 명인담이 많은 것이 특이하다. 『파경노』에

---

8) 『김덕순 이야기집』의 서언에서.
9) 가장 많이 알려졌고 역대로 전승되어 내려온 설화들을 가리킨다.

실려 있는 인물담만 피뜩 꼽아보아도 「선덕여왕의 예언」, 「솔거와 노송도」, 「최치원의 이야기」, 「왕건」, 「역동선생」, 「산정기를 타고난 황희」, 「황희정승의 일화」, 「성삼문의 이야기」, 「신사임당과 초충도」, 「화석정 봉의 김선달의 이야기」 등 조선명인들의 이야기가 있고 「주월장과 이성계」, 「태원의 세가지 보배」, 「마릉도상에서 일만 대의 화살을 안기다」 등은 주원장, 황희지, 오도자, 손빈 등 중국의 명인들을 끌어들이고 있다. 황구연의 명인담은 대개 역사상 실제로 있은 명인들의 공적이나 재주, 지혜에 대해 긍정적으로 풀이하고 있다. 명인담은 황구연민담에서 가장 많은 비중을 차지하는데 이것은 민담유형비례에 있어서 남성적 특색을 잘 나타내주고 있다. 일반적으로 여성 민담가어 비해 남성 민담가에 있어서 명인담이 단연 돋보이는 것으로 집계되그 있다. 이것은 전통적인 가부장적 사회에서 전반 사회적 분위기가 남자들로 하여금 보다 쉽게 명인, 영웅숭배심리가 생겨나게 하기에 민담그술자들이 남자들의 이런 '기대시야'에 부응하거나 남자들을 목적의식적으로 명인, 영웅으로 단들려는 동기 하에 명인담이 왕성하게 전승도는 줄로 안다. 황구연의 경우를 놓고 보면 후자에 해당한 것으로 그의할아버지와 아버지는 그가 올바른 사람으로 자라나라고 많은 교훈적인 이야기를 해주었다. 그것은 주로 명인담과 선량하고 총명한 사람들에 대한 설화였다. 그리고 그의 서당 훈장인 이연(李煉)도 늘 민담이나 설화를 가지고 학생들을 깨우치군 하였다. 이로부터 역대 조선명인들의 이야기며 역사이야기, 신화전설은 물론 중국의 이야기 같은 것은 주로 이연(李煉) 선생에게서 들은 것이다.' 이것은 김덕순의 경우와 매우 좋은 대조를 이룬다. 김덕순민담을 보면 명인담보다는 여인담이 많다. 김덕순민담의 수집정리자 배영진의 통계에 의하면 투녀생활을 반영한 이야기들이 상당한 분량을 차지하는 것으로 통계에 의하면 3분의 1이나 된다. 이것은 전통적인 가부장적 사회에서 여성들의 여성스러움을 강조하는 분위기 속에서 민담구술자들이 이에 편승하거나 역반심리의 가동하에 여성스러움 혹은 반여성스러움의 여성형상을 내세우는 여성담을 왕성하게 전승한 줄로 안다. 이런 여성담이 여성적인 그 자체로 1차적으로 여성구술자 및 여성청자들에게 친밀감을 주었음은 더 말할 것도 없다.

이외에 황구연민담에는 그의 한문(漢文)적 바탕에 기인한 것인지 문헌설화로부터 유래한 것으로 보이는 일군의 설화들이 돋보인다. 이를테면 「도미와 그의 안해」, 「호랑이 처녀와 호원사」, 「에밀레종」, 「설랑과 가실이」, 「불가사리」 등은 모두 조선 고적(古籍) 『삼국사기』나 『삼국유사』에 실려 있는 상응한 문헌설화로부터 유래한 것으로 짐작된다. 「이백의 일화」, 「두목지의 일화」, 「글 잘 하는 소소매」, 「손숙오의 음덕」 등은 중국 고적(古籍)에 실려 있는 문헌설화나 「종의 의리」[10] 등은 문학작품들로부터 유래된 설화들이다. 그리고 황구연민담에는 김덕순민담에서 볼 수 없는 유식함이 드러나는 일군의 민담들이 있다. 이를테면 한문 성구, 고사(故事), 내지는 시구, 글자 풀이를 곁들인 지적인 민담들이 그 보기로 되겠다. 「지은보은」, 「결초보은」, 「호미난방」 같은 민담들은 민담의 전반 모티프 전개가 직접 '지은보은(知恩報恩)', '결초보은(結草報恩)', '호미난방(虎尾難放)'[11] 같은 한문성구 풀이로 이루어져있고 「옥섬탄」같은 데서 등장인물이 내뱉는 '향향의 선침(香香之扇枕)'이요, '육적의 귤(陸積之橘)'이요, '왕상의 고빙(王祥之叩氷)'이요 하는 한문고사(漢文故事)들은 전반 민담의 주제를 잘 개괄하고 있다. 그리고 「김삿갓의 이야기」, 「남산」같은 데서는 시구풀이로 사회풍자를 진행하거나 사랑을 주고받고 있다. 김삿갓 일화에서 '원생원(猿生原)', '서진사(鼠盡死)', '문첨지(蚊簷至)'로 고리타분한 유생들

---

10) 이 민담은 중국 원나라시기 紀君祥의 雜劇 「趙氏孤兒」에서 유래한 것으로 파악된다. 이 雜劇은 워낙 유명하여 18세기 유럽의 계몽주의운동시기 「중국고아」라는 이름으로 프랑스에서 공연되어 인기를 얻었다.
11) 이 한문성구는 현대한어의 '騎虎難下'의 고어형으로 볼 수 있다.

인 원생원, 서진사, 문철지를 놀린 것은 너무나 유명한 고전적 풍자로 되고 있다. 「총명한 여인」같은 데서 등장인물들 지간의 문자유희 같은 '피타피(皮打皮)', '피내피(皮內皮)', '피외피(皮外皮)', '상원농부(桑園弄婦)', '삼자탐친(三子探親)'을 그때그때의 상황에 맞게 즉흥적인 풀이로 시비가 엇갈리고「산이 절구를 삼키고 물이 구슬을 토하다」에서는 두 형제가 '산함구(山含臼), 수토주(水吐珠)'라는 글귀의 심층적인 뜻풀이 탐험을 떠나 결국 형제의가 회복되며,「시골선비와 팥죽장사할미」,「삼쾌정」같은 데서는 수수께끼 같은 한문풀이로 사랑이 이루어지거나 원혼이 풀리고 있다. 이런 민담들은 한문 성구, 故事, 시구, 글자 등을 모티프 전개의 계기 혹은 모티프 그 자체로 삼고 있는 만큼 유식한 한문지식이 없이는 이루어질 수 없으며 전승되기 힘든 부류들이다.

모티프 전개 면에서 볼 때 황구연민담은 김덕순민담에 비해 보다 다양한 모티프 전개가 안겨오며 비반복적인 특색을 나타내고 있다. 이것을 바꾸어 말하면 전반적으로 놓고 볼 때 황구연민담의 내용조 폭이 넓고 개성적 특성이 짙다는 말이 되겠다. 위에서 살펴보았듯이 이미 정리발표된 민담양을 보면 황구연 쪽이 김덕순에 비해 20편이 더 많은 편으로 별로 큰 차이가 나는 것은 아니다. 그런데 황구연 쪽은 다양한 모티프 전개를 보여주어 모티프 전개 차원에서 민담유형 개괄이 잘 안되고 있다. 그러나 김덕순민담은 오병운 교수가 『김덕순 이야기집』의 서언부분에서 약간 언급했듯이 환상성이 짙은 부류에 속하는 후어머니 관계 민담으로 「콩쥐와 팥쥐」, 「장화와 홍련」, 「후어머니」 등을, 이류혼인 관계 민담으로 「목동과 선녀」, 「용궁공주와 농부」, 「우렁이 아가씨」, 「용봉배필」, 「뱀처녀」, 「사람의 머리에는 왜 머리칼이 남아 있는가?」 등을, 동물보은 관계 민담으로 「깃 세 개」, 「농부와 개구리」, 「사냥군과 벋」, 「처녀와 두꺼비」 등을, '두 형제' 관계 민담으로 「놀부와 흥부」, 「코가 자라는 형」, 「장생불로초」, 「달콤한 방귀를 팔다」 등을, 그리고 사실성이 주가 되는 부류에 속하면서도 전기(傳奇) 색채가 진한 양반상놈 대립 패턴을 핵으로 하는 생활이야기 등으로 동일한 모티프 전개 유형 차원에서 개괄할 수 있다. 이것은 김덕순 이야기 정리수집자 배영진이 『김덕순 이야기집』의 앞부분에 실은 「김덕순과 그가 한 이야기」에서 이야기줄거리만 소개한 33편에 대해 언급할 때 이 부분 이야기들이 앞에 전문을 수록한 이야기들과 '동일 유형에 속하는 이야기들이 너무 많아' 부록으로 처리한 사정을 얘기한 것은 그간의 사정을 얼마간 말해주는 것이 되겠다.

이것은 기본적으로 민담전승에서 여성들이 고정적이고 반복적인 틀 속에서 어떤 변형을 추구하는 데 치우치는 반면에 남성들이 그 틀 자체를 벗어나면서까지 파격적인 독특한 것을 추구하는 경향에 기인하지만 황구연 개인의 뛰어난 기억력 및 박학다식함에 힘입은 바 많은 줄로 안다.

3). 결론

이상 필자는 황구연민담의 특징을 주로는 구술문체, 민담유형, 모티프전개 등 차원에서 김덕순의 경우와 대비하면서 試論적으로 살펴보았다. 결과적으로 구술문체에서는 서사체, 민담유형에서는 남성적 '기대시야' 및 한문적인 바탕의 유식성, 모티프전개에서의 비반복성 등 특징에 주목하고 논의를 전개했다. 전반적인 특징을 논하는 마당이라 구체적 논의를 전개하는 과정에 있어서 통계학적 방법으로 수치, 비중을 따지며 치밀한 대비분석을 진행했어야 하나 그렇게 되지 못한 점 심히 아쉽게 생각하는 바이다. 본 논문에서 황구연민담과 김덕순민담을 대비 분석한 것은 그들 나름대로의 특징을 포착해 보자는 것이지 누가 더 낫고 못한 그런 가치판단을 하자는 것은 아니다. 본문의 대체적인 대비분석을 통해 알 수 있다시피 황구연민담과 김덕순민담은 나름대로의 특징을 가지고 있는 것으로 드분 공히 우리 민족의 민담대가로 되기에 추호의 손색이 없음을 알 수 있다. 황구연민담의 특징을 논한 본 논문은 어디까지나 서설에 불과한 것으로 앞으로 차병걸 등 보다 많은 우리 민족의 민담대가들, 나아가서는 다른 민족의 민담대가들와의 대비분석을 통해 그 특징이 보다 다각적으로 그리고 심도 있게 논의되어야 할 줄로 안다.

참고문헌

1.『천생배필』, 황구연 구술, 김재권 정리, 연변인민출판사, 1986. 7.
2.『파경노』, 김재권·박창묵 정리, 민족출판사, 1989. 7.
3. <김덕순이야기집>, 배영진 정리, 상해문예출판사, 1983. 6.
4.「황구연」, 백민성, <예술세계>, 2002년 5~6월호.

5. 무속원형질로부터 본 韓민족
고대 건국시조신화

1) 들어가는 말

무속은 원시 정령설, 영혼설, 토템숭배 등 잡다한 사상관념이나 신앙의 기초 위에서 자연을 이용하고 정복하려는 원시 인간들의 주체성이 한층 더 각성된 단계의 산물이다. 무속은 그 내재적인 본질적 특성에 있어서 인간의 현실적인 생명의식 및 충동을 가장 집중적으로 나타내고 있다. 이것은 현재 고급종교와 선명히 구별된다. 이로부터 무속은 지구의 동서남북을 망라하여 무릇 최초에 인간이 존재했던 곳에서는 예외 없이 나타나 무교(巫敎)시대를 이루었던 범문화현상1)으로 볼 수 있다. 韓민족도 여기서 예외일 수 없다. 많은 학자들의 연구에 의하면 韓민족의 무속신앙은 시베리아를 중심으로 한 동북아샤먼교2)범주에 속한다.

역사적인 기록을 보면 고대 韓민족은 분명 무속신앙을 기초로 한

---

1) 물론 무속을 범문화적인 현상으로 볼 것인가 말 것인가에 대해서는 논란의 여지가 없는 것은 아니다. 필자는 여기서 주로 중국사회과학원 何新이『문예학의 부호학적 해석』에서 풀이한 관점을 따르도록 한다. 그리고 무속이 원시고대인들의 한 신앙체계를 이루었다고 볼 때 그것을 巫敎로 명명함이 더 타당한 줄 아나 그것의 俗信적인 면에 치중하다 보니 본 고에서는 사람들에게 보다 많이 알려진 '巫俗'이라는 용어를 사용하도록 했다.
2) 무속 또는 무교의 범세계적 학명.

제정(祭政)일치시대를 살았었다. 현재 확인되는 부여의 '영고(迎鼓)', 예맥(濊貊)의 '무천(舞天)', 고구려의 '동맹(東盟)' 등 국중대회(國中大會)로 치러진 제천의식, 그리고 신라 제2대왕 남해왕 차차웅(南解王 次次雄)을 방언으로 巫라고 부르고 차차웅(次次雄)이 자기의 여동생 아로(阿老)로 하여금 제사를 담당하게 했다는 것은 그 전형적인 한 보기로 된다. 이것은 중국의 경우와 좋은 대조를 이룬다. 고대 중국에 있어서 무속적인 요소가 없었던 것은 아나나 이것이 고대 韓민족에게 있어서처럼 지배이념의 하나로까지는 승화되지 못했다. 고대 중국에 있어서 무속은 어디까지나 민간 차원의 것이었다. 그러나 고대 韓민족에게 있어서 무속은 분명 제정(祭政)일치의 한 몫을 담당하면서 지배적인 사회통념으로까지 승화되어 인간들의 사고방식 및 가치관을 형성했다. 그러나 삼국시대3)부터 잇따라 밀어닥친 유교, 불교, 도교 등 보다 고차원의 외래종교4)의 충격을 받아 점차 사회정통적인 지위에서 물러나게 되었다. 그렇다 하여 무속이 韓민족에게 있어서 소실된 것은 아니다. 위에서 약간 언급했지만 무속은 가장 자연스러우면서도 강한 인간생명욕구에 기초한 필연적인 산물이다. 그럴진대 무속은 그것을 생성시킨 경제토대나 사회적 바탕이 소실되었다 하더라도 소실되는 것은 아니다. 그것은 기성적인 문화형태로 韓민족의 문화심리그조 내지는 민족정신을 형성하는데 밑거름이 되었을 뿐만 아니라 그것의 합리적인 요소는 민족의 무의식심층에 남아 '유전인자'처럼 전승되면서 적당한 계기가 주어지면 각종 형태로 표출된다. 무속이 유교, 불교 등 외래종교와 습합하면서 겉으로는 이런 종교의 외피를 쓰고 그 내부에 자기의 기본 사고방식 및 가치관을 도사렸음은 그 좋은 주석으로 된다. 그리고 무속이 유교천

---

3) 신라, 고구려, 백제 鼎立시대를 가리킨다.
4) 유교에 대해서는 종교로 볼 것인가 말 것인가에 대해 논란의 여지가 없는 것은 아나나 본 고에서는 일단 종교로 보는 관점을 받아들인다.

하의 조선조 500년에 그렇듯 배척을 받았지만 소실되지 않았을 뿐만 아니라 오늘날까지 명맥을 유지해 온 것은 그 왕성한 생명력의 다른 한 표현으로 된다.

본 고는 무속에 관한 위의 일반적 논의를 전제로 하여 무속의 기본 사고방식 및 가치관이 韓민족의 집단무의식적 사고방식 및 가치관을 이루었다고 보고 그것이 韓민족 고대 건국시조신화5)의 형성에 어떠한 영향을 주었는가에 대해 주로는 자원기설(自圓其說)적인 논리적 차원에서 고찰해 보도록 한다. 이로부터 韓민족 고대 건국시조신화 해명에 새로운 한 시점을 제공하도록 한다.

2) 연구현황 및 방법론

韓민족 고대 건국시조신화6)는 고대 부족국가 형성 단계의 산물이다. 이른바 제정(祭政)일치시대에서 벗어나면서 진정한 부족국가를 형성함에 있어서 그 시조를 신성화하기 위해 산생된 신화들이다. 그럴진대 그 신성화의 기본 출발점에 있어서 무속적인 기본 사고방식 및 가치관에서 자유로울 수 없었다. 사실 무속과 韓민족 고대 건국시조신화 사이에는 역사적인 필연적 연계뿐만 아니라 무의식적인 내재적 연계를 가지고 있다고 말할 수 있다. 이로부터 무속과 韓민족 고대 건국시조신화의 관계적 맥락에 학문적 예각을 들이대는 것은 매우 의의 있는 작업으로 사료된다.

이 양자의 관계적 맥락에 대해 학계에서는 이미 다양한 논의를 펼쳐왔다. 그 대표적인 연구업적들로 최남선의 「檀君論」으로부터 시작

---

5) 주로는 일연의 『三國遺事』, 이승휴의 『三國史記』 등 고대 문헌에 실린 문헌신화가 이에 해당한다.
6) 고대 건국시조신화가 건국시조 신성화라는 목적의식적인 면을 띠고 있는 한에서 이것을 신화라 하기에는 좀 석연치 못한 면이 있다.

하여 김택규의 「당골조직의 역원적 고찰」, 현용준의 「韓國神話의 構造에 대한 一考」, 류동식의 「韓國巫教의 歷史와 構造」, 박성의의 『한국문학배경연구』(상), 김열규의 『한국신화와 무속연구』, 김성외의 『韓國巫俗의 綜合적 考察』, 서대석의 『韓國巫歌研究』[7] 등을 꼽을 수 있겠다. 이런 논문과 저서들은 풍부한 자료와 역사지리학적인 고증방법 혹은 최신 종교학 및 신화학 이론과 방법으로 논리정연하게 독특한 관점들을 전개하고 있다. 건국시조신화에서 무속의 편린을 찾는다든가, 건국시조신화를 무속제의의 구술적 상관물로 본다든가, 무가를 비롯한 무속신화와 건국시조신화의 관계를 천명한다든가 하는 것은 그 구체적 보기로 되겠다. 그러나 전반적인 차원에서 무속을 韓민족의 집단무의식적인 원형질로 브고 그것이 건국시조신화에 어떤 원형패턴 및 이미지, 모티프 등을 생성했는가에 대해서는 아직 논의가 부족한 감이 없지 않아 있다. 본 고는 이 부족점을 다소나마 보완하고자 하는데 그 1차적인 목적이 있다.

  논의의 편리를 위해 일단 원형질, 원형패턴, 원형마당, 원형형태는 개념 및 그 관계에 대해 구체적으로 짚고 넘어가는 것이 순서가 되겠다. 이른바 본 고에서 원형질이라는 것은 주로 집단무의식적인 사고방식 및 가치관을 가리킨다. 원형패턴이라는 것은 원형질의 사고방식 및 가치관들에 대해 포맷(格式) 형식으로 파악해본 틀 내지는 갈래가 이에 해당하겠다. 이런 틀 내지 갈래는 칼·융이 말한 "선천적인 모조력과 형식조직력"으로 작용한다. 이것은 구체적 실현형태도 나타나는 원형형태를 제약하고 결정한다. 원형마당이라는 것은 원형패턴이 채워지고 실현되는 특정한 환경을 가리킨다. 원형형태라는 것은 원형패턴의 기성적인 실현형태를 가리키는데 칼 융이 말한 원형의 첫 번째 의미가 이에 해당하겠다. 원형패턴이 감지할 수 없는 무의식

---

7) 여기서 「 」는 논문, 『 』는 저서임.

심층의 틀이라면 원형형태는 구체적이고 형상적인 이미지, 모티프 등으로 감지할 수 있는 존재다. 이로부터 역설적으로 이야기하면 원형형태를 통하여 원형패턴을 추적할 수 있다고 말할 수 있겠다.

그럼 아래에 원형질, 원형패턴, 원형마당, 원형형태 지간의 역동적 관계를 도표로 살펴보도록 하자.

원형마당

원형질 ——————▶ 원형패턴 ——————▶ 원형형태

본 고의 논리적 전개는 바로 위의 틀 속에서 진행하게 된다. 즉 무속원형질이 어떤 원형마당을 통해 자기의 원형패턴을 실현해 나갔는가가 되겠다. 그 원형패턴의 구체적 실현형태의 하나로 나타난 것이 건국시조신화라는 원형형태라는 것이다.

3) 무속원형패턴으로 본 건국시조신화

(1)

무속원형질의 가장 근본적인 원형패턴의 하나는 현세중심주의다. 그것은 신을 중심으로 하는 것이 아니라 인간을 중심으로 하며 신의 세계를 중심으로 하는 것이 아니라 인간 세계를 중심으로 한다. 그것은 결국 한 사람이 어떻게 이 세상에 와서 오복이 구전한 복락생활을 누리다가 천수를 다 하고 저 세상으로 가는가 하는 문제에 귀결된다. 무당이 공수(신의 계시. 필자 주 무당에게 신(神)이 내려 신의 소리를 내는 일)를 받기 위해 신을 현실에 끌어들이는 것도 이 맥락에서 이해할 수 있다. 이로부터 무속원형질의 현세중심주의적 원형패턴 차원에서 볼 때 요절하거나 현세에서 소원을 이루지 못하고 죽은 사람은 원혼으로 남아 이 세상에 떠돌며 산 사람에게 해코지 한다는 것이다. 그래서 이런 원혼을 천도하는 사령제(死靈祭) 자체도 결국 따지고 보면 산 사람을 위한 것이었다. 무속원형질의 현세중심주의적 원형패턴은 현실에 집착하게 만들며 살아있는 자체를 행복한 것으로 받아들이게 한다. 韓민족 특유의 낙생(樂生), 낙관성은 바로 여기서부터 온다. 그것은 내세의 정신적 구원을 갈구하는 것이 아니라 현세의 물질적 '구원'을 갈구한다. 무속원형질에서 '저세상'이라는 것도 사실은 현세중심주의적 원형패턴의 다른 한 표현형태에 불과하다. 그것은 현세의 다른 한 연장에 불과하기 때문이다. 이런 각도에서 볼 때 무속원형질의 현세중심주의적 원형패턴은 불교, 기독교 등 고등종교의 내세중심주의와 선명한 대조를 이루고 있다. 기독교의 경우만 보더라도 인간은 원죄를 지고 이 세상에 오는 것으로 이 세상에서의 삶은 바로 이 원죄를 속죄하기 위한 고통의 연속으로 보고 있다. 이로부터 기독교는 현실세계를 부정하고 신에 귀의하는 내세의 정신적 구원에만 열중한다.

무속원형질의 현세중심주의는 고대 韓민족의 집단무의식적인 원형패턴의 하나로 되어 부족국가를 세우고 사회 이데올로기를 정립하는 정치적 원형마당에 있어 현세의 정치왕권을 신성화하는 것으로 자기의 원형형태를 실현해 나갔다. 이로부터 韓민족 고대 건국시조신화에는 현세중심주의적 무속원형패턴이 그대로 관통되어 있다.

韓민족 고대 건국시조신화에는 어디까지나 인간이 주체가 되고 현세가 중심이 된 '인본주의' 빛이 내비치고 있다. 고대 건국시조신화는 그것이 신화인 만큼 존귀한 신이 등장 안 하는 것은 아니다. 그러나 이 신은 자기 나름대로 인간을 위하는 데 그 묘미가 있다. 자기가 직접 출마하거나 인걸을 내려 보내는 원형모티프로 현세중심주의적 무속원형패턴을 드러내고 있다. 이것은 무속제의에서 신이 무당

에게 내려 공수를 주는 것과 원형패턴 면에서 그 궤를 같이 하고 있
다. 韓민족의 고전적 건국시조신화 '단군신화'를 잠깐 보도록 하자.

'단군신화'에서 인간세상은 신의 축복을 받는 복된 땅이었다. 인간
세상을 중심으로 하늘에서 신은 내려오고 땅 위의 동물은 인간이 되
고 싶어 한다. 환웅신은 몸은 천상에 있으나 마음은 천하에 있어 인
간 세상에 내려가기를 갈구한다. 이것을 안 그의 아버지 환인은 풍
백, 우사, 운사 등 삼신(三神)을 배동 시켜 '홍익인간(弘益人間), 재
세이화(在世理化)'하게 한다. '단군신화'에서 인간세상은 천상에 있는
神뿐만 아니라 지상에 있는 미물들인 곰과 범까지도 부러워하는 존
재였다. 인간이 되고 싶어 컴컴한 동굴에서 곰과 범이 시련을 겪는
것은 그간의 사정을 잘 말해주고 있다. 그리고 여인이 된 곰이 결혼
을 갈구하자 환웅신이 잠시 인간으로 화하여 결혼 파트너가 되어 주
고 단군이라는 고조선 건국시조를 낳는다. 건국시조신화인 만큼 어
디까지나 단군을 신성화하는 데 그 목적이 있겠으나 신이 개입하고
미물8)이 개입하는 전반 신성화 과정은 지극히 현세중심적으로 전개
되어 나갔다. 이런 현세중심적인 신화는 세계적 범위에서 보더라도
그리 흔한 것은 아니다. 보다시피 韓민족의 고대 건국시조신화는 현
세중심적인 신인화합(神人和合)의 원형형태로 현세중심주의적 원형
패턴을 표출하고 있다. 이는 유럽의 로마를 비롯한 여러 나라의 건
국시조신화와 비교해 볼 때 보다 분명해진다. 韓민족의 고대 건국시
조들이 대개 신의 축복 속에서 건국시조로 군림9)한데 반해 유럽 쪽
건국시조신화는 대개 죄를 지어 신의 저주를 받으며 추방되는 살벌
한 분위기 속에서 건국의 역사가 시작된다. 기독교 아담과 이브의

---

8) 신성한 토템으로 볼 수도 있다.
9) 고구려의 건국신화로 볼 수 있는 「주몽전설」은 좀 다른 양상을 나타내고
   있다. 모종 의미에서 고구려 건국신화는 유럽 쪽 건국신화의 모티프들과 비
   슷한 데가 많다.

'창세기' 원형패턴을 그대로 드러내고 있다.

고대 건국시조신화에서 일반적으로 그 시조는 자기의 사명을 다하고는 저 세상의 신으로 승화되어 현세의 인간들로부터 숭앙을 받는 것으로 되어 있다. 그럴진대 '단군신화'에서 단군이 '재세이화(在世理化)'에 천수를 마치고 신으로 승화되면 그만이다. 그런데 문제는 '단군신화'에서 단군이 천상의 신이나 '저 세상'의 신이 된 것이 아니라 자기가 태어나서 통치하던 아사달산의 신이 된데 있다. 여기에는 자기 자손들을 영원히 보호하기 위한 비원이 담겨 있다. 韓민족의 속신에 산신은 자기 주위에 사는 인간들을 보호한다. 결국 단군은 현세중심주의적인 무속원형패턴에서 벗어날 수 없었던 것이다.

사실 현세중심주의는 韓민족의 건국시조신화뿐만 아니라 후세의 전설이나 민담 같은 데서도 면면히 이어져 내려오는 무속원형패턴이다. 신라 문무왕이 죽어 동해 호국용이 되었다는 전설은 단군의 산신승화와 같은 맥락에서 이해할 수 있다. 그리고 韓민족 고대 민담을 보면 동물이 사람으로 변하는 것이 절대 다수를 차지한다. 이것은 유럽 민담에서 저주받은 인간이 동물로 변하는 것이 절대 다수를 차지하는 경우와 좋은 대조를 이룬다.[10]

전반적으로 韓민족 고대 건국시조신화를 보면 현세중심주의적 원형패턴의 구체적인 표현형태들인 원형이미지, 모티프는 부동한 양상을 드러내고 있다. 비교적 이른 시기의 건국신화로 볼 수 있는 '단군신화' 같은 데에서는 구체적인 신이 직접 등장하여 인간을 위했다면 뒤에 오는 일련의 건국시조신화들에서는 신적인 요소가 점점 퇴색되고 신이 소리, 백마, 계룡, 비둘기, 개구리 등 원형이미지들을 통하여 인걸을 내려 보낸다는 간접적인 원형모티프를 이끌어 내오고 있다.

韓민족의 고대 건국시조신화, 특히 '단군신화'의 이런 현세중심주

---

10) 박성의, 『韓國文學背景硏究』(上), 67쪽.

의에 대해 한국의 이어령 박사의 『神話 속의 한국인』, 장덕순·정병욱·이어령의 공동저술인 『고전의 바다』에서 언급하고 있다. 그러나 여기에서는 현상학적 논의에만 치우치고 본질적인 논의에로는 나아가지 않은 한계점이 있다. 韓민족 고대 건국시조신화에 있어 신이 인간을 위하는 '인본주의' 특징의 형성은 부족국가 이데올로기 정립 차원에서 왕의 신성화라는 목적의식 하에 인위적으로 조작한 흔적이 없지 않아 있겠지만 그래도 현세중심주의적 원형패턴이라는 韓민족의 집단무의식적인 공감대 속에서 알게 모르게 이루어졌음은 더 말할 것도 없다.

위에서 거론했지만 현세중심주의는 무속원형질의 가장 근본적인 원형패턴이다. 이 원형패턴의 핵은 현세의 복락된 삶을 추구하는 데 있다. 무속원형질은 바로 이 원형패턴에서 놀아나다 나니 모든 것을 도구화, 수단화하여 이 복락을 추구한다. 복락을 이루는 모든 것은 합리적이고 정의적인 것으로 받아들여진다. 무속원형질에서는 신성한 신조차도 인간의 물질적 복락을 추구하는 데 이용되는 한낱 수단적인 존재에 불과하다. 무속원형질은 만신전(萬神殿)적이다. 생로병사를 관장하는 모든 신이 있다. 산신(産神), 재신(財神), 수신(壽神)…11) 인생의 관건적인 대목에는 더 말할 것도 없고 평상시에도 수시로 이런 신들을 불러들인다. 그리고 무당은 신이 들려 광신적인 경지에 들거나 독경적인 방법을 통한 주술마법을 잘 구사하여 해로운 귀신을 쫓는다. 이것은 불교나 기독교 등 고급종교에서 인간이 신 앞에 공손한 태도를 취하며 정신적 해탈을 추구하는 것과 선명한 대조를 이룬다. 무속원형질에서 이런 신들의 수단화는 도덕적 가치판단을 떠나 코앞의 이익만 챙기는 韓민족의 한치보기 원형패턴을 형성했다. 이런 원형패턴은 고대 건국시조신화에서 현실공리성을 추구함에 있어서 즉각적인

---

11) 한국 김태곤의 통계에 의하면 韓민족 무속에 약 372명의 신이 있다고 한다.

만족을 주는 마력 내지는 간교함을 높게 사는 원형형태로 나타난다. 해모수가 마법을 펴 하백을 굴복시킨다든가, 주몽이 채찍을 내리치자 자라와 고기떼들이 다리를 놓아준다든가, 유리가 하늘에 솟아오른다든가 등 순수하게 건국시조의 신이를 보이주기 위한 주술이나 마법 같은 것은 세계 어느 나라 건국시조신화에도 있을 법한 일이니 제쳐두고라도 명백하게 도덕성에 저촉되는 주술, 마법이나 간교함을 재미나고도 신기한 긍정적인 이야깃거리로 구구 전승했다는 데는 석연치 못한 원형패턴을 드러내고 있다. 이를테면 해모수가 마술을 부려 으화를 겁탈하고 결국 가서 버린다든가, 그리고 주몽이 주술로 송양의 도성을 빼앗았다던가, 탈해가 간교한 수법으로 다른 사람의 집을 빼앗는 등 원형모티프들에서 보게 되는 원형형태는 그 보기로 되겠다. 이것은 바로 한치보기 무속원형패턴에서 자유로울 수 없었던 고대 韓민족들의 사회도덕의식, 역사의식 각성의 늦음 내지는 불철저함을 나타내주고 있다. 이것은 중국의 경우와 좋은 대조를 이루고 있다. 주지하다시피 중국은 인문이 일찍 개화하고 사회도덕의식, 역사의식도 상당히 일찍 싹트고 철저했다. 이것은 그들의 건국시조신화에서 잘 나타나고 있다. 중국인은 자기의 건국시조신화를 만들 때 어디까지나 윤리도덕의식을 본위로 한 ‘천명관(天命觀)’을 바탕으로 하고 있었다. 그들은 이런 ‘천명관(天命觀)’에 기초하여 순수한 신화시대로부터 많이 내려오는 기이한 신의 이야기들을 ‘탈퇴환골(脫退換骨)’하여 역사인물, 역사사실에 牽強附會한 ‘진실’한 도덕적 ‘신화’를 역어내기에 힘썼다. 그래서 중국 건국시조신화의 기본 원형패턴의 하나는 한치보기가 아닌 ‘숭덕배력(崇德排力)’의 경향에 있다. 예컨대 유명한 삼황오제(三皇五帝) 신화전설을 보건대 덕망이 높은 반신반인(半神半人)인 삼황오제(三皇五帝)는 지고무상한 존재로 등장하고 사람들의 숭앙을 받으며 무궁무진한 힘과 능력을 가진 활의 명수 후예(後羿)는 기껏해야 이들의 보좌역밖에 되지 못한다. 이런 원형패턴은 후세에 무비의

용력을 가지고 수렵 종족의 영웅이 되었던 걸(桀)이 일개 폭군으로 떨어진다든가, 『삼국연의』에서 '양유억조(揚劉抑曹)'의 경향, 유비와 장비의 관계 등에서도 그대로 나타난다.

이상 간략한 비교를 통해 볼 때 韓민족 고대 건국시조신화는 힘(마력과 간교함 포함)의 논리가 많이 작용하고 중국의 경우는 덕의 논리가 많이 작용한다. 그러나 이것이 절대적인 것은 아니다. 韓민족 고대 건국시조신화에서 힘의 논리를 놓고 볼 때 단군, 혁거세 등 신화에서는 힘에 대한 숭앙보다는 덕에 대한 숭앙이 내비치고 있다. 범이 실패하고 곰이 성공하며, 신라 6부족의 화백제도[12]는 그것을 말해준다. 현재 학계의 일반적인 관점에 따르면 韓민족 고대 건국시조신화는 북방계와 남방계 두 계통으로 나누어 볼 수 있다는 것이다. 북방계는 고구려를 대표로 하고 남방계는 신라를 대표로 한다는 것이다. 북방계통은 대립, 투쟁의 힘의 논리가 많이 통하고 남방계통은 화백, 융합의 덕의 논리가 많이 통한다는 것이다. 그럼 어떻게 이 현상을 해석하겠는가? 이것은 이들 신화를 형성한 원형마당을 고찰하는 것으로 해석이 될 줄로 안다. 당시 원형마당에 있어서 정치분위기(즉 평화 혹은 전쟁), 문화유형(즉 농경 혹은 유목)은 이런 신화형성에 절대적인 영향을 준 것으로 사료된다. 집단무의식적인 무속원형패턴이란 것도 결국은 이런 원형마당의 제약 하에 그 실현여부 내지는 실현형태가 결정되는 것이다. 韓민족의 한치보기 무속원형패턴은 대립, 충돌, 전쟁과 같은 정치분위기와 이동, 모험과 같은 유목문화를 특징으로 하는 북방계 부족국가들의 건국시조신화들에서 힘의 논리로 그 원형형태가 실현된 반면 평화롭고 안온한 정치분위기와 농경문화를 특징으로 하는 남방계 부족국가들의 건국시조신화들에서 그 원형형태가 억제되었다고 볼 수 있다.

---

12) 원시 민주주의 맛이 풍기는 고대 신라의 의회정치제도.

(2)

 일반적으로 韓민족 고대 건국시조신화의 기본 특징의 하나로 난생모티프[13]를 꼽고 있다. 그럼 신성한 시조가 왜 굳이 알에서 태어났다고 하는가? 현재 통용되는 해석을 보면 난형을 둥근 태양에 비견시키는 태양숭배설로 해석하고 있다. 난생을 태양생의 축소판적인 상징으로 보고 있다. 韓민족의 원초적인 신앙 및 논리적 추리 등으로 볼 때 이것은 일리가 있다. 그러나 여기에 대해 무속원형질의 우주생성론적인 원형패턴으로토부터 고찰할 때 새로운 한 시각, 한 해석이 가능할 줄로 안다.

 무속원형질에서 우주생성론적인 원형패턴은 카오스(chaos) → 코스모스(cosmos)적인 전개양상으로 나타난다. 제주도 무가 ‘초감제’, 부여지역 무가 ‘별왕굿’, 군산지역 무가 ‘지두서’, 함경도 무가 ‘창시가’ 등 일련의 무속 관계 개벽신화에서 이 점을 볼 수 있다. 이런 개벽신화들을 보면 무속원형질에서는 우주의 시원을 시작도 없고 끝도 없으며 모양새도 없는 혼돈 즉 카오스로 보고 있다. 韓민족 고대 건국시조신화에서 알 이미지는 바로 이 카오스의 신화원형표상이다. 중국고대 개벽신화에서 우주 최초의 혼돈을 鷄子 즉 달걀로 표상하고 있는 것과 동궤의 것으로 볼 수 있다. 알 이미지의 껍질 속은 컴컴함 그 자체다. 마치 어머니 자궁 속처럼. 컴컴함 그 자체가 혼돈 카오스임에 다름 아니다. 무가에서 보듯이 무속원형질의 이 카오스는 때가 되면 자연히 천지자연이 열리고 우주 질서가 잡히게 된다 이것이 곧 코스모스다. 고대 건국시조신화에서 알도 때가 되면 혹은 일정한 계기가 이루어지면 저절로 갈라지며 건국시조가 탄생하며 인간세상의 질서가 잡히지 않는가? 여기서 볼 수 있다시피 건국시조의 탄생과 우주질서의 열림은 동일한 구조를 가지고 있다. 즉 카오스

---

13) ‘단군신화’에서 동굴이미지는 난형의 우회적인 표현형태의 하나로서 시기적으로 난형보다 후에 나온 것으로 추정된다.

→ 코스모스 ⇔ 알 → 시조탄생 사이에는 '이질동구(異質同構)'적인 특성을 가지고 있다. 바꾸어 말하면 이것은 건국시조의 탄생과 우주 질서의 잡힘이 동일한 의미를 가지고 있는 거창한 역사(役事)로 이해할 수 있다. 이로부터 놓고 볼 때 알 → 건국시조탄생은 시조를 신성화하는 원형마당에서의 韓민족의 고대 무속원형질의 카오스 → 코스모스 우주생성론적인 원형패턴의 구체적 표현형태 즉 원형형태로 볼 수 있다. 여기서 시조를 신성화하는 원형마당에서는 물론 태양을 숭배해온 전통적인 신앙심도 작용했을 것이다. 그러나 근본적인 사고방식에 있어서는 카오스 → 코스모스 우주생성론적인 원형패턴이 보다 근원적인 집단무의식적인 작용을 했다고 보아야 순리적이고 합리적인 해석이 될 줄로 안다.

주지하다시피 韓민족 고대 건국시조신화의 가장 기본적인 원형모티프의 하나는 天地 이미지 결합형이다. 天地 이미지 결합형태를 통해 人을 탄생시키는 天, 地, 人 三才사상을 나타내고 있다. 예컨대 '단군신화'식의 환웅(天)＋웅녀(地)＝시조탄생(人)이 그 보기가 되겠다. 여기에 대해 우리는 인류 공동의 보편적 원형이미지의 한 짝-天父地母의 원초적인 상징적 의미로 접근해 볼 수 있다. 그러나 보다 심층적으로 따지고 보면 사실 이 원형모티프도 카오스 → 코스모스 우주생성론적 무속원형패턴을 그 기저에 깔고 있음을 알 수 있다. 즉 우주만물의 기원인 天, 地, 人이 한 덩어리가 되어있던 우주 최초의 모습 즉 혼돈으로부터 시조 탄생이라는 새로운 질서 즉 코스모스로 나아간다는 우주생성론적 무속원형패턴으로의 회귀 및 그것의 원형형태 즉 구체적 한 표형형태가 되겠다. 이로부터 天地이미지 결합형 원형모티프도 결국은 난생모티프와 동궤의 것임을 알 수 있다. 그러나 신화적 이미지의 일반적인 변화법칙으로 볼 때 그것이 난생모티프에 비겨 썩 후의 것임을 알 수 있다.

무속원형질로부터 韓민족 고대 건국시조신화를 조명할 때 여러 가지 특성을 규명할 수 있겠지만 본 고에서 필자는 주로 다음과 같은 두 가지 면에 대해 논했다. 이것을 도표로 정리해 보이면 다음과 같다

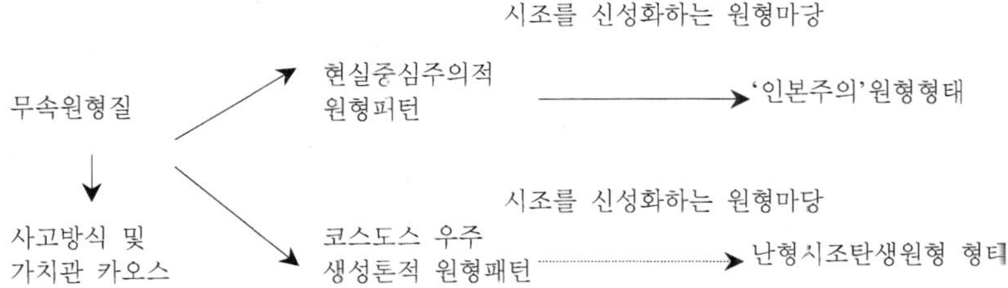

이상 필자는 무속원형질로부터 韓민족 고대 건국시조신화를 고찰해 보았다. 건국시조신화의 일부 이미지나 모티프 편킨에 국한되고 내재적 논리성만 따지다 보니 무단적인 판단과 결론도 없지 않아 있다고 느껴진다. 본 고는 어디까지나 韓민족 고대 건국시조신화에 대한 새로운 해석의 한 시도에 불과한 것으로 재론의 여지는 얼마든지 있을 줄로 안다.

참고문헌

1. 김태길, 『小說文學에 나타난 韓國人의 價値觀』, 일지사, 1977.
2. 조동일, 『한국문학통사』(개정판, 1-5)1, 지식산업사, 1989.
3. 『조선문학사』(전15권)1, 사회과학출판사, 1991.

6. 북한의 한국어문 연구 성과와
남북한 어문학 교류현황 분석

1) 서 론

본 논문 논술의 정밀도와 이해의 정확도를 기하기 위해 일단 개념 정립을 할 필요가 있다. 본 논문에서 어문이란 일단 언어·문학의 종합적 개념임을 밝혀둔다. 그리고 본 논문에서 어문의 종개념인 한국어문이란 것은 반만년의 장구한 역사적 흐름에서 우리민족이 공유한 언어·문학뿐만 아니라 1945년 광복 후 세계 냉전체제가 확립됨에 따라 南이 이념의 갈림길에서 민주주의체제를 채택하면서 가져오게 된 그것의 변이를 포함한다. 그리고 본 논문에서 어문의 다른 한 종개념인 북한어문이란 것은 반만년의 장구한 역사적 흐름에서 우리민족이 공유한 언어·문학뿐만 아니라 1945년 광복 후 세계 냉전체제가 확립됨에 따라 北이 이념의 갈림길에서 사회주의체제를 채택하면서 가져오게 된 그것의 변이를 포함한다. 여기서 보다시피 한국어문과 북한어문이란 개념에는 반만년의 장구한 역사적 흐름에서 한민족이 공유한 언어·문학이라는 공약수가 내재해 있다. 본 논문에서는 이 공약수에 한해 우리어문사란 특징적인 개념으로 지칭하도록 한다. 이로부터 구체적 논의를 전개함에 있어서 자연적으로 우리언어사 혹은 우리문학사 등으로 풀어서 지칭하게 될 것이다. 그리고 이념의 갈림길에서 가져오게 된 그것의 변이에는 이 공약수를 기초로 한 차이를 포함하고 있다. 그것은 한국 시각에서 본 '북한', 북한 시각에서 본 '남조선'이라는 용어 차이 자체가 이 점을 잘 말해준다. 그러나 어문이 일단 어문학이란 학문적 조명을 받게 되고 한국어문이 한국어문학, 북한어문이 북한어문학이란 학문적 조명을 받게 될 때 여기에는 민주주의와 사회주의체제라는 큰 틀 속에서 불가피하게 학문적 자세, 방법, 관점 등 면에서 이러저러한 차이를 노정할 수밖에 없다. 공약수에 대한 학문적 조명은 그래도 얼마간 공약수적인 일치를 가져올 수 있겠지만 '변이', 특히 상대방의 '변이'에 대한 학문적 조명은 남북한 나름대로의 아집에서 벗어나지 못하다 보니 서로 빗나가거나 얽히고설킨 복잡한 양상을 띠지 않을 수 없다. 그리고 객관적 사실의 공감대를 많이 형성하는 언어에서 그래도 많은 동질성을 나타내는 반면에 주관적인 사상 감정에서 자유로울 수 없는 문학에서 훨씬 이질적인 양상이 드러남은 더 말할 것도 없다. 본 논문에서는 이런 '변이', 이런 이질성으로부터 야기되는 개념의 혼선을 피하기 위하여 광복 후 북한어문은 북한어문, 한국어문은 한국어문이라고 지칭하도록 한다. 물론 구체적 논의를 전개함에 있어서는 자연적으로 북한언어, 북한문학과 한국언어, 한국문학으로 풀어서 지칭하게 될 것이다. 그리고 북한의 한국어문학 연구 성과를 객관적으로 제시하는 마당에서는 그들의 입장을 존중하여 조선언어사, 조선언어 및 조선문학사, 조선문학이라는 용어도 사용하도록 한다. 이로부터 제목에서 제기한 한국어문은 통일지향적인 어문 개념으로서 광복 전 역사적인 의미에서의 우리어문사, 우리어문과 광복 후 남북한 어문을 포함한 가장 포괄적인 의미로 사용한 개념이 되겠다. 여기서 구체적 논의를 진행할 때 우리언어사, 우리언어, 우리문학사, 우리문학과 북한언어, 북한문학 혹은 남한언어, 남한문학으로 풀어서 구체적으로 지칭할 수도 있다.

　본 논문은 일단 '공약수' 및 '공약수적인 일치'로부터 나타나는 동질성에 대한 확인 작업으로 1차적으로 북한의 한국어문 연구 성과에 대해 고찰하고 나아가서 남북한 어문학 교류현황을 분석하는데 주안점이 있다. 연구 성과에 대한 고찰인 만큼 연구 성과 그 자체에 대한 논의로 끝나야 제격인줄로 안다. 그러나 그 연구 성과라는 것이 보는 시각에 따라 성과라고 말하기 힘든 경우도 있을 것이고 그 연구 성과 속에 문제점들을 내포하고 있을 수도 있는 것이다. 그러므로 연구 성과에 대한 고찰이라고 하기보다는 검토라고 하는 것이 더 타당한 편이다. 그리고 어문학 교류현황 분석도 분석 자체에 거치고 만다면 별로 의미가 없는 만큼 미래지향적으로 교류 방안이나 비전을 제시해 보도록 한다. 본 논문은 검토나 분석에 있어서 남북한 어느 쪽에 치우친 편파적인 주장이나 무단적인 결론 같은 것은 가급적으로 피하면서도 학문연구의 진리성, 객관성, 공정성 등 보편적 원칙과 가치를 전제로 하여 필자 나름대로의 관점을 피력하는데 주저하지 않는다. 특히 남북한 어문학 통일 차원에서 보았을 때 북한의 한국어문학 연구 성과를 검토함에 있어서 가장 문제되는 점을 짚고 넘어갈 것이다. 이로부터 남북한 어문학 분야에서 민족 동질성을 확보하고 넓혀나가며 이질성을 제거하거나 좁혀나가는 객관적인 한 바탕을 마련하도록 한다. 그래서 결과적으로 민족의 평화통일의 날을 위하여 '남북 쌍방이 문화적 동질성을 간직하고 통일된 문화공동체로 복귀'하는 데 이바지하도록 한다.

　본 논문은 구체적 연구방법에 있어서 북한의 한국어문 연구 성과를 논하는 마당에서는 주로는 서지학적 방법으로 북한 기존의 대표성적인 연구 논문이나 저서에 대한 면밀한 검토[1]를 통해 연구 성과를 살펴봄과 더불어 전반적인 차원에서 문제점을 짚어보도록 한다.

---

1) 원문 인용에 있어서 학문의 객관성을 고려하여 북한식 그대로 인용하도록 한다.

그리고 남북한 어문학 교류 현황분석을 진행함에 있어서는 사실적 근거를 바탕으로 하여 주로 현상학적 분석을 가 하도록 한다. 연구의 광도와 심도를 기하고 통일어문학을 지향하는 차원에서도 남한글 참조계로 삼아 비교학적 시각을 취해야 될 뿐만 아니라 특히 학문적 시점이 엇갈리는 대목에 대해 예각을 집중하도록 해야 할 줄로 안다. 그러나 본 연구에서는 테마에서도 제시하다시피 연구 성과 검토에 있어서는 일단은 북한 쪽에 한해서 논의를 전개하드록 한다.

본 논문은 2). 언어 편, 3). 문학 편, 4). 어문학교류 현황분석 뎌 세 부분으로 나누어진다. 일단 2). 언어 편과 3). 문학 편으로 나누어 북한에서의 한국어문 연구 성과 및 문제점들에 대해 고찰하그 4). 어문학 교류현황분석 편에서는 남북한 어문학교류 현황분석과 더불어 남북한 어문학교류 발전방안 및 어문학 통합의 한 모델을 제시할 것이다.

2) 언어 편

북한의 한국어 연구에 관한 일반적 소개 및 논의는 『북한의 조선어학』[2] 등 논저들을 통해 많이 되어 온 줄로 안다. 그럴진대 본 고에서는 시각과 방법을 좀 바꾸어 아직 그리 논의되지 않은 최근간에 발간된 『광복 후 조선어논저목록지침서』와 『주체 조선어연구 50년사』를 통해 북한의 한국어 연구 성과를 검토해 보도록 한다.

(1) 『광복후 조선어논저목록지침서』를 통해본 통겨학적 분석
본 지침서는 중국 연변대학교 조선언어문학학부의 학부생, 특히 조선언어전공 대학원생들의 학습에 편리를 제공하자 편집한 것이다.

---

2) 자하어문학회, 한신문화사, 1990년.

본 지침서에 수록된 논문, 논문집이나 단행본의 목록들은 연변대학교 도서관, 연변조선족자치주 도서관, 연변대학교 동방문화연구원 도서실, 연변대학교 사범학원 조문학부 도서실에 비치된 장서들과 평양에 연수를 나간 박사생들이 수집한 목록자료집으로서 연변대학교 동방문화연구원에서 편찬하고 한국 亦樂출판사에서 출판하였다. 본 지침서는 1946년부터 2000년까지 북한에서 발표된 논문, 논문집이나 단행본 등에 관한 목록을 모두 포함하고 잡지「조선어문」과 김일성종합대학 학술지에 실린 언어학자들에 관한 일부 기사도 첨부했다. 본 지침서는 북한의 한국언어학 연구의 흐름을 통계학적 차원에서 어느 정도 파악할 수 있게 하는 값진 자료집이라고 생각된다.

필자는 본 논고에서 다음의 원칙에 의해『광복 후 조선어논저목록 지침서』를 통계학적으로 살펴보았다. 첫째, 분명히 어음, 어휘 등 여러 방면을 취급한 저서에 한해서는 해당 방면의 통계에 모두 넣었다. 이로부터 통계학적 수자가 실제 논저 수보다 많아지게 된다. 둘째, 기타에는 분명 필자가 나눈 어떤 항에도 포함시키기 힘든 논저들이나 한국어 관계 사설, 논평 등을 포함시켰다. 그리고 맞춤법을 별도로 선정하지 않고 여기에 포함시켰다. 셋째, 일부 문법서에서 품사를 형태론에서 논하는 경우를 감안하여 품사를 별도로 나누지 않고 형태론에 포함시켰다. 넷째, 일반에는 일반언어학 관련 논저, 응용에는 기계번역 및 기타 번역 관련 논저, 어사에는 한국어 변화발전 관련 논저, 문법에는 형태론이나 문장론에 포함시키기 힘든 논저를 포함시켰다. 다섯째, 한국어사의 시대구분이 명확하지 않은 상황하에서 고대와 현대 관련 논저를 구분하기 힘들므로 될 수 있는 한 내용에 근거하여 분류하였는데 이로 인해 통계수치 면에서 일부 오차가 생겨날 수 있다.

10년을 한 주기로 본 통계

연 대	논 저
1940	55
1950	215
1960	446
1970	280
1980	523
1990	482
합 계	2,001

도표를 통해 알 수 있다시피 북한의 한국언어 관련 연구 논저 수는 굴곡은 있었으나 그래도 전반적인 상승 추세를 나타내고 있다. 여기에 집단적 논저, 학위 논문까지 합하면 합계 2,167편[3]이 된다. 그러나 50여 년간의 논저 수라 할 때 그리 많은 편은 아니다.

연구분야별로본통계

연구분야	40년대	50년대	60년대	70년대	80년대	90년대	집체작	합계
어 음	8	22	29	11	41	52	2	165
형 태	2	46	50	13	70	85	11	277
문 장	0	5	38	25	53	52	1	174
문 법	5	13	11	5	13	3	17	67
문 자	5	23	10	7	9	4	1	59
어 휘	3	15	35	29	63	29	10	184

---

3) 여기에는 전반 1940년대 논저수가 포함된 것이 아니라 실은 1946년 이후 1950년 이전의 논저 55편단 포함되었다. 10년을 주기로 하여 통계를 하다 보니 형식상 일치를 기하기 위하여 '1940'년을 설정했음을 밝혀둔다. 이후 통계에서 '1940'년 설정도 마찬가지의 경우이다.

연구분야	40년대	50년대	60년대	70년대	80년대	90년대	집체작	합계
의　　미	0	3	8	7	23	10	0	51
문　　체	0	1	23	11	54	59	2	150
사　　전	2	8	5	1	14	18	22	70
방　　언	0	8	14	2	16	14	1	55
응　　용	0	0	4	0	6	31	0	41
일　　반	0	0	84	80	8	15	14	201
화　　술	0	0	7	2	5	2	1	17
고　　대	0	0	34	0	29	28	0	91
어　　사	5	3	10	7	13	9	3	50
기　　타	25	68	84	80	106	71	81	515
합　　계	55	215	146	280	523	482	166	2,167

　위의 도표에서 보면 1980년대에 발표된 논저가 가장 많고 1990년대 발표된 논저가 두 번째 자리를 차지하고 1960년대에 발표된 논저가 세 번째 자리를 차지한다. 이것은 1960년대, 1980년대, 1990년대에 연구가 가장 활발히 진행되었다는 말이 되겠다. 연구 분야별로 볼 때 형태론, 문장론을 포함한 문법관련 논저가 가장 많다. 여기에도 물론 굴곡은 있지만 시간의 흐름에 따라 그 수가 늘어나는 경향을 나타내고 있다. 그리고 여기서 특히 눈에 뜨이는 것은 문체에 관한 논저가 1970년대까지는 얼마 되지 않다가 1980~1990년대에 들어서서 급속한 상승세를 보인 점이다. 이것은 김일성을 비롯한 수령 저작에 관한 문체연구가 활발히 진행된 것과 관계있다. 그리고 '응용'에 관한 논저들도 1980년대까지는 거의 없다시피 하다가 1990년대에 들어서며 급속한 상승세를 보이고 있다. 이것은 북한에서도 새로운 학술 영역에 대해 중시를 돌리고 있음을 알 수 있다. '일반'에 관한 논저도 상당히 많아 세 번째 자리를 차지하는데 1960~70년대에 고조를 이루고 있다. 전반적으로 연구 분야별로 보나 연대별로

보나 북한의 한국언어학 연구는 1960년대, 1980년대, 1990년대에 가장 많은 성과를 거두었음을 알 수 있다.

(2) 『주체 조선어연구 50년사』를 통해 본 한국어 연구 성과

『주체 조선어연구 50년사』는 북한의 김영황, 권승모 교수가 편집하고 김일성종합대학 조선어문학부에서 2002년 8월에 펴낸 논문집이다. 본 논문집은 김일성종합대학 조선어문학부의 조선어학강좌, 우학생조선어학강좌, 응용언어학연구실에 소속되어 있는 교수, 연구사들과 박사생들로 집필진을 구성하여 북한 각 대학교 및 연구기관의 언어학자들이 광복 후 50년간 한국어 연구에서 거둔 주요 연구 성과들을 분야나 분과에 따라 사적으로 개괄한 논문들을 집성한 것이다. 이를테면 ×××연구사 제목의 논문들이 실려 있다. 이런 논문들은 나름대로 시기구분을 하며 해당 분야의 연구 성과들을 일목요연하게 볼 수 있도록 서술되어 있다. 여기에는 물론 일반언어학 이론에 관한 연구 성과 관련 논문도 포함되어 있다.

본 논문집은 1, 2편으로 되어 있다. 제1편에서는 조선노동당의 언어정책 및 그것을 언어실천에 구현하기 위한 연구 성과를 시기별로 개괄한 8편의 논문이 수록되어 있고 제2편에서는 주체사상을 지도적 지침으로 하여 진행한 한국어 각 분야나 분과의 연구 성과를 시기별로 개괄한 9편의 논문이 수록되어 있다.

그리고 마지막 부분에 『주요 학위론문목록』을 부록으로 제시하고 있다.

본 논문집은 광복 후 북한의 한국어 연구 면모를 전반적으로 놓 수 있게 해준다. 그럼 아래에 우선, 본 논문집에 수록된 각 분야나 분과 별 주요 논문들에 대한 검토를 통해 그 구체적 상황을 파악해보도록 하자. 다음, 『주요 학위론문목록』에 대한 통계학적 분석을 저시해보도록 한다.

A 주요 연구사별 고찰

① 문장연구사

본 논문에서 임봉우는 문장론을 형태론과 함께 문법론의 중요한 분과로 보면서 문장연구사를 네 단계 즉 1945~1954년, 1955~1970년, 1971~1980년, 1981~1995년으로 나누어 서술하고 있다. 본 논문에서는 매개 단계의 대표적인 연구 성과물을 선정하여 제시하고 나름대로의 견해를 피력하고 있다. 구체적으로 보면,

1945~1954년, 이 시기는 조선어문장론은 지난 시기 소극적으로 진행되었던 연구의 성과들을 종합정리하면서 근로인민대중이 나라의 당당한 주인으로 되어 새 사회 건설에서 연일 기적과 혁신을 창조해나가는 새로운 환경에서 혁명과 건설의 요구에 맞게 인민들의 창조적 활동을 담보해주는 언어규범을 만들데 대한 위대한 수령님의 강령적 가르치심을 철저히 관철함으로써 인민들의 언어생활에 이바지하는 문장론을 건설하는 것을 기본과업으로 내세웠다. 이 시기 대표적인 문법서로는 조선어연구회에서 1949년에 펴낸 『조선어문법』을 꼽고 있다.

1955~1970년, 이 시기는 조선어문법연구에서 주체 확립을 위한 연구토론회가 진지하게 진행된 시기이며 언어학분야에서 커다란 성과를 이룩하였다. 이 시기 대표적인 저서로는 김수경 등이 집필하고 1962년에 고등교육도서출판사에서 펴낸 『현대조선어(3)』을 꼽고 있다.

1971~1980년, 이 시기는 통일적인 조선문화어문법규범이 확립되고 인민들의 언어생활에서 문화어규범대로 말을 하고 글을 쓰는 기풍을 철저히 세우기 위한 투쟁이 활발하게 벌어졌다. 이 시기 주요한 문법서로는 김일성종합대학 조선어강좌가 주동이 되고 사회과학원 언어학연구소와 여러 사범대학의 교수, 학자들이 협력하여 집필하고 김일성종합대학출판사에서 1976년에 펴낸 『조선문화어문법규

범』을 꼽고 있다.

1981~1995년, 이 시기는 앞선 시기에 이룩한 이론적 성과들을 체계화, 이론화하고 그것을 인민들의 언어생활에 활성화하기 위한 연구사업이 활발히 진행되었다. 이 시기 대표적인 문법서로는 김용구가 집필하고 1986년에 과학, 백과사전출판사에서 펴낸 『조선어리론문법(문장론)』을 꼽고 있다.

각 시기 대표적 연구 성과물들을 [가] 문장의 기본표식, [나] 단어결합, [다] 문장성분, [라] 문장성분의 갈래로 나누어 얼별해 보면,

[가] 문장의 기본표식

『조선어문법』에서는 문장의 기본표식을 "문이란 의미와 어조의 준에서 완결된 진술을 말한다"고 정의하고 있다.

『현대조선어(3)』에서는 둔장의 기본표식을 "진술내용이 현실에 다하여 맺는 연계" 즉 진술성으로 보고 있다. 그러면서 진술성의 표현수단으로 전달의 어조와 단어의 진술형을 들고 있는데 진술형의 전형적인 형태는 단어의 종결형이라고 지적하고 있다.

『조선문화어문법규범』에서는 문장의 기본표식을 "풀이성"이라고 하고 있다. 여기서 말하는 '풀이성'은 그 내용에 있어서 『현대조선어(3)』에서 말하는 '진술성'과 같다.

『조선어리론문법(문장론)』에서는 문장의 기본표식을 진술성으로 보면서 "진술성이란 문장에서 이야기되는 내용을 현실에 귀착시켜주면서 이야기 내용과 현실과의 관계, 이야기내용의 현실성 정도를 나타내는 특성"이라고 규정하그 있다.

여기서 보면 문장의 기본표식에 대해 1949년 문법서에서는 간단히 정의되고 있으나 『현대조선어(3)』에서부터는 좀더 구체화되고 심화되고 있음을 보아낼 수 있다.

[나] 단어결합

『조선어문법』에서는 문장의 구성 재료로서의 단어결합을 종속적

결합과 병렬적 결합의 두 가지로 나누고 종속적 단어결합을 또 그 성격에 따라 술어적 통합, 속성적 통합, 관계적 통합으로 나누었다. 여기서 술어적 통합은 주체적 결합에, 속성적 통합은 규정적 결합에, 관계적 통합은 객체적 결합에 해당된다.

『현대조선어(3)』에서는 단어결합을 우선 단순단어결합과 전개된 단어결합으로 나누고 단순단어 결합은 그 안에 들어가는 성분들의 성격에 따라 실질적인 단어들의 결합 및 실질적 단어와 보조적 단어의 결합으로 나누었으며 실질적 단어들의 결합을 그 성분들의 연결방식에 따라 종속적 단어결합과 병렬적 단어결합으로 나누었다. 그리고 종속적 단어결합을 그 성분들 사이의 상호 관계에 따라 주체적 단어결합, 상황적 단어결합, 객체적 단어결합, 속성적 단어결합으로 나누고 병렬적 단어결합을 합동적 단어결합, 분리적 단어결합, 대립적 단어결합, 반복적 단어결합으로 나누었다.

『조선문화어문법규범』에서는 단어결합을 우선 자유로운 단어결합과 자유롭지 못한 단어결합으로 나누고 다음 그것을 구성하는 단어들의 성격에 따라 자립적 단어들의 결합 및 자립적 단어와 보조적 단어의 결합으로 나누었으며 자립적 단어들의 결합을 또 그것을 구성하는 단어들의 연계방식에 따라 매임결합, 벌림결합, 얽힘결합으로 나누었고 매임결합을 세움, 보탬, 들임, 꾸밈, 얹음으로 나누고 벌림결합을 합침, 맞섬, 가림으로 나누었다.

『조선어리론문법(문장론)』에서는 단어들의 결합관계의 기본유형을 구조 - 문법적인 표식에 기초하여 네 가지 즉 결합, 접속, 병립, 연접으로 나누었고 단어들의 결합관계의 성격에 따라 체언측 결합관계와 용언측 결합관계로 구분하고 단어들의 연결방식에 따라 한정적 결합관계, 보충적 결합관계, 첨가적 결합관계로 구분하였다.

이상 우리는 네 개 문법서에서 사용하는 학술용어가 서로 다르다는 것을 보아낼 수 있으며 또한 그 분류가 점차 더 세분화되어 갔음을 알 수 있다. 『현대조선어(3)』과 『조선문화어문법규범』은 단어결합을 유형별로 나눔에 있어서는 같다. 단지 『조선문화어문법규범』에서 학술용어들을 다듬은 말로 옮겨놓았을 뿐이다. 그리고 『조선어리른문법(문장론)』에서의 단어결합의 유형은 앞의 세 개 문법서보다 좀 특이한 양상을 나타내고 있다.

[다] 문장성분

『조선어문법』에서는 조선어의 문장성분을 우선 크게 두 가지 즉 주성분과 부성분으로 나누고 다음 주성분을 주어와 술어, 부성분을 보어, 규정어, 동격어로 나누었다. 여기서 특징적인 것은 주어에 장면의 주어를 따로 설정한 것과 보어를 직접보어, 간접보어, 전성의 보어, 장소의 보어, 시간보어, 원인과 수단의 보어, 양태와 정도의 보어로 세분 즉 보어의 포괄범위를 매우 넓게 규정한 점이다.

『현대조선어(3)』에서는 조선어의 문장성분을 크게 상관적 성분과 비상관적 성분으로 나누고 상관적 성분을 다시 주어, 술어, 보어, 규정어, 상황어로 나누었으며 비상관적 성분을 호칭어, 감동어, 제시어, 삽입어, 접속어, 설명어로 나누었는데 주어와 술어를 주성분으로 규정하고 보어, 상황어, 규정어를 부성분으로 규정하고 있다. 그리고 보어를 직접보어, 간접보어, 전성의 보어, 상관의 보어, 인용의 보어로, 규정어를 표식규정어, 관계규정어, 동격규정어로, 상황어를 양상상황어, 공간상황어, 시간상황어, 원인상황어, 수단상황어, 목적상황어, 정도상황어, 조건상황어, 양보상황어로 세분하고 있다. 이 문법서에서 특징적인 것은 문장성분이 필요에 따라 전개될 수 있다는 것을 고려하여 전개된 문장성분을 그 구성요소들 사이의 연계의 성격과 전개된 문장성분이 어떤 형태로 끝났는가에 따라 '문장'으로 된 성분, 구성분, 단어결합성분으로 구분한 것이다.

『조선문화어문법규범』에서는 조선어의 문장성분을 크게 맞물린 성분과 외딴 성분으로 나누고 맞물린 성분을 다시 세움말, 풀이말, 브

램말, 들임말, 꾸밈말, 얹음말로 나누고 외딴 성분을 부름말, 끼움말, 느낌말, 이음말, 보임말로 나누었는데 여기서 특징적인 것은 지난 시기의 '인용의 보어'를 '들임말'이라는 하나의 독자적인 문장성분으로 규정한데 있다. 이 문법서에서 또 하나 특징적인 것은 문장의 문법적 성분화는 전일적인 문장구조 속에서 단 한번만 진행될 수 있다는 관점에서 출발하여 확대성분 안에서의 문장성분의 단계적 특성을 반대하고 있는 것이다. 그리고 이 문법서에서는 묶음말을 설정하고 있는데 이것도 하나의 특징적인 점이라고 할 수 있다.

『조선어리론문법(문장론)』에서는 조선어의 문장성분을 구조 - 문법적 입장에서 그 상관관계의 성격에 기초하여 맞물린 성분, 외딴 성분, 단독성분으로 나누었다. 그리고 문장성분의 갈래를 크게 '기초성분', '주도성분', '의존성분'으로 나누고 '기초성분'에는 단독성분으로 이루어진 문장에서의 단독성분과 '진술어'를, '주도성분'에는 주어, 술어, 직접보어를, 의존성분에는 '기초성분'과 '주도성분'에 의존하게 되는 성분들을 포괄시키면서 문장성분을 주성분과 부성분으로 나누는 것은 구체적인 조선어의 현실에 맞지 않는 분석이라고 주장하고 있다.

이상에서 우리는 보어와 상황어의 계선문제가 명확하지 못하다는 것을 보아낼 수 있으며 대부분 문법서에서 문장성분을 크게 맞물린 성분과 외딴 성분, 주성분과 부성분으로 나누고 있다는 것도 보아낼 수 있다. 물론 다른 일부 견해(예하면 『조선어리론문법(문장론)』)도 존재한다. 그리고 총체적으로 보면 매 시기마다 자체의 특성을 띠고 있으며 점점 그 연구가 세분해지고 있다는 것을 알 수 있다.

[라] 문장성분의 갈래

『조선어문법』에서는 문장을 진술의 목적에 따라 서술문, 의문문, 명령문, 권유문, 감탄문, 간투문으로 나누고 문장구성성분의 전개여부에 따라 전개문과 비전개문, 내포문과 단순문으로 나누었으며 진술단위의 수에 따라 단일둔과 복합문으로 나누었다.

『현대조선어(3)』에서는 문장을 크게 기능에 따르는 갈래와 구조에 따르는 갈래로 가르고 있다. 기능에 따르는 문장의 갈래를 다시 전달의 목적에 따라서 서술문, 의문문, 권유문, 명령문으로 나누고 전달의 성격에 따라서 중립문, 목격문, 이중전달문으로 나누었으며 젼달의 방식에 따라 존대의 문장, 해요의 문장, 하오의 문장, 하게의 문장, 해라의 문장, 반말의 문장, 그리고 존경의 문장, 보통문장으로 나누었다. 여기서 특징적인 것은 문장에서 술어로 되는 단어의 형태론적 표식을 중요하게 보고 있는 것이다. 그리고 구조에 따라서는 단일문과 복합문, 2부구성문과 1부구성문, 단순문과 전개문, 완전문과 불완전문으로 나누었다.

『조선문화어문법규범』에서는 문장을 세 가지 기준 즉 말하는 내용과 목적이 무엇인가, 문장을 구성하는 성분들이 단순한가, 확대되어 있는가, 풀이의 단위가 몇 개인가 하는데 따라서 분류하였다. 말하는 내용과 목적에 따라서 알림문, 물음문, 추김문, 시킴문, 느낌문으로 나누고 문장을 구성하는 성분들이 단순한가, 확대되어 있는가에 따라서 단순문과 확대문으로 나누었으며 풀이의 단위가 몇 개 있는가에 따라서 단일문과 복합문으로 나누었으며 단일문을 또 보통단일문, 단어문장, 명명문, 중단문으로 더 나누었다. 이 문법서에서는 종전의 분류기준 즉 기능과 구조에 따라 문장을 분류하던 방법을 따르지 않은 것이 특징적인 것이라 할 수 있다.

『조선어리론문법(문장론)』에서는 문장을 크게 내용상특성, 형식상특성, 기능 - 구조적 특성에 따라서 나누고 그 안에서 다시 더 구체적으로 구분하고 있다. 문장의 내용 면에서의 분류를 진술의 목적에 따라 알림문, 물음문, 시킴문으로 구분하고 진술의 성격에 따라 느낌문, 긍정문과 부정문, 명명둔으로 구분하였으며 진술의 방식에 따라 옮김문과 특수문장으로 나누었다. 여기서 진술의 목적어 따른 분류인 추김문을 시킴문에 포괄시킨 것이 하나의 특징이라 할 수 있다. 그리고 기능-구조적 특성에 따라 단독성분문장유형과 생략중단문을 포함시키고 있다.

이상에서 우리는 문장의 갈래를 규정함에 있어서 그 분류기준이 다름을 알 수 있고 두 번째 시기와 세 번째 시기의 분류가 가장 세밀하고 네 번째 시기에는 이런 세밀한 분류가 반박을 받고 있다는 것을 알 수 있다.

전반적으로 보면 문장론에 대한 연구에 있어서 통일되지 못했던 많은 문제들이 점차 통일되고 연구 성과들이 체계화, 이론화되고 있음을 보아낼 수 있다. 특히 1990년대에 들어서면서 문장론분야에서는 현대 언어학의 연구 성과를 받아들이기 위한 연구사업이 더욱 활발하게 진행되기 시작하였고 이로부터 문장의 의미를 정확히 밝히기 위한 연구에 많은 노력이 기울여지기 시작하였으며 문장의 의미를 고립된 상태에서 아니라 다양한 언어적 환경 속에서 다른 언어적 단위들과의 긴밀한 연관 속에서 폭넓게 고찰함으로써 문장론의 연구를 구체적인 언어실천에 더욱 접근시키는 방향으로 나가고 있음을 알 수 있다.

② 형태론연구사

본 논문에서 양옥주는 형태론연구사를 4개 단계 즉 1945~1954년, 1955~1970년, 1971~1980년, 1981~1995년으로 나누어 서술하고 있다. 본 고에서는 각 시기의 특징을 간단히 소개한 다음 매 시기의 대표적인 연구 성과들을 선정하여 그 서술체계, 단어의 구조, 단어의 문법적 형태와 문법적 범주에 대한 문제를 중심으로 그 변화발전을 살펴보기로 한다.

1945~1954년은 북한어학자들이 광복의 큰 기쁨을 안고 조선어의 문법구조와 관련해 자기의 견해들을 여러 가지 문법책들을 통해 다

양하게 서술하던 시기로서 각급 학교 교육에서 널리 이용되고 인민들의 언어생활을 규범화하는데 도움을 준 시기였다. 이 시기의 대표적인 문법서로는 위의 『조선어문법』(1949)을 들 수 있다.

1955~1970년은 형태론연구에서 주체를 확고히 세우고 이미 이룩한 성과에 기초하여 내용을 더욱 체계화하며 아직 미해결로 남아있던 문제들에 대해 이론적 연구를 진행하여 많은 성과를 이룩한 시기였다. 이 시기 대표적인 문법서로는 과학원언어문학연구소와 과학원출판사에서 1960년에 출판한 『조선어문법』을 들 수 있다.

1971~1980년은 문법연구에서 활발히 논의되어 오던 쟁점에서 일정한 견해의 일치를 보고 이것에 기초하여 통일적인 문법규범을 만들어 각급 학교의 문법교육과 인민들의 언어생활개선에 적극 이바지하도록 하기 위한 연구사업이 활발히 진행된 것으로 특징지어지는 시기였다. 이 시기 대표적인 문법서로는 『조선문화어문법규범』(1976년판)을 들 수 있다.

1981~1995년은 형태론분야에서 지금까지 연구한 모든 성과들에 기초하여 조선어문법이론을 더욱 이론적으로 체계화하여 많은 성과들을 이룩한 시기였다. 이 시기의 대표적인 문법서로는 이근영이 집필하고 과학, 백과사전출판사에서 1985년에 출판한 『조선어리론문법(형태론)』을 들 수 있다.

아래에 매 시기 대표적인 성과물들에 대한 일별을 통해 구체적인 변화, 발전 양상을 살펴보도록 하자.

[가] 형태론의 연구대상과 그 서술체계

『조선어문법』(1949년판)에서는 형태론의 연구대상을 단어의 구성, 철자법, 접사법, 어간과 토로 규정하고 마지막에 품사별로 형태론적 현상을 서술하였다.

『조선어문법』(1960년판)에서는 형태론의 연구대상을 "형태론은 단어에 관한 문법적 리론이며 문장론은 단어결합과 문장에 관한 이론이다"라고 규정하고 있다. 이 문법서에서는, 우선 단어의 문법적 형태를 이루는 수법들에 대한 고찰은 곧 단어구조문제 연구로 연결된다고 하였다. 다음으로 언어의 어휘구성 가운데서 개별적 단어들이 구체적 의미로부터 추상화되고 공통적인 표식들에 근거하여 통합된 단어의 개별적 부류들, 즉 품사의 본질을 연구하며 매개 품사와 관련된 문법적 특성을 반영하는 문법적 범주의 체계를 연구대상으로 하였다. 이러한 형태론의 연구대상에 따라 품사를 중심으로 하여 매 품사별로 문법적 형태를 서술하는 체계를 세우고 있다.

『조선문화어문법규범』에서는 형태론의 연구 대상으로 단어의 구조와 단어의 갈래, 단어의 문법적 형태들에 대하여서와 그 쓰임의 규칙들을 규범화하는 문제들에 대해 규정하였다. 여기서는 품사중심의 서술체계로부터 형태론과 품사론을 같은 위치에 놓고 모두 형태론에서 취급하고 있다.

『조선어리론문법(형태론)』에서는 형태론의 연구대상으로 조선어의 문법적 형태에 의하여 즉 교착물인 토에 의하여 이루어지는 다양한 형태에 대한 문제와 문법적 형태에 의하여 표현되는 문법적 의미 및 이것에 기초하여 이루어지는 형태론적 범주에 대한 문제를 포함시키고 있다. 이러한 연구대상에 따라 조선어형태론의 기초이론과 형태조성의 수단인 토의 특성과 유형문제, 문법적 범주 및 그 의미의 강조형태, 바꿈토에 의한 체언과 용언 형태로 그 서술체계를 세우고 있다.

위의 내용을 종합해 보면, 두 번째 시기에 있어서 형태론의 연구대상 및 그 서술체계는 형태론과 품사론을 합쳐 품사중심으로 서술한 것과 형태론에 각각 품사와 단어의 구조, 문법적 형태를 동등하게 포함시켜 취급한 것, 그리고 형태론과 품사론을 독립적으로 분리시킨 것으로 이루어져있다. 그런데 세 번째 시기는 두 번째 시기와는 달리 모든 저서들에서 형태론의 연구대상 및 그 서술체계 문제에서 같은 입장을 취하고 있다. 그리고 네 번째 시기에는 앞 시기와는 달리 '형태론', '품사론', '단어조성론'이 독자적인 분과로 따로따르 갈라져 연구된 특색을 나타내고 있다.

[나] 단어의 구조

『조선어문법』(1949)에서는 단어의 구조를 어간과 접사, 토로 구분하고 그 결합을 네 가지 즉 어간과 어간의 결합, 어간과 토의 결합, 접두사와 어간의 결합, 어간과 접사의 결합으로 분류하여 설명하였다.

『조선어문법(1)』에서는 단어의 구조를 여섯 가지 즉 어근과 접두사, 접미사, 어간, 토, 결합모음으로 가르고 접미사를 다시 단어조성 접미사와 형태조성접미사로 나누었으며 형태조성의 접미사에서 또 다시 네 가지 형태부를 구분하고 있다. 그리고 이 저서에서는 토의 본질을 형태조성의 접미사와 마찬가지로 단어의 문법적 형태를 조성하는 형태부라고 규정하고 형태조성의 접미사와 토와의 차이를 강조하였다. 이 저서에서 특징적인 것은 격토에서 여격과 위격을 하나의 토로 규정하고 도움토를 세 부류 즉 어떤 형태에 붙어서 그 의미를 정밀 보충하여 주는 것, 자체가 문장론적 기능을 표시할 수 있는 것, 다른 대상과 연관시키는 것으로 구분한 것이다.

『조선문화어문법규범』에서는 단어의 구조를 말뿌리와 덧붙이, 결합모음, 토로 구분하였다. 이 문법서에서는 앞선 시기에 접사로 보던 것을 덧붙이라 고쳐 부르고 이것을 다시 앞붙이와 뒤붙이로 구분하였으며 형태조성의 접미사를 다 토로 구분하고 단어에 순수 어휘적인 의미를 보충해주는 형태부만을 덧붙이에 포함시켰으며 토에 대해서는 단어에서 문법적 뜻을 나타내는 형태부 즉 한 단어안의 형태부의 일종으로 보고 있다.

『조선어리론문법(형태론)』에서는 단어의 구조를 말뿌리와 덧붙이로 구분하고 그 조성을 두 가지 짜임 즉 단어조성적 짜임과 형태조성적 짜임으로 설명하고 있다. 이 문법서에서는 토를 조사나 보조적 단어로 보던 앞선 시기의 견해의 타당성과 부족점을 밝히고 조선어

토는 교착적 특성이 강한 덧붙이로서 단어에서 문법적 뜻을 나타내
는 형태부라고 정의하고 있다.

위에서 보다시피 단어의 구조를 2가지, 3가지, 4가지, 6가지로 보며
일치한 견해를 가져오지 못하고 있지만 사실 이것은 그것을 세분하는
가 하지 않는가에 달려있으며 그 내용상에서는 대체로 같다. 이 네 시
기의 공통점이라면 토를 다 단어구조의 한 부분으로 보았던 데 있다.

  [다] 단어의 문법적 형태 및 범주

『조선어문법』(1949)에서는 단어의 문법적 형태는 품사에 토가 첨
가되어 문법적 범주를 조성한다고 보면서 동사의 문법적 범주에서는
크게 태범주, 시칭범주, 법범주, 계칭범주, 상범주로 구분하고 태범
주를 또 완료태와 지속태로, 시칭범주를 선과거, 과거, 현재, 미래로,
법범주를 접속법과 종결법으로, 계칭범주를 존대, 하오, 하게, 해라,
반말 5급으로, 상범주를 능동상과 피동상으로 세분하고 있다.

『조선어문법(1)』에서는 품사를 중심으로 하여 매 품사별로 그 문
법적 범주를 서술하고 있는데 크게 식범주, 법범주, 계칭범주, 시칭
범주, 존칭범주, 상범주, 격범주로 구분하고 식범주를 서술식, 의문
식, 명령식, 권유식으로, 법범주를 직설법과 가능법으로, 계칭범주를
존대, 하오, 하게, 해라, 반말의 5급으로, 시칭범주를 크게 절대적 시
칭과 상대적 시칭으로 구분하고 그 안에서 또 현재, 과거, 미래로,
상범주를 능동상과 사역상, 피동상으로 세분하고 매 문법적 범주들
의 다양한 의미들을 구체적으로 서술하고 있다.

『조선문화어문법규범』에서는 단어의 문법적 형태에 의하여 표현되
는 문법적 범주에는 격범주, 수범주, 말법범주, 시간범주, 존경범주,
상범주, 말차림범주가 있다고 한다.

『조선어리론문법(형태론)』에서는 체언과 용언의 문법적 범주를 각
각 구분하고 체언의 문법적 범주로는 격범주, 도움형태에 의한 문법
적 범주, 수범주를 설정하고 있는데 여기서는 수범주를 처음으로 새

롭게 체계화하고 있다. 그리고 용언의 문법적 범주로는 '맺음 - 이음 - 맞물림'의 체계가 구성하는 문법적 범주계열과 끼움토형태에서 나타나는 범주계열로 먼저 나누고 다음 맺음형에는 말차림범주와 법범주, 끼움토형태에는 상범주, 시간범주, 존경범주가 있다고 한다.

전반적으로 볼 때 『조선문화어문법규범』에서 논한 문법적 범주는 독특하다고 할 수 있다. 이 저서에서는 식범주를 말법범주로 고쳐 부르고 그것을 알림법, 물음법, 추김법, 시킴법으로 세분하고 있으며 계칭범주를 말차림범주로 고쳐 부르고 그것을 높임, 같음, 낮춤의 세 가지로 구분하고 있으며 상범주에서는 중동상을 인정하지 않고 있다. 물론 매 시기의 문법적 범주의 설정은 서로 다르며 오늘날에 이르기까지 조선어에는 어떤 문법적 범주를 설정하여야 하는가는 통일을 이루지 못하고 있는 문제로 남아있다.

③ 품사연구사

본 논문에서 정태순은 품사연구사를 네 단계 즉 1945~1954년, 1955~1970년, 1971~1980년, 1981~1995년으로 나누어 서술하고 있다. 구체적으로 보면,

1945~1954년, 이 시기는 광복 후부터 전후복구건설이 한창 벌어지던 시기까지인데 품사체계에 있어서 8품사체계(명사, 수사, 대명사, 형용사, 동사, 부사, 조사, 감동사)와 9품사체계(명사, 수사, 대명사, 동사, 형용사, 관형사, 부사, 접속사, 감동사)가 공존하였다.

1955~1970년, 이 시기는 조선어의 민족적 특성을 살리며 어휘정리를 위한 사업이 힘 있게 벌어졌는데 품사체계가 8품사, 9품사, 5품사 등으로 견해가 통일되지 않았다.

1971~1980년, 이 시기는 통일적인 문법규범을 세우고 언어의 교육과 연구는 물론 사람들의 언어생활까지를 포함하여 모든 언어문제를 일관성 있게 주체적으로 풀어나가기 위한 사업에서 성과를 이른

한 시기로서 품사체계에서 여전히 8품사설과 9품사설이 존재하였다.

1981~1995년, 이 시기는 북한에서 주체사상화 위업을 성과적으로 수행하기 위한 투쟁이 힘 있게 벌어진 시기이며 품사론연구에서도 풍만한 성과를 이룬 시기로서 여전히 8품사설과 9품사설이 존재하였다.

그럼 아래에 매 시기의 대표적인 저서들을 선정하여 그 서술체계, 단어구조, 단어의 문법적 형태와 문법적 범주에 대한 문제를 중심으로 하여 그 변화발전을 대략 살펴보기로 하자.

『조선어문법』(1949)에서는 명사, 수사, 대명사, 형용사, 동사, 부사(이상 자립적 품사), 조사(보조적 품사), 감동사 등 8품사를 설정하고 있으며 관형사를 따로 설정하지 않고 명사, 수사, 대명사에 각기 포함시켰고 상징사도 따로 설정하지 않고 부사의 한 개 하위분류에 넣어 논하고 있다.

『조선어문법(1)』에서는 오랜 언어학적 전통과 많은 전문학자들의 연구 성과를 참작하여 명사, 수사, 대명사, 동사, 형용사, 관형사, 부사, 감동사 등 8품사를 설정한 다음 매개 품사를 그 안에서 다시 작은 갈래로 나누어 설명하고 있다. 여기서는 상징사를 따로 설정하지 않고 있으며 또 조사를 품사로 설정하지 않고 있다.

『조선문화어문법규범』에서는 명사, 수사, 대명사, 동사, 형용사, 관형사, 부사, 감동사로 8품사를 설정하고 있다. 여기서는 상징사를 따로 설정하지 않고 있다.

『조선어리론문법(품사론)』에서는 『조선문화어문법규범』을 그대로 따르고 있다.

이상에서 보면 품사체계가 통일되지 못하고 있는 것은 그 분류기준이 서로 다름에도 있겠지만 주요하게는 조사를 하나의 독립적인 품사로 설정하는가 하지 않는가 또 상징사를 따로 설정하는가 하지 않는가에 따라 품사체계가 달라짐을 보아 낼 수 있다.

④ 문체연구사

본 논문에서 김범주는 문체연구사를 3개 단계 즉 1945~1963년, 1964~1980년, 1981~1995년으로 나누어 주로 문체론의 연구대상을 중심으로 하면서 각 시기의 특징을 서술하고 있다. 이를테면,

1945~1963년, 이 시기는 조선어문체론이 확립될 수 있는 기초축성시기라고 말할 수 있다. 이 시기는 문체론 연구는 별도로 진행되지 않고 언어학의 다른 분야들에서 언어구조의 표현적 효과와 관련된 실천적 문제들이 자주 언급되면서 문체문제가 논의되었다. 조선어문체론은 1960년대에 이르러 언어학의 독자적인 연구 분야로 설정되고 그때로부터 그 연구가 활발히 진행되었다. 이 시기 문체론 연구은 가사와 시의 언어표현, 개별적인 작가의 언어를 연구하는데 머물러 있었다. 이 시기 언어연구자들은 조선어의 언어수단들이 가지고 있는 뜻폭과 색채, 우리말의 표현수법을 더 많이 찾아 이론화하는 방향으로 연구를 심화시켜 나갔으며 또 많은 논믄들을 통하여 여러 가지 문체론적 수법들의 본질, 문체론적 동의어문제, 문체의 표현성, 문체론적 색채 등과 같은 문체론의 기초개념에 대해 논했다.

1964~1980년, 이 시기 언어연구자들은 문풍문제는 말을 하고 글을 쓰는 사람의 입장과 태도 문제와 많이 관계되어 있다고 보면서 혁명적이고 인민적인 문풍의 본보기를 내세우고 그대로 따라 배우도록 하기 위한 연구사업에 주력했다. 이로부터 김일성과 김정일의 문풍에 대한 연구가 시작되었으며 얼마간 진전을 보았다. 이 시기에는 또한 조선어문체론을 조선언어학의 독자적인 분야로 내세우기 위한 연구사업이 활발하게 진행되었는데 문체론을 종합적으로 고찰하였다는데 그 특징이 있다. 즉 문체론의 연구대상, 연구목적, 문체의 개념, 문체의 구성요소, 갈래, 각이한 문체의 표현방식, 표현수법, 문체론의 기초개념 등을 전면적으로 폭넓게 고찰하고 있다. 전반적으로 볼 때 이 시기는 문풍연구, 문체론의 종합적 고찰이 중심으로 진행

되었다.

1981~1995년, 이 시기는 문학예술, 출판보도 분야에서도 다른 모든 분야에서와 마찬가지로 혁명의 불길이 세차게 타오른 시기로서 출판물의 내용과 형식에서 새로운 전환이 일어났으며 글의 문체에서도 혁명적인 변화를 가져왔다. 이 시기에는 일반적인 문체이론보다 언어사용 분야와 글의 목적에 따라 다르게 표현되는 기능문체에 대한 연구를 중심으로 진행되었다. 그리고 문체론의 기초개념들에 대해서 더 깊이 파고드는 한편 김정일의 문풍에 대한 연구를 심화시켰다.

⑤ 방언연구사

본 논문에서 이동빈은 북한의 방언연구사를 세 단계 즉 1945~1963년, 1964~1980년, 1981~1995년으로 나누어 고찰하고 있다. 구체적으로 보면,

1945~1963년, 이 시기는 방언연구조사에서 기본으로 되는 방언의 본질적 특성을 정확히 이해하고 방언연구를 위한 원칙적인 방법론을 바로 세운데 기초하여 방언어음론에 대한 연구와 함께 방언조사를 널리 진행했다. 이 시기 방언의 본질적 특성에 대해 '방언은 민족어의 지역적 변종으로서 자기의 체계를 가지며 방언에는 민족어의 발전에 이바지하는 긍정적 요소들과 민족어의 규범에 어긋나는 부정적 요소들이 작용하고 있다'고 이해하고 있다. 김병제는 「조선어방언연구를 위하여」(『조선어문』, 1956. 3)에서 "방언은 표준어의 규범과 모순, 대립되며 그것이 용서하지 않는 수많은 현상을 가지고 있다"고 서술하였고 그 후 『조선어방언학개요(상)』(과학원출판사 1959년)에서는 "방언이란 일정한 지방에서 그 지방 주민대중에게 복무하는 해당한 언어의 지역적 변종"이라고 서술하고 있는데 이 관점은 방언의 본질적 특성에 대해 잘 개괄하고 있다. 이 시기 조선어방언에 대한 조사도 진행되었는데 방언조사를 위한 원칙적 문제들과 방법론 문제

를 확립하고 단계별 조사를 진행하였다. 그리고 이 시기의 방언조사
는 대중적인 성격을 띠면서 진행되었으며 조사된 방언자료는 방언연
구의 중요한 자료로 이용되었을 뿐만 아니라 민족어를 풍부히 하는
데도 활용되었다. 이 시기 김병제는『조선어방언학개요(상)』에서 거
별적인 어음들의 특성이라든가, 어음들의 상호 작용의 각이한 경우
에 대해서는 개괄적으로 서술하고 가장 전형적인 특성들을 중심으로
하여 서술하였다. 이로부터『조선어방언학개요(상)』에서는 표준어에
서 쓰이는 홑모음과 방언의 모음체계를 비교하는 방법으로 방언에서
나타나는 모음들의 특성을 밝혔으며 자음에서는 표준어의 자음체계
를 먼저 서술하고 방언에서 나타나고 있는 대표적인 음운의 변종들
을 밝히는 방법으로 방언의 자음체계를 서술하였다.

1964~1980년, 이 시기는 방언에 대해 우리말을 발전시키고 풍부
히 하는데 필요한 좋은 언어적 요소들과 언어사를 연구하는데 필요
한 귀중한 언어자료들이 적지 않게 포함되어 있는 반면 민족어를 저
해하는 부정적인 언어적 요소도 포함되어 있다는 관점과 입장에서
방언을 조사, 연구하였다. 즉 방언연구에서 방언 속에 묻혀있는 우리
민족어의 고유한 언어적 요소들을 적극 찾아내어 문화어를 발전, 풍
부화시키는 방향에서 그 연구가 진행되면서도 방언에 포함되어 있는
부정적인 요소를 극복하기 위한 연구사업도 동시에 진행되었다. 우
선, 이 시기 방언의 어음론적 특성에 대한 연구를 살펴보면『조선어
방언학』(1967)과『조선어방언학』(1974년)에서는 모음체계를 연구함
에 있어서 먼저 방언에서 나타나고 있는 모음의 발음상특성을 서술
하고 모음체계의 특성과 모음변화, 그리고 모음의 대응관계를 밝혔
으며 자음체계를 연구함에 있어서도 먼저 방언에서 나타나고 있는
자음의 발음상 특성을 서술하고 자음체계의 특성과 자음변화 그리고
자음의 대응관계를 밝히는데 주목을 돌렸다. 그리고 각지 방언에서
나타나고 있는 어음적 특성과 그 움직임을 구체적으로 분석하고 문

화어규범에 어긋나는 어음적 요소들을 정확히 갈라내어 그것을 극복하기 위한 방향에서 연구가 진행되었다. 다음, 이 시기 방언의 형태론적 특성에 대한 연구에서는 각지 방언에서 나타나고 있는 문법적 형태들의 유래를 밝히는 것과 함께 방언에서 작용하고 있는 긍정적인 요소들을 적극 찾아내어 문화어의 형태체계를 풍부히 하면서 문화어의 규범에 어긋나는 형태론적 범주들과 문법적 형태들을 극복하기 위한 방향에서 방언의 형태론적 특성에 대한 연구가 진행되었다. 그리고 격형태, 도움형태, 종결형태, 접속형태, 시칭형태, 존칭형태, 상형태 등에서 나타나는 방언적 특성을 현대문법론의 체계에 맞추며 대비적 방법으로 서술하고 있다. 셋째, 방언의 문장론적 특성에 대한 연구를 살펴보면 방언문장론에 대한 연구는 『조선어방언학』(1967년)에서 처음으로 시도되었고 뒤이어 『조선어방언학』(1974년)에서 단어결합의 측면에서 조선어방언문장을 취급하였으며 『조선어방언학개요(하)』에서도 조선어방언의 문장론적 특성들을 여러 측면에서 고찰하려고 시도하였다. 『조선어방언학개요(하)』에서는 단어결합에서 나타나는 방언적 특성은 무엇보다도 부정부사 '아니', '못'과 용언의 결합방식이 문화어와 차이를 나타내고 있다고 언급하였고 또 그 특성은 문장론적 단위들을 이어주고 끝맺어주는 문법적 수단들과 양태성을 나타내는 수단들에서 표현된다고 서술하였으며 방언문장에서 나타나는 어조의 특성을 악보로 표시함으로써 방언에서 나타나는 어조의 굴곡을 쉽게 이해할 수 있도록 서술하였다. 넷째, 이 시기 방언의 어휘론적 특성에 대한 연구를 살펴보면 방언의 어휘구성과 갈래를 구분하고 방언어휘구성 안에서 어휘들의 차이가 생기는 기본요인과 방언어휘들이 만들어지는 특성도 연구하였다. 이밖에도 이 시기 각지 방언구역과 여러 방언들의 특성에 대해서도 연구가 진행되었으며 문화어규범의 보급과 방언의 움직임에 대한 연구도 여러 측면에서 진행되었다.

1981~1995년, 이 시기에는 문화어의 전면적인 보급과 방언의 수평화가 적극 추진되고 있는 상황 하에 방언연구가 종전보다 더 적극적으로 진행되었다. 우선, 방언의 어음론적 특성에 대한 연구를 살펴보면, 『조선어방언학』(1982년)에서는 조선어방언의 어음론적 특성을 모음체계와 자음체계로 나누어 고찰하되 모음체계의 특성으로는 [ㅣ], [ㅐ], [ㅔ], [ㅚ], [ㅟ], [ㅢ]에 대해 논했고 겹모음의 홀모음화와 앞모음되기에서의 방언적 특성들에 대해 언급했다. 그리고 자음에서 나타나는 방언적 특성을 서술함에 있어서는 문화어의 된소리가 순한소리에 대응되는 현상 등은 지난 시기의 역사적 잔재로 파악하고 있다. 이 저서에서는 또 소리마루와 억양에서 나타나는 방언적 특성에 대해서도 서술하고 있다. 다음, 방언의 형태론적 측면에 대한 연구를 살펴보면, 『조선어방언학』(1982)에서는 방언에서의 형태론적 특성이 격토, 도움토, 상토, 존경토, 접속토, 상황토, 종결토 등에서 나타난다고 서술하고 있으며 문장론적 측면에서의 특성은 첫째로 부정부사 '아니', '못'과 용언의 결합방식에서, 둘째로 문장 속에서 단어들의 배열방식에서, 셋째로는 문장 속에 끼어 들어가는 '군더더기'를 쓰는 데서 나타난다고 서술하고 있다. 셋째, 방언의 어휘론적 특성에 대한 연구를 살펴보면, 『조선어방언학』(1982년)에서는 방언어휘들의 어휘론적 특성은 무엇보다도 방언들의 어휘적인 공통점과 차이점에서 나타난다고 하면서 어휘적 공통성은 방언이 민족어의 곁가지로서 민족어의 어휘적 체계와 발전에 복종되어 왔다는 사정에 의하여 설명된다고 하였다. 그리고 방언어휘들의 차이는 크게 세 가지 체계로 즉 첫째, 같은 대상에 대하여 지방에 따라 다르게 부르는데서 표현되며 둘째, 같은 단어가 지방에 따라 서로 다른 뜻을 가지고 있는데서 표현되며 셋째, 특수한 사물현상을 이름 지은 단어들에서 뚜렷하게 표현된다고 서술하고 있다. 그리고 이 시기는 지역별 방언연구에서도 앞선 시기 연구 성과들을 더욱 공고히 하고 폭을 넓혀 나가면서도

새로운 측면들을 새롭게 연구를 진척시켜 나갔으며 조선어방언사에 대한 연구도 심화시켰는데 지역적 방언들의 역사적 형성과정 등에 대해 적지 않은 성과들을 내놓았다. 이 외에 이 시기는 언어지리학에 대한 연구가 본격적으로 진행되기 시작하였으며 또한 방언에 대한 전면적인 조사장악연구도 본격적으로 진행되었다.

⑥ 사전편찬연구사

본 논문에서 안종천은 사전편찬연구사를 서술함에 있어서 사전편찬학의 연구와 개별적인 언어학적 사전들의 편찬으로 나누어 서술하고 있다.

이 시기 조선어사전편찬상황에 대해 「사전편찬연구사」에서는 다음과 같이 개괄하고 있다. 첫 시기에는 "사전편찬사업을 인민들의 언어생활을 규범화하고 근로자들에게 일정한 지식을 주기 위한 방향에서 진행하였으며" 둘째 시기에는 "새로운 언어규범의 제정과 함께 주체의 언어이론과 사전편찬원칙에 철저히 의거하여 언어의 주체적 발전에 이바지하기 위한 방향에서 어학혁명의 결실을 반영하도록 하였으며" 셋째 "시기에는 그간에 쌓아놓은 사전편찬의 성과들을 집대성하고 조선어를 보다 주체적으로 발전시키며 사전의 기능을 더욱 높이기 위한 방향에서 이 사업을 진행한 것으로 특징지어진다."

그리고 사전편찬연구사를 시기적으로는 세 단계 즉 1945~1963년, 1964~1987년, 1988~1995년으로 나누고 있다. 그럼 아래에 매 시기별 특징에 대해 '사전편찬연구사'의 관점을 인용해 가며 구체적으로 살펴보도록 하자.

1945~1963년, 이 시기는 각종 사전들을 편찬함과 더불어 그 경험에 기초한 이론적 연구가 활발히 진행되었다. 이 시기 사전편찬학 연구의 특징은 첫째, 언어학에 관한 선행한 노동계급의 고전가들의 명제가 이론적 및 실천적 분야의 기초에 놓여있는 것이며 둘째, 규

범적인 소규모주석사전편찬과 관련된 이론적 문제들에 대하여 연그가 활발하게 진행된 것이다.

1964~1987년, 이 시기는 사전편찬학뿐만 아니라 사전편찬 분야에서도 획기적인 전환이 일어난 시기였다. 이 시기 사전편찬학 연구의 특징은 첫째, 사전편찬에 관한 위대한 수령 김일성동지와 위대한 영도자 김정일 장군님의 사상이 이론적기초로 되어있는 것이며, 둘째, 언어학적인 주석사전편찬의 범위를 넘어 백과사전편찬의 이론적 문제들에 대한 연구도 세밀하게 진행된 것이며, 셋째, 순수 언어학적인 문제들만이 아니라 사전편찬의 실천적 문제들에 대한 연구도 폭넓게 진행된 것이다.

1988~1995년, 이 시기는 지난 시기 이룩된 성과를 더욱 공고히 하기 위한 사업과 사전편찬을 새로운 과학적 토대 위에서 진행하 위해 연구가 활발히 진행되었다. 이 시기 사전편찬학 연구의 특징은 첫째, '풍부한 사전편찬경험과 종전의 사전편찬 이론연구에 기초한 주체의 사전편찬학이론이 완성된 것이며, 둘째, 전자계산기를 이용한 각종의 계산기사전 편찬에 관한 이론연구가 활발히 진행된 것이며, 셋째, 계산기사전 편찬을 위한 빈도수 사전작성의 이론 및 연구가 세밀히 진행된 것들이다.'

⑦ 어음 및 문자 연구사

본 논문에서 양하석은 어음 및 문자연구사를 네 단계 즉 1945~1954년, 1955~1963년, 1964~1979년, 1980~1995년으로 나누어 서술하고 있다. 구체적으로 보면,

1945~1954년, 이 시기는 어음 및 문자론의 기초를 닦기 위한 연구가 시작되었다. 이 시기는 어음과 음운, 어음변화와 자모 및 발음법에 대하여 일반화하며 문자창제의 연원을 밝히고 문자와 음운의 관계를 밝히기 위한 과정으로서 훈민정음에 대한 연구가 많이 진행

되었으며 조선어 음운조직과 어음변화에 대한 연구가 진행되었다. 이 시기 전몽수는 「훈민정음의 음운조직」(『훈민정음역해』, 조선어문연구회 1949년)에서 훈민정음의 자모와 제자상 원리, 배열순서, 그리고 음상에 대한 관찰 및 음운의 성질과 음운목록에 대하여 서술하면서 음운과 문자 체계의 역사적 연원과 연관성을 밝힘으로써 조선어의 음운과 문자의 과학적 기초를 이론적으로 밝히려고 노력했다. 그리고 어음변화에 대한 연구를 살펴보면 『조선어문법』(1949년)에서는 발음기관의 조음, 어음과 문자, 어음의 자모분류와 음가 및 음절에 대하여 서술하였으며 어음의 고저, 장단, 어음의 결합적 변화와 음운의 개념 및 표준발음에 대하여 기술하였다. 여기서는 어음론적 과정이 일반화되었으며 체계화되었다. 여기에 '6자모'를 설정하고 합리화하였다.

1955~1963년, 이 시기는 어음 및 문자론 발전의 큰 구획을 짓는 분수령으로 된다. 이 시기에는 어음론의 기초원리와 이론체계연구, 악센트와 억양을 구성성분으로 하는 초선분적 현상에 대한 연구, 음운의 본질연구, 음운교체연구, 모음조화연구도 진행하였다. 그리고 이 시기 많은 학자들은 조선어의 음운체계가 가지고 있는 민족적 특성을 밝히는데 주력하여 그 고유성을 탐색하고 구조를 체계화하는데서 일정한 진전을 보였다. 『현대조선어(1)』에서는 어음과 음운의 관계에 기초하여 모음을 분류하였으며 이중모음에서는 상승과 하강의 두 갈래를 설정하였다. 자음에서는 악음과 소음의 배합정도에 따라 유향자음과 소음자음을 가르고 호기통로의 장애유형에 따라 폐쇄음, 마찰음, 파찰음을 가르고 연구개와 목젖의 작용에 따라 비강자음과 구강자음을 갈랐으며 성문작용에 따라 순한소리, 된소리, 거센소리를 갈랐다. 악센트와 어조에서는 구, 절, 단어를 들고 단어 악센트와 문장 악센트 및 논리적 악센트를 언급하였으며 말의 선율과 어조, 말의 속도와 발음양식을 서술하였다. 결합변화에서는 적용과 동화, 이

화와 탈락, 삽입과 대치를 가르고 위치적 변화에서는 어두음 [ㄹ]탈화, 모음약화, 어말자음의 내파음화에 대하여 지적하였으며 어음교체에서는 어음론적 교체와 역사적 교체를 분류하였다. 그리고 이 시기에는 또 기본적으로 인조구개에 의한 방법, 카이모그라프에 의한 공기압력식 방법, 렌트겐선어 의한 촬영방법을 이용하여 자음의 조음위치와 발음부위의 접합위치를 확정하는 실험, 억양곡선, 혀와 입술 아래턱의 위치에 대한 규정, 어음의 조음-생리적 징표를 연구하였다

1964~1979년, 이 시기에는 어음체계, 악센트, 우리말의 발음상 우수성, 음운과 음운교체, 발음단위, 실험음성학 등 다양한 방면에 대하여 연구를 진행하였다. 그 가운데서 어음체계에 대한 연구를 살펴보면 홍기문은 『조선어역사문법』(사회과학원출판사 1966)에서 자음체계가 유성무성의 2유음체계로부터 무성3유음체계로 변천된 것, 모음체계가 5모음체계로부터 7모음체계로 발달하고 기본모음 외에 이중모음, 전부계모음 등 현상에 대해 음운체계의 변천으로 개괄하면서 자음, 모음의 연속과정을 밝혔으며 음절구성에서는 개음절로부터 폐음절이 발생한데 대하여 예를 들어 증명하였으며 결합변화에서는 파열음, 비음, 측음 아래에서의 자음결합을 도표로 제시하였다. 그리고 음운과 음운체계에 대한 연구를 살펴보면 『조선문화어문법규범』에서는 소리느낌과 말소리성질을 이용한 말소리의 쓰임을 강조하고 소리마디와 토막이 단어와 맺는 관계, 발음규칙과 결합적 변화에 속하는 소리 바꾸기, 끼우기, 빠지기 및 줄이기를 체계화하였다. 또한 억양의 요소를 높낮이선과 율동, 끊기와 말의 속도, 소리빛깔과 문장의 소리마루로 규정하고 내용을 서술하였다. 다음 실험음성학에 대한 연구를 살펴보면 압축공기식과 전자기진통식 카이모그라프를 이용하여 어조를 연구한 실험 자료를 제출하였다.

1980~1995년, 이 시기 어음 및 문자론 연구의 기본특징은 필수적인 연구 분야들이 다 갖추어졌으며 어음론과 관련된 새로운 분야들

이 개척되고 현대적인 과학기술분야들과의 밀접한 연계 속에서 과학적 탐구의 폭과 심도가 넓어지고 깊어졌다. 이 시기에는 음운, 음운교체, 음운변화, 음운체계, 음운기능, 초선분적현상, 실험음성학, 조서문자 등에 대하여 연구를 진행하였다. 그 가운데서 우선, 음운, 음운교체, 음운변화에 대한 연구를 살펴보면, 양하석은 「음운론에서의 음운과 음운변화의 본질」(『김일성종합대학학보』, 1983. 1)에서 음운교체를 한 단어의 문법적 형태가 바뀌는데 따라 음운과 그 변종이 규칙적으로 바뀌는 것으로 이해하였다면 음운변화는 여러 형태부들의 결합에 의하여 단어가 이루어질 때 음운과 그 변종들이 각이하게 실현되는 현상으로 규정하였다. 그리고 음운변화가 형태부에 미치는 영향을 의미변화, 구조변화, 기능변화, 요소변화의 면에서 서술하였으며 음운이 어음법칙의 작용으로 변화되면서 단어조성에 참가한 여러 요소들 사이의 형태부의 재분할과 단순화가 일어나 그 구조와 의미 및 기능이 달라지는데 대하여 고찰하였다. 다음, 음운체계에 대한 연구를 살펴보면, 양하석은 「조선어 음운체계의 논리적 분류」(『김일성종합대학학보』, 1990. 3)에서 사람의 음성입력과정에 진행되는 음운비교를 논리적 사유과정으로 보고 조음-음향학적 징표에 따라 음운체계의 구성요소들을 분류하기 위한 방법을 논술하였다. 그리고 어음론적 측면에서 구별적 표식을 잡고 음운체계를 수식도로 도식화하였으며 모음과 자음 부류를 갈라서 전체 음운모임으로부터 개별요소에 이르기까지 표식의 대립관계에 따라 정보를 탐색하는 방법으로 '우에서부터 아래로' 내려가는 분류방식을 취하였다. 또한 자음체계에서 순한소리, 된소리, 거센소리 관계는 단계적으로 처리하여 순한소리와 순하지 않은 소리로 가른 다음 그것으로 된소리와 거센소리를 가르는 방식을 취하였다. 셋째, 초선분적 현상에 대한 연구는 김성근, 강진철, 양하석 등이 많이 진행하였는데, 그 가운데서 양하석은 「가장 작은 운률적 단위로서의 운률소 문제」에서 운율을 말소리흐름을 이루는 초선분으로 보고 그 최소단위에 대하여 서술하였다. 그는 운율소의 구성조건으로 발음시간이 짧고 어음들을 결합시키는 작은 단위여야 한다는 것을 들면서 조선어에서 음절이 가장 작은 운율학적 요소로 되는데 대하여 예를 들어 증명하였다. 넷째, 실험음성학연구를 살펴보면, 어음론연구에서 현실발전의 요구에 따라 현대적 설비를 이용하여 높은 과학적 수준에 이른 것이 눈에 띄게 나타난다. 실험음성학에서 기계설비에 의한 실험과 실험 자료에 대한 분석종합의 두 가지 과정을 구분할 수 있다. 실험에는 오셀로그라프와 인토노그라프, 스펙트르그라프와 렌트겐촬영기 및 컴퓨터에 의한 음향설비의 연결장치 등이 쓰이고 분석종합에는 모형화와 선분화 및 어음론적 현상에 대한 평가과정이 있다. 강진철은 「조선어단어의 악센트문제」에서 인토노그라프와 순간스펙트르분석기에 의하여 단어악센트를 소리높이, 소리세기, 소리길이의 세 가지 측면에서 연구하였으며 양하석은 「함경도방언연구」에서 순간스펙트르분석기와 컴퓨터를 배합하여 단어악센트와 억양의 방언적 특성을 문화어와 대비연구하는 방법을 취하였다. 다섯째, 조선문자 연구를 살펴보면, 류렬은 『조선말역사(2)』에서 민족문자를 만든 원리로서 음운과 그 체계 확정의 원칙에 대해 말소리고찰에서 엄격히 음운론적 입장에 서있었다는 것, 음운을 연계된 체계로 파악했다는 것, 음운파악에서 공시적 입장에 섰다는 것, 음운의 기능은 있으나 없어져 가는 것을 변종적 글자로 잡았다는 것, 아직 음운의 기능은 없으나 음운과정에 들어선 것은 변종적 글자로 보충하게 하였다는 것, 현실적으로 음운기능은 없으나 다른 음운형성에 결정적 기능을 노는 것을 글자설정의 기본단위로 잡았다는 것, 겹모음, 겹자음은 그 구성에 참가한 홑모음, 홑자음을 구성순서대로 겹쳐 쓰도록 한 것으로 파악하였다.

⑧ 어휘정리연구사

본 논문에서 김길성은 어휘정리연구사를 세 단계 즉 1945~1953년, 1954~1963년, 1964~1995년으로 구분하고 있다. 구체적으로 보면,

1945~1953년, 이 시기는 봉건유습을 청산하고 새 조선의 민족문화를 부흥 발전시키고 민족적 자주독립국가를 건설하기 위한 투쟁에서 지난날 봉건시기에 조선말에서 생겨난 힘든 한자말과 일제시기에 조선말에 끼어든 일본식 한자말과 일본말 찌꺼기, 외래어를 고유한 조선말로 다듬는 등 어휘정리사업이 진행되었다. 이 시기 북한에서의 어휘정리사업은 1947년 2월에 조직된 조선어문연구회의 조직 하에 문맹퇴치사업이 대중적 운동으로 힘 있게 벌어졌고 출판물들에서는 한자사용을 폐지하기 위한 사업을 대대적으로 진행하였다. 이 사업은 광복 후 새 민주조선 건설과 6·25동란 과정에서 새로 생겨난 어휘들을 조선말의 민족적 특성에 맞게 만드는 사업과도 밀접히 결부되어 진행되었다. 그리고 1949년 2월에 조직된 학술용어사정위원회의 조직 하에 학술용어들을 사정하는 사업이 계획적으로 진행되었다. 예하면 박경출은 「출판물에서 보는 우리 말」(『조선어연구』 1권, 1949. 1)에서 한자어정리에 대한 세 가지 원칙적 문제들을 제기하였고 박상준은 「한자어와 한자의 정리에 대하여」(『조선어연구』 1권, 1949. 3)에서 정리해야 할 한자어와 정리하지 말아야 할 한자어에 대하여 규정하였으며 이익환은 「의학용어 제정에 관하여」(『조선어연구』 동상)에서 학술용어 정리에서 지켜야 할 세 가지 기본원칙을 밝히고 그 구체적인 방도를 제시하였다.

1954~1963년, 이 시기는 평화적 민주건설시기부터 해오던 언어정화사업을 계속하면서 현실발전의 요구에 맞게 이 사업을 계속 발전시켜 말과 글의 문화성을 높이기 위한 투쟁을 벌인 것으로 특징 지워진다. 이 시기는 언어정화를 위한 조직적 대책으로 1958년에 학술용어사정위원회가 재조직되었으며 1961년 11월 25일에는 내각결정

으로 학술용어사정위원회에 관한 규정이 채택되었다. 그리고 이 시기에는 언어정화운동의 대상 및 원칙과 방도에 대한 많은 연구를 진행하였다. 언어정화운동의 첫 대상으로는 한자어, 둘째 대상으로는 외래어를 잡았다. 예하면 최현은 「조선어의 정화문제와 한문자」(『조선어문』, 1956. 4)에서 정리해야 할 한자어대안을 제시하였고 정렬모는 「조선어에 침투된 한자어에 대한 문제」(『조선어문』, 1960. 2)에서 정리해야 할 한자어의 부류를 규정하였으며 장장명은 「조선어에서 한자어처리에 대한 몇 가지 문제」(『조선어학』, 1961. 창간호)에서 한자어정리에 대한 실천적 방도를 8가지로 제시하였다. 그리고 이서용은 「외래어를 어떻게 처리할 것인가」(『말과 글』, 1960. 4)에서 외래어정리원칙을 세 가지로 제시하고 있다. 이 시기는 또 언어정화운동과 그 생활력에 대한 연구도 진행되었으며 학술용어사정과 관련한 연구도 활발히 진행되었다.

1964~1995년, 이 시기는 김일성의 1964년 1월 3일, 1966년 5월 14일 교시를 높이 받들고 어학혁명의 한 고리로서 이전 시기에 벌어진 언어정화운동의 성과를 더욱 공고히 하고 어휘정리사업을 조선어발전을 위한 기본문제로 내세우고 힘 있게 벌리어 그 이론적 체계화를 실현했다. 이 시기 어휘정리를 위한 조직적 대책이 많이 마련되었는데 가장 중요한 것으로는 어휘정리사업을 전문적으로 맡아하는 기관인 국어사정위원회가 북한의 내각직속으로 1964년에 나오게 된 것이다. 이 시기 어휘정리 대상으로는 의연히 한자어와 외래어였다. 그리고 어휘정리의 원칙과 방도에 대한 연구도 활발히 진행되었다. 예하면 박승희는 「새로 나오는 말들은 우리 말 어근에 따라 만드는 것을 원칙으로 하여야 한다」(『문화어학습』, 1969. 2)에서 새말만들기 원칙을 밝히면서 그 방도를 제시하였고 전경옥, 김정휘, 정순기, 박상훈, 이근영, 고신숙 등은 어휘정리 방도에 대하여 많이 논하였는데 그중 하나를 예로 든다면 박상훈 등은 「우리나라에서의 어휘

정리」(사회과학출판사 1986년)에서 어휘정리 방도를 첫째, 대중의 힘과 지혜를 적극 조직 동원하는 것이며 둘째, 섬멸전의 방법으로 점차적으로 진행하는 것이며 셋째, 말다듬기와 다듬은 말의 보급과 통제를 밀접히 결합시켜 하나의 관련된 사업으로 밀고 나가는 것이라고 하였다. 그리고 한자어문제에 과한 연구도 많이 진행되었는데 그 가운데서 박홍준은 「우리 말에 녹아든 한자말」(『조선어학』, 1964. 2)에서 한자말들을 정리하여 버릴 것은 버리고 눌러둘 것은 눌러두며 고유 조선말에 이미 있는 것은 될수록 살려 쓰고 없는 것은 새로 만들어 쓰는 원칙에서 우리말을 바로 잡아나가자면 우선 우리 말 어휘구성의 실태를 정확히 밝히고 거기서 고유 조선말과 한자말의 특성을 가려내는 문제가 제일 먼저 나선다고 하였다. 외래어문제에 관하여서도 연구가 많이 진행되었는데 박재용은 『위대한 수령 김일성동지의 언어사상』(김일성종합대학출판사 1975년)에서 정리할 외래어로는 우리말과 나란히 있는 외래어, 우리나라의 것이 외래어로만 불리우는 경우에 외래어를 버리고 우리말로 고쳐 부르도록 하여야 한다고 하였으며 또 받아들일 수 있는 외래어는 우리나라에는 없는 것들을 들여오는데서 생기는 외래어지만 그것도 될 수 있는 대로 우리말로 고쳐야 한다는 것, 다른 나라의 고유명사는 그 나라 말로 써야 하며 일부 군사용어, 세계 공통적인 수사체계는 받아들여야 한다는 것 등을 강조하였다. 학술용어문제에서 박상훈, 이근영, 고신숙 등은 『우리나라에서의 어휘정리』에서 학술용어정리에 있어서 제반 실천적인 문제들을 구체적으로 밝혔다. 그들은 우선 학술용어 정리가 어휘정리 사업에서 가장 중요한 자리를 차지하는 이유를 밝히고 학술용어 정리에서 용어의 정확성, 명확성, 체계성, 간결성 보장에서 나서는 문제들을 밝혔다.

　이상 본 고에서는 문장연구사, 형태론연구사, 품사연구사, 문체연구사, 방언연구사, 사전편찬연구사, 어음 및 문자 연구사, 어휘정리연구사 등에 대해 개괄적으로 살펴보았다. 이외에 『주체 조선어연구 50년사』에는 「언어이론연구사」, 「언어규범연구사」, 「어휘 및 의미 연구사」, 「언어사연구사」, 「리두 및 향가 연구사」, 「언어학사연구사」, 「기계번역연구사」, 「수리언어학연구사」 등 연구사별 논문이 있지만 지면상 관계로 다음 기회로 미루고 여기서는 약하도록 한다.

(3) 「주요 학위론문목록」에 대한 통계학적 고찰

연구분야별로 본 석, 박사학위논문 통계

연 구 분 야	석 사	박 사	합 계
어 음	11	1	12
형 태	36	3	39
문 장	19	1	20
문 법	2	5	7
문 자	2	0	2
어 휘	21	2	23
의 미	4	0	4
문 체	29	2	31
사 전	3	2	5
방 언	5	2	7
응 용	6	2	8
일 반	3	2	5
화 술	0	0	0
고 대	3	5	8
어 사	2	3	5
기 타	20	1	21
합 계	146	30	176

『주체 조선어 50년사』에 보면 북한은 1945년 8월부터 1995년까지 조선어 관계 학위논문으로 석사논문 163편, 박사논문 26편으로 집계된다. 전반적으로 볼 때 꾸준한 상승세를 나타냈다. 여기서도 형태, 문체, 문장에 관한 논문이 각각 첫째 자리, 둘째 자리, 셋째 자리를 차지한다. 이는 북한의 연구가 문법에 많이 치우친다는 것을 설명해주는 것이다.

(4) 한국어 연구 성과 검토

위의 개략적인 고찰을 통해서나마 북한의 한국어 연구는 각 방면에 걸쳐 많은 성과를 거두었다. 그러나 『주체 조선어 50년사』에서 보듯이 자화자찬적인 문제점이 없지 않아 있다. 방관자청(旁觀者淸)의 학문적 객관성, 공정성으로 볼 때 더욱 그렇다.

북한의 한국어 연구를 보면 언어연구라는 학문적 순수성에서 많이 빗나가 정치성이나 계급성 같은 논의가 많이 가미된 양상을 드러내고 있다. 그리하여 북한의 한국어연구 정책성이나 투쟁성이 강하게 내비치고 있다. 김일성의 주체사상이 언어에도 영향을 주어 주체언어사상이 탄생하기까지도 한다. 언어를 혁명투쟁의 무기, 계급투쟁의 무기로 너무 절대화하고 실용화하다보니 결과적으로 언어연구에 있어서 현실정치에 얽매인 극단적인 도구화가 초래되기도 한다. 이로부터 언어연구가 수령우상화의 도구가 되기도 한다. 아래에 좀 구체적으로 보기로 하자.

첫째, 직접 수령의 언어적 성과를 내세우거나 수령이나 당, 주체사상이 언어연구 성과를 거두는 계기나 동력 내지는 요인으로 여긴다. 『광복후 조선어논저목록 지침서』에 보면 김일성과 김정일에 대한 논문이 120여 편에 달한다. 이런 논문들은 대개 김일성, 김정일 논저의 어휘사용이나 문체에 대해 찬미일변도다. 『조선문화어사전』(1973) 머리말을 보면 "우리 시대의 위대한 사상이론가이시며 혁명의 영재이신 우리 당과 우리 인민의 경애하는 수령 김일성동지의 불후의 고전적 로작 「조선어를 발전시키기 위한 몇 가지 문제」 발표 10돐을 맞으면서 『조선문화어사전』을 세상에 내보낸다.” 보다시피 ‘발표 10돐’이 계기가 되고 있다. 그리고 『현대조선말사전』(제2판, 1981) 머리말에서는 “우리 인민이 수천 년 역사에서 처음으로 맞이하고 높이 모신 경애하는 김일성동지께서 탄생하신 날은 우리 인민에게 있어서 가장 경사스러운 민족 최대의 명절이다”고 하면서 충성의 선물로 『현대조선말사전』을 내 놓는다 것이다. 『주체의 조선어연구 50년사』에서는 연구 성과를 “조선로동당의 언어정책과 그 빛나는 실현”으로 돌리고 있다. 『현대조선말사전』머리말 끝에 토면, “우리말과 글의 주체적인 발전은 언어학분야에서 불멸의 주체사상을 철저히 구현함으로써 이룩된 고귀한 열매이다”라고 하여 그 성과를 주체사상에 돌리고 있다. 이로부터 문체론 연구 하나만 놓고 보아도 정치사상적 요구가 문체론 전반에 걸쳐 중심핵이 되고 있다. 즉 문체론 연구는 문학이나 생활문체에 적응하기 위한 것이라기보다는 정치적 목적을 위한 수단으로 더 많이 사용된다. 그 구체적 표현수법에 있어서 자연스러운 표현보다는 조금 인위적이고 과장된 표현을 강조한다. 수령 이름 앞에 오는 일련의 수식어는 그 한 보기로 되겠다. 이 차원에서 음운학연구에 있어서조차도 “김일성을 우상화하고 공산주의를 선전하기 위한 수단으로써 반드시 알아서 실제생활에 적용해야 하는 부분만을 이론화하여 설명하고 규칙화해 놓은 정도에 머무르고 있으며 언어생활에 있어서도 김일성을 우상화하는 것이 그들의 최종 목표이기 때문에 김일성 교시에 따른 김일성식의 사상감정 표현을 그 표본으로 삼고 있었다”고 한 『북한의 조선어학』(32쪽)의 지적에 동감이 간다.

둘째, 언어연구가 이데올로기나 정치투쟁에서 자유로울 수 없었다. 북한의 언어연구는 논저의 제목 자체가 무자비한 비판적인 화약 냄새가 확 풍긴다. 이를테면,「남반부 대학교재 大學國語에 대한 비판」
(『조선어문』, 1962. 2),「남조선의 부르죠아언어학과 그 반동적 조류」
(『조선어문』, 1965. 4),『남조선에 퍼져있는 반동적 부르죠아언어이론
비판』(박재수, 사회과학원 1981년),『남조선에서 실시되고 있는 언어
정책의 반동성과 그 후과』(오성남의존박사논문, 과학백과사전출판사),
「미제의 민족어 말살정책으로 말미암아 남조선에서 우리말은 엄중한
위기를 격고 있다」(최원집,『문화어학습』, 1985. 2),「남조선에서 우
리말을 잡탕화하는 은어들」(『문화어학습』, 1988. 3),『세 나라시기 언
어역사에 관한 남조선학계의 견해에 대한 비판적 고찰』(김수경, 평양
출판사 1989) 등은 그 한 보기가 되겠다. 이런 것은 전형적으로 정치
이데올로기에 종속된 학문적 시녀에 다름 아니다.「남조선의 부르죠
아언어학과 그 반동적 조류」머리말에 "남조선부르죠아 언어학계에
서 지배적인 반동적 조류를 분석 비판함으로써 미제의 남조선강점이
남조선언어학에 미친 후과에 대하여 론술할 것을 목적으로 설정하였
다"는 그것의 좋은 주석으로 된다.

　1957년말부터 1958년 초까지 김두봉이 숙청을 당하던 시기의 김
두봉 비판을 위한 6자모 비판 토론회는 정치투쟁의 냄새가 그대로
풍긴다. 김병제는『조선어문』(1960. 4) 권두언에서 "김두봉은 1948
년 1월에 소위 '새 자모 6자'를 반영한『조선어신철자법』을 인민에
게 강요하려고 발악하였으며 1953년 과학원 언어문학연구소에서 집
체적인 연구에 기초하여『조선어철자법』을 토론할 때에도 집요하게
간섭하여 '신철자법'의 재생을 획책하였다. 그러나 대다수의 언어학
자들의 반대와 타격을 받아 그 야욕은 달성되지 못하였다. 1956년
10월 우리 당이 조선 문자의 개혁과 관련된 연구사업을 진행하기
위하여 문자개혁연구위원회를 조직하였을 때에도 반당종파분자 김두
봉은 당의 의도와는 반대로 이 기관을 자기 개인의 기관으로 전락시
키려고 시도하였으며 1957년 안에 소위 '새 자모6자'를 공포하려고

까지 망상하였던 것이다. 그러나 우리 당의 정확한 지도에 의하여 김두봉의 이러한 반당적 행동은 제때에 적발 폭로되었다. 1958년 1월 17일 언어문학연구소에서는 소위 '새 자모6자'에 대한 비판 토론회가 있었다. 이 토론회에서는 많은 언어학자들이 참가하였다. 이 토론회에서 신랄하게 비판된 바와 같이 김두봉이 주장하여 온 '새 자모6자'는 아무런 과학적 근거도 없다."고 하였다. 이것은 순수한 학술적 문제를 정치문제로 몰아 부친 일례가 되겠다. 이로부터 어휘론 연구에서조차도 '언어가 사고를 지배한다는 입장에서 언어를 통한 정치적 목적의 실현화에 초점을 두었다. 따라서 어휘의 정리나 규범에서 강한 규제나 통제가 들어 있다. 즉 언어에 따른 우열이나 개개의 낱말에 대한 정치적 입장에서의 선입관이 들어 있다는 것으로 크게 특징지을 수 있다'라고 지적한 『북한의 조선어학』(146쪽) 지적에 동감이 간다.

이외에 북한의 『문화어학습』, 『조선문화어문법규범』등을 검토해 보면 학문적 관점의 일방성, 극단성도 눈에 뜨이게 된다. 이를테면 한자를 비롯한 외래어를 배제하고 순수 우리말을 쓴다고 하여 이미 수천 년간 사용되면서 우리말로 약정속성(約定俗成)된 어휘조차도 어색한 신조어로 갈아 치우는 것은 언어학의 일반적 도리에도 맞지 않는다. '식도'를 '밥길'로 부르는 것은 그 한 보기가 되겠다. 그리고 북한의 언어 관계 논저들을 보면 인용부분에 대개 주를 달지 않는 경향이 있다. 즉 남의 관점을 저자 자신의 관점인양 사용하고 있는 것이다. 이것은 학문연구의 상식성을 어긴 문제가 아닐 수 없다.

3) 문학 편

(1) 한국문학 발굴, 수집, 정리 사업

광복 직후 북조선고전보전위원회가 창설되었으며 조선문학예술동맹 산하의 각 동맹들, 대학들이 중심이 되어 고전문학을 비롯한 문학예술 유산의 수집발굴과 연구사업이 전국가적인 범위에서 국책적인 차원에서 활발히 진행되었다. 1946년 9월에는 민간에 흩어져 있거나 서점들에 있는 책들을 수집하는 한편 전국적 범위에서 서적기증운동이 힘 있게 벌어져 김일성종합대학도서관과 국립중앙도서관을 비롯한 전국의 여러 도서관들에는 최단 시일 내에 수많은 고전문학작품을 비롯한 민족고전유산들과 여러 도서들이 갖추어지게 되었다. 이때 김일성종합대학도서관에는 3,4000권의 도서를 기증받았는데 1950년에는 13만 5천권의 장서 규모를 갖추게 되었다. 6·25전쟁이 한창인 1952년 12월에는 조선민주주의인민공화국과학원이 창설되고 그 기구 안에 역사어문연구소가 설립되어 고전문학을 비롯한 민족고전 유산들에 대한 수집, 발굴과 연구사업이 간단없이 진행되었다. 전후 즉 1953년 7월부터 1970년 이른바 사회주의기초건설과 사회주의 전면적 건설시기에는 조선작가동맹 안에 상설적인 고전문학분과위원회를 새로 내오고 사회과학원안에 고대중세문학연구실과 구전문학연구실을 따로 내옴으로써 고전문학유산 및 구비문학의 발굴, 수집과 정리, 연구사업을 새롭게 보강하였다. 1956년에는 김일성종합대학 조선어문학부에 고전문학과를 따로 내옴으로써 고전문학의 수집, 발굴과 연구사업에 필요한 인재와 여건을 갖추어 놓았다.

보다시피 광복 후 북한에서의 고전문학 및 구비문학 유산의 수집, 발굴 및 정리 사업은 애초에 범국가적인 범위에서 국책사업으로 조직적인 힘에 의해 진행되었음을 알 수 있다. 여기에 지도자들의 교시 및 강조가 뒷받침되었음은 더 말할 것도 없다. 김일성이 1946년

5월 24일에 발표했다는 "문화인들은 문화전선의 투사로 되어야 한다". 1970년 2월 17일에 발표했다는 "민족문화유산계승에서 나서는 몇 가지 문제에 대하여"를 비롯한 여러 논저들을 보면 고전문학 유산을 비롯한 문화 유산들을 수집, 발굴하고 정리할 데 대해 교시를 내리고 있다. 김정일이 썼다는 『주체문학론』(73쪽)을 보더라도 "우리 인민은 반만년의 유구한 역사를 통하여 세상에 널리 자랑할만한 문화적 재부를 창조하였다. 찬란한 문학예술 유산을 가지고 있는 것은 우리 민족의 크나큰 긍지이며 민족문학 예술을 끊임없이 개화시켜나갈 수 있게 하는 귀중한 밑천으로 된다"고 강조했다.

북한 이동윤의 「광복후 우리나라 고전문학연구에서 이룩한 성과」[4]에 의하면 김정일은 고전문학유산발굴사업을 두 단계로 나누어 진행하되 첫 단계에서는 2년간을 설정하고 모든 고전소설들을 조사하며 두 번째 단계에서는 4년을 기간으로 시가작품을 비롯하여 설화, 패설, 기행문 등 예술적 산문들을 발굴, 조사하도록 발굴기간과 목표, 발굴방향을 밝혀주었을 뿐만 아니라 또한 이 사업이 방대하고 책임적인 사업인 것만큼 여러 대학들과 연구기관에 있는 수많은 권위 있는 고전문학전문가들을 망라하여 강력한 발굴, 조사 역량을 튼튼히 꾸리도록 조치를 취하여 주었다.

이로부터 『춘향전』 등 민족적 고전은 여러 출판사를 통해 여러 번 출판되었고 『사성기봉』, 『쌍천기봉』 같은 장편소설도 단행본으로 출판되었다. 그리고 특히 눈에 띄는 것은 시리즈 형식의 대형 고전작품 선집들이다. 국립문학예술서적출판사에서는 1958년부터 1960년까지 3년간에 걸쳐서 『조선고전문학선집』 33권을 출판하게 되는바 이는 우리의 고귀한 문학유산 발굴사업에서의 하나의 큰 틀 대거이다.[5],

---

4) 2001년 7월 5일 「재중 조선-한국문학연구회」와 연변대학교 조문학부의 주최 하에 연변대학교에서 진행한 「해방 후 조선-한국문학발전과 특징 연구 국제학술회의」에서 발표.

문예과학 부분에서는 또한 문학예술에 대한 근로자들의 소양과 지식수준, 감상능력을 높여주는 데 실천적으로 도움을 줄 수 있는 『조선고대중세문학작품해설』(1,2), 『외국문학해설집』 등도 여러 책 집필, 출판하고 상·중·하로 된 『조선고전문학선집』과 100권의 『조선현대문학선집』을 성과적으로 발행하였다.6) 이외에 『아동문학문고』, 「청년문학문고』 등 형식과 대학생 참고용 교재로 고전작품집을 여러 차례 출간하였다. 1950년대 후반기로부터 1960년대 전반기에 이르는 약 10년 동안에 『구전문학자료집』(설화편), 『구전민요집』, 『동국이상국집』, 『향가집』등이 간행되었다.

전반적으로 놓고 북한은 1970년대에 들어서서는 문예계의 역량을 총동원하여 이 사업을 총화하면서 힘 있게 벌임으로써 전국 방방곡곡에 흩어져 빛을 보지 못하고 인멸되어 가던 수천수만의 귀중한 유산들을 단 몇 해 사이에 발굴, 수집, 정리하여 정확히 평가 처리하였다.7) 보다시피 1970년대로부터 전면적인 주체시대에 들어섬에 따라 민족문학 유산의 수집, 정리와 출판은 보다 높은 단계에서 전면적으로 진행되었다. 이때 교육, 과학, 문예 부문 전문가들로 조직된 국가심의위원회에서 토론, 평가를 거쳐 대중들의 애국주의 교양에 이바지하는 원칙을 취했다. 이렇게 해서 간행되고 있는 것이 방대한 규모의 전 100권 『조선고전문학선집』과 전 100권 『조선현대문학선집』, 그리고 『조선사화전설집』이 편찬, 발행되는 사업이 활발히 진행되었다. 『조선고전문학선집』은 시대별, 작가별, 작품형태별로 분류하면서도 고전소설들과 시가들, 민요, 패설, 기행문 등 고전문학의 대표적인 장르들을 체계적으로 폭 넓게 실었다. 전 15권 『조선문학사』

---

5) 『고전문학선집』 33권이 발간된다, 『문학신문』 1959. 5. 7.
6) 김하명, 「당의 현명한 영도 밑에 우리나라 문학예술이 걸어온 자랑찬 50년」 『조선어문』(1995. 4,), p.12.
7) 위의 글, p.12.

머리말에 보면 "우선 문학사연구의 선행공정으로서 오랜 옛날부터 우리 선조들에 의하여 창조 발전되어온 온갖 형태의 구전문학과 서사문학 작품들을 전면적으로 발굴, 수집, 정리하고 평가, 처리하는 사업이 학계의 집체적 련량에 의하여 진행 되였으며 이에 기초하여 사상예술적으로 우수하고 역사적의의가 있는 작품들을 시기별, 작가별로 형태와 종류에 따라 분류 배렬한『조선고전문학선집』,『현대조선문학선집』,『조선사화전설집』 등이 편찬 출판되고 있다."『조선고전문학선집』의 발행은 북한 고전문학정리사업의 새로운 높은 단계를 과시한 것으로 된다. 이등윤의 상기 논문에 의하면 현재 북한 쪽에서는 수백 여 편의 고전소설 작품들과 17만 여수의 시가 작품을 비롯하여 무려 27만 여 편에 달하는 방대한 자료들을 조사하여 지금까지 널리 알려지지 않았거나 그 이름만 전해오던 작품들을 수많이 발굴하였으며『하진량문록』,『사성기봉』,『쌍천기봉』,『옥련몽』 등 큰 장편들을 비롯하여 장, 중편소설들을 350여 편 발굴, 정리하였다[8]. 이런 작품들에는 아직 한국에서 알려지지 않았거나 북한에서 유일하게 소장하고 있는 작품들이 있음은 더 말할 것도 없다.[9]

물론 북한의 한국문학 발굴, 수집, 정리 사업에는 문제점이 없는 것은 아니다.

광복 후부터 1956년 8월 15일까지를 하한선으로 하고 있는 김일

---

8) 조선문학창작사 고전연구실,「『고전소설해제』에 대하여」(『고전소설해제』, 문예출판사 1988. 5쪽)에 보면 "…1984년부터 1989년까지 아직 학계에 알려져 있지 않았거나 이름만 알려져 있던 200여 종에 달하는 고전소설들이 새로 발굴, 조사되었으며 500여 종에 달하는 고전소설들이 새로 발굴, 조사되었으며 500여 종에 달하는 그전소설들의 내용이 기본적으로 장악되었다"에서 밝힌 수자와 잘 맞아떨어지지 않고 있다.
9) 최웅권의『북한의 고전소설 연구』(지식산업사 2000. 9)에 의하면『花夢集』,『강로전』,『금화영회록』,『蘭焦在世奇緣錄』,『쌍천기봉』,『옥포동기완록』,『왕제홍전』,『황백호전』 등 소설들이 있다. 조희웅의「북한소재 고전소설목록검토」(『한국고전소설과 서사문학』상, 집문당 1998, 89페지)에서는 한국에 아직 알려지지 않은 북한소장 고전소설로 약 35종 내지 40종으로 추정하고 있다.

성종합대학 교원용 『조선문학사년대표』를 보면 이 10여 년 사이 적지 않은 고전소설 단행본들이 출판되었다. 그러나 고전소설 수가 도합 83편밖에 수록되지 않고 있어 초창기의 한산한 국면을 보여주고 있다. 그리고 기록문학 유산을 집대성하는 경우에 고대, 중세에 있어서는 이규보, 김만중, 박지원, 정약용 등 리얼리즘계열 작가 및 작품에 편중한 경향과 현대에 있어서는 최서해, 조명희, 이기영, 한설야, 송영 등 카프계열 작가 및 작품에 편중한 경향을 나타내고 있다.

그리고 구비문학을 발굴, 수집, 정리하는 경우에 있어서 두발로 뛰는 현지조사보다는 전국 각지에 서한을 보내 자료를 수집하는 방식을 취하여 전지역을 대상으로 단기간에 성과를 올린 강세가 있음에도 불구하고 구체적인 구연 상황과 구어체 표기를 무시한 맹점들도 없지 않아 있다.

(2) 북한의 한국문학 연구 성과

전반적으로 볼 때 주체적 문예이론의 선입견에 의한 왜곡이나 문제점이 없지 않아 있으나 자기 나름대로 민족문학사를 구성하려고 노력한 모대김(북한어로 몹시 괴로워하거나 안타까워하는 일)이 보인다.

북한의 한국문학 연구 성과를 고찰함에 있어서는 문학연구의 주변 상황들, 예건데 정치, 경제, 문화 등 여러 요소들을 동시에 고려해야 한다. 특히 북한문학연구가 문학 본연의 존재론보다는 이런 주변적인 상황에 보다 많이 영향을 받았다고 생각할 때 더욱 그렇다. 전반적으로 볼 때 북한의 한국문학 연구는 처음부터 강력한 조직적인 힘에 의해 추진되었다. 광복 후 북한의 한국문학연구는 당의 산하 조직에 속하는 1946년 김일성종합대학 설립, 그리고 1952년 조선민주주의인민공화국과학원 언어문학연구소의 설립을 통해 본격적으로 추진된다. 언어문학연구소의 문학연구실을 중심으로 연구자들이 조직되어 문학이론과 문학사 연구의 기초를 다졌다. 이 시기 북한의 한국문학 연구는 또한 조선문학예술총동맹 산하 작가동맹 고전문학분과, 평론분과위원회를 통해서도 이루어졌다.

당시 관련 기관지로는 『조선어문』, 『문학연구』, 『어문연구』, 『조선문학』, 『문학신문』 등이 간행되었다. 정기학술지인 『조선어문』은 1956년에 창간된 과학원 언어문학연구소 기관지로서 격월간으로 발행되었다. 이는 1961년부터 과학원 언어문학연구소와 문예총 산하 작가동맹 중앙위원회 공동기관지인 『문학연구』로 연결되다가 다시 1966년부터 사회과학원(과학원의 후신)언어학연구소와 문학연구소 공동기관지인 『어문연구』(계간)로 연결되었다. 그러다가 주체사상 확립 이후 현재까지 한국문학 관련 연구 간행물로는 주로 종합문예지인 『조선문학』(월간), 그리고 『문학신문』(주보)이 지속적으로 간행되어 최근의 연구동향을 알게 해준다. 『조선문학』은 1953년 10월 문예총에서 작가동맹이 분리됨에 따라 원래 문예총 기관지였던 『문화전선』[10]과 『문학예술』[11]을 종합하여 창간된 작가동맹 중앙위원회 기관지이다. 『문학신문』은 1956년 12월 6일 창간되어 초기에는 주 1회, 1959년부터는 주 2회로 발행된 작가동맹 중앙위원회 기관지이다. 『문학신문』은 문학 단신, 뉴스, 평론, 동향 등 다양한 내용들을 실어 해당시기 북한의 한국문학연구 상황을 이해하게 해준다.

학계에서 많이 지적되고 있다시피 북한의 한국문학 연구에 대해서는 대개 두 단계로 나누어 볼 수 있다. 첫 단계는 광복 후부터 1960년대 말까지 즉 주체시대 이전시기이고 두 번째 단계는 1970년대 이후부터 현재까지 즉 김일성의 '유일사상'에 입각한 주체시대로 볼 수 있다.[12]

---

10) 1946년 7월 25일 창간.
11) 1948년 4월 창간.
12) 학계에서 일반적으로 1967년을 분계선으로 하여 첫 단계와 두 번째 단계를 획정 짓고 있는데, 필자는 노동당 제5차 대회(1970년)에서 주체사상이 본격적으로 상정되고 그 후 전 사회적으로 확산되기 시작한 1970년대 이후시기

첫 단계에 있어서 북한에서는 문학연구인원을 조직하고 문예이론과 문학사연구의 기초를 마련하면서 문학연구 전반의 기틀을 세우기에 노력하였다. 우선 일정한 경험이 있는 문학평론가와 작가들로 대학에 문학 강좌를 개설하고 문학이론과 문학사를 강의하기 시작하였으며, 대학에서 문학전공자들이 나옴에 따라 한국문학 연구가들이 대폭 늘어나게 되었다. 이 시기는 주로 개별적인 연구로 출발했던 것으로 그래도 나름대로의 관점을 피력하는 특색을 보이고 있다. 그러나 이 시기에 있어서는 한국문학 연구의 초창기적 약점을 그대로 드러내고 있다. 이를테면 『금오신화』의 창작시기도 확정짓지 못하고 있으며 『운영전』의 작가는 류영(柳泳)으로 추정해 버리고 말거나 고전소설 시기 구분에 있어 20세기로 한정하여 이인직의 『혈의 루』가 창작되기 이전 작품들을 모두 고전소설로 보기도 한 무단적인 판단과 관점을 노정하기도 했다.[13]

북한에서는 1960년대 후반기부터 본격적으로 주체사상이 거론되고 1970년대 11월에 열린 제5차 당대회에서 주체사상을 공식 제안하고, 1970년대 중반에 주체사상을 한국문학연구에 전면적으로 적용시켰다. 이로부터 전 단계와는 다른 문학연구 상황이 벌어졌다. 이 시기 1960년대 이전의 분산적이고도 개별적인 연구사업을 집단화하고 조직화하기 위해 기존의 과학원을 조선민주주의인민공화국 사회과학원으로 확대하고 문학연구소를 언어연구소와 별개의 독립연구소로 만들게 된다. 1970년대 후반부터 새로운 주체문예이론들이 제출되고 한국문학연구의 방법론적 기틀을 마련한다. 이것이 1980년대에 들어서서는 독자적인 체계로 자리를 잡아가면서 문학사서술에 그대로 체현되었다. 그리고 김일성종합대학과 사회과학원문학연구소에서

를 두 번째 단계로 잡도록 한다. 북한 자체 내에서도 이런 시각을 많이 갖고 있는 줄로 안다.

13) 김일성종합대학 교원용, 『조선문학사 년대표』참조.

는 문학사 관계 자료들을 새로 전면적으로 수집, 정리하고 새롭게 평가하는 작업을 진행했다.

북한에서 민족문학유산에 대한 발굴, 수집 및 정리는 문학예술 연구에 필요한 자료 토대를 더욱 튼튼히 축성하는 데 이바지하였다.(김하명) 북한에서는 이런 발굴, 수집 및 정리가 곧바로 연구 작업과 연결, 병행된바 이런 자료를 바탕으로 하여 우리문학의 발생, 발전의 합법칙성을 사적으로 종합하고 체계화하는 작업을 조직적으로 꾸준히 이루어 왔다. 1947년에 김일성종합대학에서 최초로 『조선문학사』(상, 하)를 집필, 편찬한 데로부터 1948년 이명선의 『조선문학사』, 한효의 「조선현대문학의 역사적 고찰」(『역사제문제』1949.11), 1952년 임화의 『조선문학』, 1955년 안함광 외 『해방 10년간의 조선문학』(조선작가동맹출판사), 1956년 교육도서출판사에서 나온 전 3권 『조선문학사』(1~4세기, 이응수), 『조선문학사』(15~19세기, 윤세평), 『조선문학사』(19~20세기, 안함광), 1959년 사회과학원 문학연구실의 『조선문학통사』(상, 하), 1960년 교육도서출판사의 『조선문학사』, 1962년 대학용 교과서로 조선문학출판사에서 펴낸 『조선문학사』(1, 한룡옥), 『조선문학사』(2, 김하명), 『조선문학사』(3, 작자미상), 1978년 사회과학원 문학연구소의 『조선문학사』(1945~58), 1980년 박종원, 최탁호, 류만의 『조선문학사(19세기말~1925)』, 1981년 김하명, 류만, 최탁호, 김영필의 『조선문학사(1926~45)』, 1977~81년 사이 전 5권 『조선문학사』(과학, 백과사전출판사), 1982년 『조선문학사』(김일성종합대학), 1982~83년 사이 전 5권 『조선문학사』(김일성종합대학), 1986년 정홍교, 박종원, 류만의 『조선문학개관』(I.II 사회과학원출판사), 1990년대 과학백과사전종합출판사의 전 15권 『조선문학사』 등 일련의 문학사 관련 저서들이 나왔다. 이외에 『문학신문』(1966.7.29~9.27)에 실린 윤기덕의 서평에 의하면 1960년대 전 10권 『조선문학사』(신구현 외)가 출판되었다.

아래에 대표성적인 문학사에 한해 특징적인 내용을 일별해 보면

1956년 전 3권『조선문학사』는 광복 직후 북한의 각급 학교에서 문학사를 체계적으로 강의하기 위한 수요에서 만들어진 북한의 첫 문학사 교과서가 된다. 기존의 문학사와 좀 다른 특징은 주요 작품의 사상적 의의와 문학사적 위치를 규정하였고 구비문학을 강조하였으며 이기영, 한설야의 주요 장편이 서술 전체의 1/3 분량을 차지할 정도로 비중 있게 다루어진 것이 특색이다. 그리고 최치원, 이규보, 이제현 등에 대한 작가론적 서술과 더불어 한문문학을 다양하게 수용했고 독자들의 이해에 도움을 주고자 작품 경개 및 현대번역문 등을 첨부한 특징을 보이고 있다. 이 문학사는 나름대로 준비된 문예이론으로 풍부한 자료에 대한 분석, 연구를 통하여 일단 우리문학사를 과학적으로 체계 세우는데 성공하고 있다. 그러나 개별적인 작가와 작품에 대한 면밀한 검토와 연구가 부족한 엉성함도 보이고 있다. 김일성종합대학과 사회과학원에서 간단없이 편찬, 간행한『조선문학통사』(상, 하),『조선고대중세문학사』와『조선문학사』(고대, 중세편)는 새로 발굴, 정리된 고전문학작품들을 부단히 보충하면서 보다 풍부화 되고 심도 있으며 세련된 전개 양상을 보이고 있다. 이를테면『조선문학통사』는 1950년대까지의 한국문학연구 성과를 종합해낸 이 시기 대표적인 문학사로서 앞 뒤 문학사 전개가 잘 맞물리고 장르별 문학작품의 산생, 발전 양상도 잘 드러나고 있다. 그리고 친일문인을 배제하는 원칙에 철저히 입각하고 있다.『조선문학사』에서는 조선조시기문학을 기본으로 하여 나름대로 전반 우리민족 고대문학의 발생, 발전의 합법칙성과 작가들의 창작활동 및 문학작품들이 차지하는 문학사적 위치와 의의를 밝혀놓았다. 물론 이 문학사는 여러 가지 자료의 부족점으로 하여 어설픈 점도 없지 않으나 북한에서 우리민족 고전문학발전의 역사를 처음으로 체계화했다는 데서 자못 의의가 크다. 1962년 대학용 교과서로 조선문학출판사에서 펴낸 전 3권『조선문학사』(제1권 원시~14세기, 한룡옥),『조선문학사』(제2권

15~19세기, 김하명), 『조선문학사』(제3권 20세기, 작자미상) 는 전반 문학사적 흐름과 개별 적 작가 및 작품론을 적절하게 결합한 방대한 규모의 문학사로 추정된다. 서술체계에 있어서는 각 시기별로 역사적 배경과 사회문화사적 개관을 앞세우고 설화, 민요 등 구비문학을 살펴본 다음 본격적으로 장르별 개관 및 개별 작가론을 진행하고 있다. 그리고 윤기덕의 서평에 의하여 확인할 수 있는 전 10권 『조선문학사』(신구현 외)는 그때까지 한국문학사 연구 성과를 집대성한 방대한 규모로 문학사 자료를 대폭 늘이고 문학현상 나열과 작가 및 작품에 대한 평론모음으로서의 문학사를 지양하고 문학사상 및 문예사조의 발전, 그리고 장르와 형식의 발전 등 다양한 시각에서 종합적으로 논의를 전개하고 있는데 이 문학사는 가히 주체시대 이전 한국문학사 연구의 최고성과로 볼 수 있다. 전 5권 『조선문학사』는 주체시대에 들어선 후 북한에서 이루어진 한국문학연구 성과를 집대성한 최초의 문학사다. 좀 구체적으로 보면 제1권 「고대중세편」은 주체사상의 영향을 적게 받은 것으로 전 시기 문학사서술과 비슷한 양상을 나타내고 나머지 네 권은 주채사상으로 관통되어 시기구분, 서술 체계와 내용이 많이 달라져 이전의 문학사 연구와는 다른 양상을 나타내고 있다. 『조선문학개관』에서는 이인직, 이광수, 육당 등에 대한 평가를 본격적으로 수용하여 기술하고 있을 뿐 아니라 카프 및 구인회 문인에 대한 평가에 있어서도 변화의 조짐을 코이고 있다. 그리고 전 15권 『조선문학사』는 1990년대 북한이 내놓은 현재까지의 한국문학연구의 집대성 및 대표적 성과로 된다.

각론별 북한의 한국문학 연구업적을 보면 다음과 같다.

장르별 연구를 볼 때, 한국시가 관련 연구업적으로는 『조선시가의 종류와 작시법에 대한 사적 고찰』(현종호, 1963), 『우리 시문학의 운율연구』, 『조선국어고전시가사연구』, 『고려시가유산연구』(정홍교, 과학, 백과사전출판사, 1984) 등이 있는데, 『조선시가의 종류와 작시법에 대한 사적 고찰』(현종호, 1963), 『우리 시문학의 운율연구』는 북한의 한국문학 연구에서 내용보다는 형식적인 면에 치우쳐 좀 이색적이다. 그리고 『조선국어고전시가사연구』는 570여 쪽에 달하는 방대한 양의 저서로서 가히 북한의 국어시가 연구를 집대성한 것으로 볼 수 있다. 1960년대 문학사들에서는 귀족문학이라고 별로 취급하지 않던 정형시 별곡체 시가들을 언급하여 돋보인다. 그러나 근대자유시를 언급함에 있어서 최남선에 대해 전적으로 부정하는 관점을 피력하고 있어 극단적인 면을 드러내고 있다. 『고려시가유산연구』는 서지학적인 고증을 중시하면서 고려시가 유산에 대해서 문헌적인 고증을 진행하려 한 점이 돋보인다. 그리고 고려 전반기에 시가문학이 발전하지 못했다고 보는 관점에 대해서 반박을 가하는 동시에 고려 전반기에도 시가문학이 크게 발전했다는 것을 전문 가운데 한 개 장절로 따로 떼어 논술하고 있어 이색적이다.

한국소설 관련 연구업적을 고찰함에 있어서는 일단 고전소설사 관계 저서들을 꼽을 수 있겠다. 이를테면 1950년대 1939년 학예사에서 조선문고 형식으로 발간한 김태준의 『增補朝鮮小說史』를 飜印해 낸 것을 위시하여 김춘택의 『조선고전소설사연구』, 윤기덕이 1960년대 『문학신문』에 10회에 걸쳐 연재한 『小說의 歷史를 더듬어』, 은종섭의 『조선 근대 및 해방전 현대소설사연구』(1. 2) (김일성종합대학출판사, 1986), 김춘택과 은종섭의 공저로 된 『조선소설사』(김일성종합대학출판사 1989) 등이 있다. 『조선고전소설사연구』는 시대 구분법과 중요 작품에 대한 취급에 있어서 1960년대 문학사의 관점과 별로 큰 차이가 없다. 이 소설사의 특징은 기존의 많은 문학사 저서들이 내용에 대해서 많은 필묵을 돌리는 데 반하여 고전소설의 형태양상 분석에 많은 힘을 쏟았다는 점이다. 단편소설이 조선에서 발생할 때의 특성들을 밝히면서 어떤 작품을 소설로 보겠는가 하는 문제에 대해 허구를 그 기준으로 해야 된다는 관점을 내놓았다. 이것은 저자가 주로 소설사적 의의를 강조하고자 소설사 본연의 서술방법을 취하려고 많은 노력을 했다는 사실을 말해준다. 『小說의 歷史를 더듬어』는 소설사를 서술함에 있어서 간명하게 기술되고 있지만 여러 면에서 독특한 관점을 피력하고 있어 주목을 끈다. 예를 들면 고전소설의 발생시기를 고려 의인전기체의 산생에서 확정짓고 있는 것은 그 한 보기로 된다. 그리고 이 소설사는 17세기 문학을 애국주의, 반침략으로 규정하면서 대서특필한 특징도 보이고 있는데 이는 훗날 북한 문학사기술의 한 모델을 보여주는 것으로 된다. 『조선 근대 및 해방 전 현대소설사연구』(1. 2) 에서는 1920년대 후반기~1930년대 전반기를 하나의 시기로 잘라낸 것은 '이 시기가 해방 전 진보적 소설문학발전의 마루를 이루는 프롤레타리아 소설이 왕성하게 창작되고 줄기차게 발전한 것이 특징이기 때문이다'고 하며 프로문학을 높게 사고 있다. 구체적인 작가평가에 있어서 한용운, 심훈, 채만식 등에 대해 객관적인 평가를 하면서도 이광수의 초기 문학 활동까지 부정해버리는 편향도 없지 않아 있다. 그리고 소설의 형터적 특성의 발전양상에 대해서도 고찰한 특색을 나타내고 있다. 시기 구분에 있어서는 "계몽기와 1910년대, 1920년대 전반기, 1920년대 후반기~1930년대 전반기, 1930년대 후반기"에서와 같이 시간별로 시기를 나누고 있다. 『조선소설사』는 고전소설과 현대소설 통시론으로 되었는데, 내용은 대개 『조선고전소설사연구』의 축소판으로 볼 수 있다. 『조선소설사』 앞부분에 보면 이 저서는 학생들이 문학발전의 매 시기를 대표하는 중요 작품들과 작가들에 대한 인식을 얼마간 가지고 연구, 학습하게 되는 조건에서 형태발전을 주로 하여 서술하였다. 또한 전공 학생들이 『조선고전소설사연구』, 『조선근대 및 해방전 현대소설사연구』(1, 2)를 참고서로 이용하는 사정을 고려하여 소설문학의 유산과 그 발전과정에 대한 서술을 간략하였다는 것을 일러두었다.

최시학의 「조선패설문학의 연구방향에 대하여」(『김일성종합대학학보』 2호)는 우리문학사에서 패설 연구의 새로운 한 시각을 제시해 주어 가치를 확보하고 있다.

한국구비문학 관련 연구 업적으로는 『조선구전문학연구』(고정옥, 과학원출판사 1962), 『조선구전문학개요』(항일혁명편) (이동원, 사회과학출판사 1994)로 보게 된다. 『조선구전문학개요』를 보면 그 머리말에 "이 책에서는 항일혁명투쟁시기 인민들 속에서 광범히 창조 보급된 항일혁명투쟁을 반영한 혁명적인 구전문학과 그 영향 밑에 창조된 구전문학을 대상으로 하여 이 시기 구전문학의 발전정형과 형태양식의 발전, 주제사상적 내용과 표현형식, 사상예술적 특성 등에 대하여 전면적으로 밝힐 것을 과제로 내세우"고 있다. 물론 '백두산의 태양전설'과 '백두광명성전설'을 내세워 개인 우상화 작업을 하고 있다.

한국극문학 관련 연구 업적으로는 『조선연극사개요』(한효, 국립출판사 1956), 「조선민간극연구서설」(고정옥, 『조선어문』1957. 3), 『조선민속 탈놀이 연구』(김일출, 과학원출판사 1958) 등 논문과 저서들을 꼽을 수 있다. 이 가운데 『조선연극사개요』를 보면 영성하나마 주로 광복 전 한국현대연극사를 체계적으로 서술해 놓고 있다.

창작방법 및 문예사조 관련 연구를 보면 「조선문학에서의 사실주의의 형성에 대하여」(김하명), 『조선어문』1957.4), 『사실주의에 관한 논문집』(김하명 외, 과학원출판사 1959), 『우리나라 문학에서 사실주의의 발생, 발전론쟁』(고정옥 외, 조선문학예술총동맹출판사 1963), 『조선문학에서의 사조 및 방법연구』(이응수 외, 1964), 『우리나라 비판적 사실주의문학 연구』(이동수, 과학, 백과사전종합출판사 1988) 등 논문 및 저서들이 있는데, 여기서는 리얼리즘 및 낭만주의의 발생, 발전 문제, 역사제재작품의 현대성 문제, 고대·중세문학사의 시기 구분 및 장르 문제, 서사문학과 구비문학의 상호관련성 문제 등이 논의되었다.

개별 작가 및 작품론을 보면 『연암 박지원 연구』(김하명, 국립출판사 1955), 『김소월론』, 『최서해론』, 『조명희연구』(엄호석), 『리기영연구』, 『고전작가론』(박종식 외, 조선작가동맹출판사 1959), 『현대작가론』(윤세평 외, 조선작가동맹출판사 1960) 등 대표적인 저서들이 있는데, 대개 실학파, 카프 등 리얼리즘작가들이 다루어졌음을 알 수 있다.

이외에 『항일무장투쟁과정에서 창조된 혁명적 문학예술』(문학연구실 편, 과학원출판사 1960) 같은 연구 논저들은 시기별로 한국문학을 논한 특색도 나타내고 있다.

그리고 북한에서는 우리문학의 대중적 보급을 위하여 『조선고대중세문학작품해설』(1. 2, 과학백과사전출판사 1986) 같은 데서 '고가요집, 고대전기설화집, 한시선집, 력대시선집, 리규보작품선집, 리제현작품선집, 패설작품선집, 송가가사, 박인로작품선, 가사선집, 풍요선집, 사가시선, 정약용작품선집' 등에 대해 한문원작을 우리말로 옮겨놓는 등 해설의 통속성, 대중성을 기한 저서들도 돋보인다.

그리고 「피바다」, 「성황당」, 「꽃파는 처녀」등 이른바 김일성의 친필 작품들을 연극, 가극 내지는 영화에로의 장르적 확장은 개인우상숭배라는 동인에 의한 것이겠지만 그것이 새로운 예술장르의 다양한 실험이라는 장점도 가지고 있음은 더 말할 것도 없다. 특히 우리 동양에서는 아직 생소한 장르인 가극장르의 개척 및 이런 새로운 장르를 개척함에 있어서 '대화창'과 '아리아' 대신 '절가' 등 형식적 면에서의 민족적 특색을 살린 것은 충분히 긍정해야 할 특기할 사항들이 아닐 수 없다.

통계별로 보면 『광복 후 북한현대문학 연구』「부록1」을 보면 광복 후 현재까지 한국문학 관계 석사논문은 도합 162편이고 박사논문은 도합 8편으로 집계된다. 전반적으로 볼 때 많은 양은 아니[14]나

---

14) 북한은 구소련의 학위학칙을 도입해서 그런지 석사학위 이상 학위수여는 대단히 엄정하여 그 수를 목적의식적으로 제한하고 있는 듯하다. 이로부터

그래도 꾸준히 상승선을 그어왔다.

전반적으로 볼 때 북한의 한국문학 연구에 있어서 집단조직화로 효과적인 추진, 그리고 보급을 기초로 한 통속화, 대중화 추구 및 분명한 가치판단 등은 분명 어떤 문제점을 안고 있음에도 불구하고 그것이 절대적으로 부정적인 가치만을 안고 있는 것은 아니다. 그것은 남쪽의 한국문학 연구에 있어서 상아탑에 빠져 학문지상주의나 정신적 자아도취에 빠지는 허점을 미봉하는 대안이 되기도 한다.

(3) 북한의 한국문학 연구 성과 검토

북한의 한국문학 연구 성과는 북한 그 자체의 시각으로 볼 때 그것이 전적으로 성과로 수용될 것이다. 그러나 학문적 연구의 진리성, 공정성, 객관성 등 보편적 원칙과 통일지향의 문학연구 차원에서 볼 때 그것은 문제점을 안고 있는 성과임에 틀림없다. 그것은 성과와 문제점이 뒤엉켜 있는 복잡한 양상을 드러내고 있다. 우리는 복잡한 이 양상 속에서 금싸라기를 캐내듯이 성과를 캐내야 할 뿐만 아니라 독소를 제거하듯이 문제점을 집어내야 한다.

A. 문학연구의 자주의식

북한 주체사상의 기본 내용의 하나가 자주성이다. 남의 영향을 받지 않고 내 스스로 내 주인이 된다는 것이다. 북한의 이런 자주성은 사실 개개인의 자주성보다는 민족, 국가 차원의 자주성으로 이해하는 것이 바람직한 줄로 안다. 우리문학 연구에 있어서 이런 민족, 국가적 자주성은 외국문학의 영향이라는 민감한 문제에 부딪칠 때마다 민감한 반응을 보인다.

북한의 전반 우리문학사 서술을 보면 한문문학보다는 국문문학을 높게 사고 있다. 한문문학의 경우에는 국문으로 번역하여 원문 제시

학위의 권위를 보장하고 있다. 현재는 많이 풀리고 있는 줄 안다.

없이 그대로 인용하고 있다. 한문 사용, 어쩐지 민족적 자주성에 저
촉되는 꺼림칙한 데가 있는 듯하다. 이것이 북한의 일반적 정서이고
입장이다. 이 점은 김시습을 평가한 북한의 일반적 논의에서도 잘
드러나고 있다. 이를테면 김시습은 훈민정음이 창제되어 우리 글로
문학을 창작할 수 있는 가능성이 주어졌으나 국문으로 소설을 창작
하지 않고 종전과 마찬가지로 한문을 이용했다. 이것을 김시습이 양
반 유학자로서 자기 시대와 계급적 제약성을 벗어나지 못한 본질적
인 제한성으로 보고 있다. 이에 반해 송강 정철 같이 순전히 국문으
로 창작을 진행한 작가들을 높게 산다. 이것은 작품평가에서 민족적
주자성을 따지는 북한의 평가기준에서는 당연한 귀결로 된다.

은종섭의 『조선 근대 및 해방 전 현대소설사연구』 1 (김일성종합
대학출판사, 1986)를 보면 문학평가기준에 있어서 이런 민족적 자주
성에 많은 신경을 쓰고 있다. 이를테면 "계몽기이후 해방전소설사를
고찰함에 있어 자주성의 견지에서 계급의식뿐만 아니라 민족자주의
식" 차원에서도 고찰해야 한다고 성명을 발표하고 있다.

이런 민족적 자주성은 우리 문학의 시조, 소설 등 장르들의 발생,
발전을 논하는 마당에서 잘 나타나고 있다. 북한의 주체문예이론은
모든 문학작품을 절대적으로 해당시기의 사회적 토대 위에서 이루어
지는 것으로 보고 있는 만큼 외국문학의 영향이나 수용 등을 고려하
려 하지 않는다. 이것이 문학 발생, 발전의 역사를 주체적 입장으로
파악하는 셈이다. 으로부터 비교문학적 관점에 의한 외국문학의 영
향 운운을 기피하고 있다. 북한에서는 우리문학연구에서 민족적 자
주성을 강조하면서 자기 나름대로의 관점들을 이끌어 내오고 있다.

북한은 우리문학사를 논함에 있어서 시조발생 기원을 고려가요뿐
아니라 향가 등 보다 앞선 시대 시가형태와의 계승관계를 강조함으
로써 민족 자체의 발생요인을 내세우고 있다.

우리문학사에 있어서 소설의 발생기원을 논하는 경우도 마찬가지

다. 주지하다시피 우리문학은 중국 고대문학의 절대적인 영향을 받았다. 북한은 1980년대 이전의 우리문학사에서 소설을 논할 때 중국영향을 그대로 인정했다. 예컨대 소설발생을 논할 때 중국 지괴소설(志怪小說)과 전기소설(傳奇小說)의 영향을 밝혔다. 김시습의 『금오신화(金鰲新話)』가 구우(瞿佑)의 『전등신화(剪燈新話)』, 허균의 『홍길동전』이 『수호전』의 영향을 받았고 김만중을 언급할 때에도 그가 어려서부터 어머니의 직접적인 영향 하에서 일찍부터 유교경전들과 『시경(詩經)』, 『당시(唐詩)』 등을 널리 공부했고, 그의 『구운몽』 같은 소설은 중국소설의 영향을 받았다고 지적했다. 그런데 1970년대 주체시대로 들어감에 따라 북한은 우리문학사 서술에서 중국 영향을 점점 기피하거나 거론하지 않는 방향으로 나아가며 민족자주성 고양에 못을 박고 있다. 북한에서는 노장학파[15]들을 대표로 일반적으로 고소설 발생시기를 12세기, 15세기, 17세기 등으로 잡고 있다. 그 중에서 15세기 발생설이 가장 유력하다. 그런데 이들 관점을 따져보면 민족 자체의 요소를 강조하면서도 결국 은연중 중국 영향설을 내비치고 있다. 이를테면 12세기설은 고려시기 가전체를 소설의 발생으로 본 것으로 중국 송나라 가전체의 영향을 염두에 두고 있다. 15세기설은 『금오신화(金鰲新話)』를 소설의 발생으로 본 것으로 이것은 중국 명나라 구우(瞿佑)의 『전등신화(剪燈新話)』의 영향을 염두에 두고 있다. 17세기설은 군담소설의 출현을 소설의 발생으로 보고 있는데 이것은 중국 명·청시기 『수호지(水滸志)』, 『삼국지(三國志)』 등 군담소설의 영향을 염두에 두고 있다.[16]

그러나 최근 즉 1980~90년대 주체사상이 완전히 확립된 시기에

---

15) 물론 북한의 획일적인 학술환경 하에서 노장학파니 소장학파요 하는 말이 성립되지 않는다. 그럴진대 필자가 여기서 말하는 노장학파는 주도적인 지위를 차지하고 있는 일반적인 관점을 말하고 소장학파는 이에 반하는 새로운 관점을 대변하는 의미로 사용하였다.

16) 고정옥, 「조선문학의 장르에 관하여」, 『조선어문』, 1956. 6, p.44.

들어와서는 소장학자들에 의해 중국문학 영향설을 사대주의의 그릇된 사상이라고 일축해 버리고 우리문학사를 하나의 완전한 자족적 전일체로 보면서 외부의 그 어떤 영향도 받지 않은 자기의 독특한 발생, 발전 동력과 메커니즘을 가지고 있는 독립적인 계통으로 보고 있다. 그러면서도 실제상에 있어서는 중국에서 당나라 시기 전기(傳奇)를 소설로 취급하는 것을 염두어 두고 그것과 동일 장르인 신라 「수이전」을 소설의 산생으로 보아 소설의 산생시기를 훨씬 인상시키고 있다. 여기에 한술 더 떠 고구려의 「온달전」을 대표로 6세기 소설발생설까지 주장하고 있다. 이것은 중국에서 소설의 발생을 당나타 전기(傳奇)로부터 6세기 위진남북조로 옮긴 상황을 염두에 두고 있는 듯하다. 이 점에 대해서는 안희열의 「문학예술의 종류와 형태」[17)가 잘 말해 주고 있다. 북한에서는 고전소설의 발생을 중국의 영향이 아닌 어디까지나 민족문학사 자체의 자연적인 발전의 필연적인 결과로 보려는 데 초점을 모으고 있다. 이런 경향은 근대와 현대문학을 평가하는 데서도 마찬가지다. 20세기 초에 발생, 발전한 신소설이 일본을 통하여 서구의 영향을 받았다는 것도 언급하지 않는다. '카프'가 구소련을 위시한 당시 국제무산계급문학운동의 영향을 받았다는 것도 제기하지 않는다. 소설의 발전을 논하는 경우에도 마찬가지다. 김하명의 「17세기 소설발전과 민족적 특징」은 그 전형적인 한 보기가 되겠다. 이 논문은 17세기 소설문학의 성과를 근대문학의 민족적 전통으로 뚜렷이 부각시키고자 하는데 주안점이 있다. 김하명은 우리문학 고전소설이 현실적 바탕에 기초하여 독자적인 예술적 탐구를 진행한 점을 중시하고, 고전소설을 외국소설의 기계적 모방이나 도식적 반복으로 보는 전파론적 입장 및 형식주의적 관점을 배격했다. 이 논문은 고전소설의 발전과정에서 민족적 역동성을 인정한 것이라 할 수 있다.

---

17) 문학예술출판사, 1996.

북한은 우리문학사 소설발생에 있어서 나름대로의 독특한 관점을 성립시키기 위해 나름대로 소설 개념을 비롯하여 새로운 소설이론을 정립한다든가 합리화 방편을 마련하기도 했다. 1950년대까지만 해도 북한의 소설개념은 구소련의 소설개념을 그대로 갖다 써다가 1990년대에 와서는 나름대로의 질적인 변화를 일으킨다. 소설이란 한마디로 말하여 서사적 묘사방식으로 인간과 생활을 반영하는 문학의 한 형태를 말한다. 이렇게 소설개념에서 서사성을 극력 강조하면서 고전소설에서 가장 중요한 요소는 이야기라는데 초점을 맞추었다. 소설은 나라마다 발생시기가 같지 않고 소재와 구성형식, 묘사수법에서 일련의 서로 다른 특성이 있다. 그러나 서사적 묘사방식에 의하여 문학적인 이야기 줄거리가 엮어져 나가면서 이야기체 형식의 체모를 갖추고 점차적 발전과정을 거쳤다는 데서는 공통적이다. 한마디로 말하여 북한학자들은 문학사에서 최초로 출현한 소설에 대해 '이야기체 형식을 띤' 개념으로 파악하고 있다. 이런 관점을 전제로 하여 「온달전」을 소설의 효시로 보았고 서거정과 성현의 패설집에서 소설을 발굴해 내는 데로까지 나아가고 있다. 이것은 분명 소설발생설에 있어서 민족자주성, 민족주체성을 강조하고 있음은 더 말할 것도 없다. 그런데 소설의 새로운 개념정립 및 소설발생시기의 인상을 자꾸 중국의 경우를 염두에 두거나 그것에 준할 때 아이러니하게도 이것은 다른 한 의미에서 민족자주성, 민족주체성의 역설적 콤플렉스가 아닐 수 없다. 사실 북한의 이런 소설개념에 대해 어떤 학자들은 이것을 1980년대 중국문학계에서 큰 반향을 일으켰던 유재복의 『성격조합론』에서 영향을 받은 것으로 파악하고 있다.[18]

북한의 우리문학 연구에서 이런 민족자주성에 대한 강조는 민족자존을 바탕으로 한 주체적 입장을 세우려는 긍정적인 면이 있음에도

---

18) 최웅권, 『북한의 고전소설 연구』, 지식산업사, 2000, p.40.

불구하고 문학사적 객관사실을 무시한 주관의도적인 색채가 짙다 그리고 한 민족문학이 다른 민족문학의 영향을 받으며 발생하거나 발전하는 것도 세계문학사에 있어서 보편적 법칙이고 현상이거늘 별로 문제가 될 것이 없을 줄로 안다. 그럼에도 불구하고 이것에 초민감한 반응을 보이는 것은 약자의 과잉자아보호본능이 아니면 진공 속의 깔끔함을 추구하는 결벽증에 다름 아니다.

B. 사회반영론적인 역사주의비평

북한의 주체문예이론은 유물론적 반영론을 그 근저에 깔고 있다. 그것이 문학예술의 내용에 대한 요구에 있어서는 사회반영론으로 나타난다. 즉 문학은 시대의 산물로서 나름대로 산생된 시대적 상황을 진실하게 반영해야 된다는 것이다. 그리고 문학은 시대와 더불어 발전하는 것으로 해당 시대 정치, 경제적 여건의 절대적인 영향을 받는다는 것이다. 그러므로 문학에 대한 접근은 문학 자체의 내재적 요소보다는 해당 시대의 외적인 요소에 더 신경을 써는 일종 역사주의비평으로 나아가게 된다. 북한의 한국문학 연구는 이런 역사주의비평으로 관통되어 있는데 그 나름대로의 특성과 문제점들을 안고 된다.

이런 역사주의비평은 북한의 한국문학사 시대구분에 있어서 전조으로 역사학의 시대구분 방식을 따르게 하고 있다. 이로부터 사회정치적인 변천을 큰 기준으로 삼은 특색을 나타내고 있다. 고대문학사에 있어서 왕조교체 그리고 한 왕조 내에서는 큰 정치사변 혹은 새로운 정치세력들의 등장을 기준으로 하여 문학사 구분을 짓고 있다. 이를테면 '고조선시기문학', '삼국시기문학', '통일신라시기문학 혹은 발해 및 후기신라 시기문학', '고려문학', '이조시기문학', '애국계몽주의시기문학', 1919년 3월 1일을 기점으로 한 현대문학으로 틀을 잡고 다시 조선조문학을 임진왜란, 병자호란을 분계선으로 하여 혹은 실학사상, 평민층의 등장 등을 기준으로 하여 전후기 문학으로 나눈다든가, 1926년을 기점으로 한 항일혁명문학, 1945년을 기점으로 하여 '평화적 민주건설시기문학', '조국해방전쟁시기문학', '전후복구건설 및 사회주의기초건설시기문학', '사회주의의 전면적건설시기문학', '사회주의완정승리를 앞당기기 위한 투쟁시기문학' 등으로 나누고 있는 것은 전형적인 보기로 된다. 이로부터 구체적 문학사서술도 문학사 자체의 사항들을 서술하기 전에 수령이나 당의 교시, 방침, 영도나 시대배경 운운이 첫 부분에 오고 '이 시기 문학개관'이 따라오며 그 다음 장르나 작가 혹은 이 양자의 엇갈림으로 장, 절을 조직하고 있다. 전 15권『조선문학사』를 보면 수령의 교시와 아우른 '이 시기 문학발전의 사회역사적 환경 혹은 사회문화적 환경'식 '시대배경' 운운을 전제로 해서 해당시기의 일반적 '문학발전 정형이나 문학개관'을 진행하고 구체적인 장, 절을 배치해 나갔다. 제15권 '제1장 온 사회의 주체사상화 위업에 이바지하는 문학을 창조 발전시키기 위한 당의 령도, 이 시기 문학의 일반적 특성' 등은 한 보기로 되겠다. 이런 서술체계는 남한의 대표적 문학사의 하나인 전 5권『한국문학통사』(조동일, 지식산업사 1982~1988)에서 보게 되는 문학 담당층 및 갈래(쟝르), 민족어의 형성·발전 등 문학 본연의 요소에 기준을 두고 서술체계를 세운 한국문학사 서술하고는 확연히 다른 모습을 드러내고 있다.

 역사적 전개를 문학사 전개의 바탕으로 하고 있는 문학사 연구에 있어서 역사학의 어떤 발상이나 변동이 그대로 문학사서술에 체현된다. 문학사가 역사학의 부속물인 듯한 느낌을 준다. 북한의 우리문학사 서술에서 발해문학의 등장은 이 점을 잘 말해준다. 북한의 우리문학사 서술을 보면 1960년대 이전에는 발해문학이 언급되지 않고 있다. 그러다가 역사학계에서 1970년대부터 주체사상이 전반 사회적으로 확산되면서 이른바 고구려중심설이 대두하게 되면서 상황이 달라졌다. 북한은 고구려를 한반도의 정통으로 내세우고 스스로 고구려의

맥을 이은 나라라고 자처하고 나선 것이다. 이로부터 고구려의 정통성을 내세우기 위하여 고조선→고구려→발해라는 역사적 맥락을 잡고 통일신라설을 부정하며 남북 대치시대를 주장하게 되었다. 이것이 정설이 되면서 북한의 우리문학사에 곧바로 도입되었다. 이로부터 고구려문학을 중점으로, 발해문학을 중요한 이슈로 다루고 있다. 위에서 잠깐 살펴보았다시피 고대소설의 발생설에 있어서조차 고구려의 「온달전」을 시초로 삼고 있는 것도 모종 의미에서 이런 맥락에서 이해할 수 있다. 그럼 아래에 『조선문예발전사연구』 1(고대중세편)(현종호, 김일성종합대학출판사 1986년 초판)의 목차만 잠깐 살펴보는 것으로 이 점을 좀 구체적으로 확인해 보도록 하자. '제2장. 고대사회에서 문학예술의 새로운 발전'에서 '제2절. 고대사회에서 문학의 급속한 발전 1.고대사회문학의 발전에서 논 고조선문학과 부여문학의 주도적 역할'에서 고구려로 이어지는 고조선과 부여를 내세우고 있다. '제3장. 세나라시기 중세문학예술의 발전(기원전 1~7세기전반기)'에 보면 '제2절. 세 나라시기의 문학을 주도한 고구려문학의 풍부한 발전'에 '1. 세나라시기의 산문문학을 새로운 높이에로 끌어올린 고구려의 산문문학 2. 세나라시기의 기사문학을 주도하면서 민족시가문학의 토대를 마련한 고구려의 시가문학', '제3절. 고구려문학의 영향 밑에 발전한 백제와 신라의 문학'이라는 큰 타이틀 밑에 백제와 신라의 문학을 부속적인 존재로 소개하고 있다. 그리고 '제4절. 고구려무덤벽화와 세나라시기 회화의 발전'에 '1.고구려에서 무덤벽화를 비롯한 회화의 급속한 발전'을 논한 다음 '2'에서 백제와 신라의 회화를 부다적으로 소개하고 있다. 그리고 제5절. 민족건축예술의 기본형식을 마련한 고구려건축예술과 세 나라시기 건축예술의 발전의 '1.민족건축예술의 기본형식을 마련한 고구려의 건축예술 2.고구려의 영향 밑에 발전한 백제와 신라의 건축예술', '제7절. 고구려의 음악무용과 세나라시기 음악무용의 발전'의 '1.고구려에서 음악무용의 획기적인 발전'을 논하고

‘2’에서 백제와 신라의 음악무용의 발전에 대해서는 간략하게 소개하는 정도에 그치고 만다. 다음 굳이 ‘제4장. 발해, 후기신라 시기 중세 문학예술의 발전(7세기후반기~9세기)’에 ‘제1절 중세봉건사회의 재편성과 발해, 후기신라에서 문학예술의 폭넓은 발전’을 설정함으로써 고구려를 계승한 존재로 발해를 내세워 ‘후기신라’와 병치시킴으로써 ‘통일신라’를 인정하지 않으려는 시각을 드러내고 있다. 그리고 ‘제3절’에서 ‘1.고구려의 웅건 화려한 건축예술의 양식적 특성을 그대로 이어받아 발전한 발해의 건축예술’, ‘제6절’에서 ‘1.발해에서 고구려 음악무용의 계승과 새로운 발전’을 논함으로써 이런 시각을 한층 더 드러내고 있다. 그 다음, ‘제5장. 민족의 국토통합에 기초하여 새롭게 발전한 고려시기의 문학예술(10~14세기)’에 보면 ‘제6절. 고려에서 고구려, 발해 건축예술의 계승과 새로운 발전 1.고구려, 발해의 건축예술을 그대로 이어받은 고려의 성곽, 궁전 건축예술’, ‘제8절. 고려에서 고구려무덤벽화의 계승과 회화의 급속한 발전’ 등 장, 절을 설정함으로써 고구려를 계승한 고려의 정통성을 내세우고 있다. 이런 경향은 가장 최근에 나온 전 15권 『조선문학사』(제1권)에서도 나타난다. ‘제4장 발해 및 후기신라 시기 문학, 제1절 발해 및 후기신라의 성립과 봉건관계의 발전’ 등 장, 절의 배치와 서술문체에 있어서 ‘신라의 통치배들은 애당초 국토를 통일하고 민족적 단합을 이룩하려는 지향을 가지고 있지 않았으며 통일정책을 실시할만한 힘도 실제상 가지고 있지 못하였다’, ‘신라는 이로서 강점 당한 고구려의 전령토에서 외적을 몰아내기 위한 투쟁을 포기함으로써 대동강 이북의 광활한 고구려 령토를 적들에게 내맡기는 용납할 수 없는 민족배신행위를 감행하였다. 신라의 반동통치배들의 이러한 민족배신행위로 말미암아 고구려 인민들의 투쟁은 시련을 겪지 않으면 안되였다.’는 이것을 잘 말해준다. 북한의 우리문학사 서술에 있어서 극력 고구려, 발해 문학을 내세우고 있음에도 불구하고 그것의 문학사적 자료의 결핍 등 객관적 원인에 의해 별로 진전을 보지 못하고 억지공사에 머물고 만 한계점을 드러내고 있다.

역사주의비평이 당시 사회의 주요한 사항을 고려하고 문학창작의 일반적 법칙을 감안한 효과적인 방법임에는 틀림없다. 그러나 이 방법은 구체적 작가와 작품의 보다 복잡하고 미묘한 관계 및 작품형성의 보다 복잡한 요인들 그리고 작가의 무의식세계를 무시하고 표층적인 사회의식에만 치우쳐 작품분석을 너무 직선적으로 안이하게 한 문제점을 안고 있다.

이런 차원에서 북한의 구체적인 우리문학 작가와 작품 연구를 보면 직선적인 한 패턴이 드러난다. 즉 시대배경→작가의 생애와 사상→작품이라는 순차적인 결정론으로 작품실제보다는 작픔 외적인 요소들인 '시대배경'과 작가의 생애와 사상'에 우선적인 보다 많은 신경을 쓴다. 이런 작품 외적인 요소가 작품특징을 결정한다는 논리로 작품 분석에 임하고 있다. 이를테면 전 15권『조선문학사』제3권의 김시습 관련 목차 및 서술을 보면,

제6장. 김시습의 창작과 단편소설집『금오신화』
   1. 류다른 생애와 현실 속에서의 창작
   2. 김시습의 선진적세계관과 미학적 견해
   3. 김시습의 시문학과 현실반영의 진실성
   4. 단편소설집『금오신화』

여기서 당시 세조왕위찬탈이라는 암흑한 봉건통치라는 시대배경을 전제로 하고 실의에 빠진 김시습이건만 '기본적으로 세계를 유물론적으로 이해하였기 때문에 … 종교, 미신을 반대하였다', '김시습은 사회정치적 견해에서도 이 시기의 그 어느 학자보다 진보적인 입장에서 인민들의 지향과 요구에 더욱 가까이 접근하였다.' 바로 이런

선진적인 사상이 있었기에 당시 인민의 질고를 반영하는 시작품을 창작했고 결국 자유로운 사랑, 정치포부 등을 나타내는 『금오신화』를 창작할 수 있었다는 것이다. 『구운몽』의 경우도 당시 남녀의 자유스러운 사랑을 구속하는 사회 환경 하에서 사랑의 자유를 추구하는 작가의식이 발산된 결과라는 것이다.

이로부터 구체적인 문학작품의 가치는 주로 사상성에 의해 결정된다. 그래서 작품의 형식보다는 내용, 내용에서도 주제사상에 작품분석의 흥분점이 있다. 언어구사, 수사법, 장르, 구성 등 형식적 요소에 대한 분석은 어디까지나 주제사상을 해명하기 위한 보조적 수단에 불과하다. 작품의 제한성으로 가장 많이 거론되는 시대적, 계급적 제한성 운운도 대개 사상적 면에 치우친다. 그러므로 작품 장르별 혹은 형태별로 갈래나 체계를 잡아 문학 자체에 고유한 내적인 형식적 원리나 논리에 치우쳐 논의를 전개하는 것은 애초에 불가능하다.

북한의 한국문학 연구에 있어서 사회반영론적인 역사주의비평은 계급성, 인민성 논의로 많이 흐르고 있다. 이것은 마르크스주의 역사유물론 및 주체사상에서 인민대중의 주인적 위치 강조의 연장선에 다름 아니다. 전 5권 『조선문학사』(1977~1981)후기에 보면 "수천 년 동안 줄기차게 발전하여온 고대·중세문학의 역사는 뒤떨어진 반동적인 문학에 대한 진보적이고 인민적인 문학의 투쟁과 승리의 문학이다."로 결론짓고 있다. 결국 문학사의 흐름을 계급투쟁의 역사로 보고 있다. 이로부터 작가, 작품 선정에 있어서 작가, 작품의 계급적 입장이 기준이 되고 있다. 그래서 광복 전 현대문학에 있어서 항일혁명문학, 카프문학 같은 투쟁문학, 계급문학이 높이 평가될 수밖에 없다. 전 5권 『조선문학사』(1977~81)의 경우 항일혁명문학의 전통계승을 문학사의 과업으로 내세우고 있다. 항일혁명문학은 선행한 모든 문학예술의 제한성을 극복하고 새로운 노동계급의 혁명적 문학예술이 되었으며, 사회주의 문학예술의 혁명전통을 확립한 것으로 평가되고 있는 만큼 논리적으로 볼 때 오늘의 북한문학은 항일혁명문학의 전통을 어떻게 계승했는가가 문학사서술의 기본선이 되고 있다. 반면에 항일혁명문학, 카프문학 같은 투쟁문학, 계급문학과 다른 경향을 나타낸 작가 및 작품의 경우에는 알게 모르게 폄하된다. 이로부터 일체 부르주아적인 문학이 배제됨은 더 말할 것도 없다. 이런 계급성, 인민성 원칙은 역사발전의 주체로 보는 인민의 집단적인 구전문학을 가장 진보적인 문학형태로 문학사의 중요한 자료로 검토한다. 고전문학사의 경우 인민창작 작품을 양반지식인의 작품에 비해 우선적으로 평가하고 서술순서상 먼저 서술하고 있다. 이로부터 고려정음가요가 인민서정가요로 높게 평가되고 『임진록』이 인민들의 외래침략자에 대한 항쟁의 문학으로 높이 평가된다.

　이런 계급성, 인민성 원칙은 문학연구의 통합론적인 요건을 거의 무시하고 있기 때문에 논리의 선명성에도 불구하고 문학현상의 다양성을 해명할 수 없다. 이로부터 그 분석도 단순성을 면하지 못하거나 정곡을 찌르지 못하고 빗나가는 수가 많다. 예컨대 전 15권 『조선문학사』(71쪽)에서 「공후인」에 대해 "이른 새벽에 사품치는 강물 속에 뛰어들어 강을 건너려다가 물살에 휘감겨 끝내 솟아나지 못한 로인의 절박한 처지와 남편에게 닥친 위험을 막아주지 못한 쓰라린 심정을 안고 원한과 통분 속에 남편의 뒤를 따른 안해의 참혹한 모습은 늘 생존의 위협을 당하며 핍박한 처지에서 억눌려 사는 하층인민들의 모습을 엿볼 수 있게 한다", 그리고 일반 문학사에서 홍길동이라는 주인공보다는 봉건통치를 향해 궐기한 농민투쟁 및 봉기(『홍길동전』의 경우)를, 사랑의 정조를 지키기 위해 변학도의 수청요구에 반항한 춘향을 변학도의 봉건학정에 맞서 싸운 민중적 영웅(『춘향전』의 경우)으로 높게 평가하는 것은 그 전형적인 보기가 되겠다. 이런 계급성, 인민성 원칙의 원천적인 제약 때문에 북한의 우리문학 연구는 상호 쟁론 속에서 이론(異論)을 표방하기보다는 통일된 관점의 관철에 불과하다. 물론 통일된 관점에 대해 통일적인 조정은 있어도 그 누구도 통일된 관점에서 자유로울 수 없다. 그래서 결과적으로 같은 시기에 발표된 논문이나 저서의 경우에 그 학술적 관점의 다양성을 기대하기 힘들다. 예컨대 비슷한 시기에 나온 김하명의 논문 「17세기 소설 발전과 민족적 특징」과 현종호의 저서 『조선문예발전사연구』(고대중세편)(김일성종합대학출판부, 1986.5)나 정홍교, 류만, 박종원의 공저로 된 『조선문학개관』(사회과학출판사, 1986.11)은 기본관점 면에서 꼭 일치하다. 전 15권 『조선문학사』를 보더라도 물론 저서의 통일적인 논리나 체계적인 특성을 고려한 면도 있겠지만 여러 사람들이 공동으로 분담해서 집필했음에도 불구하고 기본관점이나 원칙, 논리에 있어서는 천편일률적이다. 북한의 우리문학 연구는 용어사용에서도 통일된 면모를 보이고 있다. 예를 들면 근대 이전 소설에 대해 북한에서는 대개 1950~1960년대까지 나름대로 '고대소설', '이조소설', '고전소설' 이 세 가지 용어를 사용하다가 대체로 1970년대에 들어와서는 '고전소설'이라는 용어가 자리를 굳혔고 지금은 완전히 고전소설이라는 용어 하나만 사용하고 있다. 이에 반해 한국에서는 '고대소설', '고소설', '고전소설', '구소설', '전기소설', '상대소설', '이조소설', '이조시대소설', '조선소설', '조선조소설', '조선왕조소설', '조선시대소설' 등 10여 가지 나름대로의 다양한 개념을 사용하고 있다.

사회반영론적인 역사주의비평은 결론적으로 창작정신이나 창작방법에 있어 사실주의를 높게 평가하게 된다. 북한의 우리문학 연구도 여기서 예외가 아니다. 북한의 우리문학사 연구만 놓고 보더라도 문학사를 사실주의문학의 발생과 발전의 역사로서 인지시킬 정도로 사실주의를 주선으로 내세우고 있다. 일반 사실주의보다는 비판적 사실주의, 비판적 사실주의보다는 사회주의사실주의를 높게 사는 경향을 나타내고 있다. 『조선문학통사』(1956)상권의 머리말에 보면 "특히 해방 후에 조선로동당의 정확한 문예정책에 의하여 찬란히 개화 발전하고 있는 사회주의적사실주의 문학의 새로운 성과와 그의 특성을 명확히 천명하려는 지향으로 일관했다.” 그리고 1956년 전 3권 『조선문학사』는 문학사의 발전법칙을 리얼리즘 창작방법과 관련시켜 서술한 특점을 보이고 있다. 이로부터 구체적 문학사전개를 무시하고 ‘신화적 사실주의’, ‘고대사실주의’ 등 무리한 개념을 설정에서 보다시피 일반이론의 도식적인 적용도 나타나고 있다. 1962년 대학용 교과서 전 3권 『조선문학사』만 놓고 보더라도 작가, 작품의 문학사적 위치를 평가하는 기준으로는 애국주의, 민주주의와 더불어 사실주의를 거론하고 있다. 이를테면 당대사회의 현실을 사실적으로 반영한 것을 ‘사실주의문학예술’의 발전으로 보고 있다. 『우리나라 문학에서 사실주의의 발생, 발전론쟁』(고정옥 외)을 보더라도 사실주의적 경향을 우리문학사의 중심축으로 놓고 그것의 발생과 발전 문제 해명에 주력하고 있는 것도 그 전형적인 보기로 되겠다.

이로부터 북한의 우리문학 연구에서는 ‘인민’, ‘계급’, ‘투쟁’, ‘사실주의’ 등 낱말이 빈번히 등장한다.

이상 보다시피 북한의 한국문학 연구에서의 사회반영론적인 역사주의비평은 그 자체의 본연의 모습보다는 많이 굴절되고 변형된 형태로 적용되었음을 알 수 있다.

C. 현실공리주의적인 한국문학 연구

북한의 한국문학 연구는 철저히 현실정치를 위해 복무하는 현실공리주의원칙을 나타내고 있다. 북한의 현실정치라는 것이 김일성·김정일 정치라 할 때 이들 부자 내지는 그 일가의 우상화 방편이 한국문학사 서술의 구성부분 내지는 체계를 이루는 결정적 요소로 작용하지 않을 수 없다. 그러므로 순문학적 경향을 띤 작품은 운운할 여지도 없고 전적으로 현실공리주의에 의해 좌우지 된다.

전 5권 『조선문학사』(과학, 백과사전출판사)는 더 말할 것도 없고, 전 15권 『조선문학사』(사회과학출판사)만 놓고 보더라도 각 권의 머리말 및 각 장, 절의 시작에 김일성·김정일 부자의 관련 어록을 제시하고 본문에 들어가는데 서술적 맞물림 차원에서 볼 때 본문은 이 어록의 풀이로 되어 있다. 마치 이런 어록에 의해 연구가 이루어지고 해석의 틀이 마련되며 명쾌하게 밝혀진 것으로 서술하고 있다. 필자의 초보적인 통계에 의하면 전 15권 『조선문학사』에 김일성 어록이 163개, 김정일 어록이 148개 도합 311개가 등장한다. 김일성·김정일 부자의 관련 어록 연장선상에서 『공산주의교양과 우리문학』(문학연구실 편, 과학원출판사 1959), 『조선 로동당의 문예정책과 해방 후 문학』(과학원출판사 1961) 같은 연구저서들이 속출되었음은 더 말할 것도 없다.

구체적 서술문체를 보더라도 1950년대 문학사에서 보게 되는 "김일성원수"로부터 각 문학사에서 빈번히 등장한 상용적 어투, 예컨대 "경애하는 수령님의 영상을 직접 모신", "민족의 태양이시며 백전백승의 강철의 령장이신 경애하는 수령 김일성동지", "그이", "위대한 수령", "김일성장군님", "위대한 장군님", "어버이수령님", "현명한 령도", "사령관동지", "민족의 향도성", "백두광명성" 및 그 가족들에 대한 공식적인 호칭 즉 "불요불굴의 공산주의혁명투사 김정숙동지", "어머니", "불요불굴의 혁명투사 김형직선생님", "선생님", "불요불굴의 혁명투사 강반석녀사" 그리고 이들이 창작했다는 작품들에 대해 "불후의 고전적명작"이라는 최고가치 부여는 이것을 잘 말해준다. 이외에 김일성·김정일 이름, 어록 및 친필작품 제목 및 원문 고딕특호인쇄자 그리고 '하신다'의 존칭종결토도 이 연장선상에서 이해할 수 있다. 이와 대조되는 선상에서 구체적인 문학적 분석에 있어서 '남조선괴뢰도당', '리승만괴뢰도당', '박정희괴뢰도당', '반미반괴뢰' 등 정치적 색채가 진한 관습적 용어들의 남발은 현실정치적

애증감정을 직설적으로 드러내고 있다.

　이런 현실공리주의에 밀착된 북한의 한국문학사 서술은 학술개념의 과학적 엄밀성을 기하기보다는 자의적인 편리적 이용으로 흐르고 마는 경향을 나타내고 있다. 북한의 한국문학사 서술에서 가장 높게 평가되고 있는 사실주의만 놓고 보더라도 창작방법적인 개념 혹은 사상내용을 파악하는 개념 등 정식화되어 있지 않고 적용 방법도 일정하지 않다. 그리고 사실주의와 대비되는 낭만주의를 창작수법이나 주제사상 혹은 사실주의 속에 들어 있는 지향의식 등 어느 것으로 파악해야 될지 헷갈리게 하는 경우가 많다. 이는 결과적으로 학문적 객관성, 공정성보다는 해석의 주관성, 판정기준의 시한성 등 문제점을 안게 된다. 이로부터 전반 한국문학사 서술을 놓고 보더라도 그것은 정치적 풍파, 정책적 변화 같은데 너무 많이 좌우되어 온 양상을 드러내고 있다. 그래서 한 작가나 작품에 대한 평가도 번복이 많다. 이를테면 1980년 『조선문학사(19세기말~1925)』(박종원, 최탁호, 류만) 제1편 제5장 제3절의 신소설 항목에서는 이해조, 안국선 등만 기술하고, 이인직을 전면적으로 제거했다가 1986년 『조선문학개관』(Ⅰ,Ⅱ) '신소설과 창가' 항목에서는 곧바로 '신소설과 리인직, 이해조의 창작 경향'이라 하여 말살했던 이인직을 머리에 3페이지에 걸쳐 다루고 있다. 이광수의 경우도 같은 경향을 나타내고 있다. 그리고 북한에서 정치적 소용돌이 속에 빠져들어 갔던 임화, 김남천, 안막, 한설야 등 카프계열의 작가나 평론가들의 이름도 문학사에서의 등장여부는 그들의 정치적 운명과 직결된다. 예컨대 한설야의 경우를 보면 타도되기 전에 나온 1950년대 한국문학사를 보면 현대문학의 주된 부분을 차지했지만 타도된 후인 1960년대 이후에 나온 한국문학사에는 거의 언급되지 않고 있다.

　이런 경향은 북한의 한국문학사 서술이 정치 도구화, 방편화되는 데서도 잘 나타난다. 『조선문학통사』(1959년)만 보아도 이것은 남로

당숙청사업의 부산물로 한설야, 이기영을 대표로 하는 권력층의 이념을 중심으로 하여 씌어졌다. 즉 임화, 이태준, 안막, 김남천 등 남로당 계통을 철저히 숙청하는 한 방편으로 계획적으로 집필된 만큼 남로당계통 문인들이 타매의 대상이 되었다. 이 시기에 리태준은 반동문학단체 '9인회'를 조직해가지고 '해외문학파'와 마찬가지로 예술지상주의 문학의 중간 로선 등을 고창하면서 카프문학을 반대하여 진출하였다. … 박영희·최재서·백철·림화·리원조·김남천 등이 또한 여기에 단합하였다.… 프롤레타리아 문학가들은 이러한 부르죠아문학가들의 악선전을 날카롭게 반대하여 투쟁하였는바, 이 시기에 한설야는 『사실주의비판』이라는 자기 평론 가운데서 다음과 같이 말하였다. …리기영은 『문예적 감수제』에서 우울·퇴폐·회고적 경향 등의 문학을 반대하면서 다음과 같이 논파하였다."(172~173페이지) 그래서 그 당시 이들을 타매하는 '고용간첩도당', '반동적', '미제앞잡이', '흉악한 반역도', '지껄였다' 등 시대적인 보편적 용어가 거침없이 쏟아져 나오고 있다. 그리고 소련파가 득세하는 시대적 분위기에 편승하여 오체르크, 찌쁘, 빠뽀스, 마뜨로쏘브 등 러시아말도 대량 사용된다. 그러다가 한설야가 숙청된 후 한국문학사 전개는 전혀 다른 양상을 나타내고 있다. 한국문학사 전개가 전적으로 현실정치를 위해 복무하는 양상을 그대로 드러내고 있다. 실로 1945년 광복 후 북한현대문학사 전개는 현실 정치 내지는 정책의 변화에 숨 가쁘게 적응해온 그 자체다. 연속부절한 종파싸움이 미학상의 논쟁으로 이어져 왔고 이것이 다시 구체적인 문학사 전개양상으로 나타났다. 이를테면 광복 후 북한현대문학사에서 '사실주의 발생, 발전'이나 '민족적특성', '전형성'을 둘러싼 논쟁이 종파주의나 사대주의를 염두에 두고 진행된 것 등은 좋은 실례가 될 것이다.

주체시대 전후로 씌어진 문학사를 잠깐 비교해보면 이 점을 보다 충분히 알 수 있다. 1956년에 씌어진 안함광의 『조선문학사』(교육출판사)에서는 김소월의 문학사적 위치를 조명희, 최서해, 이상화 등 프롤레타리아 작가들과 동일한 자리에 놓고 있다. 그러나 1970년대 주체사상이 유일사상으로 전면적으로 확립되면서 항일혁명문학이 아닌 어떤 문학도 인정될 수 없게 된다. 그래서 결국 주로 1970년대에 쓰여진 전 5권『조선문학사』를 보면 김소월에 관한 언급이 일체 배제되고 북한에서의 문학사적 공인은 지극히 한정된 수준에 머물고 만다. 그리고 김일성의 항일혁명을 내세우기 위한 한 방편으로서 김일성 항일혁명문학의 절대적 위치 즉 정통성을 내세우면서 모든 문학적 사실을 일관되게 엮어내는 문학사체계를 내세우고 있다. 주체시대 이전의 대표적인 문학사로 꼽을 수 있는 1950년대에 출간된『조선문학통사』를 보면 현대문학을 논함에 있어서 「제11장 1919~1930년의 문학」에 'I.프로레타리아문학'과 'II.프로레타리아문학 이외의 이 시기 진보적 문학', 「제12장 1930~1945년의 문학」에 'I.김일성 원수 항일무장투쟁 과정에서의 혁명문학', 'II.온갖 부르죠아 반동문학을 반대하는 투쟁에서의 프로레타리아 문학평론의 역할 및 사회주의사실주의문학의 승리'에서도 알 수 있다시피 여기서는 프로문학을 우선적으로 상당한 비중으로 취급하고 있다. 그러면서 김일성의 항일 투쟁 및 문학에 대해서 기술하고 있는데 좀 부차적인 느낌이 든다. 1960년에 나온『조선문학사』를 놓고 보더라도 19세기말~1945년 문학사서술에 있어서 김일성의 항일무장투쟁기 혁명적 군중문학예술을 김소월, 나도향, 이상화, 최서해, 조명희, 송영, 이기영, 강경애와 동일비중으로 다루고 있는데, 이것은 이 문학사가 나온 1960년까지는 김일성의 항일혁명문학이 카프 및 진보적 성향의 리얼리즘 문학과 동격에 놓여 있음을 알 수 있다. 그러다가 주체시대에 들어선 후 한국문학사 서술흐름을 보면 광복 후 북한현대문학전통을 김일성의 항일무장투쟁과정에서 산생된 항일문학에서 찾으며 카프문학에 대한 평가를 뒷전으로 하고 있는 경향을 나타내고 있다. 이를테면 1970년대 전 5권『조선문학사』를 보면 항일문학이 절대적인 위치에 오르고 카프문학은 완전히 뒷전에 물러나게 되었다. 전 5권『조선문학사』머리말에 보면 "위대한 수령 김일성동지께서 조직 령도하신 항일혁명투쟁의 불길 속에서 철저히 민족해방, 계급해방, 인간해방을 위하여 복무하는 참다운 인민의 문학, 주체사상에 기초한 혁명문학의 시원이 열리였으며 그 항일혁명문학을 역사적 뿌리로 하여 해방 후 주체문학의 찬란한 개화가 이룩되였다." 여기서 보다시피 김일성의 항일혁명문학은 '시원'과 '역사적 뿌리'라는 원초적인 의미를 가지고 있다. '전 5권'에서 가장 핵심적인 위치를 차지하는 것은 제3권에서 취급한 1926년부터 1945년 사이의 항일무장투쟁시기의 혁명문예이다. 즉 김일성의 항일혁명투쟁 및 그 계승이 북한의 한국현대문학사 서술의 핵심이라는 뜻이다. 1980년대 대표적 문학사인『조선문학개관』(Ⅰ.Ⅱ)은 '전 5권'의 축소판으로서 '전 5권'의 관점을 그대로 따르고 있다. 항일혁명투쟁시기(1926.10~1945.8)이라는 제목 밑에 「(1)항일혁명문학 (2)항일혁명투쟁의 영향 밑에 발전한 진보적 문학」으로 "'대한 수령 김일성동지의 령도 밑에 창조 발전된 항일혁명문학의 탄생은 우리 인민의 유구한 문학사에서 일대 전환을 가져온 역사적 사변이였다. 항일혁명문학이 탄생함으로써 조선문학은 진정한 인민의 문학 참으로 혁명적인 로동계급의 문학으로 발전하였으며 그 고귀한 터전 우에서 새 조선의 찬란한 문학예술이 꽃펴났다." 여기서도 '피바다'를 비롯한 김일성 항일혁명문학의 출현을 한국현대문학사의 전환점 및 중심으로 내세우고 있다. 그러면서 카프문학이나 비판적 사실주의문학과 같은 '진보적 문학'을 얼마간 취급하고 있다. 이런 관점은 북한의 한국문학사 연구의 집대성 및 최고 성과로 인정되고 있는 1990년대 대표적 한국문학사 전 15권『조선문학사』에 와서도 조금도 변함이 없다. "항일혁명투쟁의 첫 시기 창조 발전한 혁명적 문학은 위대한 수령님의 령도 밑에 영생불멸의 주체사상에 기초하고 그를 적극 구현한 문학으로서 우리나라에서 혁명적이며 인민적인 문학의 첫 페이지를 빛나게 장식하였다.”(20쪽) 여기서 ‘첫 페이지’로써 당시 혹은 그 전의 다른 혁명적이며 인민적인 문학의 존재를 부정해 버리는 경향을 띠고 있다. 물론 ‘전 15권’도 항일문학의 정통성에 비해 비길 정도가 못되지만 카프문학의 문학사적 지위를 일정하게 긍정하고 이광수의 장편소설『개척자』를 착취사회의 모순을 파헤치고 사회악에 대한 불만을 보여준 소설의 대표작으로 소개하고 있는 등 이전 문학사에서 배제했던 작가와 작품을 새롭게 평가함으로써 보다 포용적인 유연한 자세를 보이고 있다.

한마디로 말하여 북한의 한국문학사는 김일성 항일혁명문학의 출현을 문학사에서 획기적인 사변으로 취급하고 있으며 문학발전의 전환기적인 요건으로 인식하고 있다. 항일혁명문학이 문학사의 핵심적인 내용을 이루게 된 것은 물론 김일성 항일혁명투쟁에 대한 역사적 해석에서 비롯된다. 항일혁명문학의 기점은 김일성의 항일혁명투쟁이 조직적으로 전개되기 시작했다는 1926년 ‘타도제국주의동맹’ 결성을 시대구분의 기점으로 삼는다. 이런 연유로 하여 1926년은 북한 문학사의 새로운 전환기적 기점으로 규정되고 있다. 그러므로 항일혁명문학에 대한 판단이 북한의 한국문학사 연구와 오늘의 북한문학을 이해하는 관건이 된다. 북한문학의 이질화 현상도 바로 여기서부터 연유되는 것임을 알 수 있다. 이것은 항일문학이 가장 문제적인 영역에 가로놓여 있음을 말해주기도 한다.

이로부터 문학에 대한 당이나 그 어떤 부서보다도 수령의 영도를 내세우는 것은 자연스러운 귀결로 된다. 위의 1970년대 전 5권『조선문학사』를 보면 제1편과 제2편의 제1장에「위대한 수령 김일성동지께서 내놓으신 문학예술에 대한 지도방침, 이 시기 문학개관」을 설정함으로써 전반 문학적 성과를 수령의 지도방침의 결과로 돌리고 있다. 1986년『조선문학개관』(Ⅰ.Ⅱ)을 보더라도 “위대한 수령 김일성동지와 친애하는 지도자 김정일동지의 현명한 령도 밑에 오늘 우리 문학예술은 일대 전성기를 맞이하였다.”고 문학적 성과를 전적으로 수령에게로 돌리고 있다. 최근간의 전 15권『조선문학사』에서도 상황은 마찬가지다. 제13권「차례」의 제1장은 장, 절 배치는 전형적인 한 보기로 되겠다.

제1장 사회주의 전면적 건설시기 문학발전을 위한 당의 령도,
　　　-이 시기 문학발전의 일반적 특성
　제1절. 이 시기 문학에 대한 위대한 수령 김일성동지의 현명한 령도
　제2절. 이 시기 문학에 대한 위대한 수령 김정일동지의 현명한 령도
　제3절. 이 시기 문학발전의 일반적 특징∝들여 끝

전 15권『조선문학사』에서는 제10권의 현대문학부분부터 매권 시작에 꼭 이런 체제로 김일성, 후기에 와서는 김정일의 영도까지 내세우고 있다.「제1장」큰 타이틀에 있어서 ‘당의 령도’를 운운하기도 하나 제1절, 제2절 등 구체적 서술에 있어서는 사실상 수령의 영도를 내세우고 있다.

수령을 돋보이게 하자니 자연히 이들 친필 창작을 큰 비중으로 다루지 않을 수 없다. 북한의 한국현대문학사를 쭉 훑어보면 1970년대 전 5권『조선문학사』까지만 해도 친필 언급이 전혀 없다. 1959년 과학원출판사에서 펴낸『조선문학통사』(하)를 보면 오히려 훗날 김일성의 친필작으로 인정한 작품들을 일종 집단창작으로 보고 있다. 이를테면 “제12장 1930~1945년의 문학, Ⅰ.김일성 원수 항일무장투쟁 과정에서의 혁명문학”에 “이 시기의『혈해』,『성황당』,『경축대회』기타는 바로 이러한 전투행정에서 전투자 자신들의 손에 의하여 창조되었다.”(95쪽) 고 서술하고 있다. 그러다가 전 15권『조선문학사』에 와서 친필 작품이 대량 쏟아져 나오고 있다. 제8권부터 김일성 친필 작품이 나오는데 제1편 제1장 제2절에 “제2절. 조국에 대한 숭고한

사랑과 새날에 대한 동경의 노래, 불후의 고전적 명작『조선의 노래』와『사향가』,『꽃 파는 처녀』", 제2장 "제2절. 역사의 교훈으로 투쟁의 진리를 밝힌 불후의 고전적 명작『안중근 이등박문을 쏘다』,『혈분만국회』,『3인1당』", "제3절. 대중의 의식화문제를 깊이 있게 그린 불후의 고전적 명작『딸에게서 온 편지』', '제4절. 계급투쟁의 진리를 밝힌 불후의 고전적 명작『꽃파는 처녀』", 제2편 "제4장 제2절. 조선인민혁명군의 전투적사명과 숭고한 투쟁정신에 대한 시적형상-불후의 고전적 명작『조선인민혁명군』", "제3절. 조국광복의 위대한 기치-『조국광복회 10대 강령』에 대한 심오한 시적형상", "제5장. 제4절. 조선인민혁명군의 필승불패의 위력과 일제의 패망상을 보여준 불후의 고전적 명작『경축대회』, 풍자극의 새로운 발전", "제5절. 자주적 인간의 탄생과 민족해방, 계급해방의 위대한 진리를 밝힌 불후의 고전적 명작『피바다』와『한 자위단의 운명』", 제14권 제3장 "제1절. 주체시문학의 고전적 본보기-불후의 고전적 명작 1. 불후의 고전적 명작『묘향산 가을날에』", 김정일의 친필 작품을 보면 제11권 제2장 "제1절. 불후의 고전적 명작『조국의 품』과『축복의 노래』", "제4장 극 및 영화 문학 제1절. 불후의 고전적 명작 혁명연극『패전 장군의 말로』", 제12권 제2장 "제1절. 위대한 령도자 김정일동지께서 불후의 고전적 명작을 친필", 제13권 제2장 "제1절. 위대한 령도자 김정일동지께서 창작하신 주체시가문학의 고전적 본보기", 제14권 제3장 "제1절. 주체시문학의 고전적 본보기-불후의 고전적 명작 2. 불후의 고전적 명작『충성의 노래』, 3. 불후의 고전적 명작『어디에 계십니까 그리운 장군님』"이 있다. 보다시피 김일성, 김정일의 친필 작품은 절대 절명의 '불후의 고전적 명작'으로 꼽히고 있다. 이외에 이들 친필 작품보다는 톤은 낮으나 김일성의 부모들인 김형직과 강반석의 친필 작품에 대해서도 대서특필하고 있다. 제7권 "제3편. 1910년대~1926년 문학(2)(불요불굴의 혁명투사 김형직선생님과 강반석녀사의 혁명시가)"이 이에 해당한다. 좀 구체적으로 보면 "제1장. 불요불굴의 혁명투사 김형직선생님의 혁명적 문예활동과 친필업적", "제2장. 불요불굴의 혁명투사 김형직선생님께서 창작하신 혁명시가 제1절. 나라의 기둥으로 키운 『효자동』, 『영웅동』의 노래, 제2절. 단결의 노래, 전투적 돌진의 노래, 제3절. 향토애, 조국애를 구가한 혁명교가, 제4절. 불굴의 노래, 혁명적 신념의 노래 제5절. 무장투쟁과 새 사회건설을 노래한 시가", "제3장. 불요불굴의 혁명투사 강반석녀사의 혁명시가"가 그것이다. 이들 친필 작품은 '불후의 고전적 명작' 타이틀은 아니되 '혁명시가'라는 타이틀로 높이 평가되고 있다. 북한에서 김일성의 첫 부인 김정숙의 친필 작품에 대해 한국현대문학사에서는 언급하지 않고 있지만 『어머니의 노래』[19]같은 데서 에피소드나 일화로 그 문학적 재능에 대해 흥미진지하게 이야기하고 있다.

북한에서 한국문학에 대한 현실공리주의적 연구는 전형적인 '문이재도(文以載道)' 고취로 나타난다. 이런 '문이재도(文以載道)'는 수령형상 창조, 현실의 정치와 정책 등의 고취로 인해 결과적으로 북한의 한국문학연구의 개념화, 도식화로 나타난다. 북한의 한국문학 연구에 있어서 '문이재도(文以載道)' 식의 가장 집중적인 표현은 수령형상문학[20] 즉 수령가송문학에 대한 최고가치 부여 평가문제이다. 수령가송문학은 주체사상 시대 전후가 판이하게 다른 양상을 띠고 나타난다. 북한의 한국현대문학사 서술만 보아도 김일성에 대한 가송문학은 주체사상 시대 이전에는 별로 언급되지 않다가 주체사상 시대가 본격적으로 시작된 1970년대부터는 대량 등장하고 있다. 1970년대 대표적 한국문학사인 전 5권 『조선문학사』(1959~1975, 과학, 백과사전출판사)만 보아도 제1편 "제2장. 위대한 수령 김일성동지의 형상창조에 바치

---

19) 『광복 후 북한현대문학 연구』 참조하기 바람.
20) 이 부분에 대해서는 선우상열의 『광복 후 북한현대문학 연구』에서 문학창작 각도에서 충분히 논의된 줄로 안다.

진 혁명적 작품들", 제2편 "제2장. 위대한 수령 김일성동지의 형상창조에 바쳐진 혁명적 작품들", "제3장. 경애하는 수령 김일성동지의 위대한 혁명적 가정에 대한 빛나는 형상"에서 보다시피 김일성뿐만 아니라 김정숙, 김형직, 강반석 등 일가족을 노래한 문학작품에 대해 높이 평가하고 있다. 이런 상황은 1980년대 대표적인 한국문학사인『조선문학개관』에서 그대로 이어지다가 1990년대 대표적인 한국문학사인 전 15권『조선문학사』에서 한층 도를 높인다. 제8권 항일혁명문학 제1편 제1장 "제3절. 불멸의 혁명송가『조선의 별』과 혁명시인 김혁", 제2편 제4장 "제7절. 구호문헌-시어 반영된 항일혁명투사들의 숭고한 사상감정", 제6장 '제1절. 경애하는 수령 김일성동지의 위대성을 우러러 높이 칭송한 인민창작', '제2절. 백두광명성을 우러러 칭송한 전설들'로부터 시작하여 제10권 해방 후편 제2장 '제1절. 해방된 조국 땅에 높이 모신 민족의 태양 김일성장군님에 대한 송가', '제2절. 리찬의 창작과 불멸의 혁명송가『김일성장군의 노래』1. 위대한 장군님과 시인 2. 불멸의 혁명송가『김일성장군의 노래』', '제3절. 조기천의 창작과 장편서사시『백두산』1. 위대한 장군님의 품에 안겨 2. 위대한 장군님의 영광찬란한 혁명역사에 대한 서사시적 화폭, 장편서사시『백두산』', 제3장 '제1절. 위대한 수령님의 조국개선에 대한 감동적인 형상, 항일무장투쟁현실에 대한 생동한 화폭', 제11편 해방후편 제2장 '제2절. 백전백승의 강철의 령장이신 위대한 수령 김일성동지에 대한 충성의 송가 1. 위대한 수령 김일성동지의 탁월하고 세련된 령도와 영광 찬란한 혁명업적을 높이 칭송한 헌시 2. 경애하는 수령 김일성동지의 령도의 현명성과 고매한 덕성을 칭송한 송가적서정시', 제13권 제2장 '제2절. 서정시의 발전 1. 위대한 수령 김일성동지를 칭송한 송가적 서정시창작에서의 새로운 전환', '제3절. 가사문학의 비약적 발전 1. 송가가사의 발전', 제3장 '제1절. 단편소설의 발전 1. 수령을 형상한 단편소설의 활발한 창작', 제5장 '제1절. 경애하는 수령 김일성동지의 위대성과 혁명

적 가정을 형상한 극문학의 발전’, 제14권 제2장 ‘제1절. 수령형상창조
위업의 빛나는 실현, 위대한 수령 김일성동지의 혁명역사에 대한 예술
적형상 1. 위대한 수령님의 유소년시절을 전일적으로 형상한 장편소설
들 2. 총서『불멸의 역사』의 창작, 장편소설『1932』’, ‘제2절. 위대한
수령님의 혁명적가정에 대한 형상의 심화’, ‘제3절. 주체형의 공산주의
혁명가의 빛나는 형상, 항일혁명투쟁에 대한 서사시적화폭의 창조 1.
주체형의 공산주의혁명가의 빛나는 귀감이신 불요불굴의 공산주의혁
명투사 김정숙동지의 숭고한 형상, 제3장 ‘제2절. 위대한 수령님을 칭
송한 송가문학, 제3절. 경애하는 김정일동지를 칭송한 시가문학의 출
현 1. 경애하는 김정일동지의 형상과 가사문학 2. 경애하는 김정일동
지를 칭송한 첫 시집『2월의 송가』3. 경애하는 김정일동지를 칭송한
첫 서사시집『향도의 해발은 누리에 빛난다』4. 경애하는 김정일동지
의 위대성을 칭송한 시집『향도의 해발을 우러러』(1-3)’, ‘제4절. 위대
한 수령님의 혁명적 가정에 대한 숭고한 시적형상’, 제5장 ‘제1절. 위
대한 수령님의 혁명역사에 대한 빛나는 형상’, 제15권 제2장 ‘제1절.
위대한 수령 김일성동지를 형상한 소설작품들의 활발한 창작 1. 총서
『불멸의 역사』의 항일혁명투쟁시기편의 완성 2. 총서『불멸의 역사』의
해방후편 장편소설의 창작 3. 위대한 수령님을 형상한 단편소설들’,
‘제2절. 위대한 령도자 김정일동지를 형상한 소설작품들의 창작 1. 위
대한 령도자 김정일동지를 형상화하는데 바쳐진 단편소설들의 새로운
발전 2. 위대한 령도자 김정일동지의 위대성을 형상한 장편소설『아침
해』, 제3장 ‘제1절. 경애하는 수령님을 칭송한 시작품들, 제2절. 위대
한 령도자 김정일동지를 형상하는데 바쳐진 시작품들 1. 위대한 령도
자 김정일동지를 노래한 서정시작품들 2. 위대한 령도자 김정일동지를
노래한 가사작품들’, 제4장 ‘제1절. 수령형상창조에서의 빛나는 성과,
다부작 영화문학『조선의 별』과『민족의 태양』, 제2절. 위대한 수령님
의 혁명적 가정에 대한 형상’이 그것이다. 그리고 문학사서술이라는

것도 현실의 정치와 정책에 부응한 양상을 드러내고 있다. 광복 후부터 6·25동란발생까지는 '문학대중화론', 6·25동란기간에는 '문학의 무기화론', 전후에는 '복구문학'이 등장하고 1959년 '생산관계의 사회주의적 개조'가 이룩되었다고 선언한 후 1960년부터는 '사회주의 전면적 건설을 위한 투쟁시기 문학', 1970년대부터는 '주체문학'으로 등장하고 있는 것은 그 좋은 보기로 된다.

보다시피 주체사상 시대 이후 북한의 한국문학사 서술에 있어서 항일혁명문학, 김일성·김정일의 친필 작품 및 김형직, 강반석의 혁명시가 그리고 이들을 비롯한 그 가문 일반에 대한 가송문학은 그것을 제외할 경우 그 서술의 범위와 대상이 많이 줄어들 정도로 많은 분량을 차지한다. 북한문학사서술에 있어서 이 부분이 많은 문제점을 안고 있음은 더 말할 것도 없다. 문학평가에 있어서 현실적 정치 척도의 적용문제, 항일혁명문학이 문학 본연의 가치로 보았을 때 과연 그런 높은 가치를 갖고 있는지, 그리고 그 작품들의 친필 작품여부 문제, 및 송가작품들의 존재가치 및 문학적 완성도문제 등 통일문학사를 마련하는 마당에 꼭 짚고 넘어가야 할 문제들이 많다.

현실공리주의적인 한국문학사 서술특색은 필연적으로 문학사 서술비중을 박고후금(薄古厚今)하고 고위금용(古爲今用) 즉 옛 것을 오늘에 이용하는 현실공리주의로 나아가게 한다. 이런 서술원칙은 현실정치에 가장 효과적으로 이용할 수 있는 현대문학의 공리주의적 가치에도 기인하고 있다.

일반적인 문학사서술에 있어서 고대와 현대를 통시론적으로 전개할 때 후고박금(厚古薄今) 즉 고대로부터 현대로 올라올수록 서술비중이 점점 줄어드는 양상을 나타낸다. 특히 객관적 가치판단을 유보하기 힘든 현시점과 가까운 문학사 서술일수록 더욱 이런 양상을 나타낸다. 그런데 고대와 현대를 통시론적으로 논한 북한의 문학사들을 보면 이와 반대되는 양상 즉 후고박금(厚古薄今)을 나타내고 있어 이색적이다. 그리고 고대부분 서술에서도 수령의 어록을 끌어들이고 현실의 계급론이나 주체론 같은 것으로 풀이한 고위금용(古爲今用)도 눈에 뜨인다. 『조선문학사』(교육도서출판사 1960) 등 주체시대 이전 시기에 나온 문학사에서도 이런 경향이 나타나지만 주체시대 들어선 이후시기 문학사에서 이런 경향은 더 하다. 1970년대 대표적 한국문학사인 전 5권 『조선문학사』(과학, 백과사전출판사)를 보면 제1권에서는 원시, 고대, 중세 문학을 19세기 중반까지로 묶었는데 고대편에 해당하겠고 제2권은 19세기 말부터 1925년까지 김일성 등장 이전의 문학을 근대문학 즉 근대편으로 하고 3, 4, 5권에서는 1926년 이후 김일성의 항일무장투쟁시기에 이루어진 이른바 항일혁명문학예술 및 해방이후 이러한 혁명적 전통을 계승하고 있다는 오늘날의 북한 문학을 논했는데 현대문학편이 되겠다. 보다시피 여기서도 현대부분이 절대 부분을 차지한다. 1982~83년에 걸쳐 나온 전 5권 『조선문학사』(김일성종합대학)를 보면 3, 4, 5권 모두 1945년 광복 후 현대문학을 취급하고 있다. 1986년에 나온 『조선문학개관』(Ⅰ.Ⅱ, 사회과학원)에서는 3분의 1이상의 분량을 이에 할당하고 있다. 가장 최근간의 전 15권 『조선문학사』의 권별 구성을 보면 '제1권 원시~9세기, 제2권 10~14세기, 제3권 15~16세기, 제4권 17세기, 제5권 18세기, 제6권 19세기, 제7권 19세기말~1925년, 제8권 1926년~1945년(Ⅰ), 제9권 1926년~1945년(Ⅱ), 제10권 평화적민주건설시기, 제11권 조국해방전쟁시기, 제12권 전후복구건설 및 사회주의기초건설시기, 제13권 사회주의의 전면적건설시기, 제14권 사회주의완전승리를 앞당기기 위한 투쟁시기(Ⅰ), 제15권 사회주의완전승리를 앞당기기 위한 투쟁시기(Ⅱ)'로 되어 있다. 여기서 보다시피 제1권에서는 비약적으로 원시문학부터 통일신라시기문학까지 취급하고 제2권에서는 「고려시기문학」을 취급하고 있으며 제3권, 제4권, 제5권, 제6권 그리고 제7권 앞부분까지 조선조시기문학을 취급하고 있다. 제7권 뒤 부분부터 본격적으로 절반 이상의 편폭으로 현대문학을 취급하기 시작했는데 현재에 가까이 오면 올수록 더 많은 편폭을 할당했음을 알 수 있다.

박고후금(薄古厚今), 고위금용(古爲今用)-현실공리주의에 기인한 북한의 한국문학사 서술의 또 하나의 문제점이 아닐 수 없다. 문학사의 서술비중은 현실공리주의에 의한 박고후금(薄古厚今), 고위금용(古爲今用이 되어서는 안 되고 어디까지나 문학사 서술의 객관적 자료 및 그 작가, 작품을 비롯한 문학적 사실이나 현상의 실제적 의의나 가치 등에 의해 객관적으로 자리매김 되어야 한다.

결론적으로 말하면 북한의 한국문학 연구에 있어서 현실공리주의적 경향은 민족문학유산의 많은 부분을 자의적, 협의적. 배타적으로 해석함으로써 통일문학사의 폭넓은 지평을 열어가는 데 걸림돌이 되고 있다.

4) 어문학교류현황분석 편

(1) 정부 차원의 협의를 통한 교류

1945년 우리민족은 일제의 식민지 통치에서 벗어나자마자 불행하게도 남한과 북한으로 갈라지는 비운을 맞게 되었다. 따라서 남북한은 서로 다른 정치체제 속에서 생활을 해왔고 사회의 여러 분야에서 이질적인 부분이 생겨났다. 그러나 1970년대 7·4남북공동성명을 비롯하여 새천년 벽두에 6·15남북정상공동성명에서도 알 수 있다시피 남북한 공히 정부차원에서 파행적이나마 교류의 물고를 터치기 위해 노력해 왔음을 알 수 있다. 전반적으로 볼 때 1990년 세계냉전 시대의 종식과 더불어 점점 활발한 국면이 나타나기 시작했다.

어문학 관계 교류현황을 보면 1992년 5월 5일부터 5월 8일에 걸

처 서울에서 제7차 남북고위급회담에서 남북사회문화교류·협력 공
동위원회 구성에 관한 합의를 보았다. 5월 18일 '군사·경제교류협
력', '사회·문화교류협력' 공동위구성 및 남북연락사무소설치·운영
을 개시했다. 6월 16일부터 6월 17일에 걸쳐 파리에서 「기계화를 위
한 한글의 로마자 표기법」에 관한 남북회의에서 「한글로마자표기안」
합의를 보았다. 이 회의에서는 한글의 로마자화를 실현함에 있어서
모음은 한국식을 택하고 자음은 북한식을 택한다는 타협적인 안을
내왔다.

정부차원의 교류는 워낙 민감한 사안들이 많고 복잡한 문제가 많
은지라 '공동성명'임에도 불구하고 잘 지켜지지 않거나 극히 제한적
이고 형식적인 차원에 머물고만 문제점들을 안고 있다. 이에 비해
어문학을 비롯한 민간 차원21)의 교류가 훨씬 활발히 진행되어 왔음
을 알 수 있다.

(2) 민간 및 국제학술회의를 통한 교류

남북 어문학교류는 일단 어문학 관련 일반 책이나 저서, 논문들의
상호 소개에서 볼 수 있다.

남한에서는 1987년부터 공산국가에 대해 해금이 되면서 북한 원간
(原刊)의 작품, 예컨대 서사시 「백두산」(조기천), 단편 「개벽」(이기영),
「노동일가」(이북명) 등이 『실천문학』(1988, 겨울호)에 재수록 되고 『피
바다』(민중의 바다), 『꽃파는 처녀』, 『한 자위단원의 운명』 등 이른바 북
한 광복 전 현대문학에서의 '고전적 문학'22)을 비롯하여 『청춘송가』, 『나
의 교단』, 『나의 동무』등 사회주의 평화건설시기의 소설, 그리고 현 단계

---

21) 물론 북한에서 개인이 절대적으로 사회체제에 종속되고 학문적 연구 및 교류
　　가 절대적으로 정부의 통제를 받는다는 것을 감안할 때 북한 측 민간 차원의
　　교류라는 것도 사실상 정부 차원의 성질을 띠고 있음은 더 말할 것도 없다.
22) 북한에서는 이런 작품들이 김일성에 의해 창작되었다 하여 고전적 작품들
　　로 명명하고 있다.

소설들인『고추잠자리』(천세봉,『불멸의 역사』중『봄우뢰』의 일부) 등
이 단행본으로 재판되고 월북파 작가들에 대한 새로운 조명 붐이 일어
남에 따라 남한에서 북한 어문학에 대한 흥취 및 연구가 서서히 끓어
오르기 시작했다.

　북한 문학작품의 소개와 더불어 북한 원간의 여러 문학사 내지 연
구 저서가 한국에서 재판되었다. 1959년판『조선문학통사』(상, 하권,
도서출판 인동 1988), 5권으로 된『조선문학사』(1977~1981년 판)중
제1권을 제외한 전4권(도서츨판 열사람, 1980년대 말),『조선문학사』
(김일성종합대학 편, 1982년 판), 1960년 교육도서출판사판『조선문
학사』(도서출판 학우서방 1984), 1986년 사회과학출판사판『조선문
학개관』(Ⅰ.Ⅱ, 도서출판 인등 1988), 김춘택의 1982년『조선문학사』
(제1권, 도서출판 천지 1989),『우리나라 문학에서 사실주의의 발생,
발전』(고정옥 외, 도서출판 사계절 1989) 등 문학사와『조선고전소설
사연구』(김춘택),『조선소설사』등 전문 저서들은 그 보기로 되겠다.

　최근 국어국문학 전문서적을 많이 출간해 온 한국 도서출판 박이정
에서 중국 연변대학이나 연변사회과학원 언어연구소와 꾸준히 교류한
결과로「조선언어학연구총서」를 기획하여 출간중이다. 이런 노력과 교
류의 연장선상에서 박이정에서는 연변사회과학원 언어연구소 관련 인
사의 주선으로 2000년 10월 24일에 북한의 우리말 연구업적을 단적으
로 보여줄 수 있는「조선어학전서」65책의 출판을 위하여 북한 사회과
학원 언어연구소와 원칙적인 합의를 보았다. 이에 이미 출판된 저서들
로는『조선어문법편람』,『조선어 표기편람』,『조선어 어원편람상』,『조
선어 어원편람 하』,『조선지명 편람 평양시』[23]가 있다. 그리고 도서출

---

23) 교수 박사 정순기, 교수 박사 이금일, 조선어학전서 49『조선어문법편람』,
　　2001. 10.; 학사 안순남, 학사 박동혁, 조선어학전서 51『조선어표기편람』,
　　2001. 10.; 부교수 학사 김인호, 조선어학전서 52『조선어 어원편람 상』,
　　2001. 9.; 부교수 학사 김인호, 조선어학전서 53『조선어 어원편람 하』,
　　2001. 10.; 부교수 학사 방린봉, 학사 조창선, 학사 박명훈, 학사 백운혁,

판 역락에서는 중국 연변대학교 동방문화연구원 지역언어연구소의 주
선과 추천으로『조선어 역사언어학 연구』,『조선어사』,『조선말역사문
법』,『수리언어학』,『조선중세 한문번역본의 언어사적 연구』24) 등 북
한 언어 관계 저서를 펴내고 있다.『조선어 역사언어학 연구』(김영황
교수 논문집)는 북한의 김일성종합대학 어문학부 박사이고 후보원사인
김영황 교수의 논문을 묶은 개인논문집이다. 이 책은 책제목 자체에서
도 알 수 있다시피 조선어의 현재 형태가 아닌 역사적 형태에 대해 연
구를 진행하고 있다. 김영황 교수는 조선어의 여러 영역에서 많은 연
구를 하였고 아울러 많은 저서와 논문들을 발표한 북한의 명망 높은
어학자이다25). 이 책은 연변대학교 동방문화연구원 지역언어연구소에
서 김영황 교수가 그 동안 지상에 발표한 논문과 일부 전문저술중의
개별내용을 묶어 세상에 내놓은 것이다. 실로 북한의 역사적 언어연구
수준을 한눈에 볼 수 있는 논문집이 한국에서 출판하게 되어 더 없이
뜻 깊은 일로 된 줄로 안다. 편자의 말대로 '이 책이 대한민국에서 출
판됨으로써 남과 북의 서로의 연구에 도움을 줄 수 있을 것이라고 생
각'한다.

　북한의 어문학 관련 원전 및 연구 저서나 논문들이 남한에 소개됨
과 더불어 한국에서는 북한 어문학을 학문적 차원에서 이해하고자
하는 움직임이 활발히 진행되었다. 한국비평문학회에서 1989년 12월
「북한 문화예술 40년 기획」을 신원문화사에서『혁명전통의 부산물-
납·월북문인 그 후(2)』(한국비평문학회, 1989. 10),『주체사상을 위
한 혁명적 무기와 역할-시(4)』(성기조, 1989. 12),『북한 비평문학 40

학사 이정희, 학사 박인익, 학사 이성호, 조선어학전서 54『조선 지명편람
평양시』, 2001. 10.
24) 김영황,『조선어 역사언어학 연구』, 2002.; 김영황,『조선어사』, 2002,; 렴종
렬,『조선말 역사문법』, 2001,;『수리언어학』, 2002,; 김영수(중국유학생박사
논문),『조선중세 한문번역본의 언어사적 연구』 2001.
25) 중국 연변대학교 조문학부에서는 김영황 교수의 저서들을 학6

년(8)』(1990.7) 등 시리즈 형식 저서들을 펴냈는데 이것은 북한 문학예술 접근의 좋은 길잡이가 되었다. 이외에 「북한문학강의」(『한국문학연구총서①』, 이재인·이경교), 『북한문학사전』(이명자) 등 북한문학예술 관계 전문저서들이 있다. 그리고 한국의 국어연구소에서 펴낸 『남북한 언어 차이 조사』(Ⅰ,Ⅱ,Ⅲ)자료집은 서울에서 간행된 『국어대사전』(수정증보판)26)과 평양에서 간행된 『현대조선말사전』(제2판)27)의 표제어를 비교하여 남한 사전에는 없고 북한사전에는 있는 고유어, 한자어, 외래어 등을 어휘갈래별로 정리하고 있다. 이것은 남한과의 대비 속에서 북한의 언어실태의 한 상황을 제시하여 통일언어를 마련하는 한 발판을 마련하고 있어 의의가 크다. 그리고 최근 한국에서는 북한문학 연구에 대한 근본적인 반성이 일어나면서 바람직한 민족문학사 서술에 관한 논의가 활발히 진행되고 있다. 1990년만 하더라도 한국고전문학연구계의 「북한학계의 국문학사 서술시각 검토 연구 발표대회」를 비롯하여 민족문학작가회의의 「분단극복의 민족문학사」 심포지엄, 한국현대문학연구회의 「6·25와 한국문학」 심포지엄 등이 활발하게 전개되었다. 그리고 1990년 한국정신문화연구원에서 조직한 「북한의 한국학 연구 성과 분석」은 어문학을 비롯한 전반적인 인문과학 차원에서 북한의 연구 상황을 알기 위한 학술모임이었다. 이런 모임들은 실상 오랜 분단에서 연유된 남북 어문학 및 그 연구에 있어서의 간극과 이질감을 극복하고 상호 동질성의 모색과 신뢰감을 회복함으로써 남북한의 정치, 경제 등 사회체제 및 그에 따른 이념과 사상에 의해 굴절되고 왜곡된 민족어문의 올바른 복원과 정립을 통해 민족 분단극복 내지 통일지향의 길로 나아가고자 하는 한국학계의 의지와 노력을 반영한 것이 된다. 이런 저서들과 산발적으로 발표된 논문들, 그리고 남한 내에서의 북한 어문학 관련 학

---

26) 이희승, 민중서림, 1982.
27) 정순기 (외), 과학백과사전출판사, 1981.

술회의는 한국에서 북한 어문학에 관해 일반적인 소개나 논의를 넘어 상당한 학문적 수준에 오르고 있다.

북한에서도 남한어문학 즉 '남조선'어문학은 얼마간 소개되고 연구되어 왔다. 그런데 이런 소개와 연구는 현실의 정치적 논리에 기초하여 다분히 부정적인 비판적 시각에 투쟁성을 앞세운 데 문제점이 있다. 예컨대 잡지『조선어문』(1965. 4)에 실린「남조선의 부르죠아 언어학과 그 반동적 조류」를 보면 '남조선 부르죠아 언어학계에서 지배적인 반동적 조류를 분석 비판함으로써 미제의 남조선강점이 남조선언어학에 미친 후과에 대하여 론술할 것을 목적으로 설정하였다.'『조선어문』(1962. 12)에 실린「허무와 굴종을 설교하는 남조선 반동문학」,『조선어문』(1964. 7)에 실린 김해균의「남조선 문학의 최근 동태」,『조선어문』(1965. 4)에 실린「남조선의 부르죠아언어학과 그 반동적 조류」,『조선어문』(1966. 11)에 실린「실존주의미학의 반동적 본질과 남조선문학의 퇴폐상」,『조선어문』(1967. 8)에 실린 경일의「남조선 반동문학의 조류와 그 부패상」등은 그 보기가 되겠다. 그리고『조선문학』잡지 편집방침에 '남조선혁명고업'이 있어 심심찮게 광복 후 남한현대문학에 대해 평론 혹은 논평 등 방식으로 언급하고 있다. 예를 들면,『조선문학』을 펼치면 '남조선문학창작에서 나타난 심리묘사경향을 비판', '남조선자산계급 시가현황을 평함' 등 선입견을 가진 정치적 경향성을 띤 비판적 평론 글들이 심심찮게 눈에 띤다.『문예전선에 있어서 반동적 부르죠아사상을 반대하여』(윤세평 외, 조선작가동맹출판사 1958),『남조선에서 류행하고 있는 자산계급문예사조의 반동본질과 그 위해성』(김하명),『남조선형식주의 문예이론과 그 반동본질』등 저서류도 그 한 보기가 되겠다.

북한의 전 5권『조선문학사』(1977~1981년 판), 전 15권『조선문학사』를 비롯한 문학사유에서는 광복 후 북한에서 '남조선'을 취급한 북한의 문학작품은 거론하되 남한문학 즉 '남조선'문학 자체에 대해서는 관심을 보이지 않고 있다.

　북한에서 남한문학- 즉 '남조선'문학을 가장 많이 소개하고 있는 잡지는 『통일문학』이다. '남조선'문학에 대해서는 전반적으로 볼 때 자본주의 퇴폐문학으로 일고의 여지도 없는 것으로 줄곧 치부해 오다가 1990년대에 들어서 동서냉전이 종식되고 남북한 화해무드가 이루어지면서 북한에서도 『통일문학』을 펴내기 시작했다. 물론 '남조선'문학에 관심을 갖게 된 것은 어디까지나 현실의 정치적 방편 때문이라는 문제점을 안고 있음은 더 말할 것도 없다. 남한문학이 이런 비정상적인 기형 속에서 북한에서 읽혀지고 소개되고 있으나 거기에는 긍정적인 소지가 없는 것은 아니다. 『통일문학』을 보면 남조선문학작품란을 설치하여 이른바 '남조선'문학을 여러 장르에 걸쳐 다양하게 소개하고 있다. 『통일문학』(22)[28]을 보면, 시 부분에 김명수의 「목놓아 부르던 그 만세소리, 함성으로」, 서태석의 「투쟁」, 성내운의 「민족이 부르는 소리」, 홍일선의 「미국 소에게」, 도종환의 「벗들이여 우리는 승리합니다」, 박몽구의 「겨울 남산행」, 이원규의 「신원조회」, 무명씨의 가사 「자음가」가 실렸고 단편소설로는 김문수의 「탑골공원고금」, 중편연재소설로는 유재현의 「형(1)」, 장편연재소설로는 박경리의 「토지」(22회)가 실렸으며 수필로는 심상신의 「묘비와 세금딱지」, 마당굿으로는 박용범의 「청산리 벽계수야」가 실렸고 강좌로는 김규동의 「개체를 넘어 민중의 바다로」가 실렸다. 전반적으로 볼 때 이런 작품들은 대개 '남조선'의 암흑한 현실에 대한 폭로, '남조선'인민들이 수령에 대한 흠모, '미제'에 대한 규탄, 통일염원, '남조선' 반동사상에 대한 비판 등으로 개괄해 볼 수 있다. 이를테면 「투쟁」에서는 노동조합의 투쟁을 고취하고 있고, 「미국 소에게」에서는 '한우' 대 '미국소'의 대립을 설정해 놓고 미제가 물러갈 것을 촉구하고 있으며

---

28) 『통일문학』(평양출단사, 1994)에는 '고전소설소개'난을 개설하여 「콩쥐팥쥐전」, 「혜초와 왕오천축국전」등 고전에 대해 소개하고도 있다.

「자음가」에서는 자음 문자순으로 김정일에 대한 '남조선' 젊은 학생들의 숭배를 나타내고 있다. 그리고 「묘비와 세금딱지」에서는 세금천지의 '남조선'을 폭로하고 「청산리 벽계수야」에서는 공해로 인한 농민들의 파산을 보여주고 있으며 「개체를 넘어 민중의 바다로」에서는 순수문학을 비판하고 일종 대중문학을 고창하고 있다. 이런 '남조선'의 다양한 장르작품에 대한 관심은 바로 '남조선' 사람 자신들이 쓴 작품들로서 '조선'의 구미에 맞아 설득력이 있는 교육적 가치를 확보하고 있기 때문이다. 여기서도 알 수 있다시피 남한의 문화가 민주화의 분위기 속에서 상대적으로 다양하기 때문에 남한문화 가운데 일부분은 북한에서 적극적으로 소개될 소지가 있다. 위의 박경리의 경우도 그 한 보기이겠지만 황석영의 『장길산』 등 일부 작품 등 민중문학 계통의 작품들은 북한에 그대로 소개되고 있다. 이런 작품들도 남한문학의 한 면모를 보여주고 영향을 발생한다 할 때 그것이 북한으로의 교류임에는 틀림없다.

최근 남한에서 민간 차원의 '북한에 책 보내기 운동'도 남북한 어문학교류의 한 좋은 시발점이 됨은 더 말할 것도 없다.

남북한 어문학 교류현황을 고찰함에 있어서 각종 국제학술대회에서의 남북한 어문학자들의 만남 및 학문적 교류는 상당히 뜻 깊은 일로 된다.

중국은 남북한과 직접 인접해 있고 상대적으로 우리민족문화를 가장 잘 보유하고 있는 200여 만이라는 가장 많은 해외교포들이 살고 있을 뿐만 아니라 그들이 북한과 전통적으로 우호적인 관계에 놓여 있어 북한학자들이 거부감 없이 올 수 있는 곳이라서 그런지 중국에서 남북한 어문학자들이 참가한 국제학술회의가 가장 활발하게 열렸다.

남북한 어문학자를 포함한 300여명의 대표들이 참가한 「KOREA 소장학자 국제학술토론회」가 1991년 8월 연길에서 최초로 물고를 터친 후 남북한 학자들이 참가하는 남북어문학을 포함한 KOREA학

관계 국제학술토론회의가 끊임없이 진행되었다.

1991년 8월 12일부터 14일에 걸쳐 「연변대학 제2차 조선학국제학술토론회」는 한국대륙연구소와 민족해방운동사연구회의 후원으로 연변대학에서 개최되었다. 이번 학술토론회에는 남북한, 일본, 구소련, 미국, 프랑스, 중국 등 나라와 지구에서 조선학(한국학) 학자 270여 명이 참가하였다. 회의는 언어, 문학, 경제, 정치, 역사, 철학, 교육, 법률 등 분과로 나누어 폭 넓고도 깊이 있는 학술토론을 진행하였다. 본 학술회의의 결실로 나온 『연변대학 제2차 조선학 국제학술토론회론문집』에는 각 분과에서 발표한 논문 79편이 수록되었는데 한국어 관계 논문이 14편, 한국문학 관계 논문이 9편 수록되었다. 한국어 관계 논문 가운데서 한국 고려대학교 김민수의 「해방 후 국어규범의 변천」이라는 논문에서는 소제목에서도 명시하다시피 '특히 남북 언어통일의 가능성'을 논술했고 한국문학 관계 논문에서는 한국 서울대학교 조동일의 「한국·중국·일본문학사 시대구분 비교」란 논문에서 남·북에서 각기 다르게 써온 우리 문학사의 시대구분을 조절하는 이론적이며 실제적인 작업으로 '남북 문학사의 통일로 지금까지 없던 동아시아문학사 서술의 기본 이론이 도출'될 것으로 기대해 남북한 학자들의 공감더를 형성했다.

1992년 8월 20일부터 8월 22일에 걸쳐 북경대학조선문화연구소와 일본오사카경제법과대학아세아연구소의 주최로 북경에서 「제4차조선학국제학술토론회」가 개최되었다. 남북한, 미국, 프랑스, 구소련, 몽골, 중국 등 나라와 지구들에서 학자들이 참석했다. 본 학술회의의 결과물인 『제4차조선학국제학술토론회 논문개요』를 보면 한국어와 관련해서 한국에서 6명, 북한에서 2명이 발표했다. 한국 유만근 교수의 「남북 한글사전 올림말 차례 어긋남 문제」는 현재 남북 한글사전 간에 올림말 차례가 크게 어긋나 있는 부끄러운 현실적 문제를 제기하고 나름대로의 한 시안을 제기했으며 여러 학자들의 연구와 남북한글사전에서 채택한 자모 순서를 종합 검토하고, 머지않아 그 통일을 위한 남북합동회의가 열려 현재의 어느 자모순서보다고 훨씬 더 나은 제3의 합리적 통일안을 하루빨리 탄생시키자고 촉구해 눈길을 끌었다. 북한의 정순기 박사는 「최근 공화국의 언어학분야에서 이룩한 연구 성과와 발전방향」에서 최근 10년 즉 1980년대 북한 언어학 연구 성과들을 한 눈에 볼 수 있게 소개해 주었다. 남한문학 관계 논문으로는 한국 측 17편, 북한 측 2편에 도합 19편이 발표되었다.

2001년 7월 5일 「재중 조선-한국문학연구회」와 연변대학교조문학부의 주최 하에 연변대학교 동방문화연구원학술세미나실에서 「해방 후 조선-한국문학발전과 특징 연구 국제학술회의」가 열렸다. 중국, 한국, 북한 3국 학자들이 참가했는데 한국 측에서 김윤식, 김재용, 북한에서 이동윤, 안희열, 임덕길이 참가했다. 학술회의 규모는 크지 않고 시간도 짧았지만 여기서 발표된 남북한 학자들의 논문은 남북한 문학교류에 있어서의 실질적인 문제들을 많이 취급했다. 이를테면 서울대학교 김윤식 교수의 「가능성으로서의 준통일문학사」는 남북한 각각의 문학사를 병치시키는 병행문학사에서 벗어나, 진정한 통일문학사의 가능성을 여러 구체적인 작품들을 비교해가며 여러 모로 점검해 주목을 끌었다. 김재용의 「남북의 근대 문학사 서술과 프로문학의 평가」는 남북 공통의 문학유산으로서 프로문학에 대한 북의 평가를 점검하면서 열려진 해석의 지평을 제시하고 있다. 이로부터 남북의 문학적 통합의 가능성의 한 모델을 제시하고 있다. 북한 측의 발표를 보면 이동윤의 「광복 후 우리나라 고전문학연구에서 이룩한 성과」와 임덕길의 「광복 후 조선문학 발전의 몇 가지 특징」에서 논란의 여지가 없는 것은 아니나 그래도 광복 후 북한문학을 이해하는 윤곽을 제공했다.

이외에 1994년 7월에 북경에서 남북한 국어통일을 위한 학술대회가 열렸고 1995년 7월 31일부터 8월 1일에 걸쳐 중국 북경에서 남북한 어문학자들이 참가한 국제학술 심포지엄이 개최되었다.

한반도와 가까운 위치에 있는 일본에서도 남북한 어문학자들이 공동으로 참가한 국제학술회의가 열렸다. 1983년 9월에 일본 동경에서 「제1회 KOREA학 국제학술세미나」가 열렸고, 1995년 8월 4월부터 8월 6일에 걸쳐 일본 오사카에서 남북한 어문학자들이 참석한 국제학술 심포지엄이 열렸다.

그리고 먼 유럽지역에서도 남북한 어문학자들이 공동으로 참가한 국제학술대회가 열렸다.

이런 국제학술대회를 조직함에 있어서 유럽지역의 한국학모임인 AKSE(Association for Korean Studies in Europe)의 활동이 상당히 돋보인다.

1989년 4월 5일에서 4월 8일에 걸쳐 제13차 AKSE(가 런던에서 열렸다. 한국에서는 김윤식, 최병헌 등 대표가 참석하고 북한에서는 김하명, 정홍교 등 5명 대표가 참가하였다. 회의에서 북한의 김하명이 발표한 『김려의 시창작과 서사시 '방주의 노래'에 대하여』란 논문에 대해 한국의 김윤식 교수는 민중서사시의 발견으로 한국고전문학사 구성에 맥 하나를 이어 놓은 성과라고 높이 평가하고 있다.

1990년 4월에 제14차 AKSE(가 열렸는데 북한에서 류만, 정홍교 등 4명의 대표가 참가했다. 우리 현대문학 관계 논문으로 북한 학자 류만이 발표한 「1920년대 즈선 시문학에 형성된 조국애」라는 논문이 주목을 끌었다. 류만은 『조선문학개관』(1986)의 공동저자의 한 사람으로서 '1920년대 조선에서 현대적시문학이 새롭게 발전하던 역사적 시기'라는 전제 밑에 『조선문학개관(Ⅱ)』에서는 취급하지 않은 한용운의 「님」과 정지용의 「향수」에 대해 긍정적인 평가를 진행하여 북한 학계의 새로운 메시지를 던져주었다.

1995년 4월 21일부터 4월 25일에 걸쳐 제17차 AKSE(가 체코의 수도 프라하에서 열렸다. 이번 대회에 한동안 얼굴을 내밀지 않던 북한대표 5명이 참가해 눈길을 모았다. 북한 학자들 논문 가운데서 어학 관계 논문으로 정순기의 「조선어의 통일적 발전을 위한 몇 가지 이론문제」가 인기를 모았다. 이를테면 남북언어는 이질화되어 있는 것이 아니라 다만 '언어규범' 방면의 차이가 있을 뿐인데 이 차이를 줄여나가는 것이 우리 언어학자들이 해야 될 통일에의 기여라고 해 공감을 불러일으켰다.

이러한 국제학술회의가 중국에서 열렸든 일본에서 열렸든 혹은 유럽에서 열렸든 남북한 어문학자들 지간의 관계는 대개 이해를 앞세우는 우호적이고 화기애애한 관계였다. 그래서 우리말 컴퓨터처리 관계 국제학술회의에 있어서는 남북한 학자들의 공감 하에 합의서를 내오는 기꺼운 성과까지 거두고 있다. 이런 국제학술대회는 우리민족 정보문화공동체의 첫발자국으로 기록될 것이다.

1994년 8월 6일부터 8월 8일에 걸쳐 중국 연길에서 제1차 「'94 KOREAN 컴퓨터처리국제학술대회」가 열렸다. 이번 회의의 주요 논문들이 1995년 논문집의 '제1부 논문집'에 실렸다. 1995년 9월 14일부터 9월 16일에 걸쳐 연길에서 중국조선족자치주과학기술협회에서 주관하고 남북한, 중국 측 즉 사단법인 국어정보학회, 조선과학기술총련맹, 중국연변전자정보센터 공동주최로 제2회 한글컴퓨터처리국제학술회의인 「95KOREAN 컴퓨터 처리 국제 학술대회」가 열렸다. 한국 35명, 북한 20명을 비롯하여 총 100여명이 참가했다. 이번 회의에서는 남북한 '공동연구과제'를 가지고 논문발표회를 가졌고 '민족공동사용권고안'에서는 '1. 자모순분야', '2. 용어분야', '3. 자판분야', '4. 부호계분야로 나누어' 주로는 평가기준에 대해 토론했으며 '남, 북, 재외동포'의 '제안 설명'을 교류했다. 본 대회에서는 KOREAN 컴퓨터처리 공동안이 하루 빨리 완성되어야 한다는 대표들의 한결같은 염원을 담아 '1. 컴퓨터 용어 통일안 작성을 위한 합의', '2. 자판 배치 공동안 작성을 위한 합의', '3. 자모순 공동안 작성을 위한 합의', '4. 부호계 공동안 작성을 위한 합의'를 보았다. 그리고 중국, 한국, 북한 대표단 단장의 명의로 합의문을 채택하였다.

'94년과 '95년 대회에서는 남북한이 정보처리 분야에서 이룩한 성과들을 진지하게 교류했을 뿐만 아니라 세계적인 범위에서 우리말 정보처리를 보다 폭넓게 발전시키려면 우선 우리글 자모순, 자판배치, 컴퓨터용어, 코드계를 통일시켜야 하고 이를 위해서는 공동연구를 해야 한다는데 합의를 본 뜻 깊은 회의였다.

1996년 8월 12일부터 8월 14일에 걸쳐 중국연변조선족자치주 과학기술협회에서 주관하고 남북한, 중국 측 즉 사단법인 국어정보학회, 조선과학기술총연맹, 중국연변전자정보센터의 공동 주최로 「'96 KOREAN 컴퓨터처리 국제학술대회」가 연길에서 열렸다. 이 회의에서는 '95년 대회에서 달성된 합의사항에 대하여 4개 분과별 연구내용을 기초로 토론을 진행하고 북한 측에서 제안한 새로운 자판안을 남북공동자판시안으로 채택하여 그것을 개선, 발전시키는 방향으로 쌍방이 연구하기로 합의를 보았다. 이 공동시안은 조선국규 9265/1993은 물론 한국표준 KS 5715/1983과도 그 골격이 매우 유사하다. 그리고 94년과 95년 대회의 합의나 합의문에 기초하여 이번 대회에서는 96 KOREAN 컴퓨터처리 국제학술대회합의문을 채택하였다. 즉 "이번 대회에서는 우리 글 컴퓨터처리국제표준화를 실현해야 한다는 공동의 염원으로부터 출발하여 분과토론회를 거쳐 '1. 정보처리용어통일안', '2. 자판배치공동안', '3. 우리 글자 배열순서 공동안', '4. 부호계공동안'에 대해 합의를 보"게 되어 중국, 한국, 북한 대표단 단장의 명의로 합의문을 공포하였다. 부대적인 이야기지만 같은 해 중국 길림성 장춘에서 사칙과 관련한 국제학술토론회의에서 한국, 북한, 중국 3국 사이에 앞으로 맞춤법, 띄어쓰기 등 사칙에서 일방적으로 차이를 더 확대해서는 안된다는 합의 등을 이끌어냈다.

1999년 2월 22일부터 2월 23일에 걸쳐 한국정보통신부, 정보통신연구진흥원 후원 하에 남북한, 중국 측을 비롯한 다국적 즉 한국어정보학회, (사)미래사회정보생활, 조선사회과학원, 조선어신식학회, 뉴욕주립대학 세종학연구소의 주최로 제4차 「'99 KOREAN(한글, 한국어)정보처리국제학술대회」가 연길에서 개최되었다. 이번 학술대회는 한국대표 20여명, 북한대표 3명이 참가한 작은 규모였지만 그것은 인터넷 통신과 위성통신, 한글의 세계화, 정음사상의 재조명, 음성과 언어의 연결성 모색, 그리고 남북의 이질적 요소에 있어서 차이의 확인 등에 대해 지속적인 토론을 벌렸다. 여기서 「남북한 공동용어사전발간방안」(이준원), 「통일된 조국에서 사용될 한글 문서편집기의 조건과 역할」(권강현) 등 훌륭한 논문들이 발표되었다.

1999년 8월 13일부터 8월 15일에 걸쳐 남북한, 중국 측 즉 국어정보학회, 조선컴퓨터센터, 중국연변전자정보센터의 공동 주최로 중국 연길에서 「제4차 KOREAN 컴퓨터처리국제학술대회」가 열렸다. 이 대회에서 한국 측 이만영·구민모가 발표한 「96년 남북공동시안에 대한 개선 방안연구」논문은 '96남북공동시안'에 대해 진일보로 되는 보완책을 마련한 셈이 된다. 그리고 이번 대회에서 안마태의 논문 「안마태식 통일자판의 제안」에서 한글 2벌식 남북공동자판시안과 다른 나름대로 '가장 빠르고 외우기 쉬운 글자판'을 새로운 공동자판시안으로 제시해 주목을 끌었다.

2001년 2월 22일부터 24일에 걸쳐 중국중문정보학회에서 주관하고 중국조선어정보학회의 주최 하에 중국 연길에서 한국대표 54명, 북한대표 15명, 남북한 학자들이 가장 많이 참석한 우리말 컴퓨터처리 국제학술회의가 열렸다. 이 회의에서 「남북한의 로마자표기법 통일과 ISO 계류안 문제」(최기호), 「남·북한 개방에 대비한 방송기술 분야의 교류를 위한 방안」(송재극), 「인터넷 사업을 통한 남북(연변) 협력」(김광옥) 등 논문은 직접 남북한 현안들을 다루고 있어 인기를 끌었다.

그리고 2000년 8월 11일부터 8월 13일에 걸쳐 중앙민족대학의 주최 하에 중국 북경에서 「세계 속의 조선어(한국어)대비연구」국제 학술토론회가 열렸다. 남북한, 미국, 일본, 러시아, 독일, 중국 등 나라를 비롯하여 80여명 대표가 참가하였다. 이 가운데 북한 대표로는 문영호, 양하석을 비롯한 4명이 참가하였다. 문영호의 「조선어서사규범의 확립과 그의 통일적 발전을 위한 몇 가지 문제」 및 언어통일을 대비한 '제3규범문제'는 통일문제와 직접 관계되어 인기를 모았다.

보다시피 이런 국제학술회의를 통해 상대적으로 사회현실에 보다 밀착되고 주관적 요소의 개입을 쉽게 유발하는 문학보다는 언어학 쪽에서 보다 쉽게 통일과 직결된 절실하고도 민감한 문제를 다루며 보편적인 공감 하에 합의문까지 이끌어 내오는 기꺼운 성과를 거두고 있다.

이런 국제학술회의는 본격적인 민간차원의 남북학술교류의 장을 열은 것으로 남북어문학의 이질성을 줄이고 동질성을 넓혀나가는 좋은 시범을 보여주었다.

2001년 남북정상의 6·15공동선언은 어문학을 포함한 남북한 문화교류의 새로운 장을 열어 놓았다. 이로부터 남북한 어문학 교류는 획기적으로 확대될 것으로 기대된다.

현재까지 남북 어문학 교류를 포함한 국제학술회의는 중국, 일본 내지는 유럽 등 가교를 통해 제3국에서 많이 진행되었다. 남한의 북한 어문학 연구의 경우 중국이나 일본 등 제3국을 통해 관련 자료를 수집하는 안쓰러움을 보이기도 했다. 앞으로는 남북한 당사자들이 주체가 되어 직접 만나 협의를 하고 남북한 상호 내방하는 형식으로 어문학 교류의 장을 마련하는 것이 바람직하다. 가장 좋기는 연례적으로 그렇지 못할 경우에는 일정한 주기를 설정하여 정기적으로 한번은 서울에서, 한번은 평양에서 하다보면 피차간 보다 잘 알게 될 것이고 화기애애한 분위기도 조성될 것이다. 그리고 이념의 민감성을 벗어나 쉽게 공감대를 형성하는 문제, 그것도 큰 문제로부터 점점 구체적인 문제로 나아가도록 해야 한다. 이를테면 「우리민족어문학」이라는 큰 타이틀 아래 언어에 있어서 맞춤법, 표기법, 사전 등 문제들, 그리고 문학에 있어서 우리문학사 시대구분, 개념정립, 장르별 전개양상 등 문제들에 대해 구체적인 조명을 할 수 있다. 우리말 컴퓨터처리 관련 국제학술회의는 이미 좋은 스타트에 좋은 시범을 보여주고 있다. 그리고 우리민족어문학 관련 남북한공동기구도 마련하여 이미 합의를 본 합의문, 결의문이나 성명문은 남북한 어문학의 새로운 공동분모의 산출인 만큼 진실로 구속력이 있도록 해야 하고 견결히 집행되도록 촉구하고 보장해야 한다. 그리고 일단은 정치적 색채를 띠지 않은 순수한 학술적 교류 및 학문적 연구를 전제로 하여 남북한 당국이 정부 차원의 문화교류 협정을 통해 남북한 어문학자들이 자유자재로 왕래하고 교류할 수 있도록 신변을 보장하고 편리를 제공해야 한다. 예컨대 방언조사, 민간문학조사 연구 같은 것은 정녕 3·8선 개념 없이 한반도 내에서 자유자재로 진행할 수 있도록 해야 한다. 이로부터 남북한 어문학자들의 공동 작업도 얼마든지 추진할 수 있을 줄로 안다. 예컨대 우리민족 보편적인 공감대를 기초로 하여 '통일맞춤법'과 '통일국어사전' 같은 것을 펴낼 수도 있다. 이런 다각적인 남북한 어문학교류를 장기간에 걸쳐 진행하다 보면 남북한 어문학의 공감대가 형성될 것이고 동질성이 확대되며 통일어문학의 비전이 내다보일 줄로 안다.

　사실 통일을 지향한 열린 논의란 우선 피차간 실상을 정확히 파악하는 데서부터 비롯되어야 한다. 남북한 어문학교류에 있어서도 이 점은 마찬가지이다. 이 점에 있어서는 위에서 살펴보았다시피 현재 남한 쪽에서 훨씬 적극적인 바람직한 자세를 보이고 있다. 이로부터 북한 어문학이 한국에 있어 전문가뿐만 아니라 일반인들에게도 꽤 많이 알려진데 반해 한국 어문이 북한에 있어 극히 일부 전문가를 제외하고는 전혀 알려지지 않은 편향에 문제점이 있음이 노정되고 있다. 그런 만큼 일단 북한에서 받아들일 수 있는 한도 내에서도 한국어문이 북한에 알려지도록 해야 한다. 이를테면 북한 『통일든학』에서 싣고 있는 한국의 대중소설 같은 작품이라도 내보내야 한다.

그리고 남북한 어둔학연구에 있어서 남한에서는 북한의 한국어문학 연구에 대해 최신의 학문적 수준을 내세워 저차원성만을 부각시키며 일고의 여지도 없다는 독단에서 벗어나야 하며 북한이라는 특수한 어문학적 여건을 고려하여 그 나름대로의 어문학 연구의 구체적인 역사적 변모과정을 추적하며 그 속에 혼재해 있는 정수를 밝혀내는 보다 면밀한 연구 작업을 진행해야 될 줄로 안다. 이로부터 한국에서 이제는 감정적인, 감성적인 차원을 벗어난 일반론 수준의 북한 어문학 이해나 해설 수준이 아닌 보다 냉철한 이성적인 차원의 수준 높은 북한 어문학연구가 될 줄로 기대된다. 북한에서는 하루빨리 반제, 반남이라는 이념적 집념에서 벗어나고 현실의 정치적 편법에 따른 한국 어문학에 대한 소개 및 연구를 지양하고 학문 자체의 내재적인 순수한 시각과 객관적인 자세로 돌아서 남한의 어문학 연구를 고찰해야 될 줄로 안다. 이로부터 통일 어문학이라는 공동 목표를 지향하는 가운데 남북한 어문학 연구의 동질성이 드러날 줄로 안다. 두말할 것도 없이 이런 동질성은 확대해 나가고 이질성은 남북한 평화공존을 하면서 지속적으로 점차 줄여 나가도록 해야 한다. 이를테면 언어만 놓고 보더라도 훈민정음29)에 대한 남북한 공감대는 계속 넓혀 나가고, 남한이 극단적인 외래어 개방성과 북한이 극단적인 고유어 폐쇄성으로 야기되는 이질성 같은 것은 장기간에 걸쳐 서로 교류하다 보면 자연히 조화의 물꼬가 터질 줄로 안다.

남북한 어문학연구, 그것은 나름대로 민족어문학에 대한 이해의

---

29) 『통일문학』 23(1994)의 「역사상식」에 보면 정용호는 「훈민정음은 가장 우수한 민족고유글자」라는 글에서 훈민정음을 높게 사고 있다.

일부분으로서 이제는 통일의 동심원을 지향해야 한다. 이로부터 진정한 화해, 협력을 위한 민족문화 건설로 나아가야 할 것이다. 이것이 남북한 어문학자들 당면의 과제임은 더 말할 것도 없다.

참고문헌

Ⅰ. 언어 편

1. 『문화어학습』, 『조선어학』, 『어문연구』, 『조선어문』, 중국: 연변대학도서관소장본.
2. 김영황, 『주체 조선어연구 50년사』, 조선 김일성종합대학출판사, 2002.
3. 이득춘·임형재·김철준 (편), 『광복후 조선어논저목록지침서』, 한국: 역락, 2001.
4. 이득춘(편), 『조선어 역사언어학 연구』, 한국 역락 2001.

Ⅱ. 문학 편

1. 『조선문학』, 중국 연변대학교도서관 소장본.
2. 『문학신문』, 중국 연변대학교도서관 소장본.
3. 이응수, 『조선문학통사』(상·하), 조선 과학원출판사, 1959.
4. 『조선문학사』 전5권 , 조선 과학백과사전출판사, 1980.
5. 『조선고대중세문학작품해설』2, 조선 과학백과사전출판사, 1986.
6. 『통일문학』 22, 23, 조선 평양출판사, 1994.
7. 류만 (외), 『조선문학사』 전 15권, 조선 사회과학출판사, 1991~1999.
8. 최웅권, 『북한의 고전소설 연구』, 한국 지식산업사, 2000.
9. 선우상열, 『광복 후 북한현대문학 연구』, 한국 역락, 2002.

Ⅲ. 기타

1. 『제4차조선학국제학술토론회론문자료집』, 중국 북경, 1992.
2. 『광복 후 조선-한국현대문학학술론문집』, 중국 연변대학교.

3. 『연변대학 제2차 조선학 국제학술토론회론문집』, 중국 연변대학 1992.

4. 『KOREA 소장학자국제학술토론회론문자료집』, 중국 연길 1990.

5. 재중조선-한국문학연구회, 『해방 후 조선-한국문학발전과 특징연구 국제학술회의 논문집』, 증국 연변대학교조문학부, 2001. 7.

6. 『김일성종합대학학보』, 중국 연변대학교소장본.

7. 연변지구 문물의 효과적인 이용에 대하여
-화룡시의 경우를 중심으로-

　아시다시피 문물은 우리의 조상이나 선배들이 우리들에게 남겨준 유형유산이다. 거기에는 그들의 숨결과 삶의 흔적이 고스란히 스미어 있다. 우리는 그것을 발굴하고 보존하며 전해갈 의무가 있다. 이것이 우리 산 사람의 삶의 도리인줄로 안다. 이런 도의적인 면을 제쳐두고라도 가치론적으로 얘기할 때 문물은 거대한 인식론적, 교육론적, 심미적 가치가 있음은 더 말할 것도 없다. 그러므로 문물에 대해 중시를 돌리고 그것을 효과적으로 이용하는 것은 우리 삶의 한 방편이 되어야 할 줄로 안다.

　동북변강에 위치한 우리 연변은 산수가 어울리고 넓은 벌, 구릉들이 널려 있으며 기후지리조건도 조화로워 사람이 살기에 적합한 곳이다. 그래서 일찍 人文이 개화한 유구한 역사를 가지고 있다. 안도인의 경우만 놓고 보아도 2만 6천여 년의 인류기원사를 기록하고 있다. 그리고 근현대사에 있어서 우리 연변은 민족적, 국제적 정치, 경제 판국에서 초점의 하나로 부상하면서 수많은 역사적 유물, 문물들이 속출했다. 항일전적지, 혁명근거지 등은 그 한 보기가 되겠다. 화룡시의 경우만 놓고 보아도 일찍 4000여 년 전부터 인간이 살아온 흔적이 발견되었으며 大唐시기에는 한 시기 발해국의 정치, 경제, 문화의 중심지였다. 遼, 金, 元, 明시기에는 여진 등 고대소수민족들이 현재의 화룡 쪽에서 활약했다. 근현대에 들어서 화룡시의 각 민족인민들은 제국주의침략과 봉건주의압박을 반대하여 불요불굴의 투쟁을 진행하면서 수닳은 영웅업적을 쌓아 중국 근현대사의 빛나는 한 페이지를 장식했다. 즘 구체적으로 『화룡현문물지(和龍縣文物元)』를 보면 고유적지 14곳, 고무덤 20기, 고대성터 13곳, 고대절터 6곳, 변장(邊墙) 1곳, 변호(邊壕) 1곳, 봉화대 20여 곳, 그리고 근현대 유적지 48곳이 발견 내지 발굴되고 수집한 문물표본은 1000여건에 달한다. 전반 화룡시의 면적을 5,043평방미터라 할 때 이것은 대단한 규모고 양이라 하겠다.

우리 연변의 이런 고대문물과 혁명문물[1]은 세인의 이목을 끌기에 족하다. 이로부터 일찍 20세기 초엽 길림성 안도지현(安圖知縣)으로 있던 청조(淸朝)의 한족(漢族) 관리 유건봉(劉建封)이 『장백산강강지략(長白山江崗志略)』[2]을 집필해 주로는 백두산지역 고대문물에 대해 거론했다. 그리고 1918년 방판길림변무육군협통함육군정참영오록정(幇辦吉林邊務陸軍協統銜陸軍正參領吳祿貞)이 『연변변무보고(延邊邊務報告)』에서 화룡의 서고성(西古城), 동고성(東古城)을 비롯한 연변의 고대문물에 대해 소개하고 있다. 그리고 일제의 침략의 마수가 연변에 뻗어옴에 따라 일본사람들도 연변지구 문물에 눈독을 들이기 시작했다. 이를테면 1924년부터 1926년까지 일본인 오거용장(鳥居龍藏), 조산희일(鳥山喜一) 등이 화룡 지구에서 주로 서고성(西古城)과 동고성(東古城)에 대해 고고학적 조사를 진행했다. 뒤이어 계속 1933년, 1938년에 일본인 등전량책(藤田亮策), 조산희일(鳥山喜一) 등이 연변지구 일부 고대 유적지를 발굴하여 1941년에 『간도성고적조사보고(間島省古跡調査報告)』를 만주국에 제출했다. 새 중국이 성립된 후 당과 정부에서는 연변지구 문물의 발견, 발굴, 보전 등 면에 갏은 관심을 고

---

1) 『和龍縣文物志』에서 전반 문물을 이렇게 나누고 있다. 필자도 일단 여기에 따르도록 한다.
2) 여기에는 劉建封이 1908년 한달 남짓이 주로 백두산지역을 답사하면서 수집한 140여 편에 달하는 전설들이 계통적으로 수집되어 있다.

아왔다. 어려운 경제 여건 속에서도 10여 차례에 걸쳐 간단없이 전문가 및 관련 인사들을 조직하여 현지에 파견했으며 강력한 조치로 문물에 대한 전반 사회의 중시도를 높였다. 화룡현의 경우만 놓고 보더라도 1957년 5월부터 7월까지 연변혁명문물발굴대에서는 화룡의 어랑촌(漁浪村), 대마녹구(大馬鹿溝), 차창자(車廠子) 등지에 내려가 혁명유적에 대한 조사와 발굴을 진행하여 총, 나무구호, 작탄원료, 곡물 등 진귀한 혁명문물을 얻어냈다. 1960년 5월, 연변문물보사대(延邊文物普査隊)에서는 길림성문화국에서 내려 보낸 「우리 성내에서 금년 가을과 명년 봄에 걸쳐 문물에 대한 보편적 조사를 진행할 데 대한 통지」 정신에 따라 화룡 경내에서 문물보편 조사를 진행했다. 1960년 7월 7일에는 항일연군노전사들을 주요 성원으로 한 차창자항일유격근거지조사조를 조직하여 차창자(車廠子) 동남 모퉁이의 병공장과 피복공장에 대해 발굴, 정리 사업을 진행했는데 필기장끼우개, 탄피, 폭탄통 등 진귀한 혁명문물이 나왔다. 1964년에는 중조연합고고학팀에서 팔가자진 북대에 있는 발해고분군 무덤 3기를 발굴하고 西古城에 대해 조사사업을 진행했다. 1971년 팔가자진하남촌(八家子鎭河南村) 농민이 마을 서쪽에서 2기의 발해고분을 발견했는데 일부 진귀한 금은기물이 나왔다. 길림성박물관에서는 사람을 파견하여 접수, 정리하고 문물을 길림성박물관에 소장했다. 1973년, 연변박물관과 화룡현문화관에서는 공동으로 팔가자진(八家子鎭) 북대(北大)에 있는 발해고분군 무덤 54기를 발굴, 정리하여 일부 진귀한 문물을 얻었다. 1979년 4월부터 6월까지 길림성고고학훈련반화룡팀에서는 전현의 문물에 대해 전면 조사와 재조사 사업을 진행했다. 1980년 10월부터 1981년 6월까지 연변박물관에서는 용수향용해촌(龍水鄕龍海村) 서용두산(西龍頭山)에서 발해 貞孝공주묘에 대해 발굴, 정리 사업을 진행하고 주변 유적지에 대해서도 고고학적 조사를 진행하여 용두산고분군(龍頭山古墳群), 용해고분군(龍海古墳群), 잠두성(蠶頭城), 절터 등 발해유적을 발견했다. 1982년 5월 연변박물관에서는 용해발해고분군(龍海渤海古墳群)에 대한 정리사업을 진행했다. 1984년 4월 20일부터 6월 22일까지 길림성과 자치주 관련 부문의 지시에 따라 화룡현문물보사대(和龍縣文物普査隊)에서는 『화룡현문물지(和龍縣文物志)』3)를 펴내기 위해 화룡현 문물에 대해 전면적인 조사 및 재조사를 진행했다. 1998년 화룡시 석국고분군구역(石國古墳群區域)에 대해 발굴을 진행했는데 삼채여용(三彩女俑)이 출토되었다. 이 채여용(三彩女俑)은 중화인민공화국성립 50주년 문물정여품 전시회에 최초로 선을 보여 센세이션을 일으켰다. 2000~2002년 사이에 길림성문물고고학연구소에서는 국가문물국의 요구에 근거하여 서고성유적(西古城遺蹟)에 대해 고고학적 발굴을 진행했는데 서고성(西古城)은 2002년 전국10대 고고학적 발견의 하나로 되었다. 이런 문물의 발견, 발굴 및 정리 사업과 더불어 자치주를 비롯한 각급 기관에서는 정부 차원에서 선후로 중점보호단위지정 발표를 하여 문물에 다해 중시를 돌렸다. 이를테면 1961년 1월 18일 연변조선족자치주인민우원회에서는 제1차 주급중점문물보호단위를 공포했는데 여기에는 화룡의 장인고분군(長仁古墳群), 어랑촌항일유격근거지(漁浪村抗日遊擊柢據地), 도대구석동혁명우적지(道大溝石洞革命遺蹟地), 우복동석동혁명유적지(牛復洞石洞革命遺蹟地) 등이 포함되었다. 1981년 4월 20일, 길림성인민정부에서「길림성제2차중점문물보호단위를 공포하고 길림성제1차중점문물보호단위를 재차 공포할 데 관한 통지」를 공포했는데 여기에는 화룡의 서고성(西古城), 정효공주묘(貞孝公主墓), 차창자항일유격근거지(車廠子抗日遊擊根據地) 등 3곳이 포함되었다. 1981년 5월 25일, 연변조선족자치주인민정부에서「자치주제2차중점문물보호단우를 공포하고 자치주제1차중점문물보호단위를 재차 공포할 데 관한 통지」를 공포했는데 여기에는 화룡의 동성향동고성(東城鄕東古城), 팔가자

---

3) 연변 각 현시에서 선후로 각 문물지 집필에 종사한 줄로 안다.

진하남촌고성(八家子鎭河南村古城)이 포함되었다. 1988년, 국무원에서 제3차 전국중점문물보호단위를 공포했는데 여기에 화룡시 龍頭山고분군의 정효공주묘(貞孝公主墓)가 포함되었다. 1996년 국무원에서 제4차 전국중점문물보호단위를 공포했는데 여기에는 서고성(西古城)이 포함되었다. 그리고 고위급 지도자들이 현지에 직접 찾아와 중요한 지시를 주기도 했다. 1981년 4월 14일, 중공중앙정치국위원, 심양군구사령원 이덕생(李德生)이 성과 주의 관련 책임자들의 안내 하에 정효공주묘(貞孝公主墓)를 참관하고 중요한 지시를 내렸다. 1983년 8월 12일에는 중앙문화부 주목지(朱穆之) 부장이 정효공주묘(貞孝公主墓)를 참관했다. 그리고 구체적인 관리부서와 연구모임을 가지기도 했다. 이를테면 1981년 10월, 화룡현 호텔에서 전성문물사업회의를 소집하고 11월에는 화룡현문물관리위원회를 설립하고 문물관리전문직을 두었으며 1984년 2월에는 화룡현문물관리소를 설립했다. 2003년 3월 31일에는 중국고건축연구소소장, 청화대학 교수 왕귀상(王貴祥)이 화룡에 와 서고성 유적에 대한 상세한 자료조사 및 수집사업을 진행하고 구체적인 보호건의를 제출했다.

이상 상황을 놓고 볼 때 우리 연변의 문물 발견, 발굴 및 수집, 정리는 당과 정부의 관심 하에 얼마간 성과를 거둔 줄로 안다. 그러나 국내의 다른 지역 및 국제적 선진 수준에 비겨볼 때 아직 이러저러한 문제점도 있는 줄로 안다.

첫째, 문물을 발견, 발굴 및 수집, 정리함에 있어서 편향성을 없애야 한다. 다른 곳에서와 마찬가지로 현재까지 우리 연변에서의 문물 발굴, 정리사업도 정부 차원에서 진행되었다. 그래서 현실의 명분이나 정치공리성으로부터 출발한 가치판단이 문물 발굴, 정리 사업에 영향을 주어 분명히 그 어떤 편향성을 가져오고 있음은 더 말할 것도 없다. 위의 『和龍縣文物志』만 놓고 보더라도 고대문물 가운데서 발해문물에 대한 평가에서 극력 중화대가족설 일변도, 그리고 혁명문물 가운데서 독립군계통의 전적지에 대한 의식무의식적인 무관심 내지 무시, 알게 모르게 우리 민족이민사에 관련된 문물에 대한 홀시 등 문제점을 안고 있음은 더 말할 것도 없다. 혁명문물 부문의 중요전투유지(重要戰鬪遺址)에서 현대사에서 가장 멋지고 최초로 진행된 민족주의계통의 독립군들이 진행한 청산리전투 전적지가 는에 Em이지 않으니 가무래도 좀 빈 감을 준다. 현실의 명분이나 정치공이성에 너무 매일 때 빛 좋은 개살구 신세가 되어 오히려 정당한 현실적 실리를 잃어버릴 우려가 있다. 그리고 우리 딘족의 이민사는 오늘의 우리를 있게 한 너무도 소중한 역사의 한 페이지이다. 그럴진대 이 방면의 문물 발굴 및 수집, 정리 사업이 더 없이 중요한 것임은 더 말할 여지도 없다.

위의 『和龍縣文物志』에서 보았다시피 문물을 대개 고대문물과 혁명문물 두 부분으로 나누고 고대역사와 근현대역사의 유형문물에만 치중하고 있다. 사실 문물에는 이런 유형문물뿐만 아니라 많은 두형문물들도 포함되어야 할 줄로 안다. 민간설화4) 하나만 놓고 보아도 그것은 서민들의 정신적 식량으로서 구구전승 되어 내려온 더 없이 귀중한 문화유산이다. 그럴진대 그것이 인식, 교육, 심미가치를 비롯하여 충분히 보존가치를 확보하고 있음은 더 말할 것도 없다. 상대적으로 놓고 볼 때 문제는 이 방면에 대한 발굴, 조사 및 수집, 정리가 고대문물과 혁명문물에 비해 광도와 심도 면에서 상당히 뒤떨어지고 있는 실정이다. 특히 이런 민간설화들은 고대문물이나 혁명문물에 많이 얽히고 섥혀 있는 경우가 많은데 이것에 대한 발굴, 수집은 좀 한산한 편이다. 화룡시의 경우만 놓고 보아도 문물유적지 78곳에, 중요문물 82건에 고대문물, 혁명문물이 대단한 반면에 여기

---

4) 학자에 따라서는 민간설화를 문물로 취급하지 않겠지만 필자는 무형문물로 인식하는 것이 바람직하다고 생각한다. 그리고 여기서는 문물에 얽힌 설화를 이야기하는 마당인 만큼 주로는 전설을 가리키게 된다.

에 얽힌 설화는 전혀 발굴, 수집되지 않은 실정인 것 같다. 이런 설화들이 발굴, 수집될 때 그 문물들도 진정한 의미에서 전일체성을 기했다고 말할 수 있다. 사실 화룡시의 경우를 놓고 보면 민간설화의 발굴, 수집문제는 이런 고대문물과 혁명문물에만 국한된 얘기가 아니고 다른 곳에서도 마찬가지라고 생각된다. 현재 선경대는 그 자체의 산수자연의 아름다움으로 하여 국가급 자연보호공원으로 부상된 것으로 알고 있다. 그런데 관광객 유치에 있어서 다른 요소도 중요하겠지만 이런 아름다운 산수자연을 수놓을 수 있는 신화, 전설 같은 민간설화의 발굴도 상당히 중요한 줄로 안다. 그런데 선경대관광구는 이 방면에 좀 부족한 것 같다. 필자의 관점으로는 그런 민간설화들을 각종 원인으로 하여 발굴해낼 수 없을 경우에는 새롭게 창작해낼 수도 있다는 것이다.5) 물론 그것이 설화 산생, 전승의 객관적 법칙 및 특성에 뒷받침되어야 함은 더 말할 것도 없다. 이 면에 있어서는 왕청 만천성(滿天星)관광구가 잘 하고 있는 것 같다.

둘째, 문물 보존보호 및 주변 환경 문제. 우리 연변은 항상 중심이 아닌 변두리에 놓여있었음에도 불구하고 그만하면 많은 문물이 발견된 셈이다. 특히 발해문물은 독특한 역사적 가치를 가지고 있다. 전국중점문물보호단위도 4곳이나 된다. 그런데 문제는 보존상태가 좋은 편은 아니다. 화룡시의 경우 고유적 12곳에 10곳, 고분군 18기

---

5) 학자에 따라서는 필자의 관점과 부동한 관점을 제출할지도 모르겠지만 필자는 어디까지나 신화, 전설의 발생, 유전 법칙에 따라 얼마든지 새로운 신화, 전설들을 창조해낼 수 있다고 본다. 물론 최초의 신화, 전설은 신화, 전설 시대를 바탕으로 하여 자연스럽게 만들어졌을 것이겠지만 그것도 최초에는 그 어느 특정인에 의해 만들어졌을 것이고 신화, 전설 시대를 훨씬 지난 썩 후 시대에도 신화, 전설(조선의 경우 각 조대의 왕조전설)이 만들어지고 유전된 경우를 감안할 때 오늘날 아무리 과학시대라 하여도 새로운 신화, 전설의 창작은 얼마든지 가능하다. 오늘날 많이 창작되고 있는 기괴하고 신비한 색채가 가미된 과학환상소설, 무협소설, 추리소설 등은 그 현실적 가능성의 한 변이된 모델을 제시해주고 있다고 볼 수 있다.

에 10기, 옛 성터 13개어 5개, 옛 절터와 건축터 5곳에 3곳 꼴로 많은 부분이 파괴되었거나 부분적으로 파괴되어 있다. 보존이 비교적 잘 되어 있다는 화룡 서고성(西古城)의 경우만 놓고 보더라도 만주국시기 이미 일본사람들에게 몇 번이나 도굴당한 상태다. 제4차 전국중점문물보호단위로 되고 최근 정부 차원에서 3년에 걸친 대대적인 발굴 있은 후에도 현재까지 거의 그대로 방치된 상태다. 그리고 동쪽 성벽 터의 남쪽, 서쪽 성벽 터의 서쪽은 진작 촌민들이 일상으로 다니는 오솔길이 되어 있다. 서쪽 성벽 터는 이미 촌급 도로가 되어 있다. 여기에 서고성(西古城)터 내에는 62호 주민이 살고 있다. 농경지는 30쌍이 있는데 내성에 6쌍, 외성에 24쌍이 있다. 서고성(西古城)터의 상황은 현재 우리 연변의 문물 보존, 보호 수준의 현주소를 말해준다. 사실 전국중점문물보호단위인 서고성(西古城)이 이러할진대 다른 곳의 상황은 이보다 더 열악할 것으로 파악된다. 전반적으로 볼 때 현재 우리 연변의 문물 보존보호 수준은 거의 자연적인 방치에 가깝다. 이로부터 4계절의 기후풍토 및 풍화, 침수 등의 영향으로 자연적인 파손은 시시각각으로 진행되고 있다. 화룡시의 석국(石國)고분구역의 3기의 묘에 대해 1998년에 발굴을 하고 간단한 보호조치만 한 상태로 그대로 두었기에 자연풍화로 말미암아 현재 무너지고 말았다. 그리고 정효공주묘(貞孝公主墓) 벽화의 자연적 부식도 상당히 심한 편으로 알려지고 있다. 이는 시급히 효과적인 방법과 수단을 이용하여 보호하지 않으면 이런 귀중한 문물들이 건젠가는 사라진다는 경종을 우리에게 울려주고 있다. 그리고 문물 주변 환경은 더 말할 것도 없다. 문물 자체에 대한 보존보호 의식이 희박할진대 문물 주변 환경의 정리정돈 내지는 성역화(聖域化) 작업은 거의 제로에 가깝다. 자연 그대로의 거칠음이 아니면 인위적인 침습이 난무한 판이다. 현재 화룡시 위원회 및 시정부에서는 국가군물국, 성문물책임부문 전문가들의 건의에 근거하여 2001년부터 서고성(西古城)과 용두산(龍頭山)고분군 보호계획의 제정사업에 들어갔다는데 이는 기꺼운 소식이 아닐 수 없다.

사실 현 상태의 문물 보존보호 수준으로 우리 연변의 문물은 왕궁터요, 공주묘요, 항일대첩전적지요 하며 떠들썩한 거창한 면은 있되 실제로 가보면 볼거리가 없는 아이러니에 빠져 있다. 이런 상황에 비추어 필자는 이제는 현대화적인 최신 수단과 방법으로 문물 발견, 발굴 작업도 계속해야 되겠지만 현재 가장 시급한 문제는 이미 발굴된 문물의 보존보호 및 주변의 정리정돈 내지는 성역화(聖域化) 작업이다. 라고 생각된다. 서고성(西古城)터의 경우 전국중점문물보호 단위답게 정부의 강경한 법적인 조치로 일단 구체적인 보호 문물 및 구역을 지정해야 한다. 이를테면 특별보호 문물 및 구역, 중점보호 문물 및 구역, 일반보호 문물 및 구역을 지정해야 한다. 이런 전제조건 하에서 경작지를 회수하고 주민들을 이주시키거나 건축제한지대를 설정하거나 경고판을 세우거나 난간을 설치하거나 복원작업을 진행하는 등 구체적 보존보호조치가 따라야 할 줄로 안다. 좀 구체적인 논의를 하면 적어도 내성은 난간식 보호조치를 하고 이미 발굴된 궁성 터에는 복원건물6)을 짓도록 해야 한다. 그리고 궁성답게 정원에 호수도 조성할 수 있고 기화이초도 심고 기암괴석도 갖다 놓고 인공산에 정자도 마련할 수 있다. 외성 둘레에도 적어도 난간식 보호조치를 하고 호성하를 복원하는 것이 좋다. 그리고 주위환경을 정리 정돈해야 한다. 이를테면 황량한 감을 주는 잡초들을 제거해 버

---

6) 학계에서 문물을 비롯한 문화유산 복원문제에 대해 이의가 없는 것은 아니나 문물이 적거나 많이 파손, 특히 중요한 문물이 많이 파손된 지역이나 경우에 충분한 고증을 거친 전제하에서 복원을 진행해야 된다고 보는 것이 필자의 관점이다. 현재 한국의 경우가 이런 쪽으로 가고 있는데 필자는 여기에 동감이다. 그리고 이전에도 그러해 왔듯이 그 沿革을 알기 위해서도 保修 혹은 復原 전 후 사연 및 참여자의 명단을 적은 復原記 혹은 保修記 같은 것을 비석뿐만 현대적 수단들을 통해 영구히 보존해야 한다.

리고 나무숲이나 잔디밭을 조성해도 좋다. 물론 이 모든 것은 면밀한 역사적 고증을 거친 후에 진행되어야 할 줄로 안다. 그런데 전반적인 복원은 투자도 많고 별 의미가 없으므로 가장 좋기는 외성 내곽에다 원래 크기의 몇 비례로 축소시켜 도성의 모조품을 만들어 놓을 필요가 있다. 이외에 화룡 용해(龍海)고분구역에 있는 정효공주묘(貞孝公主墓), 돈화 육정산(六頂山)고분군 등 적어도 전국중점문물보호단위7)는 특별 보호조치를 잘 해 문물을 직접 전시하거나 같은 크기 혹은 축소시켜 모조품을 만들어 전시하도록 해야 한다. 문둘을 보존 보호한다고 하여 육정산(六頂山)고분군의 경우처럼 무조건 봉폐를 해버리고 일반인의 접근을 막는 것은 현명한 조치가 아니다. 오늘날 시장경제의 경우 더구나 그렇다. 정효공주(貞孝公主)의 묘 같은 경우 무덤 안의 벽화는 현재까지 발굴된 유일하게 온전한 발해시기 벽화일 뿐만 아니라 그 묘지명(墓誌銘)의 발견은 돈화 정혜공주묘비(貞惠公主墓碑)의 결손부분을 미봉해 주고 있어 줄곧 국내외 전문가와 학자들의 관심거리로 되고 있다. 한마디로 말해 충분한 관상, 연구 가치를 가지고 있다. 화룡 정효(貞孝)공주묘와 돈화 정혜(貞惠)공주묘는 패키지로 발굴하여 좋은 관광 상품으로 개발할 수 있다. 그리고 이런 옛 서고성(西古城), 용해(龍海)고분군, 육정산(六頂山)고분군 등 현장문물과 어우러진 발해식 건축양식을 살린 발해박물관을 짓도록 해야 한다. 그리고 현재 길림성박물관, 연변박물관 등 여러 곳에 널려 있는 발해유물을 발해박물관 한 곳에 집중하여 발해시기 역사를 한눈에 볼 수 있도록 해야 한다. 이로부터 발해박물관이 발해시기 역사연구의 중심이 되게 하여야 할뿐만 아니라 국내외적으로 대표적이고 특색 있는 발해시기 역사명물 관광 상품으로 자리를 잡도록 해야 한다.

---

7) 현재 우리 연변에 4곳이 있는 줄로 안다.

혁명문물의 경우도 마찬가지라고 생각된다. 혁명문물[8]은 대개 반봉건, 반식민지, 해방전쟁에 걸친 근현대의 문물임에도 불구하고 보존보호 상태가 좋은 것은 아니다. 사실 이 시기 문물은 모종 의미에서 우리에게 있어서 위의 고대문물보다 더 떳떳한 자랑거리가 아닐 수 없다. 왜냐하면 그것은 우리가 얼마 전에 직접 겪었고 피를 가장 많이 흘렸고 오늘날 우리의 현실과 관계가 가장 밀접하기 때문이다. 예컨대 청산리대첩[9], 너무 멋졌다. 우리 민족의 쾌거다. 세계가 주목을 했다. 주관적 동기야 독립군이 조선독립을 목적으로 진행한 전투였겠지만 객관적 효과로 볼 때 그것은 중국 땅에서 최초로 진행한 항일무장투쟁, 그것도 대첩임에 틀림없다. 그런데 거기에는 청산리전적지라는 색이 바란 초라한 시멘트표지판밖에 없다.[10] 초록만 우거진 속에 어디가 어딘지 갈래판도 잡지 못하겠다. 볼거리 하나 없어

---

8) 학계나 여러 문물지에서 보면 혁명문물이라 할 때 그것은 대개 우리 연변에서 중국공산당의 혁명투쟁과 관련된 것만을 염두에 두고 말하는 것 같은데 필자는 여기서 범위를 좀 넓혀 우리 연변에서 근현대 반봉건, 반식민지 투쟁과 관련된 것을 포함한 개념으로 사용하도록 한다.

9) 봉오동전투도 청산리대첩의 연장선상에서 같은 맥락으로 이해할 수 있다. 『和龍縣文物志』에서는 이 대첩을 혁명문물 부분에서 취급하지도 않고 있다. 이 문제에 대해 필자는 첫째 부분에서 미적지근하게나마 언급한 줄로 안다.

10) 1993년 8월 필자가 현지답사를 했을 때의 경우를 말한다. 현재는 잘 모르기는 해도 별반 나아진 것이 없는 줄로 안다. 우리는 이때까지 알게 모르게 민족주의계통의 항일업적을 홀시하거나 무시해온 감이 든다. 이 방면의 문물도 그렇고 전설도 그렇고 모두 한산한 편이다. 필자가 알기로 전설은 김동훈 교수가 수집한 미발표작 대여섯 편과 이미 발표한 한 두 편이 간간히 눈에 띠일 뿐이다. 사실 민족주의계통의 항일투쟁도 떳떳한 우리 조선족의 휘황찬란한 한 페이지이다. 물론 공산주의계통 항일투쟁과 비교해 보면 문제점도 없지 않아 있겠지만 역사적 흐름을 놓고 볼 때 그것이 공산당의 항일투쟁과 많이 연결되고 실제로 조선의 많은 공산주의자들이 민족주의계통을 거쳐 공산주의계통으로 흘러들었음을 감안해야 한다. 사실 공산주의계통이라 하더라도 많은 조선사람들은 조선독립을 위한 민족주의 사명을 띠고 항일을 했던 것이다. 김일성의 경우가 그 한 보기가 되겠다. 이로부터 우리는 민족주의계통의 항일투쟁과 관련된 문물도 시급히 조사, 발굴해야 할 줄로 안다. 항일무장투쟁에 관한 것뿐만 아니라 교육, 신문, 출판 등에 관해서 여러 면에 걸쳐 진행해야 한다.

좀 허무맹랑했다. 그때 적어도 청산리대첩전적지안내판이라도 있고 좋기는 청산리대첩기념탑도 있고 더 좋기는 청산리대첩기념관이 있어 독립군 관계 문물을 전시하고 현대적인 멀티미디어 수단을 동원한 청산리대첩모형조각도라도 있었으면 했다. 그리고 전적지 주변은 좀 다듬고 갖추어 성역화(聖域化) 했으면. 이러면 우리는 숙엄한 분위기 속에서 선열들의 고상하고 위대한 넋을 되새겨 볼 수 있으련만. 현재까지도 안타까운 아쉬움에 한숨만.

'15만원탈취사건'도 마찬가지다. 반일단체 철혈광복단의 최봉설, 윤준희 등이 군자금을 마련하기 위해 일본 순사의 은행권운송을 성공적으로 습격한 온 조선반도를 떠들썩하게 만든 쾌거이다. 그럼에도 불구하고 현재 철혈광복단의 아지트의 하나였고 이 쾌거를 모의했던 최봉설의 초가집11)은 다 기울어져가는 폐가가 되어 있다.

좀 안된 말이지만 소문난 잔치 먹을 게 없는 식이 우리 연변의 혁명문물, 특히 독립군 관련 혁명문물 보존보호의 정상인 셈이다. 필자는 혁명문물 보존보호 및 전시에 있어서도 발해박물관식 구상을 떠올려 본다. 좀 구체적으로 얘기하면 창산리(혹은 다른 곳) 같은 우리 민족의 혁명투쟁과 관련이 깊은 '명당' 자리에「연변혁명박물관」이라는 큰 타이틀아래 다양한 혁명적인 건물(충분한 토론검토를 요함)을 짓고 모든 혁명문물을 집중하여 혁명전통교육의 산 현장으로 되게 하는 것이 가장 이상적이라고 생각된다. 그리고 주변은 聖域化 하여 분위기를 조성해야 될 줄로 안다. 필자는 혁명문물 보존보호에서 조선을 가장 이상적인 모델로 떠올려 본다. 백두산의 매 혁명구호나무(우리 연변에도 있는 抗日樹標) 하나에도 자연적 피해로부터 막기 위해 피뢰침은 물론 진공관을 씌워 현장보호를 한다. 그리고 한국의 경우에 우리가 보기에 별 볼 일 없는 혁명문물12) 같은 데에

---

11) 와룡동(현재 민주촌)에 있다.
12) 여기서 한국의 경우는 그 명칭과 내연이 우리와 다름은 두말할 것도 없다.

도 거창하고 깔끔한 성역화(聖域化)는 우리에게 시사하는 바가 많다.

그리고 우리 민족이민사에 관해서도 마찬가지 구상을 갖고 있다. 전문 중국조선족이민사박물관을 짓자는 것이다. 근현대사에 있어서 연변의 정치, 경제, 문화의 중심지였던 우리 민족의 유서 깊은 땅-용정에 짓자는 것이다. 해란강변 혹은 용두레 우물쯤에 말이다. 물하고 우리 민족이 너무도 인연이 깊기 때문이다. 필자의 구상대로 발해박물관, 연변혁명박물관, 중국조선족이민사박물관 등을 짓자면 현재 연변박물관을 분해해야 한다. 연변박물관은 대일통(大一統)의 정치풍조 속에서 연길을 연변의 정치, 경제, 문화의 중심지로 만들면서 생겨난 역사적 산물이다. 그 나름대로의 역할을 충분히 한 줄로 안다. 그러나 현재는 나름대로의 지방적 특색을 살리는 등 다원문화를 지향하는 시대라 유기적인 분업, 분권이 돋보인다. 이로부터 연변박물관은 문물을 발해박물관, 연변혁명박물관, 중국조선족이민사박물관 등 여러 박물관으로 이전하고 현재의 연변을 보여주는 오늘의 연변전시관으로 꾸렸으면 한다.

한마디로 말하여 문물에 대한 이런 보존보호 조치는 집중적인 충분한 볼거리를 마련한 만큼 얼마든지 상품가치를 창출할 수 있다. 이런 상품가치의 실현으로부터 오는 수입은 문물 보존보호에 재투자할 수 있을 뿐만 아니라 지방의 경제발전에도 일조할 것이다. 그런데 상품가치를 창출하자면 이런 볼거리만으로는 안된다. 부대적으로 슈퍼, 식당, 숙박, 화장실 등 관광객 편의시설이 마련되어야 한다. 그리고 쉽고 편하게 찾아올 수 있는 안내표지판 및 도로, 통신망 등 주변시설도 정비되어야 한다. 그리고 이런 문물지(文物地)들을 도로(더 나아가서는 케이블카, 직항비행기 등 공중수송 수단도 고려해볼 수 있음)망을 이용하여 패키지로 묶어 1일 내지 2일 등 다양한 코스로 개발해 내야 한다. 이를테면 청산리-봉오동 등을 한 코스로 묶어 전문항일전적지 답사코스를 마련하는 것 등. 그리고 문물지(文物地)

만을 순례하는 것은 좀 따분한 일이니 우리 연변의 거두(拳頭) 돈광상품인 백두산을 비롯한 명산명천들, 특유한 민속 및 국경지대 그리고 골프, 스키 등 레저타운과도 패키지로 묶어 관광코스로 개발할 수 있다.

셋째, 문물 복원 및 조성에 있어서의 문제점.

1. 민족적 정서에 맞게 해야 한다. 주지하다시피 우리 연변은 조선족자치주이다. 그리고 우리 연변의 문물은 많이는 조선족과 관계된다. 특히 혁명문물이 그렇다. 그럴진대 문물 복원 및 조성에 있어서 민족적 특색을 고려 안할 수 없다. 그런데 우리는 이 면에서 문제점을 안고 있는 것 같다. 혁명열사 무덤 조성 하나만 놓고 보더라도 너무 딱딱하게 느껴지는 시멘트 칠만 해댄다. 용정 윤동주 묘 브근에 조성한 혁명열사 무덤들을 보니 전격 시멘트 포장을 했다. 통화에 있는 양정우 무덤식이다. 죽음이 원래 따분한데 더 따분한 감을 준다. 사실 적어도 봉분만은 시멘트 포장을 할 것이 아니고 흙이 노출되게 하는 것이 우리의 민족적 정성에 맞다. 청명, 추석에 벌초하는 민족적 풍습에 맞는 것이다. 또 벌초할 수 있도록 여건을 조성해 주어 추모하는 사람들이 벌초라도 하는 실제 행등으로 혁명선열에 대한 진지한 마음가짐을 가질 수 있게 할 수 있다. 한보 물러서 벌초하는 것도 귀찮아 그만두는 것으로 한다고 하자. 그럼 적어도 한국 봉분의 잔디식 쯤은 하는 것이 좋다고 생각한다. 그것이 자연으로 돌아가고 자연과 어울리는 우리의 민족적 정서와 맞다.

2. 연고가 있는 곳에 해야 한다. 혁명열사기념비의 경우를 놓고 볼 때 현재 우리 연변의 혁명열사 기념비는 너무 많다. 정말 시나 노래에서 노래한 것처럼 우리 연변은 산과 들에 마을마다 온통 기념비다. 열사비가 세워진 곳에 꼭 어떤 연고가 있어 세워진 것이 아닌 것 같다. 너무 ㅅ적이고 충동적으로 막연히 세운 것 같다. 너무 많아 거추장스러울 때가 있는 것 같다. 그래서 옳게 건사도 못하는 것

같다. 물이희위귀(物以稀爲貴)라는 소박한 도리를 알아야 한다. 그리고 문물이라는 것은 꼭 그 어떤 구체적 연고, 사연이 깃들어야 제격이다. 이런 각도에서 면밀한 고증을 거쳐 구체적 연고, 사연이 없는 열사비는 줄이도록 해야 한다. 그리고 열사비 모양새도 좀 다채롭게 해야 한다. 우리 연변의 기념비는 모양새에 있어서 천편일률적으로 북경의 인민영웅기념비의 모양새를 모방하고 있다. 연길의 주덕해기념비, 화룡진의 13용사기념비 등은 전형적인 그 보기로 된다. 그리고 재료에 있어서 천편일률적으로 벽돌에 시멘트 포장 아니면 꼭 화강암 식이다. 너무 따분하다. 우리 식이 있어야 한다. 조선족 민족적 특색을 살리자는 것이다. 정중하고 장엄한 멋을 살리는 전제 조건하에서 얼마든지 다양하게 할 수 있다고 생각된다. 다양한 재료로 다양한 조각형식을 통한 다양한 상징적 의미 부여로 멋진 기념비들을 다양하게 창출할 수 있다고 생각된다.

그리고 유적지 구역 내에서 관람객 이동길 조성에 있어서 무조건 시멘트 혹은 인공적 돌로 포장할 것이 아니고 자연석이나 나무 등 다양한 재료로 모양새를 달리 할 수 있다. 조선의 백두산 혁명유적지 구역 내에 동글동글한 나무를 박아 관람객 이동길을 포장한 것은 참 인상적이었다. 그리고 위에서 잠깐 언급했지만 혁명열사 무덤이나 기념비 주위는 꼭 일정한 범위를 정해 성역화를 해야 한다. 그래야 그 무덤이나 기념비가 돋보이고 참배자들의 분위기를 잡을 수 있다. 성역화라 하여 정결하게 거두지도 않으면서 꼭 담벼락이나 난간을 치거나 쇠사슬을 늘이는 봉폐식만은 아니다. 성역화도 다양하게 진행할 수 있다. 주위에 소나무 같은 다분히 상징적 의의가 있는 나무를 심거나 혹은 상징적 의의가 있는 화초를 심을 수도 있고 깔끔하게 잔디밭을 만들 수도 있다. 문제는 사람의 손이 간 정결한 맛이 있어야 한다. 그리고 성역화 부분을 중심으로 하여 다양한의 규모의 공원을 조성할 수도 있다. 바꾸어 말하면 삶의 휴식 터를 조성하므로써 성역화 부분의 의디를 돋보이게 하고 되새기게 할 수 있다는 이야기가 된다.

넷째, 위의 문제가 모두 해결되고 모든 논의가 원만히 그대로 통한다 할 때 이제 남는 문제는 홍보문제이다. 현대 사회에 있어서 상품가치 실현을 비롯하여 많은 문제의 관건은 홍보문제인 줄로 안다. 전통적인 신문, 방송, 텔케비전뿐만 아니라 현대적인 멀티미디어 수단으로 국내외에 걸쳐 홍보를 해야 한다. 그리고 팸플릿을 제작하여 호텔, 여행사 등 관광객이 드나드는 곳에 비치해 두어 무료로 보도록 해야 한다. 그리고 현대는 인터넷시대인 만큼 연변의 문물에 관한 인터넷 사이트를 영어는 물론 여러 나라 언어로 멋지게 만들어 누구나 언제 어디서나 수시로 들어가 볼 수 있게 해야 한다. 그리고 문물이 있는 곳에는 색 바래고 글자 알아보기 힘든 초라한 시멘트 설명판보다는 문물과 더불어 영구히 갈 수 있는 멋지고 다양한 설명판을 설치해야 한다. 거기에는 현재의 한한문(韓漢文)외에 국제화시대인 만큼 적어도 영어표기는 해야 될 줄로 안다. 이런 표지판 하나가 관람객 머리 속에 영원히 남을지도 모른다는 것을 우리는 기억해야 한다.

사실 이런 유형의 홍보보다는 무형의 우리의 마음가짐이 무엇보다 더 중요하다고 생각된다. 문물에 대한 마음가짐 말이다. 우리에게는 고대문물, 혁명문물, 민간설화 등 값진 문물이 많다. 바보온달 이야기가 떠오른다. 바보온달은 세상물정을 많이 아는 지적인 평강공주라는 제3자에 의해 금을 알아보게 된다. 바라건대 우리는 바보온달이 되지 않기를. 혜안의 제3자가 우리에게 가리켜주기 전에 우리 스스로 알아서 우리의 문물을 비롯한 문화유산이라는 금덩어리를 알아보고 반짝반짝 빛내야 한다.

필자의 주관적 무단인지는 모르겠지만 현재 우리 자신들 속에서도 우리의 문물에 대해 자부심보다는 하찮은 별 볼일 없는 것으로 보는 경향이 더 짙은 것 같다. 사실 문물은 우열을 따지지 못한다. 문물은 각 종족, 민족들이 나름대로 살아온 삶의 흔적이다. 그 지역지방에 특유한 것이다. 나름대로 존재할 충분한 가치를 가지고 있다. 각종족, 민족이 제3자의 눈으로 보기에는 별 볼 일 없어 보이는 문물을 이 세상 유일한 존재로 나름대로 높게 사는 것은 그 종족, 민족의 자부심을 키우는 면에서도 이해할만 하다. 영국사람들이 셰익스피어를 내세우고 한국 사람이 석굴암을 내세우듯이 말이다. 한국의 석굴암, 우리가 보기에는 별 볼 일 없다. 중국에는 돈황, 운강, 대동 등 대형석굴암이 수두룩하다. 이런 양적인 면에서 단순한 흑백논리적인 가치판단을 해서는 안된다. 한국의 석굴암은 한국사람의 정취를 물씬 풍기는 나름대로의 독특함이 있다. 그러므로 중국, 한국의 석굴암 모두 인류의 공동한 문화유산으로서 존재할 가치가 있다. 우리 연변의 문물을 비롯한 문화유산도 마찬가지다. 우리는 그 어느것으로도 대체할 수 없는 우리 것의 독특한 값어치를 알아야 한다. 오직 이런 마음가짐을 가질 때 우리 매개인은 알게 모르게 우리 것의 홍보대사가 될 수 있다.

이상 문제점 제시와 더불어 미래지향적인 비전의 제시는 어디까지나 경제적 뒷받침이 충분히 될 것을 전제로 하여 진행한 논의이다. 현재 경제 사정이 어려운 형편 하에서 곧바로 문제해결이나 실행으로 골인한다는 것은 돈키호테식이다. 그러나 경제가 발전하고 여러 도경을 통한 많은 자금이 투입될 때 그것은 희망적이라 말할 수 있다. 그리고 실험실의 진공관속과도 같은 순수한 일반적인 학문적 논의에 머물고만 문제점들이 많은 줄로 안다. 그래서 현실적 실현가능성도 희박한 줄로 안다. 그러나 어디까지나 미래지향적으로 한 시론을 제기하여 새로운 사색의 감로수가 되고 그 어떤 힌트를 주고 계기를 마련할 수 있다고 기대될 때 그것으로 족하겠다.

참고문헌

1. 『和龍縣文物志』, 吉林省文物志編委會 主編, 1984년 11월(내부자료).
2. 『중국조선족력사상식』, 김철수·강룡범·김철환 주필, 연변인민출판사, 1998년 12월.

8. 연변기념비 축조에 대한 단상

첫째, 기념비축조에 있어서 중국공산당 항일계통의 혁명기념비뿐만 아니라 우리 조선족과 인연이 깊은 이민사 및 애환이 서린 곳, 명인명소들, 그리고 독립군계통의 항일 연고지들에도 기념비를 세우도록 해야 한다. 물론 혁명전통교육 등 가치론적으로 보아 혁명기념비가 주축이 되어야 하겠지만 오늘날 세계를 향해 문호를 개방하고 다원 가치를 추구하는 시대에 있어서 흑백논리적인 획일적이기 보다는 다원화적인 개방된 자세로 기념비 축조에 임해야 한다.

둘째, 중요한 기념비 축조에 있어서는 기념비를 중심으로 하여 기념관이나 전시관 내지는 박물관 등 시설과 유기적인 전일체를 이루도록 해야 한다. 기념비 하나만 달랑 세워져 있는 경우에 그 기념비에 깃듯 의미를 다 읽어내기에는 좀 힘들다. 특히 어린이나 문화지식이 빈약한 사람들에게는 더욱더 그렇다. 그러므로 기념비에 깃듯 의미를 구체적 실물로 보여주거나 보완할 수 있는 기념관이나 전시관 내지는 박물관 같은 것을 필요로 한다. 예컨대 청산리대첩기념탑의 경우 독립군 계통 항일기념관이나 전시관 같은 것이 멀티미디어 형식으로 청산리대첩모형조감판으로 그날의 싸움의 현장을 생생하게 보여주고 독립군 관계 문물을 전시하면 그 기념비는 더 살아날 것이다.

셋째, 기념비 축조에 있어서 민족적 정서에 맞게 해야 한다. 주지하다시피 우리 연변은 조선족자치주이다. 그리고 우리 연변의 기념비 축조는 많이 조선족과 관계된다. 그럴진대 기념비 축조에 있어서 민족적 특색을 고려 안 할 수 없다. 민족적 특색을 고려하면서 다양한 양식을 추구해야 한다. 그런데 우리는 이 면에서 문제점을 안고 있는 것 같다. 연변의 혁명열사기념비는 모양새에 있어서 민족적 특성은 안중에도 없고 천편일률적으로 북경의 인민영웅기념비의 존중하고 장엄한 모양새만 본뜨고 있다. 연길의 주덕해기념비, 화룡진의 13용사기념비 등은 전형적인 그 보기가 되겠다. 좀 극단적인 상상을 펼쳐 한복을 입은 주덕해입상도 생각해 볼 수 있겠다. 그리고 13용사기념비의 경우 면밀한 고증을 거쳐 한복을 입거나 다른 복장을 입은 13용사 개개인의 형상을 살린 군상조각기념비를 세울 수도 있다. 조선의 삼지연의 김일성을 비롯한 항일유격대의 군상조각처럼. 한마디로 말하여 예술가의 기념비는 예술적 운치가 있지, 애환이 서린 곳은 애환이 살아나게, 정중하고 장엄한 곳은 정중하고 장엄한 멋을 살리는 등 다양한 모양새를 살려야 한다. 그리고 연변의 기념비는 재료에 있어서 현대 중국식 기념비의 다른 한 천편일률로 볼 수 있는 벽돌에 시멘트 포장 아니면 꼭 화강암으로만 하는 따분함을 좀 피하자는 것이다. 스테인티스(不銹鋼), 유리, 플라스틱, 나무 등 얼마든지 다양한 재료가 동원될 수 있겠다. 우의 내용을 귀납하면 다양한 재료로 다양한 조각형상을 통한 다양한 상징적 의미 부여로 멋진 기념비들을 다양하게 창출해야 한다.

넷째, 기념비는 그 어떤 구체적 연고, 사연이 깃들어야 제격이다. 혁명열사기념비의 경우를 놓고 볼 때 현재 연변의 혁명열사기념비는 너무 많다. 정말 시나 노래에서 노래한 것처럼 연변은 산과 들에 마을마다 온통 기념비다. 열사비가 세워진 곳에 꼭 어떤 연고가 있어 세워진 것이 아닌 것 같다. 우리 마을에 항일열사나 국내 혁명전쟁열사 그리고 항미원조열사(抗美援助烈士)가 얼마 났소 하여 세운 것 같다. 너무 시적이고 충동적으로 막연히 세운 것 같다. 너무 많다

거추장스러울 때가 있는 것 같다. 그래서 옳게 건사도 못하는 것 같다. 물이희위귀(物以稀爲貴)라는 소박한 도리를 알아야 한다. 이런 각도에서 면밀한 고증을 거쳐 구체적 연고, 사연이 없는 열사비는 줄이도록 해야 한다.

다섯째, 기념비 주위는 꼭 일정한 범위를 정해 성역화를 해야 한다. 그래야 그 기념비가 돋보이고 참배자들의 분위기를 돋울 수 있다. 성역화라 하여 정결하게 거두지도 않으면서 꼭 담벼락이나 난간을 치거나 쇠사슬을 늘이는 봉폐식만은 아니다. 성역화도 다양하게 진행할 수 있다. 주위에 소나무 같은 다분히 상징적 의의가 있는 나무를 심거나 혹은 상징적 의의가 있는 화초를 심을 수도 있고 깔끔하게 잔디밭을 만들 수도 있다. 문제는 사람의 손이 간 정결한 맛이 있어야 한다. 그리고 성역화 부분을 중심으로 하여 다양한의 규모의 공원을 조성할 수도 있다. 바꾸어 말하면 삶의 휴식 터를 조성함으로써 성역화 부분의 의미를 돋보이게 하고 되새기게 할 수 있다는 이야기가 된다. 이외에 세부적인 문제가 되겠지만 기념비 구역 내에서 관람객 이동길 조성에 있어서 무조건 시멘트 혹은 인공적 돌로 포장할 것이 아니고 자연석이나 나무 등 다양한 재료로 모양새를 달리 할 수 있다. 조선의 백두산 혁명유적지 구역 내에 동글동글한 나무를 박아 관람객 이동길을 포장한 것은 참 인상적이었다.

이상 필자는 일반적인 상식차원에서 내 멋에 겨워 연변의 현실적 실현가능성을 떠나 횡설수설한 맹점이 없지 않아 있는 줄로 안다. 그리고 제 본인이 기념비설계가나 건축가가 아닌 만큼 구체적인 디자인이나 기술적 문제를 논의하지 못하고 일반적 논의에 거치고만 탁상공론도 없지 않아 있다. 이러한 부족점을 미봉하고자 인터넷에 올라 민족적으로 가까운 한국을 비롯한 나라와 지역들의 다양한 기념비의 모형들을 다운로드하여 부록으로 제시하도록 해본다.

9. 우리 연변의 관광산업에 관한 몇 가지 소견

다 알다시피 관광산업은 현재 나날이 향상하는 가장 인기 있는 산업의 하나이다. 그만큼 사람들의 삶도 정신적 추구에로 나아가고 있다는 말이 되겠다.

현재 우리 연변의 가장 인기 있는 산업의 하나도 관광산업이라 말할 수 있다. 연길시의 경우만 놓고 보더라도 재정수입창출에 있어서 한두 개 큰 기업을 내놓고 관광산업이 큰 한 몫을 하고 있음을 알 수 있다. 우리 연변은 세계의 명산 백두산이 있고 두만강 국경선 및 금삼각구 등 독특한 자연 풍물 및 풍광이 있고 조선족 민속을 비롯한 독특한 인문 풍물 및 풍광이 있다. 그리고 발해유적을 비롯한 역사 문물 및 풍광도 적지 않다. 광관지로서 자연, 인문, 역사 등이 잘 어우러진 고장이다. 그러므로 관광객을 얼마든지 흡인하고 끌어들일 수 있다. 그런데 정작 우리가 기대했던 바에는 못 미치고 있다. 무엇 때문인가?

문제는 우리 연변의 관광산업의 조건이 갖추어지지 못했기 때문이다. 본 논문에서 필자는 주로 본인의 체험에 기초하여 이런 조건에 관한 문제점을 제기하고 아울러 해결책도 제시해볼까 한다.

첫째, 관광지 자체에 대해 더 개발하고 건설해야 한다. 우리 연변에는 역사유적이 많다고 하나 정작 가보면 아무런 볼거리가 없다. 화룡 평강벌에 무슨 발해성터요 해서 손님들을 데리고 가보니 거저 허허 벌판밖에 보이지 않는다. 벌판에 논판이 정비되어 있을 뿐 발해성 터 같은 것은 도저히 찾을 길이 없었다. 그래서 손님들한테 망신했던 일이 한두 번이 아니다. 내 생각 같아서는 전문가들이 고증하고 발굴을 해서 원래대로 복원을 해놓으면 좋겠다는 것이다. 그래야 볼거리가 생긴다. 한국에 가 보았는데 많은 역사유적을 복원하여 관람시키고 있다. 지금도 한국 이조시기 왕궁인 경복궁을 복원하고 있다.

우리는 경제가 허락하는 데로 복원을 해야 한다. 그리고 복원을 해서는 다름 사람이 보아서 알 수 있도록 설명간판을 잘 설치해야 한다. 시멘트로 대강 할 것이 아니고 한국의 스테인리스(不銹鋼)철판처럼 영구히 보존할 수 있도록 해야 한다. 국제화시대이니 문자도 영어를 같이 써야 한다. 그리고 관광지 환경도 깨끗하게 해야 한다. 사람이 다니는 보행로는 포장을 하고 주변에다가는 앉아 쉴 수 있도록 의자를 놓고 시원하고 보기에 좋도록 나무나 꽃도 심도록 해야 한다. 그리고 상점도 세워 필요한 물건을 살수 있게 해야 하며 식당도 있어 시간대 별로 맞추어 식사도 할 수 있고 여관이나 호텔도 있어 투숙도 할 수 있어야 한다. 그리고 놀이터나 즐길 수 있는 장소를 마련하여 님도 보고 뽕도 따게 해야 한다. 특히 화장실은 모조리 물로 씻어내는 식으로 바꾸어야 한다. 현재 우리 연변의 광관지의 화장실이 가장 큰 문제로 된다. 냄새가 나지 환히 들여다보이지, 외국사람들이 제일 많이 말하는 것이 화장실이다. 정말 화장실이라고 말하기에는 부끄러울 정도다. 백두산이 명산이라고 하지만 거기에 있는 화장실만 보면 명산 맛이 싹 가셔진다.

둘째, 주변 도로를 잘 닦아야 한다. 도로는 관광을 쉽게 빨리 할 수 있게 하는 담보이다. 몇 년 전에 백두산 가는 길이 아스팔트길로 되어 네댓 시간이면 갈수 있게 되어 관광객들이 몇 배로 몰려들고 있다. 지금 우리 연변에는 많은 길을 닦았고 또 닦고 있다. 이제 얼마가지 않아 사통발달한 도로망이 건설될 것이다. 이것은 우리 연변의 광관산업을 발전시키는데 큰 작용을 할 것이다. 그리고 통신이 좋아야 한다. 전화, 팩스 등으로 연계할 수 있어야 하고 지금은 컴퓨터로도 연결시킬 수 있어야 한다. 컴퓨터인터넷에 관광지를 스개하여 관람객들이 사전에 들어가 볼 수 있게 해야 한다. 그리고 컴퓨터를 통해 관람예약이나 표 같은 것도 살수 있어야 한다. 지금은 컴퓨터시대라 특히 컴퓨터를 활용할 수 있도록 해야 한다.

셋째, 손님접대문제. 일반 관광업에서는 가이드들의 소질을 높이야 한다. 현재 우리 연변의 가이드들은 문빙(文憑)이 낮고 거저 임시로 하는 사람이 많다. 여행사에서도 돈을 적게 투자하기 위해 아무 사람이나 막 쓴다. 그래서 가이드들이 손님들의 돈을 속여먹든가 태도가 좋지 못한 현상도 매우 많다. 연변에 다녀갔던 많은 한국사람들에게 물어보았더니 연변의 가이드들이 나빠서 두 번 다시 가기 싫다는 것이다. 여기서도 알 수 있다시피 가이드들의 품행이 얼마나 관광객들에게 중요한 영향을 미치는가를 알 수 있다. 그리고 가이드들은 여러 가지 지식을 많이 알아야 한다. 우리 연변의 명승지나 역사유적 등 관광지에 대해 잘 알고 있어야 한다. 그래야만이 손님이 아무거나 물어도 다 대답할 수 있고 해석할 수 있다. 다 대답하고 해석할 수 있을 때 손님들은 가이드를 존중하고 기분이 좋아질 것은 뻔하다. 그런데 우리 가이드가운데는 일문삼부지(一問三不知) 사람이 대단히 많다.

그리고 가이드들이 조국관, 민족관 문제에 있어서 우리나라 정책과 외사규율을 잘 아는 것은 무엇보다도 중요하다. 우리 자치주 성립 40주년 경축 때 필자는 손님들을 데리고 조선으로 관광을 가게 되었다. 그때 우리 팀에 으리 연변 조선족 아가씨 한 명이 가이드로 따라 갔다. 그런데 문제는 이 아가씨가 노래를 하게 되자 "조국에 온 기쁜 심정으로 노래 한곡 부르겠습니다"라고 하는 데는 나는 놀라지 않을 수 없었다. 이 아가씨의 조국관에 문제가 있다. 이민 온 우리의 1세대들은 몰라도 우리는 분명 여기서 태어나서 자라난 세대들이다. 한마디로 말하여 조국은 어디까지나 중국이다. 그러므로 우리는 이 문제상에서 정확한 인식을 가져오고 입장을 바르게 해야 한다. 우리는 중국사람이며 중국조선족이라는 기본입장을 지켜야 한다.

특히 외사규율과 법규에 있어서 특히 국가공무원으로서의 외사일군이 일을 처리함에 있어서는 에누리가 없어야 한다. 예를 들면 외국인들이 중국에 와서 종교선전을 할 때 우리는 단호히 "종교 신앙은 자유이되 설교를 해서는 안된다"는 우리나라의 법규로 제재해야 한다. 그 어떤 경제적실리가 있다하여 설교를 허용해서도 안된다. 또 예를 들면 한국사람이 백두산에 태극기를 꽂고 자기 나라 만세를 부르는 문제도 그렇다. 이 문제는 엄숙한 문제이기 때문에 엄격히 제지해야 한다. 백두산은 우리나라 땅이라는 도리를 설명하여 듣지 않을 때는 강경한 조치도 취할 수 있다. 그리고 연길국제공항에 가서 외국인 마중하는 문제도 그렇다. 한 외국인이 오는데 여러 단위 사람들이 떼 지어 마중을 가서 이른바 '손님 빼앗는' 꼴불견이 비쳐진다. 그리고 한 외국인 투자자를 상대로 중국인들끼리 서로 헐뜯으며 중구난방으로 놀다가 외국인 투자자가 자기네 사람들이 싸우며 자기를 중심으로 투자하라고 열변을 토하니 갈피를 잡을 수 없어 어디에도 투자하지 않고 가버리는 경우가 종종 있다. 그리고 훈춘의 자동차정비공장은 원래 한국사람이 투자한 독자기업인데 중간 중국대리인이 땅을 사라는 40만 중국 돈을 가로채였기에 그 사람은 중국에서 투자를 포기하고 되돌아가 버리고 말았다. 그리고 시설이 잘 된 호텔에서도 마찬가지다. 서비스하는 아가씨의 조그마한 실수로 하여 손님의 기분을 잡쳐 영영 그 손님을 잃어버리는 수도 있다. 백산호텔의 실례만 보더라도 객실의 냉장고 안의 물건을 잘 체크하여 손님의 기분을 잡치지 않도록 해야 한다. 방을 비울 때 안 먹은 음료를 먹었다하여 서로 실갱이질을 하는 경우도 종종 있다. 또 한국인이 많이 나드는 호텔에서 아침식사를 하는 식당에 말이 통하지 않는 한족 아가씨를 배치하여 손님들이 헷갈리게 하는 경우도 있다. 또 안마아가씨들이 방에 와서 안마를 해주면서 돈을 훔쳐가는 경우도 있다. 그리고 몇몇 약장사들이 가짜 약을 진짜 약으로 속여 한국 사람한테 팔아 연변약이 모두 가짜다는 이미지를 한국 사람들한테 슡어주게 되었다. 그래서 오히려 값진 진짜 약들을 판매할 수 없게 하고 있다. 그리고 한국인들이 무료로 무엇을 기증함에 있어서 잘 유드하여 우리 연변에 기증하게 하는 것이 아니라 한국인들의 허영과 돟분의식을 이용하여 자기 지역 쪽에만 기증하게 하려고 해서 중국사람들끼리 내부충돌이 많이 일어나는 경우도 있다.

품질이 좋은데 포장이 너무 형편없어 손님들이 안사거나 봉사태도가 나빠서 안사거니 신용이 없어서 안사는 경우도 있다.

이상 관광지, 주변도로, 손님접대 등 면에서 나름대로의 천박한 소견을 피력했다. 관광지, 주변도로 부분에서는 일반적인 논의를 많이 했고 손님접대 부분에서는 구체적인 실례를 많이 들어 설명을 했다.

천박한 소견인 만큼 전문가들의 많은 비평과 지적이 있기를 바란다.

10. 1950년대 이후 중국조선족소설에서
여성인물의 외모묘사를 통해 본 미의식

1) 들어가는 말

필자가 본 논문에서 말하는 미의식은 무엇을 아름답게 여기는가에 대한 심미의식을 가리킨다. 물론 이런 심미의식은 무엇이 아름답지 않다는 것을 바탕으로 한다. 그러므로 미의식을 고찰함에 있어서는 상응한 추의식도 고찰해야 되겠으나 그 미의식을 통해 이런 추의식을 유추할 수 있는 만큼 여기서는 미의식만 살펴보도록 한다. 그리고 본 논문에서 말하는 외모묘사란 주로 얼굴묘사를 가리키는 개념으로 사용했음을 밝혀둔다. 본 논문은 논의의 순서상 일단 1950년대부터 현재까지 『연변문학』[1]을 텍스트로 하여 뽑은 여성외모 묘사부분을 추출하고 이것을 바탕으로 눈, 머리칼, 얼굴, 코, 입 등 순서로 세부적인 분석을 가하도록 한다. 그 다음 전반적인 차원에서 최근간 즉 개혁개방을 경계선으로 하여 그 이전시기와 그 이후시기 외모묘사를 통해 본 미의식의 변화를 살펴보도록 한다.

---

1) 물론 문화대혁명 시기와 같은 비상시기 『연변문학』의 명맥이 끊긴 시기는 제외되었다. 그리고 『연변문학』이 『연변문예』, 『천지』로 이름이 바뀐 시기도 있었음을 밝혀둔다. 참고서적 부분 참조하기 바란다.

2) 외모묘사 텍스트

아래의 텍스트는 전반적으로 본 긍정적인 여주인공의 외모묘사이다. 그런 만큼 대개 긍정적인 묘사를 통해 미의식을 드러내고 있다. 그렇지 않을 경우에는 역지사지로 긍정적인 미의식을 추출할 수 있다.

윤기 나는 머리를 두 가달로 곱게 땋아 드리운 녀선생은 학생들을 번갈아 살피면서 차근차근 이야기를 하는 것이였다.
「오얏나무」, 권태준, 『연변문예』, 1954년 4월호

머리는 비록 희슥희슥하나 얼굴은 검붉어, 보기에 쉰 고개를 넘었다기 힘들리만큼 건강하다.
「원예가의 안해」, 최현숙, 『연변문예』, 1956년 4월호

깍지저고리를 입고 츠렁츠렁 드리운 머리태에 갑사댕기를 드린 처녀가 물동이를 끼고 나서는 것이였다.
「원예가의 안해」 최현숙, 『연변문예』, 1956년 4월호

총각이 보매 넙적한 이마와 얼굴에 약간 홍조 띤 처녀의 모습은 참으로 아릿답고 임정하였다.
『원예가의 안해』, 최현숙, 『연변문예』, 1956년 4월호

작달막한 키에 탐탁한 얼굴의 임자는 조용히 어제 날을 회고하고 있었다.
소소설3편의 「마지막 시각」, 민요, 『연변문학』, 1959년 1월호

아래 우 하얀 조선옷을 입은 그의 모습은 사 년 전보다 훨씬 성숙해졌고 키도 퍽 컸다. 어릴 때부터 그렇게 아름답던 두 눈이 오늘

이 자리에서는 마치 이른 새벽에 마지막으로 검푸른 하늘에 남아
귀엽게 웃음 웃는 금별처럼 사물사물 빛나고 있었다. 해볕에 탄 풍
만한 두 볼이 한층 더 붉어 보였다.

「땅우의 선녀」, 창립, 『연변문학』, 1959년 1월호

그는 오련발을 어깨에 단정히 메였고 짧게 단발한 머리 우에 어
느 전투에서 얻었는지 알 수 없으나 채양 달린 퇴색한 모자를 꼭
눌러썼다. 참나무껍질로 물들인 노란 당목치마저고리를 입고 무릎을
가릴가말가한 치마 아래로 통통한 다리에 행견을 친 품이 전투준비
를 단단히 하 고 나섰다.

「유격대의 녀영웅」, 현룡순 정리, 『연변문학』, 1959년 3월호

처녀의 홍조어린 두볼, 류달리 오똑하게 생긴 코날에 맺힌 잔 이슬,
이 모든 것은 누구에게나 한결 더 정다운 감을 준다.

「녀뜨락또르수」, 한원국, 『연변문학』, 1960년 2월호

이 처녀는 키가 맞춤하고 쌍태머리를 땋아 넘기고 얼굴이 갸름하
고 퍽 얌전하게 생겼는데 말쑥한 눈을 동글하게 뜨고 나의 심상치
않은 얼굴을 멀끄러미 쳐다보며 어쩔줄 몰라 하더군요

「사양원처녀」, 곽흥성, 『연변문학』, 1960년 7월호

쌍태머리에 한족솜저고리를 입고 깡쿠즈를 입은 맵시로 보아 한
족 녀교원으로 믿어왔던 학생들은 선생의 첫마디 말에서 벌써 조선
족이라는 것을 알아냈다.

「애숭이 교원」, 허정록, 『연변문학』, 1960년 11월호

그 처녀는 내가 상상하던 웅장하고도 로숙한 사람이 아니라 몸매
가 날씬하고 가랑머리를 드리웠으며 새까만 눈썹 아래 령민하고 총
명한 눈이 반짝이고 있는 나어린 처녀가 아닌가!

「청춘기」, 리근전, 『연변문학』, 1961년 1월호

올해 스물다섯 살을 금방 잡은 영란의 동그스름한 얼굴에는 언제
나 웃음이 떠날줄 몰랐다.
「홍암골의 맨칼의사」, 김창석, 『연변문예』, 1974년 12월호

창수는 작은 키에 약빠르게 생긴 근하고 굳고 손부리가 여문 영
란이의 모습을 그려보았다.
「마음」, 리웅, 『연변문예』, 1977년 6월호

생글생글 미소가 넘쳐나던 선녀의 갸름한 얼굴에는 걱정의 잔물
결이 일고있었다.
「높은 자각」, 고신일, 『연변문예』, 1978년 8월호

봉선이는 도라지꽃처럼 남달리 키골이 훤칠하거나 삐여지게 환하
다고는 할 수 없으나 이콕구비가 단정하고 겉이자 속이라 동네방네
에서 이름 짜 했다/.
「도라지꽃」, 림원춘, 『연변문예』, 1979년 1월호

길고 탐스럽게 땋아늘인 머리채라든가 연분홍저고리에 꼭 싸인
균형 잡힌 몸매를 보아 그는 학생이 아니였다.
「들뜬 처녀」, 차중남, 『연변문예』, 1979년 3월호

그 무엇을 속삭이는 듯한 그윽한 눈길, 어릴 때의 애되고 순진하
고 단순한 눈길이 아니라 몹시 설렁이는 호수와도 같았다.
「들뜬 처녀」, 차중남, 『연변문예』, 1979년 3월호

서른다섯살 난 맏동서 허춘금은 북실북실한 철색얼굴에 몸집이
실팍하였으나 스물일곱살 난 둘째동서는 해맑은 얼굴에 호리호리한
몸매를 가졌다.
「동서간」, 정석봉, 『연변문예』, 1979년 4월호

영애의 어글어글한 눈에는 상냥스러운 웃음이 함씬 담겨져 있었다.

「힘」, 윤명철, 『연변문예』, 1979년 5월호

이슬을 머금은 듯한 순금의 입술은 마치 떨어지는 피방울과 비겨 볼 듯이 빨갛게 상기되였다. …… 순금의 얼굴은 아늑한 요람 속에서 단꿈을 꾸고 있는 듯한 티 없이 맑고 조용한 얼굴이였다…….

「마귀의 그림자」, 황남국, 『연변문예』, 1983년 1월호

웃을 때마다 꽃망울처럼 패이는 보조개, 그린 듯한 가늘고 휘우듬한 반달눈섭, 앵두처럼 작고 빨간 입술, 그는 실로 뭇꽃 중의 모란이였다.

「숙이」, 김재욱, 『연변문예』, 1984년 7월호

원숙한 아름다움이 자리 잡은 얼굴은 행복의 물결로 남실거렸다. 하얀 살구꽃의 물기를 머금은 듯 살결도 때물을 홀딱 벗어 희고 부드러웠다.

「숙이」, 김재욱, 『연변문예』, 1984년 7월호

희숙이의 새하얗고 갸름한 얼굴은 샐쭉해졌지만 눈에는 웃음이 숨겨져 있었다.

「색동단」, 김경련, 『연변문예』, 1984년 11월호

유월은 동실한 얼굴에 익살스런 웃음을 담으며 함초롬한 두 눈을 깜싹거렸다.

「밤 낚시터」, 차경순, 『연변문예』, 1984년 12월호

동그런 얼굴, 도톰한 입술사이에 드러난 일매진 흰 이발, 미끈하고 탄성있는 몸매…

「푸른 락엽」, 고신일, 『천지』, 1986년 7월호

눈이 부시도록 그 긴 속눈섭을 떨며 나를 쳐다보는 그녀의 봉의
눈은 그보다 더 많은 것을 말해주고 있다.

　　　　「파도어 실린 사랑」, 림원춘, 『천지』, 1986년 9월호

어느새 벗어 넘겼는지 파도치듯 굽실굽실한 고수머리에는 까마반
지르르하게 기름칠을 하고 부둥부둥한 얼굴에는 보얗게 분칠까지
하여...특별히 우아하고 아름다워 보였다.

　　　　「인정의 소용돌이」 허춘희, 『천지』, 1986년 10월호

폭포처럼 드리운 검은머리며 오똑한 코날이며 활등처럼 휘여든
눈섭이며 윤택 있고 부드러운 살결이며 날씬한 몸매며 그의 모든
것은 그럴 듯 고풍스런 아름다움을 갖고 있었다. 마치 동방미녀들의
모든 우점을 독차지한 듯 아름답고 싱싱하였다.

　　　　「해는 오늘도」, 천화, 『천지』, 1987년 9월호

금주는 조급했다. 빨갛게 상기된 동그스름한 얼굴에는 열기가 확
확 풍겨 나오고 이마엔 땀에 젖은 곱슬머리가 착 달라붙었다. 묵직
한 려행용 가방을 이손저손에 엇바꿔 쥐면서 오돌찬 몸매를 배틀거
리며 탈싹거렸다.

　　　　「마음속의 무덤」 전영순, 『천지』, 1987년 10월호

애화는 춘실이보다 얼굴이 좀 갸름하고 몸매가 더 호리호리했다.
코는 더 오똑했고 머리와 눈섭은 더 까맸다.

　　　　「한 녀학생」, 윤정삼, 『천지』, 1987년 11월호

호리호리한 몸매에 동그스름한 얼굴, 반달같이 상들하게 휘여든
눈섭 아래에 머루알 같은 새까만 눈동자, 좀 오똑할사한 코밑에 이
슬을 머금은 꽃잎마냥 연연하고 발가우리한 입술...

　　　　「그녀의 얼굴」, 손룡호, 『천지』, 1988년 1월호

갈람한 얼굴에 고붓한 코, 동실한 턱 아래, 가늣한 목, 갈모개처럼 미끈한 키...

「한오리 연기」, 리태수, 『천지』, 1988년 2월호

낭자머리를 당실하니 틀어올린 옥희의 갸름한 얼굴을 갓 돋아난 옥란꽃 꽃봉오리처럼 애리애리하고 말쑥하였다.

「그녀의 운명 투전장」, 정창호, 『천지』, 1988년 5월호

이쁜녀는 아닌 게 아니라 얼굴이 동탕하고 몸매 또한 단아하여 삼림의 선녀 같은데다가 마음씨마저 비단결이여서 소문난 가인이였다.

「아름다운 비밀」, 최균선, 『천지』, 1990년 7월호

보통 키에 갸름한 얼굴을 가진 그는 다른 여성들과 달리 눈찌가 좀 사납게 생긴 것이 어딘가 만만찮은 인상은 준다. 얍쓸한 입술은 꼭 다물 때면 강의한 성격의 소유자라는 느낌을 준다.

「단풍시절」, 김영금, 『천지』, 1990년 8월호

그 집 유리창가에는 몸집이 시리시리하고 살갗이 유난히 흰데다 눈이 시원하게 커 보이는 처녀가 서있었다.

「박개장 암행록」, 허봉남, 『천지』, 1990년 11월호

행길 속에는 몸매가 호리호리한 설흔댓돼보이는 녀인이 총총걸음으로 시장청사로 다가왔다.

「북행렬차의 고동소리」, 임종철, 『천지』, 1990년 10월호

갈죽한 얼굴모형에 버들잎 같은 눈섭, 당실한 코마루와 얌전하고 우아한 빛이 찰찰 넘치는 눈, 그녀는 소매가 없는 파르스름한 원피스를 입고 있어 포동포동한 흰 팔을 드러내고 있었다.

「버림받던 아낙네들」 윤송, 『천지』, 1991년 9월호

늘씬한 키에 희고 부드럽고 윤택나는 피부는 발랄한 젊음과 탄력
과 균형으로 조화되어 미모를 이루었다.
「깨여진 꿈」 리근전, 『천지』, 1992년 9월호

그녀는 오관이 다 고왔지만 눈이 특별히 고왔다 밤하늘에서 반짝
이는 뭇별을 련상시키는 눈이였다.
「아-, 그립구나」 리홍규, 『천지』, 1992년 11월호

하루는 스물네댓 되여 보이는 처녀가 나를 찾아 편집실로 왔다.
차림새는 경박하게 요란하지도 않고 미색을 흐리우게 너무 수수하
지도 않았다.
「다리」, 윤림호, 『천지』, 1993년 2월호

갓 스무살을 넘긴듯한 그 녀자는 창백한 이마에 식은땀이 송골송
골 내 돋혔고 파랗게 질린 입술이 알릴락말락 움직거리고 있었다 .
꼭 감은 눈귀로는 눈물이 흘러 나왔다.
「사랑3부곡」, 전경숙, 『천지』, 1993년 3월호

폭포 같은 긴 머리칼을 내드리우고 연보라빛 원피스를 차분히 차
려 입은 그녀는 어찌나 아름답고 도도해 보이는지 나는 그 기염에
찔리워 문 앞에 엉거주춤서서 그녀가 전화를 다 끝내기를 기다렸다.
「아픔」, 성진숙, 『천지』, 1993년 3월호

그녀의 꼭 닫혔던 입술사이로 문득 이런 말이 돌돌 덩어리져 굴
러 나왔다.
「멀리 가는 빛」, 김재국, 『천지』, 1993년 6월호

해볕에 그을린 그녀의 이마와 귀밑에서 땀방울이 흘러내리는 것
이 측은하게 느껴졌다.
「멀리 가는 빛」, 김재국, 『천지』, 1993년 6월호

얼굴 바투 들이밀며 그래도 모르겠느냐 하며 고개를 갸웃, 흰 이
를 쌩긋 들어낸다. 상현달 같은 눈매, 상큼한 코날, 걀쭉한 얼굴...
「흘러간 풍경」, 리동렬, 『천지』, 1995년 1월호

웃을 때 살짝 패여졌다 서서히 사라지는 두 볼의 보조개가 인상
적이였다. 동글스름한 얼굴에 애티나게 모여 앉은 두 눈과 코 그리
고 입이 너무나도 귀염스러웠다.
「5720작전」, 장지민, 『천지』, 1995년 2월호

몸매 훤칠하고 얼굴이 걀둥그럼한 파란 각시 한분, 버들잎같이 휘
여진 눈, 날씬하게 잘 빠진 코, 얄팍한 입술, 가쯘한 흰이 ...
「눈꽃서정」, 리동렬, 『천지』, 1995년 5월호

흰 빛의 피부를 그 녀자는 갖고 있었다. 군살 한점 없는 얇은 얼
굴, 균형이 꽉 잡힌 오돌찬 몸매, 그 녀자는 영암이 또렷한 하나의
사기그릇 같았다.
「초로의 인간들」, 윤희언, 『천지』, 1995년 6월호

워낙 달덩이 같이 환한 인물에 몸매 고운 선녀는 이곳 신툰마을
에 사는 최봉구의 둘째딸이다.
「아, 진달래」 김영자 , 『천지』, 1996년 3월호

그 동글납작한 얼굴에 보송보송하고 통통하던 두볼이 지금은 푹
꺼져 들어갔고 관골이 쑥 삐여져 나와 있었다. 그처럼 검고 기름기
흐르던 머리칼도 부시시하게 말라버렸고 오목오목하고 포동포동하
던 손등에도 퍼런 힘줄이 두드러졌다.
「그해동삼」 최정연, 『천지』, 1996년 4월호

솔직히 말해서 옥분이는 미끈하게 빠진 몸매와 애교가 넘치는 요

염한 얼굴을 가진 매력적인 녀자였다.
　　　　　「서로가 찾는 사람」 장하도, 『천지』, 1997년 7월호

그는 옥돌로 깎아놓은 듯한 얼굴에 알릴락말락한 미소를 머금고
있었다.
　　　　　「서로가 찾는 사람」, 장하도, 『천지』, 1997년 7월호

칠흑같은 머리를 길게 늘어뜨린 미희의 모습은 마치 잘 익은 청
포도와 같이 물이 뚝뚝 묻어날 듯 청초하고 신선하였다.
　　　　　「서로가 찾는 사람」, 장하도, 『천지』, 1997년 7월호

파리한 빛이 약간 떠도는 창백한 얼굴, 하지만 어여쁘고 깨끗한 얼굴…
　　　　　「노크소리」, 장경숙, 『천지』, 1997년 8월호

머알 같은 서미의 두 는은 웃을 때에는 돌바위 마저도 움직일 수 있
으리만치 귀엽지만 일단 신경을 세울 때에는 서리발이 치는 것이다.
　　　　　「녀사장의 이야기」, 박향숙, 『천지』, 1997년 10월호

그의 어여쁜 머루 눈에서는 맑고 청신한 아침 이슬 같은 눈물이
방울지고 있었다.
　　　　　「녀사장의 이야기」, 박향숙, 『천지』, 1997년 10월호

유별한 기품이 서려있는 얼굴, 유순하면서도 어딘가 모르게 당혹
한 눈빛, 조심스레 걷는 걸음걸이까지도.
　　　　　「바람은 가슴 속에 멎는다」 강효근, 『연변문학』, 1998년 9월호

그녀는 병자처럼 해쓱해진 얼굴로 장장 하루씩 누워서 송장처럼
지내군 했다. 우묵하니 꺼진 두 눈과 툭 튀여나온 관골을 천장으로
향하고 음식마저 전폐했다.
　　　　　「고향」, 량춘식, 『연변문학』, 1998년 9월호

약간 벌린 입술사이로 가쯘한 이발이 예뻐 보였다. 등불 밑에 드
러난 창백한 얼굴, 곱게 휘여든 눈섭 미운데가 없었다.
「당신과 당신의 후예를」, 최국철,『연변문학』, 1999년 3월호

참대같이 미끈하게 쭉 빠진 녀자였다. 젖가슴이 곱게 삐여진 그녀
의 몸매는 깃을 활짝 펴려는 아름다운 공작새를 방불케 했다.
「그녀를 따라」 손룡호,『연변문학』, 1999년 3월호

어머니는 짜른 스카트에 궁둥이가 푹 덮인 값진 웃옷을 입었고
귀며 목이며 금으로 장식된 귀부인 스타를 보여주고 있었다. 귀에
한들한들거리는 귀걸이나 목에서 빛을 뿌리는 목걸이나 고운 손가
락에 끼인 금반지나 모두가 어머니를 곱게 장식해주고 있었다.
「우리 집의 밤과 낮」, 황순희,『연변문학』, 1999년 5월호

저녁에 엄마는 곱게 분세수를 하였다 .잠옷 속에 잠긴 엄마가 그
처럼 아릿다운 줄은 이제야 알았다. 내가 즐겨 쥐여보던 엄마의 젖
은 봉긋이 솟아난 것이 저렇게 탐스러울 수가 있는가!
「우리집의 밤과 낮」, 황순희,『연변문학』, 1999년 5월호

내 눈에도 형수는 내가 아는 어떤 녀자보다도 완벽한 몸매와 얼
굴을 갖고 있었다. 어느 순간에 어떤 각도에서 보더라도 절정의 아
름다움과 육감적인 매력을 느끼게 만들었다.
「먼지의 방」, 원재질,『연변문학』, 1999년 5월호

간밤에 대문 앞에서 마주쳤던 녀자의 얼굴을 곰곰히 떠올렸다. 아
람한 체구에 평범하다면 평범한 얼굴이였다. 큰 눈에 입을 작게 오
무린 녀자는 웬지 겁에 질려 잔뜩 위축된 표정이였다.
「먼지의 방」, 원재질,『연변문학』, 1999년 5월호

날씬한 몸매에 얼굴 또한 달같이 환해서 보는 사람마다 깨물어주
고 싶다고 침을 삼키군 했지요.
　　　「천국에서 날려 온 편지」, 권중철, 『연변문학』, 1999년 10월호

비단필 같은 생머리, 하아얀 피부, 색연필로 그려놓은 듯한 입술 …
　　　「굴러가는 태양」, 김순금, 『연변문학』, 1999년 10월호

이쁜 반달눈의 동글한 얼굴을 비로소 알아보았다. 실실해 보이는
몸매와는 달리 나를 쳐다보며 방글거리는 눈귀에는 즈름살이 여러
줄 잡혀있었다.
　　　「5월 강서리」, 류원무, 『연변문학』, 1999년 11월호

그녀는 그저 오동통할 뿐이다. 손도 오동보동, 눈도 오목오목, 까
만 눈은 정기돌고 윤기난다.
　　　「발구야, 초롱아!」, 김길련, 『연변문학』, 1999년 11월호

엄마의 높이 틀어 올린 머리, 그리고 그 밑으로 새하얗게 드러난
하얀 목, 엄마의 입술에는 또 빨간 립스틱이 칠해져있었다.
　　　「당신이 섰던 자리」, 권선자, 『연변문학』, 1999년 12월호

매끌매끌하게 잘 다듬어진 얼굴은 무엇이나 충분히 포식할 수 있
는 확신으로 넘쳐있었고 또 흐트럼 하나 없이 아주 평화롭고 여유
롭게 빛나고 있었다.
　　　「당신이 섰던 자리」 권선자, 『연변문학』, 1999년 12월호

키가 호리호리하고 눈섭과 입술을 감스레하게 화장한 젊은 아가
씨가 불빛이 흐드러지게 터져 내린 문밖에 서 있다가 사뿐 다가와
옥성을 굴려댔다.
　　　「명암의 세계」, 윤림호, 『연변문학』, 2000년 1월호

　　교양미와 성숙미가 차분히 맺힌 조홍자에 비해 홍현실은 심심찮게 보아온 화판처럼 눈길 한번으로 아름다움이 활짝 드러났고 그래서 어딘가 좀 경박하지 않나 여겨졌다.

　　　　　　「명암의 세계」, 윤림호, 『연변문학』, 2000년 1월호

　　키가 작달막하고 몸이 동탕하여 달콤한 가루를 토실토실 터뜨리는 늦감자를 입에 가득 문 듯 탐스런 느낌을 주고 있었다.

　　　　　　「명암의 세계」, 윤림호, 『연변문학』, 2000년 2월호

　　최옥련이라 부르는 그녀는 보기 드문 미인이였다. 날씬한 키에 어울리는 긴 목, 생기있는 두 눈에 버들잎처럼 휘여진 눈섭이며 얼굴 가운데 곧은 선을 긋고 내려오다 상큼하게 일어선 깜찍한 코날이며 작고 도톰한 입술, 말하거나 웃을 때면 량 볼에 쏙쏙 패이는 보조개..

　　　　　　「그리다만 그림」, 김견, 『연변문학』, 2000년 2월호

　　승현이를 마주보는 두 눈은 고요한 호수처럼 잔잔하고 티 없이 맑았다.

　　　　　　「그리다만 그림」, 김견, 『연변문학』, 2000년 2월호

　　두 눈에서는 작은 불꽃 한 이 밤하늘의 별찌마냥 반짝 빛나고 있었다.

　　　　　　「그리다만 그림」, 김견, 『연변문학』, 2000년 2월호

　　눈꼬리가 긴 봉의 눈이나 선이 선명한 상큼한 코, 조금 펀펀해 보이는 얼굴에 비해서 작아 보이는 입...특히는 웃 입술선이 곱게 맞물린 곳이 약간 들릴사하니 탐스럽게 번져져 야릇하고 새콤한 인상을 준다 할가.

　　　　　　「고요한 도시」, 리동렬, 『연변문학』, 2000년 2월호

　　검은 머리발이 어깨를 소담하게 덮으며 차곡차곡 흘러내려온 일

신의 곡선미를 풍만하게 받쳐주었다.

「암의 세계」, 윤림호, 『연변문학』, 2000년 3월호

컴컴한 차안인데도 그녀의 모습은 령롱한 야광주마냥 투명한 미모로 어둠을 또렷이 찍어내고 있었다.

「명암의 세계」, 윤림호, 『연변문학』, 2000년 3월호

조홍자는 맑진 샘물손의 진주처럼 반짝거리는 임순이의 눈을 보며 어쩔 수 없이 마주 웃었다……. 임순이의 외모는 호수에 새로 피여 난 수련마냥 청초했다.

「명암의 세계」, 윤림호, 『연변문학』, 2000년 3월호

운전석 옆에 앉은 그녀는 몸매가 애호박처럼 애리어리하고 얼굴이 인형마냥 깜냥스럽고 복스러웠다. 말할 때면 보조거가 옴실거리며 귀인성을 남실남실 피워 올리는 단아형의 녀자였다.

「명암의 세계」, 윤림호, 『연변문학』, 2000년 3월호

그녀의 귀밑머리아래 연한 빛깔의 검버섯들이 자갈하게 박혀있었다. 주름진 눈두덩이로 먹빛 눈동자가 번쩍이였다.

「아기부처」, 한강, 『연변문학』, 2000년 3월호

닭알같이 갸름한 얼굴에 날씬한 코와 선연한 눈과 입에 s을과 같은 포근함과 부드러움이 비껴있더라면서 찬탄을 아끼지 않았었다.

「고요한 도시」, 리동렬, 『연변문학』, 2000년 4월호

잘 빠진 그녀의 크림빛 목이 소박하고 부드러운 복장의 색갈이나 운치와 잘 어울리면서 오기로 약간 치들릴사한 고운 턱을 그린 듯이 받치고 있었다.

「고요한 도시」, 리동렬, 『연변문학』, 2000년 4월호

몸매가 너무 호리호이해서 탈인데 첫눈에 주는 느낌은 기질이 외려 이상하니 조용하고 포근했었다. 크고 약간 날카로운 듯 하나 상글상글 웃는 눈에 정기가 차고 넘쳐서 녀자의 말없는 총기가 고객들을 정복하는가부다는 판단이 섰다.

「고요한 도시」, 리동렬, 『연변문학』, 2000년 4월호

봉의 눈에 반짝이는 별빛은 리화의 눈빛을 상기시키면서 이미 세속의 질서를 파악한 지성인의 침착을 보여주었고 익을대로 익은 몸매는 그녀만의 발랄한 생기와 개성적인 매너를 발휘해왔다.

「고요한 도시」, 리동렬, 『연변문학』, 2000년 4월호

청실이는 만면에 복웃음이 폭폭 실린 그런 형의 깜냥한 녀자였다.

「명암의 세계」, 윤림호, 『연변문학』, 2000년 4월호

조홍자는 또 묘한 웃음을 굴려냈다. 술노을이 발깃하게 피여오른 그녀의 얼굴은 점점 진한 미감과 젊음을 로출하고 있었다.

「명암의 세계」, 윤림호, 『연변문학』, 2000년 4월호

조홍자의 아름다운 동공에 담겼던 두려움은 차츰 련꽃을 떠이고 해빛에 반짝거리는 호수의 그윽한 물빛으로 바뀌여 일렁거렸다.

「명암의 세계」, 윤림호, 『연변문학』, 2000년 4월호

깜찍한 입술은 그려놓은 듯 생동하고 성감적이다. … 마스카라를 바른 긴 속눈썹들이 빳빳이 일어섰는데 눈을 슴벅일 때마다 눈초리들은 호수가의 풀 마냥 두 눈을 살풋이 덮었다가 펼치군 했었다.

「고요한 도시」, 리동렬, 『연변문학』, 2000년 5월호

손톱눈에 가지빛 메뉴큐어를 바른 작고 보동보동한 손이 명호의 줌안에 꼭 들어왔다.

「고요한 도시」, 리동렬, 『연변문학』, 2000년 5월호

눈과 입에 담담한 미소를 담고 뺨에 매화꽃을 피우며 걸음을 떼
왔다.… 온몸에 싱싱한 활력이 차 넘쳤다.

「고요한 도시」, 리동렬,『연변문학』, 2000년 5월호

날씬하게 내리뻗은 코는 잠자리인양 얌전이 기를 살풋 잡고 있는
데 크고 말쑥한 눈에는 흥분한 빛이 오롯거렸다.

「고요한 도시」, 리동렬,『연변문학』, 2000년 5월호

이슬을 머금은 한송이 들장미를 방불케하는 고운 입을 방긋이 벌
리고 다소곳이 고개를 숙이고 있는 품…

「갈애」, 서정호,『연변문학』, 2000년 6월호

미인형으로 갸름하게 생긴 얼굴은 해태처럼 하얗게 질려있었고
순진한 두 눈을 경풍한 아이처럼 초점을 잡지 못한 채 허둥댔다.

「명암의 세계」, 윤림호,『연변문학』, 2000년 6월호

희고 가는 종아리와 역시 그런 팔, 약하고 길게 빠진 목, 그러나
치게 머리에 감싸인 얼둘은 생동하고 발랄했다.

「고요한 도시」, 리동렬,『연변문학』, 2000년 6월호

겨울눈처럼 희디흰 얼굴,… 원래 살색이 희여서 그우에 살짝 크림
질만해도 아름다운 얼굴이였다. 그녀의 눈은 좀 안으르 오목 꺼진
편이고 코허리는 우리 조선족 여성들의 표준 코모양보다 아주 시원
히 코허리가 상큼하게 살아나고 좀 긴 편인데 안경을 걸고 코등 색
깔과 코 량 옆 살색이 일치하다보니 코등이 나온 느낌이 조금도 들
지 않았다.

「아름다운 리별」, 리휘,『연변문학』, 2000년 8월호

백옥같이 잘 다듬어진 사과처럼 잘 익은 그리고 음악세포로 잘

길들여진 그녀 특유의 깔끔한 몸매와 기질이 이상한 바람을 일렁이
여왔다.

　　　　　　「고요한 도시」, 리동렬, 『연변문학』, 2000년 8월호

　갸름한 얼굴에 두 어깨로 폭포처럼 흘러내린 까마반지르한 머리,
때를 벗은 하야말쑥한 분결같은 얼굴에 적당히 자리 잡은 반달 같
은 눈섭, 머루알 같은 커다란 두 눈, 상큼한 코날 밑에 앵두같은 입,
버드나무 같은 날씬한 몸매에 봉긋이 솟은 앞가슴...

　　　　　　「얼떠름한 세상」, 리문철, 『연변문학』, 2000년 9월호

　은실이의 얼굴은 그야말로 이슬머금은 한떨기의 꽃과 같다 할가!
상글하게 휘여오른 눈썹 아래 머루알 같은 까만 눈, 오똑하게 솟은
상큼한 코마루 아래에 앵두 같은 입...

　　　　　　「은실이 옥실이」, 운파, 『연변문학』, 2000년 9월호

　은실의 얼굴은 활짝 피여난 한 떨기의 해당화 같았다. 행복에 겨
워 몸을 꼬아치며 눈을 사르르 감아주는 그 모습, 보는 사람의 간을
다 녹여줄 지경이다.

　　　　　　「은실이 옥실이」, 운파, 『연변문학』, 2000년 9월호

　임순이는 샘물에 담궜다가 낸 옥돌처럼 맑은 눈을 반짝이며 허리
를 꺾었다. 엄마배 속에서부터 하느님의 복음을 받으며 세상에 태여
난 듯 그녀는 외모로부터 마음에 이르기까지 그처럼 순미하고 결박
하였다.

　　　　　　「명암의 세계」, 윤림호, 『연변문학』, 2000년 9월호

　풀어뜨린 머리는 들녘의 풀처럼 어깨에도 내려앉고 얼굴로도 흘
러내려 자연그대로의 풍미를 보여주었다. 까만 일색으로 전체적 인
상을 이룬 소녀는 마치 루루세월 속세와 담을 쌓은 수도원의 천사

와 같았다.
　　　　　「명암의 세계」, 윤림호 , 『연변문학』, 2000년 9월호

　웃 입술과 코 량 컨으로 해서 팔자형의 관골이 오록해지면서 미
소를 그물그물 피워 올린다....성정이 바늘 한점 꽂을 틈도 없이 야
무진 녀자였다.
　　　　　「고요한 도시」, 리동렬,『연변문학』, 2000년 9월호

　머리를 어깨 밑까지 풀어헤치고 왼뚝 귀밑에 은빛디온도금을 한
뻰을 꽂았었다. 여자는 한 떨기 란초 같이 싱싱하고 생동하고 아릿
다웠다.
　　　　　「고요한 도시」, 리동렬,『연변문학』, 2000년 9월호

　요골거리는 애욕 같은 혀끝이 살룩 번져질듯한 웃 입술 끝에서
흡사 요미의 것같이 날름거린다. 장미빛 립스틱이 맞춤하니 발린 입
술은 짙은 육감으로 련련했다.
　　　　　「고요한 도시」, 리동렬,『연변문학』, 2000년 9월호

　안해 옥자가 어디나 시원스럽게 생긴 서구미를 갖췄다면 한숙자
는 어디나 정교하게 조Z된 동방미녀형이 틀림없었다.
　　　　　「인천부두」, 강호원,『연변문학』, 2000년 10월호

　인사 례절도 씨알이 톡톡 맞히게 상당히 해박했고 눈엔 호수처럼
애수를 잔잔히 머금고 있어 녀자의 매력과 정정미를 보여주고 있었다.
　　　　　「명암의 세계」, 윤림호,『연변문학』, 2000년 10월호

　애란이는 평소 별로 입지 않던 록색의 양복을 입었는데 동탕이는
그 몸매에는 마치 싱싱한 운률이 약동하고있는듯 했다.
　　　　　「고요한 도시」, 리동렬,『연변문학』, 2000년 10월호

약간 날카로워 보이는 소금빛 같이 맑고 깨끗한 얼굴, 웃음기 한 점 없는 날파람이 있어 보이는 반신상..

「고요한 도시」, 리동렬, 『연변문학』, 2000년 11월호

빗지 않은 머리는 흐트러져있고 루즈조차 바르지 않은 입술은 까슬까슬 보풀이 일어있다. 정기없는 눈, 해쓱한 얼굴, 처연해진 모습...

「고요한 도시」, 리동렬, 『연변문학』, 2000년 11월호

잠깐사이에 그녀의 입술은 장미꽃잎새처럼 진붉어졌다.... 그녀의 입술과 눈에서는 곧 알릴듯말듯한 미소가 사물거리기 시작했다.

「고요한 도시」, 리동렬, 『연변문학』, 2000년 11월호

명연의 달콤한 숨소리로부터 명연의 까마반지르르한 머리며 해반주그레한 얼굴이며 옥색도자기에서 부어 빼낸 것 같이 하얀 목이며 부풀어 오르는 듯한 젖가슴이며 깎아내린 듯한 팔이며...

「백야」, 소려, 『연변문학』, 2000년 11월호

성은이는 가뜩이나 하얗고 큰 얼굴에 머리까지 빠글빠글하게 볶아놓으니 마치 인형 같았다.

「순수의 시절」, 홍예화, 『연변문학』, 2000년 12월호

큰 눈에 날씬한 코, 성감적인 입, 갸름한 얼굴-익숙히 알고 있던 모습대로이다. 좀 다르다면 얼굴이 무척이나 희여진것이랄가. 퍼그나 세련된 몸가짐이며 약간 우울한 빛을 띤 눈동자도 시선을 끈다.

「고요한 도시」, 리동렬, 『연변문학』, 2000년 12월호

녀자는 입술에 야릇한 미소를 머금는다. 장밋빛 입술이 고혹적일 만큼 예뻤다. 주름한점 없는 얼굴과 맑고 큰 눈도 정신나 보였다.

「고요한 도시」, 리동렬, 『연변문학』, 2000년 12월호

얼굴은 섬세히 조각하놓은 듯 주름 하나 없이 말쑥하고 이쁜데 머루같이 크고 맑고 정기 있는 눈에는 령기가 반짝이였다. 하지만 이상한건 녀자의 돋에서 로련하고 성숙된 미가 흘러넘치고 있는 것이다.

「고요한 도시」 리동렬, 『연변문학』, 2000년 12월호

낯이 익어 보였다. 동그스름한 얼굴과 흰 피부가 눈길을 자주 했다.

「어둠 속의 손」, 리동렬, 『연변문학』, 2001년 1월호

맑고 따뜻한 해빛 속에서 백랍같은 얼굴을 해가지고 나올거리던 녀자!

「어둠속의 손」, 리동렬, 『연변문학』, 2001년 1월호

옆에는 초롱초롱한 눈매의 귀여워 보이는 인상의 어떤 녀자가 마찬가지로 행복한 웃음을 짓고 있었다.

「꿈이 시작된 그 자리에는」, 박명옥, 『연변문학』, 2001년 2월호

포실포실 애티가 흐르는 얼굴에 웃음을 빼물며 쫑알거리는 그 모습·

「우재동골의 신화」, 전춘식, 『연변문학』, 2001년 2월호

매양봐도 깜냥스럽고 령이해보이는 화옥이다.

「우재동골의 신화」, 전춘식, 『연변문학』, 2001년 2월호

검버섯이 거덯게 돋아난 얼굴에 진한 화장을 하고 술집 어느 구석에 앉아 주름살 진 눈빛을 붉게 적시며 소주잔을 ㄱ울이고 있는 청승맞은 엄마의 모습.

「부서지는 별」, 조선옥, 『연변문학』 2001년 3월호

농촌처녀들 치고는 몸매가 호리호리하고 정기도는 머루알 같은 두 눈에 선량한 마음을 가진 입이 무거운 녀자였다.

「당구」, 리휘, 『연변문학』, 2001년 5월호

　　그녀의 눈은 그 년령의 녀자들의 눈과는 달리 포도주에 담근 검은 포도같이 담담한 취기를 느끼게 하였다.

「정감유희」, 관인산, 『연변문학』, 2001년 5월호

　　향미의 눈앞에 떠오르는 어머니는 눈이 어글어글하고 턱이 뾰족한 미모였다.

「탈가」, 정형섭, 『연변문학』, 2001년 6월호

　　본래 해반주그레하던 얼굴에 분식이 좀 피니 미색이 한결 우아해졌다. 울었다나서 눈까풀이 약간 보삭해진데다가 눈시울에 감색선을 살짝 그어놓으니 어딘가 은근하면서도 사색적인 녀자로 보였다.

「탈가」, 정형섭, 『연변문학』, 2001년 6월호

　　선천적으로 숱지고 긴 눈섭, 그 밑의 어글어글한 눈·향미의 눈매가 어쩐지 그녀와 류사한 인상을 주었다.

「탈가」, 정형섭, 『연변문학』, 2001년 6월호

　　키가 호리호리하고 얼굴이 해반주그레하고 기질이 활발한 그녀는 일에 매여 몸이 맵시 없이 몽통몽통 퍼진 시골처녀들과 한참은 대조되게 섹시한 바탕이였다.

「물빛의 긴 려로」, 윤림호, 『연변문학』, 2001년 9월호

　　사립문으로 들어오는 녀자는 갤죽한 몸매에 얼굴이 동시랗게 생긴 처녀였다.

「재박골의 새 이야기」, 리태수, 『연변문학』, 2001년 10월호

　　시월이는 또 곱게도 생겼다. 커다란 눈이 새물새물 웃는 것 같았다. 말할 적마다 폭폭 패이는 볼우물이 더 복성스럽고 귀엽게 보였다.

「재박골의 새 이야기」, 리태수, 『연변문학』, 2001년 10월호

그들의 앞에 선 정실기는 깔밋한 체격, 말쑥한 얼굴, 커다란 쌍겹
진 눈에선 정기가 샘물처럼 솟아나고 있었다.
　　　　「재박골의 새 이야기」, 리태수, 『연변문학』, 2001년 10월호

부드럽고 매끈하던 윤미의 얼굴이 시들어가고 있었다. 눈에 반짝
이던 활기와 입가에 노상 그리던 웃음꽃송이가 지고 있었다.
　　　　「재박골의 새 이야기」, 리태수, 『연변문학』, 2001년 12월호

살결이 특별하게 흴뿐만 아니라 용모 또한 붉은 신호등에서 나오
는 리철매를 꼭 떼닮아 옥실복실한 동옥이는 하냥 살짝 나온 덧이
를 자랑하듯 웃기만 하는데
　　　　　　「수박춤」, 김성호, 『연변문학』, 2001년 12월호

룡철이가 고개를 돌려보니 얼굴이 해말쑥한 처녀가 문안에 들어
서고 있었다. 헌데 도회지처녀답지 않게 옷매무시가 너무나도 수수
하고 담담했다. 그제날 농촌초등학교 학생들을 방불케 했다. 미목이
청수한 얼굴이였지만 한 가닥 그늘이 써늘하게 비낀 것 같았다. 도
도록한 이마 밑에 쌍둥이용달샘처럼 들어앉은 까만 눈이 인상적이
여서 누구였던가 하는 기억부터 더듬게 한다.
　　　　　　　　「언덕길」, 김천, 『연변문학』, 2002년 4월호

눈살이 꼿꼿해서 입슬을 감쳐물고 타박타박 다가서는 처녀의 악
의에 찬 얼굴
　　　　　　　　「언덕길」, 김천, 『연변문학』, 2002년 4월호

순희는 양장을 벗어버리고 빠알간 속내의만 입었는데 동탕한 그
모습그대로 드러나 더두나 물찬 제비다. 얇은 화장을 살짝한 얼굴은
암탉 같은 시골색시들의 맵시도 아니고 또한 도회지의 요귀같은 아
가씨들의 스타일도 아니여서 촌사람들의 눈뿌리를 뺄 지경이다.
　　　　　　　　「언덕길」, 김천, 『연변문학』, 2002년 4월호

눈귀에 기여오르는 잔주름, 윤색을 잃어가는 피부·경대를 마주하
고 한두오리씩 세파의 흔적을 물어들이는 흰 머리카락을 내포해낼
때마다

「동창회」, 윤림호, 『연변문학』, 2002년 6월호

세영은 해맑간 얼굴에 이목구비가 또렷했고 눈동자에 있는 검정
부분이 유난히 깨끗하면서도 광채가 났다. 검은 눈동자와 같이 머리
칼도 검었으며 반질반질 윤기가 흐르고 있었다. 그녀의 긴 머리결은
어깨를 덮어 한걸음씩 걸을 때마다 파도가 물결치듯 출렁거리군 했
다. 그녀는 생김새와 같이 마음도 반듯하고 선량했으며 하느님을 향
한 경건한 신앙심도 지니고 있었다.

「섬에서 만난 아이」, 공영희, 『연변문학』, 2002년 6월호

낯이 익어 보였다. 동그스름한 얼굴과 흰 피부가 눈길을 자주 했다.

「어둠 속의 손」, 리동렬, 『연변문학』, 2001년 1월호

몸매는 나긋나긋하고 춤 맵시는 고왔다.

「어둠속의 손」, 리동렬, 『연변문학』, 2001년 1월호

맑고 따뜻한 해빛 속에서 백랍 같은 얼굴을 해가지고 나올 거리
던 녀자!

「어둠속의 손」, 리동렬, 『연변문학』, 2001년 1월호

옆에는 초롱초롱한 눈매의 귀여워 보이는 인상의 어떤 녀자가 마
찬가지로 행복한 웃음을 짓고 있었다.

「박명옥」, 『연변문학』, 2001년 2월호

포실포실 애티가 흐르는 얼굴에 웃음을 빼물며 쫑알거리는 그 모습

「우재동골의 신화」, 전춘식, 『연변문학』, 2001년 2월호

정기도는 머루알 같은 두 눈에 선량한 마음을 가진 입이 무거운
녀자였다.
「당구」, 리휘, 『연변문학』, 2001년 5월호

그녀의 눈은 그 년령의 녀자들의 눈과는 달리 포도주에 담근 검
은 포도같이 담담한 취기를 느끼게 하였다.
「정감유희」, 관인산, 『연변문학』, 2001년 5월호

은숙이의 해맑은 얼굴과 무르익은 사과마냥 함초롬히 물이 오른
팽팽한 몸뚱이
「호꾸오까의 하늘」, 강호원, 『연변문학』, 2001년 6월호

향미의 눈앞에 떠오르는 어머니는 눈이 어글어글하고 턱이 뾰족
한 미모였다.
「탈가」, 정형섭, 『연변문학』, 2001년 6월호

본래 해반주그레하던 얼굴에 분식이 좀 피니 미색이 한결 우아해
졌다. 울었다나서 눈까풀이 약간 보삭해진데다가 눈시울에 감색선을
살짝 그어놓으니 어딘가 은근하면서도 사색적인 녀자로 보였다.
「탈가」, 정형섭, 『연변문학』, 2001년 6월호

선천적으로 숱지고 긴 눈섭, 그밑의 어글어글한 눈, 향미의 눈매
가 어쩐지 그녀와 류사한 인상을 주었다.
「탈가」, 정형섭, 『연변문학』, 2001년 6월호

키가 호리호리하고 얼굴이 해반주그레하고 기질이 활발한 그녀.
「물빛의 긴 려로」, 윤림호, 『연변문학』, 2001년 9월호

사립문으로 들어오는 녀자는 걀죽한 몸매에 얼굴이 동시랗게 생

긴 처녀였다.
　　　　「재박골의 새 이야기」, 리태수, 『연변문학』, 2001년 10월호

　시월이는 또 곱게도 생겼다. 커다란 눈이 새물새물 웃는 것 같았
다. 말할 적마다 폭폭 패이는 볼우물이 더 복성스럽고 귀엽게 보였다.
　　　　「재박골의 새 이야기」, 리태수, 『연변문학』, 2001년 10월호

　그들의 앞에 선 정실이는 깔밋한 체격, 말쑥한 얼굴, 커다란 쌍겹
진 눈에선 정기가 샘물처럼 솟아나고 있었다.
　　　　「재박골의 새 이야기」, 리태수, 『연변문학』, 2001년 10월호

　부드럽고 매끈하던 윤미의 얼굴이 시들어가고 있었다. 눈에 반짝
이던 활기와 입가에 노상 그리던 웃음꽃송이가 지고 있었다.
　　　　「재박골의 새 이야기」, 리태수, 『연변문학』, 2001년 12월호

　살결이 특별하게 흴뿐만 아니라 용모 또한 붉은 신호등에서 나오
는 리철매를 꼭 떼닮아 옥실복실한 동옥이는 하냥 살짝 나온 덧이
를 자랑하듯 웃기만 하는데
　　　　「수박춤」, 김성호, 『연변문학』, 2001년 12월호

　룡철이가 고개를 돌려보니 얼굴이 해말쑥한 처녀가 문안에 들어
서고 있었다. 미목이 청수한 얼굴이였지만 한가닥 그늘이 써늘하게
비낀것 같았다. 도도록한 이마 밑에 쌍둥이옹달샘처럼 들이 앉은 까
만눈이 인상적이여서 누구였던가 하는 기억부터 더듬게 한다.
　　　　「언덕길」, 김천, 『연변문학』, 2002년 4월호

　눈살이 꼿꼿해서 입술을 감쳐물고 타박타박 다가서는 처녀의 악
의에 찬 얼굴
　　　　「언덕길」, 김천, 『연변문학』, 2002년 4월호

순희는 양장을 벗어버리고 빠알간 속내의만 입었는데 동탕한 그 모습그대로 드러나 더구나 쿨찬 제비다. 얄은 화장을 살짝한 얼굴은 암탉 같은 시골색시들의 맵시도 아니고 또한 도회지의 요귀같은 아가씨들의 스타일도 아니여서 촌사람들의 눈뿌리를 뺄 지경이다.

「언덕길」, 김천,『연변문학』, 2002년 4월호

눈귀에 기여오르는 잔주름, 윤색을 잃어가는 피부·경대를 마주하고 한두 오리씩 세파의 흔적을 물어들이는 흰 머리카락을 내포해낼 때마다

「동창회」, 윤림호,『연변문학』, 2002년 6월호

세영은 해말간 얼굴어 이목구비가 또렷했고 눈동자에 있는 검정 부분이 유난히 깨끗하면서도 광채가 났다. 검은 눈동자와 같이 머리칼도 검었으며 반질반질 윤기가 흐르고 있었다. 그녀의 긴 머리결은 어깨를 덮어 한걸음씩 걸을 때마다 파도가 물결치듯 출렁거리군 했다. 그녀는 생김새와 같이 마음도 반듯하고 선량했으며 하느님을 향한 경건한 신앙심드 지니고 있었다.

「섬에서 만난 아이」, 공영희,『연변문학』, 2002년 6월호

그녀가 웃는 모습, 말할 때 낚아챈 고기가 비늘을 털며 싱싱하게 뛰여오르는 것 같은 발랄함과 개기와 함께 그녀 몸에 흐르는 우아함은 그를 순간순간 질식시키군 했다. 그녀에게서는 스프링이 지니고 있는 탄력과 고무줄이 가지는 팽팽함이 아니며 삶의 긴장감이 묻어있었다.

「섬에서 만난 아이」, 공영희,『연변문학』, 2002년 6월호

3) 외모미

(1) 눈

○ 눈동자에 있는 검정부분이 유난히 깨끗하면서도 광채가 났다.

○ 쌍둥이옹달샘처럼 들이 앉은 까만 눈

○ 눈에 반짝이던 활기

○ 커다란 쌍겹진 눈에선 정기가 샘물처럼 솟아나고 있었다.

○ 커다란 눈이 새물새물 웃는 것 같았다.

○ 선천적으로 숱지고 긴 눈섭, 그 밑의 어글어글한 눈,

○ 마치 이른 새벽에 마지막으로 검푸른 하늘에 남아 귀엽게 웃음 웃는 금별처럼 사물사물 빛나고 있었다.

○ 말쑥한 눈을

○ 눈에 반짝이던 활기

○ 까만 눈이 인상적

○ 새까만 눈섭 아래 령민하고 총명한 눈이 반짝이고 있는

○ 그 무엇을 속삭이는 듯한 그윽한 눈길, 어릴 때의 애되고 순진하고 단순한 눈길이 아니라 몹시 설렁이는 호수와도 같았다.

○ 정기도는 머루알 같은 두 눈

○ 상글상글 웃는 눈에 정기가 차고 넘쳐서

○ 눈이 어글어글하고

○ 맑고 큰 눈

○ 머루같이 크고 맑고 정기 있는 눈에는 령기가 반짝이였다.

○ 큰 눈

전반적으로 놓고 볼 때 눈에 대한 묘사가 가장 많은 비중을 차지하는데 이것은 아마 오관에서 눈이 차지하는 중요성 때문일 것이다. 이상 묘사에서 쌍겹지고 크며 맑고 정기가 있으며 까만 눈을 아름다

운 것으로 여겼음을 알 수 있다. 눈에 대한 이런 미의식은 기본상 '명모대안(明眸大眼)'의 동양전통적 미의식에서 못 벗어나고 있다. 서양의 회갈색이나 꺼져 들어간 눈을 아름답게 본 미의식과 다르다는 점이다.

(2) 머리칼

○ 쌍태머리
○ 한두 오리씩 세파의 흔적을 물어들이는 흰 머리카락
○ 그처럼 검고 기름기 흐르던 머리칼도 부시시하게 말라버렸고
○ 검은 눈동자와 같이 머리칼도 검었으며 반질반질 윤기가 흐르고 있었다. 그녀의 긴 머리결은 어깨를 덮어 한걸음씩 걸을 때마다 파도가 물결치듯 출렁거리군 했다.
○ 윤기나는 머리를 두 가닫로 곱게 땋아 드리운 녀선성
○ 츠렁츠렁 드리운 머리태
○ 검은 머리발이 어깨를 소담하게 덮으며 차곡차곡 흘러내려온
○ 까마반지르르한 머리

이상 머리칼을 놓고 볼 때 검은 색에 윤기가 나며 숫이 많은 삼단 같은 머리채를 미로 여겼음을 알 수 있다.이것은 미발에 대한 우리 민족 전통적인 미의식에서 벗어나지 않고 있다. 현재 젊은 여성들의 짧은 머리 그리고 여러 가지 색감들이기에서 미를 추구하는 것하고는 거리가 멀다.

(3) 얼굴

○ 해말간 얼굴에 이목구비가 또렷했고
○ 동그스름한 얼굴
○ 그 동글납작한 얼굴에 보송보송하고 통통하던 두 볼이 지금은

푹 꺼져 들어갔고 관골이 쑥 삐여져 나와 있었다.
○얼굴이 동시랗게 생긴 처녀였다.
○얼굴은 검붉어
○넓적한 이마와 얼굴에 약간 홍조 띤 처녀
○얼굴이 해말쑥한 처녀. 미목이 청수한 얼굴
○말쑥한 얼굴
○부드럽고 매끈하던 윤미의 얼굴
○얼굴이 해반주그레하고
○해반주그레한 얼굴이며
○동그스름한 얼굴
○흰 피부
○하얗고 큰 얼굴
○얼굴은 섬세히 조각해놓은 듯 주름 하나 없이 말쑥하고 이쁜데
○갸름한 얼굴
○얼굴이 무척이나 희여진 것이랄가.
○탐탁한 얼굴
○얼굴이 걀동그럼한

이상 보다시피 전반 얼굴형태에서는 둥근 내지는 타원형을 이상형
으로 여겼으며 오관은 또렷하고 티 하나 없는 깔끔함을 미로 여겼다.
그리고 얼굴색은 흰 것을 높게 사되 생명력의 상징인 붉은 색 즉 "홍
조"같은 것을 미로 여겼다. 그런데 흰 얼굴색을 높게 사다보니 "해반
주그레'같은 유혹적인 섹시한 얼굴도 미적인 얼굴로 여기고 있다.

(4) 코. 입
○류달리 오똑하게 생긴 코날
○날씬한 코

○상큼한 코날
○날씬하게 잘 빠진 코
○입가에 노상 그리던 웃음꽃송이
○장미빛 입술이 고혹적일만큼 예뻤다.
○성감적인 입
○얄팍한 입술
○앵두 같은 입술

코와 입은 관상학에서 각기 남성과 여성의 심벌 때문인지 긍정적인 주인공의 외모묘사에 있어서 미미할 정도로 적게 취급되고 있다. 상대적으로 부정적인 주인공에 있어서 보다 많이 취급되고 있다. 우의 몇 례를 통해 볼 때 납작코 보다는 콧날이 선코 그리고 미끈한 코를 미적인 것으로 여겼음을 알 수 있다. 입의 경우를 보면 그것이 여성의 심벌 때문인지 그 어떤 여성성적인 특색을 띤 것을 미적인 것으로 여겼다.

이외에 "말할 적마다 폭폭 패이는 볼우물이 더 복성스럽고 귀엽게 보였다", "풍만한 두 볼"에서 보다시피 볼우물을 미적인 것으로 여겨왔으며 꺼진 볼보다는 생기에 넘치는 볼륨 있는 볼을 좋아했음을 알 수 있다.

이상 1950년대부터 현재까지 『연변문학』을 텍스트로 한 조선족소설에서 여성인물 외모묘사를 통해 미의식을 개략적이나마 살펴코았다. 그런데 이런 미의식이 변화가 없는 것은 아니다.
주지하다시피 중국은 1970년대 말 개혁개방을 했다. 이로부터 사람들의 미의식도 전례 없는 변화를 가져왔다. 본 논문의 텍스트를 개혁개방을 경계선으로 하여 그 이전시기와 이후시기를 잠깐 대조해

보는 것으로도 이 점을 분명히 알 수 있다. 전반적으로 볼 때 개혁
개방 이전시기에 있어서 여성인물 외모묘사는 우리 민족 전통적인
미의식에서 못 벗어난 특색을 드러내고 있다. 명모대안(明眸大眼),
삼단 같은 검은 머리, 원형 내지는 타원형의 얼굴 등에 나타난 미의
식은 그 보기로 되겠다. 이런 전통적인 미의식은 균일적이고 무개성
적이며 무성(無性)적이다. 그러나 개혁개방 이후시기에 있어서는 전
통적인 미의식을 많이 나타내면서도 현대적인 미의식을 나타내고 있
다. 이를테면 "옥실복실한 동옥이는 하냥 살짝 나온 덧이", "어머니
는… 턱이 뾰족한 미모였다", "도도록한 이마"같은 데서는 "덧이",
"턱이 뾰족", "도도록한"으로 개성미를 살리고 있고 "성감적인 입",
"얄팍한 입술"같은 세부적인 묘사뿐만 아니라 "녀자는 입술에 야릇
한 미소를 머금는다. 장밋빛 입술이 고혹적일만큼 예뻤다"같은 전체
적인 묘사에서 性적인 요소를 강조2)하는 대로 흐르고 있다. 현대 여
성미에서 개성미와 性적인 미가 단연 돋보인다. 개혁개방 후 현대화
붐이 일면서 조선족 여성의 미적추구에서 이런 변화가 나타남은 너
무나 당연한 일이다.

4) 맺음말

필자는 본 논문에서 주로 여성인물 외모묘사를 통하여 조선족미의
식의 일단을 살펴보았다. 이외에 행동묘사, 심리묘사 등 여러 방면의
묘사를 통해서도 미의식을 파악할 수 있을 줄로 안다. 사실 이런 여

---

2) 외모묘사개념을 좀 더 넓혀나갈 때 그 性적묘사 특징은 보다 확연히 드러난다.
   예를 들면 "은숙이의 해맑은 얼굴과 무르익은 사과마냥 함초롬히 물이 오른
   팽팽한 몸뚱이"(「호꾸오까의 하늘」 강호원, 『연변문학』 2001년 6월호), "하얗
   게 물이 간 바지 속에 터질 것 같은 은숙의 호함진 엉뎅이"(「호꾸오까의 하늘」
   강호원, 『연변문학』 2001년 6월호)같은 묘사는 그 한 보기로 되겠다.

러 방면의 조명을 통하여 여성미에 관한 전반적인 미의식을 파악할
수 있다고 본다. 그리고 조선족 여성 인물묘사와 조선, 한국 내지는
한족을 비롯한 다른 민족과 대비연구를 진행할 때 그 미의식적 특성
이 보다 확연히 드러날 줄로 안다.

참고문헌

1. 『연변문학』, 1959년~1961년, 1998년~2002년 연변인민출판사.
2. 『연변문예』, 1954년~1956년, 1974년~1986년 연변인민출판사.
3. 『천지』, 1986년~1988년 연변인민출판사.

11. 중국조선족의 어제와 오늘

여기서 어제라는 말은 주로 조선족이 천입해서부터 1949년 이전 시기를 염두에 두고 오늘이라는 말은 1949년 새중국 성립 이후로부터 현재까지를 지칭함을 염두에 두었음을 밝혀둔다. 본 고에서는 중국조선족의 특징적인 역사적 흐름을 대체적으로 짚어보고 오늘을 점검하며 해외 한민족과의 비교 속에서 그 특성을 살펴보도록 한다.

1) 조선족의 역사적 흐름

(1) 조선족의 형성

조선족은 천입민족으로서 19세기 40~50년대부터 그 이주사가 시작된다. 그것은 봉강봉금(封疆封禁)에도 불구하고 생명을 내건 필사의 탈출이었다. 최초에는 일부 사람들이 간도경작(間島耕作), 조경만귀(朝耕晩歸), 춘경만귀(春耕晩歸) 하거나 정착으로 나가기도 했다.

① 제1차 대량이주

1860년대 한반도북부지역에 연속부절한 자연재해가 들게 되자 살길을 찾아 대량 이주가 이루어졌다.

② 제2차 대량이주

1880년대에 들어서 청조정부의 이민실변(移民實邊) 정책과 더블은 봉강봉금(封疆封禁)의 해제 및 조선조의 봉강쇄국(封疆鎖國)의 해제, 그리고 청조의 두만강 북부지역에 조선이주민전문개간구역 설치는 조선족선인들의 이주에 박차를 가했다. 이주 초기에는 한반도 븍부 사람들이 많았다.

③ 제3차 대량이주

1910년 일제에 의한 조선조의 망국 때문에 많은 사람들이 이즈를 단행했다. 이 시기는 전 시기에 비해 이민계층 면에서 일반서민뿐만 아니라 양반, 관리들을 포함한 각양각층의 사람들이 포함된다. 특히 독립운동가, 투사들이 돋보인다. 일종 정치망명, 투쟁의 색채가 즈하다. 지역적으로 놓고 보아도 동북뿐만 아니라 관내로 진출한 특색을 보이고 있다. 일제의 중국침략이 가심화됨에 따라 집단이주도 ㄷ루어졌다.

1945년 8월, 광복 후 대량의 반이주가 있은 후 남은 조선족선인들이 현재 조선족으로 정착하기 시작했다. 이 시기 조선족의 리ㄷ십들은 중국공산당계통이고 일반서민들도 공산당을 옹호하고 따랐다. 토지개혁, 민족정책, 국내혁명전쟁에 대한 조선족의 반응은 그 좋은 보기가 되겠다. 그러다가 1949년 10월, 현재의 중국이 서면서 조선족은 중국국적을 취득하고 소수민족의 한 갈래로서의 조선족으로 자리를 굳히게 된다. 조선즉의 역사는 150여년으로 헤아리게 된다. 현재 조선족의 총 인구는 200여 만에 주로 동북3성에 분포되어 있다. 그 인적 분포를 보면 대체적으로 한반도를 맨 끝에서부터 뒤엎어 동북3성에 도별로 집거하도록 부려 놓은 형국과 비슷한 데가 있다.

(2) 매개 역사단계에 있어서의 조선족

① 이주초기 동북변강의 개발

조선족은 300여 년간 묶여 둔 황무지에 정착하면서 한전뿐만 아니라 수전을 개발하여 동북을 삶의 터전으로 만드는데 마멸할 수 없는 공헌을 했다.

② 항일투쟁시기

1910년 조선조의 망국과 더불어 조선족은 항일독립투쟁에 나선다. 1910~20년대 민족주의계통의 항일투쟁, 이를테면 3·13반일대시위, 15만탈취사건, 신흥무관학교, 청산리, 봉오동전투 등은 그 보기가 된다. 1930년대부터 광복 전까지는 주로 공산주의계통의 항일투쟁에 나섰다. 중국공산당이 이끄는 동북항일연군 속에서 조선족들이 많이 활약했다. 이외에 관내에서도 조선의용군을 비롯해 조선족들이 활약했다. 당시 용정은 조선족의 정치, 경제, 문화의 중심지로서 조선족의 반일학교만 해도 수십 개나 되었다. 연길감옥, 연길폭탄 등은 조선족 항일투쟁의 생생한 증거물들이다.

③ 국내혁명전쟁시기

조선족은 중국공산당의 주위에 뭉쳐 동북근거지를 굳건히 지켜냈으며 토지개혁에 호응하여 생산량을 증대하고 전 중국 해방을 위한 제반 운동에 용약 참가함으로써 새 중국 탄생에 많은 공헌을 했다. 참군원군열조, 토비숙청, 해남도 전역까지 진출 등은 그 보기로 된다.

2) 오늘의 조선족

이 시기는 새 중국 성립 이후 현재에 이르기까지 중국의 주요 정치역사적 흐름에 맞추어 조선족의 삶을 살펴보도록 한다. 주로 조선족의 집거구인 연변의 사례들을 들도록 한다.

① 새 중국의 성립과 조선전쟁시기

조선족은 새 중국 성립을 열렬히 환호했다. 그것은 이때로부터 조선족이 정녕 중국조선족으로 자리를 굳히게 되었기 때문이다. 1952년 연변조선족자치구의 성립은 그 확증으로 된다.

1950년 조선전쟁의 발발과 더불어 조선족은 항미원조보가위국(抗美援朝保家衛國) 운동에 참가했다.

② 사회주의에로의 과도

조선족도 농업, 수공업, 공상업에 대한 사회주의개조에 열정적으로 동참했다. 연변에서는 1954~55년 사이에 초급농업생산합작사를 세우는 고조가 일어났다. 1955년 말~1956년 초부터 본격적으로 고급농업생산합작사에로 이행하기 시작하여 상반년에 거의 완료되었다. 수공업에 있어서는 1953년부터 1955년까지 중점적 시험단계로부터 전면적 발전단계로 들어서고 1956년 봄 농업합작화고조의 영향과 추동 하에 짧은 한 달 어간에 업종과 지역에 따라 수공업합작화를 전면적으로 실현했다. 이와 동시에 공상업에 대한 사회주의개조도 공사합영, 합작상점 등 형식을 통해 1956년에 완성되었다.

③ 전면적인 사회주건설시기

이 시기는 정치적으로 좌경이 머리를 들면서 확대된 반우파투쟁을 불러왔고 나아가 민족정풍운동까지 불러왔다. 경제적으로 주관적 욕망에 사로 잡혀 대약진운동이 일어나던 시기이다. 이른바 '세폭의 붉은 기'가 나부끼던 시기이다. 연변에서는 1957년 7월 7일『연변일보』에 사설이 발표되면서 반우파투쟁이 시작되었다. 민족정풍운동은 1958년 4월 17일 당원간부대회에서 한 주위부서기의 연설로부터 시작되었다. 연변에서의 지방민족주의를 반대하는 정풍운동은 수개월 동안 자치구역확장론, 민족우월론, 민족특수론, 민족동화론, 다조국론 등을 비판한 후 1958년 9월 자치주 창립 6주년을 계기로 한어학습 열조를 일으키고 민족언어 순결화를 비판하는 데로 넘어갔다. 이 운동은 1960년 초 근 2년간 진행되었다. 연변에서의 대약진(大躍進)운동은 이른바 1958년 '강철생산고조'를 일으키는 데로 시작되었다. 대약진(大躍進)운동의 특성은 공산풍, 과대망상증으로 나타났다. 대약진(大躍進)운동시기 인민공산화운동이 일어났는데 크고 공유화하기가 최고도에 도달했다. 큰가마밥은 전형적인 한 보기가 되겠다.

④ 문화대혁명시기

1960년대 초 국민경제의 조절과업을 실현한 후 얼마 되지 않아 즉 1966년에 문학대혁명이 일어났다. 연변의 문화대혁명은 연변대학에서 북경대학과 남경대학의 교직원과 학생들을 지지, 성원하면서부터 일어났다. 연변에는 8. 27혁명반란단과 혁명반란단, 홍색반란파혁명위원회 등 반란파들이 무어졌는데 총싸움까지 하는 유혈사건이 발생했다. 문화대혁명시기 극좌적인 계급대오정리운동 과정에 연변의 많은 조선족들이 반역자, 외국간첩, 지하국민당 등 감투를 쓰고 맞아 죽거나 고생을 당했다.

⑤ 개혁개방시기부터 현재까지

이 시기는 중국공산당의 많은 시정방침과 더불어 민족정책이 제대로 집행되면서 연변에서는 많은 억울한 누명을 썼던 조선족들이 해방을 받았고 경제, 교육, 문화 모든 면에서 새로운 면모가 나타나기 시작했다. 조선족들은 호도거리책임제, 개인창업, 제3산업 붐 등 개혁개방변화에 발 빠른 대응을 했고 1990년대에는 중국의 본격적인 시장경제체제가 가동되면서 관내를 비롯한 국내는 더 말할 것도 국경을 넘나드는 국제 장사 내지는 무역도 활발히 진행하고 있다. 그리고 연변의 특종 경제 산업도 활기를 띠고 발전하고 있다. 한국을 비롯한 외국자본유치에도 크게 성공하고 있다. 특히 두만강하류 금삼각구의 개발과 훈춘특구 설정 및 연변에서의 서부개발혜택 대우 등은 연변조선족 경제의 밝은 등대가 되고 있다. 교육부문에서도 연변 6개 대학통합 및 연변대학의 100개 대학에로의 진출 등은 쾌거가 아닐 수 없다. 그리고 문화면에서 조선족 고유의 민족문화를 개발, 발휘하고 있어 정녕 연변조선족자치주로서의 특성을 살려나가고 있다.

3) 조선족의 특성

조선족의 뿌리는 한반도에 있다. 그러므로 문화전통 면에서 한반도와 밀접한 관계를 가지고 있다. 그러나 조선족은 중국이라는 특수한 삶의 터전에서 나름대로 특성을 형성하고 있다. 이 점은 해외 다른 나라나 지역의 동포들과 비교해 볼 때 확연히 알린다.

(1) 해외로 이주한 역사적 배경 면의 특성.

(2) 소재국에서의 사회적 지위 면에서의 특성.

(3) 사상의식과 가치관념 면의 특성.

(4) 민족관계 던에서의 특성.

(5) 문화면에서의 특성.

참고자료

1. 연변대학 제1차 중국조선족문화학술토론회 논문집,「중국조선족문화연구」, 연변대학출판사, 1993.
2. 『21세기로 매진하는 중국조선족발전방략연구』, 주필 조룡호, 박문일, 료녕민족출판사, 1997.
3. 『중국조선족 역사상식』, 주필 김철수, 강룡범, 김철환, 연변인민출판사, 1998.
4. 『세기교체의 시각에서 본 중국조선족』, 김종국, 연변인민출판사, 1999.
5. 『조선민족문화연구』, 주필 로주철, 료녕민족출판사, 1999.
6. 『중국조선족 현상태 분석 및 전망연구』, 연변대학출판사, 2000.
7. 『중국조선족공동체연구』, 국제고려학회아세아분회, 연변교육출판사, 2000.

12. 변태심리와 문학

우상렬: 오늘의 화제가 '변태심리와 문학'이 아닙니까? 김 교수님과 제가 좀 이색적인 담론을 하는 것 같습니다만,

김관웅: 그래요. 우리 연변에서는 이색적이겠지요. 하지만 다른 곳에서는 이미 상식적인 화제로 되였지요. '변태심리와 문학'이라, 참 얘깃거리가 많지요.

우: 얘깃거리가 많을 뿐만 아니라 우리 조선족문학의 현주소로 볼 때 참으로 필요한 일이라고 생각합니다.

김: 저도 그렇게 생각해요. 사실 변태(變態)라는 것은 그리 이상할 것도 없어요. 변태(變態)는 상태(常態)와 반대되는 개념이지요. 정상(正常)적인 심리와는 다른 좀 이상(異常)한 심리겠지요. 그러니 변태와 상태, 이상과 정상은 동전의 양면과도 같아요.

우: 맞아요. 우리가 항상 자기는 정상심리를 갖고 있다고 생각하지만 사실은 이상심리를 갖고 있는 경우가 많습니다. 바로 변태심리를 많이 갖고 있다는 말입니다. 어떤 의미에서 변태는 도처에 있고 수시로 일어나고 있다고 볼 수 있지요.

김: 참 그래요. 때와 장소에 따라, 어떻게 보는가에 따라 정상과 이상, 상태와 변태가 헷갈리게 되지요.

우: 변태의 시대성, 민족성이 그 한 보기가 아닐까요? 시대와 민족이 다름에 따라 정상과 변태라는 것이 헷갈리게 된다는

것입니다.

김: 그래요. 옛날에 변태라고 보던 것을 오늘날에는 정상으로 보고 옛날에 정상이라고 보던 것을 오늘날에는 변태로 보는 것이 많지요. 사실 옛날 얘기할 것 없이 얼마 전까지만 해도 여성이 지퍼를 단 앞이 열린 남자스타일의 바지를 입으면 변태라고 보았지요. 성도착증, 복장도착증으로 보았지요. 그러나 지금은 어때요? 그것이 보편화되지 않았어요? 서울의 압구정동에서는 배꼽티를 입고 활보하는 처녀들은 정상이지만 연길의 거리에서는 아직까지는 이상스럽고 너무 튀는 짓거리가 아닐까요? 장소에 따라서 정상이 이상이 될 수도 있고 이상이 정상이 될 수도 있습니다.

그리고 변태의 민족성이라는 것도 마찬가지입니다. 모종 의미에서 변태고 정상이고 하는 것은 민족 나름이라는 말입니다. 저 동남아나 아프리카 열대지방 민족들을 보면 남자들이 치마를 입지 않아요? 그 사람들한테는 그것이 정상이지요.

우: 이렇게 놓고 볼 때 변태라는 것은 인간실존과 밀접히 관계되는 문제지요. 우리 인간은 아득한 옛날에 군혼제(群婚制)를 혼인제도의 정상으로 받아들인 적이 있지요. 부모자식, 형제자매 할 것 없이 성적으로 마구 놀아났다는 말이 되겠지요. 고대 희랍신화는 비록 신들의 얘기라고는 하지만 사실은 그 당시 인간들의 난륜(亂倫)을 아주 진실하게 재현하였습니다. 그러다가 언제부터인가는 이른바 문명이 싹트면서 군혼제하에서의 성애문화를 난륜(亂倫)이라고 터부시하고 변태적인 것으로 보게 되었지요.

김: 정말 문명, 문화라는 것이 우리를 정상으로 만들기도 하고 변태로도 만드는 것 같아요. 문명, 문화라는 것이 항상 정상을 추구하는 것 같지만 실은 변태를 많이 양산하고 내포

하고 있어요. 이렇게 놓고 볼 때 변태도 우리 인간실존의 한 정상(正常)이예요..

우: 지당한 말씀입니다. 직업 하나만 놓고 보아도 그래요. 직업적인 분공, 인간 삶의 편리를 위한 필연적인 산물이여요. 문화의 산물이라는 얘기가 되겠지요. 그런데 결과적으로 어떻게 되요? 우리 모두가 직업의 노예가 아닙니까? 그 잘난 직업 하나에 매여 하고 싶은 거 많지만 못하고 있지요. 그리고 그 직업에 오래 매여 있다보면 직업적변태가 일어나지요. 우리 샌님들이 말이 많듯이 말입니다.

김: 그래요. 채플린이 무성영화 「모던 타임즈」 같은데서 그런 직업적 변태를 많이 꼬집었지요. 사실 모더니즘문학이라는 것이 그런 직업적 변태를 포함한 우리 현대 인간들의 소외 문제를 주로 다루고 있지요. 현대 인간들의 사회적 변태를 주요 이슈로 다루고 있다고 보면 되요. 우리 인간들이 문명의 이기(利器)를 많이 개발했는데 결국 이런 문명의 이기게 의해 소외되고 끌려 다니고 혹사당하는 이율배반적인 딜레마에 빠졌지 않았나 이거지요. 이게 전형적인 현대 인간들의 실존적 변태지요.

우: 돈 하나만 놓고 보아도 그래요. 돈이라는 것은 분명 상품 유통의 편리, 인간 삶의 편리를 위해 만들어냈어요. 사람 나고 돈 난거지 돈 나고 사람 난건 아닙니다. 그러나 결국에는 후에 돈은 뿔이 우뚝하다고 돈이 만능이 되고 목적이 되고 지고무상의 존재가 되어 우리를 울리고 피곤하게 만들지요. 우리 중국의 대문호 노신은 『아Q정전』, 『축복』같은 인간의 변태심리를 바탕으로 하거니 곁들인 명작들도 많이 썼지만 『백광』같은 출세욕과 재부에 눈에 어두워 심리적 변태를 일으키며 결국 생명까지 잃게 되는 구시대 인텔리의

비극을 잘 보여주고 있습니다. 지금 『장백산』에 연재되고
있는 우리 조선족의 여류소설가 허련순의 장편소설 『누가
나비의 집을 보았을가』도 금전에 의한 인간의 소외를 다루
고 있지 않습니까? 김 교수님도 이 소설에 대한 평론에서
중국조선족들 중의 많은 분들은 삶의 수단인 돈을 위해 삶
의 목적인 인생의 행복과 삶의 질을 포기하거나 희생해야
하는 부조리 속에서 살아가고 있다』고 말씀하셨습니다만,
허련순씨는 확실히 문명에 의한 인간소외의 주제를 "존재를
위한 부재적인 의미"라는 말로 설명하고 있습니다.

김: 이런 사회적의미의 변태는 저를 비롯해서 중국조선족문단에
서 많이 거론된 것 같아요. 이런 사회심리의 각도에서 이해
하고 있는 변태와는 상대적으로 개인적인 심리의 범위에 속
하는 변태도 많거든요. 개인 심리 범위 내에서의 변태심리
는 변태성심리가 가장 전형적이라고 할 수 있습니다. 말하
자면 오디프수, 엘렐트라 콤플렉스, 카사노바콤플렉스, 동
쥬앙콤플렉스, 노출증, 관음증, 노인애(老人愛), 소아애(小兒
愛), 성도착증, 페티시즘 같은 변태성욕 말입니다.

우: 맞아요. 우리의 무의식심층에 도사리고 있는 많은 콤플렉스
들 말이지요. 이른바 변태적 변칙적인 욕망, 경향들을 말하
는 거죠.

김: 사실 그것을 변태니 뭐니 할 것도 없어요. 인간실존의 한
양상이니 말입니다. 예를 들어 카사노바콤플렉스 하나만 놓
고 보아도 그래요. 남자의 바람기, 새로운 이성 파트너를
좋아하고 오래된 이성 파트너를 싫어하는 경향(喜新厭舊),
끝없는 여성편력, 우리 남자들은 성불구자들을 제외하고는
누구나 다 이런 속마음을 정도 부동하게 갖고 있습니다. 우
리 조선사람들 속담에 "아이는 내 아이가 곱고 색시는 남의

색시가 곱다”는 말이 있지 않나요? 바로 이런 거예요.

우: 맞아요. 그것이 대개 인간의 본능에 닿아 있으니깐요. 역시 카사노바콤플렉스를 놓고 봅시다. 나는 내일이면 죽는다. 그러니 내 씨종자를 많이 뿌려 새로운 나를 많이 만들자. 남자의 바람기는 따져보면 결국 이런 생명의식과 직결되어 있어요. 역지사지(易地思之)라, 여자들도 마찬가지겠지요.

김: 문제는 때와 장소, 도(度)입니다. 바꾸어 말하면 인간은 사회적 존재니 이런 것을 조율시켜야 된다 이것입니다. 상상, 환상 속에서 또는 꿈같은데서 이런 바람기를 기껏 발산해도 누가 뭐라겠습니까? 하지만 거기에 도취되어 세상녹두알만해져 만사를 다 잊어버릴 정도가 되어서는 안 되겠지요. 적당한 도에서 멈춰 설 줄도 알아야 된다 이겁니다.

우: 상상, 환상, 꿈뿐만 아니라 문학도 같은 맥락에서 이해할 수 있겠지요. 문학을 통한 대리발산이 가능하다 이것입니다. 서양의 『데카메론』이요, 중국의 『금병매』요, 조선의 『변강쇠전』, 『배비장전』, 『구운몽』이요 하는 것들이 실은 우리의 카사노바콤플렉스, 바람기들을 기껏 대리 발산해주는 구실을 해왔지요. 적나라한 육욕적인 여성편력을 보여준 『금병매』, 『변강쇠전』은 더 말할 것도 없고 좀 점잖은 『구운몽』의 경우만 놓고 보더라도 양소유의 팔선녀 편력에 우리 남자들을 붕 뜨게 하지 않습니까? 그래서 그것이 금서(禁書)다 뭐다 해서 아무리 찢고 박고 해봤댔자 소용이 없지요. 이불 속에 들어가 몰래 보는 데는 어떻게 하겠어요. 인간은 영혼과 육체를 갖고 있지요. 직설적으로 말하면 동물이자 인간인거지요. 그러니 인간이 정신적인 것만 살리고 육체적인 것을 죽인다면 인간은 말 그대로 살지 못하고 죽게 될 겁니다. 문학의 기능측면에서 볼 때 우리는 카타르시스를 편면적으로 정신적인 도덕의 정화기

능으로만 생각했지 육체적인 욕망의 대리발산이라는 다른 한
측면을 늘 무시해왔습니다.

김: 대리발산, 참 멋진 말이네요. 한국의 마광수씨는 그것을 대
리배설이라고 했어요. 좀 노골적이고 속되어 보이지요? 사
실 문학이라는 것이 별 볼일 아니라는 겁니다. 문학이라는
것이 그 무슨 시대의 반영이요, 도덕교육이요, 투쟁의 무기
요 하는 것이 아니고 현실에서 직접 배설하기 난감한 카사
노바콤플렉스, 노출증, 관음증, 나르시시즘, 권태증 등등 무
의식세계의 많은 콤플렉스를 대리배설하고 대리만족을 받게
하는데 그 본령이 있다는 거지요.

우: 우리가 문학을 거창하게 고상하게 생각했던 것 하고는 영판
다르네요. 이것 또한 우리가 한 시기 문학을 거대한 담론만
하는 것으로 보았던 것처럼 다른 한 극단적인 논의가 아닌
지 모르겠네요. 그러나 문학의 그런 대리발산, 대리배설관이
존재론적 가치를 가지고 있음은 분명하지요. 도덕교훈적이
고 사회참여적인 거창하고 고상한 문학관이 존재론적 가치
를 가지고 있듯이 말입니다. 현재 대중문화가 크게 부상되
고 다원 가치가 존중되는 시대적 흐름 하에서는 이것이 더
그렇다는 것입니다.

김: 문학이 인간학이라 할 때 그 존재론적 가치는 충분히 있지
요. 문학이 정녕 인간학으로 되자면 인간에 대해 속속들이
알아야 되지요. 특히 인간의 마음을 알아야 합니다. 심학(心
學)을 연구해야 된다는 말이지요. 문학은 모종 의미에서 형
상적인 심리학이라고 해도 과언이 아닙니다.

우: 심학, 형상적인 심리학, 멋진 개괄이라고 생각됩니다. 우리
인간의 마음에, 무의식 심처에 카사노바콤플렉스, 노출증,
나르시시즘 등등 이른바 변태적, 변칙적 욕망, 경향들이 실

존하고 있다고 할 때 문학이 이것을 회피하거나 무시해서는
안 되지요. 문학이 의식, 그것도 사회의식차원에만 머물러
맴돌아 칠 때 어쩐지 좀 천박하고 가벼워 보이요. 그리고
무미건조한 개념화, 도식화로 흐르기 쉽지요. 우리 조선족문
학의 맹점 하나가 바로 여기에 있지 않는가 생각됩니다.

김: 무의식적 이상심리, 이것을 변태라 해도 좋구요, 이것은 의
식세계에 의해 억압된 하나의 화산과도 같은 세계입니다.
수시로 분출구를 찾아 뿜어져 나오려 합니다. 이런 것을 정
상적으로 발산, 배설하지 못할 때 인간은 진짜 정신병자가
되든가 변태가 으게 됩니다. 사회가 잘 되 가자면 여러 루
트를 통해 그 분출구를 마련해주어야 합니다. 이런 차원에
서 볼 때 문학도 가장 좋은 분출구의 하나로 되고 있지요.
여기서 문학의 두한한 가능성을 보게 됩니다.

우: 길가에 늘어진 외설적인 잡지들, 우리가 일반적으로 말하는
황색소설 같은 것도 그 분출구의 하나로 보아야 되겠지고.
이런 황색소설은 인간의 노출증을 대리발산하고 남의 은밀
스러운 사생활을 들여다보고픈 관음증에 만족을 주지요. 황
색소설이 근절되지 않는 이유가 바로 여기에 있지 않은가
생각됩니다. 그런데 황색소설은 낮은 차원이라기보다는 아
직 문학적으로 승화되지 못한 『작품』으로 보아야 되겠지요.

김: 그래요. 문학적으로 승화되자면 그 자체의 적나라한 노출관
으로 안 됩니다. 변칙적인 섹스 하나에 초점을 맞춘 적나라
한 포르노 비디오가 예술이 아니듯이 말입니다. 반드시 여
과라든가 위장 등의 제스처 그리고 시대, 사회, 인간관계
등 다양한 관계망 속에서 전일체적으로 보여줄 때 가치의
폭을 확보하고 문학의 개성적면모를 확보할 수 있습니다.
이 면에서 로렌스의 『채털리 부인의 사랑』, 『아들과 연인』

이 좋은 모델을 보여주었다고 생각됩니다.

우: 그렇지요. 로렌스의 『채털리 부인의 사랑』, 『아들과 연인』
은 분명 변칙적인 사랑을 보여주었어요. 유부녀인 채털리
부인의 바람기, 아들과 어머니의 이색적인 연모의 감정, 사
회도덕 차원에서 놓고 볼 때 분명 비도덕적이고 패륜이지
요. 그러나 그것이 공업사회에서 질식된 인간의 아름다운
성을 일깨워주고 인간의 무의식세계의 생생한 한 화폭으로
될 때 그것은 충분히 문학성을 확보하지요.

김: 여과요, 위장이요, 승화요 하는 것이 중요한 것 같아요. 예
컨대 우리 인간에게는 자궁회귀본능이 있지요. 어른이 된
것이 부담스럽고 힘이 들 때가 있어요. 커 가는 것이 싫고
계속 어린이 상태로 있었으면 좋을 텐데, 하고 바랄 때가
있습니다. 손가락하나 까닥 하지 않아도 모든 것이 주어지
는 어머니 자궁 속에 있을 때와 같은 편안한 상태를 그리워
한다는 거죠. 인생은 커가야 하고 어른이 되어야 한다고 볼
때 이것은 분명 정상이 아니고 변태적인 면이 있습니다. 그
러나 이런 콤플렉스를 원동력으로 하여 상상을 하고 환상을
하여 문학적인 승화를 가져올 때 아름다운 문학의 꽃들이
피여 납니다.

우: 이국이나 타향에서 고향을 그리는 향수시, 더 나아가서는
자기 조국을 그리는 시 그리고 산수자연에 탐닉하며 시끄러
운 속세를 잊고자 하는 은일시, 강호시들이 그런 것이 아니
겠습니까? "벼슬도 좋다마는 나는야 싫어…"하면서 시골의
고향에 초가삼간 짓고 아이들처럼 물방아도는 내력이나 '연
구'를 해보리라는 것이 전형적인 자궁회귀본능의 발로지요.
바로 도연명의 전원시들도 따져보면 본질적으로는 자궁회귀
의식을 표현했다고 할 수 있지요.

김: 사디즘, 마조히즘이라는 것도 마찬가지입니다. 잘 아시다시
피 사디즘이나 마조히즘은 원래 가학증(加虐症)과 피가학증
(被加虐症)으로 나타나는 성적인 변태에 다름 아니지요. 그
러나 이것을 려과시켜 볼 때 분명 상호 대조적인 인간 성격
유형을 보여주기도 합니다. 대개 남자가 카리스마스적인 사
디즘적 성향이 강하다면 여자는 받아들이는 마조히즘적 성
향이 강합니다.

우: 언젠가 선생님께서 『문학과 예술』지에 「녀성과 시」라는 제
목으로 시리즈 형식으로 글을 내신 걸 감명 깊게 보았습니
다. 바로 마조히즘으로 여성의 시적 세계를 잘 파헤쳤더구
만요. 사실 이런 사디즘, 마조히즘을 꼭 남성, 여성으로 나
누어 얘기할 것도 아닙니다. 남성들이 마조히즘적 성향을
나타낼 때도 있고, 여성들이 사디즘적 성향을 나타낼 때도
있지요.

김: 그래요. 조선문학사의 경우만 놓고 보더라도 그렇지요. 사대
부들의 성도착적 맛이 풍기는 일련의 '님' 노래가 진한 마
조히즘적 성향을 띠고 있지요. 언젠가 우 선생께서 『문학과
예술』지에 사대부들의 심리변태 운운으로 이 면의 글을 낸
것 같은데요…

우: 예, 실은 '님'노래의 경우만이 아니고 우리 조선문학 전반을
놓고 볼 때 사디즘보다는 이런 마조히즘적 성향을 나타낸
명작들이 많습니다. 조선왕조시대 정철의 『사미인곡』으토부
터 시작하여 우리와 가까운 김소월, 한용운, 윤동주가 그렇
습니다. "나 보기가 역겨워 가실 때에는 말없이…", 참 민
족적 정취가 그대로 살아나는 시이죠. 한용운은 불교도, 윤
동주는 기독교 신자여서 그런지 이들 시에는 종교적 깨달음
의 경지, 종교적인 마조히즘적성향이 내비치고 있습니다. 그

러면서도 민족 전래의 마조히즘적인 미적취향과 닿아있어
보다 진한 감동을 주는 것 같습니다.

김: 정말 변태심리와 문학을 논하는 마당에 오이디푸스와 엘렉
트라 콤플렉스를 논하지 않을 수 없구먼요. 이러루한 개념
들은 대부분 프로이드가 만들어 낸 것들이지요. 아들이 엄
마를 좋아한다, 딸이 아빠를 좋아한다, 이 말이지요. 단지
놀음이 아니고 진짜 이성으로 좋아한다는 거지요. 멀리 고
대 그리스의 비극 『오이디푸스왕』, 셰익스피어의 비극 『햄
리트』가 그렇다는 거죠. 정말 우리 인간의 이성(理性)을 깜
짝 놀라게 하는 직격탄이지요. 인간이 그럴 수가… 눈이 휘
둥그래집니다.

우: 인간은 워낙 복잡한 동물이라 그럴 수도 있겠지요. 우리가
이 세상에 태어나 제일 처음으로 대하게 되는 이성(異性)이
엄마, 아빠가 아닙니까? 우리 여자, 남자에 대해 엄마, 아빠
로부터 배웁니다. 엄마, 아빠를 자신의 아니마, 아니무스로
받아들이게 된다는 겁니다. 그래서 엄마, 아빠가 진짜 여자,
남자 같은 훌륭한 엄마, 아빠로 안겨올 때는 그런 콤플렉스
도 생겨날 수 있다고 봅니다. 물론 이것은 사회도덕적인 논
란을 불러일으킬 수 있으니 전이시키거나 승화시키는 삶의
지혜를 배워야 하겠지요.

김: 이런 콤플렉스의 문학형상화가 심심찮게 눈에 띄어 이채를
돋구고 있구만요. 아까 잠깐 거론한 로렌스의 일련의 작품
은 더 말할 것도 없고, 우리 주변의 작품만 보아도 그래요.
중국 당대의 유명한 여류작가 장결의 작품에서 아버지뻘 되
는 애인을 갈구하는 일련의 여주인공들 형상에 장결의 엘렉
트라콤플렉스가 투영되지 않았나 생각됩니다. 우리 조선족
여류작가 이혜선씨의 『빨간 그림자』도 마찬가지지요. 물론

여기서는 오이디푸스콤플렉스가 내비치고 있습니다. 주인공 민수가 오이디푸스콤플렉스 음영에 사로잡혀 인생행로어서 여성들 사이에서 방황하는 그런 어정쩡함, 어색함, 난감함 같은 심리상태를 『빨간 그림자』에서 잘 보여주었다고 생각합니다.

우: 인간의 동성대, 그리고 플라톤식 사랑, 페티시즘, 나르시시즘 등등도 그것을 변태라고 부르든 무엇이라고 부르든 참 재미나는 인간의 무의식에 의해 생겨나는 심리현상임이 틀림없습니다. 이성보다는 동성에게서 편안한 감을 느끼며 사랑을 하게 된다는 동성애, 그 역사도 이성애 못지않게 오래다는 겁니다. 요 근간에 미국 같은 데서는 동성애에 대해서도 사회적으로나 법적으로 보다 많이 관용의 눈으로 보게 되면서 동성애자들도 당당히 자기네들의 권리를 찾아 나섰다고 합니다. 이와 더불어 동성애를 취급한 문학작품도 심심찮게 눈에 띕니다. 얼마 전에 우리 중국에서「패왕 별희」라는 영화가 바로 남자들 지간의 동성애를 다루어 이색적이지 않았습니까?

김: 그래요. 플라톤식 사랑, 페티시즘, 나르시시즘도 마찬가지요. 인간의 사랑은 정신적인 데서부터 육체적인 데로 나아가고 결국 정신과 육체가 합일되는 경지로 나아가지요. 그럴진대 정신단계에만 머물러 있고 그기에 집착하는 플라톤식 사랑은 변태로 보일 수밖에 없지요. 그러나 이것도 인간만이 할 수 있는 하나의 사랑 방식임에는 틀림없지요. 그것이 문학형상화되어 아름답게 비칠 수도 있습니다. 동양에서 두 번째로 노벨상을 수상한 일본의 가와바다 야스나리의 『잠자는 미인』은 잠자고 있는 젊은 미인을 바라보는 시각적 즐거움에 의해 성적인 만족을 받는 노인의 플라톤식 정신적

사랑심리를 순수예술차원에서 보여주고 있습니다.

우: 페티시즘도 굳이 살 섞는 육체적 사랑을 안 한다는 점에서는 플라톤식 사랑과 유사한 점이 있습니다. 페티시즘은 사랑하는 이성의 특정부위 혹은 어떤 소지품을 갖고 완상하며 도취하는 성적취향이지요. 이것도 일반적인 이성 간 사랑방식과는 좀 다르니 변태요, 뭐요 하는 지탄을 받을 수밖에 없지요. 여성들에게 가해진 중국 전래의 전족(三寸金蓮), 전형적으로 남성들의 페티시즘적 성향을 말해 줍니다. 여자들 발 얘기가 나오니까 일본작가 다니자끼 쥰이찌로의 『미친 노인의 일기』가 생각나는구만요. 이 소설은 바로 이런 페티시즘으로 성공한 작품이지요. 시아버지가 젊은 며느리의 발을 들여다보거나 만지면서 성적만족감을 얻는다는 겁니다. 이것을 순수예술차원에서 형상화하고 있습니다.

김: 어떤 심리현상은 무의식적인 심리경향으로 해석하면 더 없이 제격인줄로 압니다. 문인상경(文人相輕)은 우리 문인들의 고질병으로 지적당하고 있지요. 일찍 위진(魏晉)시기의 조비(曹丕)의 말처럼 글쟁이들 간의 질투는 예로부터의 일입니다. 사실 이것은 인간의 무의식심층의 나르시시즘적인 성향에 뿌리박고 있어 근절하기 힘듭니다. 인간은 나르시시즘, 즉 자기애(自己愛)적 경향을 강하게 갖고 있습니다. 그것은 자기 것은 무엇이나 좋다, 이런 식의 우월감으로 나타납니다. 특히 문인의 경우는 이런 경향이 더 강하지요. 작품은 그 작가의 모든 정성과 지혜와 노력의 소산인 까닭에 자식과 같습니다. 그럴진대 그 누가 자기 자식을 미워하며 또 다른 사람의 미워함을 허용하겠습니까? 그래서 자기 나름대로 다 자기의 작품이 최고라는 나르시시즘적인 착각에 사로잡혀 있습니다. 흔히 말하는 공주병이나 왕자병에 걸린 것

처럼 말입니다. 자기의 작품이 최고라는 것을 내세우자니 다른 작품을 폄하하게 되는 것입니다. 이것이 곧바로 문인상경(文人相輕)으로 나타납니다. 이것이 문인들의 변태심리라면 변태심리이고, 직업병이라면 직업병인거지요.

우: 예술적인 장치나 기교면에서도 무의식심층에 있는 이른바 변태적인 이상(異常)들을 정상적인 일상이나 의식세계를 묘사하거나 서술하는데 양념처럼 써먹으면 작품의 풍부성, 진실성, 취미성 등 여러 면에서 매우 효과적임을 알 수 있습니다. 우리 조선문학의 백미 『춘향전』을 좀 봅시다. 오월 단오 명절에 춘향과 이 도령이 첫눈에 정이 들어 곧 바로 사랑에 골인합니다. 흐드러진 첫날 저녁 성희(性戲)를 보십시오. 이팔청춘의 각양각색의 나르시시즘적인 성적노출은 인간의 노출증을 충분히 대리 발산했고 관음증도 충분히 만족 받게 했습니다. 그리고 보다 중요한 것은 이런 성희(性戲)가 춘향과 이 도령의 사랑을 확인하고 그 도를 높여 주는데 더 없이 효과적인 것으로 뒤의 사랑얘기가 자연스럽게 전개되게 합니다. 『배비장전』도 잠깐 짚고 넘어 갑시다. 제주도 명기 애랑의 미색에 빠진 배비장은 애랑이 페티시즘적인 사랑의 징표를 요구하는 바람에 나중에는 알거지가 되고 이발마저 뽑아줍니다. 이 장면은 이중적이고 위선적인 양반들의 진부한 성대관념을 풍자하는데 클라이맥스적 효과를 가져옵니다.

김: 참, 이외에도 변태심리에는 노인애, 근친상간, 수간(獸奸), 카인콤플렉스, 신데렐라콤플렉스 등등 많고도 많아요. 오늘 우리 여기 제한된 시간에 다 논의할 수 있는 것이 아니지요. 그리고 이런 것을 거론 하는 데는 심리학 그리고 의학 등 다 방면의 지식이 필요합니다. 그럼 앞으로 기회가 나는

대로 다시 논하도록 하고 끝으로 우리 조선족문학을 잠깐 짚고 넘어갈까요?

우: 좋습니다. 우리 조선족문학에도 변태심리의 문학적형상화가 눈에 안 띄는 것은 아니에요. 우에서 잠깐 언급한 이혜선의 『빨간 그림자』가 그렇고 지난 90년대에 들어서 일부 작품들에서 보게 되는 줄로 압니다.

김: 사실 우리 조선족문학도 개혁개방의 초기인 지난 80년대 초부터 이러한 류의 문학작품이 등장했어요. 83년에 발표된 장지민씨의 『시카코 복만이』, 86년에 발표된 장지민의 『올케와 백치오빠』가 그 보기로 되겠지요. 장지만은 센스가 있고 패기가 있고 담량이 있는 작가였지요? 물론 당시는 아직 문학관념이 고루하고 고정된 틀에 매여 있는지라 이런 좀 파격적인 작품들이 잘 먹혀 들어갈 리가 없었지요. 그래서 시시껄렁한 시비도 많이 일어났지요. 지금 와서 보면 참 사람 웃기는 노릇이지만.

우: 백치 말이 나오니 지난 90년대 초기에 일련의 천치계열소설이 떠오르는구만요. 윤림호의 『천치 방덕이』, 김재국의 『해빛 속으로 사라진 영혼』, 안부길의 『유혹』, 김웅걸의 『초상날의 새 무덤』, 김영옥의 『미친녀』 등은 바로 좀 부족한 천치들을 주인공으로 하여 그들의 이상(異常)심리 혹은 변태심리와 행동을 통하여 우리 정상인들의 이상(異常)심리 내지는 변태심리를 꼬집었습니다. 그만하면 다 훌륭한 소설들이었습니다. 그래서 제가 『작가들의 독특한 심미적시각-'천치계렬소설'의 경우라는 글을 한편 써서 『문학과 예술』에 낸 적이 있어요.

김: 역시 그 무렵에 나온 우광훈의 『숙명 18호』, 『숙명 19호』, 『숙명 20호』, 이혜선의 『외로운 기다림』, 『해몽』도 그런 이

상(異常)심리 내지는 변태심리를 풀이했거나 그런 요소를 가지고 있어요. 우광훈의 운명계렬 소설들을 좀 봅시다. 귀곡의 비밀을 알게 되자 죽게 되는 『운명 18호』의 김성복과 장 선생, 헛소리를 친 김 선생을 자기의 문학선생으로는 첫 선생이라고 죽기 전까지 외우는 『운명 19호』의 금석이, 인생본연의 숙명적 죽음을 절실히 느낀 인간의 어색함을 보여준 『운명 20호』의 학이, 이들 형상은 이상한 내지는 변태심리의 맛을 다분히 풍기며 실존주의적인, 흑색유머적인 분위기를 내비치고 있어 음미할 여지가 많은 줄 알아요.

우: 이혜선의 『외로운 기다림』이나 『해몽』도 좀 이색적인 데가 있습니다. 자기의 죽음을 알고나 있는 듯이 할머니는 이상한 행동을 하며 죽음을 준비하며 기다립니다. 예전에 하지 않던 여러 요구를 며느리나 아들에게 제기합니다. 원(怨) 없이 죽어 저 세상에 가 산사람에게 해코지하지 않기 위해서입니다. 자기의 요구를 다 만족 받고는 어느 날 자기가 손수 지은 상복을 깨끗하게 받쳐 입고 자는 듯이 죽어갑니다. 무속적인 전통신앙이 뒷받침된 할머니의 이상(異常)심리 속에 우리 인간의 올바른 생명의식과 죽음의식의 교향곡이 흘러나옵니다. 그래서 『외로운 기다림』은 인간실존에 관한 철학적사색이 내비칩니다. 『해몽』에서는 때와 장소에 따른 희, 노, 애, 락의 파노라마 속에 둥둥 떠서 현실적 자아를 잃고 흑색유머적인 이상(異常)한 무드에 잠기다가 결국은 현실적 자아를 찾는 여주인공 신자를 통해 역시 인생을 사색케 하는 훌륭한 소설인줄로 압니다.

김: 요즘에 최홍일, 최국철 등 제씨들도 이런 이상(異常) 내지는 변태적인 인물이나 요소를 통하여 사회비리를 꼬집는 훌륭한 작품들을 쓰고 있어요.

우: 우리 조선족 문학이 정녕 인간학으로 자리 굳힘 하자면 무
  의식 또는 심층심리적인 인간의 이상(異常)심리나 변태심리
  같은 것을 더 발굴해 내야 될 줄로 압니다. 이것은 인간실
  존에 대한 관심으로 볼 수 있지요. 이럴 때만이 우리 문학
  이 한 걸음 더 높은 차원으로 도약할 수 있는 디딤돌의 하
  나가 마련된다고 생각합니다.

김: 그래요. 정상적인 인간에 대한 연구도 좋고 인간에 대한 심
  충적인 연구라는 것도 좋고, 이상(異常)심리 혹은 변태심리
  에 대한 연구를 떠날 수 없어요. 우에서도 약간 말씀 드렸
  지만 정상과 이상(異常), 상태와 변태라는 것은 동전의 앞뒤
  면과 같습니다. 때와 장소에 따라, 민족에 따라 그 정상과
  이상, 상태와 변태라는 개념도 다르게 나타나고 서로 넘나
  들기도 하지요. 어쩌면 우리 인간은 이 정상과 이상, 상태와
  변태 사이에서 오락가락하며 삶을 영위해가는 듯 합니다.
  정상과 이상, 상태와 변태가 우리의 실존이 되어있는 듯 합
  니다. 그래서 그것은 문학의 영원한 주목대상으로 됩니다.
  시간이 퍽 흘렀구만요. 못 다 한 얘기 다음으로 기약하며
  오늘은 이만 합시다. 귀중한 지면을 내어준 『연변문학』에
  다시 한번 감사드립니다.

13. 인간실존의 원형질풀이
-조선고대문학의 경우-

인간은 정·리(情·理)의 존재다. 정·리가 인간실존의 본질을 이룬다할 때 그것을 원형질로 명명함은 더 없이 타당한 줄로 안다.

정, 인간은 내 멋대로, 내 좋을 대로, 내 편할 대로 살고 싶어 한다. 위진남북조시기 증국 고대문학사에 죽림칠현의 하나로 이름을 날린 계강(稽康)이 눈 오는 날 친구가 그리워 찾아갔는데 문 앞게 가 닿는 순간 들어가기 싫어져 돌아섰다는 홍치소래(興致所來)가 바로 그런 경지다. 인간은 가장 개인적인 존재라는 말이 그대로 들어맞는다. 무슨 이념이요, 지조요, 뜻이요 하는 것과는 거리가 멀다. 그런데 인간은 또한 이 정에 반한 리(理)적인 면이 있다. 인간은 사색하고 다른 사람과 어울티며 여론, 도덕 나아가서는 법을 형성한다. 인간은 가장 사회적인 존재라는 말이 그대로 들어맞는다. 인간은 이념을 세우고 지조를 지키며 뜻에 따른다. 인간은 바로 이 정·리로써 온전한 인간으로 남게 된다.

이 이율배반적인 인간실즌적 원형질, 인간은 왜 이렇지 되어 먹었나?

인간은 정·리의 이율배반으로 되어 먹을 수밖에 없다. 우선 인간의 두뇌가 우반구와 좌반구로 되어 있는데 이들은 각기 정·리를 스관 한다. 우반구 정, 좌반구 리가 바로 그것이 되겠다. 우리 매개 인간은 우반구와 좌반구의 역동적인 관계 속에서 정·리로 왔다 갔다 한다. 그리고 인간은 내일 죽는다는 실존, 영원할 것 같은 인생이 하루아침의 이슬처럼 스러진다는 실존은 우리를 정·리의 이율배반으로 치닫게 한다. 어차피 죽을 인생이니 내 한 몸 편히 기분에 따라, 욕망에 따라(興致所來, 爲所欲爲) 되는대로 사는 정에 맡기는 인생살이, 이와 반대로 짧은 인생이니만큼 한시도 헛되이 보냄이 없이 이념에, 지조에, 뜻에 매여 열심히 사는 인생철학이 바로 그것이다.

이렇게 놓고 볼 때, 이율배반적인 정·리는 동서고금을 막론한 인간실존의 원형질이다. 물론 여기서 리가 항구불변의 추상적인 그 어떤 논의보다는 구체적인 논의에 있어서는 특정한 원형마당1)에서 생겨난 그 어떤 보편적 가치를 지향한다면 정은 이것에 반한 기분에 따라, 욕망에 따라 놀아나는 것이 되겠다. 그러므로 정·리의 원형질은 인간의 장구한 삶의 흐름 속에서 원형마당에 따라 부동한 외피를 쓰고 나타나게 된다. 조선고대사에 있어서 유, 불(儒, 佛)의 엇갈린 파노라마 및 이 파노라마에서 벗어나려는 일련의 몸부림은 그 한 보기로 되겠다. 인간은 정에만 매이면 너무 야해지고 거칠어진다. 그리고 리(理)에만 매이면 너무 메말라지고 따분해진다. 이율배반적인 정·리의 원형질조화, 이것이 우리 삶의 지혜다. 중국 공자님의 "즐거워하되 음탕하지 말며 슬퍼하되 마음을 상하게 하지는 말라(樂而不淫, 哀而不傷)"그리고 전반 유교의 중용지도, 물론 이것은 정의 극단을 경계하면서 리(理)에 치우친 면이 없지 않으나 그 조화를 꾀한 한 보기로 보아 무방하다. 이로부터 그것은 동양인의 삶의 한 패턴으로 되기도 했다.

인간학으로서의 문학이 바로 정·리의 인간실존의 원형질을 떠날 수 없다할 때 정·리는 그것의 공약수로 되겠다. 사실 동서고금의 문학예술은 정·리의 인간원형질의 역동적인 다양한 표현에 다름 아니다. 중국의 경우만 놓고 보더라도 일찍 『모서서(毛書序)』에 "시는 정

---

1) 현실적인 시대배경 및 문명단계, 문화패턴 그리고 장구한 역사적 과정에서 형성된 민족심리 같은 일반이 수긍하는 보편적 가치를 형성하는 요소들이 포함되겠다.

감에서 흘러나오지만 예의에 머물러야 한다. 정감에서 흘러나오는 것
은 사람의 본성이지만 예의에 머무름은 선왕의 은택이다(詩發乎情,
止乎礼義. 發乎情, 民之性也; 止乎礼義, 先王之澤也.)"라 했고 『악론
(樂論)』에 "대저 음악은 사람에게 즐거움을 준다. 이는 인간의 감정
이 피치 못하는 연고이다. 때문에 사람은 음악을 들으면 즐거워하지
않을 수 없다. 즐거워하면 모양이 없을 수 없는데 그 즐거워하는 모
양이 도를 따르지 아니하면 흐트러지지 않을 수 없다. 도로써 욕망을
누르면 즐거워해도 흐트러짐이 없고 욕망으로 하여 도를 잊는다면
그에 혹해서 즐거울수 없다(夫樂者樂也, 人情之所必不免也, 故人不能
无樂, 樂則不能无形, 形而不爲道則不能无亂, 以道制欲, 則樂而不亂;
以欲忘道, 則惑而不樂.)"라 했으며 『예기·악기(禮紀·樂紀)』에 "듣악
에는 시종 감정이 따라야 하고 례에는 리가 시종 따라야 한다. 듣악
은 통일과 조화를 추구하는 것이며 예의는 차이성을 가려내는 것이
다. 예악의 의의는 바르 인정을 포괄하고 조절하는데 있다(樂也者, 情
之不可變者也; 禮也者, 理之不可易者也. 樂統同, 理變异, 禮樂之說, 管
乎人情唉)"라 했다. 보다시피 문학예술에 있어서 정이 없을 수 없으
나 그 정은 반드시 윤리도덕 나아가서는 정치 같은 리(理)의 제약과
규범을 받을 때야 만이 저격으로 된다는 것이다. 중국을 비롯한 동양
에 있어서 전반적인 문학적 주요경향은 정·리의 유기적 결합, 그러
면서도 리(理)에 기울어진 양상을 드러내고 있지만 리(理)를 절대적
으로 거부하면서 극단적으로 나간 예외가 없는 것도 아니다. 조선조
중기 허균이 "남녀의 정욕은 하늘이 낸 것이고 윤리강상은 성인이 낸
것이다. 하늘이 성인보다 높은 경지에 있나니 나는 하늘을 따를지언
정 성인을 따르지는 못하리라(男女情欲則天也, 倫紀之分則圣人也. 天
且高圣人一等, 我從天, 不敢從圣人)"[2]에서 설파한 『정욕천정설』 및

---

2) 이식(李植)의 『택당집(澤堂集)』.

그의 『홍길동전』, 한문단편소설들, 그리고 명나라 말기 근대의식이 싹트면서 중국의 이지(李贄)가 "천리를 살리고 인간의 욕망을 죽이는 것(存天理, 滅人欲)"을 반대하여 들고 나온 동심설(童心說) 및 그의 일련의 시가창작은 그 당시 리(理)에 반한 정의 절대적인 가치를 고양한 한 보기가 되겠다. 중국현대문학에 있어서 자아표현에 모를 박는 창조사와 인생을 위하는 문학연구회라는 단체들도 실은 정·리의 문학적 결성임에 다름 아니다. 조선현대문학사에 있어서 순문예지의 성격을 띤 『창조』, 『백조』, 『폐허』와 현실참여의 『신경향파』 및 『카프』를 비롯한 일련의 문학지 및 문학단체들의 결성도 같은 맥락에서 이해할 수 있겠다. 서양의 경우를 보면 보다 많이 정·리의 조화를 꾀한 동양의 경우와는 좀 달리 대개 정 아니면 리(理), 리(理) 아니면 정 즉 정과 리(理)가 따로따로 놀아나며 서로 대립하고 부정하는 역동적 관계로 많이 흘러왔다. 여기에 대해 유럽 스스로의 지성들이 이미 많이 언급해오고 있다. 예컨대 영국의 유명한 시인이며 비평가인 아놀드는 "헬레니즘과 헤브라이즘3)… 우리의 세계(서양을 가리킴. 필자 주)는 이 두 영향력 사이에서 이동했다. 어떤 때에는 헬레니즘 쪽의 흡인력이 더 컸고 어떤 때에는 헤브라이즘 쪽의 흡인력이 더 컸다. 우리의 세계는 유쾌하게 이 두 힘 사이에서 평행을 이루어 본적이 없었다."4)라고 명쾌히 지적하고 있다. 그리고 현대 유럽지성의 상징의 하나인 니체르는 『비극의 탄생』에서 고대 그리스문화를 개괄하면서 내건 주신(酒神) 디오니소스정신과 태양신 아폴로 정신이라는 것도 결국 정·리라는 인간실존의 원형질의 상징적 개괄에 다름 아니다. 유럽의 흐드레만드레 취하는 그리스식 발광절(狂歡節)과 한 점

---

3) 유럽의 기본 두 문화패턴을 형성한 그리스문화와 유태문화를 가리킨다. 여기서 그리스문화가 세속적인 쾌락문화(현실집착)를 가리킨다면 유태문화는 내세적인 금욕문화(초월의지)를 가리킨다.
4) 윌리암·베로이드, 『비이성의 인간』 중역본, 제65페이지.

흔들림이 없는 로마식 법정신은 그 구체적보기에 다름 아니다. 그반 서양문학사를 볼 것 같으면, 고대 그리스의 경우에 아프로이테 같은 정절을 헌신짝처럼 여기며 성 개방을 고양한 방탕의 상징으로서의 풍요신의 여신이 있는가하면 알혀미스 같은 성의 폐쇄성을 나타낸 순결성의 상징으로서의 처녀신이 있다. 그러면서도 현세쾌락에 집착하면서 인간의 정을 즌중하는 현세집착의 헬레니즘 쪽으로 기울어졌다. 그러나 중세문학은 이에 반해 신에 대한 절대적인 신앙과 복종, 내세지향으로 나아가면서 인간의 정을 극단적으로 부정하는 초월적인 헤브라이즘 쪽으로 나아갔다. 그러다가 14～16세기 문예부흥시기가 도래하면서 이에 대한 반동으로 금욕주의를 부정하고 인간개성의 자유로운 발로와 현세에서의 삶의 행복을 찬미하는 자유, 평등, 박애 등 신흥자산계급의 정으로 나아갔으며 17세기 고전주의시대가 도래하면서 다분히 봉건적 냄새가 풍기는 왕권으로 상징되는 사회적리가 문학 창작과 평론의 유일한 준칙으로 되면서 개인적정, 인간의 정이 억제당하고 말았다. 보알로가 『시의 예술』에서 『반드시 이성을 사랑해야 한다. 당신의 모든 듣들은 오로지 이성에 의해서만 가치와 빛을 얻을 수 있다.』고 설파한 것은 그 좋은 주석으로 된다. 그러다가 시대가 또 한번 바뀌어 18세기 계몽주의시대가 되자 문예부흥시기 내걸었던 자유, 평등, 박애라는 정의 기치가 본격적으로 나부끼면서 그것이 결국 자산계급의 이성왕국으로 승화되었다. 18세기 말엽부터는 자유, 평등, 박애라는 자산계급의 메마르고 허황한『이성왕국』이 역겨워 나면서 센티멘털리즘으로 나아가고 결국 인간의 감정과 개성, 이상을 존중하고 노래하는 정의 낭만주의로 나아갔다. 이것이 19세기 초기까지 이어지다가 객관적 현실에 대한 진실한 반영을 기초로 하면서 냉철한 사회비판 이성이 번뜩이는 리가 관통된 사실주의로 나아갔다. 이에 자연주의는 기형적으로 잦아들어 인간을 자연과학적인 잣대로 재며 인간의 생물적정에 초점을 맞추었다. 이에 모더니즘은 한술 더 떠 전통적인 의미의 정·리를 애초에 부정하고 인간무의식 심층의 비이성적 정을 그대로 쏟아내고 있다. 그러면 현재의 포스터 모더니즘은 정·리 사이에서 왔다 갔다 하는 것이 지겨운지 정·리가 뒤죽박죽이 된 난장판을 벌인다.

그럼 조선문학의 경우는 어떠한가? 조선문학도 그 시발점에서부터 이 정·리의 인간실존의 원형질에서 자유로울 수 없었다.

조선민족의 시조신화로 꼽히고 있는 단군신화를 잠깐 보도록 하자.

범과 곰이 사람이 되고 싶어서 음습한 동굴에서 역한 쑥과 마늘만 먹으며 참고 견딘다. 그런데 범은 정에 매이고 곰은 리(理)에 매인다. 그래서 성급한 범은 동굴의 고역을 끝까지 참을 수 없었다. 범은 결국 동굴을 뛰쳐나와 제멋대로의 야성생활을 한다. 그러나 곰은 사람이 되려는 강한 집념으로 참고 견디며 동물성을 퇴치하고 결국은 문명한 인간으로 변신한다. 조선문학에 있어서 정·리의 인간실존의 원형질은 여기서 그 시초를 이룬다. 이로부터 이런 정·리의 원형질은 조선문학에 있어서 하나의 유기적공약수로 되어 면면히 이어져 내려온다.

그럼 아래에 조선고대문학에 있어서 주로 사랑 면에서의 정·리, 정치 면에서의 정·리, 신앙 면에서의 정·리에 걸쳐 이 인간실존의 원형질의 구체적파노라마를 주요 작품들을 통해 살펴보도록 하자.

1) 사랑 면에서의 정·리

조선문학사에 있어서 최초의 시가로 꼽히고 있는 고조선의 「공후인」5), 여기서는 정에 매인 백발광부가 등장한다. 이 백발광부는 허리에 술병을 찬 그리스 신화의 디오니소스와 같은 주신이다.6) 그는 절대자유의 경지를 츠구했는지도 모른다. 그것이 현실에서 뜻다로 되지 않으니 죽음도 마다하지 않고 피안의 강 저쪽을 향해 막 나아 간다. 결국 그는 물에 빠져죽는다. 그는 현실적 이성을 잃은 맹목적 인 정의 희생자인 셈이다. 그리고 공후를 타며 남편의 죽음을 서러 워하고 결국 남편의 뒤를 따라 죽는 백발광부의 부인은 분명 부부 지간의 순결한 사랑으 졍이 녹아든 사랑의 리(理)의 동심동체를 퍼 포먼스 했다.

삼국시기에 들어서 보면 사랑 면에서의 정·리는 다양하게 꽃 피어 난다. 조선문학사에 있어서 두 번째 시가로 꼽히는 고구려의 「황조가 」, 남녀간의 지순한 사랑을 읊고 있다. 사랑의 비탄을 토로하고 있다. 그것도 왕(고구려 두 번째 임금 유리)이 떠나간 애첩을 그리고 있어 더욱 돋보인다. 잃어버린 사랑을 못 잊어 애짭짤해하는 유리왕의 일 방적인 사랑의 리(理) 즉 사랑에 대한 충성이 표출되고 있다. 「황조가 」에서는 바로 진지한 사랑의 정이 녹아든 지순한 사랑의 리에 선 왕 과 이런 사랑의 리(理)에 위배되는 질투의 정의 와중에서 도피의 탈출 구를 찾은 애첩사이의 비극적 갈등 속에서 생긴 사랑의 비애를 읊조 리고 있다. 백제의 유일한 시가 「정읍사」-"달하, 높이곰 돋아사…", 여 성의 일방적인 사랑의 정이 고양되고 있다.

고려시기에 들어 사랑 면에서의 정·리를 읊은 노래는 뭐니 뭐니 해도 일련의 속요(俗謠)들. 「서경별곡」, 「가시리」, 「동동」 등은 떠나가 려는 혹은 떠나가는 혹은 떠나간 '님'을 잡아 두려하거나 따라 가려는 혹은 못내 그리워하는 애절한 사랑의 정이 그대로 묻어난다. 그런궤 문제는 이런 사랑의 졍이 남권지배적인 유교문화가 통판치는 당시의 원형마당에서 남성 대 여성의 일방적인 사랑의 노래에 다름 아니콰

---

5) 이 시가의 창작시기와 저자에 대해서는 학계에서 논란이 있는데, 필자는 고 조선시기와 백발광부부인창작설을 따르도록 한다.

6) 『고전의 바다』에서 피력한 정병욱 교수의 관점임.

할 때 그 실질은 결국 일부종사(一夫從事)적인 렬(烈)로 표출되는 유
교적 사랑의 리(理)인것이다. 여기서 「정읍사」도 예외가 아니다.

보다시피 우의 사랑관련 시들에서의 정·리는 결국 의미적 내연에
서 따져보면 긍정적인 의미에서든 부정적인 의미에서든 정·리가 한
데 녹아든 사랑의 이상적인 경지를 표출하고 있다. 이를테면 정이
리(理)를 뒷받침하거나 리가 정을 뒷받침하거나 혹은 정·리가 유기
적으로 융합되어 있는 경지가 되겠다.

조선고대문학사에는 이런 이상적인 사랑의 정·리뿐만 아니라 이
양 자가 분리되거나 대립된 양상도 보여주고 있다.

고려속요의 「쌍화점」, 「만전춘」, 「여상곡」 등은 흐드러진 육욕적
사랑의 정을 톬아내고 있다.

쌍화점(双花店)에 쌍화(双花)사러 가고신댄
회회(回回) 아비 내 손목을 쥐여이다
이 말씀이 이 점(店)밖에 나명들명
다로러거디러 죠고맛감 새끼광대 네말이라 하리라
더렁듕셩 다리러디러 다리러디러 다로러거디러 다로러
그 자리에 나도 자러 가리라
위위 다로러거디러 다로러
그 잔 데 같이 덤거츤 데 없다.

「쌍화점」 1절

『쌍화점』은 도합 4절로 되였는데 서정적 여주인공이 차례로 회회
아비, 절의 중, 우물의 용, 술집아비와 사련(邪戀)의 정을 통했다는
내용이다. 그런데 문제는 이 사련이 질타의 대상이 되기는커녕 오히
려 "그 자리에 나도 자러 가리라"에 "더렁듕셩… / 위위…"같은 후
렴구가 되풀이되면서 노골적인 성의 향연을 갈파하고 있다. 물론
"그 잔 데같이 덤거츤데 없다"라는 후렴구가 마지막에 반복되기도

했으나 그것은 어디까지나 일종 눈 가리고 아웅 하는 식의 제스처에 불과하다. 이런『쌍화점』이 충렬왕 때 고려 궁중에서까지 연주 되였다고 한다.

「만전춘」, 「여상곡」 등도 마찬가지다. 「만전춘」에서 ‘오리’로 상징되는 남자는 “늪이 얼면 여울도 좋으니”라고 되뇌이며 무질서한 성의 편력을 한다.

한마디로 고려시기는 디미 학계에서 많이 지적되다시피 무신란이요, 몽고란이요 하며 심중한 내우외환에 빠져 전반 사회적분위기가 피폐해질 대로 피폐해져「여상곡」에서 보여주다시피 여유가 있고 즐거워서 성을 추구했다기 보다는 “곧 죽어질 몸”, “준어서는 지옥게 떨어질 몸이니까”등 일종 허탈감과 허무에 빠져 성의 광란 속에 참닉했으리라. 육욕적인 사랑의 정에 마구 놀아났다고 블 수 있다.

전반 고려시가에서 “모래에 심은 닭은 밤이 싹이 날 때” 등 도저히 불가능한 상황을 설정해놓고 님과의 사랑을 영원토록 이어가려는 애절한 바람은 이것의 긍정적인 한 반증으로 되기도 한다. 사랑의 리(理)의 눈물겨운 한 표출로 볼 수 있다.

조선조에 들어서 이런 육욕적인 사랑의 정에 마구 놀아난 고려속요들이 많이 난도질당했음은 더 말할 것도 없다. 사대부들로부터 낙녀상열지사(男女相悅之詞)니 음사(淫辭)니 망탄(妄誕)이니 뭐니 하며 많은 지탄을 받았다. 그래서 결국은 구악정리(旧樂整理)라 하여 세종, 성종, 중종 대에 많이 거세되거나 개작되었다.7)

이제 신라인들을 좀 보도록 하자. 신라인들은 사랑의 흥치소래(興致所來) 즉 사랑의 정에 많이 놀아난 것 같다. 다른 것은 그만 두그라도 최치원의 「쌍녀분(双女坟)」을 좀 보도록 하자. 사랑의 리(理)를 지켜다가 억울하게 죽은 꽃 같은 두 중국 처녀의 무덤이 있단다. 차

---

7) 사실 이런 속요뿐만 아니라 돈독하게 유교적 사랑의 리(理)를 표출한 「서경별곡」같은 속요들도 속악으로 문제시되어 후정화(後庭花)로 취급되었던 것이다.

마 그 앞을 무심히 못 지나는 조선국 신라의 사나이- 최치원. 술을
따라 그녀들의 원혼을 위로한다. 이것이 인연이 되어 최치원은 "남
녀칠세부동석"이요, "매파의 소개와 부모의 명(媒約之言, 父母之命)"
이요 하는 유교의 거추장스러운 모든 예의범절을 벗어던지고 하루저
녁이나마 홀가분하게 그녀들의 혼과 사랑의 정이 무르녹는 클라이맥
스를 맛본다. 그리고 신라의 성인 원효를 좀 보도록 하자. 원효대사
(元曉大師), 사람들이 이렇게 부르는 원효는 분명 출가의 스님이다.
그는 박통을 목탁 삼아 뚜드리며 원효식 노래와 춤으로 신라의 방방
곡곡을 누비며 다녔다. 그러다가 눈에 맞는 처녀와 정을 통해 향찰
의 대가, 기행문의 대가 설총을 낳았다한다. 그는 스님으로서 분명
사랑의 정에 놀아났다. 그렇지만 그는 대사가 되기에 손색이 없었다.
그럼 최치원이니 원효니 하는 실제 역사적 인물은 제쳐두고 신라 전
설속의 괴짜 지귀(志鬼)를 좀 보도록 하자. 보잘 것 없는 가난뱅이
지귀. 그런데 그는 감히 지엄하면서도 꽃 같은 선덕여왕을 사랑한다.
사랑의 정때문이다. 그는 선덕여왕을 만나러 불국사로 달려갔다. 그
런데 한발 늦었다. 여왕은 들어가고 문은 닫기고. 그래서 기다리도록
했다. 기다림에 지쳤는지 아니면 흥분이 가라앉은 후의 피곤기 때문
인지 그는 자기도 모르게 소르르 잠이 든다. 이때 여왕은 떠나간다.
눈이 뜬 지귀에게 남은 것은 애꿎은 팔찌 하나. 이에 속에서 사랑의
불길은 더 없이 활활. 결국 사랑의 불길에 타 죽는 지귀. 결국 그는
사랑의 정에 녹아 죽어서 불의 귀신이 된다.
　최치원, 원효, 지귀- 신라인의 사랑의 정이 물씬 풍긴다.
　조선조에 들어서 사랑 면에서의 정·리를 보건대 사랑의 정은 기녀
들의 시가와 규원(閨怨)시가 및 평민가인들의 시가 그리고 「변강쇠전
」을 비롯한 서민들의 판소리계소설, 『배비장전』, 『호질』등 개인 창작
소설에서 다양하게 꽃펴났다. 그러나 사랑의 리(理)는 양반사대부 및
규방(閨房)시가 쪽에서 피어났어야 했음에도 불구하고 워낙 사랑을

입에 올리기 무엇해하거나 꺼리는 양반사대부들의 근엄성 및 문동의 원천적인 거부감 등으로 말미암아 그 결실은 미미하고 한산하다.

그럼 아래에 그 전형적인 보기로 기녀들의 시가를 잠깐 보도록 하자.

청산리 벽계수야 쉬이감을 자랑마라
일도창해하면 다시 오지 못하거늘
명월이 만건곤하니 쉬어간들 어떠하리!

너무나 잘 알려진 시조다. 황진이의 발랄함이 살아나는 시조다. 여색을 멀리한다는 벽계수를 인생본연의 허무와 무상함으로 은근히 유혹한다. "명월이 만건곤하니 쉬어간들 어떠하리!", 여기 환한 명월의 송이 황진이가 있으니 모든 부담 떨쳐버리고 한번 놀아 보자는 데는 그 누가 아니 넘어가리오. 노골적으로 사랑의 정의 불길을 지피고 있다.

冬至ㅅ달 긴긴 밤 한 허리를 둘에 내여
春風 이불 아래 서리서리 넣었다가
얼은 님 오신 날 밤이어든 굽이굽이 펴리라

독특한 여성적인 상상과 섬세함이 그대로 살아나는 황진이의 너무나 여성다운 시조다. 시적주인공 황진이의 기생신분 및 春風, 이불, 밤 등 시적이미지로 놓고 볼 때 이것은 아마도 사련(邪戀)에 더 가까우면서 육욕에 넘치는 사랑의 정을 설파하고 있다.

황진이의 사랑노래는 그래도 점잖고 은근한데가 있다. 이제 다른 기녀들의 사랑노래를 좀 보도록 하자.

옥이 옥이라커늘 번옥으로만 여겼더니
이제야 보아하니 진옥일시 적실하다

　　내게 살송곳 있으니 뚫어볼까 하노라

　점잖은 송강 정철이 언제가 술기운이 동해 옥이라는 기생에게 넌
지시 한수 읊어 보았단다. 남성적인 성의 공격성을 유머스럽게 읊조
리고 있다. 그런데 밑천도 못 찾고 마는 정철.

　　철이 철이라커늘 섭철로만 여겼더니
　　이제야 보아 하니 정철임이 분명하다
　　내게 골풀무 있으니 녹여볼까 하노라.

　결국 정철이라 하건만 '골풀무'에 녹아야 하는 정철임에라 두 손 들고
만다. 육욕적인 사랑의 정을 유머스러움 속에 마음껏 뿜어내고 있다.
　그럼 아래에 판소리계소설과 개인 창작소설에서 사랑의 정의 발산
을 일별해 보도록 하자.
　『변강쇠전』, 조선의 『金甁梅』. 성적 빠포스가 기본이다. '천하잡놈
변강쇠와 천하잡년 옹녀'의 흐드러진 성적인 놀아남. 마지막에 변강
쇠의 동티로 징계의 여운을 주는듯하나 전반적인 흐름은 육욕적인
사랑의 정을 기껏 발산하는데 있다.
　『배비장전』, 양반의 지조와 자존을 내세우며 그렇게 장담하던 배
비장이 애교 만점인 기생 애랑한테 반해 하루아침에 사랑의 정을 활
활 불태우고 만다. 『호질』, 근엄한 북곽선생이 '정열'과부 동리자와
사랑의 정에 놀아나다가 결국 호질을 당하고 만다. 이런 양반훼절형
소설들은 자기도 모르게 사랑의 정에 빠지는 양반형상을 통하여 도
학군자연한 양반의 위선을 꼬집고 있다.
　위의 소설들이 사랑의 정을 모멘트로 하여 외곬으로 많이 흘렀다
면 판소리계소설 『춘향전』은 좀 이색적이다. 『춘향전』, 춘향의 렬
(烈)-유교적 사랑의 리(理)를 높게 산 듯 하다. 그러나 실은 춘향과
이몽룡의 첫눈에 반하(一見鐘情)기 및 곧바로 첫날의 성희(性戲)에로

의 골인 등으로 나타나는 파격적인 사랑의 정과 춘향의 기다림 및 변학도에 의한 시련 그리고 이몽룡의 출세 및 춘향구함 등으로 나타나는 변함없는 사랑의 리가 교묘한 역동적 관계를 이루어 전반 소설의 묘미를 창출하고 있다. 이로부터 『춘향전』이 조선고대소설의 백미가 되기에 손색없다.

사랑 면에서의 정·리에 있어서 기이하고 파격적이며 극단적인 사랑의 정 쪽이 더 문학적인 묘미가 있음은 말할 것도 없다. 적어도 이런 사랑의 정이 곁들어져야 묘미가 창출되는 것이다. 그래서 단연 이 방면의 문학적형상화가 돋보인다. 그렇다하여 사랑의 리를 내비친 작품이 없는 것은 아니다. 계녀가(戒女歌), 규방시가에 이런 류의 작품이 많은 편이다. 그 한 보기로 「于歸(고향촌 녀자)」라는 규방시가 한수를 보도록 하자.

> 보슬비 내리는 향촉아래서 맹세하고
> 향기로운 꽃 앞에서 부부가 되였네
> 시집가기 섫다 울지 말아라
> 여자는 지아비를 따르는 법이다.

유교적 사랑의 리(理)를 읊은 규방시가다. 포근한 어머니 품을 떠나 시집가기 싫어하는 딸에게 여필종부(女必從夫)의 유교적 덕목으로 시집가야 될 사랑의 리(理)를 설파하고 있다.

2) 정치면에서의 정·리

조선중세정치의 주역은 어디까지나 사대부들이다. 그런데 이들 사대부들은 워낙 문인을 겸한 이중적 신분으로 놀아난지라 조선고대군학의 중요한 일익을 담당했음은 더 말할 것도 없다. 이른바 하층민간 문학(下里巴人)에 상응한 상층귀족문학(陽春白雪)의 몫을 담당했다. 이로부터 그들 문학에 정치의 정·리가 안 내비칠 수 없다. 그럼 아래에 정치면에서의 정·리 차원에서 그들 문학을 조감해보도록 하자.

사대부는 당시 사회에 있어서 가장 지적인 엘리트이다. 그래서 그들은 고승이 되고 박사[8]가 되었다. 왕의 사부(師傅)가 되고 좌우 승상이 되기도 했다. 백제의 왕인 박사는 그 전형적인 한 보기가 되겠다. 그들에게는 경세치국의 대략이 갖추어져 있기도 했다. 그래서 임금도 그들을 가까이 하고 그들의 말에 귀를 기울이게 되는가 보다.

> 임금은 아비요
> 신하는 사랑하는 어미요
> 백성은 어리석은 아이라 할제
> 백성이 사랑을 알리라
> 구물구물 사는 중생들
> 이들을 먹여서 다스릴지어다
> 이 땅을 버리고 어디로 가리오
> 나라를 보존할 길 알리라
> 아아 임금답게 신하답게 백성답게
> 한다면 나라가 태평하리라

너무도 잘 알려진 「안민가」다. 8세기중엽에 활동한 신라 고승이며 향가시인인 충담사가 왕의 요청에 의해 지어 부른 노래다. 유교적 왕도 즉 정치의 리가 고스란히 내비치고 있다. 이를테면 유교적 가국(家國)상사형의 명분을 내세우며 "아아 임금답게 신하답게 백성답게 한다면 나라가 태평하리라"고 설파하고 있다. 실로 고전적인 유교적정치의 리를 가장 소박하면서도 핍진하게 보여주고 있다.

---

8) 물론 현대적의미의 박사개념과는 다르다.

중세에 있어서 사대부와 정치의 관계는 주로 정치를 한 손에 틀어쥔 임금과의 관계를 통하여 나타난다. 바꾸어 말하면 임금에 대한 충(忠)의 여부에 따라 정치의 정·리가 엇갈려 나타난다. 일반적으로 놓고 볼 때 충신은 정치의 리(理)를 많이 체현하고 역신(逆臣)은 정치의 정을 많이 체현하고 있다고 볼 수 있다. 조선고대문학사 차원에서 놓고 볼 때 역신의 정치적정보다는 충신의 정치적리를 나타낸 문학이 많이 눈에 뜨인다. 역신의 정치적정을 나타낸 문학이 없지 않으려만 그것은 그 역신에 대한 단죄와 더불어 소장되고 말기 때문이다. 남이, 임제, 권필 등의 필화사건은 그간의 일단을 보여주고 있다.

그럼 아래에 일단 조선고대문학사에서 정치적 정·리의 엇갈림을 가장 극명하게 보여주고 있는 두 시조를 보도록 하자.

이런들 어떠하며 저런들 어떠하리,
만수산 드렁칡이 얽혀진들 어떠하리,
우리도 이같이 얽혀 백년까지 누리리라.

너무나 잘 알려진 시조다. 고려말 이씨 조선 창업의 주역의 하나인 이방원이 고려 충신 정몽주를 회유하기 위하여 술 한 잔 권하며 넌지시 던진 「만수산가」다. 정치의 정을 고취하고 있다. 이 「만수산가」는 유명한 「단심가」를 이끌어 내온다.

이 몸이 죽고 죽어 일백 번 고쳐 죽어,
백골이 진토 되어 넋이라도 있고 없고
님 향한 일편단심이야 가실 줄이 있으랴.

고려 충신 정몽주의 「단심가」다. 이념이고 지조고 뭐고 눈치나 보(看風使舵)며 일신의 향락을 누리자는 「만수산가」에 대허 「일편단심」의 지조를 읊고 있다. 정치의 리(理)로 맞대응하고 있다. 실로 멋진 정치적 정·리의 한바탕 맞대결임은 더 말할 것도 없다.

다음 충신의 정치적리를 나타낸 문학의 일단을 좀 보도록 하자.

　이 몸이 죽어가서 무엇이 될꼬 하니
　봉래산 제일봉에 낙락장송 되얏다가
　白雪이 滿乾坤할 제 独也青青 하리라

　　조선조 세조시기 사육신의 한사람인 성삼문의 시조. 남이 다 권세에 아부굴종해도 자기만은 옛 임금에 대한 절개를 지키겠다는 만고 충신 정몽주 못지않은 일편단심에 뭇 소인들을 우습게 보는 도고함이 내비치고 있다. "白雪이 滿乾坤할 제 獨也青青 하리라", 이 시적 포인트(詩眼)에 이런 모럴이 가장 잘 집약되어 있다. 여기서 군자는 자기를 알아주는 사람을 위해 죽는다(士爲知己者死), 상대가 임금일 때 신하로서 지켜야 하는 유교적충(忠)의 리(理)를 고양하고 있다. 사육신의 시가 다 이런 리(理)에서 멀지 않다. 그리고 김시습을 비롯한 생육신의 경우도 결국 따지고 보면 정통 유교적정치의 리에 서서 현세 정치의 부정함을 꼬집고 있다.

　　조선중세사회에 있어서 사대부와 임금의 관계에서 사대부의 소외라는 딜레마는 조선중세문학사에서 일련의 『님』노래9)를 이끌어 내온다. 고려 정서의 「정과정곡」으로부터 그 발단을 이루고 정몽주의 「단심가」를 비롯한 일련의 사대부시조를 거쳐 조선조 송강 정철의 「사미인곡」, 「속사미인곡」에서 절창을 이룬 '님'노래 말이다. 이런 '님'노래를 보면 대개 임금으로부터 소외당한 신하가 그 임금에 대해 불평불만은커녕 오히려 못 잊어하며 자기를 여성 화자화(話者化)하여 임금을 못내 그리워하는 정을 톺아내고 있다. 이에 임금은 묵

---

9) 『조선고대사대부문인들의 변태심리 투시-님노래의 경우』(우상렬, 『문학과 예술』 2001. 3)를 참조하라.

묵부답일지라도 충직한 신하는 "여자는 자기를 알아주는 사람을 의해 단장하(女爲知己者容)"는 열성과 진지함을 잃지 않는다. 여기서 중세 임금 대 신하의 관계에서 현재 시각으로 보기에 어리석음직한 맹목적우충(愚忠)식 정치의 리가 돋보인다.

송강 정철의 경우를 좀 더 구체적으로 보자.

송강은 앞뒤 전전긍긍하며 선조 임금을 잘 모셨건만 결국 소외를 당해 실은 창평에 정배살이를 하게 된다. 그러나 선조 임금에게 꼬물만치의 불평불만도 없다. 오히려 항상 성은에 감지덕지하며 못내 그리워한다. 「관동별곡」의 군더더기 첫 구절의 '성은'운운은 전형적인 그 한 보기가 되겠다. 그리고 「사미인곡」, 「속사미인곡」은 그 절정이 되겠다. 이는 중국 이백의 경우와 좋은 대조를 이룬다. 이백은 어찌 보면 처세술에 능하다. 입신양명을 위해 그는 아부의 냄새가 없지 않는 글들을 짓기도 한다. 그래서 그는 하루아침에 임금의 궁전으로 불리여 간다. 출세의 길이 열렸다. 그래서 그는 내가 어찌 초야에 묻혀 있겠나 하며 호탕한 웃음을 웃는다. 그런데 궁정에 들어와 보니 아래 위 눈치를 보아야 하고 하는 일이란 남 뒤치닥거리다. 그래서 그는 술에 빠져 있으며 양귀비도 마음대로 놀리며 흥치소래(興致所來)의 멋을 부린다. 그러다 결국 임금에게 버림을 받고 내쫓긴다. 그러나 그에게는 비애나 쓸쓸함 같은 것이 없다. 내가 어찌 허리 굽혀 소인배들을 섬기리요, 호탕하게 웃으며 자기 합리화를 한다. 이로부터 그는 꿈에 천모산에 노닐 뿐만 아니라 술을 곁들이며 실로 멋진 이적선(李謫仙)이 되었다. 남이 그를 이적선이라고 불렀을 뿐만 아니라 자기 스스로도 그렇게 여겼다. 그래서 그의 눈에는 임금이고 조정이고 없었다. 송강이 "여자는 자기를 알아주는 사람을 위해 단장하는" 우충(愚忠)식 정치의 리(理)에서 돗 벗어나 연연해하고 눈물콧물 짰다면 이백은 그 모든 것 다 떨쳐버리고 홀가분한 신선의 경지에서 노닐었다 하겠다. 그는 어디까지나 정치의 정

쪽으로 기울어져 있었다.

사실 송강 정철을 비롯한 조선의 '님' 노래자들은 유교적정치의 리(理)에만 매인 꽁생원은 아니었던 것 같다. 그들은 전전긍긍하고 연연하고 쫓겨나거나 하는데서 오는 스트레스를 풀 통로를 갖고 있었다. 이것이 그들의 삶의 지혜인지도 모른다.

정송강을 보건대 그에게는 이백의 「將進酒」 뺨칠 정도의「將進酒辭」가 있다.

한잔 먹새 그려 또 한잔 먹새 그려
꽃 꺾어 산 놓고 무진 무진 먹새 그려
이 몸 죽은 후면 지게 우에 거적 덮어 주리어 메여가나
류소보장의 만인이 울며 따르나
어욱속새 덥깔나무 백양숲에 가기만 하면
누른 해 흰 달 가는 비 굵은 눈
소소리바람 불제 누가 한잔 먹자하겠는가?
하물며 무덤 우에 잔나비 휘파람 불 때
누우친들 무슨 소용있으랴

현실 정치의 리(理)와는 먼 인생본연의 허무와 무상을 상기시키며 술의 미학을 떠올리고 있다. 사대부들이 『한림별곡』과 같은 별곡체(경기체가)에서 술타령이나 하고 "위 景 어떠하리잇꼬"한 것도 같은 맥락에서 이해할 수 있다. 사대부들의 시조집인 『靑丘永言』[10)]에서 술 관련 시조가 35수로서 단연 돋보이는 것도 그간의 사정을 말해 준다. 현실 정치의 리(理)에 매인 피곤한 삶을 그들은 술로 풀었다고 볼 수 있다. 물론 이 속에는「청산별곡」에서와 같이 현실정치의 패배 속에서 술밖에 퍼먹을 수 없다는 자포자기의 심리도 심심찮게 볼 수 있다. "가노라니 배부른 장독이 / 살진 독한 술을 빚으라 / 조롱꽃

____

10) 이하 『靑丘永言』 관련 통계 수자는 정병욱의 『한국고전시가론』에 의한 것임.

누룩이 매와 / 잡거니 내 어떻게 하리잇고”, 마지막 부분의 이 넋두리 속에서 주망(酒妄)의 세계에 빠져드는 것은 전형적인 한 보기가 되겠다.11)

그리고 이 술판이 자연 놀음판과 어우러지며 현실정치의리(理)를 잊고자 한 것 같다. 『청구영언(靑丘永言)』의 10%에 해당하는 23수의 시조 종장이 대개 “아니 놀고 어이리”, “너를 쪼아 놀리라”, “언제 놀려 하나이”, “매양 취코 놀리라”, “장일 취코 놀리라” 등으로 나타난 것은 그간의 사정을 잘 말해준다. 왜정 때 만들어져 현재까지도 많이 불리우고 있는 “노새노새 젊어서 노새 / 화무십일홍 달도 차면 기우나니 / 아니 놀지는 못하리라 챠챠챠”의 노래도 같은 맥락에서 이해할 수 있겠다12).

그리고 사대부시가에서 정치의 리(理)를 회피하거나 아예 무시해 버리며 완전히 자연에 파묻혀 사는 경지를 창출하고 있는 은일시가 혹은 강호시가들은 국가대사에 필부도 책임이 있다(匹夫有責)는 유교적 정치덕목으로 놓고 볼 때 정치적 정 쪽으로 기울어졌다고 볼 수 있다. 조선고대문학사에서 물, 바위, 솔, 대, 달의 친구를 부른 5연 연시조 「오우가」, 「지국총 지국총 어사」 뱃노래를 전 40연 장편 연시조 「어부사시가」로 읊은 윤선도가 전형적인 보기로 되겠다.

---

11) 『청산별곡』에 대한 해석에서 자연탐닉 운운의 낭만적 해석과 같은 색다른 해석도 없지 않아 있지만 필자는 정쟁(政爭)과 같은 현실정치상황과 연결시켜 해석하는 주된 관점에 동감이다.
12) 이 노래에 대해 인생본연의 무상과 허무를 느껴 ‘챠챠챠’로 나아갔다는 철학적 높이 차원에서도 해석할 수 있겠지만 그 당시 암흑한 왜정통치라는 시대배경과 연계시켜 생각할 때 필자의 해석이 더 설득력이 있을 것으로 사료된다.

3) 신앙 면에서의 정·리

조선고대문학사에서 신앙 면에서의 정·리 작품을 보면 리(理)에 맞선 정보다는 리(理)를 고취한 것들이 단연 돋보인다. 불교관련 작품을 좀 보도록 하자. 워낙 고급종교로서의 불교가 조선민족의 기본 신앙심의 하나를 이루었음 에랴. 불교하면 신라향가가 떠오른다. 워낙 신라향가의 주요 한 부류가 불교의 신앙심 즉 불교의 리(理)로 충만 되어 있으니. 「제망명가」, 「원왕생가」, 「천수대비가」, 「우적가」 등은 그 보기로 되겠다. 「제망명가」, 시적 주인공은 누이동생와의 사별(死別)의 슬픔 즉 세속에 있어서 동기간의 정을 누이동생의 극락 왕생을 기원하고 자기의 불심을 더욱 돈독히 하며 자력수도를 열심 히 하여 극락세계에 가서 만날 것을 약속하며 마음의 위안을 얻는 불교적리로 갈무리하고 있다. 「원왕생가」는 극락왕생이라는 불교적 리와 세속에 있어서 남녀욕정의 정이라는 성속(聖俗)의 대비 속에서 앞의 경지를 절절한 '원왕생', '원왕생'의 부르짖음으로 내세우고 있 다. 「천수대비가」는 부처에게 현실의 고통 즉 세속의 정에서 해탈될 것을 비는 내세지향의 불교적리를 고취하고 있다. 「우적가」는 영재 라는 스님이 불교적리를 노래로 불러 도적을 감화시켜 불교도로 만 들었다는 노래다.

신라향가뿐만 아니라 장편소설 『구운몽』도 마찬가지다. 『구운몽』 은 유, 불, 도의 역동적 관계 속에서 결국 불교를 최고가치로 돋보 이게 함으로써 불교의 리(理)가 빛나고 있다. 그러면서 『구운몽』은 그 연원의 하나로 되고 있는 신라의 「조신몽」 설화가 의, 식, 주가 해결되지 않은 현실의 고통 속에서였다면 의, 식, 주 해결뿐만 아니 라 일인지하에 만인지상(一人之下, 万人之上)이라는 세속적 극락 속 에서 현실을 부정하고 불교적 세계를 갈구함으로써 「조신몽」보다 불 교적리 면에서 훨씬 승화를 가져온 높은 차원의 작품이다. 철학적

높이에서 불교적리를 고양시킨 진정한 의미에서의 불교작품13)이라고
할 수 있다.

이외에 신앙 면에서의 정·리를 논함에 있어서 도교 등 면도 살펴
볼 수 있겠으나 여기서는 약하도록 한다.

인간실존의 원형질-정·리 차원에서 사랑, 정치, 신앙 면을 제외한
다른 여러 면의 문학적형상화에 대해서도 얼마든지 조명할 수 있다
고 본다. 여기에 대해서는 다음 기회로 미루도록 한다. 그리고 필자
의 해석에는 인상주의적인 흥치소래(興致所來)식 색채가 없지 않다
있으니 여러 동문들의 기탄없는 보다 심도 있는 냉철한 이성적 비란
을 기대해보는 바다.

참고문헌

1. 이택후·유강기, 『중국미학사』, 중국사회과학원출판사, 1984.
2. 오보, 『서방문론선』 상권, 상해역문출판사, 1988.
3. 장법, 『중국문화와 비극의식』, 중국인민대학출판사, 1989.
4. 북경대학비교문학연구소편,『중국비교문학연구자료1919~1949』, 북경대
   학출판사, 1989.
5. 왕약면·동경병, 『중서비교시학체계』, 인민문학출판사, 1991.
6. 허휘훈·채미화, 『조선문학사-고대중세부분-』, 연변대학출판사, 1998.
7. 우상렬, 『배달학 散步』. 한국 도서출판 영한, 2002.
8. 김관웅, 「한의 미학」, 『예술세계』 제19기.

---

13) 물론 학계에서 『구운몽』의 작품성격에 대해 논란이 없는 것은 아니지만 그
    래도 그것이 불교소설임에는 대개 공감하고 있는 바이다. 필자의 논문 「구
    운몽주제론」(『아리랑』, 1994. 11) 참조.

14. 한국 고대문학과 성(에로스)

-중국의 경우와 비교하여

1) 들어가는 말

성, 인간은 성으로 이루어졌다. 남성↔여성의 인터코스로 인간은
인간으로, 완미한 인간으로 거듭난다. 이로부터 性學이 인간학의 기
본 한 내용을 이룸은 더 말할 것도 없다. 문학이 인간학이라 할 때
性學은 보편적인 영원한 문학의 원형(achy type)이 되겠다. 동서고금
을 막론한 문학사가 이것을 잘 증명해준다. 이로부터 性文學에 대한
논의가 일어남도 아주 자연스러운 일이다. 물론 문학에서 性심리, 性
행위를 비롯한 性이 취급되었다하여 그것이 꼭 性文學이 되는 것은
아니다. 이런 性이 文學으로 승화되자면 적어도 다음과 같은 여건들
을 충족시켜야 될 줄로 안다. 첫째, 시대적 상황 속에서 性이 조명
되어야 한다. 둘째, 작가의 심미의식을 반영하는 차원에서 性이 취급
되어야 한다. 셋째, 문학작품 자체 내에서 심미적 통일을 기해야 한
다. 사실 性과 사랑은 동전의 양면처럼 쉽게 넘나들며 얽히고설킨
복잡한 양상을 드러내고 있다. 보는 시각에 따라 그것이 순수한 性
이 될 수도 있고 사랑이 될 수도 있으며 또는 한데 녹아난 그 자체
이기도 하다. 이런 전제하에서 부동한 민족, 부동한 시대에 있어서
性文學을 보건대 시와 때에 따라 그것이 우회적 혹은 직설적, 간접
적 혹은 직접적 등 다양한 양상을 드러냄과 동시에 부동한 양상을

드러내고 있음은 더 말할 것도 없다. 이로부터 각 민족문학 사이의 性文學에 대한 비교연구의 소지가 충분히 이루어질 줄로 안다.

본 고는 한국 고대문학에 있어서의 性文學에 대해 전반적이고 체계적인 조명을 시도해보도록 한다. 그러면서 같은 문화권인 중국 고대문학에 있어서의 性文學을 참조계로 하여 비교문학적 시각에서 논의를 전개함으로써 그 특성을 분명히 밝히도록 한다. 한국 고대문학에 있어서의 性文學에 대해 학계에서 논의가 안된 것은 아니다.『韓國古典詩歌研究』(정병욱, 경인문화사, 1975),「기녀시조와 사대부시조」(성현경,『조선 전기의 언어와 문학』, 형설출판사 1976),『古典의 바다』(정병욱, 장덕순, 이어령, 현암사 1979),『古典을 새로 읽기』(이어령, 갑인출판사 1985),『조선조 기류(妓流)문학연구』(박종수, 단국대학교박사논문 1987),「변강쇠가의 사회적 성격」(박일용,『古典文學研究』第6輯, 韓國古典文學研究會, 1991. 12) 등 저서와 논문들이 없는 것은 아니지만 그것은 대개 기녀들의 시라든가 고려속요라든가『변강쇠전』같은 일부 작품들에 국한되었거나 어디까지나 부수적인 논의에 거치고 만 아쉬움이 남는다. 이로부터 본 고는 나름대로의 가치를 확보할 줄로 안다.

2) 유형별로 본 성문학

(1) 인간본연의 모습을 나타낸 성문학

주지하다시피 한국 고대문학에 있어서 최초의 문학형태는 건국신화전설이다. 이런 건국신화전설에서 성은 건국시조의 탄생을 둘러싸고 모습을 드러내고 있다. 그런데 건국시조의 탄생이 성스러운 탄생일진대 그 성도 세속적인 직설성과는 다른 신성한 면이 있다. 한국 고대 건국신화전설에 있어서 그것은 난형(卵形)화소로 나타난다. 이른바 건국시조가 알 속에서 태어난다는 것이다. 논리적 비약이 있는지는 모르겠지만 알은 좁게는 어머니 자궁의 상징이고 넓게는 대지 자궁의 상징에 다름 아니다[1]. 주몽전설에서 고구려시조가 태어난 알은 더 말할 것도 없고 단군신화에서 웅녀가 탄생한 동굴도 마찬가지다. 알은 형태상으로 여성의 자궁을 닮았는데 그것은 남성의 상징인 태양광선을 받아 부풀어 오르며 깨진다.[2] 마치 만월의 양수가 터지듯이. 보편적인 원형상징에서 태양 및 그 광선이 남성, 둥근 것이 여성의 상징임은 더 말할 것도 없고 동양 고대음양사상에서 천방지원(天方地圓), 천부지모(天父地母) 즉 모난 하늘에 둥근 땅이 부성적인 남성 대 모성적인 여성을 상징함은 주지의 사실이다. 이로부터 한국 고대 신화전설에서 알이 짓궂은 태양빛을 받아 건국의 시조를 탄생한다는 것은 天地결합의 거창한 우주 역사(役事)적 의미를 갖고 있다고 할 수 있다. 단군신화에서 동굴은 알의 보다 고형(古形)으로 볼 수 있다. 동굴은 어둡다. 어머니 자궁처럼 말이다. 그러나 그곳은 포근하다. 우리 인간의 최초의 삶의 터전도 동굴이었다. 우리는 동굴에서 번식하며 기거했다. 보편적 원형상징에서 동굴을 여성적인 것으로 본 것은 우리의 바로 이런 원초적인 기억에 기초한다. 단군신화에서의 동굴도 여기서 예외가 아니다. 단군신화에서 곰은 동굴에서 사람이 된다. 신성한 지모신(地母神)이 된다[3]. 즉 어머니 자궁 같은 동굴에서 벽사(辟邪) 즉 온 몸의 더러운 동물성을 제거할 쑥을

---

1) 학계에서 태양숭배설 그리고 그 닮은꼴로부터 난형을 태양의 상징으로 보고 있기도 한데, 이것을 그 알이 짓궂은 태양광선을 받았다는 것과 연결시켜 볼 때 '태양광선' 같은 석연치 않은 군더더기가 있기에 재론의 여지가 있는 줄로 사료된다.

2) 그리스 신화에서 제우스의 황금비 즉 태양빛을 받아 여신이 잉태한다는 신화적 모티프도 그간의 사정을 잘 말해준다.

3) 『조선문학사-고대중세부분-』(허휘훈, 채미화 저, 연변대학출판사 1998. 3)에서 "단군의 어머니인 곰녀는 동물이라기보다 지상의 신성한 존재인 지모신(地母神)을 가리키는 것이라 할 수 있다."고 했는데 필자는 이 관점에 동감이다.

먹고 인간의 성을 돋군다는 마늘을 복용함4)으로써 사람으로 다시 태어난다. 중국의 경우에 『시경(詩經)』「대아(大雅)」에 나오는 周종족의 조상신 후직(后稷)을 노래한 「생민(生民)」을 보면 강원여신(姜原女神)이 '복제무민(覆帝武敏)' 즉 상제 발자국의 엄지발가락을 밟아 조상신 후직(后稷)을 잉태하게 된다. 보편적인 원형상징에서 보건 '엄지발가락'은 분명 남성적인 심벌의 상징이다. 이로부터 그것을 밟아 잉태했다는 것은 바로 성적 교접의 우회적인 표현으로 되겠다. 그리고 「생민(生民)」은 계속해서 후직(后稷)은 원래 껍질을 쓰고 태어났는데 현조(玄鳥) 혹은 일조(日鳥) 즉 태양신의 부화를 받아 껍질을 깨치고 나왔다는 것이다. 이에 대해 중국 학계에서 대개 '태양이 종자를 발아시킨다'는 유감주술, 그리고 '지기모부지기부(知其母不知其父)'의 모권시대의 반영으로 보고 있지만 실은 현조(玄鳥) 혹은 일조(日鳥) 즉 태양으로 상징되는 남성과 양수의 껍질과도 같은 '껍질'로 상징되는 여성의 성적 교접을 그 근저에 깔고 있다.

일반적으로 놓고 볼 대 그대 신화전설에 있어서 성은 기피해야 돌쑥스럽거나 더러운 것이 아니다. 그것은 자연스럽고 즐길 수 있는 것이다. 꼭 마치 밥을 먹듯이. 천진난만한 아이들이 성을 대하듯이 말이다. 그리고 고대 인류의 가장 건전한 동년의 한 모델을 이룬 그리스 사람들처럼 말이다. 고대 그리스 신화전설은 성의 향연이다. '군혼', '난륜' 같은 성의 끝없는 추구, 유전(流轉), 만끽이 있는가 하면 성의 순결을 고취하는 금욕주의도 있다. 정절을 헌신짝처럼 여기며 성 개방을 고양한 방탕의 상징으로서의 풍요의 여신 아프로이테와 성의 폐쇄성을 나타난 순결성의 상징으로서의 처녀신 알혜미스는 그 좋은 보기로 된다. 고대에 있어서 성은 숭배의 대상으로 신성시되기도 했다. 여성 조각상에서의 여성적 특징의 돌출한 강조는 그

---

4) 지금도 중국과 한국을 비롯한 동양의 민간신앙에서 쑥을 벽사(辟邪)의 영초(靈草), 동양한의학에서 마늘을 성욕강장제로 여기고 있다.

한 보기가 되겠다. 여기서 여성적 특징이 신적인 경지에 올랐다고 볼 수 있다. 그러나 한국과 중국의 고대 신화전설에 있어서 성은 거의 거세되었을 뿐만 아니라 자연스럽고 당당하고 노골적인 것으로 못된다. 시조탄생에 있어서 성은 내비치되 신비화를 위해 우회적이고 아리송한 포장을 하고 있다. 위의 동굴, 난형(卵形)화소 그리고 혁거세신화에서의 궤로의 굴절, 우회가 그렇고 단군신화의 경우처럼 웅녀가 아이 낳기를 원하자 환인이 잠시 사람으로 화해 응한 것 그리고 후백제 견훤설화에서 지렁이이미지 등 상징적 생략식 처리가 바로 그렇다. 단군신화보다 후세에 나온 해모수신화는 그래도 좀 구전한 형태를 보여주면서 후세적 개작 면모를 드러내고 있다. 해모수가 채찍을 휘둘러 아름다운 궁전을 짓고 향기로운 술로 유화 세 자매를 유혹하자 그녀들이 스스럼없이 술을 마신다. 그리고 해모수는 유화와 몸을 섞는다. 이것은 신화전설시대에 있어서 주색의 원시자연적 모습을 그대로 보여준다. 그런데 해모수가 유화와 몸을 섞은 것은 해모수가 유화를 범한 '강간'의 색채가 다분히 풍기고 후에 하백이 벌을 주어 유화를 우발수에 처넣었다고 하는 것은 영웅탄생 '수난곡'의 전주곡이기도 하겠지만 후세 유교적 모럴에 의한 손질로 보아 무방하다. 이 면에 있어서 중국 쪽이 한국보다 더 한 것 같다. 이것은 이런 신화전설을 만들 때 양국 공히 인문정신이 벌써 싹 터 신화전설의 역사화, 인문화가 많이 진행되었을 뿐만 아니라 이런 신화전설이 후세 성을 회피하는 유교적 윤리사상이 머리에 박힌 유학자들에 의해 기록되면서 성을 많이 회피했거나 거세된 것으로 볼 수 있다.5) 그러므로 우리는 성적인 차원에서 한국과 중국의 현존하는 문헌신화전설을 접근할 때는 상상력을 동원한 보완식 해독법이 필요

---

5) 한국과 중국에 반해 일본의 건국신화전설은 성적인 면에서 상당히 개방되어 있음을 알 수 있다. 일본의 건국신화전설은 남매의 성적인 교접에 의해 전반 일본열도가 형성된 것으로 풀이하고 있다.

하다고 생각된다.

신화전설시대와 긴밀히 연계되는 상고시대에 있어서 한국과 중국은 원시시대의 자연스러움과 순수함 그 자체로 성에 있어서 그 만큼 자유롭고 개방적인 것 같다. 한국 고대사의 옛일들을 기록한 역사문헌 『三國志·魏志·東夷傳』을 보기로 하자. 우선 북방부족들에 대한 기록을 보면 「扶余條」에는 "常用十月節祭天, 晝夜飮酒歌舞"라 했고 「貊條」에는 "以殷正月祭天國中大會, 連日飮酒歌舞… 行道晝夜, 無老幼皆歌, 通日聲不絶"라 했으며 「高句麗條」에는 "其俗淫"하다고 했다. 다음 남방부족들에 대한 기록을 보면, 「馬韓條」에 "群聚歌舞飮酒, 晝夜無休"하고 "長幼와 남녀의 구별이 없는" 생활을 했고 「弁辰條」에는 "俗喜歌舞飮酒"고 씌어 있다. '舞天', '迎鼓' 등으로 불리는 이런 國中大會는 대개 제천의식(祭天儀式)이라는 신성성을 띠면서도 남녀노소 할 것 없이 한데 어울려져 연일 음주가무하며 하나가 되는 호합의 장이기도 하다. 이로부터 성적 교접은 화합의 기본 상징기호가 되면서 성의 자유, 방종이 허용되었으리라고 본다. 상고시대에 있어서 '남녀유별'이 없는 이런 자유분방한 생활은 정도의 차이는 있을지 모르지만 적어도 가부장권이 확립되고 유교적 예속이 일반화되기 이전인 조선조이전 한국 고대사회에 있어서 그것은 사회적 유습으로 오래 동안 사회저변에 뿌리박고 존속해왔던 것이다. 그것은 사회적 습속의 변화란 그리 용이한 일이 아니기 때문이다. 신라의 경우만 보더라도 "新羅俗, 每當仲春初八至十五日, 京都人士女子竟繞興輪寺之殿塔, 爲福會."(『金現感虎』)에서처럼 남녀가 탑을 돌며 자유롭게 만날 수 있는 기회가 있다. 신라는 여성을 중시하고 특히 여성의 외형미, 관능미를 찬미하는 풍토였던 것 같다. 신라시기 두 여성임금이 나오고 화랑의 첫 두령 원화와 준정도 모두 여자였다. 그리고 『삼국유사』 권1 「지철로왕」편에 보면 신라 제22대 지증왕은 남근이 너무 커 짝을 짓기 힘들었는데 마침 모량부에 그에 상응한 여자가 있어

장가를 갈 수 있었다고 얘기하고 있는데 여기서 성은 금기시되어야 할 것이 아니고 솔직한 담론의 대상이 되고 있다.6) 그리고 성덕여왕의 여근곡일화도 같은 맥락에서 이해할 수 있다. 「삼국유사」 권2 「기이」편 水路夫人條에 보면 강릉태수로 부임해 간 순정공의 부인으로 수로는 "姿容絶代 每經過深山大澤 屢被神物掠攬"한데 용궁에 납치되었다 풀려나온 그녀에 대해 "온몸에서 향내를 풍기고 더욱 여버진 것"은 물론 그녀 자신도 한 점의 부끄러움도 없이 "용궁은 황홀하고 음식이 맑고 부드럽고 향기롭고 깨끗하다"고 자랑을 늘여놓고 있다. 여기에 대해 순정공이 핀잔을 하는 일언반구의 말도 없는 것, 그리고 신라향가 헌화가에서 소 잡고 가던 백발노인이 수로부인의 요구에 만족을 주기 위해 벼랑에 올라가 꽃을 꺾어 준 일을 아울러 생각할 때 무슨 도덕관념보다는 수로부인의 관능미 및 그것에 대한 감상이 돋보이는 방향으로 흘렀음을 알 수 있다. 신라향가 처용가는 분명 한국 최초의 간통문학으로서 돋보인다. 처용이 "가랑이가 넷이러라"를 발견하는 순간 처용처의 무반응 및 역신의 최종 술회 등을 감안할 때 그것이 간통을 나타내고 있음은 더 말할 것도 없다. 그런데 문제는 사랑의 질투에 치를 떨며 역신과 대판 싸움을 벌일 처용이 "빼앗겨거늘 어찌하리"식으로 반응하면서 그 자리에서 춤을 추며 물러난다 있다. 이것은 셰익스피어의 오셀로가 질투 때문에 데스테모나를 죽인 것과 선명한 대조를 이룬다. 처용가는 역신에 대한 처용의 태도 및 역신의 감복 등을 통해 신라인들의 비교적 자유로운 성 관념을 표출하고 있는 것으로 성적 관용, 포용력을 보여주고 있다. 신라시기는 애정관계의 성립이나 애정표현이 후대보다 개방적이었음을 『삼국유사』에 실린 설화에서도 입증된다. 김춘추의 사랑이야

---

6) 손진태의 『조선의 민화』에 보면 이와 관련된 설화로서 김수로왕의 남근에
   못지않게 큰 김수로왕의 비 허황후의 여근에 깃듯 에피소드에 대해 이야기
   하고 있다.

기는 그 한 보기가 되겠다. 『고려도경』을 보면 고려시대까지만 해도 여성들은 남녀의 구별 없이 냇물에서 남자들과 뒤섞여 멱도 감았다는 것이다. 조선조 500년 엄엄히 유교가 국시임에도 불구하고 사회 민간층에서 짓궂게 무속적인 동제(洞祭)의 '난장판'을 벌려온 것도 그간의 사정을 잘 말해준다. 중국의 경우를 보면 『周禮·媒氏』에 "中春之月令會男女, 於是時也, 奔者不禁."이라는 기록이 있는데 이것은 원시시대의 유습을 반영하면서도 서주(西周)초기르부터 춘추(春秋)중엽에 이르기까지 봄 같은 일정한 절기에 있어서 성적인 교접 및 혼인이 비교적 자유롭게 이루어졌음을 알 수 있다. 한국과 중국을 막론하고 이런 와중에 않은 性文學이 산생되었으리라고 사료되는데 현재 한국의 경우는 「구지가」 한 수만 남아 있는 형편이고 중국은 『詩經·國風』에 얼마간 볼 수 있다. 한국의 「구지가」에 대해 학계에서 구구한 해석[7]이 있지만 필자는 일단은 「구지가」를 원시종족들이 음주가무하며 불렀던 원시가요의 하나로 본 『조선문학사-고대 중세부분-』(허휘훈 채미화 저)의 관점을 받아들이고 거북의 목은 남자의 성기를 은유한 것이라 보고자 한다. "…신령스러운 생명의 근원을 나타내라"는 이 노래의 제작계기는 원시사회에 있어서 여성이 남성을 유혹하는 수단이었고…이 노래에 채택된 어휘의 이미지를 통하여 은유화된 원시인들의 성욕의 감정적인 본질의 직관으로 이해[8]한 정병욱 교수의 해석에 동감을 표하는 바이다. 한국 고대 원시종족들의 기본신앙이 무속적인 주술신앙이라 할 때 이런 해석은 일리가 있다. 중국 『詩經·國風』의 「鄭風」에 있는 <擇希>, <野有蔓草>, <溱洧> 등 시편에는 당시 남녀들의 집단적 모임 및 자유로운 배우

---

7) 이해산의 「구지가에 대한 고찰」(『조선언어문학론문집』, 연변대학 조선언어문학학부, 조선언어문학연구소 편, 연변대학출판사 1988)에 보면 14가지나 된다.

8) 『한국 고전시가본』, 1982년.

자 선택, 성적인 교접의 열렬한 장면들이 있어 이채롭다. 현재 남아 있는 자료를 놓고 볼 때 고대 때부터 중국사람은 성을 자연스러운 것으로 받아들였다. 전국(戰國)시대에 활약하면서 중국 봉건사회의 한 사상적 근간을 마련한 孟子가 『孟子』에서 告子의 말을 인용하면서 '食色, 性也'라 하고 다시 '飮食男女, 人之大欲有焉.'라고 한 것은 남녀지간의 성욕을 밥 먹듯이 자연스러운 것으로 여겼음을 알 수 있다. 이로부터 孟子는 임금이 나라를 잘 다스리려면 '內無怨女, 外無曠夫'9) 즉 남녀의 성욕을 정상적으로 만족 받도록 해야 한다고 주장하고 있다. 이것은 훗날 유교에서 '性爲家之本, 家爲國之本'라고 주장한 학설과 일맥상통하다.

(2) 사회적 비판매스로서의 성문학

위에서 보다시피 한국 고대사에 있어서 적어도 조선조이전까지만 해도 성은 자유로운 것이었다. 그러다가 유교가 본격적으로 국시가 되면서 성은 억압적인 것이 되었다. 성 억압적인 사회에 있어서 성은 사회적 비판의 예리한 매스로 된다.

한국 고대문학에 있어 성적인 면에서 가장 개방적인 자세를 보였던 작가는 그래도 허균이다. 이식(李植)의 『택당집(澤堂集』에 보면 허균은 일부 천주교에 관계되는 서적을 보고는 "男女情欲則天也, 倫紀之分則圣人也. 天且高圣人一等, 我從天, 不敢從圣人'"라고 설파하고 있다. 허균의 이런 '情欲天也說'은 유럽의 문예부흥시기 금욕주의를 반대하고 개성해방을 주장한 인문주의사상과 일치하는 바가 있다. 허균의 이런 개방적인 사상은 西人의 신서파(信西派)들에게 계승되고 훗날 실학사상을 탄생시키는 밑거름이 되었던 것이다. 중국에 있어서 明나라 말기 대사상가 탁오(卓吾) 이지(李贄)가 이마두(利馬竇)의 직접적 영향을 받아 남녀의 공학(共學) 내지는 인간의 자연성

---

9) 孟子, 『孟子·梁惠王 下』

에 대한 존중 및 동심설(童心說)을 내놓았는데 이 학설이 허균에게 커다란 공명을 불러일으키고 영향을 준 것으로 보고 되고 있다. 기를테면 이가원 교수는 『연암소설연구(燕岩小說研究)』10)에서 허균을 "한국의 이탁오(李卓吾)"도 볼 수 있다고 지적하고 있다. 허균과 이지(李贄)가 남녀 정욕(情慾)의 본능적인 면을 강조한 면에서는 분명 그 궤를 같이 하고 있다. 허균은 철학사상에 있어서 주기론(主氣論)을 주장하고 성리학을 반대했으며 기질지성(氣質之性)에 따라 무행검(无行檢)한 情에 맡겼던 것이다. 김동욱의 『허균과 여성』11)에 크면 허균은 여인들과의 정사(情事)관계도 서슴지 않고 문집에 기술하고 있다. 그리고 역시 김동욱의 『허균의 문학과 혁신사상』(새문사)에 보면, 허균은 무섬(巫蟾) 므부안기(巫扶安妓) 계랑(桂娘)을 사랑하여 그녀가 죽자 만사(挽辭)를 지어 슬퍼하기도 하고 경기(京妓) 낙빈(洛濱) 등과 날이 새도록 환음(歡飮)도 하며 구기(舊妓) 광산월(光山月)과의 해후(邂逅), 채기(茶妓)와 동침(同寢)하기도 했고 거상압기(居喪狎妓) 즉 모부인(母夫人)의 상중(喪中)에 기생과 놀아나기도 했다. 이런 것들은 바로 허균이 여성들에게 둘러 싸여 방탄(放誕)한 자유자재의 생활을 했음을 알 수 있다. 허균의 『홍길동전』과 한문단편소설들에 이런 모습들이 내비치고 있다.

　임제, 조선의 호남아. 멋쟁이 송도 기녀 황진이와 자별난 인연이 있은 듯 하다. "靑草우거진 골에 즈는다 누엇는다. / 紅顔을 어듸두고 白骨만 뭇첫는다. / 盞잡아 勸히리 업스니 글을슬허 히노라." 유몽인의 『於于野談』에 보면 임제가 평안평사(平安評事)로 부임되어 가는 도중에 황진이의 무덤 앞을 지나다가 옛정을 못 잊어 "위문제진이(爲文祭眞伊)"했는데 졸피조평(卒被朝評)'했다고 한다.12) 이 시

---

10) 乙酉文化社, 1965년.
11) 淑大, 『亞細亞女性研究』 6집, 1968년.
12) 『海東歌謠』에는 "見松都名妓黃眞伊塚上 作歌弔之"라 하고 있다.

조는 인생무상을 잘 읊조리고 있다. 육욕적인 사랑은 안 보인다. 그러나 '紅顏'으로 대변되는 관능미에 대한 향수 및 허전함은 내비치고 있다. 임제와 한우가 수작한 시조를 좀 보도록 하자. "北天이 묽다커를 우장업시 길을나니 / 산의는 눈이오고 들에는 챤비온다. / 오늘은 찬비 마즈시니 얼어줄가 ᄒ노라." 임제는 寒雨라는 기생 이름에 빗대여 시치미를 뚝 뗀 반어적인 육욕을 내비친 사랑의 프러포즈를 한다. 이에 한우는 "어이 얼어잘이 므스일 얼어잘이. / 鴛鴦枕 翡翠衾을 어듸두고 얼어자리. / 오늘은 춘비 맛자신이 녹아잘까 ᄒ노라."라는 시조로 "원앙침(鴛鴦枕) 비취금(翡翠衾)" 들먹이며 '춘비' 즉 자기를 만났으니 '녹아잘' 수 있다고 발랄한 반응을 보인다. 『海東歌謠』(一石本)에 보면 임제는 "詩文琴歌俱奇 常以豪士 見名妓寒雨 作此歌 与同枕"했다고 했다. 보다시피 여기서는 유교의 도덕률에 충격을 가하는 자유로운 육욕적인 성의 자유를 노래하고 있다.

중국 고대문학사에서 허균, 임제처럼 솔직히 성을 긍정하고 즐길 줄 안 사람은 아마도 明대의 빙몽룡(憑夢龍)을 꼽아야 될 줄로 안다. 빙몽룡(憑夢龍)도 선각자 이지(李贄)의 사상영향을 많이 받았다. 빙몽룡(憑夢龍)은 통속문화, 세속문화, 시민문화 창출에 큰 공헌을 했다. 그가 수집, 편찬한 『계지아(桂枝兒)』, 『산가(山歌)』 두 민요집에서는 거의 다 남녀지간의 성애를 다루고 있다. 남녀지간의 사련(邪戀)에 얽힌 육욕을 노래하고 있다. 그 감정세계는 솔직하고 대담하며 진실한 것으로 사대부들의 시에서 숨기거나 군자연한 태도와는 전혀 다르다. 『계지아(桂枝兒)』와 『산가(山歌)』에 실린 민요들의 기본정신은 어디까지나 예교를 멸시하고 성 향락을 고취하고 있다. 예컨대 『계지아(桂枝兒)』의 「타야두(打夜頭)」, 「타매향(打梅香)」, 「규매향(叫梅香)」, 「양(痒)」 등에서 성 억압과 고민을 나타냈다면 『산가(山歌)』의 많은 민요들에서는 조롱과 농담투로 인간의 본성과 성욕에 대해 설명을 가하고 있는데 인간의 육욕은 진정한 성정의 발로라고 직설적으로 얘기하고 있다. 당시 일반 사대부들과 도학가들이 이런 민요들을 비방하자 빙몽룡(憑夢龍)은 『叙山歌』에서 "『山歌』雖里甚俚. 獨非鄭, 衛之遺歟? 且今雖季世, 而但有假詩文, 無假『山歌』. 則以『山歌』不歟詩文爭名, 故不초假, 苟其不초假, 而吾籍以存眞, 不亦可乎?……若夫借男女之眞情, 發名敎之僞藥, 其功於『桂枝兒』等.:라고 변호하고 있다. 보다시피 도학자들의 작품에 대해 진정을 실지 않은 거짓 된 글이라고 타매하면서 진정을 실은 민요집들을 높게 사고 있다. 여기서 진정은 남녀간의 육욕이 묻어나는 진정임은 더 말할 것도 없다. 빙몽룡(憑夢龍)은 바로 이런 진정의 즐거움으로 명교(名敎)의 허위를 까밝히는 무기토 삼았다. 그는 서방 문예부흥시기 인문주의의 선구자 보카치오(1313~1375)의 『데카메론』에 비견할만한 육욕적인 사랑을 많이 보여준 통속소설집 『三言』을 펴내기도 했다.

한국 고대문학사를 보면 조선조에 규원(閨怨), 궁원(宮怨)을 읊은 시가 상당수 있다. 그럼 아래에 대표성적인 3수를 보도록 하자. "가을 다한 다란엔 병풍도 비었어라 / 서리찬 갈밭엔 기러기 깃드는데 / 한 곡조 들못가엔 연꽃만이 져가누나". (허난설헌), "님 계신 이 밤은 길고 길진저 / 그 대신 님 가신 내일 밤은 짧고 짧을진저 / 그러나, 어느덧 무심한 닭은 새벽을 알리니 / 두 뺨에는 즈은 줄기의 눈물만 흐르니 가련하다"(이옥봉의 「별한(別恨)」), "남은 다 자는 밤에 내 어이 홀로 깨여 / 玉帳 깊은 곳에 잠든 님을 생각는고 / 천리에 외로운 꿈만 오락가락 하더라"(무명씨). 여기서 허난설헌은 자기의 신세를 쓸쓸히 져가는 연꽃에 비겨 한탄하고 있다. 이옥봉은 직설적인 '밤'의 길고 짧음에 대한 호소 속에 애틋한 이별의 정한을 톺아내고 있다. 무명씨는 깊은 밤 잠 못 들어 하며 떠나간 임을 그리워하는 애틋함을 읊고 있다. 이런 규원시(閨怨詩)들은 대개 속절없이 지는 청춘을 한탄하거나 짧았던 사랑, 떠나간 임을 그리는 애틋함 등 독수공방의 성적 고민을 기저에 깔고 있다. 이런 규원시(閨怨

詩)가 당시 성 및 사랑에 있어서 억압적인 사회 환경에 대한 폭로비
판이라면 궁원(宮怨)도 여기서 예외가 아니다. 한국 고대문학에서 궁
원(宮怨)을 나타낸 대표적 작품으로는 소설 『영영전』과 『운영전』을
들 수 있다.

 『운영전』에서 궁녀 운영이 속절없이 늙어만 가는 궁중생활에 반발
을 하며 김진사와 목숨을 건 사랑을 추구한 것은 궁원(宮怨)이 어느 정
도에 달했는가를 역설적으로 말해준다. 운영이 잡혀 안평대군 앞에서
내뱉은 궁원(宮怨)은 그 직설적인 주석으로 된다. 그리고 이에 대한 여
러 궁녀들의 동조도 이것을 잘 말해준다. 이런 궁원(宮怨)은 뭐니 뭐니
해도 한 남성 대 여러 여성들로부터 환기되는 성적 고민에 다름 아니
다. 규원(閨怨)도 좋고 궁원(宮怨)도 좋고 이것이 전근대 사회에 있어
서 여성들에게 씌워진 한 불행임은 더 말할 것도 없다. 중국의 경우도
마찬가지다. 중국 고대문학에 있어서 규원(閨怨), 궁원(宮怨)을 나타낸
작품도 심심찮게 눈에 뜨인다. 그런데 좀 특이한 것은 이런 규원(閨
怨), 궁원(宮怨)을 그 당사자들이 읊기도 했겠지만 보다 많이는 많은
문인들이 대언시(代言詩) 형식으로 읊은 데 있다. 漢조의 대표적 문인
들의 오언시(五言詩) 시집인 『古詩十九首』의 청청하반초(靑靑河畔草)
같은 데서 독수공방하는 여인의 성적 고민을 나타내고 있다. 唐조의
경우만 보더라도 당시 유명한 시인들인 이백(李白), 이상은(李商隱),
두목(杜牧), 왕창령(王昌齡), 유방평(劉方平), 진도(陳陶), 한악(韓偓) 등
이 규정(閨情), 규사(閨思), 규원(閨怨)을 나타낸 시를 지었는데 이 가
운데 한악(韓偓)은 전형적인 보기가 되겠다. 만당(晩唐)시기 한악(韓
偓)(844～약 922)의 『향렴집(香奩集)』 3권을 보면 전문 남녀지간의 사
모, 그리움 내지는 성의식을 나타내고 있어 후세 사람들로부터 『향렴
집(香奩集)』 혹은 염체('艶體)라고 불리우고 있다. 한악(韓偓)는 대담하
게 여인의 육체미에 대해 그리고 있어 신선감을 주고 있다. 이를테면,
「영수(詠手)」에서는 부동한 각도에서 전문 여인의 희고 섬세한 손에

대해 묘사하고 있고, 「석상유증(席上有贈)」의 "빈수향경운서우(鬢垂香頸雲庶藕)"구를 보면 여자의 쏟아져내리는 머리발과 희고 섬세한 목부위, "분저란흉설압매(粉著蘭胸雪壓梅)"구에서는 부드럽고 육감적인 여자의 젖가슴에 대해 묘사하고 있다. 그리고 「영욕(詠浴)」에서는 직접 목욕하는 여자[13]의 육체와 그 정경에 대해 묘사하고 있다. 이 시는 여자가 머리를 가다듬고 옷을 벗는 정경에서 시작하여 촛불이 비치는 속에 자기의 육체를 보는 순간 자기도 모르게 부끄러움을 먹는 성 심리를 잘 보여주고 있다. 그리고 또 「우견배면시석겸몽(偶見背面是夕兼夢)」, 「나기(懶起)」, 「의서(意緖)」, 「주침(晝寢)」 등 많은 시에서는 어쩔 수 없이 살아나는 성적 욕당과 들끓음을 되뇌이고 있다. 「우견배면시석겸몽(偶見背面是夕兼夢)」을 좀 보도록 하자.(예문 略. 부록 1) 이 시의 첫 두 구절에서는 소응(酥凝)같은 등골, 옥차(玉搓) 같이 투명해 트이고 미묘한 두 어깨, 그리고 경박홍초(輕薄紅綃)가 감싼 한 쌍의 희고 보드랍고 깜찍한 발에 이르기까지 여인의 육체적 아름다움에 대해 치중하여 묘사하고 있다. 시에서 이 여인의 아름다운 육체를 본 남자는 정신이 황홀해나며 자기 스스로를 주제할 수 없었다. 그래서 그 날 저녁 꿈에 여자의 모습이 나타나고 욕정이 불타올라 이리 뒤척 저리 두척 하며 도저히 잠들 수 없었다. 이렇게 대담하고도 구체적으로 멋진 여인의 육체를 떠올리며 욕정에 모대기는 정경을 나타내기는 중국 고대문학사에서 한악(韓偓)이 처음이다. 이것은 실로 육체파적 육탄으로 당시 사회의 남녀칠세부동석(男女七歲不同席)의 아성을 깨뜨리고 있다. 『향렴집(香奩集)』에서 성적 억압과 고민에 대한 토로는 「춘규양수(春閨兩首)」(2수), 「규정(閨情)」, 「오경(五更)」, 「압화락(壓花落)」, 「조장(凋長)」, 「빈송(鬢松)」 등 일련의 규원시(閨怨詩)에서 집중적으로 나타난다. 한악(韓偓)의 규원시(閨怨詩)에서는 '장우해나대(長吁解羅帶)'

---

13) 일설에 의하면 이 시에 독욕하는 여자는 楊貴妃라고도 한다.

구처럼 전시기의 규원시(閨怨詩)에 비해 성에 관한 보다 구체적인 표현들이 대량 등장하고 있다.「오경(五更)」에는 사련의 성애를 직접 그려 보이고 있다.(예문 略. 부록 2) 첫 시작에 '욱금상(郁金床)', '동방(洞房)'과 '반야잠신(半夜潛身)'은 분명 사련에 빠진 남녀의 육욕이 묻어나는 밀회정경을 말해주고 3, 4구에서는 직접 무아경에 빠지는 성적 클라이맥스를 보여주고 있다. 궁원시(宮怨詩)를 보면 唐조에 있어서 백거이(白居易), 이백(李伯), 위응물(韋應物), 왕건(王建), 왕유(王維), 왕창령(王昌齡), 장구령(張九齡), 장유한(蔣維翰) 등이 많이 써서 궁원(宮怨)을 사회문제화하며 예리한 비판적 예각을 들이대고 있다. 백거이(白居易), 위응물(韋應物)은 그 전형적인 보기가 되겠다. 백거이(白居易)의 「상양백발인(上陽白髮人)」을 보면 "上陽人, 上陽人, 紅顔暗老白髮新. 綠衣監使守宮門, 一閉上陽多少春. 玄宗末歲初選人, 入時十六今六十. 同時采擇百余人, 零落年深殘此身."이라 상양궁(上陽宮)에 유폐된 체 성적으로 억압되고 속절없이 늙어만 가며 심신이 피폐해지는 궁녀들의 비극을 읊고 있다. 위응물(韋應物)도「송궁인입도(送宮人入道)」에서 "설착요대총루수(說着瑤臺總淚垂)"라 하며 궁녀들의 눈물어린 삶에 대해 동정을 나타내고 있다.

한국이나 중국이나를 막론하고 봉건말기에 가면 갈수록 성문학은 사랑 내지 성적 자유로움을 더 해 가면서 중세기적 억압에 정면으로 맞섰다. 한국 고대문학의 경우를 보면, 조선조후기에 들어서면서 보수적인 농촌이 아닌 도시시정인의 사회에서는 애정표현을 적극적으로, 구체적으로 하는 가사를 남자들도 함께 즐기는 풍속이 이루어졌다. 가사는 애정의 경험을 서술하고 애정의 심리를 묘사하면서 구태여 사건을 설정하거나 형식적 제약을 따를 필요가 없기에 누구나 쉽게 지을 수 있었다. 그래서 가사가 시정인문학 또는 초기시민문학으로서 적극적인 구실을 하게 되었다. 이로부터 정상적으로 결합될 수 없는 남녀가 사회적 규범을 어기고 사랑을 이룩하고자 해서 괴로워하는 전에 없던 노래가 갑자기 여러 가지 형태로 나타났다. 여승에게 사랑을 하소연해서 마음의 동요를 일으킨 가사가 있는가 하면, 기혼여성 때문에 상사병이 들었다고 하는 작품은 더 많아 유행을 이루다시피 했다. 「규수상사곡」은 이름과는 다르게 장가들지 않은 총각이 기혼 여성을 짝사랑해서 애태우는 사연이고, 「단장사(斷腸詞)」라는 데서는 기혼남성이 기혼여성이라고 생각되는 님을 그리다가 죽을 지경에 이르렀다고 했다. 「규수상사곡」의 한 대목을 들어보자.(예문 略. 부록 3) "셔찰흔 더 녀즈야"하고 불렀으나 거절하는 답장을 받았다는 말이다. 그런데 상대가 유부녀인 만큼 거절이 당연한데도 조금도 개의하지 않고 자기 사정만 늘어놓으며 원망을 하고 있다. 남자가 현실도덕률에 우배되는 사련에 빠지는 내용으로서 절절한 표현이 마음에 와 닿는다. 그런가 하면 「상사회답가」는 사랑을 하소연하는 사람에게 유부녀가 긍정적인 해답을 한 사연이다. 두 남녀는 한 마을에서 같이 살았었는데 사랑을 나눌 기회를 갖지 못한 채 히어졌다고 한다. 남자는 여자를 잊지 못해 편지를 보냈고 여자는 현실도덕률과 사랑 사이에서 고민하다가 마침내 지난날의 잘못을 후회하고 만날 약속을 하기에 이르렀다는 것이다. 그 대돈을 들어보면 참으로 대담한 결단임을 실감할 수 있다.(예문 略. 부록 4) 이런 노래에서 말하는 사랑은 정신적인 것만이 아니었다. 서로 그리워하는 정을 마음으로만 주고받는 정신주의적 사랑은 아니다. 「양신화답가(良辰和答歌)」라는 데서는 두 남녀가 사랑을 나누며 장래를 약속하는 모습을 원앙이 쌍으로 놀고 봉황이 서로 앉아 천도를 희롱하듯 한다고 비유를 하는 데 그치지 않고, 새벽닭이 울자 여자가 깜짝 놀라 이부자리를 차고 일어나는 광경까지 그려놓고 있다.

　「이별가」라고 하는 가사는 제목을 보아 거저 이별을 읊은 일반작품 같지만 처녀가 남자에게 능욕당한 경험을 멋진 말을 동원해 농도 짙게 나타내고서, 그 다음 대목에서는 충격이나 상처를 갈하는 대신에 사랑가로 넘어갔다. 문제의 대목은 다음과 같다.(예문 略. 부록 5) 이런 유의 가사는 성의 희화(戲畵)적 내용으로 겉으로는 점잔을 빼나 첩을 여럿 두고도 기녀들과 자주 관계하며 온갖 음란한 짓을 다 하는 양반의 위선을 풍자하고 있다. 이런 내용은 평민가인들의 사설시조에서도 얼마든지 찾을 수 있다. 조선조말기 사설시조 「맹꽁이타령」의 두 번째 대목을 보면(예문 略. 부록 6), 중국 사신을 영접하던 자리에서의 맹꽁이의 성행위를 마치 사람이 하는 것처럼 묘사해놓고서 어느 것이 수맹꽁이냐고 묻고 있다. 이로부터 모화관(慕華館)이나 별별 짓을 다하면서 위엄을 뽐내는 어마어마한 자들을 놀리고 희화(戲畵)하고 있다.

조선조에 있어 과부개가금지가 최대의 사회폐단의 하나였다. 그래서 조선조 말기 이에 대한 비판이 일어났다. 이른바 제어장치가 제거된 가사로 불리는 자탄가를 보면 청춘과부의 참기 어려운 독수공방의 서러움을 많이 읊고 있다. 「과부청산가」에서는 독수공방의 신세를 한탄하며 세상 뜬 임을 그리고 있다. 다음의 무명씨 시조도 같은 맥락에서 이해할 수 있다. "둙아 우지 말아 닐 우노라 즈랑 말아 / 半夜 秦關에 孟嘗君 안니로다 / 오늘은 님 오신 늘이니 안니 운들 엇더리." 여기서 "둙아 우지 말아 닐 우노라 즈랑 말아"하는 것은 날이 밝기를 두려워하고 밤이 계속되기를 바라고 있다. "오늘은 님 오신 늘이니 안니 운들 엇더리."는 님이 오지 않는 독수공방의 밤에는 항상 운다는 뜻을 내비치고 있다.

조선조 후기 실학파의 대가로서 박지원도 성에 있어서 상당히 개방적인 자세를 보이며 과부개가금지문제를 다루고 있다. 박지원은 소설 『광문자전(廣文者傳)』에서 주인공 광문의 입을 빌어 "文年四十餘, 尙編髮, 人勸之妻, 則曰:'夫美色, 衆所嗜也. 然, 非男子所獨也, 唯女亦然也. 故吾陋而不能自爲容也.'"로 남녀 정욕의 공통성(共通性) 즉 이성에 대한 인간의 본능적 욕구에 대해 설파하고 있다. 그리고 소설에서 광문은 거지지만 명기들과도 즐기려 한다. 박지원은 『호질(虎叱)』, 『열녀함양박씨전(烈女咸陽朴氏傳)』 등 작품에서 성을 금기시하는 금욕보다는 정욕을 인정, 긍정하는 개방적 자세를 보여주고 있다. 『호질(虎叱)』에서 근엄한 북곽 선생이 '정렬'과부 동리자와 육욕에 놀아나다가 결국 호질(虎叱)을 당하고 만다. 여기서 박지원은 인간의 육욕을 부정한 것이 아니라 어디까지나 훼절(毁節)형 양반과 과부의 형상을 통하여 도학군자연한 양반과 '정렬'인 듯한 그들의 위선을 꼬집고 있다. 『호질(虎叱)』이 반면으로 인간의 정욕을 긍정한다면 『열녀함양박씨전(烈女咸陽朴氏傳)』에서는 정면으로 인간의 정욕을 긍정하고 있다. 『열녀함양박씨전(烈女咸陽朴氏傳)』을 보면 늙은 과부의 입을 통해 과부개가금지(寡婦改嫁禁止) 및 정열(貞烈)의 비인간성을 까밝히고 있다. 권신가(權宦家)의 늙은 과부가 독수공방의 젊은 혈기를 달래기 위해 동전의 모서리가 다 닳아 떨어지고 새겨진 글자조차 알아볼 수 없게 되도록 인내의 모질음을 쓴 것은 정말 보기에 안쓰럽다. 이로부터 뜨르르한 권신가(權宦家)의 허상 속에 싸인 비극을 드러냄으로써 이 전(傳)이 겉으로는 열녀(烈女)의 가치를 높게 사기 위해 지은 듯 하나 실은 부정하는 쪽으로 기울러지고 있음을 알 수 있다. 특히 이 전(傳)에서 늙은 과부가 두 아들한테 과부의 성적 고민을 솔직히 술회하는 것은 전통적인 부모자식간의 딱딱하고 근엄한 관계에서는 상상조차도 못 할 노릇이다. 코다시피 『열녀함양박씨전(烈女咸陽朴氏傳)』은 한편의 아름다운 성적 인도주의의 노래이다. 실로 당시 성적으로 폐쇄된 조선조사회에서 신선한 공기가 아닐 수 없다.

중국 고대문학의 경우를 보면 明중엽이후 시민문화가 꽃펴나면서 시, 사(詞), 산곡(散曲), 소설, 희곡 내지는 산문, 필기체 등 장르에 관계없이 정도부동하게 모두 성이 취급되며 개성과 인간욕정에 대한 대담한 토로와 가송을 하게 되면서 성문학은 공전의 성황을 이루었다.

이런 성문학은 기본적으로 인간성을 존중하고 인간의 욕정을 긍정하
는 차원에서 전통적인 봉건도덕과 금욕주의를 반격했다. 시민계층에
게 인기가 좋은 소설이 그 전형적인 보기가 되겠다. 이를테면 약 16
세기중엽에 성에 대한 묘사로 세속을 놀라운『여의군전(如意君傳)』,『
금병매(金甁梅)』가 출현했다. 이어서『금병매(金甁梅)』보다 더 심한『
玉嬌李(玉嬌李)』가 나왔다. 이와 거의 동시에 풍몽룡(馮夢龍)의『三言
』과『三言』을 모방한 능몽초(凌蒙初)의『이박(二拍)』이 나왔다. 여기
서 능몽초(凌蒙初)의 단편소설집『이박(二拍)』은 성욕과 인간성 사이
의 갈등 속에서 모대기는 과부상을 보여주고 있다.『초각박안경기(初
刻拍案驚奇)』권17에 실려 있는「西山觀設箓度亡魂, 開封府備棺追活
命」은 정욕과 윤리도덕의 갈등사이에 모대기는 청춘과부의 이야기를
적고 있다. 20여세의 청춘과부가 중의 유혹에 빠져 정욕에 놀아나기
도 하고 아들의 방해로 고민하기도 하며 그러다가 발견되어 관청에서
후회의 눈물을 흘리기도 하는데 결국 인간성에 대해 긍정하고 있다.
이것은 중국 정통적인 문학 관념뿐만 아니라 이정(二程), 주희(朱熹)
로부터 왕수인(王守仁)에 이르는 허위적인 금욕주의를 고취하는 송명
리학(宋明理學)에 대한 한차례 치명적인 타격으로 된다. 청조(淸朝)에
들어서 강희(康熙), 옹정(雍正), 건륭(乾隆)황제가 선후로 문자옥(文字
獄)을 대거 일으키며『금병매(金甁梅)』를 비롯한 성문학에 대해 강경
한 단속 조치를 취했음에도 불구하고「백가향염시(百家香艶詩)」,「천
진각염체시(天眞閣艶體詩)」,「미인천태시사(美人天態詩詞)」,「창상염
(滄桑艶)」등 전문 남녀의 염정 혹은 여자의 육체미를 읊은 시사(詩
詞) 절록본(節錄本)들이 앞 다투어 나왔고 포송령(蒲松齡)의『요재지
이(聊齋志異)』, 조설근(曹雪芹)의『홍루몽(紅樓夢)』등 성을 취급한 명
작들이 연이어 나왔으며 유명한 희곡가 이어(李漁)는 이론과 창작 모
두 걸쳐 공공연히 남녀의 성애 및 행위적 표현을 주장하고 실천했다.
이지(李贄)의 동심설(童心說)의 영향하에서 삼원(三袁)을 대표로 하는

공안파(公安派)에서 성령설(性靈說)을 제출하고 시문이란 '任性而發', '獨抒性靈, 不拘格套'하는 것이다고 주장했다. 여기서 말하는 성령(生靈)에는 두말할 것도 없이 인간의 성욕을 내포하고 있다. 그리고 『금병매(金瓶梅)』 등 소설에 대한 높은 평가에서 문학에서의 성에 대한 원굉도(袁宏道)의 개방적인 태도를 보아낼 수 있다. 삼원(三袁)과 저의 동시대 사람인 도륭(屠隆)도 많은 글에서 금욕에 대한 염오와 성적 방종을 고취하고 있다. 전문 남녀지간의 염문 및 성욕을 다루어 후세 사람들에게 '향렴체(香匲體)'의 집대성자로 불리우는 왕언홍(王彦泓) 및 염정시(艶情詩)는 바로 이런 배경하에서 나타났다. 청조(淸朝)에는 민요가 그 어느 조대보다 많이 나타났는데[14] 이 가운데 주요 민요집들인 『예상속보(霓裳續譜)』, 『백설유음(白雪遺音)』, 『시상남북아조(時尚南北雅調)』, 『만화소곡(萬花小曲)』 등의 내용을 보면 대부분이 明朝의 민요와 마찬가지로 남녀의 성애를 다룬 것으로 남녀간 유혹 및 바람기 그리고 성적 고민, 성심리, 성행위 등에 대해 여실하게 보여주고 있다. 이 모든 것은 청조(淸朝)에 다시 통치지위를 차지한 송명리학(宋明理學)에 대한 맹렬한 타격으로 된다.

3) 성에로의 탐닉을 나타낸 성문학

맹자(孟子)가 말하다시피 성은 인간의 기본욕구의 하나이다. 인간은 누구도 여기서 자유로울 수 없다. 그래서 성은 아이러니하게도 인간이 슬플 때든지 즐거울 때든지 모두 탐닉할 수 있는 생의 반려가 되기도 한다.

한국 고대문학에 있어서 고려속요는 우리에게 슬픈 성을 드러내고

---

14) 劉復, 李家瑞가 편찬한 『中國俗曲總目稿』에 수록된 俗曲은 6천여 종에 달하며, 鄭振鐸이 수집한 單印歌曲은 근 만 2천 여 종에 가깝다.

있다. 성의 부재, 성의 파멸, 성적 고민으로부터 오는 그것에 대한 역설적인 집착 및 탐닉을 보여주고 있다. 고려속요 가운데 「쌍화점」, 「만전춘」, 「여상곡」 등은 흐드러진 육욕의 놀아남을 톺아내고 있다. 「쌍화점」을 1절을 보도록 하자(예문 略. 부록 7). 「쌍화점」은 도합 4절로 되었는데 시적 여주인공이 차례로 회회아비, 절의 중, 우물의 용, 술집아비와 사련의 정을 통했는데 그 소문이 퍼져나가게 되었다는 내용이다. 그런데 문제는 이 사련이 질타의 대상이 되기는커녕 오히려 "그 자리에 나도 자러 가리라"에 "더렁둥셩… / 위위…" 같은 후렴구가 되풀이되면서 노골적인 성의 향연을 갈파하고 있다. 물론 "그 잔 데같이 덤거츤데 없다"라는 후렴구가 마지막에 반복되기도 했으나 그것은 어디까지나 일종 눈 가리고 아웅하는 식의 제스처에 불과하다.

　「만전춘」, 「여상곡」 등도 마찬가지다. 「만전춘」에서 "어름 우희 댓닙자리 보와 님과 나와 어러 주글만뎡 情둔 오늘밤 더듸 새오시라 더듸 새오시라"는 죽음을 초월하는 '오늘밤'에 초점이 맞추어진 절실한 님과의 사랑을 읊어내고 있다. 이것에 맞물려 "玉山을 벼어 누어 錦繡山니블 안해 麝香 각시를 아나 두어"있다는 광경으로 육욕적 사랑의 리얼리티를 살려내고 있다.

　그러면서도 "소콧 얼면 여흘도 됴ᄒ니"에서는 무절제한 남자의 바람기에 여심의 불안을 나타내고 있다. 그러나 결국 님과 재회해서 함께 잠자리를 하자는 에로티시즘적인 미래지향의 절정으로 귀결되며 영원히 이별하지 말자는 바람을 나타낸다.

　한마디로 고려시기는 이미 학계에서 많이 지적되다시피 무신란이요, 몽고란이요 하며 심중한 내우외환에 빠져 전반 사회적 분위기가 피폐해질 대로 피폐해져 「여상곡」에서 보여주다시피 여유가 있고 즐거워서 성을 추구했다기 보다는 '곧 죽어질 몸', '죽어서는 무간지옥에 떨어질 몸이니까' 등 일종 허탈감과 허무에 빠져 찰나적이고 자포자기적인 성의 광란 속에 탐닉했다고 볼 수 있다.

조선조에 들어서 이런 육욕적인 사련을 나타낸 고려속요들이 존천리멸인욕(存天理滅人欲)하는 유교성리학이 사회지도이념으로 되면서 많이 난도질당했음은 더 갈할 것도 없다. 사대부들로부터 남녀상열지사(男女相悅之詞)니 음사(淫辭)니 망탄(妄誕)이니 뭐니 하며 많은 지탄을 받았다. 그래서 결국은 '旧樂整理'라 하여 세종, 성종, 중종대에 많이 거세되거나 개작되었다. 사실 이런 속요뿐만 아니라 돈득한 사랑을 표출한 「동동」, 「서경별곡」, 「가시리」 같은 속요들도 '속악'으로 문제시되었던 것이다. 「동동」, 그리고 「서경별곡」, 「가시리」는 떠나간 임에 대한 그리움을, 혹은 떠나는 임을 잡아두려는 애쳐로운 호소를 반복적으로 되뇌이고 있는데 그 기저에는 성적 고민 및 갈망 같은 것을 배제할 수 없다.

이런 고려속요는 원래 민간에서 유전되던 노래들이 관변 측에 으해 수집, 정리된 것으로 파악되고 있다. 이른바 '구악정리(旧樂整理)'는 그 일단을 말해준다. 이로부터 놓고 볼 때 이런 고려속요는 중국 『시경(詩經)』의 '국풍(國風)'이나 漢대, 남북조 악부민요들과 맞먹는다. 주지하다시피 『詩經』은 중국의 공자가 西周시기부터 춘추(春秋) 중엽에 이르기까지 시가를 정리하여 305편으로 묶어낸 시가집이다. 『詩經』 가운데 '國風'은 당시 유전되던 민요들이 수집, 정리되었다. 유교 정초자인 공자가 性을 내비친 시를 배척했음은 더 말할 것도 없다. 그럼에도 불구하고 『시경(詩經)』의 '국풍(國風)'에는 남녀간의 성심리가 내비친 일부 작품들이 있다. 공자가 『논어(論語)』에서 '정성음(鄭聲淫)'이라고 한 것은 그 보기가 되겠다. 그런데 漢대는 본격적으로 유교를 국시로 한 조대라 해서 그런지 漢악부민요에는 성에 대해 읊은 시가 거의 거세되고 없다. 그러다가 위진남북조(魏晉南北朝) 악부민요에 와서 성을 취급한 작품들이 얼마간 나타났다. 여기에서도 주로 여성들의 성욕망, 성심리 혹은 성고민이 표현되고 있다.

먼저 북조민요를 보면 지구악가사(地驅樂歌辭)』에 “驅羊入谷, 白羊在前. / 老女不嫁, 蹋地呼天”., 지구악가사(地驅樂歌辭)』에 “門前一株棗, 歲歲不知老. / 阿婆不嫁女, 哪得孫兒抱?”, 『절양류가사(折楊柳歌辭)』에 “問女何所思, 問女何所忆? / 阿婆許嫁女, 今年無消息”. 같은 데서는 시집 못 가 안달아난 노처녀들의 성심리를 우회적으로 잘 나타내고 있다. 고려속요에는 이런 노처녀들의 성심리를 보여준 솔직하면서도 유머스러운 작품이 없으나 조선조후기 근대의식이 싹 터면서 비슷한 성의식의 노출을 보여준 일군의 노처녀가가 있으니 잠깐 보도록 하자. 어떤 ‘노처녀가’에서는 병신이어서 시집가지 못하고 나이 쉰이 넘은 노처녀가 “음양의 배합법을 낸들 아니 모를 손가”라고 푸념을 하더니, 홍두깨에다 옷을 입혀 신랑이라면서 혼례 지내는 거동까지 그려내서 해괴한 장면을 연출하고 있다. 어떤 ‘노처녀가’에서는 가난한 좀양반이 체면에 맞는 혼처를 고르다가 마흔 살이나 되는 딸을 노처녀로 남겨두었는데 아버지는 “혼인 사설 전폐하고 가난 사설 뿐”이니 딸은 애가 타서 오는 손님이 행여나 중매쟁이인가하고 기다려보면 환자 재촉하는 풍헌, 약정이라고 하소연한다.

남조민요에는 “‘夜覺百思繮, 憂嘆涕流襟”(「子夜歌」 二十六), “夜長不得眠, 轉側聽更鼓”(「子夜歌」 二十八), “思歡不得來, 抱被空中語”(「讀曲歌」 四十七) 등 성적 고민을 나타낸 구절들이 상당히 많이 눈에 뜨인다. 남조민요 「讀曲歌」 五十五에 “打殺長鳴鷄, 彈去烏臼鳥. / 愿得連冥不復曙, 一年都一曉!”라고 홰치는 장닭을 잡아치우고 새벽에 우는 오구조를 쏴버려 일년에 새벽이 하나만 되게 하고 싶다는 “환오한야단(歡娛恨夜短)”의 사랑심리는 고려속요 「정석가」 같은 데서 “삭삭기 세몰애별혜 나는 / … / 구은 밤 닷 되를 심고이다 / 그 바미 우미도다 삭나거시야 / … / 有德ᄒᆞ신님믈 여ᄒᆞᄋᆞ와지이다”라고 한 것과 같은 맥락에서 이해할 수 있다. 이를테면 절대 불가능한 상황의 실현을 전제로 해놓고 이별 없는 항구적인 사랑을 꿈꾸었을진

대 역설적으로 그녀들이 님과 떨어져 있는 사랑부재의 고통을 얼마
나 뼈저리게 느꼈는가를 알 수 있다. 여기의 사랑부재에는 성적 고
민도 그대로 묻어난다. 남조민요에서 「자야가(子夜歌)」 가운데 「자야
가사시가(子夜歌四時歌)」는 도합 75수인데 대개 춘, 하, 추, 동의 절
기변화에 따라 성애심리의 변화발전을 보여주고 있다. 예컨대 봄바
람으로 소녀의 춘정, 여름의 무더위로 소녀의 달아오르는 사랑, 가을
밤의 둥근달로 소녀의 깨끗한 마음 및 그리움의 깊이, 겨울 산에 덮
인 흰눈으로 남녀의 결합 내지는 백년해로를 나타내고 있다. 그러면
서도 어떤 것은 사계절의 열매나 초목 내지는 노동실물로써 남녀지
간의 각종 성적인 욕망과 심리를 나타내고 있다. 그리고 이 과정에
소녀들의 색채가 화려한 옷가지로부터 싱싱한 육체미에 이르기까지
그려내고 있다. 고려속요 「동동」도 월령가 형식으로 사계절을 의식
하며 시적 흐름을 조직하고 있다. 그런데 「자야가사시가(子夜歌四時
歌)」처럼 노골적이고 다양한 성애심리는 나타내지 못하고 있다. 단
지 떠나간 임을 계절, 절기에 따라 그리는 성적 고민이 기저에 깔린
여심을 보여주고 있다.

　고려속요도 좋고 남북조민요도 좋고 모두 여성을 시적 화자로 하
고 그녀들의 성적 고민이나 비극을 주로 보여주고 있다. 그리고 그
표현에 있어서 리얼리티가 떨어지는 추상적이고 암시적인 특성을 보
여주고 있다. 이것은 가부장적 전통사회에 있어서 여성들의 처지 및
동양적 심미관념 그리고 시적 장르라는 제한으로 볼 때 자연스러운
것인 줄로 사료된다.

　성은 원초적인 의미에서 종의 번식에 초점이 모아진다. 그러나 발
정기를 벗어난 인간의 성은 넘쳐나는 무궁한 에너지를 갖고 있다.
이로부터 이 에너지는 수시로 향락의 분출구를 찾아 내뿜기도 한다.

　한국과 중국 고대문학사에 있어서 후세로 가면서 민요에 대한 수
집, 정리에 있어서 관변 측 행위는 단절되고 만다. 한국의 경우 이런

관변 측 행위는 고려속요 및 이제현의 일부 악부시 이후로는 더 나타
나지 않았다. 그렇다고 해서 민요가 소실된 것은 아니다. 그것은 자연
적인 유전의 법칙에 따라 현재까지 명맥을 유지하고 있다. 특히 성적
인 색채를 띤 민요들이 강한 생명력을 띠고 있는 줄로 파악된다. 여기
서도 민중은 의식주 및 성이라는 가장 원초적이고 기본적인 것에 많
이 집착해왔음을 알 수 있다. 잘 알려진 도라지타령을 보도록 하자.
다른 것은 제치 두고 후렴구 "한두 뿌리만 캐여도 대바구니가 다 찬
다", "대바구니가 스리살살 다 녹는다", "대바구니가 반실이 되었다"
만 보더라도 길쭉한 도라지로 남성을 상징하고 옴폭이 패인 바구니로
여성을 상징하며 성적 교접을 흥겹게 나타내고 있다. 그리고 안동군
민요 "심산첩중 딱따구리 / 생나무 구녕도 뚫는데 / 우리 집 낭군님 /
뚫어진 구녕도 왜 못 뚫노"를 보건대 딱따구리에 비긴 '낭군님'의 성
의 무능을 유머적으로 읊고 있다. 중국의 경우 이런 관변 측 행위는
대개 위진남북조(魏晉南北朝) 악부민요 이후로 흐지부지해지고 만다.
그러나 민요는 빙몽룡(憑夢龍) 같은 민간의 통속문학에 신경을 많이
쓴 문인들에 의해 수집, 정리되고 명맥을 유지하며 明대에 와서 다시
한번 집대성되는 모습을 보인다. 明대에는 약 1000여 수 좌우의 민요
가 수집, 정리된 것으로 잠정 집계되고 있다. 이 가운데 「협죽도(夾竹
桃)」, 「계지아(桂枝兒)」, 「산가(山歌)」 세 민요모방집 혹은 민요집이
성문제를 많이 다루고 있다. 明대는 만력(萬曆)이후 시민이 장대해지
고 도시가 발전함에 따라 개성해방욕구가 그 어느 때보다 높았다. 이
런 민요들에서 남녀지간의 성욕과 성애을 대담하게 고취한 것은 이런
시대적 요구에 부합되기도 했다. 「협죽도(夾竹桃)」에는 123수의 민요
모방작이 전하는데 20여수 즉 6분의 1에 걸쳐 남녀의 육체적 교접과
침대머리의 정사를 적나라하게 묘사하고 있다. 허벅지, 젖가슴, 치부
등에 대한 묘사도 나타나고 있다. 그런데 여기서 우리의 눈을 끄는 것
은 거리낌 없이 즐기자는 성향락주의이다[15]. 「영일낙화(映日落花)」, 「

막관성루(莫管城樓)」, 「막견분분(莫遣紛紛)」 등은 그 브기가 되겠다.
「계지아(桂枝兒)」는 빙몽룡(憑夢龍)이 수집, 정리하고 편목을 달았는
데 총 400여 수에 남녀간 성애를 다룬 사랑가가 90%에 달한다. 그
민요집에는 남녀간의 육욕적인 성행위를 나타낸 작품들이 많다. 이
작품들에서 역시 성향락주의를 내비치고 있다. 엄숙하지 못한 장난으
로 대하는 태도도 내비치고 있다. 예컨대 「구교(久交)」에 보면 나이를
불문하고 성적으로 즐기고 놀자는 성문란에 가까운 작태를 보이고 「
오갱천(五更天)」에서는 도덕이고 뭐고 일단 즐기고 보자는 향락주의
를 고취하고 있다. 「산가(山歌)」는 빙몽룡(憑夢龍)이 「계지아(桂枝兒)」
에 이어 수집, 편찬한 민요집이다. 「산가(山歌)」에 실린 민요들을 크
면 남녀의 성욕과 성애에 대한 대량적이고 대담한 표현에 있어서 「계
지아(桂枝兒)」와 같다. 「산가(山歌)」에 실린 「소(騷)」, 「독양(篤痒)」,
「고문(敲門)」, 「노아저(老阿姐)」 등에서는 참기 어려운 성적 기갈을
술회하고 있다. 「산가(山歌)」의 3분의 1은 우회적으로 혹은 직접적으
로 또는 정도부동하게 남녀의 성적 교접을 다루고 있다. 예컨대 「선
(船)」, 「거자(鋸子)」, 「점자(坫子)」 같은 데서는 우회적이었다면, 「동면
(同眠)」, 「작곤(昨眠)」, 「신상래(身上來)」 같은 데서는 비교적 노골적
으로 남녀의 성교를 나타냈다. 그리고 「만두(饅頭)」, 「수기(瘦妓)」,
「장기(壯妓)」, 「대각기(大脚妓)」 같은 데서는 성행위에 대한 묘사와
더불어 여성의 육체에 대해 묘사를 진행하며 성적 흥취를 내비치고
있다. 「발불도(跋弗倒)」, 「전계(田鷄)」 같은 데서는 성교와 동시에 남
녀 성기에 대한 묘사도 진행하고 있다. 여기서는 비록 시적인 메타포

---

15) 중국에서는 도교의 性觀이 秦漢시기부터 유행하면서 지나친 성적 추구에
    대한 경계를 나타낸 성문학도 나타나고 있다. 秦漢시기 枚乘이 「七發」에서
    楚나라 태자로 하여금 지나친 성욕을 절제할 것을 권한 것, 그리고 「二拍」
    에서 과도한 성욕에 의한 죽음, 친구의 권유로 성욕을 절제한 것은 전형적
    인 보기가 되겠다. 사실 「金甁梅」도 형식상에서는 西門慶의 과도한 성욕에
    의해 패가망신하는 것으로 그려놓고 있다.

를 통한 아리송함이 없지 않아 있지만 한국 고대 염정소설의 최고봉 「변강쇠전」의 '기물타령'을 떠올리기에 족하다.

한국과 중국의 고대 성문학은 획일적인 것이 아니고 신분과 계층, 내지는 장르에 따라서도 다른 양상을 드러냈다.

한국 고대문학에 있어서 사대부들과 기녀들이 주고받은 시는 성의 발랄함과 여유로움, 즐거움을 그대로 드러내고 있다. 우선 송도3절의 하나로 스스로 높게 산 기생 황진이가 떠나가는 혹은 떠나간 '님'을 염두에 두고 읊은 시조 두 수를 보도록 하자. "청산리 벽계수야 쉬이감을 자랑마라 / 일도창해하면 다시 오지 못하거늘 / 명월이 만건곤하니 쉬어간들 어떠하리!" 너무나 잘 알려진 시조다. 황진이의 발랄함이 살아나는 시조다. 여색을 멀리한다는 벽계수를 인생본연의 허무와 무상함으로 은근히 유혹한다. "명월이 만건곤하니 쉬어간들 어떠하리!", 여기 환한 명월-송이 황진이가 있으니 모든 부담 떨쳐버리고 한번 놀아 보자는 데는 그 누가 아니 넘어가리오. 노골적인 육욕적 사랑의 유혹임에 틀림없다. "冬至ㅅ달 긴긴 밤 한 허리를 둘에 내여 / 春風 이불 아래 서리서리 넣었다가 / 얼은 님 오신 날 밤이어든 굽이굽이 펴리라". 여성적인 독특한 상상과 섬세함이 그대로 살아나는 황진이의 너무나 여성다운 시조다. 시적 자아 황진이의 기생신분 및 '춘풍(春風)', '이불', '밤' 등 시적 이미지로 놓고 볼 때 이것은 아마도 사련에 더 가까우면서 육욕에 넘치는 사랑의 정을 설파하고 있다.

전통사회에 있어서 사대부는 여색을 멀리하는 근엄함을 나타낸다. 그러나 그들은 '해어화(解語花)'-기생한테 접근하며 딱딱한 분위기를 깨고 인간본연의 모습으로 돌아오기도 한다. 이능화의 『조선해어화사(朝鮮解語花史)』에 보면 한국에서 기녀에 관한 기록은 신라 때부터 문헌에 나타나는데 그 역사는 퍽이나 오랜 것으로 헤아리게 된다. 그리고 조선조의 기녀설치목적을 보면 "열군치기(列郡置妓) 연시

사객(宴侍使客)"이라 하고, 봉사지인(奉使之人), 일반조관(一般朝官), 방백수령(方伯守令)들이 다 '이기위악(以妓爲樂)'했다고 한다. 그럼 아래에 『근화악부(槿花樂府)』에 "정송강여기진옥수답(鄭松江與妓眞玉酬答)"이라고 밝힌 두 편의 시조를 좀 보도록 하자. "玉이 玉이라커늘 燔玉만 너겨뜨니 / 이제야 보아ᄒ니 眞玉일시 적실ᄒ다. / 내게 슬송곳 잇던니 뚜러볼가 ᄒ노라".16) 점잖은 정철이 언제가 술기운이 동해 옥이라는 기생에게 넌지시 한 수 읊는다. 남성적인 성의 공격성을 유머스럽게 읊조리고 있다. 그런데 그 기생의 화답시(和答詩) 또한 만만치 않다. "鐵이 鐵이라커늘 섭鐵로만 여겼더니 / 이제야 보아ᄒ니 正鐵일ᄉ 분명ᄒ다. / 내게 골불무 잇던니 뇌겨볼가 ᄒ느라."17) 결국 正鐵이라 하건만 '골불무'에 녹아야 하는 정철(鄭徹)ᄃ에라 두 손 들고 만다. 이 두 시조는 육욕적인 사랑을 유머스러움 속에 마음껏 뿜어내고 있다. 일국의 재상이요 「훈민가(訓民歌)」를 지어 백성(百姓)을 교화(敎化)할 정도의 도덕군자(道德君子)라 할 수 있는 정철도 그 대상이 기녀이기 때문에 이처럼 위설(猥褻)스럽기까지 한 작품을 지어 전주곡적 성희(性戲)를 내비칠 수 있었을 것이다. 그는 또 변방의 기녀를 작첩(作妾)하여 다음의 시조를 읊게도 했다고 한다. (예문 略. 부록 8)

위에서 언급한 조선조말기 자탄가 가운데 「신가전(申歌傳)」을 보건대 여기서는 과부의 외동딸이 고자 신랑을 만나 신세망친 상황을 읊고 있다. 여기서 고자 신랑이 첫날밤에 헛고생을 하는 거동을 리얼리티하게 보여주고 있어 흥미롭다. 이런 데서 성은 일종 즐기는 것으로 승화되어 있다.(예문 略. 부록 9) 조선조말기 근대적 평민의

---

16) 『瓶窩歌曲集』에 거의 같은 내용을 싣고 작자를 玉伊라 밝혀 놓고 있는데 酬答歌로서 작품내용과 어울리지 않기에 鄭徹의 작품으로 보는 것이 타당하다.

17) 『瓶窩歌曲集』에 거으 같은 내용을 싣고 작자를 鐵伊라 밝혀 놓고 있는데 酬答歌로서 작품내용과 어울리지 않기에 眞玉의 작품으로 보는 것이 타당하다.

사설시조를 보면 대개 육욕적인 사랑의 쾌락을 읊은 것이 많다. 이런 사실시조들은 인간의 성적 본능을 긍정하고 즐기는 유머스러운 여유로움이 있다. 물론 그 객관적 효과는 당시 폐쇄된 도덕관념에 대한 충격이고 도전임에 다름 아니다. 이런 사설시조에서는 고려속요에서처럼 비탄에 빠진 여성들이 아니라 사랑의 고삐를 쥐고 여유작작하게 성을 즐기는 근대적 여성들의 모습이 나타나고 있다. "콩밭에 들어 콩잎 뜯어먹는 암소 검은 암소 아무리 이리다 쫓은들 제 어디로 가며 / 이불아래 든 님을 발로 톡 박차 미적미적하면서 어서 가라한들 날 버리고 제 어디로 가리 / 아마도 싸우고 못 마를슨 님이신가 하노라". 여기서는 '콩밭에 든' '암소'와 '이불아래 든 님'이 비흥수법에 의해 하나로 클로즈업되어 육욕적인 사랑의 농도를 유머스럽게 읊어내고 있다. "중놈도 사람인양 하여 / 자고 가니 그립다고 중의 속낙 내갈 베고 내 족두리 중놈 베고 중의 정삼 나 덮어쓰고 내치마란 중놈 덮고 자다가 깨달으니 / 둘의 사랑이 속낙으로 하나 족두리로 하나 / 이튿날 하던 일 생각하니 흥글흥글 하여라". 여기서는 분명 사랑, 특히 육욕에 놀아나서는 안 될 중과의 육욕적 놀아남을 유흥적으로 읊어내고 있다.

중국의 경우를 보면 봉건사대부들은 정통적인 문이재도(文而載道)라는 관념 하에 성문학을 외면하거나 거의 손대지 않다가 만당(晚唐)시기 두목(杜牧), 이상은(李商隱), 조하(趙嘏), 장필(張泌), 한악(韓偓) 등에 이르러 남녀지간의 염정(艶情), 성애를 노래한 시가 유행하기 시작하였다. 그러다가 宋대에 이르러 두 대표적 사인(詞人) 온정균(溫庭筠), 위장(韋庄)이 한국 고대문학사에서 가사와 맞먹는 사(詞)에서 최초로 남녀성애에 관한 이야기 및 자기들의 애정경력에서의 희로애락을 읊으므로 써 중국 고대문학에 있어서 문인과 기녀 및 남녀지간의 염정(艶情)을 읊는 詞의 전통과 관습을 열어놓았다. 이로부터 詞는 宋대에 와서 새로운 국면을 맞게 되었다. 『사고전서총목제요(四庫全書

總目提要)』에 보면 "개사본관현치탕지음(盖詞本管弦治蕩之音)"이라고
한 것은 詞의 음조가 본래부터 경박하고 야하다는 것이다. 詞의 이런
음조에 맞추어 詞를 짓는 사람들이 남녀간의 상사, 정한 내지는 염정
(艶情), 정사 같은 것을 나타내는 것이 제격으로 인정되었다. '詞爲艶
科' 그리고 詞가 나타나서 문인들 입에 많이 오르내린 "시장이사미
(詩庄而詞媚)"란 말은 그간의 사정을 잘 말해준다. 황정견(黃庭堅)의
경우는 구체적인 보기가 되겠다. 황정견(黃庭堅)은 강서시파(江西詩
派)의 수령으로서 시에서 천박함과 염정(艶情)을 가장 꺼렸다. 그러나
그는 「심원춘(沁園春)·파아신심(把我身心)」이라는 詞에서 염정(艶情)
을 토로하고 있다. 「천추세(千秋歲)」 같은 詞에서도 '奴奴睡, 奴奴睡
也奴奴睡!'라고 '수(睡)'를 거듭 외우고 있는데 그의 일반 시적 경지
와는 전혀 다르다. 모종 의미에서 詞가 나타나기 전에 문인들이 성문
학 창작의 출구를 찾지 못했다면 그 이후에는 명정언순(名正言順)한
출구를 찾아 스스럼없이 발산시켰다고 볼 수 있다. 온정균(溫庭筠)과
위장(韋庄)에 이어 五代시기 사인(詞人) 구양형(歐陽炯)이 「완계사(浣
溪沙)」[18] 등 詞에서 대담하게 남자가 느끼는 섹스의 황홀감을 나타냈
는데 그것은 대단히 선정적이었다. 詞에서 가장 대담하게 남녀간의
욕정을 나타낸 사람은 뭐니 뭐니 해도 北宋시기 시인인 유영(柳永)이
다. 유영(柳永)은 성격이 활달하고 자질구레한데 매이지 않았는데 오
증(吳曾)의 『능개재만록(能改齋漫錄)』에 보면 "음야구가지곡(淫冶謳歌
之曲), 전파사방(傳播四方)"하여 당대 임금인 송인종(宋仁宗)의 눈에
나 출세의 길이 막혔다. 이에 유영(柳永)은 아예 잘 되었다고 부귀공
명과는 인연을 끊고 온종일 술집이나 사창가에 드나들며 술과 기녀들
속에 묻혀 있었다. 이로부터 그는 전문 '유사(遊邪)', '음접(淫蝶)'한
이른바 '압기사(狎妓詞)'를 썼다. 그가 사귀고 정을 나눈 기녀들은 대

---

18) 이 詞에 대해 況周頤은 「蕙風詞話」에서 "自有艶詞以來, 殆莫艶於此矣"라고
   평하고 있다.

단히 많다. 그의 詞에 나오는 기녀들의 이름만 해도 수두룩하다. 그는 이런 '압기사(狎妓詞)'에서 기녀들을 성적 노리갯감으로 대한 것이 아니라 인격적으로 대하며 그녀들과 희로애락을 같이 했다. '膩玉圓搓素頸'(「晝夜樂」 제2수), '穿針樓上女, 擡粉面, 雲鬢相亞'(「二郎神」), '世間尤物意中人, 輕細好腰身'(「少年遊」 제4수), '施朱傅粉, 豊肌淸骨, 容態盡天眞'(「少年遊」 제6수), '酥娘一搦腰肢裊, 回雪縈塵皆盡妙'(「木蘭花」 제4수), '如削肌膚紅玉瑩'(「紅窓聽」), '身材兒, 早是妖嬈, 算風措, 實難描. 一個肌膚渾似玉'(「合歡帶」) 등 구절에서는 그녀들의 피부, 자색, 몸매에 대해 묘사하면서 여성미에 대해 흔상하고 찬탄하는 태도를 나타냈다. 그리고 '洞房飲散帘幃靜. 擁香衾, 歡心稱. 金鑪麝裊靑煙, 鳳帳燭搖紅影. 無限狂心乘酒興. 爾歡娛, 漸入嘉景'(「晝夜樂」 제2수), '洞房悄悄. 錦帳里, 低語偏濃, 銀燭下, 細看俱好.'(「兩同心」), '玉樹瓊枝, 迤儷相倚傍. 酒力漸濃春思蕩. 鴛鴦繡被翻紅浪.'(「鳳棲梧」 제3수), '至更闌, 疏狂轉甚. 更相將, 鳳幃鴛寢. 玉釵亂橫, 任散盡高陽, 爾歡娛, 甚時重恁'(「宣淸」), '幾回飲散良宵水, 鴛衾暖, 鳳枕香濃.'(「集賢賓」) 등 많은 구절에서는 직접 남녀정사의 즐거움을 노래하고 있다. 「菊花新」에서는 전편이 이런 내용으로 되어 있다. 유영(柳永)은 '존천리(存天理), 멸인욕(滅人欲)'의 리학(理學)이 극심한 宋代에 여성미 및 남녀정사에 탐닉하고 즐긴 괴짜이다. 유영(柳永)의 영향하에 후세 詞를 짓는 문인들은 남녀 염정(艶情)의 표현에서 못 벗어났다. 완약파(婉約派)의 대표 사인(詞人) 진관(秦觀)은 「만정방(滿庭芳)·산말미운(山抹微雲)」에서 "소혼(銷魂), 당차제(當此際), 향낭암해(香囊暗解), 나대경분(羅帶輕分). 만영득(謾贏得), 청루박행명존(靑樓薄幸名存)".라고 대담하게 가기(歌妓)와의 염문(艶聞)을 피력하고 있다. 호방파(豪放派)의 대표 사인(詞人) 유과(劉過)도 미인의 발, 손톱 등을 비롯한 육체미를 읊은 詞를 지었다. 이외에 안기도(晏幾道), 주방언(周邦彦), 하주(賀鑄), 강기(姜夔) 등 많은 유명한 사인(詞人)들이 모두 염사(艶詞)를 지었다.

그런데 전반적으로 보면 詞가 남녀의 정욕 및 정사를 나타냄에 있어서 성행위에 대한 직접적인 묘사는 적고 보다 많이 심리적인 차원에 머물고 있다. 성행위를 묘사할 경우에도 위에서 보았다시피 '우동운피(偶同鴛被)', '저위병침(低幃幷枕)', '경외경의(低幃幷枕)', '수피번홍랑(綉被翻紅浪)' 등 함축적이고 암시적인데 거치고 말았다. 그러나 元괘의 산곡(散曲)에 이르러서는 적나라함 모습 그 자체다. 임눌(任訥)의 「곡해(曲諧)」을 보면 원곡(元曲)은 詞에서 취급한 모든 내용을 쓸 수 있을 뿐만 아니라 '외비(猥鄙)', '음란(淫爛)' 같은 것들도 쓸 수 있다. 그래서 원곡(元曲)에서 남녀 염정(艶情)을 취급한 작품이 詞보다 훨씬 많다. 예컨데 증기(贈妓), 부약(赴約), 풍정(風情), 우미(遇美), 영미(詠美), 가우(佳遇), 증미색(贈美色), 증미기(贈美妓), 미족소(美足小), 조기호수(嘲妓好睡) 등을 제돋으로 한 염곡(艶曲)이 비일비재하다. 새로란 기녀뿐만 아니라 늙은 기녀, 철색기녀, 허리굽은 기녀도 쓰며 여인의 손, 발, 손톱뿐만 아니라 여인의 허리, 살점, 키도 쓰며 여인의 우혹뿐만 아니라 남자의 성적 기갈, 도취도 썼다. 어떤 것은 직접 「유기(揄期)」, 「승범간득마표버구(僧犯奸得馬表背救)」, 「유정위획(揄情爲獲)」 같은 야한 제목을 달고 있다. 한마디로 말하여 원곡(元曲)에서는 남녀지간에 생길 수 있는 정념, 정욕, 성욕, 성애 및 성행위 등 모든 것을 흔상하고 즐기는 적나라함 그 자체로 취급하고 있다. 한마디로 말하여 중국 고대문학에 있어서 성문학은 원곡(元曲)에 이르러 내용 면에서 철저한 해방을 한 셈이다.

조선조사회에 있어 사대부들은 소설, 특히 애정소설어 대해 줄곧 회음회도(誨淫誨盜), 음설부경(淫藝不經), 창란지서(倡亂之書), 역괴인심(易壞人心)이요 하며 타매하였다. 실학사상의 집대성자로 꼽히는 정약용도 여기서 예외는 아니었다. 그러다가 조선조후기에 들어서면서 소설은 긍정을 받으며 대담하고 진실하게 이성에 대한 본능적 욕구 및 즐거움을 보여주기 시작했다. 이로부터 산생된 일련의 염정소설(艶情小說)은 그 보기가 되겠다. (예문 略. 부록 10) 보다시피 여기서 남녀지간의 정사(情事)는 '원앙새', '부부' 같은 메타포, '즐거웠다', '정화(情話)', '절절혼 정'과 같은 추상어들을 사용했으며 기껏해야 '옥수를 잡고', '운우지정', '금슬지락', '후금침', '금금', '원앙침' 같은 일부 정사(情事)와 관계되는 상상력을 자극하는 표현들을 좀 썼을 뿐이다. 한마디로 말하여 이들 정사(情事)표현은 우회적이고 추상적이고 비자극적이다. 찰나적인 섬세한 느낌, 진한 자극 등을 좋아하는 우리 현대독자들에게 있어서 이런 미적지근한 표현은 정말 무미건조하다. 그런데 우리가 알아야 할 것은 이런 소설들이 대개 '남녀칠세부동석(男女七歲不同席)'의 근엄한 체면문화에 젖은 양반사대부들이 지은 것이라 할 때 그런대로 대단히 파격적임을 간과해서는 안 된다.

이런 양반의 염정(艶情)소설과 거의 동시에 조선조후기 근대여명기에 나타난 서민의 일련의 판소리계 대본 및 소설들은 성적 표현에 있어서 훨씬 직접적이고 구체적이며 리얼리티하다. 양반의 체면이요, 남녀칠세부동석(男女七歲不同席)의 도덕률보다는 먹고사는 문제가 우선, 그래서 보다 많이 인간본연의 원초적인 진솔함으로 살아가는 그들에게 있어서 그것이 정상적인 모습일 수 있다. 판소리계 대본 및 소설은 말 그대로 다양성을 곁들인 성의 발랄함 및 화끈한 노출이 많다. 이는 양반들의 염정(艶情)소설에서 내비친 성의 조심성 및 긴가민가 하고는 확연한 대조를 이룬다. 염정(艶情)소설이 성의 짜릿함과 즐거움을 향해 조심스럽게 머리를 기웃거렸다면 판소리계 대본 및 소설은 그것을 화끈하게 즐기는 성희(性戲)의 문학으로 승화시켰던 것이다. 판소리 대가 신재효는 분명 의식적으로 이런 성희(性戲)를 추구했다. 그의 판소리대본 곳곳에 이것이 보인다. 그는 판소리를 즐김의 대상으로 인식하고 그 구체적 방법의 하나로 성적 표현을 즐겨 썼음을 알 수 있다. 판소리계 대본 및 소설은 어디까지나 흥행예술과 연계되어 있다. 모종 의미에서 판소리라는 것은 서민광대들의 생계수단으로 나타났다고 볼 수 있다. 관객들이 흥미를 느껴 모여들 도록 해야 한다. 이런 차원에서 놓고 볼 때 성은 더 없이 좋은 자극 제가 되고 흥행거리가 되었을 것이다. 특히 성적으로 폐쇄된 사회에 서 말이다. 이로부터 근엄한 척하는 양반들도 이런 성의 희화(戲畵) 적 노출에는 자기도 모르게 웃음이 나왔을 것이고 중인층을 비롯한 도시시정배들은 향락적 욕구를 충분히 만끽했을 것이다. 이로부터 판소리계 대본 및 소설의 성은 서민광대들의 눈물어린 성의 희화(戲 畵)에 싸여 올려진 성의 즐거운 향연임을 알 수 있다. 한국 고대문 학에서 성은 이 판소리계 대본 및 소설에 와서 보다 높은 차원의 새 로운 자리에 매김 하게 되었다고 볼 수 있다.

판소리계 대본 및 소설에는 노골적인 음담패설 및 성과 관련된 희 극적 과장이 대단히 많다. 판소리 12마당에는 매 편에 이런 요소들 이 나타나고 있다. 「심청가」(신재효 본)에서 심 봉사의 방아타령 등 후반부 뺑덕어미 등장이후 거의 무시로 나오는 性戲에 가까운 장면 들, 「수궁가」에서 토끼가 자라부인을 침범하는 장면, 「오섬가」에서 충격적인 역사적 사변인 당나라 안녹산의 난을 양귀비의 성욕추구 차원으로 격하시켜 희화한 것[19] 등이 그 보기가 되겠다. 좀 구체적 으로 「남창춘향가」를 보도록 하자. 「남창춘향가」의 집장가 장면에서 춘향이 열 번째 매를 맞을 때 느닷없이 "씹은 주지 않겠다"고 내뱉 는 것은 烈을 고양하는 것 같지만 실은 엉뚱한 '씹'스리에 웃음이 나온다. 「남창춘향가」에서는 춘향의 烈-여성에게 강요된 유교적 사 랑의 理를 높게 산 듯 하다. 그러나 우리는 성춘향과 이몽룡이 첫눈 에 반하(一見鐘情)고 곧바로 첫날밤에 '사랑가', '정자(情字)노래',

---

19) 고대 그리스의 아테네와 트로이 사이에 미인 헬렌 때문에 실제로 10년 전 쟁을 치른 비극성을 보여주었다면 여기서는 성을 매개로 일종 역사의 희화 화를 통한 희극성을 보여주고 있다.

‘宮字노래’, ‘어붐질’, ‘말노림’의 성희(性戱)에로의 골인 등에 접할 때 정말 눈이 휘둥그래진다. (예문 略. 부록 11) 이팔청춘의 성춘향과 이몽룡에 있어서 어른들 뺨칠 정도로 야하디 야한 육욕의 사랑놀음이다. 우리 현대인간들조차 무색할 정도로 다양한 육욕적 사랑의 양상 및 테크닉을 구사하고 있다. 아무래도 신사숙녀의 겉치레보다는 즐기는 즐거움 그 자체로서의 성을 퍼포먼스하고 있는 모습이다. 「남창춘향가」의 ‘사랑가’는 「변강쇠가」와 「심청가」에도 나온다. 「변강쇠가」의 사랑가는 ‘강쇠가 옹녀 업고 사랑가로 어르’고 ‘옹녀가 강쇠 업고 사랑가를 부르’는 남녀의 짝으로 분화되어 있는 것이 특이하다.

한국 고대문학은 판소리계 대본 및 소설에 와서도 진정한 성문학이 산생된 것은 아니다. 왜냐하면 이런 대본 및 소설에서 성은 아직 주요한 이슈가 아니며 근근이 흥밋거리를 돋우는 한 장치에 불과하다. 성 자체의 의미는 무시되었다는 말이 되겠다. 그리고 성이 거창한 의미를 부여받아 사회적 이슈로 부상된 것도 아니다. 작가의식 차원에서 놓고 보아도 이런 거창한 의미보다는 먹고살기 위한 흥밋거리 쪽에 신경이 더 많이 쓰였기 때문이다.

중국 고대문학의 경우를 보면 소설은 초창기인 위진남북조의 지괴(志怪)소설, 唐조의 전기(傳奇)소설에서부터 성적 요소가 취급되었는데 전기(傳奇)소설 『유선굴(遊仙窟)』에서는 남녀의 성행위에 대해 적나라하게 묘사하고 있다. 이외에 전기(傳奇)소설 『곽소옥전(霍小玉傳)』, 『앵앵전(鶯鶯傳)』 등에서도 남녀간의 정사를 유흥적으로 보여주고 있다. 明조 중기, 후기부터 도시경제와 시민계층의 확대에 따라 소설은 나날이 번영해 갔는데 시민계층의 사상의식이 침투되고 성 혹은 성애문제가 많이 취급되었다. 한국 고대문학의 판소리계소설에 맞먹는 통속화본소설은 그 전형적인 보기가 되겠다. 원말명초(元末明初)에 나온 중국 최초의 장편소설 『삼국지연의(三國志演義)』, 『수호전(水滸

傳)』은 성에 대하 묘사를 회피하지 않았다. 특히 『수호전(水滸傳)』은 여체 및 생식기에 대해 구체적으로 묘사하고 있다. 후의 장편소설 『서유기(西遊記)』도 마찬가지다. 明초의 구우(瞿佑)의 『전등신화(剪燈新話)』에도 적지 않은 남녀성애에 관한 묘사가 있다. 중국 고대 성문학은 『금병매(金甁梅)』, 『삼언(三言)』, 『이박(二拍)』으로 성의 흐드러진 향연을 연출하며 성숙과 더불어 최고봉을 장식하게 된다.

(4) 무의식의 표현으로서의 성문학

　무의식과 문학의 관계에 대한 논의는 20세기에 들어서 프로이드를 비롯한 정신분석학자들에 의해 이론적 차원의 조명을 받고 현자 많은 사람들이 공명하고 있다. 무의식은 모종 의미에서 본능의 세계이다. 두말할 것도 없이 성은 본능의 세계에서 주요내용의 하나를 이룬다. 이 면에서 놓고 볼 때 프로이드가 성을 무의식세계의 전부인양 얘기한 것은 분명 지나친 것임에도 불구하고 도리가 없는 것은 아니다. 이로부터 무의식적 성이 문학의 주요 표현대상의 하나가 됨은 더 말할 것도 없다. 이런 차원에서 한국 고대문학을 고찰해 볼 때 일부 작품들은 분명 인간 무의식의 보편적인 성적 원형이나 콤플렉스를 발산하고 있다.

　신라수이전 「수삽석남(首揷石楠)」과 최치원(崔致遠)은 한국 고대문학사에서 인귀상애(人鬼相愛)를 연출한 이혼(離魂)모티프의 단서를 이룬다. 「수삽석남(首揷石楠)」, 부모들의 장애로 사랑을 이룰 수 없는 남자가 폭사한다. 그러나 그 사랑을 잊지 못하여 혼은 사랑하는 여인의 집으로 찾아간다. 하룻밤 풋사랑이나마 즐겁게 나눈다. 그리고 자기의 죽음을 애통하하는 여인의 서러움에 감복한 나머지 남자는 다시 환생하여 즐겁게 같이 20년을 살았다는 내용이다.

　이후 김시습의 『이생구장전』, 『만복사저포기』, 『취유부벽정기』의 이혼(離魂)모티프도 같은 맥락에서 이해할 수 있다. 김시습의 이런 작품들의 남주인공들은 환생한 여자의 혼백과 사랑에 빠졌다가 결국 그 사랑이 끝날 때 인생의 허무와 무상을 느끼며 시름시름 앓다가 죽거나 '부지소종(不知所終)' 혹은 사라지거나 하는 비극적 종말로 끝난다. 이혼(離魂)모티프를 중심으로 한 이런 작품들은 사랑하는 남자 혹은 여자에 대한 시애(屍愛)적인 사랑을 다분히 기저에 깔면서 이루지 못한 또는 한 맺힌 사랑의 콤플렉스를 갈무리하고 있다.

최치원은 20세 젊음의 나이에 당나라 종9품의 선주(宣州) 률수현위(溧水縣尉)에 임명된다. '녹후관한(祿厚官閒) 구식종일(胊食終日) 사우칙학면정촌음(仕優則學免鄭寸陰)'. 미관말직이나마 후한 녹과 한가로운 관직에 공부하고 글을 쓸 수 있는 여유를 얻었다고 만족해하였다 모든 것이 다 이루어진 것 같았다. 그런데 혈기방장한 젊음의 그에게는 사랑이 비어 있다. 그래서 그는 인귀교환(人鬼交歡)의 「최치원(崔致遠)」을 펼쳐낸다. 「최치원(崔致遠)」은 다정다감한 최공이 꽃 같은 나이에 죽어간 두 꽃 같은 처녀의 죽음을 애석하게 여겨 시를 지어 그 혼령을 위로한 것이 계기가 된다. 이에 감동된 두 자매 처녀신은 최공을 이상적인 남성상으로 여기고 밤이 되어 찾아온다. 그리고는 그들은 술도 나누고 시로써 수작도 하고 흐드러진 사랑도 맛본다. 즐거운 하룻밤을 지내고는 그녀들은 안개처럼 사라진다. 최공은 은근한 아쉬움과 더불어 알알한 허탈감에 빠지기도 한다. 위에서 지적하다시피 「최치원(崔致遠)」은 다분히 시애(屍愛)적인 사랑을 전제로 하면서 그룹섹스 냄새가 풍기는 작품세계를 통해 남주인공들은 생원령(生怨靈)으로서의 무의식적 육욕을 기껏 발산하고 여주인공들은 사원령(死怨靈)으로서 맛보지 못한 사랑이나 못 다한 사랑을 충족시키는 위령제(慰靈祭)에 다름 아니다. 「최치원(崔致遠)」이 「쌍녀분(雙女墳)」이나 「선녀홍대(仙女紅袋)」 같은 여주인공 차원에서 다른 이름으로 불리어지는 것은 그간의 사정을 잘 말해주고 있다. 훗날 『구운몽』 같은 데서 꿈의 형식을 이용한 한 남성 대 여러 여성들의 화기애애한 일부다처

제적 가족형태를 보여준 작품들은 일종 군혼제시기 푸리 그룹섹스적
인 인간의 무의식적 원형의 한 표현형태로 볼 수 있다. 남성중심적인
가부장사회에서 한 남성 대 여러 여성의 패턴으로 나타남은 너무나
자연스러운 일이다.

중국 고대문학사에서도 인귀상애(人鬼相愛)의 이혼(離魂)모티프는
기본 모티프의 하나가 되고 있다. 육조(六朝)로부터 수(隋), 당조(唐朝)
에 이르는 지괴(志怪)소설은 더 말할 것도 없고 대가들의 작품인 탕현
조(湯顯祖)의 『모란정(牡丹亭)』, 조설근(曹雪芹)의 『홍루몽(紅樓夢)』
등도 마찬가지다. 지괴(志怪)소설에서 「매호분여자(賣胡粉女子)」(劉義
慶의 『幽明錄』), 「방아(龐阿)」(劉義慶의 『幽明錄』), 「鄭生」(『太平廣記』
358의 「靈怪錄」), 「李仲文女」(陶潛의 『搜神后記』卷4), 「駙馬都尉」(干
寶의 『搜神記』卷16), 「離魂記」(陳玄佑의 『太平廣記』358) 등 작품들은
혼령이 산 사람에게 신물(信物)을 주고 무덤을 파헤치거나 관을 열어
확인하는 등 관건적인 모티프 및 기본 슈제트에 있어서 비슷하다.

신라수이전 「죽통미녀(竹筒美女)」, 대나무 속에 두 미인을 넣고 다
니는 기이한 이야기가 나온다. 김유신이 목격한 실제담처럼 이야기
하고 있다. 신비한 이객(異客)이 동해에서 두 미인을 아내로 얻어 죽
통(竹筒)에 두 미인을 넣고 서해로 가는 도중에 쉬면서 다른 사람이
없는 엄밀한 곳에서 죽통(竹筒)에 든 두 미인을 내놓고 이야기를 나
누더라는 것이다. 그래서 김유신이 그 이객(異客)과 남산의 소나무
밑까지 동행하여 주안을 베풀고 그 두 미인을 나오게 하여 같이 즐
겼다는 것이다.[20] 『朝鮮文學의 발전과 중국문학』(김병민·김관웅, 연
변대학출판사, 2003, 50페이지)에 보면 이것은 중국 남양(南梁)시기
오균(吳均: 469~520)이 지은 『속제해기(續齊諧記)』에 있는 「양선아
롱(陽羨鵝籠)」에서 기원한 것으로 보고 있다. 그리고 『속제해기(續齊

---

20) 일본의 『竹取物語』는 비록 성적인 요소는 없지만 대나무 속에서 사람(아이)
   이 나온다는 모티프는 「竹筒美女」와 같다.

諧記)』는 단성식(段成式)의 「유양잡저속집(酉陽雜俎續集)·폄오편(貶吳篇)」에 의하면 인도의 불교경전 「비유경(譬喩經)」에서 기원했다는 것이다. 「양선아롱(陽羨鵝籠)」을 보면 서생이 자기의 걸음을 들어 준 허언(許彦)이라는 사람에게 감사의 뜻을 표하기 위해 입으로 산해진미와 미녀를 토해내어 대접했는데 서생이 잠든 사이 미녀가 남편 대용으로 한 남자를 토해낸다. 그런데 이 남자는 다른 마음이 생겨 다시 다른 여자 하나를 토해낸다. 잠에서 깬 서생은 이 광경을 보고 이 남녀들을 입안에 다시 삼켜 버린다. 보다시피 「죽통미녀(竹筒美女)」가 김유신의 눈에 비친 '이객(異客)'의 이적(異蹟)을 그대로 보여 주는 데 거치고 말았다면 「양선아롱(陽羨鵝籠)」은 성적 문란을 경계한 도덕적 색채가 가미되고 있다. 이 이야기는 남주외(男主外), 여주내(女主內)의 전통적인 사회패턴에서 밖으로 먼 길을 가기 마련인 남자들이 성적 기갈문제를 손쉽게 풀어보려는 무의식적 백일몽에 다름 아니다. 이것은 또한 예쁜 여자와 수시로 그러면서도 은밀히 즐기고픈 남자들의 무의식적 욕구발산이기도 하다. '김옥장교(金玉藏嬌)', 한무제가 어릴 때 죽마고우의 아교(阿嬌)한테 이제 크면 황후가 되게 하고 궁중에 두고 두고두고 보겠다고 한 언약을 실현하여 아교(阿嬌)를 진황후로 장문궁(長門宮)에 들게 하고 즐긴 것도 같은 맥락에서 이해할 수 있다. 이런 이야기들은 성적인 면에서 비교적 자유로운 원시불교 시대의 인도에 그 기원을 두고 동양 여러 나라에 전파해간 것으로 파악되고 있다.

신라수이전 「김현감호(金現感虎)」, 인간과 호(虎)의 사랑을 읊고 있다. "元聖王代有郎君金現者, 夜深獨繞不息. 有一處女念佛隨之, 相感而目送之, 繞畢, 引入屏處, 通焉." 여기서 '일처녀(一處女)'는 인간으로 화한 범이다. 남주인공 김현(金現)은 결국 호녀(虎女)와 '상감이목송지(相感而目送之)'하고 '통언(通焉)'했던 것이다. 그런데 김현은 짓궂게 호녀(虎女)를 따라가 그녀가 호녀(虎女)임을 알았을 때도 당황하지 않는다. 그는 결과적으로 여차여차 하라는 호녀(虎女)의 보은의 분부를 받고 그대로 행하여 결국 입신양명한다. 이로부터 김현(金現)은 호원사(虎愿寺)를 지어 호녀(虎女)의 넋을 위로한다. 고려시기이후로 일부 문인들에 의해 중국「하동기(河東記)」에 있는 인호지간(人虎之間)의 사랑을 다룬「신도징(申屠澄)」과「김현감호(金現感虎)」사이에 비교를 진행하여 왔다.「김현감호(金現感虎)」나「신도징(申屠澄)」는 모두 인수지간(人獸之間)의 사랑을 이야기하고 있다. 군혼제 전에 인간은 만물유령론의 애니미즘적 사유방식에 의하여 인간과 동물은 서로 통하며 인간이 동물로 화하고 동물이 인간으로 화할 수 있는 것으로 보았다. 이로부터 인간이 동물과 교접하고 사랑하는 것도 자연스러운 일로 보았다. 한국「단군신화」에서 곰의 웅녀로의 변신,「해모수신화」으 해모수와 하백의 재주겨룸에서의 다양한 동물로의 변신, 신라수이전의「노옹화구(老翁化狗)」, 그리고 중국 고대「대우치수(大禹治水)」 전설에서 치수(治水)영웅 禹가 곰으로 화하거나 곰이 된 그의 몸에서 아들 啓가 태어나는 등은 바로 이것을 말해준다.「김현감호(金現惑虎)」나「신도징(申屠澄)」는 인간의 무의식 속에 남아있는 인수지간(人獸之間)의 원초적인 애니미즘적 성적 교접을 기초로 한 사랑을 보여주고 있다.

카사노바, 남자들의 무의식심층에 있는 여성정복의 바람기를 말한다. 여기서는 반기의이용지(反其意而用之), 여성들의 무의식심층에 있는 남성편력의 바람기도 포괄하는 개념으로 사용하도록 한다.「구운몽」은 여성편력 차원에서 우리에게 남성의 카사노바 콤플렉스발산으로 안겨온다. 첫눈에 팔선녀에 반한 성진, 무의식 속의 양소유로 화하여 팔선녀 화신들을 하나하나 정복해 나간다. 물론「구운몽」에서 이런 염복(艶福)은 마지막 부분에 가서 인상 무상과 허무의 불교적 空사상에 의해 부정되기는 하지만 3분의 2를 차지하는 거의 대부분 편폭에서 보여준 남성의 여성편력은 카사노바 콤플렉스를 발산하기에 족하다. 이런 카사노바 콤플렉스는 판소리계소설「변강쇠전」
에 와서 노골적이고 화끈하게 나타난다. '천하 잡놈'인 남주인공 변
강쇠는 조선팔도 주색잡기에 이골 난 전형적인 카사노바. '천하 잡
년'인 여주인공 옹녀는 '상부살'이 끼여 숙명적인 남성편력을 한다.
카사노바를 뒤집은 여성의 남성편력 콤플렉스를 기껏 발산하고 있
다. 옹녀는 변강쇠 송장 치는 마당에서조차 결과적으로 여성성을 내
걸게 된다. '천하 잡놈'과 '천하 잡년'이 청량리에서 만나 백주에 벌
거벗고 기물타령을 하며 흐드러지게 놀아나는 성희(性戲)는 카사노
바 콤플렉스를 전제로 한 야하게 흐르기 쉬운 인간무의식의 탕남탕
녀(蕩男蕩女)적 콤플렉스를 대리발산 해준다. 한마디로「변강쇠전」의
성적 제스처 및 마지막에 변강쇠의 동티로 징계의 여운을 주는 듯
하는 부분들에 대해서는 다른 시각에서 재론의 여지가 없는 것이 아
니지만「변강쇠전」은 현전하는 판소리계소설에서 성의 노출이 가장
심하고 남녀의 카사노바적 콤플렉스를 가장 잘 발산해주고 있음은
두 말할 것도 없다. 이에 대해 일찍 이명선이「조선연문학의 최고봉
변강쇠가」(『신천지성』 4권 6호, 서울신문사 1949. 7)에서 조선문학
을 놓고 볼 때 연문학(軟文學)의 적어 아쉬운 판인데 그래도 변강쇠
가가 그것을 미봉해 주어 높게 살만 하다고 한 것은 일리가 있는 지
적이다. 중국의 경우「변강쇠전」하고 맞먹는 소설로는『금병매(金瓶
梅)』를 꼽을 수 있다.『금병매(金瓶梅)』는 남주인공 서문경(西門慶)의
3처3첩은 물론 조금만 자색만 갖춘 여자만 보면 음욕이 동해 돌진
하는 여성편력 및 처첩들의 무절제한 음행(淫行), 그리고 이들의 다
양한 성희(性戲)는「변강쇠전」보다 한술 더 뜬다. 주성(朱星)의『금
병매고증(金瓶梅考證)』에 의하면『금병매(金瓶梅)』에는 남녀 동숙(同
宿)이 105곳이나 되고 남녀 정사를 대서특별한 부분이 36곳이나 되
며 스치고 지나간 부분이 36곳이나 된다.『금병매(金瓶梅)』는 성희
(性戲)의 다양한 방식, 테크닉 면에서 가히 백과사전라고 할 수 있

다. 그래서 『금병매(金甁梅)』는 중국에서 전형적인 '음회(淫誨)'소설로 지목되어 금서(禁書)취급을 당했다. 그런데 '음회(淫誨)'라도 좋고 금서(禁書)라도 좋고 『금병매(金甁梅)』가 역시 남녀의 카사노바 콤플렉스 그리고 탕남탕녀(蕩男蕩女)적 성희(性戱)의 욕구를 기껏 발산해 주고 있음은 분명하다.

위에서 잠깐 정립해본 여성의 카사노바, 이른바 한국 고대문학에서 남성훼절형 작품에서 가장 잘 드러나고 있다. 「배비장전」과 「이춘풍전」은 전형적인 한 보기로 되겠다. 「배비장전」을 좀 보자. 기녀 애랑은 콧대 높은 두 비장을 좌우지한다. 먼저 정비장을 홀리는 장면을 보자. 정비장은 애랑과 헤어지면서 애랑의 색태, 지혜, 간교가 교직된 감미로운 허언과 기만에 속고 홀려서 모든 재산을 하나도 남김없이 깡그리 빼앗기고 남성의 상징인 상투까지도 뽑히게 된다. 애랑은 심지어 '양각산중주장군(兩脚山中朱將軍)' 즉 정비장의 남근까지 베어 주기를 요구한다. 다음 배비장을 정복하는 장면을 보자. 왕대 정남(貞男)의 배비장은 양반의 지조와 자존을 내세우며 제주도에 부임해온다. 그런데 산 속에서 목욕하는 애랑의 육감적인 유혹에 어느새 반하고 정욕을 활활 태우고 만다. 그래서 결국 벌거숭이가 되어 뭇 사람들 앞에서 쫄딱 망신을 하게 된다. 그리고 이별에 앞서 애교만점인 애랑의 페티시즘적 요구에 온갖 재물은 물론, 이발까지 빼주는 사랑의 포로가 된다. 소설의 마지막 부분에 애랑이 한 주머니나 되는 남성들이 빼준 이빨 주머니를 배비장한테 사랑의 징표로 던져준 것은 배비장에 대한 신랄한 풍자와 더불어 기생 신분에 걸맞는 여성의 무의식심층에 도사리고 있는 남성편력 카사노바 콤플렉스의 시원한 발산에 다름 아니다. 중국의 경우 유향(劉向: 기원전 794~724)의 「열녀전(烈女傳)」을 보면 상반되는 두 타입인 열녀류와 '얼폐(孽嬖)'류가 등장한다. 여기서 열녀류가 당시 사회의 이데올로기에 맞춘 의식세계의 것이라면 말희(末喜), 달기(妲己)를 비롯하여 여후(呂后), 서시(西施), 포사(褒姒)로 대표되는 '얼폐(孽嬖)'류는 관능의 매력으로 남자들을 유혹하고 호리는 무의식세계의 여성 카사노바 콤플렉스에 다름 아니다.

　동성애, 이성애의 보완용으로 인간의 무의식 속에 도사리고 있다. 인간은 의식적으로는 이성애를 정상으로 보고 추구해왔지만 그것은 자기의 본연의 성에 잘 적응 못하는 사람들에게는 부담스럽고 힘겨운 것이다. 무의식 차원에서 인간들이 동성애를 추구하는 근본원인은 바로 여기에 있다. 그리고 동성애는 정상적인 이성애가 장기간 억압될 때 곧 잘 무의식적인 변태로 나타난다는 것이다. 이를테면 남자들 혹은 여자들만 있는 장기간의 집단생활에서 이런 동성애가 많이 나타난다.

　한국의 경우를 보면 고려조에만 해도 '비역', '남색(男色)' 운운으로 보아 동성애 및 호모섹스가 있었음을 추측할 수 있다. 그럼 아래 판소리계 소설 「적벽가」의 한 장면을 보도록 하자.(예문 略. 부록 12) 포로가 된 조조의 병사가 상대 군사들에게 호모섹스적인 집단 성폭행을 당한 장면을 리얼리티하게 보여주고 있다. 이것은 군이라는 남자들만의 세계, 특히 전쟁이라는 극단적인 상황에서 쉽게 있을 수 있는 동성애적 경향의 한 변칙으로 나타난 것이다. 그런데 「적벽가」에서 이것은 비극적이기보다는 군사점고라는 엄숙한 장면, 그리고 조조와 군사 사이의 희극적인 문답이라는 역차(逆差) 속에서 희극적으로 보여주고 있어 '성폭행'보다는 '성희(性戲)' 같은 감을 주기도 한다. 중국의 경우를 보면 아주 일찍부터 동성애에 대한 언급이 있으며 문학사에서 심심찮게 취급되어 왔다. 일찍 선진(先秦)시기의 역사서인 『상서(商書)·이훈(伊訓)』에 '삼풍십연(三風十衍)'으로 동성애를 언급한데 이어 『좌전(左傳)』, 『전국책(戰國策)』에도 보이며 사마천(司馬遷)의 『사기(史記)』에서는 유방(劉邦)을 비롯한 서한(西漢)의 많은 군주들의 동성애를 보여주고 있다. 위진남북조시기 원적

(阮籍)의 시에도 동성애자를 읊은 시가 있다. 그리고 明조 때 『금병매(金瓶梅)』에서 안진사(安進士)와 온수재(溫秀才)의 관계 및 서문경(西門慶)과 서동(書童), 왕경(王經)의 관계, 김종명(金宗明)과 진경제(陳經濟)의 관계, 능몽초(凌濛初)의 단편소설집 『이박(二拍)』의 「초각박안경기(初刻拍案驚奇)」 권17의 지관(知觀)과 태소(太素), 태청(太淸)의 관계, 권26의 다각(大覺)과 지원(智圓)의 관계, 대각(大覺) 지원(智圓)과 유문인(兪門人)의 관계, 유문인(兪門人)과 임단사(林斷事)의 관계, 「이각박안경기(二刻拍案驚奇)」 권34의 임군용(任君用)과 양태위(楊太尉)의 관계, 축옥(筑玉)부인과 시비 여하(如霞)의 관계 및 민요집성인 『산가(山歌)』의 일부 작품들 등에서 다양하게 나타나고 있다. 이런 동성애 및 호도섹스를 보면 현실의 성적 상황을 전제도 한 상호 보완적인 무의식적 성적 경향을 나타내고 있다. 이를테면 『이박(二拍)』에서 이성간의 접촉이 두절된 절의 스님들 사이 그리고 깊은 후원에 애꿎게 갇혀있는 고관대작들의 애첩과 시비들 사이어 일어난 동성애 및 호모섹스는 그 한 보기가 되겠다.

인간은 아이러니하게도 죽음에 임해 생명의식이 가장 고양되기도 한다. 인간의 무의식적 생경의식이 발동된다는 것이다.[21] 한국 고대문학에 있어서 「오섬가」를 좀 보도록 하자.(예문 略. 부툰 13) 보다시피 「오섬가」는 항우가 유방에게 패하여 마지막 자결에 앞서 사랑하는 우미인을 죽이는 비극적인 처절함을 풍기는 중국 '패왕별희(覇王別姬)'의 고사를 패러디하여 전혀 다른 엉뚱한 발상을 해놓고 있다. 즉 항우가 우미인을 죽인 것이 아니라 마지막 사별의 징표로 성행위를 한 것으로 설정하고 있다. 여기에서 성행위는 텍스트 그 자체로 볼 때 바로 무의식적 생명의식의 한 표현으로 볼 수 있다.

이외에 한국과 중국 고대성문학에 있어서 변칙적이고 변태적인 성

---

21) 남자 사형수들이 人형집행을 받는 순간 사정을 하는 경우가 있다고 보고 되는 것은 그 한 보기가 되겠다.

도 눈에 뜨여 이색적이다. 元대 산적(散曲) 조현굉(趙顯宏)의 『죽부인(竹夫人)』, 明대 『협죽도(夾竹桃)』, 『계지아(桂枝兒)』, 『산가(山歌)』세 민요 혹은 민요모방집에는 대리만족, 와와친 및 일부 영물시에서의 페티시즘적 경향[22]은 그 전형적인 보기가 되겠다. 한국 고대문학에서 「배비장전」의 애랑이 배비장을 후려내는데 의식적이기는하나 페티시즘적 사랑을 잘 연출해내고 있다.

4) 나가는 말

이상 본 고의 주요내용을 이루는 '(2) 유형별로 본 성문학' 부분을 개괄해보면 고대성문학에 있어서 한국과 중국은 많은 비슷한 양상을 드러냄을 알 수 있다. 그것은 일단 성이라는 것이 동서고금을 막론하고 가장 변화가 적은 인류보편성을 띤 가장 기본적인 인간성의 발로에 다름 아니기 때문이다. 이른바 '인동차신(人同此身), 심역동의(心亦同矣)'가 바로 그것을 말해준다. '(1) 인간본연의 모습을 나타낸 성문학', '(4) 무의식의 표현으로서의 성문학'은 그 전형적인 보기가 되겠다. 그리고 한국과 중국은 고대사회에 있어 비슷한 역사과정을 흘러왔고 동일한 한문화권(漢文化圈)으로서 성에 대해 비슷한 태도, 자세를 취해온 데 기인한다. 이를테면 「2). 사회적 비판매스로서의 성문학」, 「3). 성에로의 탐닉을 나타낸 성문학」에 있어서 거의 비슷한 양상을 드러내고 있다. 그리고 전반 성문학의 흐름에 있어서 시대적 흐름에 따른 부침도 비슷하다. 예컨대 유교가 전반사회의 지도이념으로 되면서 성에 대한 터부시, 회피가 일어날 때는 성문학이 위축되며 근대적 시민이 역사에 등장할 때는 성문학이 성행한 특성을 볼 수 있다. 그리고 근엄한 상층 양반문학보다는 진솔

---

22) 『桂枝兒』권8의 「粽子」는 전형적인 그 한 보기가 되겠다.

한 하층 서민문학에서 성문학이 더 꽃이 피어났음을 알 수 있다. 그런데 전반적으로 볼 때 중국의 고대성문학이 한국의 경우에 비해 보다 분명한 상승일로를 그어왔음을 알 수 있다. 중국 고대문학에 있어서 당시(唐詩), 송사(宋詞), 원곡(元曲)는 해당 시기 문학의 대표적인 장르들인데 위에서 보다시피 성문학 차원에서는 그 개방도를 점점 높여갔다.

한국과 중국의 고대성문학에 있어서 좀 다른 점이라면 한국에도 허균, 임제와 같은 일부 괴짜가 없는 것은 아니지만 한악(韓偓), 유영(柳永)처럼 염정시만 염정시, 기녀시만 기녀시에 몰입하여 줄기차게 문학형상화한 괴짜는 없다. 그리고 한국의 경우는 조선조 중기, 말기에 가사나 평민가인들의 사설시즈 및 판소리계소설 등 창작에서 보듯이 일부 경향은 나타냈으되 전문 성문학을 담당한 특정적인 문학유파나 장르는 없었다. 그런데 중국에는 분명 이런 것들이 있었다. 宋대의 경우만 놓고 보더라도 詞에서 염문(艷聞)을 많이 퍼뜨린 완약파(婉約派)가 있는데 이 유파는 청말민국초(淸末民國初) 원앙호접파(鴛鴦胡蝶派)까지 이어진다. 그리고 장르 면에서 볼 때 성에 관한 묘사는 주로 詞, 화본소설(話本小說), 원곡(元曲) 등에 집중되었다. 여기서 詞는 주로 문인들과 기녀들 사이의 성관계를 많이 언급했고 필기소설은 전시기 임금들의 황음무치한 성생활을 많이 취급했으며 통속화본소설은 민간 일상생활에서의 남녀의 성애 및 행위를 많이 다루었고 원곡(元曲)은 거의 남녀성의 모든 것을 다루고 있다. 이로부터 중국 고대문학사에 있어서 성문학은 일종 규모와 전통이 이루어졌다.

본 고는 한국과 중국의 고대성문학 연구에 있어서 유형학적 비교연구의 한 시도에 불과하다. 그리고 구체적 분석에 있어서 현상학적 나열에 머물고 단일한 시각에 국한된 부족점을 드러내고 있는 줄로 안다.

끝으로 자료 및 지면상 제한으로 본 고에서 홀시한 한국과 중국의 고대성문학 연구에 있어서 역사적 맥락에 따른 사적 비교연구가 더 없이 좋은 연구테마가 될 것임을 지적하면서 본 고를 마치도록 한다.

참고문헌

1. 조동일,『한국문학통사』3, 제3판 지식산업사, 1999.
2. 孫琴安,『性文學十講』, 중국 중경출판사, 2001.
3. 김병민·김관웅,『朝鮮文學의 발전과 중국문학』, 연변대학출판사, 제2판 2003.

[예문부록]

略

1. 酥凝背胛玉搓肩, 輕薄紅綃覆白蓮.
   此夜分明來入夢, 當時湿帳不成眠.
   眼波向我無端艷, 心火因君特地燃.
   莫道人生難際會, 秦婁鸞鳳有神仙

2. 往年曾約郁金床, 半夜潛身入洞房.
   懷里不知金鈿落, 暗中唯覺綉鞋韓偓.
   此時欲別魂俱斷, 自后相逢眼更狂.
   光景旋消凋帳在, 一生贏得是凄凉.

3. 당초에 약흔 몸이 가슴 막혀 어려워라
   셔찰흔 뎌 녀주야 무심흐기 꼿이업다
   상수로 죽게 되니 그 아늬 네 타신가
   누어신들 줌이 오며 안줌쓴덜 님이 오랴
   답답이 자심흐야 줌 못드러 원슈로다
   애미흔 이내 몸이 널로 흐야 병이 되니
   혈맥이 쥬러지고 슈죵이 셔늘흐다
   올을 숨만 남아 잇고 내릴 숨은 전혀 업다

4. 그런 무음 가져스면 엇지 흐여 잠주흐고
   다른 곳 가기 젼에 무심이 잇지 말고
   우리 서로 어려슬 졔 흔그지로 놀아스니
   날과 언약 흔 길 업시 혼자 마음 무슴 일고
   삽삽흔 이내 마음 생각흐니 후회로다……

상수로 깁히 든 병 다 풀지고 기다리소
금월 모일 명월야에 아모죠록 뵈올이다

5. 나를 조차 오는 거동 위풍이 늠늠하며
   구름 좇는 청룡같고 바람 좇는 백호로다
   은신할 곳 바이 없네 방황하는 거동 보소
   대천바다 한 가운데 풍파 만난 사공가치
   나무들도 없는 곳에 매의 쫓긴 꿩이로다
   잔약한 아녀자로 제 어대로 피신할가
   세류가치 가는 허리 우리처 덤석 안고
   雲雨之情 이루울제 원앙비취 쌍유로다

6. 慕華館 芳松里 李周明네 집 마당가의
   밋테 맹공이 아구 무겁다 맹공 허니
   윗 맹공이니 뭣시 무거유냐 장간 차마라
   작갑시럽다 군말 된다 허구 맹공
   그 中의 어느 놈이 상시럽구 맹낭시러운 수맹공이냐

7. 쌍화점(双花店)에 쌍화(双花)사러 가고신댄
   회회(回回) 아비 내 손목을 쥐여이다
   이 말씀이 이 점(店)밖에 나명들명
   다로러거디러 죠고맛감 새끼광대 네말이라 하리라
   더렁둥셩 다리러디러 다리러디러 다로러거디러 다로러
   그 자리에 나도 자러 가리라
   위위 다로러거디러 다로러
   그 잔 데 같이 덤거츤 데 없다.

「쌍화점」, 1절

8. 간밤의 우던그새 예와울고 게갓다쇠난이
   님못 보아 죽어지라 ㅎ엿떠니

ㅈ셔이 傳튼 못ㅎ여고 주걱주걱 ㅎ도다

9. 속속드리 꺼입은 것 츠례로 벗겨 노코
   못 삼긴 것 잘 삼긴 체 무정흔 것 유정흔 체
   산영기 되엿던지 휘두로 바라본다
   시앗시 되엿던지 이신을 꼬집는다
   달바출 가라던지 휠덕임도 헐덕인다
   저 혼즈 애룰 쓴들 종쇠업슨 매돌이요
   고부러진 방아로다 밤서도록 애만쓰고

10. 천강 무궁한 흥미를 어찌다 실화하리오

(『玉丹春傳』, 世昌書館, 11페이지)

원앙새가 푸른 나무숲에 놀고 비취가 연리지에서 깃드림과 같아
서 무궁하게 즐거워하였다.

(「淑韓偓傳」, 『韓國古典文學全集』, 376페이지)

생이 그 옥수를 잡고 침석에 나아가니 운우지락을 닐운지라. 그
절절흔 졍을 일언층랑치 못할녀자.

(「淑英娘子傳」, 제1회)

생이 낭즈로 더부러 금슬지락을 닐우매 슈유불러 ㅎ고 학업을 젼
패ㅎ니.

(「淑英娘子傳」, 제2회)

처음에는 서로 계면적어 하다가 이가치 情話가 되매 일시내여 몇
십 년 사는 부부가치 정밀하얏더라…이가치 서로 밤이 깁푼 하가
지 만단정화를 하고 혹을 묻인 후금침에 드니 원앙이 룩수에 깃
드림 갓더라.

(「채봉감별곡」, 44~45페이지)

이덧늬시 담화하다가 밤이 깁흠에 금금을 펼치고 원앙침에 나아
가니라.

(『李世士傳』, 世昌書館刊, 12페이지)

11. ○ 첫날밤

　사양을바드면서삼각산졔일봉봉학안자춤추난듯두활개를에구부
시들고춘향의섬섬옥슈　바드드시겸쳐잡고으복을공교ㅎ계벽기난
듸두손길셕놋턴이춘향가은허리을담숙안고나상을버셔라춘향이
가처음이릴뿐아니라북그러워고개을슈겨몸을틀제이리곰슬겨리
곰슬녹슈의홍련화미풍맛나굽이난듯도련임초매벽거제쳐노코바
지속옷벽길적의무한이실난된다이

리굼실저리굼실동해청용이구부를치난듯아이고노와요좀노와요
실난즁옷끈끌너발가락으딱걸고셔진드시눌으며지지개쓰니발길
아래떠러진다오시활딱버셔지니형산의백옥떵이이　우에비홀소냐
오시활신버셔지니도련임거동을보려ㅎ고실금이노으면서아차차
손뻗엇다춘향이가침금속으로달여든다도련임왈칵조차들어누어
져고리을벽겨내여도련임옷과모도한

틔다둘둘뭉쳐한편구석의던져두리안고마조누워슨니그대로잘이
가잇나골집낼제삼승이불춤을추고서별요강은장단을마추워쳥그
룽쟁쟁문고루난달낭달낭등잔불은가물가물마시잇게잘자고낫구
나그가온데진진흔이리야오직ㅎ랴

(「春香傳」, 金思燁校註本 58~59페이지).

○ 사랑가

　사랑사랑내사랑이야동졍칠백월하초의무산갓치노픈사랑목단무
변슈의여천창해갓치깁픈사랑오산견달발근듸츄산천봉원월사랑
(중략)그러면너죽어될것잇다너는죽어방아확이되고나는죽어방
아고가되야경신년경신월경신일경신시의강태공조작방의그겨떨
꾸텅떨구덩찍커들난날인줄알여무나사랑사랑내사랑내간간사랑
이야(중략)너는죽어명사

십이해당과가되고 나는죽어나부되야나는네꽃숭이물고너는내수
염물고춘풍이건듯불거던너울너울춤을추고노라보자사랑사랑내
사랑이야내간간사랑이지

(同上書, 59~65페이지).

○ 情字노래

내사랑아들러셔라너와나와유졍ᄒ니어이안니다졍ᄒ리담담장강
슈유유의원걱졍하교의불상송강슈원함졍송군남포불승졍

(同上書, 66페이지)

○ 宮字노래

조분쳔지객태궁뇌셩벽력풍우속의셔기삼광풀여잇난염장ᄒ다창
합궁(중략)이궁져궁다바리고네양각셔슈룡궁의내의심줄방망치
로질을내자구나

(同上書, 68~9페이지)

○ 어붐질

붐질쳔하쉽이라너와나와할신벗고업고놀고안고도놀면그계어붐
질이계야애고나는북그러워못벗것소에라요겨집아히야안될마리
로다내먼져버스마보션단임허리듸바지져고리훨신버셔한편구셕
의밀쳐놋코우둑셔니춘향이그거동을보고빵긋웃고도라셔며ᄒ는
마리영낙업난돗처비갓소오냐네말조타쳔지만물이짝업난계업난
이라두돗차비노라보자그러면
불이나끄고노사이다뚤이업시면무슨재미잇것는야어셔버셔라어셔
버셔라애고나는실어요도련임춘향오슬벽기려홀졔넘놀면셔어룬다

(同上書, 70페이지)

○ 말노림

쳔하쉽지야너와나와버신짐의너은온방바닥을기여단여라나는네
궁둥이여딱붓터셔네허리를잔뜩고볼기짝을내손바닥으로탁치면

서이리ᄒ거든흐흥그려퇴금질노물너시며뛰여라알심잇계뛰거드
면탈승짜노래가잇난이라타고노자타고나자헌원씨십용간과능작
대무치우탁녹야의사로잡고승전고을울이면서지남거를놉피타고
(중략)나는탈것업셔시니
금야삼경깁푼밤의춘향배를넌짓타고훗이불노도슬다라내기겨로
를겨어오목셈을더라되순풍의음양슈를실음업시건네갈제말을삼
어라량이면거를거리업슬손야마부는내가되야네구정을는지시잡
아구정거럼반부서로화장으로거리라기총마뛰듯뛰여라

(同上書, 76페이지)

12. "죠총수 흔눈감이." "예." 저 놈은 들어오며 황문에 손 밧치고
    울면서 ᄒ는 말이, "애고 똥구멍이야." 조조 불너, "네 이놈, 알
    을 데가 오직 만하 똥구멍은 웨 알는야?" 져 놈이 답답ᄒ되,
    "적벽강서 아니 죽고 오림으로 도망더니 한 장수 좃츠와셔 내
    벙치 썩 벽기고 내 상토 썩 잡우며, 어허 그 놈 어엿부다. 죽이
    즈 ᄒ엿더니 중동 해쇼 시켜 볼가. 같대습 깁푼 대로 끄을고 들
    어가셔 업질으며 ᄒ는 말이, 전쟁에 나온 졔가 여러 해 되야기
    로 양각 순중 쥬장군이 츰 것 맛을 못 보와셔 밤낫으로 홰를
    내니 옥문관은 구지부득, 너 지닌 황문관에 얼요구시겨 보즈.
    츰도 안 바르고 생째로 쑥 듸미니. 생눈이 곳 슛는듸 빗살이 꼿
    꼿ᄒ야 두 주먹 아득 쥐고 압이를 뽀득 갈아 빈생반수 막 견듸
    니, 그 엽폐셔 굿보는 놈 거름 츠례 달여들어 일곱놈을 칠엿더
    니; 황문 웃시욱(울) 망건 당줄 죨은 것이 뚝 끊어져 벌어지니
    배 속까지 훤 ᄒ여서 걸임새가 아죠 업셔 그리 해도 그 졍으로
    총은 아니 빼셔 가고 엽폐다 노와꾀예 근신이 졍신 차려 왼몸
    을 주무르고 총대 집고 일어셔셔 일보일계 오옵는다 졔일에 극
    난흔게 밥 먹어도 그대로 물 먹어도 그대로 쉬지 안코 곳 나오
    니 밖 게셔는 못 막아셔 안으로 막어볼가, 포수에게 셕량 밧고
    총을 팔아 황육 사서 죵즈 만끔 떠여 너도 수루루 도로 나와
    쥼억만끔 목침만끔 아무리 떠여 너도 도로만 곳 나오니 엇디

ㅎ여 살 슈 잇쇼?" 조조 또의ㅅ 내여, "쇠살을 가지고셔 스람 살을 띄려거든 암만 흔들 될 커시냐. 길가에 싸인 송장 스람 살을 버여다가 챡실이 막어보라."

(「적벽가」, 500~502페이지)

13. 그 즁의 우슬 이리 쟝즁의 작별할 졔 유력한 쵸파왕이 취즁의 불셩인ㅅ 우미인을 즈쳐 녹고 망죵 이별 하직 살판 한번을 ㅎ 즈 ㅎ니 우미인이 아니 듯고 아무리 방색한들 바우와 낼 슈 업 셔 한팔(판)을 하두그나. 일어한 죠흔 굿을 우리 난 보앗스되 뉘가 보 니 잇건난야.

15. 혁명적사실주의로부터 원색적사실주의에로
-림원춘소설 발전궤적

1) 들어가는 말

림원춘은 1958년에 처녀작 단편소설 『쇠'물이 흐른다』를 발표해서부터 간단없이 창작에 몰두하여 지금까지 시 20여 편, 산문(수필 포함) 20여 편, 단편소설 71편, 중편소설 11편, 장편소설 3편, 장편 실화문학집 3편, 장막극 1편을 발표했다. 이외에 평론 40여 편, 번역작품 4편을 발표했다. 소설집으로는 단편소설집 2부, 중편소설집 1부를 출간했다. 수상경력을 보면 '제1차 전국소수민족문학상(1980년)', '전국우수단편소설상(1983년)', '제2차 전국소수민족문학상(1984년)' 세 차례 전국 규모인 대상을 받았고 소학교 조선어문교과서, 초중 조선어문교과서, 고중 조선어문교과서, 그리고 연변대학, 종업원대학, 사범학교 습작관련 교과서에 가사와 단편소설이 실렸다. 이상 놓고 볼 때 림원춘은 다 방면적재간과 그 작품의 량과 질로 중국조선족문단의 대표적인 2세대 작가[1]가되기에 손색이 없다. 그런 만큼 한산한

---

[1] 필자가 여기서 나눈 세대개념은 중국 당대역사에 있어서의 기본 정치적 흐름을 염두에 두었음을 밝혀둔다. 이로부터 새중국 건립을 한개 선으로 하여 건국 전부터 창작을 진행한 김학철, 김창걸, 이욱 등을 1세대 작가로 꼽고, 건국 후부터 개혁개방 후까지 줄곧 창작을 진행한 림원춘, 김성휘, 이상각 등을 2세대 작가로 꼽고, 주로 개혁개방 후 창작을 진행한 최홍일, 우광훈, 이혜선 등을 3세대 작가로 꼽을 수 있겠다. 물론 이런 세대구분에 대해서는 좀 더 논의할 여지가 있는 줄로 안다.

조선족평론문단에서나마 다른 사람에 비해 상대적으로 볼 때 림원춘 문학은 학계의 각광도 얼마간 받은 줄로 안다. 림원춘소설 관련 평론 글이나 인상 글만 보더라도 「림원춘 단편소설 창작의 몇 개 특점」(김기형, 『연변문예』, 1980. 12), 「인정세태에서 발굴된 정신적미-단편소설 몽당치마를 읽고」(현동언, 『연변문예』, 1983. 6), 「몽당치마의 계시와 미학적 탐구」(김동훈, 『문학예술연구』, 1983. 2), 「몽당치마의 언어적 특징」(리윤규, 『문학과 예술』 1985.1), 「림원춘소설의 민족적 특색」(장춘식, 『문학과 예술』, 1985.3), 「소설가 림원춘과 하고 싶은 말」(최웅구, 『문학과 예술』, 1986.3), 『중국조선족문학사』(조성일·권철 주편, 연변인민출판사, 1990), 「유정과 무정에 충직한 사나이」(김룡운, 『문학과 예술』, 1994. 5), 「몽당치마의 두 가지 상징」(성기조, 『문학과 예술』, 1994년 5기), 「몽당치마 후의 림원춘의 소설」(최삼룡, 『문학과 예술』, 1994. 5) 등 제법 눈에 뜨인다. 그런데 이상 평톤 글이나 인상 글을 종합해보면 대개 림원춘의 대표작으로 꼽고 있는 『몽당치마』에만 치우친 미시적조명이 단연 돋보이다. 여기서 『몽당치마』의 두 가지 상징은 한국 교수의 눈에 비친 몽당치마라 할 때 『몽당치마』가 국외 학계의 각광을 받고 있음을 말해준다. 「림원춘 단편소설 창작의 몇 개 특점」, 「림원춘소설의 민족적 특색」, 「몽당치마 후의 림원춘의 소설」이 림원춘소설에 대해 거시적 조명을 한듯하나 실은 첫 번째 글은 1970년대 말에 씌어진 단편소설집 『꽃노을』에 초점이 모아진 듯하고 두 번째 글은 『몽당치마』에 국한되어 림원춘소설의 민족적 특색을 논하는데 거쳤고 세 번째 글은 『몽당치마』 후 11년간에 걸친 림원춘의 전반 소설을 대상으로 했다기보다는 일부 단편과 중편에 걸쳐 그 기본흐름을 짚어본데 불과하다. 그 외의 글들은 문학사에서의 초보적인 소개나 언급이 아니면 인상적인 피로에 지나지 않는다. 이런 상황을 놓고 볼 때 이제는 림원춘문학에 대한 전반적이고 거시적인 조명이 필요하다고 생각된다.

본 고는 그 일환으로 일단 현재까지 창작된 림원춘의 전반소설을 대상으로 하되 림원춘소설의 기본창작 경향을 대표할 수 있는 작품들을 선정하여 집중적인 조명을 가하도록 한다. 이로부터 선정된 주요 텍스트를 제시하면 다음과 같다. 단편소설집 『꽃노을』(료녕인민출판사, 1980), 단편소설집 『몽당치마』(료녕인민출판사, 1984. 11), 중편소설집 『눈물 젖은 숲』(료녕민족출판사, 1995), 장편소설 『우산은 비에 운다』. 여기서 『꽃노을』에는 1977년 봄부터 1979년까지 창작한 도합 9편의 작품이 수록되어 있고 『몽당치마』에는 1980년말부터 1983년 초까지 창작한 도합 11편의 작품이 수록되어 있고 『눈물 젖은 숲』에는 1987년 2월부터 1993년 12월까지 창작한 도합 6편의 작품이 수록되었고 「우산은 비에 운다」는 『장백산』잡지 2002년 3기부터 2003년 3기까지 연재되었다.

2) 혁명적사실주의

림원춘소설 세계는 다양하다. 단일한 시각의 접근을 허용하지 않는 듯하다. 그러나 거기에는 하나로 관통될 수 있는 굵은 선이 있다. 그것은 바로 사실주의[2]이다. 그런데 고금중외의 사실주의를 보건대 그 구체적 양상에 있어서는 다양한 모습을 나타내고 있다. 먼 것은 그만두고라도 19세기 자본주의사회를 휩쓴 비판적사실주의, 20세기 사회주의사회를 휩쓴 사회주의사실주의는 그 전형적인 보기로 되겠다. 새 중국이 창립되어서 정통적인 자리를 굳힌 혁명적사실주의[3]가 사회주

---

2) 본 고에서 필자가 논하는 사실주의는 창작방법 차원보다는 주로 창작정신 차원임을 밝혀둔다.

3) 이외에 두 가지 결합방법 즉 혁명적사실주의와 혁명적낭만주의의 결합방법 등 제기법도 있는데 그 본질적동질성을 감안하여 본 고에서는 모두 이 개념 속에 귀속시키도록 한다. 그리고 문화대혁명시기 '삼돌출' 창작방법도

의사실주의에 속함은 더 말할 것도 없다. 전반적으로 볼 때 림원츈소설은 선명히 대비되는 혁경적사실주의와 원색적사실주의라는 두 가지 경향으로 나누어지는데 분명히 혁명적사실주의로부터 원색적사실주의에로 나아간 궤적을 나타내고 있다. 그럼 본 고의 논리적 전개를 위해 일단은 혁명적사실주의란 무엇인가를 짚고 넘어가야 될 줄로 안다. 혁명적사실주의란 첫째, 반영론. 혁명적사실주의의 기본전제는 문학은 생활의 반영이다는 그전적 명제에 있다. 이로부터 혁명적사실주의 작가들은 눈을 자기의 내심보다는 외부로 많이 돌려 생활 속에 뛰어들어 생활을 알기 위한 생활체험을 중시한다. 이 점에 있어서 자신의 내부에 잠작하여 자아표현을 표방하는 낭만주의와 선명한 대조를 이룬다. 혁명적사실주의 작가들은 자기의 제한된 생활시공간외의 다른 영역, 그리고 부단히 변화 발전하는 새로운 생활에 대한 체험, 인식을 필수적인 것으로 여긴다. 둘째, 전형화의 원칙. 이것을 풀어 말하면 사회주의 시대정신, 주류와 생활 본질, 법칙, 필연성을 나타내어 한다. 여기서 많은 비시대정신, 비주류, 비본질, 비법칙성, 비필연성든 거세된다. 이른바 거창한 시대적담론을 담아야 한다는 것이다. 그런데 중국당대사회가 개혁개방 전까지 정치이데올로기 중심으로 흘러오다 보니 이런 시대정신, 주류와 생활 본질, 법칙은 정치이데올로기와 그대로 직결되었다. 이로부터 작가들의 흥분중심은 해당시기 ‘정책-중심사업’이나 정치운동에 가 있으며 여기로부터 선택하는 제재는 중요한 제재가 된다. 전형환경이란 것은 이런 ‘정책-중심사업’이나 정치운동에서 벗어날 수 없다. 그리그 이른바 전형인물이란 것은 계급분석론에 입각하여 각자 소속된 계층, 계급의 정치적 본질을 나타내고 이들 사이에는 이원대립적인 흑백논리로 흐르고 만다. 이로부터 긍정적 전형인물들은 대개 거창한 시대적 담론을 내뱉는 메가폰에 불과하며 영

본질상에서는 여기에 귀속된다.

웅주의와 이상주의로 흐르고 만다. 전반 작품의 개념화, 공식화, 도식화는 결국 여기서부터 기인한다. 셋째, 가공송덕의 원칙. 모종 의미에서 혁명적사실주의는 비판적사실주의에 대한 반동으로부터 출발했다. 그런 만큼 그것은 사회에 대한 비판폭로보다는 가공송덕에 흥분중심이 있다. 여기에 자본주의보다 사회주의우월성 운운은 그 사상적 바탕을 마련한다. 그렇다하여 비판폭로를 전적으로 배제하는 것은 아니다. 비판폭로를 할 경우에 있어서 그것은 비판적사실주의처럼 걷잡을 수 없이 내달아 전격 암흑면만을 전시하거나 비참한 결말로만 나아가서는 안된다. 암흑면은 절대적으로 우세를 차지하는 밝은 면에 의해 조만간에 제거될 것으로 그려야 한다. 그러니 결말도 비참한 비극보다는 누이 좋고 매부 좋은 희극적, 낭만적인 것 혹은 적어도 정극(正劇)으로 매듭지을 것을 요구한다. 이로부터 사회주의우월성을 고양하고 사람들에게 생의 용기와 희망을 주도록 한다. 이로부터 낭만주의는 혁명적사실주의의 필연적인 조성부분으로 된다. 넷째, 사회교육적 의의콤플렉스. 혁명적사실주의는 문학을 별 볼일 없는 시시한 것으로 보는 것이 아니라 '비수'나 '투창'이요, '투쟁의 무기'요 하며 거창한 사회교육적 의의를 부여하여 무엇보다 높게 산다. 작가들 스스로도 '인류령혼의 기사', '생활의 개조자, 설계사', '시대의 선각자, 계몽자'요 하며 계급적, 민족적, 시대적 등등 대단한 사명감에 들떠 있다. 그래서 순수문학보다는 참여문학을 훨씬 높게 산다.

림원춘은 무엇보다 이런 혁명적사실주의자다. 그는 무엇보다도 작가의 생활체험을 천직으로 생각한다. 대학을 졸업한 1960년부터 라디오방송국, 텔레비전방송국 문예부에서 1982년까지 현실생활과 직접 접촉하는 전직 기자생활 22년간은 그의 문학창작에 있어서 충분한 생활바탕을 마련했을 것이다. 1982년부터 전직 작가로 되어서도 그는 자기의 문학창작에 있어서 생활의 중요성을 잊지 않는다. 림원춘은 『문학예술연구』(1983.2)에서 『몽당치마』를 총화하는 글에서 다음과 같이 격정을 토로하고 있다. "나는 생활을 동경한다. 생활은 나의 스승이며 나의 토양이다. 생활 속으로 들어가야 한다는 것은 자신에 대한 최저한도의 요구이다. 생활 속으로 들어가는 것을 즐거운 일이면서도 또 고생스러운 일이다. 고생이 없이 어찌 낙이 있으며 고생이 없이 어찌 성과가 있겠는가!… 나는 생활 속으로! 들끓는 제1선으로 오늘도 내일도 게으름 없이 계속 들어가련다." 그리고 1984년 단편소설집 『몽당치마』를 출판할 때 머리말 "단편소설집 『몽당치마』를 내놓으면서"에서도 마찬가지 논리를 펴고 있다. "생활은 『몽당치마』의 어머니이며 『몽당치마』는 우리민족의 행운아이다. 생활이 없었고 이 생활을 창조하는 근로용감하고 예절바른 우리 민족이 없었다면 오늘의 『몽당치마』도 없었을 것이다. 때문에 나는 단편소설집 『몽당치마』를 두 번째 예물로 우리 조선족인민들에게 올린다./생활은 우리 창작일군들에게서 아무런 대가도 요구하지 않으면서 한없는 혜택을 안겨준다. … 바로 단편소설집 『몽당치마』에 수록된 단편소설 모두가 들끓는 생활실천 속에서 얻어진 종자들이 꽃피고 열매 맺은 것이다.… 생활과 우리 민족은 그렇게 큰 복을 나에게 안겨주었건만 나는 그 생활과 우리의 조선족인민들을 제대로 구가하지 못했고 제대로 반영하지 못했다. 이것은 부끄러운 일이다." 여기서 첫째, 생활은 문학의 원천이다. 라는 마르크스주의명제의 착실한 풀이를 보게 된다. 둘째, "제대로 구가하지 못했고 제대로 반영하지 못한" 부끄러움을 말하며 역설적으로 작가의 사명감을 말하고 있다. 림원춘은 생활 속에 들어가기 위해 실제로 조직의 힘까지 빌며 노력했다. 그는 『몽당치마』를 창작한 후 11년간 기회가 되는대로 농촌으로 내려갔다. 이를테면 1985년 훈춘현 선전부 부부장의 직책을 맡고 농촌에 심입하였으며 1986년 훈춘에 유사 이래 제일 큰 수재가 들었을 때 다시 내려가 몇 달간 이재민들과 함께 생활하였으며 1990년에는 용정시의 사회주의교육공작대에 참가하여 1년간 농긴들과 함께 생활하였으며 도문, 돈화에도 1년에 몇 달씩 생활을 체험할 수 있는 거점을 가졌다. 그리고 1990년대 초 한옥희 사건이 터졌을 때도 직접 도문에 내려가 실지 조사를 진행했다. 「예고된 파멸의 기록」(『은하수』, 1992. 8~12, 종합본)은 바로 이런 조사에 기초하여 사람들에게 경험교훈을 설파하고 경종을 울리고 있다. 림원춘은 이런 생활체험을 바탕으로 자기가 잘 모르는 농민생활, 간부생활, 의사생활 등 생활의 다양한 분야에 창작의 촉각을 들이댄다. 단편소설집『꽃노을』의 경우만 보더라도 소설 대부분이 농촌생활을 취급하고 있다. 이로써 림원춘은 혁명적사실주의자로서 생활반영의 폭을 부단히 넓혀 간 모습을 보여주고 있다.

림원춘은 작가적 사명감도 대단한 것 같다. 림원춘은 어디까지나 조선족 작가이다. 그러므로 그가 민족적 사명감에 들떠 있음은 당연하다.『문학과 예술』(1987. 1)에 보면 "예전에 나는 우리 민족을 대가정속의 행운아로 보았으며 간 곳마다 교육이 일반화되고 문화가 발전했다고 자랑했었다. 확실히 우리 민족은 이 땅에 첫 괭이를 박았고 첫 귀틀집을 앉혔으며 항쟁의 불길 속에서 피를 가장 많이 흘린 영광스러운 전통을 갖고 있다. 그런데 '춤과 노래의 고향', '축구의 고향'이라고 소문 놓던 우리가 지금 어떤 위치에 있는가를 생각하면 통곡할 일이 아닐 수 없다… 자랑뒤끝에 쉬 쓴다고 기실 우리 민족은 자랑 속에서 불행아로 전락된 셈이다. 예로부터 속이 텅 비였음에도 제 자랑하기 좋아하는 것이 우리 민족의 고질이 아니고 뭐냐? 없어가지고서도 있는체하고 못나가지고도 잘난체하는 못난이 짓 말이다. 잘못산다는 말 대신 잘산다는 말을 하기 좋아하고 빚은 어깨 무겁게 지고 있으면서도 집안은 뜨르르하게 가장집물을 차려놓는 것이 예로부터 자랑해온 우리 민족의 청렴하고 깨끗한 '기질'이였다… 하여 나는 우리 민족을 불행아로 보고 있다. 가련한 족속, 불행한 족속 말이다." 여기서 림원춘은 전적으로 민족주의자의 모습이다. 작가는 확실히 민족 자부심을 가지고 있었다. 그러기에 '불행아'로 전락한 민족에 대해 "통곡할 일이 아닐 수 없다"고 통탄한다. 그래서 그는 작가적인 날카로운 편협함이 없지 않아 있는 민족적열근성을 꼬집는다. 이것을 뒤집어 이야기하면 고운 아이 매 하나 더 주는 또는 한철불성강(恨鐵不成鋼) 식으로 하루빨리 이런 민족적열근성을 떨어버리고 새로운 출발을 촉구하는 것이 되겠다. 여기에는 은근히 작가 스스로 민족을 개조하고 구제하려는 자기의 사명감을 의식하고 내비치고 있는듯하다. 최삼룡이 림원춘의 소설은 『몽당치마』 후 1980년대 후반기에 이르러 "주제상에서 필묵이 민족의 정신기질상에서의 우점을 찬양하는데 바쳐진 것이 아니라 주로 민족의 열근성을 고발하는데 바쳐졌다는 점이 우리의 주목을 끌고 있다.…이것도 역시 민족의 혼을 다시 주조하려는 작가의 심중한 사명감으로부터 출발된 것이다."4)고 지적하며 『란주술 두 냥』, 『까치는 울어예건만』, 『그날 해는 짧았다』 등 작품을 들고 있는데 논란의 여지가 없는 것은 아니지만 일단 이것에 대한 주석으로 보아 무방할 줄로 안다.

사실 림원춘소설을 보면 이런 민족적사명감보다는 일반적인 시대적사명감에 들떠 창작을 진행한 작품이 훨씬 많은 비중을 차지하고 주류를 이룬다. 바꾸어 말하면 림원춘소설의 혁명적사실주의는 시대정신, 주류와 생활 본질, 법칙 및 '정책-중심사업'이란 거창한 시대적 담론을 충실히 담아 왔다고 할 수 있다.

혁명적사실주의는 1957년 모택동의 두 가지 결합방법 즉 혁명적사실주의와 혁명적낭만주의 결합방법이 제출됨에 따라 중국 땅에 유아독존의 정통적인 자리를 확실히 굳힌다. 림원춘은 이런 배경 속에서 1958년에 처녀작 『쇠물이 흐른다』(단편소설, 『아리랑』, 1958. 11~12)를 발표한다. 이 소설은 1958년 대약진운동시기 대학가까지 불어 닥

---

4) 「몽당치마 후의 림원춘의 소설」(『문학과 예술』, 1994. 5)

친 강철제련현장에 대해 일말의 회의도 없이 긍정적으로 받아들인다. 작가는 공부라는 학생본연의 본분보다는 전국이 다 강철제련에 뛰쳐 나선 시대의 주류에 공감한다. 이로부터 이 시대의 주류에 대담성을 발휘하여 헌신적으로 투신하는 인물을 긍정적으로 내세우고 소심성과 허영심에 사로잡혀 앞뒤를 사리는 인물은 부정적으로 그렸다. 그리고 부정적인물이 긍정적 인물에 스스로 감화되어 동조하는 안이한 결말로 나아가고 있다. 이 작품은 실로 무산계급혁명사업의 후계자로 시대의 주류를 바싹 따랐을 21세 대학생의 작품 같은 작품이다.

이런 거창한 시대적 담론은 림원춘소설에서 1960년대 창작에서도 마찬가지다. 1964년에 발표한 단편소설 「사생지간」(『연변문학』, 1964. 12)을 보도록 하자. "모주석의 농업 팔자 헌법"에 따라 농사짓고 "모주석 어른이 쓴 책을 읽기"위해 손자한테 글을 배우는 예순 다섯을 먹은 실농군 진규 영감. 그리고 고중을 졸업하고 농촌에 돌아온 손자 녀석 인철이는 두엄무지 하나 옳게 못 깨는 실격농민이다. 그러니 그들은 서로 배워주고 배운다. 서로에게 엄한 스승이고 열심히 배우는 학생이다. 그래서 1년 후 내가 본 진규 영감은 신새벽부터 "무릎 우엔 모주석 저작이 펼쳐져 있었"고 "장알 박힌 터실터실한 …손과 구리'빛 얼굴"의 인철이는 "밭갈이 90점"을 맞는다. 이들은 결국 시대가 요구하는 농민의 본질을 잘 체현한 모범생이 된다. 그리고 그들은 이상주의자와 영웅주의자들이다. "그리고 우리는 사회주의 새농민이란 말이우. 그러자면 나라의 정사두 알아야 하구 새 농업도 알아야 하지 않겠소?" 어리석한 촌로에게서 나올 것 같지 않은 진규 영감의 말. "아니얘요. 나는 고향에 오는 첫 날부터 이런 희망을 품고 있었어요. 우리는 사회주의 농촌을 건설하지 않고 누구더러 건설하라겠어요. … 멀지 않는 장래에 우리의 신근한 로동으로 이 산골을 락원으로 만들겠어요." 해내기 농사군 인철의 포부에 넘치는 말.

이런 거창한 시대적 담론으로 대변되는 혁명적사실주의는 개혁개방 전에 이미 림원춘 작품의 한 패턴을 형성한다. 시대의 주류, 본질을 반영하는 중요한 제재와 주제, 이런 주류, 본질은 다분히 정치적 이데올로기에 의해 결정됨. 그리고 시대가 요구하는 '高大全'식의 긍정적인 전형인물. 여기에 부수적인 들러리 부정인물. 무갈등론적인 색채를 나타내는 작품도 없지 않아 있지만 긍정인물과 부정인물사이 충돌할 때 인민내부 모순일 때는 부정인물이 쉽게 공감하여 한편이 되나 적대적 모순일 때는 치열한 투쟁을 거쳐 결국 부정인물이 파멸의 경지에 이르고 만다. 이로부터 혁명적 영웅주의와 낙관주의는 다 놓은 당상. 전반적으로 볼 때 풍부한 인물형상보다는 다분히 개념화되고 도식화된 평면인물형상, 그리고 흑백논리적인 단순한 모순충돌 및 안이한 낙관적 결말 속에 거창한 시대적 담론을 담아낸 낭만주의 작품들이라고 볼 수 있다. 이런 혁명적사실주의가 전적으로 조장된 거창한 시대적 담론만 담아냈다고 보기 힘들다. 왜냐하면 대약진시기도 좋고 그 후 사회주의교육시기도 좋고 그 후 문화대혁명시기드 좋고 많은 사람들이 당시 주류 정치이데올로기에 들떠 실제로 『쇠물이 흐른다』, 『사생지간』의 주인공들처럼 놀아났기 때문이다. 그러므로 이런 혁명적 사실주의는 해당 시대를 얼마간 객관적으로 진실하게 반영하고 있다고 볼 수 있다. 그러나 작가가 당시 주류 정치이데올로기에 동조하고 이런 주인공들과 같이 놀아나고 이른바 비주류, 비본질로 무시된 다른 한 생활의 진실을 반영하지 않을 때 이런 혁명적 사실주의는 가짜사실주의로 전락하고 만다. 예컨대 대약진을 취급하면서 대약진의 악과로 나타난 생산의 파괴, 허풍치기, 아사자 속출 등을 반영하지 않는다면 당시 아무리 문자옥을 비롯한 문화독재주의가 횡행했다하더라도 그것이 생활에 대한 진실한 반영이라는 사실주의의 본연의 정신과 맞지 않음은 더 말할 것도 없다. 그리고 긍정적인 전형인물이 영웅주의와 이상주의 일로를 걸을 때 그것은 최응구가 「소설가 림원춘과 하고 싶은 말」에서 지적하다시피 생활

진실을 이탈한 가짜로 흐르고 만다.

이런 혁명적사실주의는 림원춘소설에서 개혁개방 후에도 얼마간 지속된다. 림원춘은 새로운 시기에 들어선 1977년 봄부터 1983년 초에 이르는 6~7년 사이에 단편소설집 『꽃노을』과 『몽당치마』를 연이여 쏟아낸다. 이런 소설들에서 우선적으로 눈에 뜨이는 것은 전 시기를 이은 혁명적사실주의의 라스트를 향한 폭발적인 일련의 작품들이다. 여기서 잠깐 조성일이 「꽃노을 출판을 축하하여」5)에서 이 소설집은 "사회주의현대화의 웅위로운 목표를 향하여 보무당당하게 진군하는 조국변강농촌의 새로운 모습을 볼 수 있으며 철천지 원쑤인 4인방의 죄악을 폭로 규탄하는 분노의 목소리를 들을 수 있으며 혁명적인 일터에서 이룩되는 고상한 사랑 윤리관계를 감지할 수 있으며 시대의 앞장에 서서 창업하는 선진적 인물들의 예술적 형상을 반갑게 만나게 된다. 실로 이 소설집의 초점은 새로운 역사시기의 새생활, 새인물, 새사상에 대한 형상적인 반영에 쏠리고 있는데 이것을 거쳐 4인방이 타도된 후 우리 인민들의 투쟁생활과 정신세계를 집중적으로 보여주고 있으며 인민군중들이 보편적으로 관심하는 시대적 문제를 제기하고 예술적으로 해답하였다. 그만큼 이 소설집은 시대성이 강하고 우리에게 친근한 감을 담뿍 안겨준다." 그러면서 작가의 창작방법을 혁명적사실주의라고 개괄한 것은 정곡을 찌른 지적이라고 할 수 있다.

물론 림원춘소설에 있어서 이 시기 혁명적사실주의가 개혁개방 이전시기와 같은 양상으로 나타난 것은 아니다. 개혁개방이라는 새로운 시대적 특색을 띠고 있다. 그럼 아래에 이 두 소설집에 실린 혁명적사실주의 작품들에 대해 유형별로 나누어 좀 구체적으로 고찰해 보도록 하자.

---

5) 단편소설집 『꽃노을』 차례 첫 부분.

[가] 본보기형상 창조작품들

혁명적사실주의는 거창한 시대적 담론을 대변할 긍정적인 전형인물들이 필요하다. 이런 전형인물을 창조하는 것이 작가들의 사명이기도 하다. 그것은 이런 전형인물이 일종 본보기로서 거대한 따라배우기 효과를 가져 올 수 있기 때문이다.

『비밀편지』는 문화대혁명시기 거짓을 모르고 진리를 위해서는 굽힐 줄 모르는 투사를 부각하고 있다. 소설은 마지막부분에서 투사인 주인공 철호는 죽지만 "철호동무, 동무가 다하지 못했던 사업을 제가 완수하렵니다!"고 결연히 그의 뒤를 이어 나서는 여주인공 경애를 통하여 혁명적 낭만주의를 고양시키고 있다. 이 소설은 상처문학 범주에 속할 작품이지만 어절한 울음이나 처절한 상처보다는 투쟁성을 고취하여 문학대혁명이라는 가장 험악한 시기 가장 강한 시대의 강음(强音)을 울려주고 있다. 『길동무』6), "황소아바이"-새로 부임한 현위 김서기를 "지나간 쓰디쓴 나날에도 우리의 길동무였고 현대화로 진군하는 자랑찬 오늘에도 우리의 길동무"로 내세운다. 왜서? 그는 특수화를 부리지 않는다. "세 가지 원칙"은 이것을 잘 말해준다. 그는 "큰소리만 치는 싸또닉"들이 아니다. 그는 다리가 저는 불편한 몸에도 실제에 심입하여 현장 노동에 참가하며 회음령수리공사를 기술자들과 함께 설계하는 실무가다. 『길동무』가 지도자형상을 내세웠다면 『꽃노을』은 보통사양원을 내세우고 있다. 주인공 김재권은 "4인방을 부시고 맞은 첫봄이니 뼈마디소리 나게 일해" 보자고 결심하고 집안일은 뒷전이고 사양실을 집으로 삼고 헌신적으로 집단 일을 한다. 그래서 그는 현선진상산자회의에서 모범사양원의 영예를 받아안는다. 소설에서 '로지서'로 대표되는 당에서는 땔나무, 잔치 때 입을 옷 배달 등 생활세말세에 이르기까지 속속들이 재권이를 관심하

---

6) 『길동무』는 중국당대문학사에 있어서 王愿堅의 『보통로동자』와 비슷한 점이 있는 것으로 비교의 소지가 있다.

며 집안일을 등한시한다고 바가지를 긁던 금실이도 결국은 사양칸의 '새주부'가 되어 남편의 일에 발 벗고 나서는 낭만적인 결말을 맺고 있다. 한마디로 말하여 『길동무』의 김서기와 『꽃노을』의 재권이는 4인무리가 타도된 후 백폐대흥(百廢待興)하는 당시 시대가 요구하는 실무가(實務家), 실간가(實干家)들이다. 『그 녀인의 유언』에서는 위암으로 생을 마감하는 순간까지도 남편의 뒷바라지를 하며 중국의학의 발전을 위해 안타깝게 모대기는 고상한 여의료일군의 형상을 그려내고 있다. 여주인공은 당시 낙후한 중국의 의료수준을 비롯한 과학을 한시바삐 발전시켜야 하는 데에 대한 시대적 요구에 부응한 인물형상에 다름 아니다. 『시위서기의 마지막 하루』에서는 정년퇴직 마지막 하루를 앞둔 시위시기가 일부 간부들이 특권을 부려 호사를 누리는 것에 일격을 가하고 자기에게 차례진 혜택도 뿌리치며 오로지 인민의 이익을 위해 대공무사하고 국궁진수(鞠躬盡粹)하고 있다. 『조직의 수요』에서는 아첨보다는 바른 말을 하는 인재를 등용하는 새공장장의 형상을 내세우고 있다. 『시위서기의 마지막 하루』와 『조직의 수요』에서는 개혁시대에 걸 맞는 공산당 간부형상을 모델로 내세우고 있다. 『밀영의 아들』은 항일혁명투쟁제재를 취급하고 있어 좀 이색적인데 이것은 1963년 『연변문학』 4기에 발표했던 단편소설 『샘물은 바위를 뚫고 흐른다』를 약간 수정한 것이다. 이 소설은 광식이라는 항일전사가 마퇀장의 괴뢰군소굴에 들어가 지혜롭게 조처하며 내외협공으로 마퇀장의 소굴을 소멸하는 쾌거를 보여주고 있다. 『지혜롭게 위호산을 탈취하다.』의 조선족 항일판을 보는듯하다. 여기에서 주인공 광식은 오로지 항일이라는 시대적 사명에 충직한 모델이 되기에 충분하다.

  [나] 설교작품들

  혁명적사실주의는 작가의 경향성이 전형화에 녹아들 것을 요구한다. 또한 혁명적사실주의에서 작가는 인간영혼의 기사라는 숭고한 사명감에 들떠 있다. 이로부터 작가는 나름대로의 가치관을 문학형상을 통해 설교하는 경향이 있다.

『도라지꽃』과 『찔레꽃』은 사랑의 권선징악을 설교하고 있다. 물론 여기서 긍정적으로 내세우는 사랑의 윤리도덕은 추상적인 것이 아니라 당시 사회적상황과의 밀접한 연계 속에서 시대가 요구하는 사랑의 윤리도덕을 설파하고 있다. 이런 윤리도덕적 설교는 두 작품에서 4개 현대화를 실현하기 우해 열심히 과학연구와 자기의 맡은바 일에 충실하며 이 속에서 사랑을 꽃펴나가는 긍정적인 주인공들과 금전, 지위, 권세 등에 의해 마음이 변하는 사랑의 배신자들 사이 잘 되고 못되는 부동한 결말을 통해 실현되고 있다. 이 작품들은 『찔레꽃』에서 설파하다시피 "4인방들이 횡행하던 나날에 청년들의 연애관도 므진 상처를 입은"데 대한 치료책으로 올바른 연애, 혼인관의 제시여 초점이 주어졌다고 할 수 있다. 『장삼동 암펌』은 문화대혁명시기 좌적인 사조의 피해를 입어 피폐해진 마음의 상처들을 이해와 사랑으로 보듬고 감싸 다 같이 "앞을 내다보고 나아가야 한다(向前看)"는 시대적 목소리를 대변하고 있다. 『산간의 종소리』는 일관성이 결여되고 부침이 잦은 변화를 거듭했던 당의 정책 때문에 여러 가지 하프닝을 일으켰던 아버님이 결국은 생산책임제에 공감하고 감복하고 마는 것을 통해 당의 정책을 선전하고 있다. 『채 쓰지 못한 유서』에서는 한평생 당의 정책집행에 발 벗고 나선 주인공이 변화하는 당의 정책에 적응하지 못하는 안타까운 비극을 보여주고 있다. 소설은 이런 비극을 통하여 당의 정책에 회의를 느끼거나 부정하는 것이 아니고 "이런 유서가 어찌 이 한 장뿐이라?"하며 칠성영감 같은 분들이 빨리 시대의 변화에 적응할 것을 촉구하고 있다.

[다] 참여 작품들

문학이 참여문학과 순수문학으로 나누어질 때 혁명적사실주의는 두말할 것도 없이 앞쪽에 속한다. 혁명적사실주의는 시대정치적 이데올로기에 매인 가치관으로 보아 빗나가거나 그릇된 것에 대해서는 가차 없이 폭로 비판함으로써 시정할 것을 촉구한다.

『당해치기대장』은 농민들을 이끌어 착실히 한해 농사를 지어 수입을 올리기보다는 집단재산을 팔아 눈가림식으로 그해 그해 수입을 올려 자기의 실적처럼 내세우는 허영심에 들뜬 한탕주의 대장들의 행태를 고발하고 있다. 소설에서는 '로지서'의 교육 하에 쉽게 문제가 시정되는 안이한 결말을 맺고 있다. 『지게령감』은 지게영감으로 대표되는 재래식농법과 불도젤 며느리로 대표되는 새영농법 사이의 충돌을 설정하고 결국 새영농법의 실적 앞에서 낡은 영농법이 손들고 마는 희극적 결말을 보여주고 있다. 『전화통서기』는 실제를 이탈하고 전화통에만 붙어 맹목적으로 지휘하는 관료주의작풍을 타매하고 있다. 이 소설은 역시 '현위서기'의 출현으로 낭패를 보는 낭만적 결말로 끝나고 있다. 『안면소개신』은 공정하게 인사처리를 하는 것이 아니라 사람관계로 처리하는 관료주의행태를 비판풍자하고 있다.

이상 림원춘의 [가], [나], [다] 혁명적사실주의 소설을 보건데 그 분류기준은 어디까지나 현실적 정치이데올로기의 거창한 시대적 담론에 있음을 알 수 있다. 이것은 개혁개방 후 거창한 시대적 담론의 중심이 경제적인 데로 옮겨왔음에도 불구하고 림원춘을 포함한 사람들의 사상의식은 여전히 정치적 시대담론패턴에서 벗어나지 못했음을 말해준다. 이것은 사람들의 사상의식이라는 것이 그것이 기대고 있는 물질적토대가 무너졌다하더라도 하루아침에 쉽사리 변하는 것이 아니고 그것은 여파 내지 관성으로 짓궂게 작용하고 있음을 말해준다. 중국당대문학사에서 개혁개방 후 연이여 나타난 상처문학, 반성문학, 개혁문학이 실은 정치적 시대담론패턴에서 벗어나지 못한 것도 같은 논리로 해석할 수 있다.

3) 원색적사실주의

　1984년에 발표한 림원츤 단편소설집『몽당치마』는 혁명적사실주의로부터 원색적사실주의[7]르 나아가기 시작한 이정표로 볼 수 있다. 물론 단편소설집『몽당치마』에는 혁명적사실주의와 원색적사실주의 작품이 나란히 실린 과도기적양상을 보여주고 있다. 작가 자신도 이 양자간의 구별에 대해 분명하고 목적의식성을 띤 것은 아닌 것 같다.
　본 고에서 말하는 원색적사실주의란 혁명적사실주의의 반동으로 사용되는 개념임을 밝혀둔다. 원색적사실주의는 역시 생활에 대한 반영을 주장한다. 그러나 인위적인 전형화하고는 거리가 멀다. 굳이 '시대정신, 주류'니 '생활 본질, 법칙'이니 하는데 신경을 쓰지 않는다. 무슨 중요 제재니 주제니 하는 것을 무시한다. 으히려 비주류, 현상, 우연 같은데 신경을 많이 쓴다. 세태생활 같은 일상적이고 평범하며 세속적인 생활의 원초, 원래 모습을 추구한다. 그러니 인물형상창조에서도 정치적 이데올로기에 재단된 전형인물에 집착하지도 않는다. 가벼운 이상주의나 영웅주의에 들뜨지 않으며 안이한 낭만적결말도 추구하지 않는다. 오히려 원초적인 욕망에 사로잡혀 지극히 동물성적 생활도 마다하지 않으며 이런 욕망들이 얽히고설키고 또는 자체 혹은 외부의 어떤 요소와 충돌하면서 걷잡을 수 없는 비극적인 상황으로 치닫기도 한다. 작가들도 그 어떤 사명감에 들뜬 정치가나 도덕가가 아니다. 혁명적사실주의에서 작가들의 눈이 외부의 거창한 정치적 시대담론 및 여기에 매인 붕 뜬 인간에 돌려졌다면 원색적사실주의에서 작가들의 눈은 인간 실존 및 본연의 모습, 그리고 인간성의 다양한 모습에 돌려진다. 이런 모습은 인간학의 주요내용을 이룬다. 좀 풀어서 얘기하면 부모자식간, 남녀간의 정 및

---

7) 중국당대문학사에서는 대개 新寫實主義로 명명하고 있다.

생로병사 등이 구체적 내용으로 되겠다. 이렇게 놓고 볼 때 우리는 인간으로서 누구도 여기서 자유로울 수 없다. 우리의 삶이 대단히 복잡하고 헷갈리는 것같지만 따지고 보면 실은 이런 인간학의 직접적인, 정상적인 혹은 간접적인, 변태적인 혹은 범벅이 된 표현에 다름 아니다. 원색적사실주의는 이런 인간학에 다름 아니다. 한마디로 원색적사실주의는 거창한 정치적 시대담론과는 먼 인간이란 도대체 무엇이냐에 초점이 모아진다. 이로부터 자연주의의 생물학적이거나 병리학적인 것하고 중첩되는 부분이 없지 않아 있다.

림원춘소설에서 원색적사실주의는 개혁개방초기에 내놓은 단편소설집 『꽃노을』에 실린 『당해치기대장』에서 싹수를 보이기 시작한다. 이 소설은 집단 재산탕진이라는 중요한 문제를 다룬 혁명적사실주의 참여문학임에도 불구하고 그 기저에는 명예욕에 사로잡힌 인간의 허영심이 깔려 있어 눈길을 끈다. 그러다가 단편소설집 『몽당치마』에 실린 『사랑의 비결』(1980.12)[8]에서 무의식적 사랑심리를 파헤치면서 한층 심화된다. 이 소설은 여성의 마조히즘적인 사랑심리를 잘 나타내고 있어 이색적이다. 소설에서 순녀는 "인물값을 하느라 그랬던지 허우대 값을 하느라고 그랬던지" 여간한 총각은 왼눈으로도 안 본다. 그녀는 "왜 나를 정복할, 절절매게 하고 기게 할 그런 사내대장부가 없을가?"를 갈망한다. 그래서 그녀는 신문사 통신원이라는 자리를 이용하여 자기를 올리쥐기에 급급하고 자기 앞에서 항상 주눅이 들어 말도 바로 못하는 창수를 싫어하고 자기의 잘못에 대해 여지없이 꼬집는 털보반장 호림에 대해 사랑의 감정을 느낀다. 그러나 여기서는 "개인의 사랑을 조국과 인민의 이익 앞에 놓은" 창수가 싫고 "사업에 대한 사랑, 조국에 대한 사랑, 인민에 대한 사랑으로 차 넘치는 호림의 그 무진장한 사랑의 힘이 자석마냥 자기를 끌었다는 것"에

---

8) 이하 『몽당치마』에 실린 소설제목 뒤 괄호 안에 표기한 년, 월은 작품이 완고된 년, 월을 표시하는 것임.

그럴듯한 혁명적사실주의명분을 내세우기는 하나 그 심리기저에는
여성의 마조히즘적 사랑의 무의식적 심리가 작용했음은 더 말할 것
도 없다. 우의 두 작품에서 인간성을 내비친 원색적사실주의는 거창
한 정치이데올로기적인 시대적 담론에 부수적이거나 들러리 혹은 그
어떤 요소에 불과하다. 혁명적사실주의가 주가 되는 작품이라고 볼
수 있다. 그러나 역시 단편소설집『몽당치마』에 실린『세월의 소용돌
이』(1982. 5),『몽당치마』(1982. 10),『기러기는 철따라 찾아오건만』
(1983. 6)에 와서는 사정이 다르다. 이런 작품들에서는 거창한 정치
이데올로기적인 시대적 담론이 아예 없거나 있다손 쳐도 그것은 뒷
배경으로 물러나 원색적사실주의를 보여주기 위한 하나의 요소나 장
치로 작용할 뿐이다. 이른바 제재 및 주제도 거창한 것보다는 너무나
세태적이고 일상적인 것이다. 한마디로 혁명적사실주의가 본격적으로
퇴색하고 원색적사실주의가 전면적으로 등장한 셈이 된다.『세월의
소용돌이』에서는 극좌적인 세월의 비극적인 소용돌이 속에서 아들과
남편을 떠나게 된 여인의 모성애를 세월의 흐름 속에서 보여주고 있
어 돋보인다. 자기가 어쩔 수 없이 떠나오게 된 아들과 같은 또래의
아이를 보는 순간 본능적으로 살아나는 모성애, 젖꼭지를 물리고 어
머니로서 느끼게 되는 묘한 감정, 그리고 자식을 버린 어머니로서의
아픈 마음, 불원천리하고 자식을 보러 찾아오기 등에서 본능적인 모
성애를 잘 보여주고 있다.『기러기는 철따라 찾아오건만』도 마찬가지
다. 여기서는 홀아비를 두고 "언니요 동생이요 하면서 친자매처럼 지
내던" 절친한 두 젊은 과부사이에 "운명의 신이 우리를 희롱했던지
본능적인 삶의 의욕이 작간했던지 우리들 사이에" 자기도 모르게 일
어난 오해, 어색함, 질투, 참회 등 여심으로 대변되는 인간지상정(人
間之常情)을 잘 보여주고 있어 인상적이다. 현재 일반적으로 림원춘
의 대표작으로 꼽고 있는『몽당치마』도 마찬가지다.『몽당치마』는 전
국성적인 대단한 상도 받았다. 수상 이유로는 잘 모르기는 해도 주르

민족성에 있은 줄로 안다. 민속적인 민족생활 및 조선족 여성의 긍정적인 형상을 잘 반영하고 부각한데 있다 하겠다. 물론 다른 민족의 문학과 비길 때 이런 것이 돋보였겠다. 사실 필자가 보건대『몽당치마』의 대단함은 단지 이런데 있는 것 같지 않다.『몽당치마』의 대단함은 거창한 정치이데올로기적인 시대적 담론에 매인 혁명적사실주의 제재 및 주제를 떨쳐버린데 있다. 많은 평론가들이 지적하다시피『몽당치마』는 세태소설이다. 이 경우『세월의 소용돌이』와『기러기는 철따라 찾아오건만』하고도 다르다. 이 두 소설을 보건대 앞의 소설에 있어서 여주인공의 폭넓은 시공간적 행적이 주요 이야기선을 이루거나 뒤 소설에 있어서 두 방직공 여주인공의 직장이 주요 활동무대의 하나로 됨으로 세태소설로는 실격이다.『몽당치마』는 일단 제재 면에서 원색적사실주의를 가장 잘 나타낼 수 있는 첫 세태소설임에 틀림없다. 그리고『몽당치마』는 지위와 돈으로 사람을 쪽 놓지 않고 어디까지나 인격적으로 대하는 '몽당치마'를 내세우고 있다. 여기서 혁명적사실주의의 본보기형상창조 그림자가 비치고 있다. 그러나『몽당치마』는 어디까지나 지위와 돈에 의해 어깨가 낮아지고 높아지는 인정세태를 보여주고 있다. 주인공 '몽당치마'조차도 돈이 없는 어려운 살림형편에서는 친척들 잔치에서 어딘가 모르게 좀 주눅이 드는 것 같은 것은 이것을 잘 말해준다. 보다시피『몽당치마』는 인간학적 주제를 나타냄으로써 원색적사실주의의 주제적 특성과 맞아떨어진다.『몽당치마』는 바로 누구나 다 공감하는 인정세태를 가문잔치요, 회갑잔치요 하는 민족적인 정취가 물씬 풍기는 민속적인 세태로 나타냈기 때문에 성공했다. 물론 림원춘 자신은『몽당치마』를 창작할 때 이런 원색적사실주의를 분명히 의식하고 쓴 같지 않다. 우에서『몽당치마』창작담을 언급할 때 생활바탕운운, 그리고 "새로운 사회주의적 새로운 인간관계를 구가하고 낡은 세속에서 벗어나지 못한, 아직도 우리의 수족을 묶고 있는 돈과 권세에 의한 인간관계를 폭로하고"

"조선족 여성들의 생활처지를 짧은 화폭에 개괄"9)하련다는 『몽당치
마』 창작동기는 이것을 잘 말해준다. 여기서 창작동기를 잠깐 보건데
본보기형상창조, 사회참여추구, 작가의 사명감 등 혁명적사실주의의
거창한 담론들이 그대로 묻어난다. 그리고 사실 『몽당치마』는 "조선
족 여성들의 생활처지"를 통해 일반적인 인정세태를 보여주어 성공
한 것에 다름 아닌데 작가는 이 점에 대해서도 분명히 의식하고 있
는 것 같지 않다. 이상 상황을 감안할 때 필자는 『몽당치마』를 림원
춘 작품의 대표작으로 꼽는 것은 좀 빗나간 얘기 같고 오히려 혁명
적사실주의를 탈피하고 원색적사실주의에로 나아가는 과정에 있어서
제재 및 주제 면에서 성숙된 모습을 보여준 작품으로 자리매김함이
타당한 줄로 안다.

   림원춘소설에 대해 학계에서 일반적으로 "『몽당치마』후 림원춘의
성과작들이 독자들 속에서나 평론계에서 『몽당치마』와 같이 그런 강
렬한 반향을 불러일으키지 못했고, 림원춘의 문학은 『몽당치마』 흐
정상급에서 서서히 내려오고 있다는 인상을 주고 있다."10)고 보고
있는듯하다. 필자는 이런 관점과 달리한다. 이런 관점은 어디까지나
혁명적사실주의시각에서 논한 것이지 문학본연의 인간학이라는 원색
적사실주의시각에서 접근한 것은 아니라고 본다. 사실 림원춘소설은
원색적사실주의시각에서 볼 때 『몽당치마』이후 혁명적사실주의를 탈
피하고 인간 실존 및 본연의 모습, 그리고 인간성의 다양한 모습에
대한 반영 면에서 새로운 경지를 펼쳐가며 끊임없이 진정한 문학에
로의 발돋움이었다고 볼 수 있다. 물론 이 과정이 일직선의 상승선
을 그은 것은 아니다. 이 과정에는 무의식화된 혁명적사실주의에 든

---

 9) 「문학창작과 생활체험」(림원춘, 『문학예술연구』1983. 2)
10) 최삼룡이 「몽당치마 후의 림원춘의 소설」(『문학과 예술』1994. 5)에서 처음
    이런 관점을 내온 것 같고 이광일이 박사논문 「해방 후 조선족소설문학 연
    구」(111페이지)에서 이 관점에 동조하고 있다.

연한 작품들도 수시로 튕겨져 나왔으며 혁명적사실주의와 원색적사
실주의가 뒤범벅이 된 작품들도 나오고 있다. 그러나 대개 1980년대
말에 와서는 혁명적사실주의를 완전히 탈피하고 본격적이고 전면적
인 원색적사실주의에로 나아갔다. 이것은 중국당대문학사에 있어서
漢族문단의 경향과 궤를 같이 하고 있다.

단편소설 「비극은 희극으로부터 시작된다」(『9월의 들국화』, 중국
작가협회 연변분회 묶음, 민족출판사, 1987.10)는 개혁개방 후 금전
에 대한 권력의 추파를 통해 금전의 위력을 여실히 보여주고 있다.
그런데 그 금전이 사기극에 불과한 허상일 때 거기에 매인 권력은
자아 풍자적인 해프닝을 연출해낸다. 고골리 『검찰관』의 중국판을
보는듯하여 씁쓸하다. 작가는 여기서 정의감에 넘치는 혁명적사실주
의의 참여문학의 모습을 계속 드러낸다. 그러나 「비극은 희극으로부
터 시작된다」에서는 김국장-"사람을 이용하지 않는 정치가가 없고
하급을 휘여 잡지 않는 상급이 없다"는 것과 박주임-"언제나 야심이
없는 정치가가 없고 상급의 눈치를 보지 않는 하급이 없다"고 여기
는 각자 나름대로의 정치예술 및 이로부터 이들 사이에 벌어지는 관
계를 통하여 영원한 적도 없고 동지도 없는 이해득실로 얽히고설킨
정치판의 무자비함과 몰인정한 세태를 잘 보여주고 있어 원색적사실
주의의 모습도 잘 드러내고 있다.

단편소설 「까치는 울어예건만」(『도라지』, 1988.6)은 도박에 가정을
말아먹고 무책임하게 도망친 못난 남편 대 어려운 여건 속에서 시아
버지를 모시며 어린것을 데리고 어떻게 해서나 가정을 유지하려는
착한 아내, 며느리로서의 금옥의 대조 속에서 조선족 삶의 비극적인
면을 여실히 보여주는, 역시 혁명적사실주의의 참여문학의 모습을
드러낸다.

림원춘은 이 시기 장편 항일역사소설 『짓밟힌 넋-의형제편』(흑룡
강조선민족출판사, 1988)을 창작한다. 이 소설은 전반적으로 볼 때

당시뿐만 아니라 현재의 정치이데올로기적인 거창한 시대적 담론을
담아낸다. 작품은 "어디어 압박이 있으면 어디에 반항이 있다"는 혁
명도리를 기저에 깔고 있다. 그리고 그 반항은 필연적으로 한계점이
많은 자연발생적인 투쟁으로부터 효과적인 각성되고 조직적인 투쟁
으로 나아가는 논리적 전개를 한다. 물론 이 과정에는 공산당의 계
몽, 조직이 개입된다. 그리고 이 과정에는 전적으로 계급론이 적용된
다. 『짓밟힌 넋-의형제편』에서는 이것을 당시 시대정신, 주류, 본질
로 내세운다. 소설 첫 부분에서 세 망나니를 족치는 억쇠의 모습 및
감옥살이 그리고 칠성노인의 반항 및 그 비참한 말로 등은 자연발생
적인 반항 및 그 한계점을 보여주고 있다. 그리고 공산당원 준호의
계몽, 교육하에 억쇠가 의형제인 덕삼의 진면모를 알고 계급적으로
각성하며 견정한 투사가 된다. 그리고 준호의 두리에는 어느새 조직
된 항일무장대오가 형성된다. 소설에서 漢族 왕어멈 및 그 딸인 슈
란이의 계급투쟁, 항일에로의 동참, 특히 옥별이가 이제 곧 항일무장
대오가 자위단본부를 습격하는 마당에 오빠 덕삼에 대해 혈육적인
안타까움이 스치고 지나가지 않은 것은 아니지만 그라도 결연히 계
급의 적으로 오빠를 단죄한 것은 계급론의 적실한 체현이 아닐수 없
다. 그리고 『짓밟힌 넋-의형제편』에서 준호의 계몽, 교육 하에서 신
속한 항일무장대오의 조직 및 잇달은 박몽둥이집, 자의단본부 습격
의 승리로 끝나는 것은 혁경적 영웅주의와 낙관주의의 승리에 다름
아니다. 『짓밟힌 넋-의형제편』에서는 거창한 시대적 담론이 판을 치
는 바람에 "압박이 있어도 반항을 하지 않을 수도 있다"는 것, 가령
반항을 하더라도 우연성이 계기가 되어 역사의 거창한 한 페이지를
남길 수도 있다는 것, 그리고 그 반항은 실패로 끝날 수 있다는 것
등등 많은 거창한 시대적 담론에 끼어들 수 없는 비시대적 주류, 본
질, 필연성을 띤 것들이 무시되거나 배제되었다. 그래서 적어도 『짓
밟힌 넋-의형제편』은 생활반영의 다양성, 풍부성 면에서 많이 뒤떨

어지고 있다. 그런데 이 소설은 원색적사실주의색채도 없는 것은 아니다. 머슴군으로부터 지팡살이, 자위단대장으로까지 출세가도에서 달리는 덕삼이 인간으로서 느끼는 원초적인 야심 및 그 일거일동, 그리고 누이동생 만났을 때 혈육의 정에 흥분하기도 하는 그의 모습은 오히려 인간본연의 모습에 더 가까워 진실한 감을 준다.

림원춘소설에서 원색적사실주의는 1987년 2월부터 1993년 12월까지 창작한 6편의 중편을 실고 있는 중편소설집『눈물 젖은 숲』에서 다양하게 꽃펴난다. 먼저『눈물 젖은 숲』의 머리말을 대신하여 "나는 나를 갖고 싶다"고 한 작가 자신의 선언을 좀 보도록 하자. "내가 얼마나 기분 나는 나팔수로 됐고 얼마나 많은 분 치장을 했으며 얼마나 훌륭한 미용사로 됐던가를.", "나에게 붙어 다닌 작가라는 이 기형아는 남이 만들어준 꼭두각시에 불과했고 앵무새에 지나지 않았다." 이런 예리한 해부는 자기 창작에 대한 무자비한 부정으로까지 나아간다. "나는 나를 빼앗기고 하많은 글을 쓴 사람이다. 70여 편의 단편소설, 10여부의 중편소설, 2부의 장편소설, 2부의 장편실화문학⋯ 이 모든 것 가운데서 내 글이라고 내 자식이라고 고를 수 있는 글은 몇 편 되지 않는다. 대부분은 수치감을 느낄 정도로 얼이 빠진 글들이었다." 작가는 나름대로의 새로운 출로를 찾는다. "나는 잃었던 원초적인 나를 되찾고싶다. 뼈가 있고 살이 있고 피가 있는 나를.", "나 밖의 나로 되어 감정소모거나 시간소모를 하고 싶지 않은 것이 지금의 나다", "나는 나를 갖고 싶다. 늦었지만 잃었던 나를, 빼앗겼던 나를 찾을 때가 된 것 같다." 이것은 작가의 인격적 겸손에서 나온 자기 부정적인 제스처나 자아중심적인 편집광에서 나온 변태가 아니다. 작가의 이 선언은 작가 스스로의 부정의 모진고통과 냉정한 이성에서 나온 방향전환에 다름 아니다. 그럼 작가가 찾은 방향전환이란 어떤것인가? "나는 잃었던 원초적인 나를 되찾고 싶다. 뼈가 있고 살이 있고 피가 있는 나를." 그것은 다름 아닌 원색적사실주의다. 인간의 표면보다는 내부, 정치적인 거창한 담론보다는 인간본연의 원초적인 담론으로 전환한다.

중편소설집 『눈물 젖은 숲』을 비롯한 림원춘소설은 일단 인간성 및 인간본연의 모습에 대한 진실한 제시로 원색적사실주의로 안겨온다. 『고개 고개 또 한 고개』(1988.6)[11]는 처음 취재수첩에서 밝히듯이 "-사람은 희망과 흩께 살고 희망과 함께 죽는다."는 것을 보여주고 있다. 소설은 집단농사를 지을 때 흥겨운 일 장면 및 세상인심게 대해 향수에 젖어 펼쳐 브이고 있다. 그러면서 생산책임제를 한 촌재의 일 장면 및 세상인심을 대조시킨다. 작가의 가치판단이 전자게 가 있음은 더 말할 것도 없었다. 집단농사를 할 때가 흥겹고 서로 주고받는 인심이었다면 현재는 쓸쓸하고 자기 이익만 챙기기에 급급하다. 그래서 집단농사 할 때 대장으로서 그렇게 자아-희생적으로 길했던 송철이는 실망하고 타락한다. 그래서 술주정군이 된다. 그의 아내 옥금이는 세상인심에 실망하고 남편에게 실망하나 생의 유일한 희망인 아들 철남이가 있기에 생을 포기하지 않는다. 그러다 철남이가 물에 빠져죽자 결국 그 길을 따른다. 소설은 희망과 함께 살고 죽는 인간본연의 모습 및 생산책임제 실시전후를 계기로 하여 돌아가는 생활세태적인 세상인심을 긍정적인 의미에서든 부정적인 의미에서든 여실히 잘 보여주고 있다.

『그날 해는 짧았다』(1989.9)는 여자는 여자가, 어머니가 되고 싶고 남자는 아버지가 되고 싶은 인간의 가장 원초적인 본능의 작동에 대해 얘기하고 있다. 이것이 이야기의 모멘트가 되고 주선을 이룬다. 소설에서 순실이는 고자인 승만이한테 시집을 온다. 성적 및 어머니기 되고픈 욕구불만에 쌓인다. 그래서 대장인 '나'와 간통을 한다. 아이를 밴다. 이에 승만이는 순실이의 간통을 묵인하며 아버지로 되

---

11) 이하 『눈물 젖은 숲』어 실린 소설제목 뒤 괄호 안에 표기한 년, 월은 작품이 완고된 년, 월을 표시하는 것임.

는 희열을 맛본다. 『그날 해는 짧았다』에서는 이런 인간의 합리적인 원초적 욕구가 필연적으로 사회적 도덕, 여론과 충돌하면서 겪게 되는 인간실존의 비극적 상황에 대해서도 잘 보여주고 있다. 『피보다 진한 눈물』(1993.12)에서는 정치적 풍파에 의해 사랑하는 아내, 딸과 갈라진 후 오매에도 그리며 잊지 못하는 인간적정을 노래하고 있다. 림원춘소설에서 단편소설 「상장」(『도라지』, 1986.6)은 우리 사회에서 들뜬 영예를 많이 고취했고 그것에 눈이 어두워 실속 없이 많이 놀아난 병폐를 꼬집은 혁명적사실주의의 참여문학인 듯하지만 실은 명예욕에 들뜬 인간심리변태를 고스란히 잘 보여주고 있어 특이하다. 소설은 아내의 눈에 비친 "항상 밑지는 판이라 노임도 제때에 내주지 못하는 공장에서 남의 흉내를 내느라 해마다 상장을 발급하는" "몇 푼어치"도 되지 않는 빛 좋은 개살구식의 실속 없는 "선진 생산자요 노력 모범이요 하는 상장들"로 상징되는 정치적 이데올로기에 집착한 나머지 결국 편집광적인 정신적 이상에 걸려 이상하게 놀아나는 '남편'의 몰골을 리얼하게 보여주고 있다. 여기서 편집광이라는 인간심리에 대한 작가의 예리한 포착이 돋보인다. 이런 편집광적증상은 과대망상에 빠지기도 한다. "노동모범은 응당 제려니 믿고 왔다"는 것은 바로 이것을 말해준다. 소설에서는 이런 편집광적 증상의 취약성도 여지없이 보여주고 있다. 어떤 원인인지는 잘 드러나지 않았지만 노력모범에 '이번에 빠진' 그것 때문에 '정신착란'으로 '미치기까지 하는' 것은 좋은 주석으로 된다. 소설에서는 '남편'이 '상장'에 편집광적으로 집착하는 과정에 "상장을 받아가지고 온 날 저녁이면", "꼭꼭 술을 받아오라고 하여" 아내와 상장 축하연을 베푸는 것, 그리고 '시노력모범'이 되어 행한 온 가족의 공원산보놀이 등을 통하여 인간정상과 편집광적 증상사이에 왔다 갔다하는 인간 내면세계의 복잡한 양상도 리얼하게 보여주고 있다.

중편소설집 『눈물 젖은 숲』을 비롯한 림원춘소설에서 인간성 및 인간본연의 모습에 대한 추구는 인간의 무의식세계에 대한 탐구로까지 나아가고 있다. 인간의 무의식은 인간본연의 모습의 중요한 한 부분이다. 프로이드를 비롯한 정신분석학자들에 의해 인간의 무의식은 이론적 조명을 받기 시작했는바 그것은 바다 속에 잠긴 빙산의 절대대부분처럼 전반 인간의식세계의 대부분, 그것도 심층적인 대부분을 차지하는 것으로 파악되었다. 그러므로 인간 무의식에 대한 탐구는 인간학으로서의 문학의 회피할 수 없는 의무이다. 사실 림원춘소설은 중편소설집 『눈물 젖은 숲』에 국한된 얘기가 아니고 여성 1인칭 화법을 많이 취하고 여성형상을 주인공으로 많이 부각하고 있다. 이에 대해 평론가 최삼룡은 림원춘소설의 여성주의로 개괄하고 있다. 문제는 림원춘소설에서 이런 여성형상들이 대개 마조히즘적인 경향을 나타내는데 특이성이 있다. 『사랑의 비결』, 『기러기는 철따라 찾아오건만』, 『상장』, 『까치는 울어예건만』 등 일련의 소설들의 여주인공이 그렇다. 『사랑의 비결』의 여주인공의 마조히즘적 심리기질에 대해서는 우에서 얼마간 언급한 만큼 다른 소설의 경우를 좀 보도록 하자. 『기러기는 철따라 찾아오건만』에 보면 "다문 몇 해라도 더 슬거지 일찍 땅 속에 들어가서 녀편네를 고생시킬건 뭐람? 그 몹쓸 병에 걸리지 말고 앉은뱅이라도 되어 집구석이나 지켜줬으면 이런 봉변이야 당하지 않지?"하는 과부 넉두리, 『상장』에서 '상장' 편집광어 "우울형의 과묵한 남편을 만난 여성들의 소원", 이를테면 카리스마적인 기질의 남편을 만나 달갑게 "욕도 먹어보고 잔소리도 들어봤으면 얼마나 좋으랴?"하는 "그런 여성으로 되고 그런 아내로 되고싶은" 여심, 『까치는 울어예건만』에서는 제목 "까치는 울어예건만"에서도 알 수 있다시피 "빚을 한 짐 짊어지고라도 남편만 곁에 있다면 그 녀석들이 그런 행패를 부릴 것 같지 않았다. 인신모욕과 치욕 앞에서 남편을 저주할 대신 이 저녁 옥금이는 더없이 남편을 그리였다. 담배연기에 취한 그 숨결, 소똥내에 절은 그 체취, 그 모든 것이 그리웠다. 남편만 있으면 앞이 트일 것 같고 남편만 있으면 내일이 보일 것 같았다. 그래서 남편이 그리웠다.”에서처럼 못난 남편이나마 떠나고 없는 남편을 사무치게 그리는 여인상을 그리고 있다. 사실 이런 여주인공의 마조히즘적 경향은 림원춘소설에서 전통적인 조선족 여성특징을 살리는데 효과적으로 적용된 것 같다.

중편소설집 『눈물 젖은 숲』을 비롯한 림원춘소설에서 인간성 및 인간본연의 모습에 대한 추구는 인간의 현실적 의식세계와 무의식세계의 헷갈림에 대한 탐구로까지 나아가고 있다. 『볼우물』(1987.2)은 남자들, 특히 인텔리들의 의식차원에서 연애, 혼인의 파트너로 추구하는 이상적인 여인상을 제시하고 있다. 소설에서 김 교수는 병으로 아내를 잃는다. 쓸쓸한 마음을 달래고저 개성대포집에 들른다. 그런데 자기도 모르게 “폭 드세요.”하며 볼우물을 피우는 주인아낙네한테 반해 단골이 되고 만다. “대포집 주인노릇을 하기에는 너무도 아까운 여인이였다.” 김 교수는 무의식세계에서 ‘볼우물’에 빠진다. 그러나 그의 현실도덕적 의식세계에서는 “또 웃어? 웃음을 팔다니? 기생들이나 하던 짓이지. 조선족 여인들은 그 어떤 남자들에게나 먼저 웃음을 보여서는 안된다.”, “뭇사내들에게 파는 보조개, 값없는 그 웃음이 딱 질색이었다.” 그는 개성대포집에 발을 끊도록 한다. 여기에 장모와 딸의 닦달은 그 심지를 더 굳히는듯하다. 그런데 사실 김 교수는 남자의 점유욕으로부터 “자기에게 속하지 않는 그 웃음”이 미워졌던 것이다. 그래서 김 교수는 “리지의 보뚝을 터치고 한 여인한테로 충격하고 있는 그의 감정을 인젠 유상도 막지 못했다. / 끝내 그는 개성대포집에 다시 발을 들여놓고야말았다.” 그런데 ‘체면과 뒷공론, 자식들’로 환기되는 김 교수의 현실적 의식세계는 물리학부에서 교편을 잡고 있는 지적인 미를 발산하고 있는 주옥란 선생한테로 끌리게 된다. 그런데 김 교수는 옥란 선생하고 정신적인 교감에 치우쳤다면 ‘볼우물’하고는 육감적인 교감에 치우치고 있다. 김 교수는 무도장에서 옥란 선생과 춤을 출 때 "두 사람의 눈길이 한 뽐 사이에서 반짝하고 부딪치며 불꽃을 튕겼"을 뿐이다. 그런데 김 교수는 '볼우물'하고 춤을 출 때는 "무엇인가 그를 무섭게 자극하고 있었다. 손끝에 맞혀오는 그녀의 육감이었다. 말초신경까지 팽팽해졌다. 그는 옥란 선생의 허리를 안았을 때도 이런 느낌이 없었다. 그저 오래간만에 접촉해보는 이성의 허리를 감았다는 그 놀라운 생각뿐이었다. 하지만 은순('볼우물'을 가리킴. 필자 주)의 허리를 안았을 때 손끝에 맞혀오는 몽골 몽골한 여성의 육감이 그에게 신비로우권서도 파고파도 다 파지 못할 수수께끼 같은 그 무엇을 안겨주었다." 이것을 전반의식차원에서 얘기하면 김 교수는 현실적 의식차원에서는 옥란 선생을 사랑하고 무의식차원에서는 '볼우물'을 사랑한다는 말이 되겠다. 그런데 현실적 의식에 보다 많이 좌우지되는 김 교수의 사랑의 천평은 옥란 선생 쪽으로 기우는듯하다. 그러면서도 '볼우물'은 "무서우면서도 보고 싶었다." 그래서 김 교수는 "옷도 걸치지 않고 불이 일게 개성대포집으로 달렸다. … 낯선 간판을 물끄러미 바라보면서 뿌리가 내틴 듯 그 자리에 굳어지고 말았다. 그의 두 눈에 눈물이 고였다." 김 교수는 결국 양 손에 떡을 쥔 격이 되었다. 사실 옥란 선생과 '볼우물'은 우리 모든 남성들에게 있어서 각각 이상적인 사랑의 한 여인상이 되겠다. 옥란 선생이 지적인 정신미의 이상형이라면 '볼으물'의 '백치의 관능미'[12)의 이상형으로 볼 수 있다. 우리의 의식과 무의식은 분열된 상태로 이런 사랑의 이상형을 추구하여 놀아난다. 사실 이 두 이상형이 하나로 결합되어 통일된 미로 안겨올 때가 가장 이상적인데 현실적으로 이런 이상형은 적고 가령 있다하더라도 확실하게 손에 쥐기가 힘들다. 그래서 대개 분열된 상태로 이 두 가지 사랑의 이상형사이에서 갈팡질팡하며 놀아나

---

12) 심층심리학에서 남성들이 무의식적으로 선호하게 된다는 지적인 여성보다는 지적으로 떨어지더라도 관능미가 돋보이는 여성을 가리킨다.

는 것이 우리의 전반의식세계의 한 모습이다. '볼우물'은 우리 전반
의식세계의 한 자화상을 잘 그려주고 있다. 그러므로 『몽당치마 후
의 림원춘의 소설』같은데서 "우리 민족의 영혼심처에 아직까지도 뿌
리깊이 남아있는 유교도덕을 고발하였으며 … 우리 지식인들의 나약
성을 심각하게 고발하고 있다."고 평가한 것은 현실적 의식세계를
보여주기 위해 끌어들인 일부요소에 치우친 사회학적 비평의 거창한
의의파악에만 급급한 무단적인 면이 없지 않아 있다.

  중편소설집 『눈물 젖은 숲』에 실린 『숨쉬는 유상』(1990. 8)은 병
실이라는 공간을 통하여 인간실존의 본연의 모습을 극명하게 보여주
고 있다. 내가 누웠던 침대가 금방 사람이 죽어나간 곳임을 통해 인
간실존이라는 것은 죽음과 삶은 끊임없이 교체되는 것을 힌트하고
오늘내일하며 콜록콜록하는 '미아리'의 질긴 목숨과 그렇게 사람 좋
고 든든하고 아무 탈 없을 것 같은 '덜덜이'아저씨가 하루아침에 유
명을 달리하는 운명을 통해 인생의 우연과 황당함을 말하고 '덜덜
이'아저씨가 나에게 평시에 몸 부속품 운운은 병이 든 후에 건강이
귀중함을 알게 되는 인간상정을 얘기하고 나는 병원에 계속 있고 싶
으나 돈이 없어 있을 수 없고 "걱정도감"은 돈 걱정은 없으나 병원
에 있기 싫어하는 것 및 "자실 수 있을 땐 힘이 모자라 대접하지
못하고 흑흑… 자실 수 없을 때니깐 썩어날 지경으로 생기구…"라는
'덜덜이'아저씨 아내의 넋두리를 통해 인생의 아이러니를 드러내고
죽음을 전제로 했을 때 시도 때도 없이 먹어주는 뚱보아주머니의 허
황함을 보여주고 수술차가 들어오자 '덜덜이' 아저씨 자기도 모르게
떨리는 다리 등을 통해 죽음에 대한 인간의 본능적인 두려움을 보여
주고 수술 받으러 가는 '덜덜이' 아저씨에게 리아바이가 말한 "정…
신…기둥만…" 운운 및 질긴 리아바이의 목숨 등을 통해 인간은 정
신적 동물임을 암시하고 결말부분에 박살난 유상을 통해 우리 모두
의 죽음을 환기시키며 죽음으로부터 우리의 삶을 되돌아보며 인생을

가다듬을 것을 촉구하고 있다. 보다시피 『숨쉬는 유상』은 보통사람들의 세속적 삶의 진면모를 극명하게 드러낼 수 있는 병원이란 특수한 환경과 죽음이라는 음영을 전제로 하여 펼쳐 보이고 있다.

림원춘은 중편소설집 『눈물 젖은 숲』에 실린 소설들을 창작하던 시기 전적으로 원색적사실주의에만 매인 것은 아니다. 그에게 있어서 혁명적사실주의는 워낙 原型에 가깝게 무의식화된 것이라 수시로 머리를 내밀기도 한다. 『눈물 젖은 숲』(1990. 6)은 '장백의 수리가'-산지기에 대한 얘기이다. 산이 좋아서보다는 조국의 임업을 발전시키기 위한 거창한 사명감에서 산지기로 된 산지기, 그래서 그 사경감에서 목숨까지도 기꺼이 바치는 산지기에 대한 얘기다. 이런 산지기에게 예술에 들떴던 아름다운 처녀가 찾아들며 로맨스가 이루어진다. 사회로부터 받은 "수도와 버림, 고뇌와 번민"을 뜰쳐버리기 위해 옥실이가 산지기를 찾아온다. 그런데 인적기 없고 도처에 나무뿐인 산 속에서 옥실이는 회의도 느끼고 실망도 하며 도주병이 되기도 한다. 그러다 끝내는 산지기 남편의 감화를 받아 '장백으 수리개'가 되어 어엿한 산지기가 된다. 이 소설도 결국은 당시 시대가 요구하는 거창한 담론의 한 메카폰에 지나지 않았다. 이에 대해 작가 자신도『눈물 젖은 숲』에서 머리말을 대신하여 쓴 "나는 나를 갖고 싶다"데서 "중편소설집 『눈물 젖은 숲』에서도 나를 잃었을 때의 흔적이 브이지만 나의 얼굴 그대로 보이니 독자 여러분들의 따사로운 힐책을 바란다."로 솔직히 술회하고 있다.

임원춘 소설에서 원색적 사실주의는 장편소설『우산은 비에 울고』에서 집중적인 표현을 보게 된다. 인간성 및 인간실존문제를 전개된 상태에서 어느 작품보다도 심도 있게 다루고 있다. 이 소설은 두 갈래 선을 교차적으로 엮어나가고 있다. 허인숙 어머니의 휘황찬란한 인생역정이 한 갈래이고 나와 정순이의 치정이 다른 한 갈래이다. 허인숙 어머니는 젊은 혈기에 강촌장과 로맨스에 빠진다. 그런데 이로맨스는 그녀의 휘황찬란한 인생역정을 뒤번질 뻔 한다. 그래서 그녀는 정신을 바짝 차리고 로맨스니 개인적인 많은 정상적 욕구를 억누르며 힘든 정치이데올로기의 거창한 시대적 담론에 놀아난다. 그래서 그녀는 심신은 피폐하되 수많은 뜨르르한 사회적 영예를 한품에 안아온다. 그런데 그녀가 정치이데올로기의 거창한 시대적 담론에서 배제되었을 때 그녀는 하루아침에 무용지물이 되고 임종시에 그녀에게 남은 것은 허황한 상장들뿐이다. 작가는 허인숙 어머니의 비극적선을 통해 세속적인 인간행복과 뜨르르한 사회적 정치명예사이에 충돌을 설정하고 결국은 전자를 긍정함으로써 원색적 사실주의로 혁명적 사실주의를 부정한 셈이 된다. 소설에서 나와 정순이의 원색적 사실주의선은 허인숙 어머니선과의 대조 속에서 정치이데올로기의 거창한 시대적 담론에서 벗어난 홀가분함, 그래서 만나고 싶을 때 만나서 마음껏 얘기하고 먹고 마시고 섹스 하는 세속적 삶의 행복을 리얼리티하게 보여준다. 그리고 소설에서 정순이는 "나"로 대변되는 인텔리들의 무의식적 久遠의 여인상임에 틀림없다. 인텔리들 특성은 항상 현실에 불만족이고 현실초탈의 그 무엇 새로운 것을 추구해나간다. 자기 색시에 대해서도 마찬가지다. 그러나 현실의 여론, 도덕률 때문에 그것은 무의식속으로 잠적한다. 그런데 이렇게 잠적된 것들은 수시로 분출구를 찾아 내뿜는다. 『우산은 비에 울고』의 정순이는 이런 잠적된 것들의 하나이다. 소설에서 정순이는 글쟁이 "나"의 처와 선명한 대조를 이룰 정도로 멋진 데가 있다. 일단 정순이는 젊다. 생기가 넘치고 발랄하다. 섹스에 들어가서는 야하다. 요부형이다. 쇄한 나의 양기를 돋군다. 그리고 경제적으로 여유롭다. 돈이 있다. 그 돈이 어떻게 왔던 관계없다. 돈 자체가 매력적이다. "나"의 궁함을 막아준다. 그리고 수시로 만나 와인 한잔 기울이며 서로 마음의 고민을 풀어줄 말동무가 된다.『우산은 비에 울고』에서 정순이는 인텔리들의 무의식적 자화상을 잘 보여주고 있다.

　　부대적으로 말씀드리면 림원춘소설에서 혁명적사실주의에 있어 작가도 쩍하면 튀여나와 격정에 넘쳐 설교식의 정치이데올로기적인 거창한 시대적담론을 했다면 원색적사실주의에 있어서 작가는 뒤전에 물러난 굉장히 차분한 분위기 속에서 사실주의본연의 의미어서 랭정한 객관적서술로 일관하고 있다.

　　전반적으로 놓고 볼 따 림원춘의 원색적사실주의의 인간학적내용은 아직 협소하다. 그리고 우리 조선족들의 삶의 냄새가 적게 난다. 다른 것은 제쳐두고라도 우리 조선족들의 실존-이중성문제 및 여기서부터 오는 정체성문제는 외피할 수 없는 또 하나의 조선족의 실존문제임에 틀림없다. 이로부터 이런 문제를 비롯하여 새로운 개척이 필요한 줄로 안다.

4) 마무리

　　전반적으로 볼 때 림원춘소설은 혁명적사실주의로부터 원색적사실주의에로 발전해왔다. 물론 그 사이 얽히고설킨 헷갈림이 없지 않아 있지만 대개 1980년대 말기에 와서 그 전이가 본격적이고도 전면적으로 이루어진 것으로 블 스 있다. 문학은 인간학, 인간심리학 그리고 피와 살이 있는 인간의 다양하고도 진실한 모습을 보여주어야 한다는 문학본래의 차원에서 놓고 볼 때 원색적사실주의가 혁명적사실주의보다 발전한 사실주의임에는 틀림없다. 이로부터 림원춘소설은 원색적사실주의의 인간학차원에서 놓고 볼 때 인간에 대한 탐구에 있어서 보다 진실하고 핍진한 양상을 드러냄으로 문학의 본령에 복귀한 것으로 볼 수 있다.

　　혁명적사실주의시기 림원춘의 소설은 이른바 전형화의 원칙 하에 거창한 시대적담론으로 많이 흘렀다. 이로부터 객관적으로는 ‘시대

정신’, ‘생활의 본질 혹은 법칙’에 흥분하고 주관적으로는 ‘작가의 사명’, ‘인간영혼의 기사’같은 사명감에 들떠 있었다. 이로부터 구체적 작품을 보면 본보기형상 창조작품들, 설교작품들, 참여작품들로 나타난다.

원색적사실주의시기 림원춘의 소설은 생활의 원초적인 원래의 모습 파악에 신경을 쓰게 되었다. 이로부터 인간성, 그리고 인간 실존 및 본연의 모습 등에 초점이 모아졌다. 따라서 구체적 작품들의 양상도 이런 것을 반영한 것으로 나타난다.

림원춘소설은 중국조선족문학이 중국당대문학사에 있어서 혁명적 사실주의로부터 원색적사실주의에로의 발전궤적을 보여주는 전형적인 한 모델로 자리매김할 수 있겠다.

16. 중국과 한국의 꿈 풀이 비교연구

1) 들어가는 말

동서고금, 남녀노소를 막론하고 인간은 꿈을 꾸어왔다. 주지하다시피 인간은 잠을 잘 때 꿈을 꾼다. 누구나 다 꾼다. 현대 과학의 연구에 의하면 인간은 약 10%를 제외하고는 보통 하루에 8시간 정도 잠을 잔다고 한다. 인간은 잠을 자는 동안에도 계속 정신활동을 하는데 꿈을 꿀 때는 꿈 상황에 맞게 눈을 상하좌우로 움직이는 안구운동1)을 한다. 잠을 자기 시작해서 약 20분 정도가 지나면 REM 수면단계로 들어가고 꿈을 꾸게 된다. 그리고 90분을 주기로 4, 5회 반복하며 점점 꿈꾸는 시간을 늘려간다. 인간에게 있어서 꿈꾸는 것은 알게 모르게, 기억하고 못하고 또는 많고 적게 또는 길게 짧게의 차이가 있을 뿐 그 누구도 꿈에서 자유로울 수 없다. 세상에서 '그 누구도'라는 가장 포괄적인 보편성을 가졌고 가장 비반복적2)인 개성적인 복잡성을 가진 것도 꿈이다. 꿈은 굉장히 신비하고 아리송하기도 하다. 이로부터 동서고금을 막론하고 꿈 풀이도 일찍부터 있어왔고 그 풀이 또한 굉장히 신비하고 복잡한 양상을 드러냈다. 그러

---

1) 영어 약자로 REM 수면이라고 한다.
2) 학자에 따라서는 感應현상 같은 것을 논하면서 동일한 꿈을 거론하기도 하지만 필자는 꿈 풀이에 있어서는 동일한 풀이가 있을 수 있지만 절대적으로 같은 꿈은 없다고 본다.

나 신비하고 복잡한 베일을 벗기면 거기에는 나름대로의 기본 상징기호, 일정한 보편적 룰 혹은 특성이 있음을 감지할 수 있다. 이로부터 그것은 이미 꿈 풀이문화로 승화되어 있음을 알 수 있다. 프로이드를 위시한 현대 정신분석학적 꿈 풀이는 그 상징기호나 보편적 룰과 특성을 포착한 현대과학의 한 성과로 된다.

제목이 제시하다시피 본 논문에서는 주로 중국과 한국의 전통적인 꿈 풀이 비교연구에 초점이 모아진다. 중국과 한국도 다른 나라의 경우와 마찬가지로 일찍부터 꿈에 대해 신경을 쓰며 전통적으로 독특한 꿈 풀이문화를 형성해 왔다.3) 상대적으로 서양의 경우와 놓고 볼 때 중국과 한국의 꿈 풀이는 동양적인 특색을 가지고 있다. 꿈 풀이를 통해 현상(現相)4)의 길흉화복(吉凶禍福)에서 길복(吉福)을 취하려는 강한 생명의식을 내비치고 있다. 중국과 한국은 지리적으로 인접해있고 역사적으로 많은 교류를 진행해왔다. 주지하다시피 중국과 한국은 같은 동양인이고 근대 전까지만 해도 줄곧 같은 한문화권(漢文化圈)을 공유해왔다. 그러므로 사고방식 내지는 가치관에 있어 많은 공통점을 가지고 있다. 그러나 양국은 각자 나름대로의 독특한 민족문화심리 및 사고방식, 가치관 그리고 민속신앙을 형성하고 유지해왔음은 더 말할 것도 없다. 이로부터 이 방면에서 많은 부동점을 가지고 있음도 무시할 수 없다. 꿈 풀이에 있어서의 공통점과 부동점도 여기에 기인한다. 결론부터 말하면 중국과 한국은 전통적인 꿈 풀이에 있어서 기본원칙에 있어서는 많은 공통점을 나타내고 있지만 개개의 구체적인 양상에 있어서는 부동점을 나타내고 있다.

본 논문은 꿈 풀이에 있어서 중국과 한국의 공통점과 부동점에 착

---

3) 여기에 대해서는 길림성교육청 학술연구 프로젝트『중한 꿈 풀이 비교연구』의 일환으로 진행된 필자의 다른 논문「중국의 전통적인 꿈 풀이에 대하여」와「한국의 전통적인 꿈 풀이에 대하여」를 참조하라.
4) 아래의 夢相에 상응한 현실적 삶의 양상을 지칭하도록 한다.

안하여 인간의 보편적인 심리 및 민족문화심리 등 차원에서 그 원인 규명에 주력하도록 한다.

비교연구의 자료로는 중국의 경우에 중국고대의 꿈 관련 책의 「曺宋類書所見夢書佚文類編」, 「夢占書」殘卷, 「夢書」殘卷, 「解夢書」殘卷, 「周公解夢書」殘卷과 「고대 해몽술 주석 및 평가」의 「夢占逸旨」에 수록된 꿈들을 대상으로 한다. 한국의 경우에는 「꿈해몽법」, 「꿈해몽궤백과」, 『5,500가지 우리 꿈 큰사전』에 수록된 꿈들을 대상으로 한다. 여기서 중국 측 자료는 고대 꿈 풀이 자료 그대로지만 한국 측 자료는 일실(逸失) 등 원인으로 말미암아 고대 꿈 풀이 관련 자료가 결핍한 상황 하에서 현재 새로 수집, 정리한 자료들이다. 이로부터 한국 측 자료가 '현재'적 냄새가 나 문제가 될 듯하지만 꿈 풀이라는 것이 결국은 전통적인 민족문화심리 및 사고방식, 가치관 그리고 민속신앙 등 집단무의식적인 바탕을 떠날 수 없다할 때 그것은 어디까지나 전통적인 꿈 풀이가 되겠고, 여기에 『5,500가지 우리 꿈 큰사전』의 우리문화 기획팀 경우처럼 수집, 정리자들이 민족전통문화의 보존이라는 목적의식성을 배제할 수 없음을 감안할 때 별문제가 되지 않을 줄로 안다. 논리적 비교분석에 들어가 비교연구의 가능성 및 전형성을 고려하여 될 수 있는 한 동일한 꿈이미지에 동일한 몽상(夢相)5)을 전제로 하고 "꿈에 무엇을 보면 어떠어떠 하다."는 식의 가장 간단한 형식을 취한 꿈들을 선정하도록 했다. 그리고 "…… 어떠어떠 하다"는 식에는 대개 길흉(吉凶)의 몽점(夢占)으로 나눠지기 마련이니 길흉(吉凶)에 걸친 두 몽점(夢占)으로 나누어 보도록 한다. 이로부터 중한 꿈 풀이 비교연구의 한 모델을 마련해 보도록 한다.

그럼 아래에 논의의 구체적인 순서로 꿈 풀이에 있어서 중국과 한국의 경우를 일단 현상적 차원에서 살펴보도록 하고 다음 논리적 차

---

5) 본 논문에서 꿈이미지란 꿈을 이루는 가장 핵심적인 형상들을 가리키며 夢相이란 꿈이미지가 이룬 꿈의 형상적인 세계를 가리킨다.

원에서 점검해보도록 하자.

2) 본 론

(1) 현상적 비교분석

현상적 차원에서 중국과 한국의 꿈 풀이를 보면 대개 다음과 같은 양상을 드러내고 있다.

첫째, 吉/凶을 직접 판단하되 吉/凶의 구체적인 내용은 말하지 않는다.

국별 몽점	중　　　　　　　　　　국	한　　　국
길	꿈에 침상에 앉으면 길하다. (『周公解夢書』殘卷)	×
흉	꿈에 집안에서 소나 말을 보면 흉하다. (『周公解夢書』殘卷)	×

둘째, 조건부적 구체적인 상황에 따라 길흉(吉凶)을 판단한다.

국별 몽점	중　　　　　　　　　　국	한　　　국
길/흉	꿈에 면경을 비추어 볼 때 면경이 밝으면 길하고 어두우면 흉하다. (『周公解夢書』殘卷)	×
길/흉	꿈에 맑은 물을 보면 길하고 더러운 물을 보면 흉하다. (『占夢書』殘卷)	×

셋째, 길흉(吉凶)의 구체적인 내용을 설명한다.

국별 몽점	중　　　　국	한　　　　국
길	꿈에 땅을 사면 괘길하느니 부귀할 징조다. (『夢書』殘卷)	거울을 보면서 화장을 하는 꿈은 다른 사람의 마음을 움직이게 한다.(<꿈해몽대백과』)
흉	꿈에 벌에게 쫓기 우면 필연코 큰 질병을 얻게 되나니 흉하다. (「占夢書』殘卷)	꼬불꼬불한 산길을 걷는 꿈은 일이 순조롭지 않으며 결과가 좋지 않아 비난을 받는다. (『5,500가지 우리 꿈 큰사전』)

　이상 현상적 차원에서 중국과 한국의 전통적인 꿈 풀이를 보면 한국 측에는 첫째와 둘째에 해당하는 꿈 풀이법이 나타나지 않고 있다. 첫째의 경우 吉/凶을 알고 싶다는 꿈 풀이 본연의 가장 단순한 의미에서 한국 측에서도 원래 있음직하나 현재 꿈 풀이 관련 책들에서는 현재 독자들의 보다 상세한 내역이 곁들인 吉/凶의 夢占을 보고 싶어 하는 욕망에 영합허서 그런지 눈에 뜨이지 않는다. 「둘째」의 경우 한국 측에는 중국 측처럼 한 몽상(夢相)을 전제로 하고 두 가지 상반되는 현상(現相)을 제시한 것은 눈에 뜨이지 않지만 여러 구체적인 꿈들을 아울러 볼 때 내용상에서 비슷한 내역을 나타내는 것은 있다. 그리고 중국과 한국의 이런 꿈 풀이법을 보면 대개 '꿈에 무엇을 보면 길하다', '꿈에 무엇을 보면 흉하다', '꿈에 무엇을 보면 어떤 일이 발생한다.' 등등 한마디로 '꿈에 무엇을 보면 어떻다, 어떻다…'하는 식으로 사전(辭典)식 풀이를 하고 있다. 일반적으로 왜서 그런가에 대해서는 말하지 않고 있다. 원인과 결과의 논리적 추리가 증발된 일종 사전(辭典)식 꿈 풀이라고 해도 무방하다. 이런 사전(辭典)만 익히면 누구나 다 꿈 풀이를 할 수 있는 듯하다.

그러니 실로 안이한 꿈 풀이법이라고 할 수 있다. 현대 정신분석학에 있어서 독특한 상징기호들에 대한 파악 및 방법, 기교들에 대한 전문적인 훈련을 요구하는 그런 거추장스러움은 없다. 이런 꿈 풀이법은 吉이 아니면 凶이라는 흑백논리로 나타나는 가장 일반적인 꿈 풀이 본연의 목적에 부합되고 있다.

중국과 한국의 이런 꿈 풀이법을 보면 대개 그 과정은 나타나지 않고 있으나 결론적인 吉/凶의 몽점(夢占)을 도출함에 있어서 어떤 민족문화심리 및 사고방식, 가치관 그리고 상징기호에 기초함은 더 말할 것도 없다.

(2) 논리적 비교분석

위에서 언급하다시피 중국과 한국에서의 꿈 풀이라는 것은 몽상(夢相)이 전하는 메시지를 파악하여 인간의 길흉화복을 알아보는 것이다. 해몽가란 바로 몽상(夢相)이 전하는 메시지를 파악할 줄 아는 사람들이라 할 수 있다. 이로부터 이들 해몽가들은 마치 자기네들만이 '천서(天書)'를 해독할 줄 아는 선택된 존재들처럼 꿈 풀이에 대해 神적 대언자(代言者)의 신비성과 특권을 부여해 왔다. 그래서 그런지 중국과 한국의 꿈 풀이를 보면 신비하고 자의적이고 내지는 모순적인 등 비과학적인 특색을 나타내고 있다. 인간의 무의식을 기초로 하되 논리 정연하게 전개된 현대 정신분석학적인 꿈 풀이의 인과율, 반복성, 보편성 등 뚜렷한 과학적인 특색에 비겨보면 이 점은 극명해진다. 그런데 사실 이들 꿈 해몽가들의 '신비'한 꿈 해몽도 따져 보면 나름대로의 일정한 룰이 있음을 발견하게 된다. 물론 그것은 인간의 일반적 인식론 및 동양철학에 기초한 나름대로의 논리성을 가지고 있다. 그럴진대 우리가 중국과 한국의 꿈 풀이 본질을 파악하는 데는 중국과 한국의 꿈 해몽가가 몽상(夢相)의 메시지를 어떻게 파악하는가가 관건 이슈로 떠오른다. 중국과 한국의 꿈 해몽가

들의 경우를 보면 직설적 풀이, 추리적 풀이, 역설적 풀이, 상징적
풀이 등 몽상(夢相)의 메시지를 파악하는 기본 원칙과 방법은 대동
소이하다. 그러나 이런 원칙과 방법을 실제에 적용하여 구체적인 몽
상(夢相)의 메시지를 파악함에 있어서는 민족문화심리 그리고 사고
방식 및 가치관, 민속신앙 등 여러 요소의 작용하여 적지 않은 차이
점을 드러내게 된다. 이로부터 동일한 몽상(夢相)이라도 그것에 대한
파악은 다른 양상으로 나타나기도 한다.

그럼 아래에 좀 구체적으로 보도록 하자.

첫째, 직설적 풀이 즉 몽상(夢相)의 吉凶에 따라 직설적으로 吉凶
을 판단하기. 이른 바 몽상(夢相)과 현상(現相)의 꿈이디지들이 직접
적으로 맞아떨어지며 吉凶을 나타내는 경우를 놓고 말한다.

국별 몽점	중　　　　　국	한　　　　　국
길	꿈에 인장을 차게 되면 관직을 얻는다. (『新集周公解夢書』)	아내가 남자 옷을 입은 꿈은 아들을 낳는다. (『꿈해몽대백과』)
흉	꿈에 병자가 땅에 떨어지는 것을 보게 되면 죽는다. (『周公解夢書』殘卷)	황제가 베푼 만찬에 초대되는 꿈은 최고의 권력자나 지도자가 베푸는 일 또는 연회석 등에 참석하게 된다. (『우리 꿈 큰사전』)

여기서 길몽을 보건대 중국의 경우, 고대 중국에 있어서 인장을 수
여하는 것은 관리가 되는 기본 절차의 하나이다. 그러므로 꿈에 인장
을 차게 되면 이제 곧 인장을 차서 관리가 된다는 직설적인 논리로 꿈
풀이가 진행된 것이다. 한국의 경우를 보면 '아내'와 '낳는다', '남자

옷’과 ‘아들’이 직접적으로 연결되며 위의 직설적 태몽풀이가 가능한 것이다. 그리고 흉몽을 보건대 중국의 경우, 병자가 땅에 떨어진다는 것은 상서롭지 못하다. 여기에 고대 중국에 있어서 죽을 ‘死’자를 기피하여 일반적으로 ‘떨어지는 것’으로 많이 나타낸다는 것을 감안할 때 ‘죽는다’는 결론을 도출하는 것은 매우 자연스러운 일이다. 한국의 경우를 보면 ‘황제’와 ‘최고의 권력자나 지도자’, ‘베푼 만찬’과 ‘베푸는 일 또는 연회석’, ‘초대되는’과 ‘참석하게 된다’의 몽상(夢相)과 현상(現相)의 꿈 이미지들이 직접적으로 맞아떨어진 직설적 풀이로 볼 수 있다.

이런 꿈 풀이는 꿈 꾼 사람들의 吉/凶의 느낌에 편승한 만큼 그럴 듯하지만 직설적이고 단순한 만큼 적중률이 낮다. 그래서 그런지 중국과 한국의 꿈 풀이의 경우 직설적 풀이의 경우가 적다. 그런데 몽상(夢相)이 현상(現相)과 우연히 맞아떨어지는 경우가 없지 않아 있고 현재 어떤 원시종족들은 몽상(夢相)을 그대로 현상(現相)으로 믿고 있다니 이런 직설적 꿈 풀이도 생겨날 법하다.

둘째, 추리적 풀이 즉 위의 직설적 풀이의 경우에서처럼 몽상(夢相)의 吉/凶에서 직감적으로 현상(現相)의 吉凶으로 나아간 것이 아니라 그 사이 일정한 추리과정을 거쳐 吉/凶을 도출하는 경우를 말한다. 여기에서의 추리과정은 주로 인류 보편의 공감대를 형성하는 생활경험 및 상식, 도리 등에 기초하여 진행되는 경우를 말한다. 그러므로 그것이 직설적 풀이의 경우에서처럼 대개 몽상(夢相)의 吉/凶이 어떠하면 현상(現相)의 吉/凶도 어떠한 경우를 나타내고 있다. 추리적 풀이에서 구체적인 추리형식을 보면 유비적 추리, 은유적 추리 등으로 나누어 볼 수 있다. 여기서 유비적 추리란 것은 몽상(夢相) 특징과 현상(現相) 특징의 유사성에 착안하여 말하는 것이고 은유적 추리란 것은 장기간의 생활경험 속에서 이루어진 몽상(夢相)과 현상(現相)의 이미지들의 고정적인 연계 및 비유를 바탕으로 풀이하는 경우를 말한다. 중국의 경우를 보면 이런 추리적 풀이의 경우 어떤 조목에는 꿈 풀이를 하기에 앞서 '장척위인정장단야(丈尺爲人正長短也).', '권형우인[평]정야(權衡爲人[平]正也).', '정위적공(亭爲積功), 민소성야(民所成也).' 등 몽상(夢相)을 이루는 주요 꿈이미지의 일반적 상징적 의미에 대해 개괄해 놓은 다음 이에 기초하여 꿈 풀이를 진행하고 있다. 이로부터 일반적으로 몽상(夢相)과 꿈 풀이 현상(現相) 사이에 일반적으로 원인이나 이유가 결여된 형식에 원인이나 이유를 제시하고 있는 셈이 된다.

형식	국별 몽점	중　　　　국	한　　　　국
비유	길	꿈에 천평을 얻으면 일을 공정하게 처리한다. (『唐宋類書所見夢書佚文類編』 15)	얼음이 녹아 흐르는 꿈은 해결되지 않던 문제와 일이 잘 풀리게 되는 길몽이다.(『우리꿈큰사전』)
	흉	꿈에 나무가 죽는 것을 보면 크게 불길하다. (『新集周公解夢書』)	스님이 혼자서 자신의 앞을 말없이 지나가는 꿈은 배우자와 헤어지고 고독해질 징조이다. (『우리꿈큰사전』)
은유	길	남자가 꿈에 부뚜막을 보게 되면 여자를 얻게 된다. (『周公解夢書』殘卷)	초대를 받아 술을 대접받는 꿈은 부귀와 장수를 누릴 꿈이다. (『꿈해몽대백과』)
	흉	꿈에 바둑을 보게 되면 다른 사람과 겨루게 된다. (『唐宋類書所見夢書佚文類編』 26)	젓가락이 한 쪽밖에 없어 음식을 집을 수 없는 꿈은 배우자와 별거하거나 이혼할 위기에 부딪힌다. 혹은 가정 형편이 궁색해질 징조다. (『꿈해몽대백과』)

위에 유비형식의 길몽에 있어서 중국의 경우 '천평'은『당송유서소견몽서일문유편(唐宋類書所見夢書佚文類編)』15의 설명을 보면 "권형위인[평]정야(權衡爲人[平]正也)."라 바로 사람 됨됨이의 공정성을 유비하고 있다. 이로부터 공정한 일 처리를 나타내게 됨은 순리성장(順理成章)적 풀이. 그리고 한국의 경우를 보건대 차갑고 동결되었던 얼음이 '녹아 흐르는 것'과 문제와 일의 '풀림'이 매듭지어짐도 매우 자연스러운 유비가 되겠다. 유비형식의 흉몽에 있어서 중국의 경우 '나무가 죽는 것'과 '크게 불길함'은 유비적 의미가 잘 통한다. 그리고 한국의 경우 무욕무념의 스님이 혼자서 '나' 앞을 지나감으로써 '나'의 자화상이 되어 '헤어지고 고독해질 징조'라는 것도 유비적 꿈 풀이의 전형적 한 보기로 되겠다.

위에 은유형식의 길몽에 있어서 중국의 경우 전통사회에 있어서 '부뚜막'이 여자와 연계되는 데다 그것도 남자가 꿈에 보는 것으로 몽상(夢相)이 나와 있으니 장가 갈 비위를 나타낸 남자의 吉한 현상(現相)으로 풀이함도 매우 지당하다. 그리고 한국의 경우를 보건대 '초대를 받'는 귀한 신분에 술까지 곁들이니 자연히 '부귀와 장수'의 앞날을 은유하고 있다고 볼 수 있다. 은유형식의 흉몽에 있어서 중국의 경우 대항성적인 바둑놀이로 다른 사람과의 대결을 은유한 것으로 풀이한 것은 일리가 있다. 그리고 한국의 경우를 보건대 쌍으로 되어야 할 젓가락이 면 하나로 나타나니 '별거하거나 이혼할 위기'의 은유요, 또한 '음식을 집을 수 없는 것'으로 '가정 형편이 궁색해질 것'을 은유한 것도 그럴 듯하다.

셋째, 역설적 풀이 즉 몽상(夢相)이 좋으면 나쁘게 풀이하고 몽상(夢相)이 나쁘면 좋게 풀이한다.

국별 몽점	중　　　　국	한　　　　국
길	꿈에 죽게 되면 장수하게 된다. (『周公解夢書』殘卷)	자신이 죽은 꿈은 자신을 이끌어 주는 귀인을 만나거나 모든 일이 즐겁고 행복해지는 길몽이다. (『우리꿈큰사전』)
흉	꿈에 춤추는 것을 보게 되면 놀랄 일이 생긴다. (『新集周公解夢書』)	무용을 관람하는 꿈은 겉치레 만 보고 그 깊이는 모른 채 사 업을 서두르다 그르친다. (『우리꿈큰사전』)

　위의 길몽에서 중국의 경우, 꿈의 '죽음'으로부터 현세의 '장수'로 나아가고 있는데 극단적인 두 대립 양상을 탈바꿈시키고 있다. 한국의 경우에도 꿈에는 죽어나 만사대길로 매듭 진다. 그리고 흉몽에서 중국의 경우, 일반적으로 즐거움과 연결되어 보게 되는 춤추는 상황을 역전시켜 '놀랄 일'로 풀이했으니 이것 또한 역설에 다름 아니다. 한국의 경우를 보아도 무용 관람은 즐거운 것이건만 그것은 '겉치레'와 같은 표면적인 것에 현혹되어 결국 일을 그르치게 하는 슬픈 것에 다름 아니다.

　그런데 전반적으로 보면 중국이나 한국을 막론하고 좋은 몽상(夢相)을 나쁘게 풀이한 것보다는 나쁜 몽상(夢相)을 좋게 풀이한 쪽이 훨씬 많은 분량을 차지한다. 이른바 꿈보다는 해몽이 더 좋다는 말이 되겠다.

　몽상(夢相)의 역설적 풀이, 이것은 고대 동양철학에 있어서 서양식 흑백논리의 대립, 투쟁보다는 대립적 요소의 조화, 전환 등 상반상성(相反相成), 물극필반(物極必反) 식의 유연함을 바탕으로 하고 무엇이나 좋게 보려는 긍정적 사고 내지는 좋게 생각하면 좋게 된다는 주술적인 긍정적 사고, 그리고 다른 사람의 기분을 고려한 휴머니즘적 섬세한 고려 등이 유기적인 바탕이 되어 이러한 꿈 문화가 이루어진 줄로 안다.

넷째, 상징적 풀이 즉 몽상(夢相)을 구성하는 이미지들의 상징적 의미에 착안하여 풀이하기. 물론 위의 꿈 풀이에서 추리적 풀이의 경우 유비, 은유적 풀이를 하면서 인류 보편적 공감을 불러일으키는 상징적 의미의 파악이 곁들지만 여기서 논하는 상징적 풀이하고는 좀 다르다. 그리고 여기서 거론되는 상징이라는 것은 현대 정신분석학의 꿈 풀이에서 거론되는 지극히 개인적 차원의 상징적 의미가 아니라 다분히 종족적·민족적 차원의 상징적 의미가 되겠다. 중국과 한국의 꿈 풀이법이 사전(辭典)적인 보편성을 갖게 되는 소이연(所以然)의 한 단서가 여기서 포착된다. 좀 더 부연해서 설명하면 중국과 한국의 꿈 풀이에서 거론되는 상징적 의미들은 장기간의 종족적·민족적 생활을 영위하는 과정에 형성된 고유한 전통문화나 민속사항과 직결된 각자 나름의 집단무의식적인 원형적 의미들인 것이다. 이로부터 놓고 볼 때 그것은 칼 융이 꿈 풀이에서 풀이한 원형적 의미와 맞아떨어지기도 한다. 이로부터 상징적 풀이는 또한 중국과 한국의 각자 나름대로의 지극히 종족적·민족적인 것이 됨과 아울러 그 부동점을 비교할 수 있는 충분한 소지가 마련된다. 중국의 경우를 보면 각 조목별로 이런 상징적 풀이를 하기에 앞서 일부 조목에는 '송위인군(松爲人君)', '유위인군(楡爲人君), 덕지인야(德至仁也)', '도위수어(桃爲守御), 벽부상야(辟不祥也)', '이위옥관(李爲獄官)', '유위사자(柳爲使者)', '계위무리(鷄爲武吏), 유관거야(有冠距也)', '수궁위과부(守宮爲寡婦), 착긍장야(着堩墻也)' 등 몽상(夢相)을 이루는 주요 꿈이미지의 전통적인 상징적 의미에 대해 개괄해 놓은 다음 이에 기초하여 꿈 풀이를 진행하고 있다. 이로부터 일반적으로 몽상(夢相)과 꿈 풀이 현상(現相) 사이에 일반적으로 원인이나 이유가 결여된 형식에 원인이나 이유를 제시하고 있는 셈이 된다.

유 형	몽 점	한　　　　국	중　　　　국
하늘 (일월)	길	① 꿈에 일월이 나타나는 것을 보면 대단히 길하다. （『周公解夢書』殘卷） ② 꿈에 일월이 사람을 비추는 것을 보면 부귀해진다. （『周公解夢書』殘卷） ③ 꿈에 일월을 삼키면 부귀해지고 길하다. （『周公解夢書』殘卷） ④ 꿈에 일월을 우러러 배하면 부귀해진다. （『周公解夢書』殘卷）	① 동쪽에서 해가 뜨는 꿈은 일이 순조롭게 이루어지고 있다. 『꿈해몽대백과』 ② 해나 달이 자신을 비추는 꿈은 취직을 하면 세인의 주목을 받게 된다.(『우리꿈큰사전』)/달이 하늘에서 환하게 비춰주는 꿈은 생활이나 환경이 점점 좋아져 집안이 화목하다. 근심 걱정 없이 편안해진다. 『5,500가지 우리꿈큰사전』 ③ 해를 단숨에 꿀꺽 삼켜버린 꿈은 어느 모임이나 단체에서 지도자격의 자리에 앉게 된다. 이것이 태몽인 경우에는 명예나 권력 중 하나를 움켜쥘 인물이 태어나게 된다.(『꿈해몽대백과』)/달을 삼키는 꿈은 장차 훌륭한 자녀가 태어날 태몽이다. 태몽이 아니면 추첨에서 당첨을 하거나 합격·승진 등의 기쁨을 누릴 것이다. （『꿈해몽대백과』）

유 형	몽 점	한　　　　　국	중　　　　　국
하늘 (일월)	길		④ 해를 보고 절을 하는 꿈은 어떤 종교적 믿음을 찾거나 신앙심이 두터워진다. 소망이 이루어진다.(『꿈해몽대백과』)/경건한 마음으로 달에게 비는 꿈은 힘 있는 단체의 도움으로 자신의 소망을 이루게 된다. 『5,500가지 우리꿈큰사전』
	흉	꿈에 하늘이 흐리고 비가 오면 병을 얻는다. (『夢書』殘卷)	맑은 하늘에 먹구름이 끼어 어두워지는 꿈은 천재지변이 일어나거나 사업에 실패하게 된다. 『꿈해몽법』
인체	길	꿈에 머리를 틀어 올리면 만사가 대길하다. (『新集周公解夢書』)	머리를 곱게 빗거나 장식하는 꿈은 모든 근심이 사라지고 하는 일들이 잘 되어 번창한다 (『우리꿈큰사전』)
	흉	꿈에 머리칼이 빠지는 것을 보면 근심걱정이 생긴다. (『周公解夢書』殘卷)	머리털이 모두 빠지는 꿈은 뜻하지 않은 불상사가 일어날 흉몽이며, 집에 좋지 못한 일이 생길 징조다. 『5,500가지 우리꿈큰사전』
동물	길	꿈에 백학을 타게 되면 仙道을 얻게 된다. (『占夢書』殘卷)	학을 타고 하늘을 나는 꿈은 학자가 되거나 귀인을 만나 높은 관직에 오른다. 『꿈해몽대백과』

유 형	몽 점	한　　　　　국	중　　　　　국
동물	흉	꿈에 도마뱀을 보게 되면 과부가 된다. (『唐宋類書所見夢書佚文類編』 61)	도마뱀이 우글우글대는 꿈은 단체나 직장의 장 또는 지도자가 되며 습작한 많은 작품을 지면에 발표하게 된다. (『우리꿈큰사전』)
식물	길	꿈에 소나무를 보면 임금을 볼 징조다. (『唐宋類書所見夢書佚文類編』 53)	소나무를 보는 꿈은 자신에게 주어진 일을 정직하고 끈기 있게 처리하여 사업이 번창하고 재물을 얻는다. (『우리꿈큰사전』)
	길	꿈에 복숭아를 보게 되면 守御官이 된다. (『唐宋類書所見夢書佚文類編』 51)	복숭아를 보는 꿈은 사랑하는 사람과 연애감정이 무르익어 결실을 맺게 된다. (『우리꿈큰사전』)

고대 중국이나 한국의 신앙을 보면 해와 달을 비롯한 하늘에 대한 숭배가 있었다. 이것은 자연의 절후에 영향을 많이 받는 다 같은 농경민족으로서 아주 자연스러운 신앙형태다. 이로부터 그 시조들을 해에 많이 연결시킨다. 중국『詩經』에 있는 주나라 시조는 바로 해를 상징하는 알이 햇빛을 받아 탄생하는 것으로 되어 있다. 한국 고구려의 시조 주몽탄생도 이와 동일한 모티프로 이루어졌다. 중국에서는 해로 직접 임금을 상징하기도 했다. 『전국책(戰國策)·조책(趙策)』에 보면 '꿈에 임금을 보게 되면 꿈에 해를 보게 된다.'고 하여 임금과 해를 동일시하고 있다. 고대 중국에서 달은 직접 왕비나 신하들의 상징으로 되었다. 그래서 임금이 '꿈에 달을 보게 되면 깨서 신하들을 만나게 되거나 왕후나 왕비들을 보게 된다.'고 했다. 고대 한국에 있어서도 달은 민요에서 부르다시피 '초가삼간'이 있는 하얀

쪽배로서 이상향인 '서쪽나라'로 잘도 가는 이상적인 삶의 한 상징이기도 했다. 이로부터 중국과 한국의 경우 일월을 보거나 비춤을 받거나 삼키거나 拜하거나 그것이 모두 상서로운 길몽으로 풀이됨은 당연하다. 고대 중국과 한국에 있어서 '하늘(天)'은 그 자체로 정치, 도덕적 신앙심의 구심체가 되기도 했다. 중국에서 기원하여 한국에까지 영향을 미친 天의 '天子'(임금)배출 및 체천행도(替天行道)의 확고한 정치신념 그리고 한국에서 많이 일컬어지는 天心 즉 人心 등 등 공정하고 세상의 정의로서의 도덕적 天心에 대한 호소는 바로 하늘에 대한 직접적인 돈독한 신앙이 되겠다. 이로부터 꿈에 맑은 하늘을 보거나 하늘로 오르게 되면 천자가 될 길몽으로 본다. 『후한서(后漢書)·화희등황후기(和熹鄧皇后紀)』에 보면 "堯夢攀天而上, 湯夢及天而舐之, 斯皆聖王之前占也.", 『周公解夢書』殘卷에 보면 "光武夢見乘龍上天, 日月使人, 五年得天子. 孝武帝夢見乘龍上天, 身披羽衣, 百八十日得天子."라고 한 것은 그 구체적인 보기가 되겠다. 이로부터 역지사지로 꿈에 하늘이 맑은 것이 아니라 흐린 것은 질병 등 상서롭지 못한 흉몽으로 판단됨은 자연스러운 일이다.

고대 중국이나 한국에 있어서 '머리칼'은 인체에서 지극히 중요한 부분이다. 이른 바 유교문화권에서 "피발수지어부모(皮發受之於父母), 환지어부모애(還之於父母唉)"라 그것은 추호의 손상이나 흐트러짐이 있어서는 안된다. 항상 잘 가꾸어 잘 보존해야 한다. 어른이 상투를 트는 것은 그 한 보기가 되겠다. 머리칼을 잘리우는 것은 최고의 수치다. 한국에서 왜정 때 머리칼 자르기에 대한 강한 반발은 역으로 그것을 잘 설명해준다. 중국에서는 머리칼이 전통적으로 어떤 일의 실마리의 상징으로 되기도 한다. 그러므로 중국과 한국 공히 꿈에 머리칼을 다듬고 안 다듬고 빗고 안 빗고 빠지고 안 빠지고가 길흉의 몽점을 결정하는 관건적 요소로 된다.

고대 중국이나 한국에 있어서 학은 장수, 도고함 등의 상징이다.

‘십장생도(十長生圖)’는 그 한 보기가 되겠다. 특히 중국에 있어서 학은 선인(仙人)과 많이 연결되며 선인(仙人)이 타고 선유(仙遊)하는 이미지다. ‘황학루(黃鶴樓)’의 옛 고사가 이것을 잘 말해준다. 그리고 여기에는 죽지 않는 선인(仙人)의 이미지인 만큼 장수의 뜻이 가미됨은 물론이다. 그래서 꿈에 백학을 타면 득도한 선인(仙人)이 되는 것으로 풀이했다. 한국의 꿈 풀이를 보면 학의 도고한 쪽이 많이 강조되면서 ‘학자’나 ‘귀인’ 그리고 ‘높은 관직’ 등과 연결되어 길몽으로 풀이된 줄로 안다.

고대 중국에서 도마뱀을 달리 수궁(守宮)이라 했는데 그것은 ‘궁장야(垣墻也)’하기 때문이다. 이로부터 독수공방하는 과부와 연계되면서 ‘수궁위과부(守宮爲寡婦)’ 즉 도마뱀은 과부의 상징으로 되었던 것이다. 위의 꿈 풀이는 도마뱀의 이런 상징적 의미를 활용한 것이다. 그런데 한국의 경우를 보면 도마뱀은 의사용(擬似龍)으로 인식되어 기우제 때에 비를 가져온다고 믿었으며 재복(財福), 병방지 등 행운, 길조의 상징으로 되면서 위와 같은 길한 몽점이 이루어진 것으로 본다.

고대 중국과 한국에 있어서 소나무는 일종 진귀한 교목으로서 사시장철 푸르싱싱한 그 특성 때문에 변함없는 정신적 지조를 상징한다. 중국 고대 최고의 지성인 공자의 『論語』에서 “세한연후지송백지후조(歲寒然后知松柏之后凋)”, 그리고 『史記』에서 “소나무는 뭇 나무의 으뜸이니라”라고 한 것은 그간의 사정을 잘 말해준다. 고대 중국에서는 소나무가 일종 국가의 상징으로까지 부상되고 있다. 공자의 『論語』에 보면 재아(宰我)가 “하후씨이송(夏后氏以松)”라고 답한 것은 그 한 보기가 되겠다. 전통사회에 있어서 국가의 대표가 임금이 되니 결국 소나무가 임금의 상징으로 되기도 하는 것이다. 그래서 『당송류서소견몽서일문류편(唐宋類書所見夢書佚文類編)』53에서 ‘송위인군(松爲人君)’이라고 전제하고 위의 꿈 풀이를 진행했던 것이다.

한국의 경우를 보면 소나무가 국가나 임금을 상징하는 차원으로까지
는 나아가지 않고 사육신의 한 사람인 성삼문이 죽어서 소나무가
되어 '독야청청'하겠다고 한 것과 같은 인간의 지조, 정직, 끈기 등
인격적 면이 많이 강조되었다. 이로부터 위의 꿈 풀이에서 '정직하
고 끈기 있게'라는데 초점을 맞춰 꿈 풀이가 진행된 것으로 사료된
다. 『꿈해몽대백과』에서 소나무에 관한 꿈을 언급할 때 "소나무에는
일, 의무, 책임이라는 의미가 있다"고 한 것은 위의 꿈 풀이를 뒷받
침해준다.

　고대 중국이나 한국의 민속에 있어서 복숭아나무 그리고 그 꽃 및
그 열매인 복숭아는 성, 사랑, 혼인 등을 상징한다. 현대 중국에 있
어 강대위(姜大偉)가 "도화가 만발한 곳"이라는 사랑 노래를 불러
히트를 친 것은 정면적인 차원에서, 그리고 중국 사람들이 입에 잘
올리는 '도화사건(桃花事件)'이라는 남녀간의 염문은 부정적인 차원
에서 이것을 잘 말해준다. 그리고 복숭아나무 그리고 그 꽃 및 그
열매인 복숭아는 고대 중국과 한국에 있어서 일찍부터 사악한 기를
물리치고 귀신을 쫓는 기능이 있는 것으로 믿어져 왔다. 초상난 집
에서는 무당이나 집사람들이 복숭아나무를 짚고 있기도 했다. 중국
『주례(周禮)·하관(夏官)·융우(戎右)』에 정현(鄭玄)의 주석을 보면
'복숭아나무는 귀신이 무서워하는 바이다.'라고 기록하고 있다. 『좌
전(左傳)』 소공4년(昭公四年)에 보면 "桃弧(弓)棘矢(箭)"라고 복숭아
나무를 재앙을 제거하는 나무로 보고 있다. 『후한서(后漢書)·예의지
(禮儀志)』에 보면 문에 복숭아 모양을 해 놓으면 "사악한 기의 침입
을 막을 수 있다"고 했다. 이로부터 위의 꿈 풀이를 보면 중국의 경
우 '도위수어(桃爲守御), 벽부상야(辟不祥也)'이라는 전제 조건을 제
시하고 꿈에 복숭아나무를 보면 수어관(守御官)이 될 징조로 벽사
(辟邪)에 초점을 맞추어 풀이하고 있다. 그리고 한국의 경우에는 성,
사랑, 혼인 등에 초점을 맞추어 풀이하고 있다. 한국의 『꿈해몽대백

과』에 복숭아에 관한 꿈을 언급할 때 ‘싱싱하게 잘 익은 복숭아는 연애의 소식이다. 성숙된 사랑, 풍부한 사랑의 결실을 전하고 있다. 여자라면 육체가 여자다워지며 성적 매력이 나타난 증거이다. 남자가 이 꿈을 꾼 경우는 그런 여자를 동경하고 있다든가 그런 여자와 로맨스가 실현될 신호로 된다. 복숭아를 먹는 꿈도 같은 의미이다.’ 라고 한 것은 좋은 주석의 하나로 된다.

넷째, 글자 풀이. 이것은 중국의 꿈 풀이에서 몽상(夢相)을 일간 한자(漢字)로 바꾸고 다시 한자(漢字)의 필획 및 구조 그리고 음에 근거하여 풀이하는 방법이다.

1. 글자 뜻 풀이법(斥字法). 주지하다시피 중국 글자의 근본은 뜻글자(表意字)에 있다. 한 글자, 한 글자가 뜻이 있고 객관사물을 그대로 모사(模寫)한 특징이 있다. 중국 최초의 문자인 갑골문은 그간의 사정을 잘 말해준다. 그 글자를 조성하는 요소들도 나름대로의 독특한 뜻을 갖고 있는 경우가 많다. 이로부터 중국 꿈 풀이의 경우 바로 몽상(夢相)을 나타내는 주요 글자에 집착하며 그것의 구성 요소들에 대한 풀이를 통하여 꿈 풀이를 하는 경우가 있다. 황보익(皇甫謐)의 『제왕세기(帝王世紀)』에 보면 황제는 “대풍취천하지진구개거(大風吹天下之塵垢皆去)”라는 꿈을 꾸고 ‘대풍(大風)’으로부터 어떤 풍(風)씨성, ‘구(垢)’에서 ‘토(土)’를 제거하고 후(后)라는 이름을 가진 즉 풍후(風后)라는 인재가 있다는 것을 알아냈다는 것이다. 그리고 후에 다시 “인집천균지노(人執千鈞之弩), 구양수만군(驅羊數萬郡)”이라는 꿈을 꾸고 ‘천균(千鈞)’에서 力씨성, “구양수만군(驅羊數萬群), 능목민위선자야(能牧民爲善者也)”로부터 목(牧)라는 이름을 가진 역목(力牧)이라는 인재가 있음을 알아냈다는 것이다. 황제는 바로 중국 역사에서 최초로 글자풀이법으로 결국 두 인재를 얻었다는 것이다.6) 『태평어람

____

6) 고증에 의하면 이 전설은 황제 『占夢經』의 일실된 부분이다. 라고 한다.

(太平御覽)』卷 775에 인용한 다른 한 꿈 풀이 사례를 보면, "賈人夢車轅折敗者, 憂遺衣物. 何以言之? ‘轅’字去衣, 故知亡衣物.'에서 ‘轅’자는 ‘車’자와 ‘袁’자로 이루어졌다. ‘차원절패(車轅折敗)’이라는 것은 ‘轅’자에서 절반을 제거했다는 말이 된다.『설문(說文)』에 보면 "袁, 長衣兒(貌), 從衣."라고 하고 있다. 여기서 ‘袁’자를 제거하면 바로 옷가지를 잃어버렸다는 말이 된다. 이로부터 그 장사군은 꿈에 ‘‘차원절패(車轅折敗)'한 것을 보고는 장사를 할 때 옷가지들을 잃어버릴 것으로 예측했다. 중국의 경우 현존하는 꿈 풀이 관련 책에는 글자풀이법이 그리 눈에 뜨이지 않는다. 그런데 일부 역사책에는 이런 식의 꿈 풀이가 대단히 많다. 예컨대『몽점일지(夢占逸旨)』卷 5「字畫」에 보면 ‘송위십팔공(松爲十八公)’, ‘노탈의위남(虜脫衣爲男)’, ‘양무각미위왕(羊無角尾爲王)’, ‘목파무위미(木破無爲未)’, ‘하무수위가(河無水爲可)’, ‘랑염각위각(狼琰脚爲却)’, ‘인상산위흉(人上山爲凶)’, ‘실화위질(失禾爲秩)’ 등등이 있다.

이런 꿈 풀이법은 한자(漢字)의 형상과 구조가 중국 사람들의 집단무의식 속에 굳어져 자연스럽게 형성된 독특한 꿈 풀이법이다. 한국의 경우를 보면 일찍 한문화권(漢文化圈)에 속해 한자(漢字)를 공유해왔던 만큼 중국의 이런 꿈 풀이법의 영향을 얼마간 영향 받은 것으로 사료된다.7) 그런데 현재 재판된 꿈 풀이 관련 책에는 이런 꿈 풀이법이 보이지 않는다.

2. 해음자(諧音字)법. 한어(漢語)는 한국어에 비해 동음이자(同音異字) 즉 해음자(諧音字)가 상당히 많다. 한어(漢語)의 특성이기도 하다. 이로부터 한국에는 없고 중국에만 독특하게 있는 해음(諧音)에 의한 꿈 풀이가 생겨나기도 했다.『詩・小雅・無羊』에 보면 "중유어

---

7) 이성계가 허물어진 집에서 서까래 세 개를 나란히 등에 지고 나왔다는 꿈을 무학대사가 王자를 지고 나왔다고 하며 임금 될 조짐으로 풀이한 것은 그간의 한 사정을 말해준다.

애(衆維魚唉), 실유풍년(實惟豊年)"이라는 꿈 풀이가 기재되어 있다. 이 해몽을 분석해보면 몽상(夢相)에 나와 있는 '魚'를 해음자(諧音字) '余'로 환언한 전제 조건하에서 '중어(衆魚)'에 근거하여 '풍수유여(豊收有余)'로 풀이하고 있다. 현재 중국 사람들이 연화(年畵)에 魚 그림을 '연년유여(年年有余)'로 받아들이며 선호하는 것도 같은 맥락에서 이해할 수 있다. 이외에 '유위인군(楡爲人君)'이라는 해몽도 '유(楡)'가 '어(御)'의 해음자(諧音字)임으로 관운형통의 풀이로 되는 것이다. '이위옥관(李爲獄官)'이라는 해몽도 오얏 '李'가 '옥관(獄官)'을 나타내는 '李'와 해음자(諧音字)이기 때문에 "몽견이자(夢見李者), 우옥관(憂獄官)"으로 풀이하고 있다. "몽견채(夢見茱), 득재(得財)"의 해몽을 보면 '茱'가 '財'의 해음자(諧音字)라는데 근거를 두고 있다. 꿈에 관널을 브았을 때 출세 할 '官'운이나 재물 '財'운의 길몽으로 풀이한 것도 그 전형적인 보기로 되겠다. 예컨대 '夢見棺木, 得官, 吉.', '夢見入棺錞中, 得高(官), 大吉.', '夢見棺木, 民更墨官, 大吉.', '夢見棺木, 官事利.' 등에서 '관(棺)'이 '관(官)'자와 해음자(諧音字)가 됨으로 '官'운의 길몽으로 풀이되고 있다. 위에 구체적 꿈 사례를 제시하지는 않았지만 한어(漢語)에서 '관재(棺材)'의 '材'가 '財'와 해음자(諧音字)가 되면서 '夢見棺木, 得財.'라는 '財'운의 길몽으로 풀이하는 것도 상당히 많이 나오고 있다. 둘론 이것은 중국민간에서 일반적으로 관널을 '材'라고 줄여 부르면서 '財'와 해음자(諧音字)로 통하게 된데 기인한 것이다. 두 글자 해음자(諧音字)에 기초한 해몽을 보면 "몽견처대도자(夢見妻帶刀子), 유자(有子)"를 크면 '도자(刀子)'가 '到子'와 해음자(諧音字)가 되는데 '도자(到子)'를 거꾸로 말하면 자식이 온다는 '자도(子到)'가 됨으로 이것은 임신의 징조로 풀이하고 있다. 그리고 "몽견호마(夢見胡麻), 구설횡사기(口舌橫事起)."도 마찬가지다. 여기서 '호마(胡麻)'가 '호매(胡罵)'와 해음자(諧音字)가 되면서 입조심 못하여 생긴 불상사로 풀이한다.

중국 고대민속을 보면 해음(諧音)의 경우에는 좋은 경우와 나쁜 경우 두 가지로 나누어 볼 수 있다. 예컨대 '발채(發菜)'는 '발재(發財)'와 해음(諧音)임으로 매우 길한 것으로 보지만 상('桑)'은 '상(喪)'과 해음(諧音)임으로 매우 불길한 것으로 본다. 이로부터 상응한 吉/凶의 해음자(諧音字)들이 장기간에 걸쳐 민간에 전승되면서 일종 집단무의식으로 굳어져 몽상(夢相)의 이미지로 화하고 해몽의 한 패턴을 이룬 것으로 볼 수 있다.

3) 나가는 말

이상 중국과 한국의 꿈 풀이를 보건대 차이점에 비해 많은 공통점을 드러내고 있다. 전통적으로 같은 문화권을 전제로 한 비슷한 꿈 풀이문화의 창출로 볼 수 있다. 꿈 풀이 현상적 비교분석에 있어서 첫째, 吉/凶을 직접 판단하되 吉/凶의 구체적인 내용은 말하지 않는다, 둘째, 조건부적 구체적인 상황에 따라 吉/凶을 판단한다.를 보면 한국 측에서 이런 식의 꿈 풀이는 제시되지 않고 있다. 논리적 비교분석에 있어서 꿈 풀이 기본원칙 즉 직설적 풀이, 추리적 풀이, 상징적 풀이는 거의 같은 양상을 드러내고 글자 풀이에서 다른 양상을 드러내고 있다. 그리고 세부적으로 보면 상징적 풀이 같은 데서 전통적인 부동한 민족문화심리 및 사고방식, 가치관 그리고 민속신앙 등에 의해 같은 몽상(夢相)을 풀이함에 있어서도 일부 부동한 양상을 나타냄을 알 수 있다.

중국과 한국의 꿈 풀이 비교연구는 이제 근근이 시작에 불과하다. 아직도 체계적인 꿈 이미지 비교연구 등 면에서 할 여지는 많아. 필자의 본 논문은 수박 겉핧기식으로 단지 방법론적인 한 시론(試論)에 불과하다. 그러니 미비한 점이 많은 줄로 안다. 여러 분들의 기탄없는 지적과 비평을 기대하는 바이다.

참고문헌

1. 劉文英,『중국고대의 꿈 관련 책』, 중화서국, 1990.
2. 盧元勳, 王世杰, 丁文俊, 孫志剛 編著,『고대 해몽술 주석 및 평가』, 북경사범대학출판사, 광서사범대학출판사, 1992.
3. 추성운 엮음,『꿈해몽법』, 우성출판사, 2001.
4. 양동인 저,『꿈해몽대백과』, 솔빛출판사, 2002.
5. 우리문화기획팀,『5,500가지 우리 꿈 큰사전』, 동학사, 2002.

● 저자 ●

우상렬(禹尙烈)　1963년 3월 19일 생
　　　　　　　　중국 연변대학교 조문학부 학부, 석사 졸업
　　　　　　　　한국정신문화연구원 박사학위 취득
　　　　　　　　현재 연변대학교 조문학부 교수

　　　　　　● 주요저서 ●

　　　『광복 후 북한현대문학연구』, 한국도서출판 역락 2002. 6
　　　『서방미학사개론』, 한국도서출판 영한 2002. 8
　　　『배달학산보』, 한국도서출판 영한 2002. 9
　　　『무속원형질로부터 본 조선판소리계소설』(공저), 한국도서출판 모리슨 2002. 9
　　　『중국조선족설화의 종합적 연구』, 한국국학자료원 2002. 12
　　　『문학개론』(공저), 중국동북조선민족교육출판사 2003. 3
　　　외 사전편찬 및 번역물 일부

　　　　　　● 주요논문 ●

　　　「북한현대문학에서의 ‘수령형상창조문학’을 이해하기 위한 시론」, [정신문화연구]
　　　2001년 겨울호 외 50여 편

韓國 古代文學과 性

● 초판 인쇄　2004년 10월 25일
● 초판 발행　2004년 10월 30일

● 지 은 이　우상렬
● 펴 낸 이　채종준
● 펴 낸 곳　한국학술정보㈜
　　　　　　경기도 파주시 교하읍 문발리 526-2 파주출판문화정보산업단지
　　　　　　전화　031)908-3181(대표)·팩스　031)908-3189
　　　　　　홈페이지　http://www.kstudy.com
　　　　　　e-mail(e-Book사업부)　ebook@kstudy.com

● 등　　록　제일산-115호(2000. 6. 19)
● 가　　격　23,000

ISBN　89-534-2142-X 93810　(Paper Book)
ISBN　89-534-2143-8 98810　(e-Book)